Frank Schulz

– – –

Morbus fonticuli
oder
Die Sehnsucht des Laien

– – –

Hagener Trilogie II

FRANK SCHULZ

Morbus fonticuli
oder
Die Sehnsucht des Laien

ROMAN

GERD HAFFMANS
BEI ZWEITAUSENDEINS

Ähnlichkeiten mit tatsächlich lebenden oder
toten Personen sind nicht beabsichtigt.

*In Zuneigung und Respekt
meinem Großvater Kalle Blume
(1908–1996)
gewidmet*

Erste Taschenbuchausgabe

1. Auflage, Oktober 2003
2. Auflage, November 2003
3. Auflage, Februar 2004
4. Auflage, September 2004
5. Auflage, Juni 2005
6. Auflage, Juni 2006
7. Auflage, November 2006

Die Erstausgabe erschien 2001 im Haffmans Verlag Zürich.

Lizenzausgabe exklusiv für Zweitausendeins,
Postfach, D-60381 Frankfurt am Main.

Umschlagbild von Wolfgang Herrndorf.

Gestaltung und Produktion von Urs Jakob.
Herstellung: Ebner & Spiegel, Ulm.
Printed in Germany.

Dieses Buch gibt es nur bei Zweitausendeins im Versand, Postfach, D-60381 Frankfurt am Main, Telefon 069-4208000, Fax 069-415003.
Internet www.Zweitausendeins.de, E-Mail info@Zweitausendeins.de.
Oder in den Zweitausendeins-Läden in Berlin, Düsseldorf
Frankfurt am Main, Freiburg, 2 x in Hamburg, in Hannover, Köln,
Mannheim, München, Nürnberg und Stuttgart.

In der Schweiz über buch 2000, Postfach 89, CH-8910 Affoltern a. A.

ISBN-10: 3-86150-523-1
ISBN-13: 978-3-86150-523-5

Inhalt

ERSTER TEIL: VORM WALD

ZWEITER TEIL: DIE JOURNALE

DRITTER TEIL: IM WALD

Erster Teil
VORM WALD

Babe, Baby Baby, I'm gonna leave you
I said Baby, you know, I'm gonna leave you
I'll leave you in the summertime
Leave you when the summer comes a-rollin'
Leave you when the summer comes along

Ba-Ba-Ba-Ba-Ba-Ba-Bab'm-Baby I wanna leave you
I ain't jokin', woman, I've got to ramble
O yeah, Baby Baby, I'm leavin'
You ain't got to ramble
I can hear it callin' me the way it used to do
I can hear it callin' me back home . . .

Led Zeppelin, Babe I'm Gonna Leave You

Konvoi ins Kaff

Gegen den Strich des Weizenfeldes drang, vom jenseitigen Rain, Schafsblöken herauf. Unentwegt entströmte der Pappelkrone dahinten jene Korona von Gegenlicht, in der das Mückenvolk hier vorn seine rituellen Tänze aufführte, und die beiden Grillen am Rande des Hohlwegs, der den Weizen von dem kleinen Forst trennte, girrten ebenso stetig ihre einsilbigen Verse. Immer noch schwebten Sporendaunen umher und schwirrten, mit unberechenbaren Quantensprüngen, vereinzelt Libellen hindurch – nur der Specht wartete nun in irgendeinem Wipfel ab –, als ein Kuckuck seinen kindischen Ruf aus dem Wäldchen hören ließ.

Schweiß versiegelte Anitas blasse Stirn. Wie in Harz gegossen verharrten sie und die andern vor der nagelneuen Einfriedung des Gehölzes, noch damit befaßt, den Auftritt jenes bizarren Trios zu verarbeiten, das ihren Hamburger Suchtrupp offensichtlich verfolgt hatte – bis auf die niederelbische Geest, bis hierher, die sanfte Anhöhe hinauf zum Wäldchen –, da hörten sie im Dickicht, einen Steinwurf weit hinterm verriegelten Stahlgittertor, das Geräusch zertretenen Gezweigs.

Und erneut. Sie fuhren herum. Gleich darauf ein Kommando, das gedämpft, beinah technisch verzerrt wirkte: »Janus!! Sitz!! *Aus!!*« Dessenungeachtet huschte ein massiges Phantom über die verschattete Lichtung auf sie zu – der Pfotengalopp kaum hörbar auf dem Nadelteppich, beinah deutlicher der Niederschlag von aufgestobenen Erdbröckchen –, und noch im selben Augenblick krallte im Maschendraht des Gatters ein Hund, schwarz und schwer wie ein Kalb. Schußartiges Blaffen krachte aus seinem Rachen.

Mit einem leisen Akkord von Schreckenslauten wichen sie, im Block, ein Stück zurück. »JANUS!! AUS!!« herrschte die Stimme, nun zwar lauthals, nach wie vor aber membranenhaft dumpf, fast wie aus einem Kurzwellenradio. »HIERHER!!« Diesmal schlich das Tier geduckt und mit dem Hintern wackelnd nach seinem Herrn zurück, der unterdessen ebenfalls aus dem Unterholz aufgetaucht war und auf die Pforte zwischen sich und den anderen zu marschierte.

Er war nackt bis auf Gummistiefel und Badehose. Um den Hals trug er ein Lederband mit Schlüssel und auf dem Kopf einen großen schwarzen Motorradhelm (daher die Gedämpftheit der Stimme). Kein Bierbauch mehr, wie verdampft. Die Haut gebräunt, verschwitzt und von Gestrüppkratzern gezeichnet. In der Rechten hielt er waagerecht einen Spaten, dessen Stichblatt mit frischer Erde verschmiert war. Die letzten beiden Schritte seines Anmarschs brachten ihn aus dem Tritt. Wie um sich der vergangenen zehn Tage zu vergewissern, wandte er sich mit erhobenem Kinn halbwegs nach seiner Spur um, schwang den Spaten schließlich linkisch auf die Schulter und schaute mit rückwärtsgeneigtem Helmkopf wieder durchs mannshohe, maschendrahtverschweißte Stahlgitter, schaute her zu Anita und den andern. Und dann ging etwas mit seinen Augen vor – vielleicht beschlugen auch nur, trotz des offenen Visiers, die Brillengläser –, und er senkte das Kinn und machte jene Bewegung, die sie so schnell nicht vergessen sollten, gerade weil sie so unscheinbar war: Er hob die freie Hand, die Finger gekrümmt, an den Hinterkopf, um sich zu kratzen; anscheinend hatte er nicht daran gedacht, daß er diesen Helmballon trug, und als er das glatte, harte, kühle Material an den Fingerkuppen spürte anstatt dünner, warmer Behaarung, ließ er den Arm fallen, so daß die Geste wie ein matter Gruß wirkte.

»Mufti ...«, sagte Anita.

Er inhalierte heftig einen halben Liter Luft durch die Nase – hielt eine Sekunde an – und atmete noch heftiger aus; und dann sagte er in jener gequetschten Stimmlage, durch die er gewöhnlich versuchte, einen cholerischen Anfall aufzuhalten: »Großer Bahnhof. Wa? *Ganz* großer Bahnhof, *wa?«*

Ächzend vor unterdrückter Tobsucht versuchte er, den Helm mit einer Hand herunterzureißen, vergeblich; schließlich flogen erst Spaten, dann Helm und Brille davon – und spätestens in dem Moment erkannten sie ihn, hätten ihn auch mit verbundenen Augen erkannt: an seiner Wut.

Ganz großer *Drecksack,* dachte Satschesatsche, obwohl – oder gerade weil – es hart war, ihn da rumoren zu sehn wie Rumpelstilzchen, halbnackt, mit Motorradhelm und Spaten in einem Wald, nachdem er zehn Tage lang verschollen gewesen war: Bodo »Mufti« Morten, sein ältester Kumpel. Ich. »Ganz großer Drecksack«, murmelte Satsche schließlich, denn meinetwegen hatte er – etwa anderthalb Stunden zuvor, im Elbtunnel – einen schlimmen Angstanfall erlitten. Er hatte nur wenige Sekunden gedauert, war ihm aber mit einer derartigen Wucht zugestoßen, daß er noch monatelang innerlich schlotterte, wenn er nur daran dachte.

Seit sieben oder acht Nächten bereits hatte Satsche wegen meines Verschwindens Albträume gehabt, und sieben oder acht Minuten bevor der kleine Konvoi in den A7-Stau geraten war, hatte ihn seine eigene Schweigsamkeit zu ängstigen begonnen. Dennoch sprach er erst, als die scheunentorgroße Einfahrt des Elbtunnels direkt vor ihnen lag. »Achtung, meine Herrn«, sagte er, als er für ein paar Meter wieder Gas geben konnte, »wir dringen ins Arschloch zur Welt ein.«

Er trieb den Audi im zweiten Gang Leos Volvo hinterher. Während das Raunen des Getriebes rasch an- und knurrend wieder abschwoll, zog er seinen grobschlächtigen Ellbogen ein und drückte auf eine der Armaturen. Wimmernd schloß sich die Fensterscheibe und dämmte den Lärm des Verkehrs ein, der aus der gegenläufigen Tunnelröhre heraus- und Richtung Norden vorbeidröhnte, und nun wirkte das Fauchen des Lüftungsgebläses um so geräuschvoller. Satsche kratzte sich am Hinterkopf. »*Mann*, ich *schwitz* wie –«

»Wir dringen bitte *wo* ein? Mäßigen Sie sich, Herr Bartels!« Heiner hatte sich doch noch entschlossen, auf Satsches erstes seriöses Plauderangebot seit ihrem plötzlichen Aufbruch einzugehen. Heiner pflegt jedes Wort abzuschmecken und würde nie mit vollem Mund reden, und in diesem Fall hatte er besonders lang gebraucht, weil auch er seit Tagen von Grübeleien heimgesucht wurde.

»Wa?« krächzte Satsche. Sein Vater hat ihm eine kräftige, heisere Stimme vererbt, um die ihn manch anderer Rock-'n'-Roll-Amateur beneidet.

Heiner hob die Stirn und beobachtete, wie die Spitze des Dreierkonvois – mein schwarzer 69er Ford Taunus 20m TS mit der Beule hinten rechts, den Anita steuerte – ins schäbige Neonlicht der Weströhre eintauchte, wo dichtgestaffelte Rücklichtpärchen aufleuchteten, weiterglommen und erneut aufleuchteten. Leos Volvo folgte dem Ford, und auch Satsche trat wieder aufs Gaspedal. »Wa? Was hast du gesagt?«

Die Schattengrenze kappte die Helligkeit des Frühsommerabends, und Heiner nahm die Sonnenbrille ab und hakte sie an die Knopfleiste der Hemdbrust. »Ich sagte: Wir dringen bitte *wo* ein. Ich bat gewissermaßen um Mäßigung, Herr Bartels!«

»Bitte *wo* ein, bitte *wo* ein . . .! Ins *Arschloch zur*

Welt!« schleuderte Satsche zurück und japste. Die Gemütsaufhellung, die ihm der Juxärger über Heiners Zimperlichkeit verschaffen sollte, blieb jedoch aus. »So hat Morten früher immer den Elbtunnel genannt. Das heißt, nur wenn wir nach Hamburg *rein*fuhrn. Jedesmal wenn wir aus'm Kaff zurückkamen und wieder nach Hamburg reinfuhrn. Orr, ich schwitz wie . . . wie 'ne Bockwurst, sach ich ma.« Er kratzte sich erneut, genau in der Mitte des graumelierten Haaratolls. *Auf die Stelle,* habe ich in meiner FREUNDSCHAFTSFIBEL einmal notiert, *hat der Deubel sein Brennglas gerichtet, als er sich an Satsches Liebeskummer weidete.*

Satsche kuppelte aus und rieb die Hände an den Shorts trocken; Pranken, die wohl nichts je lieber als einen Ball anfaßten – bei aller ungebrochenen Libido. Der kürzliche Befund einer Erbkrankheit hatte Hallensport für den Rest seines Lebens unterbunden, und Satsche konnte nicht umhin, darüber zu sinnieren, wie angenehm dieser Samstagabend hätte in weiblicher Gesellschaft verlaufen können, wenn die Sache mit mir, seinem ältesten Kumpel, nicht wäre.

Kai, als Sitzriese, war mit Rücksicht auf Heiners lange Beine und lädierte Bandscheiben in den Fond eingestiegen, obzwar er die Zugluft dort fürchtete. Seit dem Mittag, als er wegen eines Haars in der Speiseröhre unter der Dusche energisch hatte niesen müssen, konnte er seinen Nacken kaum mehr bewegen. Noch währenddessen hatte er gewärtigt, daß ihm der Typ Alltagskamerad, dem er solche Art tückische Unbill traditionell am liebsten erzählte, zu fehlen begann.

Wegen der Ventilation konnte Kai dem Gespräch da vorn nur mühsam folgen. Statt dessen musterte er Satsches perlmuttartige Fingernägel, die Striemen über den nackten Fleck in seiner Kurzhaarfrisur zogen. Kai, der ein paar Jahre jünger ist und für immer volles Haar behalten wird, hielt die Bierflasche zwischen seinen bloßen Oberschenkeln fest und beugte sich vor. »Phantomschmerzen? Beziehungsweise -jucken?«

Satsche legte wieder *beide* Hände aufs Lenkrad, schwieg und gab Gas.

Kai ließ sich mit dem Schwung des neuerlichen Starts zurückfallen, setzte die Flasche an und kiebitzte in den Innenspiegel. Satsches Lider, so viel sah er, bewegten sich über den blauen Augen mit jener Pseudogelangweiltheit auf und ab, welche, das wußte Kai aus jahrelanger Erfahrung mit seinem Squashpartner, mühsam die zum Siegen nötige Ruhe simulierte. Als der Audi wieder stand, erwiderte Satsche, ohne sich umzuwenden, aber laut genug: »Kann sein, daß ich Phantomschmerzen am Kopp hab. Warum fragst du. Hast *du* welche *überm* Kopp?« Satsche ist 14 Zentimeter größer als Kai.

»Besser als *im* Kopf«, sagte Kai – zwar ebenfalls vernehmlich genug, um sich nicht vorbeugen zu müssen, in Anbetracht seiner berüchtigten spitzen Zunge jedoch zu sanft, als daß Satsche damit gemeint sein konnte. Da Kai schon aufgrund der Pausenlänge erahnt hatte, daß Satsche die neckische Notengebung verkennen würde, lenkte er mittels dieser rhetorischen Volte auf das Ziel ihres Konvois zurück: auf mich. Bisweilen litt ich unter den Folgen eines Schädel-Hirn-Traumas, das ich mir im Mai 1988 unter Alkoholeinfluß zugezogen hatte, und nach allem, was sie eine halbe Stunde zuvor auf ihrer bereits dritten Krisensitzung vernommen hatten, war mein Verschwinden unter Umständen dem Zustand meines Kopfs zuzuschreiben.

Der monströse Blechwurm kroch tausendfach zergliedert weiter. Nervös ordnete sich Satsche dem Stop-and-go-Rhythmus unter. An der tiefsten Stelle jenes gekrümmten, gefliesten Schachts unter der Elbe war es, wo er plötzlich in Todesangst geriet. Das Herz hinkte panisch, in den Ohren lärmte das abfließende

Blut – doch bevor Schlimmeres passierte, löste sich die Atemsperre wieder. Er rang nach Luft. Einen Augenblick lang sah er alles doppelt, und dann schlug das Herz – nach langem freien Fall – eineinviertelmal auf wie ein Medizinball, und das Blut schwärmte wieder ins Hirn zurück; was blieb, war banger Drang zur Selbstbeobachtung. Ein paar Meter über dem Himmel des Audis floß der megatonnenschwere Elbstrom.

Sie hatten die Siphonkehle hinter sich, und auf der leichten Steigung nahm die Schwerfälligkeit der peristaltischen Bewegungen des Verkehrs zu. Satsche spähte durch die Abgasschwaden, und als das helle Tunnelende nahte, streckte sich der Blechwurm und machte ganz allmählich Tempo. Mit 70 Stundenkilometern ging's wieder ans Tageslicht.

Kai betrachtete die signalfarbenen Containerstapel zur Linken und weit dahinter den käferhaften Verkehr auf dem auf- und abwärts geschwungenen Traversenbogen der Köhlbrand-Brücke, die, verankert an mächtigen Stahltrossen und Verstrebungen, durch titanenhafte konvexe Pfeilerrauten hindurch hoch übers Hafengelände hinwegführte, und wandte dann, wegen des Nackenproblems den gesamten Oberkörper mitschwenkend, den Blick zur anderen Seite hinunter, wo Schienenstränge verliefen, Güter- und Güterkühlwaggons darauf, rote und grüne Lokomotiven vor sechsstöckigen Silos mit blinden Fenstern; die Kais säumten kahle Kräne, und auf bereiften Stelzen rollten Kabinen mit Flaschenzügen unterm Bauch zwischen vertäuten Frachtern und Gebäudequadern hin und her.

Auf der langgezogenen Waltershofer Abfahrt Richtung Petroleumhafen und Finkenwerder bemerkte Kai eine Gemeinsamkeit an ihrem Konvoi, die ihm eine Gänsehaut über die Arme trieb – vielleicht war's aber auch die Luft, die durchs wieder geöffnete Fenster flatterte. »Wie 'n Trauerzug«, sagte er.

»Wie bitte?« Heiner drehte sich nach ihm um.

Kai beugte sich vor. »Unser Konvoi«, sagte er. »Wie 'n Trauerzug. Muftis Ford ist schwarz, Leos Volvo ist schwarz, und unserer ist schwarz.«

»*Meiner*«, sagte Satsche, »ist anthrazit.« Im selben Moment bemerkte er, daß Heidrun aus dem Heckfenster von Leos Volvo schaute. Eine Strähne ihres langen Haars, dem der Stich eines launenhaften Sonnenstäbchens eine violette Aureole verlieh, wurde in der Zugluft vom Hinterkopf über ihre Stirn geweht. Satsche winkte, und plötzlich fühlte er deutlich, was er schon lange unbewußt befürchtet hatte: daß ich – ganz gleich, wie dieser Tag enden würde – seiner, Satsches, Erinnerung an unser Kaff die Unbescholtenheit geraubt hatte, so daß er diese Strecke an den Ort unserer Jugend für lange Zeit nicht mehr ohne Unbehagen würde fahren können.

Heidrun lächelte kurz, glitt wieder in die vorige Haltung und strich die Strähne zurück; sie verwendet solche Gebärden nicht gern. Heidrun fühlt sich am sichersten, wenn sie gerade sitzt, die Arme verschränkt, den Kopf leicht seitlich geneigt. Sie verspürte ein Sausen in den Knien. Der Blick nach rückwärts war ein sinnloser Reflex gewesen; sie vermißte ihren Mann an ihrer Seite, den sie seit zwanzig Jahren liebt. Ursprünglich hatte sie im Anschluß an die Krisensitzung nach Lübeck weiterfahren wollen, wo er ein Konzert gab. Sie alle hatten nach der Krisensitzung ursprünglich andere Pläne gehabt, und nun fuhren sie alle ins Kaff, so verteilt, daß jedes Glied des Konvois – für den Fall verkehrsbedingter Trennung – einen kundigen Führer besaß.

»Ich mein ...« Iggy preßte die Lippen aufeinander und drehte den dunklen Kopf langsam hin und her. Die Brille mit den selbsttönenden Gläsern drückte bei jedem Hin gegen die Kopfstütze, so daß der Steg die schwarzen Brauen berührte, wo deren Wurzeln sich zu einem gespaltenen Büschel aufkräuselten. »Ich mein, was will er denn in 'nem *Wald* oder was weiß ich. Oder . . . was weiß ich. *Das* war nun *auch* noch, also, wo ich so dachte . . . Das gibt's doch alles gar nicht.«

Heidrun schloß für zwei Sekunden die Lippen, während sie mit den Augen, die braun wie Wintereicheln sind, ein *J* nachzeichnete. Dann zeigte sie wieder das untere Drittel ihrer Schneidezähne – ein erschöpft, aber stets wachsam schlafendes Lächeln.

»Irgendwo muß er ja sein.« Leo löste eine Hand vom Lenkrad und fuhr sich mit den schlanken Fingern durchs naturkrause Haar – eine unwillkürliche, keine gefällige Geste, obwohl er durchaus Grund zur Eitelkeit hätte. Die Intelligenz in der hellen Iris mit den Katzenpupillen jedoch – spätestens sein warmblütiges Lachen – bewahrt ihn vor dem etwaigen Verdacht, man begegne nichts als einem sonngebräunten Beau. »*Ir*gendwo *muß* er abgeblieben sein . . . das heißt ja nicht unbedingt, daß er die gesamten zehn Tage dort verbracht hat.«

»Stimmt.« Iggy schaute wieder geradeaus. Er beließ die Hallen, Schlote und Förderbänder am Rand des Gesichtsfelds soweit wie möglich als Schemen; als temperamentsverwandter Exkollege von mir verband er ähnlich zwiespältige Erinnerungen wie ich mit der hiesigen Gegend am Hamburger Südufer der Elbe.

»Diese Geschichte«, Leo unterbrach sich mit einem verschmitzten GlucksIaut, »von dem ›mutmaßlichen Versicherungsvertreter‹ und der Kopfnuß und der Beule im Ford kannte ich noch gar nicht. *Ich* hab ihn eigentlich nie so erlebt, obwohl wir uns ja auch schon reichlich drei Jahre kennen – das heißt, seit ich überwiegend auf Mallorca lebe, seh ich ihn ja auch nicht mehr so häufig. Jedenfalls war mir nie klar, daß er ein solcher Heißsporn –«

»Cholerisch war er schon immer«, schaltete sich Heidrun überraschend entschieden von hinten ein.

»Tatsächlich?«

»Klar«, sagte Heidrun, »aber in anderer Hinsicht hat er sich verändert. Zwar hat er sich schon immer über alles mögliche aufgeregt, aber er hat sich nie so *aufgeführt* wie in den letzten Monaten; solche ... Possen ...« Heidrun schaute aus dem Fenster, die Ellbogen in den Handschalen. »Wie 'n ... alterndes Enfant terrible. Zum Beispiel neulich, vor 'n paar Wochen ...«

Heidrun sprach tastend; längeres Reden zu Leuten, die sie nicht häufig sieht, ist ihr nicht sehr angenehm; kommt sie aber einmal in Schwung, könnte sie oft stundenlang weitermachen. »Also, ich hab ja 'n Laden, in Stade.«

Die beiden Männer gaben ein kenntnisversicherndes Summen von sich.

»Und die Hamburger Filiale läuft inzwischen besser als das Haupthaus. Anita und ich verstehen uns gut und arbeiten bestens zusammen, ich kenn sie ja nun schon fast so lange wie Mufti. Na jedenfalls, seit Mufti arbeitslos ist, mäkelt er an ihrer ›Karriere‹ rum wie 'ne Karikatur von 'nem Macho; weiß er natürlich selber, aber er meint eben, das wär sozusagen selbstironisch, und neulich, mit der sogenannten Gründonnerstagsaffäre, hat er dem Ganzen also wirklich die Krone aufgesetzt.« Heidrun seufzte diskret. »Wir hatten 'ne ziemlich wichtige Textilvertreterin zum Umtrunk eingeladen, bei Nita und Mufti zu Hause, private Sphäre und so. Wir sitzen und plaudern noch so und wollen grad mit den ziemlich heiklen Verhandlungen anfangen – da kommt plötzlich Mufti rein und fläzt sich, trotz Dusche noch *sichtlich* von seinem Nachmittagsschoppen gebeutelt, fläzt sich im Bademantel in 'n Sessel und macht Anstalten, sich in unserer Anwesenheit die Fußnägel zu schneiden.«

»Nää!« stieß Iggy aus, wie von ungebetener Belustigung behelligt. Leos Grinsen entstammte einem stilleren Genre.

Heidrun fuhr fort. »Völlig kindisch. Und unsere – recht gesetzte – Geschäftsfreundin, die sich, tja, durchaus düpiert fühlte, sagt: ›Schlimmer wird's nicht?‹ Und bevor sich Nita von ihrem Schreck erholen kann, zieht Mufti 'n Flunsch und wedelt mit der Nagelschere und sagt: ›Keine Bange, mein Pimmel *ist* schon beschnitten!‹«

»Näääă!«

Leo schüttelte den Kopf. »Unmöglich, der Mann . . .« Nach einer Pause sagte er: »Und ihr wißt nicht, woher er das ganze Geld hat? Hat er euch das nie erzählt?«

»Nää, nää, nää«, stöhnte Iggy melancholisch, »was weiß ich . . . Und das Schärfste ist ja wohl der Zwiebelzwist, zwischen ihm und Satsche, neulich. Da kann man sich nur noch . . . nää.« Auf einmal wurde ihm ein bißchen flau, und unwillkürlich drehte er sich nach dem Audi um, als suche er Trost in der Bestätigung, daß Satschesatsche nach wie vor folgte.

Diesmal winkte Satsche nicht. Kai, der sich seinen Aufenthalt auf dem Rücksitz gerade mit der zweiten Halbliterflasche Bier so behaglich wie möglich gestaltete, bot Heiner einen Schluck an. »Nein danke«, lehnte der nasal ab, »ich habe bereits einen unter dem Hut.« Er hatte auf der Krisensitzung ein Alsterwasser zu sich genommen.

Kai platzte mit einem seiner lauten Gelächter heraus, die auf einem tief verinnerlichten Drang zur Auslotung der selbstironischen Fähigkeiten des Gegenübers fußen und deren entwaffnende Spontaneität Leuten, die nicht auf dem Quivive oder wenig selbstbewußt sind, mitunter sauer aufstößt. »Unter dem

Hut!« wiederholte er eine Oktave höher. Sein Entzükken beruhte auf diesem neuerlichen Beispiel von Heiners förmlichem Deutsch, das weder verschliffene Konsonanten noch verschluckte Endungen zuläßt, also auch keine selbst in Schriftsprache legitimen Zusammenziehungen wie *unterm*. Sogar harte Endkonsonanten werden aufs h genau betont.

»Ist ja gut, ist ja gut«, gab sich Heiner beleidigt, nahm ein Papiertaschentuch aus der Brusttasche des Hemdes und schneuzte sich, achtgebend, daß sein den kantigen Kiefern angeglichener Bart nicht in Mitleidenschaft gezogen würde.

»Hab ich eigentlich erzählt«, begann Satsche – laut genug, daß auch Kai auf der Rückbank ihn verstehen konnte –, »daß Morten neulich, bei unserm Auftritt in Niendorf, als er mich mit seiner Zwiebelscheiße da so genervt hat – daß der da *geheult* hat? Der hat richtig *geflennt!*«

»Echt?« Kai wurde sofort wieder ernst, auf jene Art Reflex, der von den Ansprüchen an gespanntes Bewußtsein, aufmerksamen Austausch und fundierte Parteilichkeit erzwungen wird – an der Psychologischen Fakultät atmosphärisch allgegenwärtige Ansprüche. »Was ist denn mit dem Kerl bloß los!«

»Ich weiß das nicht«, sagte Satsche. »Ich komm von der Bühne runter – das war nach dem letzten Stück vor der Pause – und geh zu ihm da zu der Bierbude, weil ich dachte, er ist besoffen . . . vielleicht war er das auch, weiß ich nicht . . . und ich sach: ›Äy Morten, was'n mit dir los‹, und er kuckt mich an, und ich dachte, ich spinne: Der heult da Rotz und Wasser! Ich . . . ich war richtig erschrocken, ich sach: ›Was 'n *los*?‹, und er . . . was hat er denn noch gesagt . . . ich weiß nicht genau, irgend so was wie: ›So'n schönes Straßenfest‹ oder sowas . . .«

Während Heiner versuchte, die Knie unter der Ablagekonsole zu lockern, fragte er: »Hast du das gewisse Lied gesungen? Er hat mir mal –«

»Das kann sein!« Satsche ging fast physisch ein Licht auf. »›My Village‹ . . .«

Satsche sprach das V wie ein angelsächsisches W aus, aber Kai hütete sich, ihn durch persiflierende Wiedergabe erneut zu reizen. Statt dessen sagte er: »Diese Ballade über euer Dorf, oder?«

»Genau!« Satsche begann den Refrain zu singen. »But I was steppin' away . . . Yes, I was steppin' awahay . . .«

Heiner massierte seine Bandscheiben, so gut es ging. »Worum geht es denn eigentlich genau in dem Stück?«

»Ach . . . da ist'n Typ, der sich an sein Dorf erinnert, wo ihn alle auf der Straße beim Namen kennen und grüßen, und da gibt's 'n lake und 'n river und 'n forest . . .«

»But irgendwann« – Kai konnte denn doch nicht an sich halten – »steppt er auf und davon.«

»Durch das arsehole to the world«, fügte Heiner hinzu.

»Jedenfalls«, sagte Satsche, »hab ich ihn dann noch mal gefragt, ob er *heult* oder was, und dann fing er eben an, von wegen ›vielleicht kommt das ja von den Zwiebeln, die du mir noch nicht bezahlt hast‹ und diese Scheiße . . .«

Die Durchquerung Finkenwerders – Tempo 40, »Ampeln, Pampeln, Zampeln«, stöhnte Satsche – schien endlos, obwohl sie kaum viel mehr als fünf Minuten dauerte. Den Deich entlang wurde der Konvoi wieder schneller. »Der hat geflennt«, sagte Satsche, »wie 'n Schloßhund. Mann, ich schwitz vielleicht.«

In meinem Ford hatte während der Fahrt durchs Alte Land – bald näher am Elbdeich entlang, bald weiter ins Marschland hinein – vorwiegend Conny geredet. Nur einmal, als sie nach Westen abbogen, hinauf auf die Geest, war Anita höhnisches Schnauben entfahren.

Conny schmiegte ihr frauliches Kinn an die Kopfstütze. »Was«, fragte sie.

Anita deutete auf das Radio. Der Moderator eines Lokalsenders hatte gerade eine satirische Bemerkung über die Landfriedensbruchs-Klage gegen eine Skandalfigur der Hamburger Schickeria gemacht, die sich am Pfingstsonntag auf dem Anleger Teufelsbrück dem Geschlechtsverkehr hingegeben hatte. »Nellie Vandenhoek«, sagte Anita, »eine von Muftis Lieblingsfeindinnen. Weißt du? Von der ich dir gestern erzählt hab ...«

Erst wieder zu Beginn der etwa tausend Meter langen Geraden, die direkt ins Kaff führt, hauchte Anita einen Satz ähnlicher Länge gegen die Windschutzscheibe. Weicher Seitenwind zauste ihren schwarzen Schopf und wehte Wiesengeruch über ihre bloße Schulter in den Fond, wo André saß.

Er lehnte seinen rechten Arm auf Connys Arztkoffer und den Hinterkopf an das stilgetreue Kissen mit dem aufgestickten Kfz-Kennzeichen, um den Nacken von den Strapazen der Anreise aus Mittelamerika zu entlasten. Das Rauschen der Eichenkronen und das satte Grunzen des Sechszylinders verhinderten, daß Anitas Worte ihn erreichten. Er fragte nicht nach. Auch als Conny sich nach ihm umdrehte, verharrte er in der bequemen Haltung – nur sein Adamsapfel glitt einmal auf und nieder.

»Mitgekriegt?« sagte Conny.

»Nee«, sagte André und versuchte, durchs mit siebzig Stundenkilometern vorbeihuschende Gebüsch einen Blick vom anderen, langsamer passierenden Ende der Weide zu erhaschen, vom Schatten, den die knorrigen Eichen dem Mittellauf des Bachbetts spenden, wo der Beeck über Steine plätschert, unter Böschungen gurgelt, wo damals, in unserem Knabenparadies, die Kühe soffen.

Conny deutete diese elliptische Kopfgeste an, die früher die langen Ponyfransen aus der Stirn geschleudert hätte. »Nita hat gesagt, zuletzt hätte Mufti von euerm Kaff nur noch wie über eine Mutti geredet, die für jeden die Beine breit macht.«

»Sauerei«, brummte André mit einem Grinsen. Welches sich, fand Conny, angenehm von meiner Verbitterung über die zunehmende Besiedelung unseres Kindheitshorts – früher ein Handwerker-, Arbeiter-, Bauern- und Hausfrauendorf – abhob; eine folkloristische Verbitterung, die senilen Eseln anstehen mochte – jedenfalls kaum einem angeblich kritisch aufgeklärten 38jährigen, der ohnehin seit fast zwanzig Jahren in einer Millionenstadt lebte.

Andrés dunkler Bart funkelte feucht, als ein laubgesägtes Fleckenmobile aus Sonnenlicht darüber hinwegflimmerte. »Sag mal«, sagte Conny, die ihn weiterhin nachdenklich aus großen türkisfruchtigen Augen beobachtete, »tropenfest wirkst du aber nicht gerade . . .«

André schaute grinsend aus dem Seitenfenster, um einen Traktorfahrer zu grüßen, den er kannte, der wiederum ihn jedoch nicht so schnell zu identifizieren vermochte, und brummte: »Das kommt von der Currywurst.« Er hob die Rechte, die seit kurzem nur noch das ketchupfleckige Papierknäuel hielt. Vor dem Fernfahrerimbiß in Dollern hatte er sich von Satsche aus dem Audi heraus einen »verdammten Verräter« schimpfen lassen müssen. Durch einen solchen »Fremdkauf« diskriminiere er Hinni, den Gastwirt unseres Kaffs. André hatte seit dem pappigen British-Airways-Frühstück überm Atlantik nur ein Stück Kuchen gegessen. Ihm war flau gewesen, und er hatte vorausgesehen, daß wenig Muße für Hinnis »begnadigtste Currywurst der nördlichen Atmosphäre« (Satsche) verbleiben würde, wären sie erst einmal im Kaff.

Kurz bevor der Konvoi mit dreifach doppeltem Reifenschlag den Bahnübergang überquerte – auf dessen Nordsteig immer noch das offene Wartehäuschen aus verwitterten Brettern stand, obwohl der Nahverkehr längst von Omnibussen übernommen worden war –, passierte er das Doppelhaus, in dem meine Großmutter heute noch lebt, hochbetagt und betreut von einer meiner beiden Schwestern. Dort bin ich geboren – der Kohlenhändler hatte gerade abgeladen, als die Hebamme eingetroffen war, und vor lauter Einfühlsamkeit eine ganze Flasche von Opas Grogrum getrunken. Das Grundstück schmiegt sich, ein paar Stufen tiefer, in den Winkel zwischen Straße und Bahndamm wie eine Plattform; nach zwei Metern Gefälle schließt ein halber Morgen teils sumpfiges, teils dräniertes Gelände an, das sich, durchfurcht von Gräben und mit turmhohen Pappeln und Tannen bewachsen, bis ans Ufer des Beecks erstreckt. Am Rand des Plateaus hatte einst ein Hühnerstall gestanden, in dem ich als Kind oft hockte, den Geruch von Heu und Gefieder in der Nase, und vom Hühnerfutter naschte, würzige, winzige Zylinderchen handvollweise pampigkaute und, voll überlegener Zuneigung das Getucke der Hühner nachahmend, durchs Astloch in der Bretterwand lugend Phantasien ausbrütete, wie es dort wohl sein mag, wohin der rote Schienenbus gleich fahren wird.

Der Konvoi hatte die Andreaskreuze hinter sich gelassen, folgte der flachen S-Kurve zwischen Feuerwehrhaus und grüner Scheune und bremste, unter der riesigen Dolde eines doppelstämmigen Kastanienbaums, schließlich vor jener Kreuzung ab, in deren nordwestlichem Karree seit eh und je Hinni Heitmann und Sohn ihre Gaststätte betrieben.

Im südöstlichen hatte früher, bevor die anschließenden Besitzer dort vor über zwanzig Jahren einen Obstgarten angelegt hatten, Kolks große Heu- und Strohscheune gestanden und im nordöstlichen, direkt der Dorfschenke gegenüber, bis 1972 ein Milchbock – an der Buchenhecke, die das ehemalige Gehöft Fieten Fitschens umgrenzte. Berstend vor Langeweile und glucksend vor Lust pflegten wir seinerzeit auf diesem Milchbock zu hocken, geplagt von vor Endorphinen strotzenden Körpersäften ... Tod und Teufel kannten wir nur vom Hörensagen, wir hatten andere Sorgen. Über Nacht waren uns auf der weltabgewandten Seite der Schenkel Haare gewachsen. Schon zum Frühstück hatten wir Lampenfieber, und bis in den Schlaf quälten uns manche Mädchenmelodien, nachdem wir unsere Taschentücher mit Monogramm mißbraucht hatten, Konfirmationsgeschenke wohlwollender Tanten ...

»Aha«, sagte André und deutete auf den Kneipenvorplatz. Die kleine Kolonne stoppte, und im tänzelnden Gang nervlich angegriffener Pot-und-Alko-Freaks kam Volli herüber, die Arme verschränkt, als ob er trotz der Schwüle fröre.

Anita stieg aus. Sie waren gleich groß, und sie glichen sich in ihrem feingliedrigen Körperbau, der auf den zweiten Blick jene Zähigkeit ahnen ließ, die insbesondere kleineren Menschen nicht selten eigen ist – wie zum Beispiel auch Kai. Anita und Volli wirkten beinah wie Geschwister – die Gesichtsorgane attraktiv geformt, das Haar dicht; glatt und von Natur aus dunkel die Haut. Anita gab ihm die Hand. »Bist du sicher, daß es Mufti war, den du da in Kolks Wald gesehen hast ...? Entschuldigung, ich bin Anita, wir haben vorhin miteinander telefoniert.«

Volli verschränkte die Arme wieder über der flaschenförmigen Ausbuchtung in seinem Jackett und hob verlegen die Schultern an. Sein struppiger Vollbart vibrierte. Er blinzelte durch die Nickelbrille und ließ den Blick über die drei PKWs mit Hamburger Kennzeichen schweifen. Satsche, über seinen Popeye-Arm aus dem Fenster des Audis gelehnt, krähte: »Äy Gerdsen, bis' nich' ganz dicht hier?«

Volli vollführte eine Viertelwendung. Noch bevor er den markanten Kopf mit Schnauzer entdeckte, hatte er das rauhe Röhren erkannt.

Plötzlich verwandelte sich Vollis schüchterne Mimik. Seine Miene erstarrte – die Brauen in biblischem Schmerz gerunzelt, die Augen dichtgekniffen –, dann wurde der Schädel von einem Spasmus erfaßt, der ihn in unterschiedlich dauernden Winkelzügen vom Hals zu reißen drohte, und schließlich entfuhr ihm überraschend guttural der Satz: »SEI DU MAN GANZ RUICH MIT DEI'M KLEIN'N TITT!« Er schickte ein in die Faust genuscheltes »Nag, nag« hinterdrein und errötete.

Aus meinem Ford, auf dessen Rückbank gerade Conny Platz nahm, damit der Beifahrersitz für Volli frei würde, drang das krachende Lachen Andrés.

Satsche kicherte heiser. In dieser Gruppierung – André, Satsche, Volli – waren sie sich seit zwei Jahrzehnten nicht mehr begegnet. Vollis gelungene Parodie auf Fieten Fitschen, ein damaliges Dorforiginal, wirbelte einen Hauch des alten Gemeinschaftsgefühls auf.

»Was war *das* denn«, fragte Heiner.

»*Das*denn *das*denn«, äffte ihn Satschesatsche in ebenso künstlicher Erregung nach. »Das kann man so schnell nicht erklären.« Er legte den ersten Gang ein. Volli stieg in den Ford. Anita fuhr los. Leo folgte ihr, und Satsche folgte Leo.

Und als Kai aus dem Heckfenster blickte, während Satsche seinen Audi auf die Straße lenkte, machte er eine Entdeckung. »Da ist er wieder«, sagte er baff.

»Wer.« Satsche schaute in den Rückspiegel. »Das gibt's doch nicht!«

Heiner drehte sich um. »Tatsächlich!« Er keuchte einmal vor Verblüffung – ein abgeschnürtes Lachen.

»Das kann doch kein Zufall mehr sein!« Satsche nahm Gas weg, um zu sehen, wie sich der blaue Benz, der ihnen seit dem Alten Land folgte, verhalten würde. »Könnt ihr jemanden erkennen?« Diesmal war seine Aufregung echt.

»Zwei Frauen«, sagte Kai, »die eine offenbar nicht unattraktiv. Die andere häßlich wie 'n Ur. Und hinten sitzt noch 'n Typ, glaub ich.« Ihm war der Benz als erstem aufgefallen, bereits kurz nach Finkenwerder. Die Fahrerin hatte immergleichen Abstand gehalten und keinerlei Anstalten gemacht, den vorschriftsmäßig dahinrollenden Konvoi zu überholen.

Zufällig selbe Fahrtrichtungen sind in jener an Abzweigen eher armen Gegend nicht ungewöhnlich. Ungewöhnlicher schon, daß einem – nach rund vierzig Kilometern – auch im Dollerner Moor noch jemand mit zehn PKW-Längen Distanz auf der Fährte blieb, zumal man ja zuvor einen Zwischenstopp am Imbiß eingelegt hatte. Als der Konvoi auf der Geraden ins Kaff eingelaufen war, war der Benz hingegen von der Bildfläche verschwunden gewesen.

Jetzt, hier im Kaff, reagierte er auf Satsches abrupt gedrosseltes Tempo, indem er auf Höhe des Sportplatzes einlenkte und stehenblieb, ohne daß jemand ausstieg. Satsche überlegte kurz und gab dann wieder Gas, vielleicht um den Anschluß an Leos Volvo nicht zu verpassen, wenngleich er den Weg zu Kolks Wald seit seiner Kindheit kannte.

»Orr, ich bin irgendwie so kaputt«, grollte Satsche mit keineswegs gesundheitlicher Besorgnis. Es war vielmehr eine umfassende Klage im Sinne von ›Möchte mal wissen, was hier eigentlich los ist . . .‹

Das war am Samstag, den 10. Juni 1995, gegen 19.30 Uhr. Zehn Tage war es her, daß ich mich von Anita, scheinbar mit dem Klischee vom auf Nimmerwiedersehen abhauenden Ehemann kokettierend, verabschiedet hatte: »Ich geh nur noch mal eben Zigaretten holen . . .«

Die Totenuhr

Am Donnerstag, den 1. Juni 1995, war Anita wie üblich um halb neun Uhr morgens vom hysterischen elektronischen Alarm unseres Weckers geweckt worden. Ihr erster flüchtiger Gedanke galt der Erinnerung, daß ich gegen ein Uhr in der soeben vergangenen Nacht noch nicht wieder zurückgekehrt, als sie – aus einem Fernsehnickerchen erwachend – schließlich schlafen gegangen war. Ist *doch* noch in 'ne Kneipe, der alte Süffel, hatte sie sich gesagt. Etwa anderthalb Stunden zuvor hatte ich die Wohnung mit jener Bemerkung verlassen, die Anita mir so schnell nicht verzeihen sollte.

Das Bettzeug auf der Matratze in meinem Arbeitszimmer war unberührt. Es war so gut wie ausgeschlossen, daß ich die Nacht hier verbracht, schon aufgeräumt hatte und um diese Zeit aus dem Haus gegangen war. Das Fenster war gekippt und das Zimmer leidlich ordentlich, wie immer. Außer daß Jeansjacke und Baseballkappe an der Garderobe fehlten, fiel ihr nichts Ungewöhnliches auf.

Als sie auf der Klobrille hockte, gab es jedoch eine mikroskopische Irritation im tagtäglichen Gewohnheitsgefüge aus Dutzenden von Kleinigkeiten. Im Prozeß der Blasenentleerung, der nach dem seelischen und körperlichen wie gewöhnlich auch das geistige Wachwerden einleitete, wurde ihr bewußt, daß sich die Sternchennudel nicht mehr an ihrem Platz befand; eine Teigrosette von vielleicht fünf Millimetern Durchmesser mit winzigem Loch als Nabe, die irgendwann in den Winkel zwischen Türrahmennut und Messing-Teppichleiste geraten war und sich der

Kompetenz des Staubsaugers zäh entzog; eine minimale Unordnung, die Anita aus abergläubischer Faulheit nie beseitigt, weil sie ihren morgendlichen Blickfang gebildet hatte. Und nun war sie weg.

Sie rief Heidrun in der Stader Hauptfiliale an, wie fast jeden Tag. »Chique Tique, Ketz, guten Morgen.«

»Mufti ist heut nacht nicht nach Haus gekommen . . .«, sagte Anita.

»Nein?« sagte Heidrun. »Ist ja drollig . . . Wie das?«

Anita vernahm das leise Klappern einer Computertastatur. »*Weiß* ich nicht! Er ist gestern abend um halb zwölf oder so vom Sofa aufgestanden und hat gesagt, er geht nur eben noch mal schnell Zigaretten holen, und ist immer noch nicht –«

Heidruns furioses Gelächter wirkte manchmal kränkend, traf aber oft den Nagel auf den Kopf. Nie genauer als in diesem Fall.

Es dauerte eine Sekunde, bis Anita verstand. »Sehr witzig.« Sie war nicht in der Stimmung, Heidruns humoristischen Trüffelfund zu würdigen.

Heidrun lenkte ein. »Der ist irgendwo versackt«, sagte sie. »Kommt wahrscheinlich gleich im Taxi vorgefahren, mit'm Luftballon an der Manschette, die Bierfahne gehißt, und dann ziehst du ihm eins mit'm Nudelholz über und –«

»Er ist noch nie über Nacht weggeblieben, ohne was zu sagen.«

Sie duschte, frühstückte und ging ins Geschäft. In der Mittagspause rief sie in unserer Wohnung an. Niemand nahm ab. Meine Ansage auf dem Anrufaufzeichner erschien ihr plötzlich unerträglich arrogant, und da sie keinerlei »Salme, Sermone, Suaden oder Tiraden auf der Lunge« hatte, legte sie auf.

Nachmittags versuchte sie vier-, fünfmal, mich zu erreichen. Vergeblich. Indes hatte das nicht viel zu bedeuten, da ich – zu insbesondere Satsches gelegentlichem Ärger – seit Monaten kaum noch ans Telefon ging.

Als ich bei ihrer Heimkehr immer noch nicht zurück war, ängstigte sie sich so sehr, daß sie Satsche und die anderen eine nach dem anderen abtelefonierte. Sie erreichte nicht alle und versuchte es später erneut und hinterließ Nachrichten. Und wählte ein paar weitere Nummern aus meinem persönlichen Verzeichnis. Die meiner beiden Schwestern sparte sie vorerst aus – wie auch Leos, der seit einem Jahr auf Mallorca lebte und den sie ohnehin nur flüchtig kannte.

Gegen Mitternacht hatte Anita ein »halbtaubes Blumenkohlohr«, ohne Erlös – abgesehen von Trost, Hilfsangeboten und solidarischen Sorgen.

Sie rief ein halbes Dutzend Krankenhäuser an. Und die Polizei, die ihr den Ratschlag gab, den morgigen Tag noch abzuwarten und mich dann bei der zuständigen Wache als vermißt zu melden. Erfahrungsgemäß aber würden »abgängige Ehegatten« nach kurzer Zeit »von selber« wieder auftauchen.

Weil sie unmöglich schlafen konnte, stieg sie in meinen Ford, der direkt vorm Haus geparkt war, und klapperte bis halb vier Uhr eine Reihe von Kneipen ab, das *Harry's,* die *Glucke* und einige andere in der näheren und weiteren Umgebung, ja sogar die *Boile* und das *Reybach,* obwohl ich dort, soweit sie wußte, seit langem nicht mehr verkehrte. Zwischendurch fuhr sie nach Haus, schaute kurz nach und fuhr wieder los – selbst die Reeperbahn einmal auf und einmal ab, ohne jedoch in eine Kneipe oder womöglich einen der Stripschuppen einzukehren. Die Chance, mich dort aufzufinden, schätzte sie, trotz eines gewissen Vorfalls im Dezember vergangenen Jahres, als ohnehin gering ein. Sie wußte nur nicht, wo sie *noch* suchen sollte.

Als sie in unsere Straße zurückkehrte, fand sie keinen Parkplatz, nicht mal einen illegalen, blieb mürb vom Grübeln, heiser vor verschluckten Tränen, von Appetitlosigkeit und Anstrengung entkräftet im Wagen sitzen und versuchte eine halbe Stunde lang zu weinen – umsonst. Ihr Gesicht tat nur weh. Sie rannte in die Wohnung, schaute nach und eilte wieder ins Auto und fuhr noch zweimal um den Block. Keine Lücke. Sie hockte in meinem Ford, wühlte im Handschuhfach herum, starrte auf die stillen Häuserzeilen, auf die schwach erleuchtete Senderleiste des Radios, träumte sich in eine Hoffnungsvision hinein, schreckte daraus wieder auf und unternahm einen neuen Versuch zu weinen.

Kurz vor Morgengrauen hörte sie, wie in der Nähe ein Motor gestartet wurde, und parkte auf dem freigewordenen Platz ein. Zurück in unserer Wohnung, ließ sie sich aufs Bett fallen, dämmerte beim Geschrei der Meisen, Amseln und Dompfaffen weg – wobei sie bei jedem Hausinstallationsgeräusch, bei jedem Schritt auf der Straße, bei jedem Sinnesgaukel Herzklopfen kriegte –, schrak zehn Minuten später auf, weil jemand die Treppenhausbeleuchtung eingeschaltet hatte, döste erneut ein und war um halb sieben wieder wach.

Zu allem Grauen war an diesem Morgen auch noch die Totenuhr besonders aktiv, der »fünf Kubikmillimeter große Bunte Nagekäfer«, wie der Kammerjäger mir ein paar Tage zuvor erläutert hatte. In enervierend langen Intervallen klopfte das Ungeziefer mit dem Köpfchen auf den Boden, um ein Weibchen zur Paarung zu veranlassen. Dem Aberglauben in alten Überlieferungen zufolge kündete dieses in damaligen Wanduhren knackende Geräusch von der Ankunft des Sensenmanns. Da das Tierchen nicht lange lebe, lohne sich die aufwendige Bekämpfung nicht.

Als die Totenuhr an Anitas Nerven zupfte wie ein

dämonischer Bassist, stand sie auf, ließ sich kaltes Wasser über Kopf und Handgelenke laufen und begann erneut, Krankenhäuser anzurufen. Und dann ihre schlaftrunkene Mitarbeiterin, der sie ohne nähere Erklärung die alleinige Verantwortung für den heutigen Tag übertrug. Und dann wieder einen nach dem anderen unserer Freunde, ohne Rücksicht auf die frühe Stunde.

Die darauffolgenden Tageszeiten waren so ausgefüllt mit Gebrabbel ihrer eigenen und anderer Stimmen und sinnlosen Aktivitäten, daß sie am Abend auf jenes endlosschleifenförmige Ewigkeitsweilchen zusammengeschnurrt schienen, in das man aus einer Vollnarkose rutscht, bevor die Welt wieder eingreift.

Dann endlich rief Satsche zurück. Die alarmierende Nachricht war bereits in mehrstimmiger Ausfertigung auf seinem Anrufaufzeichner aufgesagt. Es war Zufall, daß Satsche auf Anhieb auf Anitas beinah ständig besetzter Leitung durchdrang.

»Tja«, sagte sie, und obwohl sie ahnte, was er antworten würde, stellte sie dennoch zum x-ten Mal ihre Frage: »Weißt *du*, wo Morten steckt?« Wenn sie meinem ältesten Freund gegenüber von mir sprach, vermied sie – obwohl die meisten ihn bereits übernommen hatten – den Kosenamen, ihre Erfindung; vielleicht aus Respekt vor Satsches älteren Rechten.

Eine Stunde später begleiteten er und Kai Anita zur Polizeiwache Sedanstraße.

Der Beamte erinnerte sie an ihren Exgeliebten, meinen Vorgänger. Vierschrötig, deutlich ausgebildete Muskeln unter den kurzen Ärmeln und der falbe Flaumbart derjenigen Männer, die sich zeitlebens ihren Hals nicht zu rasieren brauchen; ein Lächeln mit rührend kleinen Zähnen und ein Blinzeltic, der ihr Vertrauen einflößte. Er spannte ein Formular in die

Schreibmaschine und verlieh einem verdrossenen Seufzer im selben Atemzug versöhnlichen Charakter.

Er hackte mit zwei Fingerhaken dreimal in die Tasten, murmelte »den ... zweiten, sechsten, neunzehn ... fünfundneunzig«, warf einen Blick auf die Uhr an der schalen Wand und tippte weiter, blickte blinzelnd auf und fragte: »Wie heißt er denn?«

Anita kauerte auf einem Stuhl, flankiert von Satsche und Kai, die sich zurückhielten und einfach nur bei ihr waren. Sie buchstabierte – vor Hilflosigkeit dankbar, beflissen sein zu dürfen.

»Geboren?« Er sah auf, leicht gebeugt, die Arme in Pfötchenhaltung.

Anita schämte sich plötzlich wegen des Aufhebens. »Elfter zwoter ... siebenundfünfzig.«

»Wo?« Er blickte jedesmal auf.

»In Stade. Einem Dorf bei Stade. Das liegt an der Unterelbe.«

»Ich weiß.« Er sah auf, legte die Hände auf die beigefarbenen Hosen und las blinzelnd vom Blatt: »Bewaffnet? Gewalttätig? Ausbrecher? BTM-Konsument? Ansteckungsgefahr? Geisteskrank? Prostitution?«

Anita lächelte schräg. »BTM bedeutet Betäubungsmittel? Tja. Wenn Fernsehen dazugehört ...«

Kai schnaubte.

»Alkohol?« Der Beamte blickte auf.

»Nnnein.«

Satsche und Kai rührten sich nicht.

»Ja doch, er trinkt reichlich«, revidierte sie, »aber er ist wohl kaum Alkoholiker im medizinischen Sinne ... Oder«, sie seufzte, »ach, wahrscheinlich doch ...«

»Vermißt seit?«

»Vorgestern nacht. Mittwoch, einunddreißigster Fünfter. Etwa 23 Uhr 30.«

Er tippte aufmerksam. »Zweck der Ausschreibung . . .«, murmelte er, richtete den Schlitten aus und haute auf eine Taste, »Aufenthaltsermittlung. Größe?«

»Einsvierundachtzig.«

»Gewicht?«

»Weiß ich nicht. Fünfundachtzig oder so.«

»Statur?«

»Normal. Nicht gerade breit, aber recht stabil gebaut. Bierbauch gekriegt.«

»Haarfarbe?«

»Dunkel. Schon ein wenig angegraut.«

»Unveränderliche Merkmale? Zum Beispiel Narben?«

Anita überlegte. »Sein Haar wird schütter, und da, am Hinterkopf gibt's auch eine kleine Narbe, ja. Und . . .« Ihr fiel nichts weiter ein.

»Muttermal am Kinn«, sagte Kai.

»Ja«, sagte Anita mit düsterer Sühne.

»Augenfarbe?«

»Grau.«

»Veränderliche Merkmale, zum Beispiel Bart?«

»Nein. Doch. Also . . . Brille. Er trägt eine Brille, aber keinen Bart.«

Es folgte eine weitere Reihe von Fragen nach Bekleidung, mitgeführten Gegenständen, etwaigem Gerichtsbeschluß, letztem Wohnort und Gründen des Verschwindens wie vermuteter Unglücksfall, Opfer einer Straftat, Familienstreit, Trunksucht, Hilflosigkeit, Furcht vor Strafe, Abenteuerlust, wirtschaftliche Schwierigkeiten, Streuner, sonstige, unbekannt.

»Wir wissen es nicht«, sagte Kai. »Es gibt keinen offensichtlichen Grund.«

»Hatten Sie Streit?« fragte der junge Beamte zwinkernd. In dem Moment fiel Anita auf, daß ihr diese naheliegende Frage von keinem unserer Freunde überhaupt noch gestellt worden war. Eine Unlust, die heranschießende Furcht zu unterdrücken, im nächsten Moment überzuschnappen, gerann mit chemischer Unweigerlichkeit zu einer Vision von mir, der ich sie mit spöttischen schmalen Lippen auf die Schippe nahm. Sie wunderte sich, wie vertraut dieses Bild ihr war.

Und das ernüchterte sie wieder.

Sie lehnte Satsches und Kais Angebot, auf sie aufzupassen, ab.

Nachdem sie über vierzig Stunden mehr oder weniger wach gewesen war, schlief sie am frühen Samstagmorgen, den 3. Juni, fest ein, erwachte wieder, telefonierte mit ihrer Mitarbeiterin, schlief ein und erwachte wieder.

Nachmittags reiste Conny aus Gütersloh an. Sie spritzte Anita ein kombiniertes Beruhigungs- und Schlafmittel, räumte auf, kaufte ein – es war »langer Samstag«, und einige Supermärkte hatten geöffnet – und telefonierte mit Satschesatsche, mit Kai, mit Heidrun, mit Iggy und mit anderen, die sie zum Teil lediglich von Geburtstagsfeiern kannte.

Am Abend fand eine erste Versammlung statt. In der Hoffnung, Anhaltspunkte für ein Motiv zu finden, versuchte Anita aus dem Stegreif ein Gedächtnisprotokoll der vergangenen Wochen. »Ich hab mir den Kopf zerbrochen, aber ... Die letzten drei Tage, bevor er abgehauen ist, da saß er jeden Abend leicht bedröhnt vorm Fernseher, wenn ich von der Arbeit kam, weiter nichts. Davor, das verlängerte Wochenende über Himmelfahrt, war ich ja verreist, vielleicht ist da irgendwas vorgefallen. *Da*vor war sein melancholischer Anfall auf dem *Frozen-Fromms*-Konzert, und die Woche *da*vor ist mir auch nichts aufgefallen, und das Wochenende *da*vor war ich in London bei meiner Mutter, und ...«

Sie brach ab. Niemand traute sich, mit den Schultern zu zucken; alle senkten die Köpfe, kniffen die Brauen zusammen und schwiegen, bis jemand den fruchtlosen Versuch einer gedanklichen Verknüpfung unternahm. Seufzer begannen mit Knacklauten, vom Blinzeln schmerzten die Augmuskeln.

»Und wenn er wieder hier auf der Matte steht«, beschwor Conny Anita am nächsten Morgen – Pfingstsonntag –, »wirst du ihm als erstes ein schönes Veilchen applizieren!« Sie klimperte mit dem tropfenden Geschirr gegen das ferne Dreiklanggeschmetter der Kirchenglocken an. Anita saß auf meinem Platz und konnte überhaupt nicht wieder aufhören zu weinen. Endlich.

Conny hob einen blauen Teebecher mit der Aufschrift *Champ* auf. »Ist das seiner?« Ihre Augen karfunkelten. Anita nickte und beneidete sie um den schweren, gutgefügten Leib einer Siebenkämpferin. Conny stellte den Becher zu den Tellern und Gläsern, die ich benutzt hatte, und spülte Anitas Besteck. »*Was* hat er gesagt?« Anita wagte keine Wiederholung. »*Das* hat er wirklich gesagt? ›Ich geh nur noch mal schnell Zigaretten holen‹?!« Conny knickte in der Taille ein und fletschte die starken Zähne.

Anita weinte leise.

»Mies genug«, grollte Conny und warf den Kopf nach hinten, als hätte sie ihre gelbe Mähne nicht schon vor Jahren abschneiden lassen, »sich klammheimlich zu verpissen, 'n feuchten Feudel um die Gefühle von Leuten zu scheren, die einem nahestehen. Aber die dann auch noch zu verarschen, das ist niederträchtig.«

»Hör auf«, weinte Anita, »vielleicht ist er *tot* . . .«

»Ich schwöre dir, der lebt«, sagte Conny, »der ist lebendiger, als uns lieb sein kann . . .«

»Du mußt los, wann fährt denn dein Zug . . .«

»Meine Irren können warten«, knurrte Conny. »Soll ich dir Valium dalassen?«

Fünf Tage später, am Freitagabend, den 9. Juni, war Conny wieder in Hamburg – für Samstag war die inzwischen dritte Sitzung des freundschaftlichen Krisenstabs geplant. Sie fand Anita in einer Verfassung vor, die es Conny schwermachte, ihr auch weiterhin Tatenwut als oberstes Gebot in einer schwierigen Lebenslage vorzuexerzieren. Wie Anita da stand – auf dem Sternbild aus Blutsprengseln im Teppich, unterhalb des vier Monate zuvor neu verkitteten Türscheibchens –, schien ihr Gemütsbild einander beißende Farben aufzuweisen: schwarzleuchtende Trauer, graue Schuld und Niedergeschlagenheit, aber auch dunkelroten Zorn, gelbes Entsetzen, blasse Gefaßtheit. Nach dem Essen berichtete sie Conny von den jüngsten Entwicklungen, die stattgefunden hatten, seit sie das letzte Mal, am Vortag, miteinander telefoniert hatten.

In jenem Telefonat hatte Anita Conny bereits darüber informiert, daß die karteiführende Dienststelle der Leichen- und Vermißtenabteilung innerhalb der Inspektion für Kapitalverbrechen einen Beamten geschickt, der Keller und Boden des Hauses, in dem wir wohnten, durchsucht hatte. Er hatte Fragen nach den ehelichen und familiären Verhältnissen gestellt und aufgehorcht, als er vernahm, daß meine Eltern seit zwei Monaten in Kanada unterwegs waren.

Anita hatte die Entscheidung, dort nachzufragen, ständig vor sich her geschoben – insbesondcre, weil sie hellhörige Reaktionen fürchtete –; schließlich aber rief sie unter einem Vorwand doch bei der Kontaktadresse an und konnte aufgrund unbefangener Antworten Horst Mortens sicher sein, daß ich in Saskatchewan nicht aufgetaucht war. Genauso verfuhr sie mit ihren beiden Schwägerinnen. Sie hatte Angst vor dem Wirbel, den sie auslösen würde, wenn sie meine Schwestern – zu früh, wie sie sich sagte – einweihte; er würde Kreise bis nach Kanada ziehen. Die Mortens sollten sich der Reise so lang es ging erfreuen, und Anita hoffte schlicht täglich, daß sie mich heute aber finden würde. Doch je länger sie meiner Familie die Hiobsbotschaft vorenthielt, desto schwerer fiel es ihr, diese zwiespältige Entscheidung ihres zunehmend schlagenden Gewissens aufrechtzuerhalten.

Der Kripobeamte hatte nach Verbindungen zur Unterwelt gefragt, nach Bekannten, die »vielleicht ein Segelboot oder ähnliches« besaßen, nach möglicher Suizidgefährdung, finanziellen Verhältnissen und Drogenkonsum und zuletzt, ob Anita Röntgenbilder von mir besäße. Er bat um die Adresse meines Zahnarztes sowie um eine Haarprobe aus meiner Bürste und kündigte den Besuch von Daktyloskopen an, die in der Wohnung Fingerabdrücke nehmen würden. Es würde sodann ein Abgleich mit unbekannten Leichen vorgenommen, »alle Vierteljahre wieder«. Er stellte in Aussicht, daß beim Arbeitsamt, wo ich als arbeitsloser Journalist registriert war, ein Suchvermerk hinterlassen würde. Und er versuchte Anita mit der Auskunft zu beruhigen, daß in Hamburg pro Jahr »höchstens zwischen zwei und fünfzehn Leuten« – je nachdem, »ob irgendwo ein Schiff gesunken ist« – länger als eine Woche als vermißt geführt würden. Eine Fahndung aber, so war Anita belehrt worden, würde – außer bei Kindern – nur im Fall begründeten Verdachts auf ein Verbrechen ausgeschrieben. Ein erwachsener Mensch habe das Recht, spurlos zu verschwinden.

Außerdem hatte Conny in jenem Telefonat erfahren, daß häufig Anitas Telefon läutete, ohne daß jemand sich meldete – ich? –, und daß eine kurze Suchmeldung mit Foto für die Montagsausgabe der

Hamburger ABENDPOST geplant war. Diese Veröffentlichung bedeutete, daß Anita nicht nur sich ihren beiden Schwägerinnen würde offenbaren, sondern auch Nachfragen oder gelegentlich verstohlene Blicke von Nachbarn aushalten müssen.

Ebenso wußte Conny von der zweiten Krisensitzung, die – am Dienstag, den 6. Juni – bei Anita stattgefunden hatte. In deren Verlauf waren verschiedene Aufgaben verteilt worden.

Heidrun kannte jemanden, dessen Nichte bei der Niedersächsischen Sparkasse in Stade zur Bankkauffrau ausgebildet wurde, wo ich nach wie vor mein Hauptkonto unterhielt. Mein langjähriger Ansprechpartner bei der Nispa hatte sich unter Bedauern und mit dem Hinweis auf juristische Nickligkeiten »weigern müssen«, Auskunft über Kontobewegungen zu geben. Auskunft, die Aufschluß darüber erlaubt hätte, ob ich seit dem 1. Juni Geld abgehoben hatte. Jene Nichte nun sollte bestochen werden, einen Blick auf meine finanzielle Lage zu werfen. Seitdem wartete Anita auf Heidruns diesbezüglichen Anruf.

Andere Aufgaben – die Iggy übernahm – betrafen, soweit noch nicht geschehen, Nachforschungen bei einer Reihe von Bekannten aus journalistischen Kreisen, zu denen ich früher kollegialen bis freundschaftlichen, sporadischen bis regelmäßigen Kontakt gepflegt hatte. Die zentrale Figur jedoch, Iggys und mein ehemaliger Chefredakteur Eugen von Groblock, war unbekannt verzogen (ebenso wie Doc Brokstedt), und wegen des Eklats bei meinem Ausscheiden aus der ELBE-ECHO-Redaktion war es heikel, unauffällig Informationen einzuholen; dennoch hatte Iggy ein Telefonat mit der Herausgeberin geführt, das ihm zwar ohne Preisgabe peinlicher Fakten gelungen war, freilich aber wenig Ergebnisse erbrachte, mit Ausnahme des sicheren Gefühls, daß sie über mein Verschwinden nichts wußte.

An einen gewissen Lucas Lloyd hatte Iggy nicht gedacht.

Unter Leos Nummer auf Mallorca war zu dem Zeitpunkt niemand zu erreichen gewesen.

Satsche wiederum hatte am kommenden Abend ins Kaff fahren sollen, sich dort umhören, unter anderem einmal mehr in Hinnis Kneipe, und versuchen, Kolks Urlaubsadresse in Griechenland herauszufinden – ausgerechnet dieses Jahr war er nicht wie gewöhnlich bei Dimitri in Loutsa zu Gast, dessen Telefonnummer Satsche besaß –; doch dazu ist es nicht mehr gekommen.

»Was ist passiert«, fragte Conny also am Freitag, den 9. Juni 1995, gegen 20 Uhr – beunruhigt über Anitas düster gescheckte Ausstrahlung der Gedemütigten –, nachdem sie ihren Koffer abgestellt und sie, auf den dunklen Blutsprenkeln im Teppichboden stehend, umarmt hatte.

»Laß uns erst essen«, sagte Anita fest. »Später krieg ich nichts mehr runter. Ist gleich fertig.« Da sie in den vergangenen Tagen zwölf Pfund abgenommen hatte, begrüßte Conny ihren Vorschlag.

Während Anita dann allerdings mehr mit Käsefäden kämpfte als speiste, berichtete sie, am Morgen habe Leo Mufti per Anrufaufzeichner zu sprechen gewünscht. Auf ihren Rückruf hin habe er völlig entgeistert darum gebeten, dem morgigen Krisentreffen beiwohnen zu dürfen; er habe ohnehin in Hamburg zu tun und wolle versuchen, einen entsprechenden Flug zu buchen.

»Tut mir leid«, sagte Conny nach dem Essen, »daß ich gähne wie ein Nilpferd ...«

»Tut *mir* leid«, sagte Anita lahm. »Die ganze Woche plagst du dich mit den Jecken rum, und dann mußt du dir auch noch am sauer verdienten Wochenende ...«

»Uuuu ...« Conny winkte ab, ließ schmatzend den Mund zuschnappen und sagte: »Halt den Schnabel. Sonst erkläre ich *dich* für jeck.« Sie saß auf meinem Fernsehsofa, die Schenkel schräg angezogen; auf dem Nähmaschinentischchen standen die benutzten Teller und die Auflaufform mit den grünen und gelben Speiseresten. Ein Glas Weißwein glitzerte im Kerzenlicht. Conny reckte den kräftigen Hals nach dem Stereoturm. »Musik?«

»Ich kann keine Musik mehr hören. Ich kann ... unsere Musik kann ich momentan nicht hören.« Anita hielt ein feuchtes Tuch auf der Stirn fest, als sie ihren Kopf seitlich auf die Lehne des Zweisitzers bettete, der im rechten Winkel zum Fernsehsofa stand. Durch die geöffnete Fensterklappe strömte ein nach Efeu duftender Lufthauch, wie aufgerührt durch Getrappel und Scharren, Schwatzen und Gelächter von draußen.

Anita schloß die Augen und hörte, wie Conny aufstand. Als sie sich neben sie kniete und ihr übers Haar strich, quoll Tränenwasser unter den Lidern hervor wie Schweiß. »Ich kann nicht mehr«, wisperte sie. »Ich kann echt nicht mehr ...«

Conny; sie strich ihr übers Haar und bot ihre kühle Wange. »Er hat 'ne Geliiiebte«, heulte Anita los, »offenbar schon seit Jahren, sie nennt ihn Böckchen und macht ihm Frikadellen, und ... und 'n geheimes Kabuff hat er, von dem niemand was –«

»Ein *was?«* preßte Conny heraus, atemlos vor Wut auf mich, den egoistischen alternden Bengel, den ihre beste Freundin geheiratet hatte und den sie, Conny, noch nie recht hatte leiden können.

Schon lange ahnte sie, daß die Schwierigkeiten zwischen meiner Frau und mir tiefer reichten, als Anita zwar hin und wieder hatte durchblicken lassen – immer aber mit jenem Hauruck-Beiklang, der das Fluidum ihrer Stimme seit jeher bestimmt. Conny wiegte Anita, tupfte ihr mit dem Tuch die Rinnsale von den Wangen und ließ ihrem Weinkrampf die Zeit, die er brauchte. Nach einer Weile gingen die Schreie zu Beginn der Schüttelkrämpfe in Wimmern über, unterbrochen von knochigen Schluchzern, und diese schließlich in einen Schluckauf, der sie beide in Gelächter ausbrechen ließ.

»Ist es ...« winselte Conny, »ist es eine von den Zwillingen?«

»Was für Zw*IECKpff*, Zwillinge ...«

»Die aus der Knorrsuppenwerbung ... ›Essen mit Lust und Liebe‹ ...?«

»Wieso Essen ... a*IECKpff*, ach so ...« heulte Anita und gnickerte nur noch tonlos in sich hinein. Zwei schöne Frauen, quinkelierend bestrebt, Schlamassel urbar zu machen.

»So.« Conny stand auf, hob Anitas Beine an, setzte sich und bettete sie über die ihren. »Jetzt erzählst du mir alles haarklein.«

Anita seufzte so schwer, daß es sie von den Nachwehen fröstelte. Sie streckte sich nach einem braunen DIN-C5-Kuvert auf dem Ecktisch. »Das hat jemand – wahrscheinlich heute nachmittag, bevor ich nach Haus kam – unter meiner Tür durchgeschoben. Zwei Schlüssel waren drin. *IECKpff.*«

»›Anita *Adammtzik*‹«, murmelte Conny, »interessante Schreibweise.« Sie zog einen schief gefalteten Zettel heraus. »Das ist alles?« Sie sah Anita an. »Salingerweg 1a. Das ist in Winterhude, oder? Und da warst du schon? Von wem –«

»Vorh*IECKpff*, vorhin zwei Stunden, bis ich zurückmußte, weil ich dich nicht vor verschlossener Tür warten lassen wollte«, sagte Anita. »Es ist 'n Zimmer, zwölf Quadratmeter etwa, nicht mehr als 'n Kabuff. Anscheinend 'ne Art Schreibklause. War vielleicht mal 'n Büro, das zu 'nem Ladengeschäft gehörte, wo jetzt nur 'n altes *HMpf*, Motorrad im Schaufenster steht. Sein Name steht an der Kling*IECKpff*, Klingel. Schreibtisch drin, Telefon ... Und vor allem drei Tagebücher, und –«

»Und du hast nichts davon gewußt? Wie lange hat er denn das schon. Das ... Kabuff.«

»Weiß ich nicht. Nein. Hab ich nicht.« Anita blickte an die Decke. Ein schwarzer Staubfaden schwänzelte in schwachem Luftstrom.

»Primitive Handschrift«, sagte Conny. »Und du meinst, der Schlüssel kommt von Frollein Knorr?« Sie schaute auf Anitas Knie.

»Bärbel heißt es. Bärbel Rattenvotz*ÖRRpf!* Wahrscheinlich ist die 's, die hier dauernd anruft und dann nicht rangeht.«

»Woher weißt du. Woher weißt du überhaupt von der.« Conny ging auf Anitas ungewohnt artikulierten Haß nicht ein; statt dessen drehte und wendete sie den Umschlag, auf dem kein Absender stand, nur Anitas Name.

»Erstens ist eine gewisse Bärbel ein paarmal auf dem Anrufbeantworter im Kabuff vertreten. *HMp!* Und zweitens ... In diesen sogenannten Journalen da ... – Scheiße, wie fang ich denn jetzt *ÖRRgg!* ...«

»Ganz ruhig, mein Engel.« Conny barg Anitas Kniehalbkügelchen in ihren Handmulden, Umschlag und Zettel zwischen den Fingerspitzen. »Eins nach dem andern.«

Anita seufzte erneut. »Also, vielleicht hat diese Gans Mufti an mich verraten wollen. Vielleicht hat sie angenommen, daß er sich – warum auch immer – im Kabuff versteckt hält. Ach Quatsch, kann ja nicht angehn, sonst hätte sie ja nicht *NNg!,* nicht dauernd da auf Band – aber auf jeden Fall wollte sie wohl, daß ich auch davon weiß, logisch. Vielleicht damit ich die Journale lese. Na, jedenfalls hat *sie* ganz offensichtlich einen Schlüssel zum Kabuff, oder *hatte* zumindest, aber andererseits weiß offenbar diese . . . Nutte auch nicht, wo Mufti steckt, sonst hätte sie ja nicht so oft aufs Band –«

»Was hat sie denn gesagt? Was hat sie denn draufge–«

»Ach!« Anita machte ein angewidertes Gesicht und warf mit leeren Händen etwas weg. »›Hier ist Bäärbül, bist du daaa?‹« äffte sie. »›Ich hab mir 'n neuen Slip gekauft. Bist du daaa?‹ ›Ich muß ma wieder orndlich durchgefick*hick!,* fickt werden. Bist du daaa?‹ *Mp.«* Trotzig blickte sie an die Decke. Die Staubfluse schwankte. »Und dann noch irgendwas von einem Prozeß und –«

Conny machte eine Schluckpantomime und grinste. »Das ja 'n Ding. ›Slip gekauft‹?!« Sie vollführte – leichthin wie ein handgeschriebenes Kürzel – diese kleine Kopfgeste, die früher die Zotteln aus ihrem Posaunenengelsgesicht geschleudert hätte, und schnitt jene froschmäulige Grimasse, die sie immer aufsetzte, wenn sie Verblüffung in Abgeklärtheit umwidmete. Anita ärgerte sich ein bißchen über die Herzlosigkeit, fühlte sich aber gleichzeitig getröstet durch jene Art »Bodenhaftung«, ein Lieblingsausdruck Connys.

Schweigen. Schwankende Staubfluse.

Schweigen. Knie.

Conny wußte, daß sie Anita Zeit lassen mußte, bevor sie zum Wesentlichen kam. Anita stierte an die Decke. Conny beobachtete sie und sagte schließlich: »Er hat sich im Grunde schon viel früher davongemacht, nich? Innerlich.«

Anita zuckte zweimal mit ihrem mädchenhaften Kinn. »Und ich ... Im Grunde hab ich ihn wirklich nur noch wahrgenommen, wenn er rumbölkte wie 'n Berserker. Aber er ist auch so empfindlich ... geworden, Herrgottnochmal. Da kommt er aus der Küche vom Abwasch und ölt aus allen Poren wie 'n Ringer und ich sag: Was *schwitzt* du denn so, und schon ist er beleidigt.«

Conny *warf* den Kopf nach hinten und lachte so dreckig, daß Anita schief lächeln mußte. »Es ist krankhaft. Abartig.« Anita nahm eine Haarsträhne zwischen die Lippen. »Aber wenn man so lange zusammen ist ...« Conny, den Schmelz noch in den Augen, barg Anitas Knie in ihren Handmulden. »Wann ging's denn eigentlich ... den Bach runter mit ihm ...«

»Was heißt den Bach runter ...« Anita warf den warmgewordenen Lappen auf den Tisch. Nicht so sehr die Formulierung ärgerte sie, sondern vielmehr die Tatsache, daß Conny eine solche Frage überhaupt stellte, eine Frage, die sie als geheuchelte Unkenntnis auslegen mußte. Doch da ihr ebenso deutlich bewußt war, daß sich Conny damit stillschweigend auf einen gewissen Pakt berief, um den Anita sie – nach ihrer beider gemeinsamen Reise quer durch die Vereinigten Staaten vor etlichen Jahren – gebeten hatte, spielte sie mit, zumal Connys Loyalität sie plötzlich rührte.

»Na ja, vielleicht tatsächlich den Bach runter. Ach, im Grunde schon, seit er damals, '91 glaub ich, wieder kleinlaut bei ELBE ECHO zu Kreuze gekrochen ist. Aber da hatte ich ja gerade die Lehre abgebrochen und mit Bibliothekswesen angefangen und sowieso genug um die Ohren, und später ja dann der Ladenaufbau, und weil wir uns nur noch selten begegneten, zwischen Tür und Angel, war's erträglich zwischen uns. Wenigstens hat er damals noch einmal pro Monat mit mir geschlafen. Als seine Chefin ihn dann endgültig rausschmiß, weil er ja nix mehr gebacken kriegte ohne Führerschein, und er ständig zu Hause verkatert vor der Glotze rumhing und pennte und rumdröhnte über jeden Scheiß, und dann dauernd seine Migräne, und ständig ist ihm zu warm . . . aaach . . .« Sie schloß die Augen. »Diese ewige Sauferei . . . Und in letzter Zeit . . . dieser Zusammenbruch auf St. Pauli, im letzten Winter, als ich ihn aus'm Hafenkrankenhaus abholen mußte, schrecklich, und – und die Krönung ist ja nun, daß er sich mit Satsche verkracht hat. Wegen einem Pfund Zwiebeln! Mit seinem besten Freund! Wegen eines Pfundes *Zwiebeln!*«

Sie mußte das nicht erläutern, solange Conny schwieg. Anita wußte, daß Conny sie nie, auch nicht insgeheim, eitler Pointenverschleppung anklagen würde. Anita wußte, daß Conny weiß, daß Anita nicht zu denen gehört, die jemand zu Nachfragen zu nötigen suchen, nur um ihn dem Verdacht auf Teilnahmslosigkeit auszusetzen, wenn sie ausbleiben.

»Der war zuletzt unerträglich«, sagte Anita, und ihre Stimme quäkte bei der vorletzten Silbe ein wenig. »Ich meine, monatelang bläst er sich auf und . . .« Anita schnaufte. Diese Wendung hatte Iggy bei der ersten Krisensitzung benutzt, und vollendet hatte sie Heidrun in einem ihrer mitunter kränkenden Ausfälle, anhand derer sie sich Angst aller Art vom Leib hielt: ». . . und jetzt ist er wahrscheinlich geplatzt.«

Allein Anita hatte die wahre Dimension des Geschehens von Beginn an geahnt. Als Heiner fassungslos sagte: »Das gibt es doch nicht, daß einer verschwindet wie von einem Schwarzen Loch verschluckt«, hatte Anita erwidert: »Wahrscheinlich hat ihn das Loch im eigenen Kopf verschluckt.« Wobei ihnen der Ausdruck Loch damals noch allzu dramatisch erschien angesichts der bohnenförmigen Narbe in meinem Hinterkopf, einziges sichtbar nachgebliebenes Mal jenes suffbedingten Unfalls im Mai 1988. Seither litt ich zuweilen unter migränoiden Kopfschmerzen, selten unter regelrechten Migräneanfällen.

Anita nahm den warmgewordenen Lappen vom Tisch und zupfte ihn auf ihrer Stirn zurecht. »Wenn er nicht gerade depressiv in 'ner Ecke rumlag oder über irgendwelche Zipperlein jammerte, regte er sich über irgendwas auf. Über jeden Scheiß regte er sich auf. Zu blöd, das Duschwasser so einzustellen, daß die Temperatur konstant bleibt. Zu blöd, den Besen einfach aus 'm Schrank zu nehmen, damit er sich nicht immer die Finger klemmt. Zu blöd, sich einfach 'nen neuen Mülleimer zu kaufen. Diese *Wut* immer. Schlägt die Türscheibe mit der bloßen Faust ein, weil er den Schlüssel hat steckenlassen! Zuletzt kriegte man ja nur noch drei Sätze von ihm zu hören. ›Ich krich 'n Kragen!‹, ›Das ist doch nicht wahr!‹ und ›Was sind denn das für Leute!‹«

Sie spürte den Anflug eines schlechten Gewissens, da ihr Lamento eingeübt wirkte – was zutraf. Premiere hatte es gewiß nicht. »*Alles* brachte ihn zur Weißglut. Alles. Talkshows, blasse Brötchen, der Verteidigungsminister, Leute jeglicher –«

»Wie. Die Menschheit an sich oder –«

»Ach ...« Anita winkte ab, überlegte, ob es sich lohnte, ausführlicher zu werden, und holte Atem. »Er hat so seine Lieblingsfeinde ... Zum Beispiel den Pastor, der in der Wochenendausgabe der ABENDPOST sein Wort zum Sonntag schreibt. Das verfolgt ihn bis in die Journale, das mußt du dir mal vorstellen! Genauso wie so 'ne Bestsellerautorin, hab vergessen, wie sie heißt. Er kennt die, ist 'ne ehemalige Kommilitonin, und du glaubst gar nicht, wie er sich über die aufregen kann. ›Korrupte Sau‹ et cetera. Oder diese Pöseldorfer Millionärsschnepfe, äh ... Nellie Vandenhoek. Dauergast in den Klatschkolumnen, eine von Muftis am liebsten verhaßten Subjekten. Stundenlang kann er sich über die ereifern. 'ne absolute Marginalfigur!« rief Nita verzweifelt, »aber er: ›Infinitesimalinfantin‹, ›exhibitionistische Katholikenschickse‹, ›bronzene Bonzenschlampe‹ ... Wenn er wenigstens nicht noch über seine besten Freunde meckern würde! Ich meine, es ist in Ordnung, wenn man ... aber er wurde immer ungerechter, immer sturer, total vernagelt. Zum Schluß reichten sogar Amseln für 'n cholerischen Anfall! *Amseln!*«

Conny lachte laut auf. »Amseln?« Davon hatte sie noch nicht gehört. Alles andere kannte sie schon, und Anita wußte das. Doch es tat ihr wohl zu schimpfen – ein Ritus der Selbstvergebung etwaiger Versäumnisse. »Jaa!« rief sie. »Hab ich das noch nicht erzählt? Es wurde immer grotesker mit ihm, aber er meinte es ernst!« Anita sammelte sich. »Ist vielleicht sechs Wochen her oder so – ja genau, am 1. Mai war's –, wir sind auf dem Weg ins *Harry's,* seit langem machen wir mal wieder was zusammen, da bleibt er vor irgend'nem Vorgarten stehn, und ich merk schon, er guckt schon so«; Anita warf ein paar Falten in die Stirn und verzog die Mundwinkel, »und guckt zu, wie da 'ne ganz normale Amsel rumspringt, und auf einmal fängt er an, über den armen schwarzen Vogel herzuziehn!«

Conny begann zu gackern.

Anita gab eine kleine Travestie zum besten, wobei sie ein renitentes Gesicht aufsetzte und italienisch mit den Armen wedelte: »›Weswegen genießt ein solch triviales Tier überhaupt 'n so viel besseres Renommee als zum Beispiel Tauben? Wa? 'ne Drossel guckt auch nicht intelligenter aus der Wäsche als die sogenannten Ratten der Lüfte! Typisch, so 'ne Einschätzung, echt typisch für die ... Verbiederung der deutschen Laien und Lakaien. Was sind denn das für Leute? Widerlich, dieses ... Bagatellvieh. Nachtigall für Arme! Und was soll denn dieser gelbe Schnabel! Und guck dir bloß mal die steindummen Augen an. Diese taubenhafte Domestizierung! Du trittst denen fast auf'n Schwanz, und die glotzen dich nur an! Dieses suizidale Gewakkel und Gegaff! Was ist denn aus der Scheu der Tiere geworden!‹ ... und so weiter – nicht zum Aushalten!«

Conny gickelte vor sich hin. »Wieso denn ›Laien‹?«

»Ach was weiß denn ich!« Anita griff nach einer Haarsträhne und ließ sie wieder los. »Bei jeder Gelegenheit hat er 'n Veitstanz aufgeführt, wenn beim Bügeln 'n Kragenknopf platzte oder so. Weißt du, und dann wieder überrasch ich ihn dabei ... Neulich, nach dem Auftritt von Satsche und seiner Band auf dem Straßenfest; ich war nicht mit, zu kaputt; und nachts um drei oder was wach ich auf und seh, wie er da am Stereoturm steht und Led Zeppelin dirigiert, und trotz Kopfhörer war 's so laut, daß ich davon aufgewacht bin, und er hat *Tränen* in den Augen, verstehst du?«

»Hach!« machte Conny und wischte sich die Augenwinkel.

»Am schönsten«, sagte Anita plötzlich, ruhig, ohne Schwärmerei, »war's in den ersten Jahren mit ihm.«

»Das ist meistens so«, sagte Conny, obwohl auch sie bisher nur eine große Liebe in ihrem Leben gehabt hatte.

»Und später nochmal, nach seinem ›tiefen Winter der Depression‹, wie er das immer nennt, '89/'90, als –«

»– als ihr alle zusammen den langen Griechenlandurlaub gemacht habt, wo ich nicht mitkonnte und wo ihr geheiratet habt«, sagte Conny, als ob Anita das nicht selbst wüßte. Conny nutzte jede zweite Gelegenheit, um's ihr ein bißchen bitter unter die Nase zu reiben. Sie nahm ihr immer noch unbewußt übel, daß sie nicht hatte zur Trauzeugin bestellt werden können, weil sie in Prüfungen steckte – vielleicht argwöhnte sie auch eine Intrige meinerseits.

Sie schwiegen. Die Totenuhr begann, in der Nähe des Eßtischchens, in unheimlichen Abständen mit ihrem dummen Kopf auf den Holzboden zu klopfen. Anita erzählte Conny davon.

Die Gegenstände standen herum. Tisch. Stühle. Sofas. Fernseher. Bett. Trotz ihrer Neugier auf dieses ominöse Kabuff hielt Conny Anitas Zögern aus.

»Mufti hat – in der FREUNDSCHAFTSFIBEL, Paragraph soundso – hat Mufti geschrieben«, lächelte Anita nach einer Weile, »›wer gemeinsam schweigt, wird gemeinsam alt. Wer gegeneinander schweigt, stirbt allein.‹«

Conny befreite sich von Anitas Beinen, stand auf und begann, im Wohnzimmer umherzuwandern. »Aphorismen kann ich nicht ab«, versetzte sie und griff nach ihrem Weinglas.

»Du meinst, du kannst *Mufti* nicht ab.« Anita hatte diesen Verdacht noch nie so deutlich ausgesprochen.

»Sagen wir so: Ich kann's echt nicht ab, wenn *Mufti* Aphorismen macht«, sagte Conny, mit kleiner Geste stehenbleibend. Dann ging sie weiter hin und her, das Glas in der Hand, und entdeckte auf dem Ecktisch den Text für die Suchmeldung und das zu veröffentlichende Foto. »Gottchen«, sagte sie.

»Ja. Dieses grausige alte Bild aus dem Editorial vom ELBE ECHO. Ich hab's in seinem Schreibtisch gefunden. Ich hatte kein neueres.« Anita legte eine Hand auf die Augen. »Wirkt wie 'ne Phantomzeichnung von 'nem Sittenstrolch.«

»Mit Recht, wie wir jetzt wissen.« Conny schlenderte weiter durch den Raum, gähnte und machte, um die Zeit zu überbrücken, die Anita für den Aufbruch nach Winterhude offenbar noch benötigte, ein paar Tanzschritte mit dem Weinglas als Partner. Dabei erblickte sie einige schnellgeheftete Blätter auf dem Bett. Sie griff danach und wog das Papiergewicht. »Vom Großmufti persönlich? FABIANs ENKEL. Klingt ein bißchen – ambitiös. Prätentiös. Nervös.«

»Porös«, sagte Anita. Sie drehte eine Locke und schnippte sie verärgert wieder weg. Sie überlegte, was wohl der Herr Autor zu ihrem Geplapper gesagt hätte. »Hab ich auch in seinem Kabuff gefunden.«

»Was steht denn drin? Warum hast du denn diese Journale nicht mitgenommen?« Conny konnte sich offenbar nicht entschließen, das Glas beiseite zu stellen.

»Sollte wohl 'ne Art Adaption von Kästners FABIAN werden«, sagte Anita. »Weil ich – weiß ich auch nicht.«

»Dacht ich mir«, sagte Conny. »Hab ich aber nicht gelesen.«

»Hast du doch«, sagte Anita.

»Hab ich *nicht*«, sagte Conny und stampfte mit dem Fuß auf.

»Hast du *doch*«, sagte Anita. »Haben wir zusammen gelesen. Auf Amrum, vor – ich weiß nicht, während des Golfkriegs. Das war das einzige Taschenbuch im Supermarkt von Wittdün, das nicht von . . . ritterlichen Ärzten oder adeligen Jungfrauen oder sonstwelchen Pfeifen handelte. – Nichts gegen ritterliche Ärzte«, fügte sie hinzu.

»Hab ich *doch*«, sagte Conny und stampfte mit dem Fuß auf.

»Eben«, sagte Anita. »Jedenfalls, auch bei Mufti heißt der ›Held‹ –« Sie schrak unmerklich zusammen, als sie mit den Zeigefingern Kille-Kille-Häkchen beschrieb, um die unaussprechliche Anführung zu markieren; sie hätte jeden Eid geschworen, daß ich jenen spinösen Brustton aus meinem Geißelrepertoire gewählt hätte, um diese Modegeste zu ächten; einen hohl hallenden Tenor, der letztlich doch nicht viel mehr dahertrompetete als Ich-habe-eine-ganz-tolle-Beobachtungsgabe-und-ihr-seid-alle-Lemminge. Nichts als Amselschelte.

»– Fabian«, riet Conny.

»Genau. Bloß mit Vornamen.« Anita seufzte. »Und – und der ist, so ähnlich wie bei Kästner – nee, *der* ist Werbetexter. Na. Egal. Jedenfalls hat Mufti offenbar dieses Manuskript zum Anlaß genommen – ach. Paß mal auf.« Anita schwieg so lange, bis Conny von dem Papier aufschaute und bemerkte, daß Anita sie nachdenklich ansah. »Was ist.«

»Wie kaputt bist du.«

Conny gähnte halbherzig, blickte ins Weinglas, blickte auf die Armbanduhr, blickte Anita an und sagte: »Gar nicht.«

»Wie spät ist es?«

»Nicht mal zehn.«

»Ich zeig dir noch mal schnell das Kabuff. Und diese ... Journale. Und sein Testament.«

»*Testament?!*«

»Jaa.«

Kurz nachdem sie die Wohnung verlassen hatten, um sich auf den Weg nach Winterhude zu machen, klingelte das Telefon, der Anrufaufzeichner sprang an, und nach meiner Ansage – »Adamczik und Morten. Wer sich seine Salme, Sermone, Suaden und Tiraden von der Lunge reden muß, möge die Piepshow abwarten« – erklang Heidruns Stimme, ihre angesichts von Katastrophen, Skandalen und Sensationen anfallende Aufregung mit einer Lässigkeit verbrämt, die deren Verarbeitung vorwegnahm, damit sie nicht so schwer würde: »Ja, Heidrun hier. Eben erst, die blöde Kuh, hat mich diese Nichte da angerufen, war krank und blabla, aber sie schwört Stein und Bein, daß Muftis aktueller Kontostand, also von heute, 9. Juni«, Papierrascheln, gequietschtes Fluchen, »368 320 Mark und 52 Pfennige lautet. Im Plus, versteht sich. So. Und die letzte Abhebung war 10 000 Mark, und zwar vorgestern.« Kurzes Schweigen. »Bis zwölf bin ich auf. Ach, auch länger.« Wiederum Pause. Dann fügte sie mit 37 Grad Körperwärme, im Mundwerk gemessen, hinzu: »Krösus lebt. Fragt sich bloß, wo.«

Ruderin in Handschellen

Der Weg vom Grenzgebiet Eimsbüttels nach Winterhude führte die beiden Frauen halbrund um den kleinen Innocentia-Park herum, durch kurze Querstraßen mit reich restaurierten Harvestehuder Patrizierhäusern, deren Gediegenheit an volle Pfeffersäcke der Hanse und Hammonia gemahnt, und schließlich über die Krugkoppelbrücke, die eine Klemme zwischen dem verzweigten Kanalsystem des Alsterflusses und der Balgblase des Alstersees bildet, der sich zwischen Uhlenhorst und Rotherbaum bläht, bevor er sein Wasser durch die Fleetkatheter der City ins Hafenbecken läßt.

Conny betrachtete den gleisnerischen Abglanz der urbanen Illumination auf dem Wasserspiegel – wie die zahlreichen Flaneure, die sich über die Brüstung der Brücke lehnten und den Panoramablick genossen. Sie liebte Hamburg mit einer sentimentalen Innigkeit – anders als ihre Kölner Heimat –, seit sie hier studiert hatte und mit einem schönen, klugen Mann zwei Jahre lang glücklich gewesen, bis sie mit Anita 1987 auf die USA-Reise gegangen, während welcher der häßliche, dämliche Kerl schwul geworden war. Autofahrten bei heruntergekurbelten Fenstern durch laue Hamburger Nächte erlebte sie viel zu selten, als daß es ihr mißlingen durfte, vom Anlaß der jetzigen wenigstens diese paar Minuten abzusehen. Und weil ihre Wut auf mich – da Anita nun ihre eigene hatte – verraucht war, gelang es ihr tatsächlich.

Nachdem sie zum fünften Mal an einer offenkundig seit Winter 1991 auf die Fassade eines Bunkers gesprühten Aufschrift – ALLE MÄNNER IN DEN

IRAK – vorbeigefahren waren, ohne einen Parkplatz zu finden, beschlossen sie, den Wagen an der Alster abzustellen und die zehn Minuten zu Fuß zu gehen.

Auf dem Trottoir der Gertigstraße begegneten sie in kurzen Abständen vier attraktiven Männern, die ihnen zulächelten. »Hmm«, machte Conny. Jedes x-te der passierenden Autos war ein Kabriolett. Ein bedrükkender Wind bewegte die Eisreklamefahnen neben den geöffnet fixierten Eingangstüren der Imbißstübchen und Kneipen. An den Tischen draußen saßen leichtbekleidete Leute, tranken Bier und lärmten. Anita bekam Sodbrennen.

Links neben dem Haupteingang des Hauses Nr. 1a – das in einem schwach beleuchteten Hinterhof am Anfang einer Reihe zweistöckiger Wohnhäuser stand, im früheren Jahrhundert Arbeiterunterkünfte – befand sich das Schaufenster mit dem alten Motorrad darin. Und wiederum links daneben die Tür, die zu meiner geheimen Schreibklause führte. Mein Zuname stand unter dem Klingelknopf.

Es ging durch einen kurzen, unbeleuchteten Flur, der muffig roch und bittersüßlich nach Chemie – vielleicht Schädlingsbekämpfungsmitteln. Es war eng, weil die Wände mit Karton- und Kartuschen-, Flaschen- und Flanschen-, Sparren- und Spantenkram vollgestellt waren, wie in solchen kellerhaften Korridoren üblich. Anita zwängte sich zur Kabufftür am Ende des Gangs hindurch. Conny hielt sich an ihrem T-Shirt-Zipfel fest. »Meine Herrn«, stöhnte sie, »was für 'ne Höhle. Bist du sicher, daß wir keine –« Sie brach ab. ›Leiche finden‹, hatte sie sagen wollen.

Anita nahm den zweiten Schlüssel.

Im Kabuff schien alles so, wie sie es ein paar Stunden zuvor verlassen hatte. Sie machte eine Handbewegung. »Das ja 'n Ding«, sagte Conny. »Wovon hat er denn das bezahlt. Ich meine, teuer wird das Loch hier nicht sein, aber für einen Arbeitslosen dürften selbst, sagen wir, 250 Mark im Monat –«

»Ich weiß es nicht. Ich hab seine Kontoauszüge immer noch nicht finden können, obwohl ich sämtliche Akten ...« Anita wiederholte ihre Geste, die etwas zwischen Resignation und Präsentation des Raumes ausdrückte.

Auf zwei stabilen Böcken verschraubt eine wunderschöne, schwarz-grau-grün melierte Schreibtischplatte aus Granit. Neben Stapeln von Papieren und Notizbüchern die alte Kugelkopf-IBM, die ich angeblich längst verkauft hatte. Telefon, Anrufaufzeichner. Stempelkissen, Stempelkissentinte – und fünf Stempelkarussells, in denen 52 verschiedene Siegel baumelten, darunter 49 streifenförmige. Das Prinzip der letzteren hatte Anita am Nachmittag schnell entschlüsselt: Sieben Stück wiesen die Bezeichnung für die Wochentage auf; die übrigen 42 waren Kürzelkombinationen, die einen Zeitraum von zwei bis sieben Tagen zusammenfaßten. Deren spiegelverkehrte Prägungen ergaben »Modi«, »Modimi«, »Modimido«, »Modimidof«, »Modimidofsa«, »Modimidofsaso«; »Dimi«, »Dimido« und so weiter bis hin zu »Somodimidofsa«. Das Gummi einiger von ihnen war noch unverfärbt.

Der Abdruck eines kleinen, quadratischen Stempels –

Tab.:
Alk.:

– fand sich unter nahezu jeder der kalendarisch offenbar lückenlosen, aber undatierten Journaleintragungen, die Nita bisher überflogen hatte. Dessen Bewandtnis war ihr klar. Darunter war jedoch jeweils ein weiterer gesetzt, der nichts als fünf leere Ovale hinterließ, von denen in undurchsichtigen Zyklen meist eines bis drei mit Kugelschreiber ausgemalt worden waren, soweit Anita das überblickte.

Über einen weiteren Stempel, der erst zum Schluß des dritten Notizbuchs auftauchte, vermochte Anita nur ebenso zu rätseln:

Puls:
Körpertemp.:
Flukt. Zentralzust. (ca.): *bar*
Plasmainfl. Font. (ca.): *Titer*
Homöosmotisches Stigma (mikrograd. eval. ca.):

Natürlich hatte Anita als erstes ganz hinten in diesem – chronologisch letzten – Notizbuch, dem FRÜHJAHRSJOURNAL 1995, nachgeschlagen, um einen etwaigen Motivhinweis auf mein Verschwinden zu finden. Vergeblich, zumindest bei der vorerst flüchtigen Lektüre. Außer Alltagsbeobachtungen, unleserlichen Passagen und etlichen kryptischen Bemerkungen fand sich lediglich eine konkrete: *Gestern abend Eugen wiederbegegnet . . .* Des weiteren interessant war allenfalls, daß ich offenbar eine Art Countdown notiert hatte, der sich auf das Datum meines – somit womöglich gar geplanten – Verschwindens beziehen mochte.

Vor der Schreibtischplatte stand ein ergonomischer Bürostuhl, der sicherlich nicht weniger als 3000 Mark gekostet hatte. An der Wand ein Pinboard mit einer alten Fotografie von Anita, an die sie sich nicht erinnern konnte. Der Abreißkalender daneben zeigte *Sonntag, den 28. Mai 1995* an. Dunkles Fenster zum Innenhof, auf dem Blumenbrett unser altes Küchenradio, das Anita bereits auf dem Sperrmüll gewähnt hatte. Weißgetünchte Wände, an einer hingen vier gerahmte erotische Motive. Kleines Regal mit leeren Aktenordnern. Mit leeren Bierflaschen gefüllte blaue Plastikkästen und leere Branntweinflaschen in der Ecke neben der relativ neuen Schlafkautsch. Eckige Steingutspüle mit zwei klebrigen Gläsern darin. Daneben der Zugang zu einem winzigen Klosett, dessen Tür man offenlassen mußte, wenn man draufsaß. Unter der Spüle jener alte, abgewetzte Koffer mit Stahlkappen auf den Ecken, der Deckel offen, Stapel von Papieren darin. Anita hatte am Nachmittag vergessen, ihn zu schließen. »Der stand sonst immer bei uns, in seinem Arbeitszimmer. Ich weiß gar nicht, wann er den hierher –«

»Das ja 'n Ding«, wiederholte Conny, machte ein paar vorsichtige Schritte in den Raum und blickte sich um. Als sie neugierig den Bildern an der Wand zustrebte, stöpselte Anita den Stecker des Anrufaufzeichners in die Steckdose und drückte auf den Abspielknopf. Conny drehte sich zu ihr hin. Anita sah sie mit einem Obacht!-Ausdruck an.

BIEP. »Hier ist Bärbel.« *Bäärbül.* »Bobo, bist du da?« Eine schleppende Stimme, dunkel, weich auf einer Spur gemeiner Selbstgefälligkeit dahingleitend. Gespanntes Atmen. »Ich hab Frikadellen gemacht.« Und mit alberner Verruchtheit: »Und scharf'm Sempf gekauft.« Dann wieder Pause, und schließlich Rascheln und plumpes Klicken. *Sempf.* Pute. *Bobo* . . . So war ich als Kind von meinen Schwestern genannt worden, als sie das d noch nicht artikulieren konnten. Anita hatte ihnen einmal, in meiner Abwesenheit, erzählt, daß Bobo auf Spanisch Hanswurst bedeute, und seither hatten sie immer was zu kichern, wenn sie mich in meinem Beisein mit Bobo ansprachen.

BIEP. Vor der Stimme das Geräusch eines scheppernden Münzmechanismus: »Hier ist Bärbel. Bist du da?« Diesmal lauter, kregler, mit einem kleinen Kieksen als Fragezeichen. Im Hintergrund laute Musik, irgendein Phil-Collins-Hit, ein Sammelsurium von Gerede, eine Männerstimme quarkt in breitem Missingsch darüber. Dann wieder *Bäärbül:* »Böckchen!

Geh ran! – – Ach Scheiße . . . Wenn du noch komms, vergeß das Uldimatum. Ich arbeite schon wieder, aber Tachschicht. Ich geb noch den Wagen ab, und bis vier bin ich bestimmt wach. Kanns ja noch mal anrufen zu Hause. Mmmmmm'*na!*«

Die Endsilben von »Scheiße« und »Hause« sprach sie gekünstelt mondän aus, wie Französinnen die von *France* und *douze*. Zusammen mit den gedehnten Diphtongen ergab das einen unerträglich teenagerhaften Schmoll-Appeal. Der Luftkuß zum Schluß stank nach billigem Kaugummi.

BIEP. »Hier ist Bärbel. Bist du immer noch nicht da? Ich kann nicht schlafen.« Atmen. Dann, weinerlich: »Wir haben uns eine Woche nicht gesehn.« Atmen. »Der Prozeß is wahrscheinlich im August, und du mußt als Zeuge auftreten. Ruf ma zurück.« Aufgelegt.

BIEP. »Hier is' Bäbbl. Böckchen, du komms jetz sofort zu mir.« Kichern. Schluckauf. »Ich muß ma wieder richtich durchgedübelt werden.« Kichern. Atmen. »Du Ahschloch.« Aufgelegt.

BIEP. Eine männliche Stimme. »Hallo Bodo, hallo Bärbel, hier ist Pauli. Ihr seid nicht da, na ja, was soll's, in dem Sinne, du bist genauso'n schlechter Charakter wie – ja ja!, gleich!, in dem Sinne – JA! GLEICH! . . .« Aus dem Hintergrund Murren einer weiteren Person. Dann wieder ›Pauli‹: »Krank, krank, was heißt denn das, Kranksein, Kranksein gibt's nich, hab ich mal gesagt, es gibt nur Kränkung, ach DU KANNST MICH MAL! ICH *DARF* TELEFONIEREN, HAT DOKTER HOMANN GE–« Aufgelegt.

Conny schaute Anita mit hochgezogenen Brauen an. Anita hob die Schultern. Sie wußte auch nicht, wer der Kerl war. Sie hatte meine Journale bisher nicht weit genug lesen beziehungsweise entziffern können.

BIEP. Im Eideidei-Gesang hämischer Achtjähriger:

»Hier ist Bärbel. Hallo Bobobböckchen. Ich hab mir 'n neu'n Slip kekauft!« Und dann, böseböse: »Wenn du dich nich bald meldes, komm ich noch*mal* zu dir nach Hause!« Diesmal ohne Schmoll-Effekt. Aufgelegt. *Nochmal zu dir nach Hause . . .*

BIEP. Kaum abwartend, nichts mehr von bemühtem Sirenengesang: »-ß Bescheid, mein Lieber. Klaub ja nich, daß du mir davonkomms. Alligatorin, *ha,* ha. Ja *scheiße* Böckchen, du machs den großen Macker und ich näh mir 'n Tnopf an die Backe oder was. Nee nee, mein Lieber. Du hörs von mir.« BIEP.

Das Band stoppte. Ein Klacken, und es rollte hell summend zurück.

Mit offenem Mund hatte Conny gelauscht. »Was war *das* denn!« flüsterte sie.

Anita zuckte mit den Schultern.

»Was erzählt die denn da für Zeug! Ultimatum, Prozeß, Alligatorin . . .« Conny warf die Stirn in Fältchen. »Die hat doch 'ne Meise . . .«

Anita hob die Schultern. »Jedenfalls klingt's, als ob ihm die Alte ganz schön Feuer unterm Arsch . . .« Sie winkte entkräftet ab und drehte sich weg. Conny machte ein Froschmäulchen und preßte ihr Doppelkinn heraus. Sie sagte nichts, setzte sich vor den flachen Stapel von Notizbüchern und schaute auf die Pinnwand. »Das bist ja du! Süß! Von wann ist denn *das!*«

Anita stützte sich von hinten auf die Armlehnen, legte das Kinn auf Connys Schulter ab und schmiegte die Wange an die ihre. »Ich weiß es nicht«, sagte sie.

Ansonsten blind vor Leere, war in der Mitte der Pinnwand ein Schnappschuß von ihrem Kopf im Halbprofil aufgespießt, den sie nicht kannte. Er mußte schon älteren Datums sein, als sie ihr Haar noch ganz kurz trug. Der Schwung des linken Oberlippenflügels in Form des mathematischen Zeichens für *ungefähr* gefiel ihr, aber der Anblick des Lächelgrübchens unterm Mundwinkel spülte einen Pfropf Schwermut vom Magen in den Hals. Beim Schlucken gab es einen klebrigen Laut. Ihr Blick verlor sich im wirren Muster der zahlreichen Einstiche von Heftzwecken in der Marmorierung der Korktafel.

Plötzlich sehnte sie sich nach meinem Geruch nach Eisenspänen, den ich früher manchmal verströmt, wenn ich viel gearbeitet hatte; nach meiner einstigen dösigen Zufriedenheit, mit der ich ihren Erzählungen vom Tag einfach nur brummend zustimmte, was ihr das zeitlose Verschmelzungsgefühl schenkte; sie vermißte sogar meine nach Schweißfuß riechenden Socken. Ein Fiepen entwich ihrer Kehle.

Conny drehte den Kopf ein Stückchen zur Seite, um sie anzusehen, und Anita nahm das Kinn von ihrer Schulter, beugte sich zum Schreibtisch und griff nach dem obersten von drei aufeinandergestapelten Notizbüchern mit roten Textilrücken und steifen schwarzen Deckeln im Format DIN A4. Ein Etikett klebte drauf. Die Aufschrift, in kräftigen handschriftlichen, mehrfach nachgezogenen schwarzen Blockbuchstaben, lautete HERBSTJOURNAL 1994. Sie klappte es auf und sagte: »Da. Lies das mal. Oder blätter mal durch.«

Conny seufzte, stützte sich auf die Ellbogen und schlug den Deckel um. Abrupt bäumte sie sich auf und sagte: »Hör mal, meinst du nicht, daß . . . Ich mein, das ist doch 'ne sehr persönliche Kiste, und ich weiß nicht recht, ob man da einfach so –«

Anita brauste auf. »Persönliche Kiste! *Er* ist abgehaun und läßt *mich* allein und macht *uns* alle verrückt! Wenn *er* Scheiße baut, muß er sich nicht wundern, wenn wir drin rumstochern!«

»Jaja, reg dich nicht auf, Schätzchen . . .« Conny begann erneut, die anfangs dünne, fahrige, aus schwarzem Kugelschreiber geflossene Schrift zu entziffern. Anita las mit.

Samstag. Ich äh –
Ganz richtig. Ja schau'n Sie, ganz äh, ganz richtig. Schönen ... *vielen* Dank Herr Dokter. Ja bitte sehr. Wellensittich, Nasenhandtuch. Hähä! Auha.
Tab.: 51 Zig. (Marlboro)
Alk.: 1,5 l Bier / 0,7 l Schnaps
●●●○○

»Was Wellensittich, Nasenhandtuch ... Ist der denn vollkommen jeck?«

Anita schnaubte ob Connys Empörung. »Das ist 'n Heino-Jaeger-Zitat, das Ganze.«

»*Was* für'n Jäger?«

»Das würde jetzt zu weit –«

Conny haute mit dem Handrücken aufs Papier. »'ne ganze Flasche Schnaps – an *einem Tag*, oder was? Gott! – Und diese Eiersymbole da, die vollen und die leeren, was –«

»Das weiß ich auch nicht«, wiegelte Anita ab. »Ich hab ja auch nur 'n bißchen drin rumgeblättert. Ich werd mir das morgen in aller ... Lies mal nur die ersten paar Seiten, nur überfliegen ...«

Das Schriftbild der nächsten Eintragung war prägnant und ebenmäßig, nicht so wacklig und windschief wie das vom Vortag. Dies war meine angestammte Handschrift in halbwegs nüchternem, leidlich konzentriertem Zustand.

Anita kannte das Originalmanuskript vom TRINKER, das Hans Fallada innerhalb von zwei Wochen als Insasse einer geschlossenen Anstalt verfaßt und für den flüchtigen Beschauer unleserlich gemacht, indem er jeden beschriebenen Bogen auf den Kopf gedreht und zwischen den Zeilen weiterbeschriftet, erneut gewendet und auch die nun noch verbliebenen Zwischenräume gefüllt hatte. An gewissen »Stellen« meiner Journale, so hatte Anita entdeckt, hatte ich mich zum einen dieser Methode bedient (und, wie sie an einem Beispiel ausgerechnet hatte, in einem einzigen Anfall mitunter ein Tagespensum von etwa vierzig Normalblättern erfüllt – falls der Abstand zwischen zwei Wochentagen authentisch war). Außerdem jedoch noch einer anderen (und zwar, wie Nita beim Durchblättern am Nachmittag bereits festgestellt hatte, vor allem im WINTERJOURNAL 1995): Dabei verdünnte sich die graphologische Individualität über weite Strecken bis zur Unleserlichkeit. Offenbar immer sobald narrative autobiographische Abschnitte begannen, wurde die Schrift zunächst sütterlinmäßiger, flüchtiger, kursiver, bis sie sich in einer beinah braillehaften Privatstenographie auflöste. Anita beherrschte die Standard-Kurzschrift; dies hier aber ergab nur noch – wenn überhaupt – als Geheimkode einen Sinn.

Die ersten Seiten des HERBSTJOURNALs 1994 allerdings, in dem Conny nun weiterlas, waren noch vollständig leserlich.

Sonntag. Schon wieder den halben Tag albern gewesen. Schuld ein Kater jener tückischen Züchtung, die gern bereits neben dem Bett lauert, wenn man wegen Harndrangs viel zu früh wach wird. Ein verfilztes, nervöses Viech, was so was von knurrt, daß man nicht wieder einschlafen kann, und sich nur dahin verzieht, woher es gekommen ist, wenn man ihm reichlich Bier einflößt – notfalls mit Gewalt. –
Gegen Mittag wieder hacke gewesen. Hihi! Man hat beim Fernseh vor sich hin gekichert und mit'm Kopp gewackelt. Bis abends Entzug verordnet. Dadurch erstaunlich hartnäckige Nervenaffekte; auha, auha. – –
Eingepennt. Spätnachmittags Tremor, Brain Blues. Folglich Sofanießbrauch, Fernseh. Wieder eingedöst.
Vorher freilich klebrige Grübeleien. D. h. ›Grübeleien‹ trifft's nicht recht. Gewaltphantasmagorien?
Nee: 'ne Art Drittes Gesicht, das den Zwischenfall vom Donnerstag korrigiert, immer aufs neue, in Variationen, die glimpflicher, uff: *glorreicher* ausfallen als die historische Wahrheit. Geschnauft vor Aufgewühltheit bei den spannenden Stellen, z.B. wie man den An-

schlag des schmierigen Policenhökers mit einer Kombination von Shoto-uke und Mae-geri abgewehrt, um mit einem Gyaku-zuki kontern zu können, der ihn gefällt hätte wie das Bolzenschußgerät ein Schwein ... »Quiek!« Hähä!
Sobald sich die Wirklichkeit ins Bewußtsein zurückdrängte, gekränkt geächzt. Ah, wenn man dieses rasierte Arschloch doch nur noch *ein*mal zwischen die Finger kriegte ...
Danach hinwiederum Fernseh. Währenddessen plötzlich (Elektrosmog?) kortikale Kapriolen; Proteinmoleküle, opioide Peptide und Steroidhormonenzyme oder was sind durch die Basalganglien übers retikuläre bis ins parasympathische Hypophysensystem gegurgelt und ...

»Unfug reinsten Wassers«, stellte Conny fachgerecht fest.

»Ach das«, Anita winkte ab. »In der ersten Zeit nach seinem Rauswurf hat er sich im Zuge seiner vermehrten Kopfschmerzen mit Neuroendodingsbums und so 'nem Zeug befaßt, unter dem Arbeitstitel ›Theorie des Lochs‹, und –«

»Wer ist denn eigentlich dieser ... schmierige Policenhöker, von dem er da –«

»Der ist identisch mit dem mutmaßlichen Versicherungsvertreter«, sagte Anita. »Erinnerst du dich? Der, der ihm auf der Tankstelle –«

»Ach so.« Conny bewegte einen Finger, als wetze sie eine Scharte aus.

An einem regnerischen Donnerstag im Herbst des vergangenen Jahres (es war der 27. Oktober 1994, zwei Tage bevor ich mit meinen heimlichen Aufzeichnungen begann) hatte Anita am Feierabend ihren »sogenannten Gatten« ins Wohnzimmersofa hingestreckt vorgefunden. Er balancierte einen Eisbeutel auf dem Kopf. Die Stirn war von den wohlbekannten melancholischen »Dackelfalten« (Heidrun) zerfurcht, die in der »cholerischen Kombination« (Iggy) seit jeher aufreizend wirkten. Auf Anitas Frage, was »denn nun schon wieder los« sei, sprang ich auf und zeterte, jemand habe eine Beule in meinen Ford gefahren und mir selbst gar von hinten auf den Kopf gehauen, nachdem ich ihn zur Rede gestellt. Daraufhin habe mein Widersacher Fahrerflucht begangen. Ich fluchte und entwarf eine martialische Verfolgungsvision hinsichtlich jenes »mutmaßlichen Versicherungsvertreters«.

Anita roch buchstäblich, weshalb ich nicht einfach Anzeige erstattet hatte: Erst ein knappes Vierteljahr zuvor hatte ich meinen Führerschein von der Staatsanwaltschaft Hamburg zurückerlangt – nach zwölf Monaten Entzugs wegen Trunkenheit am Steuer. Da Anita eine Geschäftsreise vorzubereiten hatte und mit mir ohnehin seit Monaten nicht gut Kirschen essen war, ließ sie die Angelegenheit auf sich beruhen. Schließlich waren meine Jeremiaden, jeder wolle mir »ans Leder« respektive »Torten antun« (oder mindestens »die Ohren mit Scheiße zuspachteln«), sprichwörtlich.

»Von wegen ›ach so‹«, sagte Anita, blätterte, über Connys Schulter gelehnt, dreimal um und klopfte mit dem Finger auf eine bestimmte Stelle. Conny las ein paar Minuten schweigend, schaute dann auf und sagte: »Dem kann man ja kein Wort mehr glauben. ›Lasterhöhle der feuchten . . .‹ Unglaublich.«

»Jedenfalls«, sagte Anita, »hat er anscheinend zwei Tage nach dem Vorfall mit diesem HERBSTJOURNAL da angefangen.«

»Hm.« Conny blätterte und las zusammenhanglos weiter, was entzifferbar war, überflog hier ein paar Wörter und da eine Passage.

Währenddessen fiel Anitas Blick auf die vier gerahmten, hochformatigen Ölgemälde – Originale ohne Titel, ohne Datum und Signatur –, die an der

Wand gegenüber dem Fenster hingen. In Anmutung und Farbgebung erinnerten sie auf eine Weise an die berühmten Kobertafeln der Reeperbahnfassaden. Und doch waren sie völlig anders. Anstelle statischer, folkloristischer Pin-up-Motive mit aufreizendem Werbungscharakter enthielten diese hier eine spröde pornographische Poesie. Jedes der Szenarien erzählte mit filigraner Technik eine kleine Geschichte in plakativ realistischem, entfernt comicverwandtem Stil – jede mit einem üppigen Weib als Hauptfigur, das die Würde ihres Akts lüstern aufs Spiel setzt. Dem Betrachter der Werke, dem Zuschauer dieser Spiele aber blieben akute Verheißungen versagt; beklommene Sensationen mochten sich später einstellen. Wie bereits ein paar Stunden zuvor betrachtete Anita die Bilder mit widerstreitenden Empfindungen – Trauer und Neugier, Bewunderung und einer Art Zivilisationsscham.

Die erste Szene eine Parkidylle. Inmitten eines Gewässers das glitzernde Spiegelbild der Sonne. Weit im Hintergrund, am jenseitigen Ufer, weiße Villen und ihre baumbestandenen Gärten mit wabenförmigen oder runden reetgedeckten Pavillons. Auf demjenigen der Anlegestege, an dessen Fahnenstange ein schwarzer Wimpel mit goldenem Wappen weht, badet jemand seine Füße. Er scheint durch einen Feldstecher herüberzuschauen, zur diesseitigen, mit violetten Krokussen bewachsenen saftiggrünen Uferböschung, an welcher im Schatten purpurnen Flieders ein aquamarinblaues Ruderboot dümpelt. An der Pinne hat sich ein hingeworfenes Stück blütenweißer Reizwäsche verhakt. Am Bug ein schwarzer Stander mit wiederum jenem goldenen Wappen, das hier, im Vordergrund, deutlicher erkennbar ist, aber rätselhaft bleibt, ein Symbol wie eine komplizierte Drahtplastik, welche die Zeichen für Paragraph und Dollar, das Verknüpfungs-, Tilgungs- und Unendlichkeitszeichen ineinanderflicht – und doch wieder nicht. Darunter der Schriftzug *Ananke*. Vertäut ist das Boot an einem der Löwenfüße einer Parkbank, auf der sich eine schwarzgekleidete Frau rücklings über die Lehne streckt; ihr Rock ist über die Strumpfhalter bis in die Lenden gerutscht. Tief in ihrem Schoß versenkt eine Hand, von der nur der Daumen hervorragt, der Daumen eines zottigen, verwahrlosten Mannes, der im Gras kniet. An der klaffenden Bluse der Frau, unter den geschwellten Brüsten, ist nur noch ein Knopf übriggeblieben. Ihr schwarzes Haar hängt bis auf den Boden, gleich der zartgrünen Schleppe einer Trauerweide hinter ihr; ihr Halsschmuck funkelt ebenso golden wie das Abbild der Sonne im See und wie die Handschellen, die sie hinterrücks an den Holm der Lehne fesseln.

Das zweite Bild. Eine weite sommerliche Liegewiese, umsäumt von grünen Bäumen, vielleicht in einem Volkspark. Im Vordergrund vier, fünf Liebespaare, ganz bei sich; links ein paar Fußballspieler, rechts etliche Schwarze mit Bongotrommeln, Rumbakugeln und Saxophon. Im Zentrum des Bildes, mitten auf der Wiese, die Seitenansicht einer braungebrannten Frau in blauem Leibchen, die mit eingeknicktem Kreuz rittlings auf dem Becken eines Mannes kauert, das durch einen verrutschten Streifen Badehose gekennzeichnet ist. Sie stützt sich auf seinen ergeben hochgewinkelten Unterarmen ab – oder hält ihn daran fest –, ihre bloßen Knie in seinen Achselhöhlen, und schaut ihn im blonden Schatten ihres Haarmantels an – oder sich selbst unterm Bauch hindurch zwischen die Beine. Überm gereckten Rund des Gesäßes der schirmartige Faltenwurf des Hemds, auf der Hüfte liegt der Saum, und drunter hervor kurvt die entblößte Unterseitenlinie und geht in die Keulenform des Oberschenkels über, der auf dem rundlichen Wadenkolben ruht. Die beiden Unterleiber sind durch ein schmales Stück fleischfarbenen Verbindungsglieds gekoppelt, das seltsamerweise desto deutlicher wurde, je weiter man sich von dem Bild entfernte. Im Hintergrund, vom anderen Rand der Wiese, schauen eine alte Dame mit Hund, Stock und Hut, ein Radfahrer und zwei Dauerläufer herüber.

Die vorherrschenden Farben des dritten Bildes waren Rot, Grün und ein blau-braunes Grau. Hinten links, am finsteren Horizont einer weiten, feuchtgrün verwischten Ebene, schlägt ein knallrot geäderter Blitz in einen fast kahlen Baum. Die Farbe des Blitzes und die Farbe des herbstlich löchrigen Laubbaldachins einer Blutbuche im rechten Vordergrund sind die dramatische Übertreibung der Haarfarbe einer Frau, die an gestreckten Armen vom niedrigsten und stärksten der Buchenäste hängt, und der Farbe ihres Kleides, das fast den Boden berührt, während sie ihre Beine um den Nacken einer gesichtslosen, herrenhaft gekleideten Gestalt verschränkt, deren Arme ihren Rücken stützen.

Dreiviertel des letzten Gemäldes zeigen eine von einer unberührten Schneedecke überzogene Hügellandschaft. Im eisblauen Himmel oben rechts eine glänzende Passagiermaschine im Steigflug. In der oberen linken Ecke, auf einem bewaldeten Berg, beginnt die Spur einer Loipe, die im unteren rechten Viertel an den Kufen eines Schlittens endet. Ein Milchbart mit Pudelmütze sitzt drauf und starrt mit offenem Mund, aus dem Atemdampf dringt, eine Frau in hohen schwarzen Stiefeln an, die ihm gegenübersteht, mit der Linken den Schoß ihres Hermelinmantels zurückschlägt und eine violette Takelage von Hüfthaltern offenbart, French Knickers und dünne Strümpfe mit Spitzenbordüre. Mit der rechten Hand zeigt sie ihm einen glitzernden, dünn dampfenden Vibrator – er ist so groß wie der Rumpf des Flugzeugs über ihnen, und sie hält ihn im selben Winkel. Ihr Haar ist weißblond und bläulich schattiert wie die Schlagschatten des Waldes, aus dem der Junge hervorgeschlittert kam.

Da es sich um Originale handelte, dürften auch diese Kunstwerke ein erhebliches Geld gekostet haben. Anita ließ sich auf die Schlafkautsch fallen, in dessen Ritze sie am Nachmittag einen Kajalstift und eine Handvoll Tampons gefunden hatte. Sofort sprang sie wieder auf; womöglich hatte diese Schlampe darauf menstruiert . . .

»Was ist denn das für'n *Scheiß«*, sagte Conny mit ärztlicher Autoritätsstimme und ließ ein paar Blätter des Tagebuchs über die Daumenkuppe knistern. »Was faselt er denn da von ›dem ganzen Kies‹, und war er tatsächlich in Nordtirol . . .?« Sie blickte über ihren Ellbogen nach Anita.

»Mir«, erwiderte sie, »hat er von einem Journalistensymposion in der Pfalz . . .«

»Und dann diese . . .« – Conny nahm das Tagebuch zur Hand, nur um es gleich wieder hinzuwerfen – »ständigen schlüpfrigen . . . Der kann einem ja . . .«

Plötzlich wurde Anita von einer überwältigenden Müdigkeit gepackt. Das war häufig so gewesen in den letzten Tagen. Sie nahm die Vorzeichen gar nicht mehr wahr, mit einem Mal wurde ihr schwindlig, die Augen brannten, und sie konnte sich auf nichts mehr konzentrieren.

»Ich muß nach Haus«, sagte sie.

Conny stand auf, steckte die Journale in eine Plastiktüte und legte den Arm um ihre Schulter. »O.K. Gehn wir.«

»Moment noch«, sagte Anita und wühlte ein wenig in dem Stapel Papier herum, bis sie ein paar maschinegeschriebene Bögen gefunden hatte, die in einer Schutzhülle steckten. »Hier«, sagte sie und drückte sie Conny in die Hand. »Lies das noch mal eben.«

Conny sah sie besorgt an. »Können wir doch auch mitnehmen.«

»Nein. Das will ich in meiner Wohnung nicht haben. Erst die Totenuhr und dann auch noch 'n Testament – nee.«

Mein letzter Willi. Testament von Bodo Morten
Mein Leben lang habe ich von meinem Willen nicht allzuviel gehalten. Er war bestenfalls ein Willi, schlimmstenfalls ein armer Willi. Dies ist mein letzter Willi.
Im Falle meines Ablebens täterätä verfüge ich folgendes:
1. 80% dessen, was ich an Geld, Tantiemen, festverzinslichen Wertpapieren, Aktien, Kommunalobligationen, Goldbarren, Immobilien, Pfandbriefen, Mammon und Groschen besitze und je besitzen werde, vermache ich meiner ewigen Ehefrau, festen Freundin und geliebten Anita Heidemarie Adamczik.

»Kommunalobligationen«, höhnte Conny. »Der hat doch vermutlich nicht mal Euroschecks.«

Anita sank aufs Sofa und blieb diesmal sitzen. Ihr Blutkreislauf spielte verrückt. Außerdem tat es ihr – bei allem eigenen Zorn – weh, daß Conny ihren lange verborgenen Spott nun mit schwesterlicher Triezlust ungehemmt über mich ausschüttete. Sie schloß die Augen. »Lies schnell durch.«

2. Meine Bibliothek erbt Heiner Wedel, wobei sämtliche Vorsatzblätter mit dem wie folgt modifizierten Wortlaut einer Widmung J. D. Salingers zu versehen sind: »Wenn es noch einen Amateur-Leser auf der Welt gibt – oder irgend jemanden, der einfach nur liest, um zu lesen, dann ist es Heiner – und so bitte ich ihn mit unaussprechlicher Zuneigung und Dankbarkeit, sich in die Widmung dieses Buches mit Gleichgesinnten zu teilen.«
3. Zum Nachlaßverwalter meines öligen Œuvres bestimme ich kategorisch meinen großdenkenden, -herzigen, -zügigen, -artigen und -gewachsenen Freund Leonard ›Leo‹ Verlehn. Lieber Alter. Bitte mach damit, was du willst. Vielleicht schreibst ja Du die FREUNDSCHAFTSFIBEL zu Ende. Ich weiß nicht, was ich Dir sonst geben soll.

»Welche Ehre«, brummte Conny.

4. Meine unteilbare Briefmarkensammlung kriegen meine Neffen, die sie verdammtnocheins in Ehren zu halten haben. Jeweils der darf sie aufbewahren, der im Lesen und Schreiben bzw. in Deutsch mindestens ein ›Gut‹ und/oder in Mathe/Chemie/Physik ein ›Mangelhaft‹ nachweisen kann. Bei Gleichstand entscheidet das Los. – Vor Übermachung ist die Sammlung in Anwesenheit des Verblichenen der nie genug zu beweihräuchernden Wencke Myrhe, Schlagersängerin, zu zeigen sowie Britta Legrand.
5. Mein Schachbrett, meine Schachfiguren und meine Schachuhr gebühren Kai Kersten. Sowie außerdem mein Squash- und mein Tischtennisschläger samt Zubehör und mein Privatqueue. Plus Kiste Beefeater's Gin und Kistchen Rheila-Pastillen. In tiefer alter Freundschaft.
6. Bei meinem ältesten brüderlichen Freund und Intimus Johannes ›Satschesatsche‹ Bartels liegen per Verfügung 10% meines Vermögens. Sie sollen ihm streng vertraulich zum Zweck zufließen, regelmäßige Besuche bei Möbel Krafft, Möbel Meyn, Dodenhof und anderen Freudenhäusern seiner Wahl vorzunehmen. Toffifee, Mister Tom, Erdbeertorte, alkoholfreies Bier und Metaxa werden gestellt. Sowie 1 Doppelzentner Zwiebeln.

»Wencke Myrhe ... Dieser Jeck ...«, murmelte Conny, und dann lauter: »Wer ist denn Britta Legrand? Und was denn nun schon wieder für 'n ›Vermögen‹?«

7. Weitere 10% meiner Geldmittel stehen meinem unverbrüchlichen alten Freund André Bolling zu. Für seine Arbeit in einem Entwicklungsland, eine Arbeit, die mich vor Bewunderung und Demut sprachlos macht.
8. Alles, was sich auch nur im entferntesten zum Sammeln eignet – etwaige Comics, Streichholzschachteln, Horror-Kassetten, sog. creatures, rororo-Krimis, Pullover, Nippes, Tand, leere Dosen, Kästchen, Flaschen, Riegel, Siegel, Schniegel, Tiegel und Ziegel –, sei Heidrun Ketz und Klaus Krause-Ketz in tiefer Dankbarkeit übereignet.
9. Krauser, klumpiger, klobiger Kumpel Kolk – Du, Alfred, altes Haus, nimm als Zeichen meiner persönlichen Wertschätzung den hornigen Zehennagel unser aller Satschesatsche, den er mir im Jahre 1978 als Zeichen *seiner* ›persönlichen Wertschätzung‹ auf dem Kor-

ridor der legendären gemeinsamen Wohnung in der Bürgerweide überreichte, und horte, hege und pflege ihn, bis daß er weiterhumpeln muß von Kumpel zu Kumpel, vom Staub zum Staube.

10. Heinrich ›Iggy‹ Igelmann, bester und liebster aller bisherigen Arbeitskollegen: Du nimm alle meine Videokassetten und CDs, LPs und MCs. Und halt die Ohren steif. Ganz richtig.

11. Ruhen möchte ich im haßgeliebten Kaff, auf dem Friedhof am Mühlenteich, Grab Nr. soundsoviel. Ich wünsche einen schlichten Feldstein mit folgender Inschrift:

Bodo Gustav Morten
geboren 11.2.1957
gestorben ?
Er war ein fairer Verlierer.

Die Beerdigungsfeier soll recht fröhlich und lustig verlaufen. Ein bißchen Spaß muß sein. Statt Grabrede mögen deshalb bitte Anekdoten über mich erzählt werden, gern auch peinliche oder unzutreffende.

Trauer ist nur um mich erlaubt, nicht etwa um die Tatsache, daß ich nicht mehr bin. Auch wer meine endgültige Abwesenheit zum Anlaß nimmt, die eigene Vergänglichkeit zu beklagen, betrachte sich als freundschaftlich gerügt. Wer weinen will, soll doch, aber anmutig. Schwarze Kleidung ist lediglich in Form von sexy Unterwäsche, kurzen Röcken etc. statthaft. Die Herren sollten vif, viril, virtuos vital und virtuell violent auftreten.

Nach einer angemessenen Zeit des zwanglosen Plauderns sollen Kolk, Satschesatsche und André fürs Abspielen des Led-Zeppelin-Songs ›Babe I'm Gonna Leave You‹ sorgen.

Danach geht man nach Haus, freut und schwört sich, daß man noch lebt und das beste draus macht und sich erfaßt und das Seine ohne Entäußerung und Entfremdung in realer Demokratie begründet, damit in der Welt etwas entsteht, das allen in die Kindheit scheint und worin noch niemand war: Heimat. Oder man sucht die Gaststätte Heitmann auf und heim, um abzuwarten und Bier zu trinken.

Anita aber, Liebe meines Lebens, Du versunkener Schatz meiner immerwachen Träume: Such Dir sofort einen lebendigen Mann.

Ich versichere, daß ich im Vollbesitz meiner geistigen Kräfte bin.

Hamburg, 28. Mai 1995.

Bodo Gustav Morten.

Das bezweifle ich, dachte Conny, äußerte diesen Gedanken allerdings vorerst nicht. Obwohl sie ahnte, daß Anita genau das von ihr wissen wollte.

Das blaue Relief

BINGOooo ...

Der Zwieklang der Türglocke, ein schlichter Xylophonakkord. Offenbar hatte selbst Satsche – alle anderen waren bereits da – keine Lust, eine ausgiebigere Jazzphrase von fröhlicher Hysterie erklingen zu lassen, wie zum Zeichen seiner Ankunft sonst üblich. Es war Samstag, der 10. Juni 1995, kurz nach fünf Uhr nachmittags.

Eine Vorgartenbreite hinter den Blättern und Ranken der Topfpflanzen auf dem Fensterbrett des Schlafraums, in den man durch den breiten verschalten Durchbruch schauen konnte – gleichviel wo im Wohnzimmer man saß –, tobten drei Mädchen in T-Shirts und Shorts auf dem Trottoir herum. Der blondeste Kopf, über dem Arme ruderten, schien einen halben Meter über den beiden anderen auf und ab wippenden einherzuschweben. Das Kind übte auf einem Einrad, wie durchs bodentiefe, breite Wohnzimmerfenster schließlich zu erkennen war. Ihr Gezwitscher unterschied sich von dem des Amselmännchens, das in dem Holunderstrauch von Zweig zu Zweig sprang, lediglich in der Sprache.

Weder diesem noch jenen mochte Anitas kraß starrer Blick folgen. Nachdem Conny ihr die Lauferei um Selters und Kaffee und Gläser, Tassen und Löffel und Dosenmilch verboten und selbst übernommen hatte, hockte sie neben Heiner auf der Sofalehne und starrte aus dem Fenster. Seit ihr das Kuvert mit dem Schlüssel zugespielt worden war, fühlte sie sich beobachtet – doch jemand Verdächtiges entdeckte sie nicht. Ein-, zweimal hatte sie – völlig unwillkürlich – stoßartig ausgeatmet wie eine noch einmal absetzende Sportschützin, ohne dem Blick eines der Anwesenden zu begegnen. Dennoch verzogen unsere Freunde ihre langen Gesichter zu einem Lächelersatz. Ihre Gesten waren immer noch – auch wenn das Leben weiterging – freundlicher als gewöhnlich, höflicher, fast feierlich. »Geht schon, reicht schon«, krächzte Satsche, der seine muskulösen Beine zwischen dem Tisch und Heiners Knie hindurchzwängte, um neben Kai und Iggy auf dem Fernsehsofa Platz zu finden. »Mann, ich schwitz wie ...«

Am Nähmaschinentischchen saß, mit einem Zettel in der Hand, Heidrun. Leo, ihr gegenüber, las in meinem HERBSTJOURNAL. Am Morgen hatte er die mallorquinische Finca verlassen und war nach Hamburg geflogen. In seinen braungebrannten Gesichtszügen spiegelte sich ein unfairer Kampf zwischen schlüssellochguckerischer Betretenheit und Schmelzdruck im Zwerchfell.

»Haben alle was zu trinken?« Conny scherte sich um ihren Partykeller-Ton schon von Berufs wegen nicht. Sie legte Anita den Arm um die Schulter. »Erzähl«, sagte Satsche rauh.

Es ging um die Details. Nach der Rückkehr aus meinem Kabuff hatte Anita Heidrun zurück- und anschließend Satsche angerufen, äußerst kurzgefaßt (sie war völlig erschöpft), so daß zumindest die wichtigste Nachricht, daß ich noch am Leben war, per inzwischen eingeschliffener Telefonkette noch in der voraufgegangenen Nacht überliefert worden war. Die verhaltenen Reaktionen der Erleichterung deuteten auf allzu lang unterdrückte Vorstellungskräfte hin.

Nun überließ Conny Heidrun das Protokoll ihrer Ermittlungserfolge. Heidrun eröffnete im bekannten offensiven Schnatterton – angesichts ihrer tiefen Sehnsucht nach Überflüssigkeit jedweden menschlichen

Gesprächs eines der hübschesten psychischen Paradoxe, die es gibt –, daß ich offenbar »ein wohlhabender Mann« sei. Dann erwähnte sie Nispa-Nichte und Kontostand.

»Quatsch«, ließ Satsche erbost hören. »Der hat noch nie Kohle gehabt. Schon gar keine 370000 Eier. Woher soll er die denn –«

»Das wußte die Nichte nicht«, fuhr Heidrun fort. »Jedenfalls sind seit September '93 vier größere Beträge zwischen rund 70000 und rund 100000 per Sch–«

»September '93!?« Satsche wurde steif vor Wut. »Und dann scheißt er sich wegen 'nem Pfund Zwiebeln ins Hemd?« Von einer Sekunde zur anderen glaubte er's plötzlich doch.

»– per Scheck eingegangen. Die dumme Kuh hat nur auf die Auszüge geguckt, und bei Einzahlungen per Scheck steht dann ja immer nur ›siehe Beleg‹ daneben oder so ähnlich. Ich hab ihr gesagt, sie soll Montag noch mal einen Blick in diese Belege werfen.«

Heiner bat sie, die Glaubwürdigkeit der Nichte einzuschätzen. »Warum sollte sie lügen?« sagte sie, die Ellbogen in den Handtellern. »Sie hätte das Schmiergeld doch wohl auch von uns gekriegt, wenn Muftis Konto dreihunderttausend Miese ausgewiesen hätte.« Verschiedene Spekulationen wurden laut. Lottogewinn? Erbschaft? Von wem? Erpressung? Absurd. Sonstige krumme Geschäfte? Gewinne beim Zocken? »Zocken? *Mufti?*« Kai hatte oft genug Skatperlen vor die Säue werfen müssen.

»Also ich weiß nicht«, begann plötzlich Leo, der allmählich ein wenig irritiert wirkte, »ob uns das überhaupt was . . .« Er brach ab.

»Es war Anitas verständlicher Wunsch, darüber was herauszufinden«, sagte Heidrun schlicht. Leo nickte vorerst nur.

Weitere Mutmaßungen über die abgehobenen 10000. Ob ich mich »abgesetzt« habe? In irgendwelchen zwielichtigen Transaktionen verstrickt sei? An keine dieser Möglichkeiten glaubte irgendjemand von ihnen ernsthaft. Sie waren perplex.

Einschließlich Anita. Auch sie, wie alle anderen (bis auf Leo natürlich, der an dem »Coup« beteiligt war), hat erst einige Stunden nach jener dritten und letzten Krisensitzung die Erklärung für meinen verheimlichten Wohlstand erfahren.

Wiewohl sie ihr nicht weiterhalf, drängte sich Anita im Gegensatz zu den anderen allerdings eine unwillkürliche, vage Assoziation auf, die ihrem Gespür für menschliche Schwächen entsprang. Sie rührte von der Lektüre meines Kindertagebuchs aus den Jahren 1968/69 her.

Am frühen Morgen dieses Samstags hatte Anita – sie konnte nach Heidruns Nachricht trotz ihrer Erschöpfung nicht schlafen, Conny hingegen schon – erneut in meinen Journalen gebüffelt und vergeblich versucht, die neuralgischen Abschnitte zu entziffern. Anschließend war sie wiederum ins Kabuff gefahren, um nach weiteren Spuren zu suchen, nun insbesondere auch nach Hinweisen auf die Herkunft meines plötzlichen Reichtums. Unter anderem schaute sie im Koffer nach. Seit ich, nach unserer langen Griechenlandreise, im September 1990 zu ihr gezogen war, gehörte jener abgewetzte Koffer mit den Stahlkappen auf den Ecken eigentlich zum Inventar meines Arbeitszimmers. Wie sie Conny gegenüber bereits angedeutet hatte, war ihr nie aufgefallen, daß er daraus verschwunden war. Sie wühlte zunächst ziellos in seinem Inhalt und entdeckte Kladden, Notiz- und Tagebücher, Manuskripte in Ringbüchern und Schnellheftern wieder, die ich ihr 1983, als wir uns kennengelernt, zum Teil einmal gezeigt und vorgelesen hatte.

Dabei stieß sie unter anderem auf jenes eselsohrige Notizbüchlein, das weder Umschlag noch Vorsatzblatt mehr aufwies, die erste Seite – eingerissen und schmutzig, zerknittert und fettfleckig – notdürftig mit einem Klebfilmstreifen am geleimten Rücken befestigt, der durch die jahrelange Lagerung plan zur Vorderseite gepreßt worden war. Die drei Seiten des Schnitts hatte mein elfeinhalbjähriges Ich mit inzwischen verblaßtem Filzstift blau eingefärbt. Die Paginierung, von 8 bis 141, fälschlicherweise rechts mit geraden Zahlen begonnen. Die Handschrift noch nicht sehr flüssig, längst noch nicht aller kindlichen Schnörkel ledig.

Dienstag, den 12.11.68. Die Schule war ganz prima und hat Spaß gemacht. Nachdem ich von 14.15 Uhr bis 15.00 Uhr gelesen hatte, habe ich mir aus der Kasse 30 Pf genommen, habe mir dafür bei Heitmann Lakritzen gekauft und bin zu Johannes gefahren. Wir sind zusammen mit André zum Kompfermantenunterricht gefahren. Als der zu Ende war, sind wir nach Hause gefahren. Ich bin zu Tante Machta gefahren, weil Mama dort zu Dutschkes Geburtstag war, nachdem ich meinen Tornister in den Schuppen gestellt hatte. (Dann) Als ich angekommen war, sollte ich (be) für Tante Machta Milch holen. Bei Friedrichs angekommen, bat ich um 2 Liter Milch und gab eine Mark hin. Da fragte mich Frau Friedrichs, ob ich Latein oder Französisch hätte. Ich antwortete: »Latein!« – »Ja«, sagte (Sie) sie, »Heike hat auch Latein und hat nur einsen geschrieben!« Mir gingen die Ohren über! »Oiiiiiiiiii!« sagte ich. »Ich habe ›nur‹ zwei zweien geschrieben!« Das war natürlich geschwindelt, ich hatte nämlich eine drei und eine vier. Das wollte ich aber nicht zugeben. Ich muß wirklich ein wenig üben. Habe ich überhaupt schon mal geübt? Zwei einsen! Mann! Ich war wie vor den Kopf geschlagen. So gut war die! Kaum zu glauben! Benommen ging ich wieder zu Tante Machta. Dort trank ich von der Milch und aß Kuchen. Ich habe schon wieder gelogen. Ich habe Papa vorgeschwindelt, daß ich eine 2 in Mathe hätte. In Wirklichkeit hatte ich eine schwache vier! Nun, so hatte ich 50 Pf und hab mir so auch noch 50 Pf zusammengemausert. Nun habe ich schon 27,00. Ganz schön!
2 Zigaretten (Steuwesand)

In der Tat, dachte Anita, als sie das Notizbuch in den Koffer zurückwarf, ganz schön, ja. Und wie hast du 's diesmal geschafft?

Sie stöberte weiter und fand zwei Sammelbände »Kriminalstories« – das »Copyright« stammte von 1970 –, jeder 150 linierte, an den linken Randstreifen aufeinandergeklebte DIN-A5-Blätter stark. Schwarzweiße Kalenderillustrationen bildeten die Umschläge. Der von Band 1 zeigte die Reeperbahn – darüber prangten der mit Scribtol gezeichnete Titel, TABU, sowie der Autorenname John F. McCormick –, den zweiten Band – DER EINSAME EREMIT – zierte eine Ansicht des Schwingetals bei Stade.

Es handelte sich um insgesamt neun Whodunit-Thriller, die ausnahmslos mit Sätzen begannen wie *Gleich lautlosen Schatten huschten ein paar Gestalten durch die nächtlichen Straßen von London.* Es wurde zahlreich gehechtet, gestarrt, chloroformiert und verhört im McCormickschen Werk. Die eine der beiden Titelgeschichten spielte gar in Afrika, RACHE FÜR DEN VATER – Ödipus, ick hör dir reuig trapsen –, hingegen in Itzehoe, Paris und Madrid, mit Showdown im Kastilischen Scheidegebirge (an keinem dieser Orte, das wußte Anita, war ich bis zum heutigen Tage je gewesen) und strotzte vor Formulierungen wie *Der Mann sah Coirier-Baßmann an: »Ich heiße Fritz Frankelmann«*, *Georg flog in den Hühnerstall* und *Ich zapfte deinen Benzintank an und kam mit einem Weinbrant zurück.* Und die Moral von der Geschicht': Verlobe dich bloß nicht! Denn wenn die Zukünftige beim Versuch ertrinkt, ihren Pudel vorm Ertrinken zu retten, mußt du wohl oder übel den Vater deines besten Freundes im Hühnerstall erschießen, dem Schwager in spe die Schuld in die Stinkstiebel schieben, ja letztendlich praktisch halb Europa liquidieren, einschließlich deiner selbst.

Und diese Namen! Das Pandämonium eines irren Onomastikers. Coirier-Baßmann zu übertreffen war natürlich nicht einfach gewesen. McCormick führte Bäuther, Kläcke, Tharant ins Feld und Sarbe, Duffske, Loeck, ja Elisa Edamm und Harald Höck, den Diener Sebastian Knörre, den Verleger Brian McClinch, den Kommissar Konrad Richard Anton Xander, genannt Krax, sowie den Senator Dr. Kasper Ole David Hansen von Berger-Iserloh. Doch gelingen tat 's ihm, wie Anita fand, erst mit Ronald Ranold (der kurz vor seiner Ermordung freilich umstandslos zu Roland Ralond mutierte).

Als nächstes erregte eine Broschur aus zwölf in der Mitte geknifften Rechenblockbögen plus zwei exakt aufeinandergeklebten als Umschlag ihre Aufmerksamkeit. Die Größe der beiden angerosteten Klammern kam ihr ungewöhnlich vor, und sie schaute im Falz nach. Zurechtgebogene Büroklammern waren es nicht, dann hätten an den Begradigungen Höckerchen zurückbleiben müssen – auch nach fast fünfundzwanzig Jahren noch. Vermutlich Drahtstücke. Anita hielt das geschlossene Heft mit beiden Händen am unteren Ende und ließ es gedankenverloren wippen. Der pappige Korpus gab ein flappendes Geräusch von sich, manchmal beinah knöchern wie durchgestreckte Fingergelenke. Auf dem stockfleckigen Deckblatt waren, wahrscheinlich wiederum mit Scribtol, in kantigen schwarzen Blockbuchstaben viereinhalb Wörter aufgetragen.

Georg S. Neckar

Fünf Karoreihen tiefer:

Theo

Und ganz unten:

Erzählung

Auf der inneren Umschlagseite stand in roten Lettern, einer serifenlosen Druckschrift nachempfunden:

Alle Rechte vorbehalten
Printed in Germany 1971
Copyright by Authore 1971 (Mai)

Eine mustergültige Schülerhandschrift inzwischen, rund und geläufig. Das S hatte schon keinen Aufstrich, das T keine Häkchen, und das H war kein Grundschüler-J mit angehängtem l mehr, sondern bereits Blockbuchstabe. Als Anita mit den Fingerkuppen übers Papier fuhr, ertastete sie ein ebenmäßiges Relief aus Schlaufen, Wellen, Kringeln und Knötchen, das sich durch den Druck eines blauen Kugelschreibers auf dem einstigen Blütenweiß des karierten Papiers Anno 1971 sanft erhoben hatte und auf dem vergilbten heute immer noch bestand.

Sie blätterte ein wenig darin herum, und bei einer Passage verweilte sie:

Jetzt erst dachte Theo wieder an die reale Wirklichkeit: Er war einfach von der Schule, ohne Mappe mitzunehmen, ausgerissen. Was würde der Lehrer denken? Und die Eltern? Man suchte ihn jetzt bestimmt schon. Ich werde nie zurückkommen! dachte Theo. Nie! Die Polente soll mich hier finden, hier im Wald. Ich werde dort oben am Ast hängen, und die Lehrer und diese Schweine sollen sehen, was sie angerichtet haben! Die Menschen haben mich in den Tod getrieben, obwohl ich selbst ein Mensch bin. Ja, ich bin doch auch ein Mensch! Warum werde ich ausgestoßen, warum? Ich habe doch dasselbe Blut wie Schmidt, warum ist er was Besseres als ich? Nur, weil ich nicht so ein Sportler bin wie Schmidt? Nur weil ich ein Streber bin? Weil mir vom Rauchen schlecht wird? Weil ich kein Bier mag? Weil ich rote Haare habe? Was habe ich denn getan? Was habe ich euch allen getan?

Anita schlug das Heft wieder zu. In realer Wirklichkeit hieß der Naseweis natürlich ebensowenig Georg S. Neckar wie jemals John F. McCormick. Inzwischen war er nicht mehr dreizehn, vierzehn Jahre alt, sondern achtunddreißig und 'n Keks. Und dennoch war der Authore, ohne Mappe mitzunehmen, ausgerissen. Und von der Polente war allenfalls seine Leiche zu erwarten.

Anita ließ die Seiten wie ein Daumenkino laufen, allerdings von hinten nach vorn, und die flatternd blickfangenden Fragmente faßten die Neckarsche Belletristik rückwärts zusammen:

was Blödes! Selbstmordver
er die Schlinge über
ein Ausgestoßener. Niemand
unser alter Pastor
fanden die Eltern den Namen »Theo« so gut
der Lehrer denken? Und die
»Locus?« – »Ort, Platz, Stelle!«
I. Kapitel. Familie Amadeus war umgezogen.

Familie Morten war nie umgezogen, wie Anita wußte, und weder war ich je rothaarig gewesen noch ein Streber (sondern dunkel und zweimal sitzengeblieben); ich hatte mit elf Jahren zu rauchen begonnen und Bier zu trinken mit vierzehn.

Danach stieß Anita auf einen orangefarbenen Schnellhefter, der unter anderem durchnumerierte Bögen mit der Kopfzeile *Persönliche Hitparade* enthielt. Akribisch waren nicht nur – anfangs wöchentlich, dann gar alle drei bis vier Tage – je zwanzig Titel samt Interpreten, deren vormalige Placierung und die Abgänge aufgelistet, sondern auch – alle fünf Hitparaden wieder – die akkumulierten Wertungen. Die erste datierte vom 4. September 1971 (1. Platz: Three Dog Night, »Liar«), die letzte vom 29. April 1972 (Led Zeppelin, »Rock 'n' Roll«).

Im April 1972 war Anita elf gewesen, ging noch in Lagos zur Schule und kannte sich mit Daddys Beethoven und Mahler aus und Mamas französischen Chansons. The Who, Led Zeppelin oder Creedence Clearwater Revival lernte sie erst nach dem Umzug nach Athen kennen, in den Ferien auf Kreta, durch Hippies, die in den Höhlen und an den Stränden der Südküste gammelten. Sie war noch keine 13 und hatte sich in einen goldhaarigen Unterprimaner verliebt, der den ganzen Tag zum libyschen Horizont hinübergaffte und kiffte. Obwohl sie schon ihre erste Menstruation hinter sich hatte, nahm er kaum Notiz von ihr. Als die Batterien des Kofferradios leer waren, schenkte er ihr immerhin sein gesamtes Kassettenkontingent, das sie hütete wie einen Schatz, bis er beim Umzug nach Bonn verlorenging. Noch heute kann sie »Pendulum« auswendig, und wenn – im Zuge der grassierenden Seventiesnostalgie – beispielsweise T. Rex' »Get it on« im Radio gespielt wird, erwartet sie noch heute den Baßgroove, das stete sirrende Plätschern des Schlagzeugbeckens und das Gewitterknistern von »Riders on the Storm« als nächstes – so sehr hat sich die Abfolge der Kompilation des Goldhaarigen in ihrem Gefühlsmuseum etabliert.

Anita blätterte um und um. Seitenlange Listen, *Besetzungen von Rockbands*, Led Zeppelin an erster Stelle, Uriah Heep, Deep Purple und Black Sabbath, Frumpy und Santana, Alice Cooper und Jethro Tull, Golden Earring, Grand Funk Railroad, Grateful Dead, Humble Pie, Mountain, Byrds, Pink Floyd und Dutzende weiterer, abgeschrieben aus POP und MUSIK EXPRESS ...

Eine Reihe eigener Songtexte. Ein 14strophiger Antikriegssong mit dem Titel »Bloodstained Banner«. Ein Lovesong, »I'm Searchin' for a Girl«, mit anderthalb Seiten Sprechgesang, einer Art vertontem Gesuch. Und schließlich gar das Exposé zu einem musical work of fiction namens »Dreams«: words, music and interpretation by CHANGING THOUGHTS. Mit einem prologue, der the life, the dreams and dreamings, thoughts, hatches and all the other pains of the fifteen year old Gary beschreibt und das Publikum auffordert, to think a little about our music and our telling, ferner to feel the music inside, to try practising some communication und vor allem not to let economize in seinem development.

Der Entwurf gab nicht nur Aufschluß über die Besetzung der Band (Johannes Bartels, später Satsche genannt: lead vocals, mouthharp; Volli Gerdsen: lead guitar, rhythm guitar, vocals; Willem Beecken: bass guitar, vocals; Bodo »Bonzo« Morten: drums; Alfred Kolk: percussion), sondern enthüllte bereits die tracks der künftigen Doppel-LP:

A: Prologue (Gerdsen/Morten/Bartels/Beecken) 12:36
Soul Excitement (Gerdsen/Morten/Bartels) 18:12

B: Fuck Village (Bartels/Morten) 5:34
The Tramp (Morten/Morten) 3:14
Ramblin' through the Big Blue City (Gerdsen/Morten) 7:56
Booze Blues (Gerdsen/Morten) 10:30

C: Girl (Gerdsen/Morten/Bartels/Beecken/Kolk) 1.59
With A Little Help from My Friends (Lennon/McCartney?) 28.46

D: Dreams and Drums (Gerdsen/Morten/Kolk) 37.05

Letzteres Stück beinhaltete offenbar ein In-A-Gadda-Da-Vida-mäßiges Schlagzeugsolo.

Im selben Schnellhefter fand sich ein Besinnungsaufsatz übers Rauchen. Die Handschrift schon sehr persönlichkeitswillig, zum einen der *i* in der ersten Zeile nach zu schließen, die ohne den impotenten Zapfen als schlichter vertikaler Strich konzipiert war (angelsächsisch? Bauhausstil?); zum andern fand der junge Essayist das große A inzwischen offenbar forscher, wenn guillotinär statt pyramidal konstruiert; und vor der eingekastelten Überschrift RAUCHEN prangte eine imperialrömische Eins mit Punktum (perspektivisch schattiert, was Nabokov – wie sich Anita erinnerte – an einer Stelle in gewohnter Luzidität als »unredlichen Versuch, in die nächste Dimension aufsteigen«, bezeichnet). I. RAUCHEN. Womöglich hatte McCormick, Neckar oder Bonzo vorgehabt, einst über II. TRINKEN und III. MASTURBIEREN zu philosophieren?

Am 1. Februar 1972 hatte ich aufgehört zu rauchen. Warum? Hm. Erstens, weil ich manchmal, wenn ich viel geraucht hatte, zum Beispiel nach dem Jugendabend oder sonstwann, einen komischen Krampf in der Lunge verspürte beim Luftholen. Da bekam ich dann ganz schön Bammel und dachte an Brustkrebs oder sonstwas. Viele Freunde und auch ich selbst haben mir oft die Frage gestellt: Warum rauchst du? Als ich zum ersten Mal rauchte, waren abgeschnittene Weidenstöcker meine Zigarren. Ich durchstach die weiche Innenschicht mit einem Draht, steckte den Stock an einem Ende an und das andere ins Gesicht. Später klaute ich meinem Vater eine Schachtel Stuyvesand (er raucht nicht, nur für Besucher). Kolks Wald wurde zum Schauplatz meines spektakulären Erlebnisses. Das war das erste Stadium: die Angeberei.
Zusammen mit meinem alten Freund Dutschke – wir schmissen manchmal auch eine Schachtel Stuyvesand zusammen – rauchte ich, und wir kamen uns groß dabei vor. Es begann uns Spaß zu machen, jeden Nachmittag nach den Schularbeiten in Kolks Wald zu gehen und ein paar Zigaretten zu rauchen (nach und nach mit Lungenzug). Das war das zweite Stadium: King-Arsch-Komplex plus Gefallen daran.

Sehr hübsch; nur daß der Unterschied zwischen Angeberei und King-Arsch-Komplex nicht eben sauber herauspräpariert worden war . . . »Zusammen mit meinem alten Freund Dutschke – wir schmissen manchmal . . .« Anita erkannte den »raunenden Beschwörer des Imperfekts« (den Thomas Mann einst raunend beschwor), nur daß dieser hier mehr raunte als beschwor, kein Wunder, schließlich war diese Duft-der-großen-weiten-Welt-Geschichte mitnichten »sozusagen schon ganz mit historischem Edelrost überzogen und unbedingt in der Zeitform der tiefsten Vergangenheit vorzutragen«, sondern am 1.2.1972 ja grad mal zwei bis drei Jährchen her.

Der Schlußjubel lautete:

Es ist heute der 1. März 1972. Ich bin seit genau einem Monat Nichtraucher, und ich glaube, ich bleibe es auch!

Doch der bestechende Clou des Traktats, in schwarzer Tinte nachgetragen:

Es ist heute der 1. April 1972. Ich war zwei Monate lang Nichtraucher. Ich glaube, ich bin rückfällig geworden. (Argumentation s.o.)

Alter Fuchs! dachte Anita. King Arsch der Induktion!

Sie legte den Schnellhefter zurück und fischte ein weiteres Notizbuch aus dem Koffer, weicher roter Plastikeinband, Werbeaufdruck eines Sanitärgroßhandels. Weder Verfasserangabe noch Gattungsbezeichnung diesmal, um so wuchtiger jedoch der Titel: »Leben«. Übers erste Kapitel hinaus war der Autor offenbar nie vorgedrungen. *Gierig sog er an seiner Zigarette,* begann es. *Er wußte, daß es bald wieder an der Zeit für sein Freitagsritual war.*

Held ist ein 16jähriger Gymnasiast, Ferienpraktikant in einer Hamburger Exportfirma, mit dem Namen Knecht. Knecht räumt seinen Schreibtisch auf, bedient die Stechuhr und geht ins *Hufeisen*, wo man 1973 offensichtlich für 6 Mark 60 drei Schoppen Mosel erhielt. Er raucht seine *göttliche Reval*, und

er liebte das Gift, das ihm bei der Inhalierung auf die Lungen schoß, und er liebte dieses Stadium, das er PREPARING nannte.
Und wiederum kam ein Ritual, für das er die ganze Woche arbeitete, das ihn den Montag überstehen half, den er als Verlängerung des Sonntags – welchen er haßte und verabscheute seiner bornierten Feierlichkeit und des von den Einwohnern seines Heimatdorfes geheuchelten und von den Dorftrinkern, mit denen er deswegen sympathisierte, diffamierten, im Raum des Tages schwebenden Ruhe wegen – ansah, obwohl der Montag mit all diesen Eigenschaften nichts mehr gemein hatte außer Knechts eigener Stumpfsinnigkeit, die am Sonntagnachmittag begann und sich bis Montagabend fortpflanzte; nur gelindert durch die HOFFNUNG; ein Ritual, das ihm half, die widerwärtige Neutralität des Dienstags, die zermürbende und langatmige Gespanntheit während der Arbeitszeit, Eßzeit, Schlaf-, Langeweile-, Gewohnheits- und Dahinlebezeit des Mittwochs, die brodelnde Ungeduld während des Donnerstags und die süße Erwartungsfreudigkeit, gepaart mit selbstironischer, selbstsarkastischer, perverser Vorfreude auf jenes Ritual an jedem jenem Freitagabend, sein ganzes verrücktes, schizophrenes und blödes Leben zu ertragen und zu genießen, sofern es etwas zu genießen gab; er genoß es auf seine Art und Weise, mit seiner halbirren Mentalität, seinem schizophrenen Selbstbetrug, seinem paradoxen Nichtwollen und trotzdem Wollen, weil . . .

Großer Gott, schnaufte Anita. »Leben . . .«, seufzte sie. Erstaunlich, daß ich meine Bierchen trotz der seelischen Martern nicht nur in jeden der Sommerferien bis zum »Notabitur« (Horst Morten) im Export verdient hatte, sondern auch danach – während der Numerus-clausus-bedingten Wartezeit – noch fast drei Jahre lang.

Anita entfaltete die gelochte Kopie einer Spiritusmatrize mit blaßblauen Testfragen zur kaufmännischen Wirtschaftslehre (»Was bedeuten Brutto, Netto und Tara?«, »Erläutern Sie die Begriffe Letter of Credit – L/C – und Bill of Lading – B/L!«, »Benennen Sie den wesentlichen Inhalt der beim Abschluß von Überseegeschäften vorherrschenden Klauseln ›fob‹ = free on board und ›cif‹ = cost & insurance free!« etc.), datierend vom 3. August 1974, dessen Rückseite mit Notizen zweifellos stark autobiographischer Prägung bekritzelt war.

Ich war besoffen, voll, auf nicht mehr angenehme Art hacke. Ich beschloß, mich aufzuraffen, um irgendwo hinzukotzen. Es kostete mich Überwindung, mich zum Tresen zu schleppen und dem Scheißtyp von Wirt ...

Offensichtlich hatte sich der Einfluß Hermann Hesses inzwischen sehr zugunsten Bukowskis verschoben.

Auch die Handschrift auf der Rückseite eines Formulars der Firma Jessen & Co., Hamburg, das eine Order vom 6.7.1975 über »50000 pcs. C.P. flexible hoses male/female 1/2 inch, cif Tripoli« bestätigte, begann mit einem Ich, das mit dem Schienenbus um 5.59 Uhr nach Stade fuhr, einen »Tag wie jeder andere« konstatierte und doch »wußte«, daß er nicht wie ein solcher verlaufen würde, weil es Geld sowie sein Sparbuch bei sich hatte. Und tatsächlich erliegt der Protagonist schon am frühen Morgen auf der Basis von Alkohol und Rockmusik der Sehnsucht nach seinem

unheilvollen und gleichzeitig herrlichen, traurig stimmenden und gleichzeitig zum Draufgängertum, zur Unvernunft und gleichzeitig zum euphorischen Schönheitsempfinden provozierenden Feeling, das ich selten erlebte und oft mit Ungeduld und ängstlicher Erwartung suchte, bei dessen Gegenwärtigkeit ich darauf brannte, es auszunutzen, auszukosten, zu erleben mit jeder Faser meiner physischen Präsenz und jeder Zelle meines psychischen Daseins, das Leben, Tod, Welt und Weltuntergang und Universum für mich bedeutete; dessen leider nur sporadischen Auftretens wegen ich das Leben überhaupt nur ertragen zu können glaubte und ...

so weiter und so fort. Starker Tobak, bloß um die Anbahnung eines blauen Montags zu rechtfertigen.

Und dann fand sie noch ein Notizbuch, das von 1986 datierte und zu ihrer Überraschung zumindest formal an sie gerichtete Texte enthielt, die sie allerdings nie zu Gesicht bekommen hatte.

... schließlich bist du in Rio geboren und aufgewachsen in Montreal, Lagos und Athen und auf Reisen durch halb Afrika, Südamerika und ganz Europa von Kindesbeinen auf – Daddy war schließlich Diplomat gewesen – zu einem kosmopolitischen Menschen erzogen worden. Du beherrschst die portugiesische, englische, französische und griechische Sprache und sprichst Spanisch und Italienisch einigermaßen. Du kannst weltweite Wirtschaftszusammenhänge herstellen, weißt immer, wer gerade Außenminister von Burkina Faso ist, und warst schon in Kuba, als du noch Kaba trankst. Du kannst Tahiti und Haiti nicht nur am Klang unterscheiden und weißt, daß Dominica keine Sozialarbeiterin ist, die einst im vertikalen Gewerbe die Peitsche schwang, daß Bhutan keineswegs gasförmig, Andorra keine Erfindung von Max Frisch ist und Guam nicht mehr mit Vogelkacke zu tun hat als jedes andere Land auf diesem Globus auch. Du paßt in die Welt, Herrgottnochmal, und im Grunde habe ich nie begriffen, was du an einem Provinzesel wie unsereinem überhaupt findest, einem Dorfi, der Platt besser versteht als spricht und Englisch besser spricht als versteht; dessen weiteste Reise ihn bis zum heiligen Zeitpunkt, da er dich, die große Liebe seines Lebens fand, im Süden bis in den Harz geführt hatte, im Westen immerhin bis zum Mull of Kentyre, im Norden zu einem Kaff kurz hinter der dänischen Grenze und im Osten bis Hamburg-Poppenbüttel. Einem Stubenhocker, den zeit seines Lebens aber auch rein gar nichts nach etwa Berlin gezogen, der München nur vom Fernseh gekannt und selbst in Lüneburg gerade mal die Brauerei besichtigt hatte; einem Grottenolm, der schon beim bloßen Gedanken an mehr als zwei Stunden Bahnfahrt Nasenbluten bekam.

Ach, Nita, versunkener Schatz meiner immerwachen Träume! Wenn ich je glücklich war, dann als ich rücklings in deinem Bett im Volksdorfer Omihaus lag, der gliederlösende Eros hatte sein Werk getan; ich mußte lachen, immer noch ein wenig außer Atem, so daß ich zwischen den kurzen Zwerchfellstakkati schnaufte; ich gickelte und fand überhaupt kein Ende. Die Dielen über uns knarrten von Omi Volksdorfs Schritten; unmittelbar hinter den geschlossenen Vorhängen hörten wir das Regenwasser die Traufe hinunter in die Tonne stürzen und das Fauchen des Frühlingssturms in den Tannen. Du hattest, während ich noch schnurrte, eine jener Bemerkungen gemacht, derentwegen ich dich damals am liebsten ununterbrochen abgeschleckt hätte: »Dieses Rauschen in den Bäumen, das ist wie ein

Gefühl ... Trotzdem: gut, daß wir hier drinnen liegen und nicht draußen im Garten ...«
Da war es erst einige Tage her, daß wir uns – am 7. Mai 1983, auf einer Fete bei Kai – kennengelernt hatten. 1980 warst du nach Hamburg gezogen – weg aus dem langweiligen Bonn, wo dich nach Daddys tödlichem Infarkt nichts mehr hielt. Außer Holger, der an deinem Hymen, Arsch und Zwirn hing wie ein tapferes Schneiderlein und dich noch mit Anrufen nervte, als wir schon lang ein Paar waren, versuchte es auch niemand (Mama zog nach London). Er rief an, sagte »Ja hallo hier ist Holger« und wartete vergeblich auf dein schlechtes Gewissen. Ein Langweiler, der nie irgend etwas begriff. Zum Beispiel, daß er seine Entjungferung nur dem neugierigen Naturell einer geborenen Führungskraft verdankte. Er begriff ja nicht mal, daß du ihm den Laufpaß wegen seiner Begriffsstutzigkeit gegeben hattest.
Den Job als Fremdsprachenkorrespondentin hattest du aufgrund von familiären Kontakten ergattert, und auf diese Weise warst du Kais Kollegin bei Hansen, Johnson & Co. geworden. Kai aber kannten Satsche und ich durch undurchsichtige feminale Verbindungen bereits seit Ende der siebziger Jahre, seit der Bürgerweidenzeit. Und am 7. Mai 1983 feierte Kai die Einweihung seiner neuen Wohnung. Du warst mit ihm und seiner Freundin nach Feierabend einkaufen gegangen und hattest ihnen bei der Salatzubereitung geholfen. Es hatte sich nicht gelohnt, ganz nach Volksdorf und wieder zurück nach Wandsbek zu fahren. Deshalb saßest du in deinem Bürokostüm – Jackett, gepünktelte grüne Bluse, Jeans und Stiefeletten, eine Augenweide! – am Küchentisch und schnippeltest Gürkchen, als Kolki, Satsche und ich eintrafen. Dein Haar wie die Fittiche eines badenden Raben; dunkelblühende Augen; ein kluges *kleines* Lächeln bei unserer polternden Ankunft, das sich von den gefallsüchtigen, zahnprahlenden Großgrinsgrimassen wie auch von den tödlich öden Ich-bin-schön-und-cool-Masken der damals grassierenden Partyschnepfen in überirdischer, außerzeitlicher Schönheit unterschied. Und dazu noch diese zum Wahnsinnigwerden hübsche, charmante kleine Kopfneigung, die du in Griechenland verinnerlicht hast; jene kleine Kopfbewegung gen Herz zum Zeichen von Einverständnis oder Dank ...
Ich schmolz sofort – bis auf den kleinsten Kern meiner Persönlichkeit. Sofort war ich auf dem Quivive. Es ging um Leib und Leben. Als die Bude voll war, beobachtete ich mit fiebriger Überaufmerksamkeit, wie du im Gespräch mit Kai und Satsche – in einer Debatte über die »Hitler-Tagebücher« – Intelligenz und gute Laune, Temperament und Zurückhaltung unter einen Hut brachtest, ohne süß-

liche Bowlenseligkeit, ohne arrogante Abgrenzungsbemühungen, ohne plumpe Stimmungsappelle, wenn grad mal nicht alles grölte. Und es blinkte ein magisches Licht vom Gestirn zwischen deinen gescheitelten Ponywirbelfransen und den heiteren Brauenschwingen, wenn du mich mit deinem schwarzleuchtenden Blick anschautest; ein endgültige Erlösung verheißendes Licht, gefiltert von einem unsichtbaren Diadem . . . Ich *mußte* wissen, was es war, dieses geheimnisvolle Leuchten von der Glabella, und wenn ich würde geteert und gefedert, entmündigt und entseelt mich dir zu Füßen werfen müssen . . .
Ah, inzwischen, nach mehr als drei Jahren, weiß man, was es war. Es war das Spiegelchen. Das altmodische Spiegelchen der Verliebten.

Um halb fünf hatte Anita das Kabuff abgeschlossen und war nach Eimsbüttel zurückgekehrt. Nun kehrte sie aus ihren Gedanken zurück, als Conny unseren Freunden noch »weitere mysteriöse Neuigkeiten« zu referieren sich anschickte. Während sie von meiner geheimen Kammer und den Journalen berichtete, insbesondere von der Rolle, die eine gewisse Bärbel darin spielte, suchte sie – im Unterschied zu Anita, die über ihren Knien zu meditieren schien – mit türkisgrünem Katzenblick so viel Reaktionen wie möglich zu sammeln. Und wurde fündig, denn bei Erwähnung Bärbels schienen Iggy und Satsche plötzlich ebenfalls über ihren Knien zu meditieren. »Ich hab's geahnt«, flüsterte Anita und hob ihren Blick auf, blickte auf die gesenkten Köpfe der beiden und verschwand in der Küche.

»Also ehrlich gesagt«, sagte Conny, atmete tief ein und stoßartig aus. »Ihr seid doch . . . seid ihr eigentlich nur noch bescheuert?«

»Das ist doch«, beschwichtigte Satsche heiser, »uralter Käse . . . Das kann doch gar nix mehr damit zu tun haben . . .«

»Von wegen.« Conny erwähnte den Anrufaufzeichner im Kabuff.

Darauf hin Austausch überraschter Blicke zwischen

den Delinquenten. »Also echt«, sagte Satsche, »ehrlich jetzt, ich bin fest, ich *war* fest davon überzeugt, daß Morten mit – mit der Alten schon *lange* Schluß gemacht hat. Das ist doch alles sechs, sieben Jahre her oder wieviel.«

»Ganz richtig. Was weiß ich ...« Iggy, der Bärbel einmal als Miß-Süderelbe-Aspirantin begegnet war, wippte unruhig auf seinem schmalen Hintern.

Dann hob ein gedämpftes Raunen an, damit die neuerlichen Spekulationen nicht bis in die Küche drangen, wo Anita den Wasserhahn aufdrehte. Ob diese Bärbel vielleicht ein Kind von mir erwartete? Paßte nicht dazu, daß sie einen »Prozeß« erwähnt hatte? Ob ich vielleicht von der erpreßt wurde? Oder zumindest gezwungen, ihr die 10000 zu leihen?

Nach einer Weile griff Conny wieder ein, indem sie auf mein Testament zu sprechen kam. Niemand redete mehr dazwischen. Niemand von unseren Freunden war bisher je ernsthaft auf den Gedanken verfallen, ein Testament zu verfassen. Mit noch nicht vierunddreißig war Anita die jüngste, Satsche mit fast neununddreißig der älteste. »Das«, sagte Leo beschwichtigend, »würde ich nicht so ernst nehmen. Mufti schreibt viel, wenn der Tag lang ist.«

Auf nähere Nachfragen erwähnte Conny, daß Anita das Schriftstück nicht im Haus haben wolle, und außerdem stünde »sowieso nur Blödsinn drin«. Interessant sei nur die *Tatsache*, daß ich ein Testament verfaßt hätte. Interessant im Zusammenhang mit Eintragungen im FRÜHJAHRSJOURNAL.

»Anita weiß nicht«, sagte Conny fast flüsternd, »daß ich auch darin rumgeblättert habe, als sie heut mittag noch schlief, und *ich* weiß nicht, was *sie* davon hält, falls sie überhaupt schon so weit gelesen hat, aber ... Also. Soweit man's überhaupt entziffern kann, faselt er laufend von extrapyramidalmotorischem System und Angor animi, Arousal und postprandialer Phonophobie und Hebetudo und Kram und vor allem, in verklausulierten Wendungen, von einer Krankheit mit dem Namen Morbus fonticuli. – Um's kurz zu machen«, sagte Conny eindringlich und blickte von einer zu den anderen, »eine ›Fontanellenkrankheit‹ in dieser Form ist mir nicht bekannt. Aber wie ihr wißt, arbeite ich in der Psychiatrie, und da wird auch viel Scheiß geredet.«

»Von wem genau«, sagte Kai, der ein Einserdiplom in kritischer Psychologie hatte.

»Im Ernst«, sagte Conny mit nachdrücklicher Kinnhebung. »Der fängt da am Ende an, sich selbst vollständig jecke Diagnosen zu stellen, anscheinend hat er am laufenden Band neuroendokrinologische Fachliteratur gelesen, die er höchstens zur Hälfte verstehen kann. Der phantasiert sich in ›eine schwach ausgeprägte Form des Tourettesschen Syndroms‹ hinein und bastelt hier die Witzelsucht von Stirnhirnpatienten hinzu und da einen Laryngospasmus und weiß der Teufel, der redet schon im HERBSTJOURNAL von Drittem Gesicht und eidetischem Engrammgewitter und«, sie konzentrierte sich, »spontanem extrakranialem Parästhesie-Phantom-Phantasma-Syndrom ...«

Gelächter, teils wegen meines grotesken Begriffswahns, teils in Anerkennung von Connys Fähigkeit zur Wiedergabe. »Ich mein, selbst wenn das alles nicht ganz ernst gemeint sein sollte ... Also, ich weiß nicht. Er scheint seine Bodenhaftung –«

»Willst du damit andeuten«, unterbrach Heidrun, »daß Mufti womöglich nicht mehr alle Eier im Körbchen hat?«

Es ergab sich eine Pause, und gerade als Leo sich entschlossen hatte, seinen mit mir geschlossenen Pakt zugunsten einer allmählich dringlichen Aufklärung zu brechen und ihnen allen zu erzählen, woher ich das ganze Geld hatte, jodelte das Telefon. Anita kam mit geröteten Augenkränzchen aus der Küche geeilt, drängte sich, ohne jemanden anzusehen, zwischen eingezogenen Füßen hindurch zum Apparat, der auf dem Vertiko stand, hob ab und sagte: »Ja? – – André! Hola! Como estas! Estas en Hamburgo?«

Sie stand abgewandt und lauschte.

»Tja.« Müde. »Ich weiß davon nichts. Er ist verschwunden. Seit zehn Tagen. Weg. Unauffindbar.«

Sie sagte mehrfach »Ja«, erläuterte und erklärte, lauschte, und dann, gespannt: »Davon hat er mir ...« Pause. »Nee, die einzige Verbindung zum Kaff besteht ja nur noch familiär, und da wollt ich noch keine schlafenden Hunde ... und Kolki, klar, aber der ist in Griechenland, und wir können ihn nicht erreichen. Und diesem Volli bin ich noch nie begegnet. Mufti hat mir früher mal von ihm erzählt, aber ...« Längere Pause.

»WAS!!??« Anita wirbelte auf dem Absatz herum. Ihr Anblick wirkte, als seien ihr schwarzes Haar, ihre schwarzen Brauen, ihre schwarzen Augen, ihr dunkler Schlund auf die weiße Wand getuscht.

»In Kolks *Wald*, hat er gesagt?!« Plötzlich begannen ihre Knie, deutlich sichtlich, zu zittern.

»Ich fahre sofort ... Können wir uns ... Was mach ich denn jetzt ...« Sie lauschte wiederum, bebend in den Knien, in den Handgelenken, in den Schultern.

»Sollen wir dich ab- ... O.K.« Zittrig notierte sie etwas. »Ja? Ja? ... eins, eins, sechs. O.K. – – O.K., bis gleich!« Sie legte auf und starrte einen Moment lang vor sich hin, bevor sie knapp berichtete, am Flughafen warte André, der gerade erst über Miami und London aus El Salvador eingeflogen sei. Der Ankunftstermin stehe seit Wochen fest, und in seiner Hütte in Los Ranchos liege eine Postkarte, mit der ich ihm bestätigt habe, daß ich ihn heute, am Samstag, den 10. Juni, gegen 18.00 Uhr in Fuhlsbüttel abholen würde, und was er von einem Treffen am selben Abend mit Satsche, Kolk und Volli, den man ja lange nicht gesehen habe, in der Dorfschenke halte – falls ich kein Zeichen gegenteiligen Gustos von ihm erhielte, würde ich ein entsprechendes Arrangement treffen.

André und ich telefonierten aus Kostengründen so gut wie nie, sondern schrieben uns. Er verfügte nur über Kenntnis von meinem längst überholten Redaktionsanschluß. Da ich zum verabredeten Zeitpunkt nicht da war, hatte er, bevor er die Auskunft anrief, zunächst versucht, Satsche und Kolk zu erreichen – natürlich vergeblich –, und dann spaßeshalber die Nummer gewählt, unter der Volli vor zwanzig Jahren erreichbar gewesen war – verblüffenderweise mit Erfolg: Volli hatte sich vorübergehend im Haus seiner Mutter einquartiert. Natürlich wußte auch Volli nichts von einem Treffen, allerdings zu berichten, ich sei wohl schon im Kaff, denn er habe mich zwei Tage zuvor, von einem Kanu auf der Schwinge aus, in den Wiesen gesehen, wie ich vermöge einer Schubkarre Heu in Kolks Wald hineingeschoben hätte.

»André kommt hierher, jetzt, gleich«, schloß Anita, »mit'm Taxi.« Und bevor sie Volli anrief, stürzte sie zur Toilette und erbrach sich.

Leo beschloß abzuwarten. Vielleicht konnte er sein Versprechen doch halten.

Der alte Hüü

Aus seinem westlichen Rand heraus, der heutzutage schnurgerade verläuft wie bei einer x-beliebigen Vorstadtsiedlung, ist dem Kaff schon vor Jahren ein Wurmfortsatz aus Sporthalle, Schützenhalle, Schießscharten und Tennisplätzen in die Feldmark hineingewachsen. Die flankierende bucklige Straße aus Verbundsteinen mündet in einen weitgespreizten Dreizack von Feldwegen.

Anita drosselte das Tempo kaum, und da sowohl Volli als auch André in ortskundiger Selbstverlorenheit schwiegen, wählte sie die staubige Piste geradeaus. Erschütterungen durch Schlaglöcher wurden wortlos erduldet – auch von Conny –, was Anitas Basta-Stimmung nährte.

Nach einigen Minuten Fahrt, zunächst zwischen blühenden Weizen- und Gerstefeldern, dann eine Allee von Eichen und Birken hindurch, deutete Volli auf eine schnell herannahende Bresche im Baumstreifen, und ohne zu zögern schlug Anita das Lenkrad ein. Die Insassen wurden zur Seite geschleudert, und ihre bloßen Arme berührten sich. Der Ford machte einen Satz über die rechte Kante des Hohlwegs, soff im selben Augenblick ab und stand.

»Ach«, sagte Anita sauer, obwohl sich niemand beschwerte, »da kommen wir schon wieder raus . . .« Sie zog den Zündschlüssel ab und schob mit dem Handrücken einen Schweißfilm von ihrer Stirn. Volli blieb vorerst hocken, die schmalen Schultern angewinkelt, und umklammerte den bereits leeren Hals einer Schnapsflasche. Über die verrotteten Latten eines Gatters starrte er hinunter in die gemähten Wiesen, die flach ins Tal absanken. Etwa auf der Hälfte der Entfernung zum bewaldeten Horizont, über dem die Sonne schwebte, am Rand schon ein wenig ausgebrannt, konnte man, am tiefsten Punkt, eine blaßblaue, S-förmige Kehre der Schwinge erkennen; den Lauf des Flüßchens beschrieb ein hoher Schilfsaum.

Als auch Satsche und Leo die Motoren abgestellt hatten, vernahm man zwei Buchfinken, die in unordentlichem Kanon ihre immergleichen Erkennungsmelodien übers Tschilpen eines Zilpzalps trällerten. Außerhalb des Blickfelds zog ein Sportflugzeug eine sonore Schleppe über den blanken Himmel; durch mysteriöse Turbulenzen in der trägen Luft an- und abschwellend, drang ein Traktorengeräusch aus nördlicher Richtung an ihre erhitzten Ohren. Der Duft des frisch geschnittenen Grases, dem die Sonne den Saft aussaugte, erfüllte das Wageninnere.

Anita zupfte am T-Shirt, das ihr auf den Rippen haftete, und rückte den Steg der Sonnenbrille zurecht. Als sie die etliche Atemzüge lange Untätigkeit als Verlegenheitspause empfand, kam sie Volli einer durch rasches Einatmen angekündigten Äußerung zuvor – »Gibst mir 'n Schluck?« –, und während er ihr die Flasche mit einem kauzigen Zucken des Körpers reichte, entließ er die aufgestaute Lungenluft in einen skurrilen »Hüüü«-Laut, dem eine ebensolche Mimik entsprach. André folgte seinem Beispiel und kicherte.

Conny sah ihn ausdruckslos an. André bemühte sich wieder um Ernst.

Anita, ebensowenig fähig wie Conny, auf dieses neuerliche Geheimsignal einzugehen, drehte den Flaschendeckel vom Gewinde und kippte überstürzt. Ein Schwall ergoß sich in ihren Mundraum, unwillkürlich schluckte sie, und fast umgehend breitete sich die Wirkung in Magen und Kopf pilzförmig aus.

Volli reichte die Flasche nach hinten, doch André

lehnte ab und folgte Anita hinaus. Da Volli noch in den Taschen seines Jacketts herumwühlte, zwängte sich Conny mit ihrem Arztkoffer ebenfalls durch die Fahrertür.

Die brummende Hitze hatte sich auch hier unten zwischen den Erlensträuchern, Eichen und Birken eingenistet; die Luft war kaum weniger warm als weiter oben, im Kaff. Zu erwartende Abkühlung schwante einem lediglich wegen des kaum merklich veränderten Lichts.

André ging zum Gatter und schaute in die Wiesen. Satsche haute im Vorbeigehn mächtig aufs Dachblech, so daß Volli aufschreckte. »AUS! VORBEI!« grölte er. »Nag, nag«, machte Satsche.

Anita schwang sich auf die schwarze Haube des Fords und betrachtete die Rückseite unserer Freundesphalanx, die sich am Gatter versammelt hatte. Satsches breites neben Andrés kompaktem Kreuz, Connys hausbackenen Hintern neben Heidruns Modellfigur, Iggys drahtigen Energieformen neben Leos höheraufgeschossenen, Heiners noch ein paar Zentimeter mehr neben Kais wenigeren, gelassenen, sportlichen. Was, fragte sie sich, war geschehen, daß ich fehlte? In den guten Zeiten hätte ich mich zerrissen, um überall dabeizusein. In den guten Zeiten, auf Festen etwa, hatte ich nicht einmal mit Muße zur Toilette gehen können ohne Angst, etwas zu versäumen, und sei's das geringste Gelächter.

Satsche redete gedämpft auf die anderen ein. Anita verstand nur Satzfetzen – »immer noch da«, »auch angehalten« ... Sie warf einen Blick durch die staubige Windschutzscheibe. Volli schwenkte ein Feuerzeug unter einem zitternden Streifen Silberpapier hin und her, um ein Bröckchen Haschisch aufquellen zu lassen. »Ich falt mir noch schnell 'ne Tüte, zum Eingrooven!« Sie nickte, obwohl sie nicht verstand, worauf genau er sich ›eingrooven‹ mußte. Für die Vorbereitung auf eine mögliche Begegnung mit mir dürfte ›eingrooven‹ – nach ihrem Verständnis – kaum der angemessene Ausdruck sein.

Schließlich stieg auch Volli aus. Er fingerte in den Taschen herum, fand schließlich das Feuerzeug, setzte den wie eine Tröte im Mund wippenden Joint bibbernden Daumens in Brand und zog den Rauch kurz und heftig zwischen gestrafften Lippen ein, als sei das mit Schmerzen verbunden. Anita schlug Vollis Zug-Angebot mit einem M-m-Laut aus, der den Tränen näher kam, als sie für möglich gehalten hätte. Sie steckte sich eine Strähnenspitze in den Mund und warf sie gleich wieder zurück. »Wie weit ist es noch?«

Um möglichst annähernde Schätzung bemüht mit den behaarten Mundwinkeln zuckend, sagte Volli, »Viertelstunde höchstens«, und rauchte.

»Dann laß uns gehen.« Anita sprang von der Motorhaube. Sie preßte die Daumen ins Kreuzbein, um ihre Hüften zu stabilisieren, und schaute zu Satsche, Heiner und Kai hinüber, die sich auf den Hohlweg begeben hatten und nach irgendetwas ausspähten – in die Richtung, aus der sie gekommen waren. Volli nahm im Nicken einen weiteren Zug, blieb aber vorläufig sitzen. Anita wedelte wieder mit den Händen um den Kopf herum, den ein gespenstisch dichter Schwarm Mücken einzuhüllen drohte, und flüchtete strauchelnd ein paar Schritte über die langhalmigen Bulten zum Gatter. Sie wickelte ein Kaugummi aus und begann es zu kauen, um den Schnapsgeschmack zu vertreiben.

»Machen wir uns los«, sagte Iggy und griff sich Connys Arztkoffer.

Zehn Minuten lang stapften sie den fünfzig Meter breiten Wiesengürtel entlang durchs hingemähte, heuwerdende Gras, in immergleichem Abstand zur Schwinge, die sich da unten hinterm Schilfsaum verbarg. Drei- oder viermal mußten sie einen der verschlammten Dränagegräben überspringen, die eine Wiese von der nächsten trennen. Im Vergleich zur Sonne, die mit kosmischer Gelassenheit weiterzog, kamen sie sehr rasch voran, doch erschien es ihnen wie eine immer wieder aufs neue hinausgeschobene Ewigkeit.

Satsche, Volli und André tauschten Erinnerungen aus, die mit diesem Platz verbunden waren, an sommernächtliche Heufeten, bei denen ich mich nie recht entspannen konnte, weil Horst Morten, als Jäger und Naturliebhaber, etwas gegen lärmende Jugendliche in seinem Hegerevier hatte.

Anitas Bauchweh nahm zu, und häufig schoß ihr ein Hitzestrahl in den Kopf, so daß sie schließlich benommen um eine Pause bat. Auch Volli sah ein bißchen hinfällig aus. Vermutlich hatte er einen Kater.

Sie ließen sich auf einem niedrigen, mit Gras und Erlenbüschen bewachsenen Wall nieder, die Begrenzung einer Kuhweide. Anita warf einen Blick durch den Stacheldrahtzaun. In gemächlichem Laufschritt näherte sich ein Dutzend junger Ochsen. »Haut ab, ihr Arschlöcher«, murmelte Anita.

»Die tun nix«, sagte Volli. Saftige Schlupfgeräusche verursachend, wateten die Schwarzbunten durch den Morast, der sich den Zaun entlang erstreckte. Zwölf Mann hoch drängte sich das Vieh an die Drähte und gaffte mit den langbewimperten Augen herüber, einen Ausdruck in den plumpen zweifarbigen Gesichtern, dessen rührende Dämlichkeit Anitas Herz schließlich kirre machte.

Sie schauten geradeaus ins flache Tal. Pappelreihen weit am anderen Ende, am Horizont. Am Ufer der Schwinge stakste ein Storch durchs knietiefe Grün. Zwei wilde Gänse überquerten das Panorama im Formationsflug, in gehörigem Tempo, die langen Hälse vorgestreckt. Grünschillernde Fliegen summten, es mußten Hunderte sein. Einer der Ochsen fing an, in den Schlick zu pinkeln – ein Geräusch wie in einer Regentonne bei Wolkenbruch.

Es roch nach Kuh, warm und anheimelnd; Anita dachte an Milch. Plötzlich raschelte es einen Meter neben ihr, im Laub vom letzten Winter. Von zartem Schrecken angerührt, legte sie Volli eine Hand aufs Knie, das durch einen breiten Riß in den ausgeblichenen Jeans hervorragte. »Ein Igel!« sagte sie in ihrem Mädchenton, den sie eigentlich ihr Leben lang gemocht, bis ich auch den in Frage gestellt hatte.

»Äy, kuck mal, Herr Igelmann«, sagte Satsche und drehte Iggy an den Schultern herum. »Deine Verwandten!« Sie sahen die hellen Stachelspitzen des kugeligen Tieres. Es verharrte – und kehrte um. Fortwährend kleinen Lärm verursachend, machte es sich davon.

Auf einmal wünschte sich Anita mit aller Kraft das vertraute erwachsene Gefühl zurück, das sie immer durch den Alltag geführt hatte – gar nicht mühsam oder schwerblütig –, und war den ganzen Kram satt. Sie spuckte das Kaugummi aus. Es blieb auf einem nachfedernden Erlenblatt kleben und sah aus wie das Plastikhirn jenes *He-Man*-Püppchens, das ich einmal – unter Anitas Protest – Tobi, meinem ältesten Neffen, geschenkt hatte. Sie stand auf und steckte die Hände in die Taschen ihrer Shorts. »Seit zehn Tagen ist er *weg!*« sagte sie mit Hauruck-Stimme. Ihr fiel »Das Große Igelbuch« über die niedlichen Igelkinder Konrad, Polly und Martin ein, aus dem ich ihr einmal vorgelesen hatte, als wir frisch ineinander verliebt gewesen waren. *Endlich ist die Schule aus,/wir sind brav gewesen,/fleißig haben wir gelernt/rechnen, schreiben, lesen . . .* »Sich einfach zu verpissen! Der kann doch nicht mehr seine sieben *Zwetschgen* beisammen haben!«

Betreten standen die andern herum. Einer der Ochsen schiß pladdernd in ein brackiges Sumpfloch. Die Rupfgeräusche der übrigen grasfressenden Viecher entfernten sich allmählich. Anita seufzte. »Wie weit ist es noch?«

Volli erhob sich, stand etwas wacklig und stützte seine Stirn mit der Flasche. »Wenn wir«, sagte André, »um diese ... Birkenparty da«, er deutete auf einen Hain mächtiger, scheckiger Birken, unterwachsen von dichtem Gebüsch, »wenn wir da rum sind, da fängt Kolks Wald an.«

Anita setzte die Sonnenbrille wieder auf die Nasenwurzel, und bei der plötzlichen Verdüsterung bekam sie es unversehens mit der Angst zu tun.

Wie ein Dom ragte der Wald vor ihnen auf. Sie näherten sich seinem Bug, indem sie über die buckligen Grassoden einer unbeweideten Koppel stolperten. Die Kiefern und Tannen, Fichten und Lärchen, die noch vertrocknete, aber auch schon frischgrüne Zapfen präsentierten, wuchsen, mit den Ästen ineinander verschränkt, auf einem in die Wiesenlandschaft lappenden, erhabenen Ausläufer sandigen Bodens – jenseits der Koppel begannen Kornfelder. Das Unterholz war von Gestrüpp durchwirkt; Ranken grüner Brombeerbüsche und Eschenzweige verschlangen sich mit dem grauen Geäst abgestorbener, teils schräggelegter Fichten, die sie nun erst hinterm Blattwerk erkannten. Von irgendwoher, durch den milden grünen Duft, das Kichern eines Fohlens und das niesartige Krähen eines Fasans.

Auf der Böschung, die ihnen bis zu den Hüften reichte, war ein Zaun gepflanzt. Das Holz war nicht im geringsten verwittert, der Aushub zwar schon trocken, aber noch nicht bewachsen. Pärchen silbern schimmernder Nagelköpfe waren jeweils an denjenigen Stellen bis unter die Maserung der Latten getrieben worden, wo diese die stämmigen, gleichfalls geschälten Pfähle in drei Reihen kreuzten, und zwar über einem dichten Maschendrahtgeflecht. Die oberen Enden der Pfosten, etwa einen Meter über ihren Köpfen, bildeten die Zinnen für die Bespannung mit zwei Lagen Stacheldraht. Dazwischen war ein weiterer, schlichter Draht gezogen, der durch kleine gelbe, an den Masten befestigte Keramikpilze lief. Ein Elektrodraht.

»Der ist nagelneu, der Zaun«, sagte André. Er sah Satsche an. »Wußtest du davon, daß Kolk seinen Wald hat einzäunen lassen?«

»Hat Anita dir doch vorhin schon am Telefon gesagt«, sagte Satsche. »Der ist schon seit drei Wochen in Griechenland. Kommt dies Wochenende wieder. Oder nächstes.« Er zerrte prüfend am Maschendraht. »Was das wohl gekostet hat.«

Anita schaute zu den Wipfeln auf. »Zehntausend Mark?«

Sie liefen den Zaun in östlicher Richtung entlang, weg von der Schwinge. »Da oben bei der Kastanie«, sagte André, »gab's früher mal 'n Weg, 'ne Treckerzufahrt, da wo's später am Truppenübungsplatz und an der Schwedenschanze vorbei nach Stade-Süd reingeht, vielleicht kommt man von da aus rein.« Satsche und Volli stimmten ihm zu. Sie wedelten mit den Armen, um Mücken und Fliegen zu verscheuchen.

Alle zwanzig Meter war ein preßfrisches gelbes Schild mit standardisierter Aufschrift an die Borke eines Baumstamms genagelt worden: PRIVATGRUNDSTÜCK! ZUTRITT VERBOTEN! ELTERN HAFTEN FÜR IHRE KINDER! Jeweils dazwischen ein grünes: VORSICHT! BISSIGER HUND!, und einmal: ACHTUNG! TOLLWUTGEFAHR! »Komiker«, knurrte Conny.

Schließlich wich der Baumbestand hinter der Umzäunung bis auf wenige Lärchen zurück und machte einer schattigen Schneise Platz, wo über morschen Baumstümpfen niedriges Buschwerk dahinvegetierte. Hindurch schlängelte sich ein von Lärchennadeln gefegter Pfad. Während der Wald sich in einem langen konkaven Bogen nach Norden auf eine leichte Anhöhe hinzog, bog der Zaun in akkuratem rechten Winkel links ab und schmiegte sich am Ende der Lichtung wieder an den Wald. »Da oben«, sagte Satsche. »Hab ich recht?«

Sie machten sich daran, die Anhöhe zu erklimmen. Volli keuchte, ohne zu murren. Kurz darauf erreichten sie Punkt C der dreieckigen Waldfläche, den ein Koloß von doppelstämmiger Roßkastanie markierte – ein älterer Zwilling jener Zwillingskastanie, die über die Kreuzung im Ortskern, gegenüber der Dorfschenke, wachte –; wie die gütige Hüterin des Waldes stand sie reglos da, tief mit den armdicken, verwachsenen Zehen im Geestboden verwurzelt, und ließ sich unters Korsett ihrer vielen grünen Röcke schauen. Die graue Dinosaurierhaut ihrer stämmigen Beine war übersät von längst vernarbten Tätowierungen, die sie der verliebten Dorfjugend vorzunehmen gestattet hatte, als diese noch hierherzupilgern pflegte. Aus jenen Zeiten mochte auch der Haufen verwitterter, zerborstener Bretter und Sparren stammen, die – einer über den Spann des Baumfußes rostig vernagelten Lehne nach zu folgern – einmal eine Ruhebank gebildet hatten. Einige Meter daneben, schon außerhalb des langen Schattens, lag zentnerschwer ein Findling.

An der abendsonnigen Waldhypotenuse entlang, wieder hinunter in die Wiesen, führte, mit einem hohen Graskamm, ein Hohlweg, der sich am hiesigen Ende im Weizenfeld verlor. Neben dem Findling führte ein Abzweig des Wegs zwei, drei Schritte weit in den Wald und endete vor einem mannshohen, zwei Meter breiten, kantigen verzinkten Stahlgitter, verschweißt mit Maschendraht, mit Klinke und Schloß. Obenauf Stacheldraht. Anita stand da, stützte die Hände auf die Hüften und versuchte, nach Zeichen zu horchen, während sich die anderen nach und nach vor der Pforte einfanden.

Der Wald unterbrach sein Schweigen gelegentlich durch leises Knacken, wenn sich sein Holz unter der langsam einsetzenden Abkühlung von der Tageshitze entspannte. Ganz in der Nähe begann ein Specht, auf einen Stamm einzuhämmern. »Picus, der Waldspecht«, murmelte Iggy und reckte den Hals nach der Richtung.

André sah sich um. Von hier aus waren die Flutlichtmasten des Tennisplatzes zu erkennen und einzelne Giebel. Tief im Norden die rot-weiße Zebrazeichnung eines Elbleuchtturms. Der Himmel darüber verfärbte sich. Davor gelbes Grün in weichen Hügelkurven, buschige Knicks an den Rainen. Hier rohseidene Grannen von jungem Weizen, hüfthoch, die luftigen Vollmonde verblühten Löwenzahns, Schachtelhalme, Margeriten, Kleeblüten und Wiesenschaumkraut und Breitwegerich – die halbe Flora eines Quartanerherbariums. Von fern das Schlagbohrergeräusch eines hochtourigen Motorrads.

Vor ihnen der Wald. Anita ging auf die Pforte zu und faßte vorsichtig nach der Klinke. Das Tor war verschlossen. Dahinter befand sich eine spärlich von Büscheln feinen Grases bewachsene Lichtung. Drum herum ein von Schleifspuren aufgewühlter, schütterer Nadelteppich, ein paar Kiefernzapfen darauf. Dahinter verdichtete sich der Wald zu einem Dickicht aus

Gestrüpp und dicht aufeinander gepflanzten jungen Tannen.

Anita schob die Sonnenbrille ins Haar. Sie entdeckte weitere von den gelben und grünen Blechschildern. BETRETEN VERBOTEN! ... TOLLWUTGEFAHR! ...

Sie ließ die Klinke langsam wieder los, blickte sich nach Conny und Heidrun um und fing zuckend an zu weinen. Conny ging auf sie zu, und Anita stolperte ihr entgegen, legte den in den Handschalen geborgenen Kopf an ihre Schulter und spürte, wie sie sie behutsam umarmte. Sie heulte ein bißchen und drückte ihren Busen unter Connys Brüste. Dann seufzte sie schluchzend und hockte sich aufs wie gepunzte Plateau des Findlings, an welchem Conny ihren Arztkoffer abgestellt hatte. Sie wischte sich die Tränen mit den feuchten Fingerkuppen aus den Augen. »Und nun?«

Sie ließen sich um sie herum im Gras nieder. »Füit, füit«, befahl zart ein Zaunkönig. Sporendaunen schwebten um sie herum, durchschwirrt von einer Libelle.

Leo horchte in den Wald. Nichts, bis auf das Pochen des Spechts. Oder war die Stille noch tiefer geworden, als hielte jemand darin den Atem an? »Das Schweigen des Waldes«, sagte er, »und das Schweigen *hinter* dem Schweigen ...«

Volli bot Anita die Flasche: »Noch 'n Transmitter?« Er lallte leicht. Sie trank und verzog das Gesicht. »Und nun?« sagte sie wieder.

»Wie wär's«, sagte Iggy, »wenn wir 'n Mordsradau veranstalten. Das muß er doch hören. Wenn er da ist. Wenn nichts passiert oder was weiß ich – da kommen wir doch rüber.« Er deutete auf den Zaun. »Räuberleiter – zack.«

»Er *ist* wahrscheinlich da«, sagte Volli überraschend bestimmt. Schließlich hatte er auf Anitas Fragen bisher eher vorsichtig geantwortet, als traute er seiner eigenen Wahrnehmungsgabe nicht recht.

Dieser Umstand schien ihm plötzlich selbst klar zu werden, denn es ging erneut so ein schrulliger Ruck durch seinen Körper. Anita legte ihm die Hand in den Nacken und überlegte, was sie sagen könnte. Dann wandelte sie ihre mütterliche Geste in eine geschwisterliche um, indem sie die Hand auf seine Jackettschulter gleiten ließ. »Was macht dich eigentlich so sicher?«

Volli rettete sich wieder in eine Pause, und Anita versetzte ihm einen Stoß gegens Schulterblatt, stark genug, daß er Aufmunterung übermittelte – aber auch Ausdruck von Enttäuschung.

Er kicherte verlegen, riß sich aber unvermittelt wieder zusammen. »Ich hab dir doch ge*sagt*, daß ich ihn gesehen hab!« Die Sprechmelodie schien jemand, der keifte, nur zu parodieren.

»Aber du wärst nicht *sicher*, hast du gesagt.«

»Nicht *hundert*pro!« Persiflage auf irgendwen. »Aber zirka neunzig! Ich hab ihn ja lange nicht gesehen! Er war da unten, am anderen Ende . . .«

»Vielleicht kommt man ja von da aus rein.« Iggy.

»Warum sind wir denn überhaupt hier hochgelatscht.« Satsche.

Ein winziger Schmetterling in Guaschblau torkelte vorbei und beschrieb einen dreifachen Looping, als bände er den Knoten für einen Galgenstrick. Von weiter weg, weit jenseits der sphärischen Insektentänze im Gegenlicht, von ganz dahinten am Ende des Weizenfelds, das der letzte Wind kursiv in die sanfte Tiefenflucht gekämmt hatte, drangen Schafsblöken und die knarrenden Laute von Saatkrähen zu ihnen herauf. Zwei Grillen girrten ihre einsilbigen Hexameter.

»Komm«, Iggy tippte Heiner auf die Schulter, »mach mir die Räuberleiter.« Sie stiefelten an den

Zaun neben der Pforte. Heiner hielt ihm die verschränkten Hände offen hin, und Iggy stieg hinein und hangelte sich behutsam den Maschendraht hinauf. Es ging nicht. Über den Elektro- und den Stacheldraht würde er es nicht schaffen, ohne sich zu verletzen. »Dann eben vom anderen Ende«, sagte Kai. »Mach doch mal«, sagte plötzlich André zu Volli gewandt, »den alten Hüü. Vielleicht kommt er dann raus.«

Volli überlegte kurz, senkte den Kopf und blies wieder dies verlegene Schnauben. Er sah ihn prüfend an, wobei er das angesäuselte Grinseln kurz zugunsten eines Stirnrunzelns unterbrach. Er schüttelte den Kopf und sagte, während er die Flasche aufdrehte: »Das geht nicht auf Befehl . . .«

»Klar geht das«, behauptete Satschesatsche. »Los!«

Volli stand auf, kam kurz ins Trudeln, nahm noch einen tiefen Schluck und rülpste angestrengt. »O.K.«, sagte er, »aber ich muß mich noch 'n bißchen eingrooven.«

Conny bot ihm an, »das Horn zu wickeln«. Volli fingerte die Haschischutensilien aus den diversen Taschen von Jackett und Jeans und übergab sie ihr, und während Conny den Joint baute, beobachteten die andern, wie Volli sich in den Hüü eingroovte.

Jahrzehnte war es her. Zwar erinnerte sich André nicht mehr an alle etymologischen Entwicklungsstufen des Hüü, wohl aber daran, daß sein Ursprung im norddeutschen Tschüß verborgen lag (und nicht etwa im Startbefehl für einen Ackergaul). Eine akustische Chiffre, ein Jingle für die Flausen halbwüchsiger, mit überschüssigen Y-Chromosomen geschlagener Juxfexe, die noch nicht allzu lang ihre Wimpelstangen von den Fahrrädern abmontiert und Friedenszeichen draufgemalt hatten.

Volli hatte sich abgewandt, und die andern vernahmen anfangs nur einen langgezogenen hellen Ü-Ton, der aufgrund der geringen Lautstärke eher nach i klang, weich und ansatzlos ausgeatmet.

André schaute ihm gedankenverloren zu. Satsche schüttelte duldsam den Kopf.

Volli wankte ein paar Schritte den Hohlweg hinauf, mit Hilfe der Flasche in der schmalen Rinne balancierend, und als er wendete, sah man, daß er glühte vor hermetischem Vergnügen, unterwandert von einer selbstvergessenen Verlegenheit. Schließlich bemühte er sich um einen entspannten Gesichtsausdruck, blieb stehen, krängte leicht, fing sich wieder und ließ Kopf und Schultern hängen; die Flasche baumelte. Nach einer Kunstpause, in der Volli tief atmend den letzten Rest von Nüchternheit für den Kampf mit einem störrischen Lachreiz mobilisierte, fuhren seine braunen Brauen, die linke etwas vorwitziger als die rechte, unter den Pony, während die Lider im selben Tempo über die Augäpfel sanken und der haarige Mund sich zu einer listigen Einfalt verbreiterte, sodann schnäuzchenartig öffnete, niedlich das Zahnfleisch fletschend, wobei die Miene ins Wackeln geriet – Volli schöpfte noch einmal tief Atem –, und dann fuhr guttural blökend ein »HÜÜÜÜÜÜÜÜ . . .!« von so enormer Doofheit aus ihm heraus, daß Vollis Kopf danach sofort vor homerischem Gelächter rückwärts gerissen wurde.

Es warf ihn fast um in der engen Gasse. Zwecks besserer Standfestigkeit stellte er sich quer in die Rinne; auf die Knie gestützt lachte er derart heftig, daß der Rücken bockte, und skandierte zusätzlich, mit dem Ausdruck eines vollständig verblödeten Trolls, die i-haltige Groovevariation des Hüü. Auf dem Gipfel der Glottis erzeugt, klang es wie das Fiepen eines Irren.

Die Gesichtszüge der anderen wurden von einem bereits gegenständlich werdenden Impuls zur Nachahmung heimgesucht. Satsche schüttelte erneut den Kopf, diesmal jedoch, um sein eigenes rhythmisches Nicken zu unterbinden, das sich unwillkürlich dem Takt von Vollis »Hied-hied-hied« angepaßt hatte.

Volli hatte sich aufgerichtet, die Flasche aufgedreht und versuchte offenbar, seine aufgewühlten Eingeweide so weit zu befrieden, daß er schadlos ein paar Gramm Schnaps hineinzwingen konnte. Für genau diesen Moment gewann die Vernunft Gewalt über ihn, dann aber schlug um so fürchterlicher der Hüü zurück. Volli reckte den Hals wie ein Hirsch und röhrte mit weit vorgeschobener Kinnlade den Lieblingsruf aus unserer Jugendzeit in den Wald. Es hatte ihn total gepackt, er schlenderte die Flasche schwenkend den Hohlweg auf und ab und grölte eine Blödelfanfare nach der anderen in die schwüle Abendluft, bis auch die anderen beinah die Lust ankam – warum denn nicht, zum Kuckuck! –, auch ihre Bäh-, Mäh-, Müh- und Trübsal hinterherzumuhen.

»HÜÜÜÜ . . .! HÜÜÜÜÜÜÜÜ . . .!«

Und als sie den Zweck ihrer Anwesenheit – hier, vor Kolks Wald, in dem vielleicht ich, ihr Freund, der Himmel wußte was trieb – für den Augenblick, da Volli einen besonders unwiderruflichen Hüü in den Wald hineingeknödelt hatte, vergessen hatten – da merkte eine nach dem andern – bis auf Volli –, daß sie von der Seite beobachtet wurden. Mit schleppenden Schritten näherten sich drei Personen die Anhöhe hinauf. Wie in Harz gegossen standen Anita und die andern da – nicht viel anders als der Wald.

Die erste trug ein enges schwarzes Sommerkleid, so knapp über den üppigen Hüften, daß der Zwickel ihrer Unterhose bei jedem linken Schritt weiß blinkte. Um die ein wenig aufgeschwemmte Taille war ein breiter Lackledergürtel geschlungen, der fast unter die schlingernde Büste stieß. Eine kräftige Frau Mitte zwanzig, mit dunkelbraunen, schulterlangen Haaren. Sie sagte nichts, sondern erklomm zielstrebig die Kuppe, im Schlepptau zwei weitere Personen – eine davon die, von der Kai gesagt hatte, sie sei »häßlich wie 'n Ur«.

Es war jedoch keine Frau, sondern ein schmächtiges Männchen mit stumpfsilbernen Haaren, die unter einer Schirmmütze hervorquollen, deren walnußartige Zeichnung wohl ein Gehirn darstellte. Das Kerlchen, irgendetwas zwischen dreißig und sechzig Jahren alt, hatte graue Hohlwangen, und aus einem wespenartig geringelten T-Shirt heraus ruderten Ärmchen neben den Hüftchen in der Leopardenhose. In der Linken trug es ein Funktelefon. Auf der Puterbrust prangte der Schriftzug AUL HALTE – M und N waren unter den Achseln verschwunden.

Als er auf ein paar Schritte heran war – aber noch im Kastanienschatten –, säuselte er in der zischelnden Sprache der ersten Hippies: »Satschesatsche. Lange nicht gesehn! Und da ist ja auch der lange Lulatsch. Hh!«

Heiner und Satsche standen – gleich den anderen – wie in Harz gegossen da. »Rudi der Arsch«, krähte Satsche schließlich erschüttert.

»Hallo, Iggy«, sagte die Frau, am Saum ihres Kleides nestelnd, um es auf zivilisierte Länge zu strecken. »Lange nicht gesehn!«

»Ganz äh«, ächzte Iggy, »ganz richtig. Hallo Bärbel . . .«

Währenddessen hing Volli im Draht der geschlossenen Waldpforte und brüllte nach wie vor hinein, sobald er sich von den Zwischengelächtern erholt hatte – »HÜÜÜÜ . . .! HÜÜÜÜÜÜÜ . . .! Hied-hied-hied-hied . . .« –, was das dritte Mitglied des bizarren Verfolgertrios offenbar faszinierte, einen hageren Mann in blaugepünktelten rosafarbenen Shorts und rosa gepünkteltem blauen Hemdchen, der genauso mager war wie der von Satsche als Rudi der Arsch bezeichnete Mensch, aber doppelt so hoch wirkte. Die unbehaarten Extremitäten – Arme, Beine, Hals – und das knochige Gesicht waren weiß. Er hatte pflaumengroße rotbraune Augen, die lidlos schienen, weil sie scheinbar niemals blinzelten; das Gebiß drohte die Kiefer zu sprengen, und auf dem spitzen Schädel wucherte willkürlich ein Büschel rotbrauner Haare. Auf einer Faschingsfeier vom Club der langen Menschen hätte er einen vortrefflichen prähistorischen Storch im Pyjama abgegeben.

Mit schlenkernden Armen und geöffnetem Gebiß stakste er an Rudi und der Frau im kurzen Kleid vorbei aus dem Schatten heraus, den Blick starr auf Vollis Varieté gerichtet, und blieb eine Handbreit neben Satsche stehen, der wie vorm Leibhaftigen zurückwich. Der lange Mann folgte ihm seitwärts (starr den Blick auf Volli gerichtet), im offensichtlichen Bestreben, den handbreiten Abstand wiederherzustellen – bis Satsche, der so was einfach nicht leiden konnte, knurrte: »Hau ab, Mensch.« Da blieb er gleichmütig stehen, den Blick auf Volli geheftet. Der hatte immer noch nicht gemerkt, was in den letzten zwei Minuten um ihn herum vorgegangen war. »Hüü«, machte der Vogel leise und kicherte. »HÜÜÜÜÜÜ . . .«, machte Volli. »Hüüüüüü . . .«, machte der Vogel.

»Halt's Maul, Onkel Pauli«, sagte die Frau im schwarzen Minikleid.

Anita starrte sie an. Anitas Gesicht war mondblaß, wie ihre rechte Faust, abgewinkelt vom Körper, als halte sie ein Messer darin.

Sie standen da wie der Wald.

Wer schließlich handelte, war Conny. In den Schatten der Kastanie eintauchend, tat sie ein paar energische Schritte auf die Neuankömmlinge zu. »Ihr macht jetzt besser, daß ihr –« Und stockte. Die Frau im schwarzen Kleid hatte sich mit tief zurückgezogenen Augen in eine Kampfsport-Grundstellung begeben – der Kleidsaum spannte über den Leistenbeugen – und sagte: »Pleib mir ja vom Leib, Dicke!«

»Öööi, Mensch bleiben, Leute«, säuselte Rudi der Arsch. »Kein Schund hier dorr ...«

In dem Moment merkte auch Volli, obgleich nach wie vor vollkommen hinüber, daß irgend etwas um ihn herum vorging. »Nag«, sagte er grinsend, mit beinah zugeschwollenen Augen, »nag, nag ...«

»Nag«, sagte Onkel Pauli mit weit aufgerissenen Augen und Kiefern und blickte sich erstmals – voll flügger Begeisterung – um, »nag nag ...«

Ein Kuckuck rief – der Specht hatte sein Hämmern eingestellt –, und eine Amsel begann zu schimpfen. Und dann knackte etwas im Wald.

Die Blicke aller Anwesenden schwenkten synchron zur Waldpforte hinüber. Kurz bevor sie weiteratmeten, knackte es erneut. Sie glotzten ins Düstere hinterm seltsam phosphoreszierenden Stahlgitter.

Und da, erzählte Anita später, habe sie erschrocken den Wunsch gespürt – wer oder was auch immer das sein mochte, da im Wald –; sie spürte deutlich den Wunsch, es möge nicht ich sein. Die gräßliche Bärbel links – ich rechts –, das war zuviel. Anita wünschte nicht gerade, ich wäre tot, aber doch so ähnlich. Plötzlich wurde sie von fälligem Mitleid mit sich selbst überwältigt, von Wut auf ihren eigenen Opfermut, der ihr nur noch als Dummheit plausibel erschien. Sie dachte an meine Journale, soweit sie sie hatte entziffern können, in denen ich ein fremdes Leben zu entfalten schien, während sie, Anita, mir immer im Glauben an ein gemeinsam vertrautes beigestanden hatte. Sie dachte daran, daß ich mich, von Welt und Zeiten gekränkt, monatelang um meine geheimniskrämerische

Parallelvergangenheit gekümmert hatte – mit einem Aufwand, der unser beider Gegenwart zustand. Ich, in den sie sich einmal unsterblich verliebt, hatte ihre Kräfte, die ihr nach der anstrengenden Arbeit verblieben, abgesaugt, ihre feiende Energie in kleinen Dosen gesammelt und schließlich en bloc gegen sie gewandt.

Und deshalb spürte sie sich wünschen, ich wäre so etwas wie tot, als sie meine Stimme nach zehn schlimmen Tagen und neun noch schlimmeren Nächten zum ersten Mal wieder hörte – »Janus!! Sitz!! *Aus!!*« In ihrer Phantasie hatte sie das Wiedersehen damit eingeleitet, daß sie mich in gerechtem Zorn beschimpfte. Nun wurde sie für ihre tagelange Angst von mir beschimpft – »Ganz großer Bahnhof, wa?« –, und nicht einmal im besonderen, sondern als eine unter andern. Das hielt ihr Nervensystem nicht aus, und es brach zusammen, und unter den Trümmern wurde ihre Liebe begraben.

Nach wie vor drangen vom jenseitigen Rain des Weizenfeldes Schafsblöken und das Knarren von Saatkrähen herauf. Unentwegt entströmte einer fadenscheinigen Pappelkrone dahinten jene Korona von Gegenlicht, in der das Mückenvolk seine rituellen Tänze aufführte, und die beiden unsichtbaren Grillen am Rande des Hohlwegs, der den Weizen von dem alten Forst trennte, girrten immer noch ihre einsilbigen Refrains. Immer noch schwebten Sporendaunen umher und schwirrten, mit unberechenbaren Quantensprüngen, vereinzelt Libellen herum – nur der Specht hatte die Arbeit eingestellt und wartete in irgendeinem Wipfel ab –, und dann geriet der Kuckuck aus dem Takt seines Rufs, als habe er Herzflimmern.

Das war am 10. Juni, einem Samstag im Jahre 1995, gegen 20 Uhr.

Zweiter Teil
DIE JOURNALE

Many have I loved, many times been bitten
Many times I've gazed along the open road
Many times I've lied, many times I've listened
Many times I've wondered how much there is to know

Mellow is the man who knows what he's been missing
Many many men can't see the open road
Many is a word that only leaves you guessing
Guessing 'bout a thing you really ought to know
You really ought to know . . .

Led Zeppelin, Over the hills and far away

Herbstjournal 1994

Das Höschen der Ariadne

Samstag. Ich äh –

Ganz richtig. Ja schaun'n Sie, ganz äh, ganz richtig. Schönen . . . *vielen* Dank Herr Dokter. Ja bitte sehr. Wellensittich, Nasenhandtuch. Hähä! Auha.

Tab.: 51 Zig. (Marlboro)
Alk.: 1,5 l Bier/0,7 l Schnaps
●●●○○

Sonntag. Schon wieder den halben Tag albern gewesen. Schuld ein Kater jener tückischen Züchtung, die gern bereits neben dem Bett lauert, wenn man wegen Harndrangs viel zu früh wach wird. Ein verfilztes, nervöses Viech, was so was von knurrt, daß man nicht wieder einschlafen kann, und sich nur dahin verzieht, woher es gekommen ist, wenn man ihm reichlich Bier einflößt – notfalls mit Gewalt. –

Gegen Mittag wieder hacke gewesen. Hihi! Man hat beim Fernseh vor sich hin gekichert und mit'm Kopp gewackelt. Bis abends Entzug verordnet. Dadurch erstaunlich hartnäckige Nervenaffekte; auha, auha. – –

Eingepennt. Spätnachmittags Tremor, Brain Blues. Folglich Sofanießbrauch, Fernseh. Wieder eingedöst.

Vorher freilich klebrige Grübeleien. D. h. ›Grübeleien‹ trifft's nicht recht. Gewaltphantasmagorien?

Nee: 'ne Art Drittes Gesicht, das den Zwischenfall vom Donnerstag korrigiert, immer aufs neue, in Variationen, die glimpflicher, uff: *glorreicher* ausfallen als die historische Wahrheit. Geschnauft vor Aufgewühltheit bei den spannenden Stellen, z. B. wie man den Anschlag des schmierigen Policenhökers mit einer Kombination von Shoto-uke und Mae-geri abgewehrt, um mit einem Gyaku-zuki kontern zu können, der ihn gefällt hätte wie das Bolzenschußgerät ein Schwein . . . »Quiek!« Harr, harr!

Sobald sich die Wirklichkeit ins Bewußtsein zurückdrängte, gekränkt geächzt. Ah, wenn man dieses rasierte Arschgesicht doch nur noch *ein*mal zwischen die Finger kriegte . . .

Danach wiederum Fernseh. Währenddessen plötzlich (Elektrosmog?) kortikale Kapriolen; Proteinmoleküle, opioide Peptide und Steroidhormonenzyme sind durch die Basalganglien übers retikuläre bis ins parasympathische Hypophysensystem gegurgelt und zurück, daß es nur so blubberte. Vielleicht flatterten auch die Scheitellappen oder was – kurzum: Man hat sich dunkel erinnert, gestern dieses ominöse HERBSTJOURNAL eröffnet zu haben. *Sehr* dunkel erinnert. Oblomowesk auf'm Sofa rumgelegen, während 's Hirnnüßchen knackte – und schließlich hat die Neugierde über den Stupor obsiegt. Knapp. Muskuläre Folgen immerhin: beschwerlicher Abstieg vom Sofahochplateau und Reise ins sog. Arbeitszimmer.

Und gestrige Eintragung nachgelesen. Obwohl's rauschpsychologisch umgekehrt viel eher einleuchten würde, hat man sich das *letzte* Wort (»Schnaps! – das war sein letztes Wort . . .«) niedergeschrieben zu haben sehr wohl entsinnen können, die beiden ersten Wörter hingegen mitnichten.

Ts, ts: »Ich äh –« . . . Ts, ts, ts.

D. h. nach längerer Reflexion hat's einem geradezu gefallen. Hirnphysiologische Folge: neuerliche Phantasieposse.

Und zwar ist vorm sog. geistigen Auge – ausgerechnet! – Zitrone Zimmermann erschienen. Was wollte *die* denn da? Man weiß es nicht, man steckt nicht drin. Plötzlich ist sie dagewesen, und man hat sich was zurechtgeunkt, das ungefähr so ging:

Wir schreiben das Jahr 2002. Angetan mit einer Art Büßerwams beugt sich Zitrone über den spartanischsten der Schreibtische in der Staatsbibliothek, wo sie – im Schein der eigenen Gloriole – an ihrer Dissertation arbeitet:

Mortens HERBSTJOURNAL 1994 beginnt mit der Aposiopese »Ich äh –«. Ein an Selbstverstümmelung grenzender, ergo durchaus sinniger Beginn. Von der traditionellen gesellschaftlichen Verkommenheit des Subjekts zum *fin de siècle*, ja *de milliénaire* jäh selbst betroffen, nimmt der Autor in diesem originellen Anfang nicht nur das Thema des gesamten Werks vorweg, sondern präjudiziert gleichzeitig dessen ironische Brechung. Und das in nur zwei Wörtern! Das soll ihm erst mal einer nachmachen, verdammt noch mal!*

Ah, unglaublich. Ausgerechnet Zitrone! Ist man denn leider bereits *vollständig* durchgeknallt? Und all dieser Blödsinn auch noch in Zusammenhang mit einem Gegenstand – dem sog. Ruhm –, dessen Hoffnungscharakter man für seine Person doch längst überwunden glaubte!** Zumal man Provinzjournalisten verachtet, die Scheiße nicht von Schokoladenpudding unter-

---

* Noch plausibler vielleicht, man hätte mit »Ich äh aua« eröffnet. Hähä! Auha.

** Spätestens als Lehre aus der Tatsache, daß Caro Kowska, die korrupte geile Sau, die Tinte nicht halten konnte!

scheiden können, geschweige ihr Zehnfinger- vom Planetensystem! Hatte man sich nach der Globusaffäre* nicht ohnedies geschworen, die Feder nie wieder zu erheben – allenfalls, um sich den Gaumen zu kitzeln?

Die Buße wiederum/folgt auf dem Fuße dideldumm. (Auha.) Nichts geschieht ohne die »vierte Gewalt« im faulen Staate Rückenmark. (Auhauaha.) Man hat nur mal versuchsweise Desirée die Verantwortung zugeschoben, und schon jault sie auf, die *Kauz am Sonntag***, und rückt die Fakten zurecht.

SCHON *WIEDER* ALKOHOL MISSBRAUCHT!

Einziger Arbeitsloser schon wieder *in den Schlagzeilen*

Stube *(eig. Ber.).* – Schon *wieder* ertappte sich der erwerbslose Dauergast der eskapistischen Enklave »Erdgeschoß li.« beim Alkoholmißbrauch. Der von der Hauptmieterin Anita A. (33) geduldete 37jährige hatte (in deren Abwesenheit) am Samstag nach exzessivem Fernseh, Nasebohrn und Däumchendrehn zunächst mehrfach masturbiert. Anschließend bedrohte er die Tiroler Obstlerin Desirée mit Äußerungen wie »Glotz nicht so, sonst schraub ich dir den Deckel ab!« Recherchen zufolge hatte sich Desirée gegen 22.00 Uhr noch »wohl« gefühlt. Später klagte das einst hochprozentige Alkoholikum über »innere Leere«. Der Delinquent habe ihre »Bestimmung durchkreuzt«, ein langes Leben mit einem kultivierten Genußtrinker zu führen, der sie »peu à peu nach eleganten Diners« aus stilvollen Gläsern vernaschen würde. Stattdessen habe jene »barbarische Kanaille« in »gemeiner Atmosphäre« (Lampenlicht, Zigarettenrauch, Fernseh) fortgesetzt an ihrem Hals »gesabbert« . . .

Ach, daher weht der Wind! Man ist ein Schwein, ja? »Vom Elend anderer Flaschen profitieren! Pfui Deibel!« Ja ja . . .

Von wegen barbarische Kanaille. Sensationslüsterne Journaille!

Hähä.

---

* *Freundeskreisinternes Codewort für meine Entlassung aus der ELBE-ECHO-Redaktion. – B.M.*

** *Kauz = Kautschzeitung. Vielleicht eine Art sozialistisches Boulevardblatt für den kleinen Mann im Ohr. – B.M.*

Zum Glück hat da noch die Wissenschaft 'n Wörtchen mitzureden, und sei's im Jahre 2002:

In Wahrheit – so die These der vorliegenden Untersuchung – versuchte Morten mit jenem fulminanten *coup de main* unbewußt, sich seiner Vergangenheit zu vergewissern – und damit seiner selbst, seiner Identität. Jawohl! Keinen anderen signifikanten Grund gab es, den seit September gehorteten Tiroler Obstler *kurz nach ausgerechnet jenen Demütigungen* (durch die Geschäftsführerin einer Videothek sowie, in der Folge, einen mutmaßlichen Versicherungsvertreter) einer schließlich bereits angebrochenen Flasche griechischen Weinbrands vorzuziehen.

Eben. Ganz richtig. Du sagst es, Zitrone. Denn hatte man das Schnäpschen mit dem adretten, ja genialischen Namen und den bunten Früchtchen auf dem Etikett vielleicht *nicht* in einem Supermarkt am Nordtiroler Walchsee, im Schatten des Zahmen Kaisers, erstanden, Frau Pump?, und zwar exakt am 2. September 1994, Frau Pump?, womöglich sogar pfeilgenau gegen 13.34 Uhr, Frau Pump? Aber sicher hatte man das! Und zwar in Keuschheit und Demut!*

Wie ist's bloß möglich, daß man sich von dieser prekären Pumpmusch derartig, letzten Donnerstag ... Vielleicht, wenn man nicht grad mit der Selbstmedikation mittels griechischen Weinbrands befaßt gewesen, daß man dann wie üblich gar nicht ans Telefon gegangen wäre, letzten Donnerstag? Au, letzten Donnerstag ...

Man muß sich das mal vergegenwärtigen. Nichtsahnend beginnt man 'n palliatives Besäufnis, an irgendeinem der Myriaden unschuldigen Donnerstage, die

* Unbenommen der 2000 Meter große, aber wahrlich zahme Zahme Kaiser Bülbülbärbel und ihr Bobobböckchen durchaus schon mal in weitaus verfänglicheren Situationen beschattet hatte – aber das ist schließlich fünf Jahre vorher gewesen, zu Ende der unseligen Lilavioletten Liaisonsaison. Da war man ja noch jung gewesen; das ist vorbei.

Thor werden läßt, geht friedfertig ans Telefon und wird von einer wildfremden Geschäftsführerin angepflaumt, man möge endlich »die« am 2. September entliehene Videokassette zurückbringen und entsprechende Versäumnisgebühr entrichten. Ihre Aushilfe habe schließlich schon zweimal aufs Band unsereines Anrufbeantworters gemahnt. Man wisse schon, um welchen Titel es sich handele.

Nun, noch lachte man und erläuterte der Dame Pump, man habe jene Anrufe als Witzkrampf eines schwachsinnigen Backfischs eingestuft. Schließlich habe man die Dienste der Videothek *2001* seit 1992 nicht mehr in Anspruch genommen.

Nun, desungeachtet empfahl einem Frau Pump im Domina-Tonfall, doch noch einmal tief ins Auto oder Sofa zu »tauchen«, da sich »solche« Videos erfahrungsgemäß häufig ebendort wieder anfänden.

Nun, halb bewußtlos vor Empörung erfüllte man den Tatbestand der Beleidigung. Nach Austausch von Drohungen wurde pumpseitig vorgeschlagen, als spräche sie in eine Gummizelle hinein, man möge sich seiner Unterschrift unter der Quittung doch höchstpersönlich vergewissern. Sie ähnele, so Pump, derjenigen unterm Mitgliedsvertrag »eklatant«.

So rast man – bei wesentlichem Reifen- sowie Nervenabrieb – doch tatsächlich die 600 Meter zur Videothek *2001*. Beim Einparken wird ein Poller gerammt, was Zorn und Haß ins Jodelnde, ja Jubelnde steigert. Bebend vor vorläufiger Selbstknebelung, aber auch unbestimmter Angst stürmt man in die Videothek. Und was steht auf dem Ausleihbeleg, schwarz auf weiß? *Datum: 2.9.1994. Uhrzeit: 13.34 Uhr. 1 Stck. Votzen, Lasterhöhle der feuchten.* Das schon. Aber darunter 'n hingestümperter, legasthenischer Kaiser Willem, nicht mal 'ne bemühte Imitation unsereiner Signatur, sondern ein ›Morten‹, wie ein Blödmann sich vorstellt, daß ein Morten einen ›Morten‹ schriebe.

Wie ’n Gartenzwerg stand Pump da hinter der Videothekstheke, davor fuchtelte wie ’n Fechter unsereins herum. »Eklatant?« grölte man. »Diese drei Kreuze sollen *meinem Autographen* ähneln, und dies auch noch ›eklatant‹?«

Ein paar Kunden wenden sich von den ›Action‹- und ›Humor‹-Regalen ab und verfolgen lieber unsereinen Liveauftritt. »Das sieht doch ’n blinder Analphabet, daß – ach wissen Sie, Frau Pump – ›Lasterhöhle der feuchten‹ ... Zzzz ...« Am Ausgang dreht man sich noch mal um und brüllt, man sehe einer etwaigen Klage »mit Ruhe« entgegen.

Damit hätte die Angelegenheit eigentlich *ad acta sub omni canone* gelegt werden können. Klar, daß da irgend ’n Beschiß gelaufen ist, der einen überhaupt nichts angeht. Doch als man wieder ins Auto steigen will, kommt ’n Typ die Straße lang, angesäuselt, so ’n richtig öliger Policentrödler mit Schlips und Scheiß, wirft im Vorbeigehn einen Blick auf die Beule in unsereinem Oldtimer und schnarrt jovial: »Na: *die* Karre«, schnarrt er, »müßte ja auch mal repariert werden.«

»Kuck dir«, knurrt im Nachbrand man, »doch deine Fresse mal an. Die müßte auch mal repariert werden.« Woraufhin einem der mutmaßliche Versicherungsvertreter hinterrücks eine derartige Kopfnuß – exakt auf die bohnenförmige Narbe – verpaßt, daß man ganz bregenklöterig wird, jedoch noch aus den Augenwinkeln, und zwar erst in dem Moment, zu erkennen vermag, daß der Mann leider eine Hasenscharte besitzt.

Ausgangsfrage aber bleibt, weshalb man sich überhaupt in die Videothek hat zitieren lassen, anstatt Pump gleich am Telefon abzuwimmeln. Schließlich ist man am 2. September de facto und nachweislich in Nordtirol gewesen, verdammt noch eins.

Brr, nu. Ab einer bestimmten IQ-Höhe sind bestimmte Alibis schlicht unsagbar. Z. B. ›Hören Sie mal Frau Pump, man *kann* die Lasterhöhle der feuchten Votzen gar nicht ausgeborgt haben, weil man zu dem Zeitpunkt in Tirol war!‹ Niemand ist in Tirol. Und so ist man sich, ganz tief drinnen, plötzlich selbst nicht mehr ganz sicher gewesen ... – – –

Draußen windig, Dauerregen, um 13 Grad. Sonst nichts Besonderes. Anruf Satsche (Band): »Melde dich mal, du asozialer Pißkopp!« –

Anruf Anita (Band): »Hallo Schätzchen, wir sind gut angekommen, das Hotel ist klasse, muß auch bei 200 Mark am Tag. Die Messe ätzend und die ganzen Gecken und Stutzer und Idioten hier, aber was soll's. Mach keinen Scheiß, morgen abend bin ich wahrscheinlich zurück. Tut die Beule noch weh? Ich ruf an, wann du mich abholen kannst«, usw. usf. –

Mit Leo telefoniert. –

Fernabfrage Kabuff: immer noch kein Anruf von Bärbel, uff. Seit über sechs Wochen.

Na bitte. Hoffentlich hat sie's endlich begriffen. Sollte – Jesus, kaum auszudenken! – tatsächlich nun auch die grauenhafte Blaugraue Epoche endgültig ein Ende haben? Muß wohl. Sechs Wochen *nichts* – das heißt: Schluß. Oder? Hoffentlich. Was jetzt käme, könnte man nur noch als Schwarze Endphase bezeichnen ... – –

Mann, was *ist* einem aber auch übel ... – – –

Allerdings offenbar nicht nur unsereinem. Pastor Traulsen, dem Tröster beim Abendmahl der »ganzen wurstgiftigen Wurst des Daseins« (Fr. Th. Vischer), Pastor Gotthilf Traulsen, wes Stecken und Stab führen unsereinen durchs themenneblige Alltagslabyrinth ... – ihm, dem schreibendsten aller schreibenden Pfarrer, dem Dativvirtuosen, geht's anscheinend auch nicht gut. Frönte er doch in der gestrigen Ausgabe der ABENDPOST nur einem einzigen seiner spezifischen Wem-Fälle*! Dafür aber gleich in der dritten Zeile – *und*, hört! hört!, im Rahmen einer geschlechtsrollenhistorisch ironischen Generalformulierung:

Früher wußte man, was eine richtige Frau und was ein ganzer Kerl ist. Kinder, Küche, Kirche den einen, für die anderen Krieg, Konkurrenz, Kunst.

Ja ganz richtig. Gottlob, fährt Traulsen fort, sei's ja heutzutage zwischen richtigen Frauen und ganzen Kerlen anders als früher, denn

außer Schwangerschaft, Gebähren** und Stillen an eigener Brust können beide alles.

Ach was? Beide können alles – außer u. a. Stillen an eigener Brust? Ja, wo *denn*? Bzw. *wer* denn *dann*? fragt als rabulistischer Linguist bzw. »vernunftlederner Aufklärungschrist« (Vischer) man da doch unwillkürlich sich.

Und am aller*aller*drolligsten:

Zum Glück bleibt der kleine Unterschied, wenn man genau hinguckt und hinfühlt.

Ja *so* ein Schlingel! *Nein* diese Gottesmänner! Jesusmaria, was *hat* man sich amüsiert! Zwar argwöhnte man eine Sekunde lang, der Lutheraner habe tatsächlich

---

* Ja, Traulsens stärkste Waffe im Kampf um das *mot juste* zum Sonntag ist seit je die eigentümliche Anwendung des 3. Falls (wo heutzutage gewöhnlich der 4. plus Präposition gewählt wird): der biblische Dativ! Dativ gegen Goliath!

** »Ge*bäh*ren«! Wie putzig! Insbesondere in Anbetracht der klerikalen Schäfchenallegorie!

eines solch entzückend anzüglichen Onanwitzchens auch und gerade in der Kirchenkolumne der zweitgrößten hanseatischen Boulevardzeitung entraten zu sollen einfach nicht eingesehn – die Wege des Herrn sind schließlich unergründlich –; aber uh, dann war man denn doch geradezu überzeugt, daß nur ein geschmettertes Jawoll als Antwort auf die folgende Frage in Frage käme: Traulsen, evangelisches Eselchen du, darf es wahrlich wahr sein, daß du von der – über alle romantisch-allegorische Geschlechtssemantik hinausweisenden – schlicht softzotenförmigen Konnotation der Redensart von jenem »kleinen Unterschied« während deiner gesamten Sozialisation bis auf den heutigen Tag verschont geblieben bist???

Hach, wär das hin-rei-ßend! –

Sonst nichts weiter los gewesen. Der Regen drischt gegen's Fenster . . . – –

Ach so ja doch. Vorhin, auf dem Weg zu BP zwecks Luft- und Schnapsschnappens, 'ne schwere Erektion erlitten. Im Stehn! Vorm hellerleuchteten Schaufenster der *Lady*-Boutique. Und zwar wegen dieses *Bolerokleid/m. Pailletten/DM 99,–*. Weil man sich Bärbel in dem Fummel vorgestellt hat. Er würde aus allen Nähten platzen, aber genau dieser Schlampenappeal ist's ja, der einem seit Jahren Luliberinströme in den Hypothalamus pumpt.*

Und ein paar Schritte weiter, im Schaufenster der Buchhandlung, was für Titel haben da ausgelegen? »Sehnsucht hat lange Beine«? »Sie flüstern«? »Eine

* Pump*te*, hoffentlich. Drei Phasen derartigen Hormonstresses sind genug. Vorausgesetzt, das Bülbül sieht's endlich ein und macht nicht doch noch irgendwann eine seiner Drohungen wahr wie z. B.: »Wenn du mich *noch mal* verläßt, tlingel ich nackt an eurer Tür!« Sprach's, November 1991, zu Anfang der grauenhaften Blaugrauen Epoche. »Du weißt doch gar nicht, wo ich jetzt wohne! Und von mir wirst du's auch nicht erfahren!« sprach man, erstaunlich fahrlässig. »Das krieg ich schon raus, was klaubst du denn! Hältst du mich für plöd?« sprach's nicht minder Tacheles. Oh, oh, oh . . .

ungehorsame Frau«? »Ein Fall mit Liebe«? *Und*, irgendwo dazwischen, »Es gibt kein anderes Leben«?

Ganz richtig.

Da fing der Regen wieder an. Ohne die Videothek *2001* noch die lausige Bierschwemme (welche es gewesen sein muß, die den mutmaßlichen Versicherungsvertreter neulich ausgekotzt hat) eines Blickes zu würdigen, ist man heimwärts gestiefelt, durch die m. grünen und roten, blauen und weißen Pailletten besetzte Nacht vor der benetzten Brille. Ah, der Herbst, der Arsch. Fast alles dunkel in unserm Mietshaus – nur bei der alten Frau Siems über uns noch Licht.

Man macht diese seine letzten Eintragungen, trinkt noch einen Magenbitter gegen den bitteren Magen und wird gleich, vermutlich vergeblich, versuchen, anhand einer Vision des Bolerokleidchens zum kleinen Unterschied hinzufühlen. Bzw. dann eben doch nur hinzugucken. Amen.

Tab.: 46 Zig. (teils Marlboro, teils R1)
Alk.: 2,5 l Bier/8 cl Schnaps
○○○○○

Montag. Uh, marod aufgewacht, auf der Matratze im sog. Arbeitszimmer. In Unterhosen durch den Korridor in die grauen Auen des Wohnstübchens. Auf der Sofabank niedergelassen und in die Ferne geschaut. Durch die Welt der Problemtucken und Kiefermuskelprotze gezappt. »Nein tut mir leid, ich kann nicht bleiben.« – »John, Johnny, wir müssen uns mal aussprechen.« – »Ich habe noch ein paar wichtige Geschäfte zu erledigen.« – »Ich dachte, *ich* wäre dir wichtig.« – »Tut mir leid.« – »Du kannst mich nicht so behandeln. Dazu hast du kein Recht.« Etc. –

Nebenbei, durchs Panoramafenster (weißgrauer

Tag), die Hausamsel im Vorgartenstrauch beobachtet.* – –

Gegen 13.00 Uhr Knäckebrot, Tee. ABENDPOST durchgeblättert: Hochspannung! Taucht auch diesmal wieder Nellie Vandenhoek im »Hanseklatsch« auf? Aber hallo! War auf der Mottoparty (»S/M«) im *Gang Bang* (»Gewagtes Voiché-Dekolleté«, »steht zu ihrer Playmate-Vergangenheit«, »bemüht sich um Audienz beim Papst«) und »flirtete heftig« statt mit Gatte Hans Friedrich Kaspar Puttfarcken, 68, ca. vier Milliarden schwer, mit Stecher Dido Kronkamp, 37, ca. fünf Milliarden schwer. »Die 27jährige Dänin vielsagend: ›Hans ist Hanseat!‹«

Dänin? Nicht Holländerin? – – –

Anschließend im sog. Arbeitszimmer am sog. Schreibtisch herumgesessen und ketterauchend den Kalender angestarrt, dennoch keine Erkenntnisse gewonnen.

Seit Ende der Herbstferien wieder vermehrt Rap-Emissionen durchs Fenster im 1. Stock des Nachbargebäudes. Unterdessen vernehmliches Pubertätspalaver. Erstaunlich, wie lange sich der adverbiale Gebrauch des Wörtchens »voll« bereits hält. Wenn man sich recht erinnert, sprach schon der zehnjährige Rudi »Dutschke« Duttheney im Kaff davon, er habe seine Kusine »voll nackt gesehn«. Das war 1968/69 gewesen, wenn man sich recht erinnert. Die Hip-Hop-Heinis da oben: »voll gut«, »voll die Biege gemacht«, »voll kraß äy«. Etc. –

Geschlagene zehn Minuten schreddert ein Hubschrauber die Balken in der Luft. Winken der gelb-

---

* Ach Amsel! Wärst 'n geeigneter Wappenvogel für unsereinen. Hast einem die lauen Sommerabende im Kaff veredelt! 1977, kurz vorm Abi, lag man unter der Zwillingskastanie vor Kolks Wald und ahmte plump eine deiner Fiorituren nach, und nach einer Stutzpause variiertest wiederum du die Imitation! Fast wie 'n Gitarre-Banjo-Duell …

grünen Kastanienhände im windrauschenden Hinterhof.

Dann dieses Klappern von Hüfchen im Treppenhaus. Aufgesprungen und ins Wohnzimmer geeilt, mit Wäscheständer-Aufstellarbeiten getarnt (falls zurückgeguckt wird) und durchs Panoramafenster geguckt. Ist aber nicht die smarte Aparte gewesen, die meist in einem kurzen Rock steckt, sondern die andere. Schwer auseinanderzuhalten, der Pumps-Trab der beiden.

Je, wie fein, wie frisch, wie finkenhaft flink sie ist, diese Dame ... In ihrem Falle steht man dann da mit seinem Wäscheständer und ist nicht eher zufrieden, als bis man entdeckt hat, ob sie wieder einen kurzen Rock trägt. Und ohne allzu auffällig den Hals zu recken, d. h. indem der Blick bis an die Silbergrenze gedehnt wird, daß Netz- und Bindehäute* nur so spannen ...

Popo: Und dann?
Mann: Nichts und dann. Man muß das nur wissen. Man muß nur wissen, ob sie einen kurzen Rock trägt oder nicht. Nichts weiter als ein unwürdiger ... ich sag mal Glotzreflex, einst entstanden durch ein frühpubertäres posttraumatisches Streßsyndrom.
Popo: Könnten Sie das ein bißchen ausführlicher erläutern?
Mann: *(indigniert)* Könnte ich, will ich aber nicht.
Popo: *(indigniert)* Hören Sie, Sie haben sich – freiwillig, ja? – für ein Interview zur Verfügung gestellt! Und zwar in einem Manzine! Einem Special-interest-Objekt! Das hier ist die *Porno-Postille* – nicht *Emma* oder der *Katholische Bibeldienst!*
Mann: *(einlenkend)* Ist ja gut. Tja ... also ... so 'n Trauma eben. Karin Kolk. 1968 oder '69. Ich war elf oder zwölf, sie fünfzehn oder sechzehn. Ich saß in der Zwillingskastanie, die an unserer Dorfkreuzung steht – gegenüber von dem Milchbock, auf dem wir – vor allem ein paar Jahre später – immer hockten, berstend vor Langeweile und

* Netz, Binde, Häute – was immer man auch denkt, zu allem fällt einem Bärbel ein ... Es ist wie mit vierzehn, diese hyperbolische Assoziationssexualität: Adjektive wie steif und schlaff, naß und trocken, feucht und heiß etc. hatten auf ewig ihre Unschuld verloren; Verben wie stöhnen, stehen oder kommen wurden nach Strich und Faden durchkonjugiert; ja selbst harmlose adverbiale Bestimmungen wie etwa »von hinten« gerieten plötzlich in den magnetischen Mahlstrom des erotischen Clusters ...

glucksend vor Lust, geplagt von vor Endorphinen strotzenden Körpersäften ... –, und sie ...

Popo: Ja?

Mann: Sie hängte im Garten, neben der Scheune, Wäsche auf, und sie trug so einen geblümten Glockenminirock ... und wenn sie sich nach dem Korb bückte ... oder auch wenn sie sich nach der Leine streckte ...

Popo: Ja?

Mann: Na ja, man ... man sah diesen weißen Slip, dessen schnürender Saum sich an den runden Pfunden wetzte, verstehen Sie? Und das, obwohl man oben im Baum hockte. Nicht auszudenken, wenn man sich auf Bodenhöhe –

Popo: Verstehe. Und aufgrund dieses Traumas –

Mann: Oder in dem roten *(betont vulgär)* Triiiebwagen, mit dem wir immer nach Stade zur Schule fuhren ... Sie wußte immer genau, daß wir ihr immer gegenüber sitzen wollten, damit wir ihr immer unter den –

Popo: Verstehe. Und aufgrund dieses –

Mann: – Minirock gucken konnten. Oder Heike Friedrichs, mein Gott *(bedeckt die Augen)* ... Einmal – damals gab's noch diese Birkenallee am Stadtweg, der von unserem Kaff nach Stade führt; im Sommer fuhren wir natürlich mit dem Fahrrad; und einmal – Heike Friedrichs trug immer so ein kurzes blaues –

Popo: Okay, verstehe, verstehe. Und aufgrund dieses –

Mann: – Strickkleid, und das auf'm Fahrrad! Und einmal kommt sie mir entgegen und steigt ab und – o Mann! Diese Szene hat mich auf Jahre mit Vorlagen ver-

Popo: *Okay*, okay, verstehe, und aufgrund dieses Traumas –

Mann: Ja. Beim Flanieren, beim Autofahrn – ständig diese ... okulare Sucht. Heutzutage eigentlich nur noch 'n Tic. So wenig wie ich, um mal 'nen unverfänglichen Vergleich zu wählen, imstande wäre, Frikadellen ohne scharfen Senf zu verzehren, könnte ich ein Weib, das bloße Beine tragen, entkommen lassen, ohne Aufschluß über die Frage »Shorts oder kurzer Rock?« erhalten zu haben.

Popo: Auha. Und dann?

Mann: Nichts und dann. Shorts: leichte Enttäuschung. Kurzer Rock: nun ... *(überlegt)*: enttäuschte Erleichterung.

Popo: Wie das?

Mann: Erleichterung, weil Tic befriedigt; enttäuscht, weil nur Tic.

Popo: Verstehe. Miniröcke ...

Mann: Nummerngirls, Cheerleaders, Tennisspielerinnen, Funkenmariechen, Spielmannszugflötistinnen, Lieutenant Ohura, die Ikettes, Lambadatänzerinnen, neuerdings diese Ravegirlies ... – Neulich hab ich im Fernseh gesehn, daß jemand den Schlagersänger Wolfgang Petry als »genialsten Mann der Welt« bezeichnete. Für mich ist Mary Quant die genialste Frau der Welt.

Popo: Und Bärbel?

Mann: Tja. Bärbel. Mein Bülbül *(seufzt)*. Als ich sie das erste Mal sah . . . ah, entsetzlich, diese Besessenheit! Da hockte sie seinerzeit auf diesem Barhocker – es war doch schon Herbst, verflucht! – in diesem Blümchenkleid, verdammt! Mit einem Dessin wie das von Karin Kolks Glockenminirock! *(Flennend)* Das war der Anfang, der Anfang der Rosaroten Periode, der Anfang von *allem*, o Gott . . .

Mann, ist man kaputt. Schläfchen. – –

17.45 Uhr. Hallihallo!

D. h. von wegen. Aus diesen Nachmittagsnickerchen taucht man ja zumeist geistig dicht umnebelt auf. Der Halbschlaf hat folgende Assoziationskette geknüpft: Minirock – Karin Kolk – Bärbel Befeld – Arthur Miller. *Arthur* Miller, nicht etwa Henry, weil man nämlich plötzlich hat wissen müssen, wie diese gewisse Passage aus ZEITKURVEN noch mal ging. Im Zitatennotizbuch geblättert:

Ich konnte es nicht erklären, aber ich spürte immerhin, daß ich zwar alles, was ich schrieb, leidenschaftlich verteidigte, mich jedoch gleichzeitig dessen unbestimmt schämte, als wäre es ein sexuelles Geheimnis.

Auha. Schon *sieht* man förmlich Zitrone losdoktern:

Bildet – im Umkehrschluß – etwa ganz ordinäre Damenunterwäsche den ›weißen Faden‹ durch das labyrinthische Œuvre Bodo Mortens?

Œuvre, Œuvre. Erst mal eins haben, Frau Dokter. Das publizierte Œuvre Bodo Mortens* besteht bekanntlich

* Im Gegensatz zu z. B. Caro Kowskas, der korrupten geilen Sau.

aus Provinzzeug, gedruckt auf Käseblattpapier, worin »die Finkenwerder ihre Bücklinge einwickeln«, wie der große Eugen v. Groblock zu sagen pflegte.

Jedenfalls hat man in dem abgewetzten Koffer, noch vor dem Zitatennotizbuch – und das paßt ja nun wie Arsch auf Eimer –, zwischen all dem anderen vergilbten alten Kram *was* gefunden? Das verdrängte Manuskript mit dem hochtrabenden Titel FABIANs ENKEL etwa?

Ganz richtig. Das ›Debütprojekt‹. Zwölf Seiten, begonnen kurz vorm Ende der Lilavioletten Saison, also noch bevor man das Bärbeln bereits zum zweiten Mal aufgegeben. Hatte als Selbstbeweis gelten sollen, daß man ein »Thema« hatte, um den großen Groblock zu überflügeln, der von jeher behauptete, er habe keines und schreibe *seinen* Erstling daher nicht zu Ende. Zwar achtete man deswegen Groblock den Großen und verachtete schon damals Schmocke, die sich als verkappte Schriftsteller gerierten; allerdings sagte man sich, man sei schließlich selbst als Journalist verkappt, wenn nicht sowieso überhaupt, insgesamt, *in toto*, generell und umfassend als Mensch und Sterblicher verkappt; also eröffnete man jenes hybride

Projekt, etwa Mitte September 1989,*

das unvollendet blieb, weil . . . etwa weil man in El Salvador Granatsplitter und Kalaschnikowkugeln um den ohnehin schon eingedellten und angeknallten Schädel sich fliegen zu lassen umhin können nicht dürfen zu sollen meinte? Aber woher denn. Dafür hat man doch seine Leute.

---

* Dr. Simone Zimmermann: »Das Höschen der Ariadne. Untersuchung von Bodo Mortens Prosafragmenten«, Seite 886; Göttingen, London, Boston, New York: 2002.

Eine Adaption von Kästners FABIAN war angestrebt. (...)*

Fünf, sechs Variationen vom Anfang gibt's. Einer geht so:

»Deutschland? Kenn ich nicht!« Fabian kringelte sich vor Vergnügen auf dem Sofa und schrie den Fernseher an: »Genau! ›Deutschland? Kenn ich nicht!‹ Ha!« Leidenschaftlich setzte er eine neue Zigarette in Brand und griff nach seinem Bierglas. »Heiliger Bimbam, was für ein starker Satz! Ah!«

Voll gesellschaftskritisch, der Anfang. Greift die Antwort eines Reisbauern auf, den ein TV-Korrespondent anläßlich der Chinareise irgendeines Kastenmitglieds der Bundesregierung seinerzeit interviewt hatte, was er von Deutschland halte (Interviewer: »Was halten Sie von Deutschland?« – Reisbauer: »Deutschland? Kenn ich nicht.«)

... kringelte sich auf dem Sofa ... – erschütternd, was man mitunter so zusammenscrabbelt. Und *Bimbam* – sagt man das überhaupt noch? Ist das nicht ein Fix-und-Foxi-Terminus?

Bimbam. Kringelte sich. Hm. Politfabel mit Comicelementen?

Ein anderer Anfang klingt wie die Lösung einer *creative-writing*-Aufgabe: »Romananfänge I: Bilden Sie mal einen ziemlich langen Satz mit *Wirrnisse, Mutter, Pornokino* und *Martinshörner* (*ein* ungelenkes Semikolon ist erlaubt)!«

Fabians durch alle **Wirrnisse** und Widrigkeiten gerettete Vorstellung von seinem Leben als einer trotz allem alles verzeihenden **Mutter** wurde nachhaltig erschüttert, nachdem er eines späten Abends

* *An dieser Stelle setzt ein seitenlanger literaturwissenschaftlich inspirierter Essay ein, den ich – wie eine Reihe weiterer, auch amateurphilosophischer, -politischer und »kulturkritischer« Passagen – herausgekürzt habe, weil er nicht viel taugt; jedenfalls gar nicht zur Verdichtung des Stoffs (im folgenden ohne Kenntlichmachung). – B.M.*

seinen Wagen auf dem Rückweg vom **Pornokino** an den Straßenrand steuerte und anhielt, um sich mit klopfendem Herzen umdrehen zu können; durchs Heckfenster beobachtete er, wie der PKW, der ihn vor vier, fünf Sekunden in Gegenrichtung passiert hatte, mit einem anderen, den er auf der Kreuzung noch mit hoher Geschwindigkeit hatte im Rückspiegel aufholen sehen, während von irgendwoher **Martinshörner** heulten, unter Krachen und Splittergeräuschen frontal zusammenstieß.

Dem damaligen Gestaltungswillen nach, so hat man sich erinnert, würde der eine der Verunfallten Fabian mit einem Messer zwingen, seine Fahrerflucht zu bewerkstelligen, wobei ein halbes Dutzend Heroinbeutel im Wagen zurückblieben und – und was?

Existentialistischer Psychothriller?

Die übrigen Anfänge bestehen in Variationen der getippten Endfassung:

Vor einer roten Ampel haltend, zog Fabian am Filter seiner Zigarette und sah zu, wie die Rauchfahne vom schwarzgefransten Rand hinter der aschflöckchenverhüllten Glut schwankend aufstieg und unterm Wagenhimmel in einem Qualmstrauß zerfledderte. Unverständlicherweise erinnerte er sich daran, als er sich zwei Tage später, schon beim Erwachen nach Giselas rauhschlüpfrigem, lappigem Austernpilz lechzend, die Lefzen speichelte.

»Rote Ampel«, sehr symbolkräftig, harr harr! »Gisela«, von wegen! Ah, ein Restimpuls zur Fiktionalisierung, hehe! Also dann doch ’n Drüsendrama.

Uff, zum Kuckuck damit! – – – –

1.25 Uhr. Bis eben Fernseh, insgesamt sieben Stunden, praktisch so lange, wie andere Leute arbeiten. Das finale *Zipp!* bzw. *Zapp!* beim Ausknipsen hat einem ’nen Stich versetzt. Tut weh, die Ruhe. Nur die alte Frau Siems humpelt über die alten Dielen . . .

Tab.: 42 Zig. (Marlboro)
Alk.: 3 l Bier/2 cl Schnaps
●○○○○

Dienstag. 03.20 Uhr. Eben, kurz vorm endgültigen Einschlafen, wieder aufgewacht, von einem langgezogenen, wie aus weiter, weiter Ferne leise klagenden Klarinettenton, der sich abgewandelt wiederholt hat: die teerverschlackten Bronchien. Drittes Gesicht gehabt. Was jetzt? Vischer lesen.

17.10 Uhr. Irgendwann dann doch von Morpheus' Armen erdrückt worden. –

Mittags zwei Anrufe auf Band vorgefunden. Erstens: »Schläfst du noch? Schätzchen, wir fahren morgen noch nach München weiter, tut mir leid, wir gukken uns die Designwerkstatt von so 'nem Deppen an, wegen der nächsten Herbstkollektion. Am Wochenende machen wir was Schönes, O. K.? Kuß! Tschüß! Wo treibst du dich eigentlich immer rum? Trink nicht so viel! Tschüß! Kuß, Kuß, *Kuß!*«

Na, na.

Zweitens: »Ich hab gesagt, du sollst mich anrufen! Drecksack!« Satsche. Voll idiosynkratisch. –

In Unterhosen kleiner Spaziergang durch Küche und Bad. Wie die Karikatur eines Mannes in »mittlerem Alter«, der vorm Spiegel seine grauen Härchen an den Schläfen zählt, vorm Spiegel gestanden und die grauen Härchen an den Schläfen gezählt.* Die Haut wird gröber. Wenig Falten eigentlich. Dafür wird man sich vermutlich immer häufiger die Nasenhaare stutzen müssen – und die Ohrläppchen rasieren, oder wie?

---

* Wobei man sich ja tatsächlich im mittleren Alter befindet: 37 stellt ziemlich genau den Quotienten dar, den man erhält, wenn man die statistische Durchschnittsdauer eines männlichen Lebens durch 2 dividiert. 40- bis 50jährige sind nicht mehr im mittleren Alter. Das bleibt Lebenslüge, bis das Gegenteil bewiesen wird.
Halbzeit. Mit Chance kommt noch mal so viel. Bloß werden die nächsten 37 Jahre höchstwahrscheinlich noch schneller vergehen als die vergangenen 37 Jahre ohnehin schon. 37–73: das geht im Handumdrehn, mein Lieber, wie 'n Tippfehler.

Da kringeln sich (Bimbam!) doch tatsächlich drei, vier Härchen! Wie auch am Kinnmuttermal! Ach du Scheiße! Und dann dieser warzenartige Hautnippel am Adamsapfel und die pigmenthaften Pickelchen auf dem linken Lid!

Tja. Und unübersehbar der

unselige Trend zur Feistheit,

wie es im *Soma** (Rubrik »Bodypflege«) heißt. –

Fernseh. Liveübertragung einer Art Kaffeeklatsch (wie immer ohne Kaffee, aber wieder mal über Sex, diesmal »... an ungewöhnlichen Orten«). Die Gastgeberin trägt 'ne Brille wie 'n Jeck, stellt sich noch dümmer als die dummen Gäste und quatscht die Bildröhre mürb ... Puh, sie tut halt auch nur ihre Pflicht. – Wutanfall beim Fußnägelschneiden. – –

Zigarettenstange geht zur Neige. Muß spätestens übermorgen wohl doch mal raus. – – –

Wieder keine Post. – – –

Seit nachmittags am sog. Schreibtisch. Popelsammlung unterm sog. Chefsessel ergänzt. Was ein Blinder wohl daraus lesen würde? Vielleicht das:

Dienstag. Fanatisch geraucht. Den Regen wegen seiner regnerischen Tätigkeit verhöhnt und den Kalender beim Rumhängen. Zeit mit 'ner Fliegenklatsche totgeschlagen. Dem obszönen Gestammel der Tauben, dem 'n leichter Anflug von Hysterie innewohnt, gelauscht ...

Mufti allein zu Haus. Den warzenartigen Hautnippel am Hals mit der Fingerkuppe flagelliert wie einen Fetisch, bis zur Trance. Erwogen, sich zu betrinken; dann Meditation über die Tatsache, daß frau einen offenbar nicht mal 'n paar Tage allein lassen kann.

---

* *Soma = Sofamagazin. Nomen est omen; mit (vgl. weiter unten) Gesundheitstips, Kochrezepten etc. – B.M.*

Soll man das Studium dieser oder jener Wissenschaft wiederaufnehmen? Mal wieder zwei, drei verkrustete Strukturen aufbrechen? Oder wenigstens die Flugblätter in der Mensa mit Senf bekleckern? Auf dem Campus umhergrinsen und ständig *Hal*lo sagen? Heutzutage tragen ja selbst Feministinnen Miniröcke und so. Nicht auszuschließen, daß diese oder jene gar ihre ehemalige Kommilitonin Caro Kowska, die korrupte geile Sau, gelesen hat, im Zuge des realexistierenden Hedonismus.

Mehrere Blicke auf die bunten IKEA-Kartons geworfen und zu erraten versucht, in welchem die Seminarschnellhefter liegen, unter denen sich auch die abgebrochenen Vorarbeiten zur Magisterarbeit befinden müßten. Zwecklos. Seit Mai 1989 sind die in den Kartons verschütt, und seit September 1990 stehen wiederum diese da oben, auf'm Kleiderschrank, in dieser unserer ehelichen Wohnung, und einer sieht aus wie der andere. Man hat versucht, sich zu motivieren, auf den Chefsessel zu steigen, um informationshalber mal nachzusehen – für den Fall, daß man das Studium tatsächlich wiederaufnehmen sollte –, indem man sich eingeredet hat, man könnte sich bei Kücken, die Miniröcke tragen und dauernd »implizit«, »immanent«, »involviert« und »ein Stück weit dezidierter« sagen, ein Stück weit lohnender anflanschen als damals bei gleichaltrigen Kowskas und Zitronen, die Lump-, Patz-, Latz- und Pumphosen* trugen und dauernd »implizit«, »immanent«, »involviert« und »ein Stück weit dezidierter« sagten ... – Ha!**

Plötzlich vom Chefsessel gefedert und gegen den

* Unisex.

** Wenn je, dann aber nie wieder Soziologie, Anthropologie, Pädagogik, Publizistik, Philologie, Philosophie, Psychologie oder Literaturwissenschaft! *Wenn*, dann gleich das Studium der Brennerei- und Hefetechnologie! Hähä!

Kleiderschrank getreten. Trotz Nachdenkens nicht drauf gekommen, weshalb. –

Miese, ja muränenhafte Migräne. Kreuzschmerz. Und, gottverflucht, dieser zutiefst verflixte Pickelpixel am Gaumen, der alle Vierteljahr wieder auftaucht – seit Jahren – . . .: Krebs? – –

Fernseh. Talkshow, die mit dem Biedermann, der die Pfuhle, Suhlen und Sickergruben der sexuellen Halbwelt salonfähig macht und den Frl. Stövchens dieser Hausfrauenrepublik das Mieder dunstiglabert. Thema ›heute‹: »Frauen und Pornos« . . . – – –

Ganzen Tag was wie »Schlimm, schlimm« vor sich hin gestöhnt . . . – – – –

01.30 Uhr. Bis eben Fernseh. Man schielt.*

Lampen aus, Schlampen raus. (Auha.) Grottenmüd.

Tab.: 41 Zig. (Marlboro)
Alk. 2,5 l Bier/4 cl Schnaps
●○○○○

Mittwoch. Dennoch schwierigste Einschlafprobleme gehabt: Vollmond. Tidenhub im schwammigen Körper gespürt. Ordentlich was weggegrübelt. Morgens kaum noch nachvollziehbar, was nächtliche Hirngespenster so alles anstellen können. Allen Ernstes einen Plan phantasiert, nach Griechenland zu flüchten. (Bärbels Rache mehr gefürchtet als Anitas.) Und immer wieder die Sorge, wie man Nita – irgendwann – den ganzen Kies auf dem Konto erklären soll. Und dem Finanzamt. Und dem Arbeitsamt.

Und siehe da, schon wieder das Dritte Gesicht. Diesmal streckte man den schmerbäuchigen Manschettenheinz mit einem Tobi-geri nieder . . . – wiewohl aus zwei Gründen gänzlich abwegig. Erstens

* Die bei weitem größte Programmleistung der ›Privaten‹ seit »Tutti frutti«: »Al Bundy« eingekauft zu haben. Ach Al, Cousin im Geiste! Ach Kelly, Cousine im Minirock!

hatte man den Tobi-geri wegen der knirschenden Knie nie beherrscht. Und zweitens wäre er bei der Angriffssituation gar nicht durchführbar gewesen. Also hat man das Geschehen in die Zukunft projiziert, wo man ihm wiederbegegnen würde, dem gallertartigen Schlipsträger, und sich bei der Gelegenheit gleich an Pitti Dreyer dem Rocker gerächt, der einen seinerzeit so vernichtend demütigte, sowie an einer Reihe weiterer gesichtsloser Personen, mit denen man nicht das geringste zu schaffen hat.

Was *ist* das! Bu, man weiß es nicht. –

Mittags wie nach 'ner Schlägerei aufgestanden. Wasser ins Gesicht. Zähneputzen vorerst zu anstrengend. Zigarettchen. Unter Aufbietung sämtlicher mentaler Ressourcen Satsches Nummer gewählt. Gespräch ungefähr so:

Bartels.
Hmb.
Sach ma – du Arschloch. Drecksack. Oder Wichser. Wieso rufst du eigentlich nie mehr an! Oder zurück! Wa?
D's 's so anstrengend . . .
Mann, bist du fertig! Soll das heißen, das ist dir zu anstrengend, mit deinem alten Kumpel, den du seit dreißig –
Nee! Nee! Das nich! Ich mein, die Wählerei, die ganzen Neunen und Nullen und so . . .
Soll ich dir 'n Tastentelefon besorgen?
Hab ich ja.
Du bist so dösig, du bist so was von fertig . . . Paß ma auf, ich hab nicht viel Zeit, ich muß gleich in die Kantine. Ich wollt von dir wissen, wie dieses eine Sexbuch heißt, das da auf'm . . . auf'm Inzest stand, von –

Auf'm *Inzest!* Voll super!

Oder wie das heißt, so 'n Sexbuch, von –
LEX SEXUS etwa? Von meiner ehemaligen Kommilitonin Caro Kowska, der korrupten geilen –

Nee, von scheiße wie heißt die denn noch mal, Anna Isni oder so ähnlich.
Anaïs Nin? DAS DELTA DER VENUS?
Genau! Das mein ich! Ich will nämlich auch mal 'n bißchen erotische Literatur lesen.
Du liest doch schon viel zuviel. Du veränderst noch völlig deine Persönlichkeit.

Kein Tag ohne Assoziationskettchen. Dieses hat nur zwei Glieder: Venus – Bärbel Befeld. Seit gut sieben Wochen nichts mehr von der gehört. Was ist los? Sitzt die doch schon im Knast? Haben sie ihr auch noch Steuerhinterziehung nachweisen können? Oder sexuelle Belästigung von Fahrgästen? Oder hat sie ihren forensischen Hintern mitsamt ihrer Droschke an einen Brückenpfeiler geheftet/im Petroleumhafen versenkt/übern Deich katapultiert? Vielleicht doch 'n Hirntumor? Krebs? Multiple Sklerose? Vielleicht doch schwanger/HIV-positiv/vergewaltigt worden?

Lügenbaroneß! Mit solchen erpresserischen Flunkereien legt die einen kein siebtes Mal rein!

Ogottegott, eines Tages wird einen der Umstand, daß nur Anita *Adamczik* im Telefonbuch steht, nicht mehr retten. Eines Tages wird Bärbelchen die Adresse rauskriegen. Und dann gibt's 'n Unglück. Oder hat sie vielleicht doch endlich kapiert, daß man von einem Mann, der ein Doppelleben lebt, nur halb so viel hat? Kaum.

Gut sieben Wochen. Irgendwas ist da los. *Gut sieben Wochen* – so lange hat sie schon lang nicht mehr Ruh gegeben. Ogottegott, das hat nichts Gutes zu bedeuten.

Oder hatte man zufällig doch die richtigen Worte gefunden? Seit gut sieben Wochen versucht man, jenes Telefonat des Grauens zu rekonstruieren, aber es gelingt einem nicht, weil man währenddessen hacke war. Nur einige Sequenzen sind erhalten geblieben. Man hört sich noch winseln, ein erstaunlich authentisch gelungener Heulkrampf – ohne Tränen, aber mit Erschöpfungszuständen (»Ich kann nicht mehr, ich kann nicht mehr . . .«) sowie, im Wechsel, finalen Drohungen. Allerdings weiß man auch noch, daß das Bülbülvögelchen seinerseits mit reziproken Reaktionen aufgewartet hatte, so daß man letztlich gleichzeitig aufeinander einflennte und -drohte. Wahrscheinlich hat sie einem mal wieder 'n Ultimatum gestellt. Wenn du nicht bis dann und dann das und das, dann . . . Dann was? Eben.

Patt. Wie üblich. Also was ist's, das 's Bärbelchen zu diesem beunruhigenden Schweigen veranlaßt? Vielleicht hat's sich verknallt, das Flittchen. Hoffentlich.

Ah, niemals. Sie liebt nur ihr Boboböckchen, ei.

Auha. Tja. Man sitzt in der Tinte. Man *badet* geradezu in der Tinte. Zaubertinte aus Krokodilstränen und Schafbocksperma. Bärbel, Lüge meines Lebens, Last meiner Lenden. Meine Sehnsucht, meine Sucht. Bär-bel: der wunde Mund platzt zweimal auf, und die Zunge schnalzt bei Zwo am Gaumen. Bär. Bel.

Nein, nein: Die Bärbelgeschichte gehört allenfalls ins *Soma*.

HÖRIG BIS ZUM HÖRSTURZ. Ein Arztroman.

Hähä! – Oder in die *Popo*:

FICKEN, LECKEN, BLASEN IN DREIERLEI PHASEN.
Der ehrliche Arsch-und-Titten-Roman.

Huch! – Oder in die *Kauz*:

Wieso besaß der heruntergekommene Provinzjournalist plötzlich sechsstellige Gelder? Weshalb kam der morbide Trinker vom spektakulären Hintern einer gewissen Exfloristin nicht los? Warum regte sich der melancholische Kettenraucher oft so fürchterlich auf? Wieso, weshalb, warum? Lesen Sie den großen Kolportageroman DER SCHELM UND DIE SCHLAMPE.

Jaha! So rum wird 'n Schmu draus! Brr, man könnte kotzen bis es schmeckt . . .

Mann, ist man kaputt. Ab ins Nickerchen. – –

Genau 18.00 Uhr. Total aufgedreht, wie unter Speed. Am liebsten würde man zusätzlich mit den Ohren rauchen. Bier her, dalli.

Zum ersten Mal seit langer Zeit hat man wieder diese rückwärtsgewandten Gesichte, diese eidetischen Engrammgewitter . . .

Man ist auf der Matratze im Arbeitszimmer eingeknackt. Geträumt wie 'n Weltmeister: Man hockt mit nacktem Gesäß auf dem Nadelfilzteppichboden vor der Videothekstheke, im Schneidersitz. Man trägt das blaue T-Shirt mit dem rot-gelben *Superman*-S, das man Tobi schon zu Weihnachten besorgt hat. Mit links versucht man vergeblich, es über eine fast blakende Geschlechtsgeschwulst zu ziehen. In der anderen Hand schüttelt man ein Plastiketui – so ein neutrales, für gewisse Videokassetten – vorm Ohr, fassungslos, weil einem das Klappern bekannt vorkommt. Hoch über einem die Visage der Pump, die eine Art Urteilsbegründung vom Blatt liest. Nebeneinander auf der Theke sitzen Bärbel *und* Nita, mit diesem ungerechten Ausdruck von Genugtuung in den schrecklich fremden Mienen.

Im nächsten Moment, man hatte gar nicht mehr richtig hingehört, stellten sie sich neben der Pump auf, die einen auffordert, sich ebenfalls zu erheben. Nun trägt man ja dieses voll arme *Superman*-Hemd, das einfach kürzer ist, als man sich eingestehen darf – geschweige gegenüber den Frauen! –, und deshalb kriegt man einen cholerischen Anfall, der in der Schneiderleinposition nicht so recht glückt. Die drei Damen warten einfach, bis man sich abgeregt hat, und dann verkündet Pump »im Namen des Weiberrats« das Urteil: »Selber schuld! – Die Kosten des Verfahrens trägt der Schuft . . .«

Aus jenem Alb ist man halbwegs in den Wachzustand geglitten, hat diese leuchtende, heulende Migräne wahrgenommen und *gleichzeitig* das Trällern der Amsel, die anscheinend in der Hinterhofkastanie herumgehopst ist. Und dann . . . dann hat man plötzlich – nahezu kreatürlich – vernommen, wie die Amsel den Elsternmobster, der ihr im vergangenen Sommer das Leben schwer gemacht hatte, vergackeiert hat: Nachdem die Elster, über irgendwas verärgert, im Flug 'ne knarzende Klangschleife hinter sich hergezogen hatte – sehr grob, wie 'ne ausgeleierte Kastagnette (die Notenfolge sähe aus wie von 'nem Prostatakranken in den Schnee gepinkelt) –, hat die Amsel sie nachgeäfft, begabter wie sie ist jedoch melodiös, zwitschernd. Mit *Humor.*

Und in jenem Augenblick brach dieses Engrammgewitter los. Jene sonderbare Stimmung – die graugrüne Stummheit im Hinterhof, von einer klingelnden Parodie perforiert, verschmolzen mit den gleißenden Kopfschmerzen – gerinnt zu einem Gesicht, das einen selbst zeigt, wie man sieben Jahre zuvor in seinem Bett lag, das ja nur fünfhundert Meter Luftlinie entfernt gestanden hatte; allerdings schon fünfhundert Meter weiter Richtung Süderelbe. Man hört sich atmen, sieht sich der Amsel lauschen und vom Bett aus auf die eingestaubten Seminarhefter und den Jugendschreibtisch starren, der einem seit dem Exodus aus dem Kaff folgte wie ein vermöbelter Dorftrottel. Man sieht sich daliegen und der Amsel lauschen, hört sich atmen und plötzlich laut sagen: »Dieses Semester fang ich wieder an! Ich werde dieses Semester wieder anfangen! Und wenn Nita, mein Leben, zurückkehrt, werde ich bereits mit der Magisterarbeit angefangen haben!« Ich lag da und atmete allein. Einige Wochen zuvor hatte Anita ihren Job bei Hansen, Johnson & Co. aufgegeben und war mit Conny für fünf Monate in die USA gereist. Seit sie den Plan gefaßt, hatte ich verdeckt geschmollt. Aber natürlich mußte ich es ihr gönnen; ich war erwachsen: Ich hatte Abitur, studierte Literatur und konnte Futur I und II unterscheiden. Aber ich liebte Nita nicht nur, ich brauchte sie auch und litt unter »Vernunftwut« (Vischer) darüber, daß sie einfach abhauen wollte. Sie war mein Liebeslebensglück – und endlich zu Ende der Zyklus von Aufnahme und Abbruch diplomatischer Beziehungen zu kußhändchenwerfenden, falsch riechenden und ständig latent störenden Fremden, verdächtig rasch ›Freundinnen‹ geschimpft, mit denen man – wie's die Etikette nun mal vorschreibt – höflich Penetration machen mußte. Ah, endlich gab's Anita, seit viereinhalb Jahren, und schon ließ sie einen wieder allein . . .!

Erst als sie aus Liebe bleiben wollte, zerstäubte ich mit duftenden Worten ihr schlechtes Gewissen, das ich anhand nonverbaler Stinkbomben erzeugt hatte, und versprach mir, in den fünf Monaten für mein *Arbeits*lebensglück zu kämpfen. In diesem Betreff schleppte ich immer noch den emotionellen Blinddarm meines 23jährigen Körpers vom 1. April 1980 mit, als dieser endlich immatrikuliert wurde – ah, *Gaudeamus igitur* summend schlurfte er über den Campus, *et nanunc!*, was war ihm plötzlich relevant zumut! Vorbei die schnödöde Jobberei in bruttosozialproduzierenden Handelsbetrieben!, *pereant!*, weit genug dahinten irgendwo eine irgendwie geistige Zukunft! –; jenen freilich in vierzehn Semestern stark affizierten Blinddarm schleppte ich 1987 immer noch mit mir herum. Also antwortete ich im Februar auf Irmgard Schröders Annonce, und um etwas gegen meine Schulden tun zu können, hatte ich zu Beginn der großen Semesterferien von Nita geborgte 1000 Mark in einen widerlichen Opel Kadett investiert, damit ich dem ELBE-ECHO-Konzern ganztägig zur Verfügung stehen konnte, und jeden regnerischen Morgen furzte mich das Arschloch zur Welt auf die andere Seite der Elbe.

Innerlich noch laut hupend, stand ich dann endlich irgendwann im Fahrstuhl des Konzerns. Zweifellos hätte ich meiner Zirbel-, Hirnanhang- und überhaupt sämtlichen Drüsen einen besseren Dienst erwiesen, wenn ich die Treppen hinaufgebrummt wäre, wie Iggy es zu tun pflegte. Iggy lief immer auf hundertachtzig, ich immerhin auf hundertdreißig; aber seit Monaten war ich froh, wenn ich mich einigermaßen auf den Beinen hielt. Ich war müde, seit Monaten. Ach, seit Semestern. Seit *Jahren*! Jedenfalls auch am 21. Oktober 1987. Jenem verhängnisvollen Mittwoch, da ich Bärbels Kulthintern kennenlernte, nach dem ich mich noch so oft sehne, daß die Handflächen brennen vor Verlangen und sich bei der geringsten Regung ihres Greifgedächtnisses unwillkürlich wölben . . .

Acht ausschweifende Tage und Nächte standen mir bevor.

Die kleinen grauen Zellen

Der Fahrstuhl des Konzerns war der langsamste der Welt. Zum fünften Stock brauchte er anderthalb Minuten.

Genug Gelegenheit für mich, wie jeden Morgen zwanghaft das erotische Kredo eines anonymen Autors wahrzunehmen: STIEFELFOTZE LAß TITTENWACKELN stand da an der Blechwand. Jeden Morgen gaukelte mir mein kalligraphisches Auge ›Stiefelvotze lab Tittenwackeln‹ vor. Und jeden Morgen drängte sich erneut die Frage auf, ob der Dichter ›Titten‹ und ›Wackeln‹ versehentlich in einem Wort geschrieben hatte – oder aber bewußt als Kompositum komponiert und in der kreativen Anspannung den sächlichen Artikel vergessen: Handelte es sich statt eines sexuellen Appells um gutgemeinten Rat? Stiefelvotze laß das Tittenwackeln (bleiben)? Zementiert nicht gar diese These der zweite Vers: TITTENSAU GIB MILCH? Stiefelfotze respektive Tittensau, laß das Tittenwackeln, sondern gib lieber Milch? Oder wurden *zwei* Damen angesprochen? War ›Stiefelvotze‹ der Kosename des Lyrikers für seine Verlobte, die dessen burleskem Wunsch nach Brüsteschütteln entsprechen möge, während Schwiegermutter Tittensau gefälligst Ruh und Milch geben solle?

Ich mochte es nicht entscheiden. Schon gar nicht nach einem derartigen Start in den Tag. Zumal es seit Tagen ähnlich ging.

Seit Tagen flirrte morgens ein ungesunder, beinah sommerlicher Wind durch die Gassen. Von Osten her schielte immer derselbe Sonnenlampion, bräunlich wie ein vergessener angebissener Apfel, auf die städtischen Laubhaufen, und nie war ich ausgeschlafen. Ich wurde nach drei Stunden wach, ging aufs Klo, und eine weitere juckende Stunde später schaltete ich den Fernseher ein und stierte hinein, bis mir Gähnen Tränen in die Augen trieb. Frühmorgens dämmerte ich wieder ein und schlief anderthalb Stunden tief und fest und traumreich, bis der Wecker seine psychiatrischen Experimente mit mir begann.

Über Dach und Motorhaube waren Blätter verstreut. Hinter den Scheibenwischern hatte sich ein Zweig verhakt, noch grün belaubt. Ich entfernte ihn und fand ein Strafmandat vor, säuberlich in Plastikfolie versorgt. Wahrscheinlich hatte mein häßlicher Kadett den stark fließenden Verkehr zwischen 04.10 und 04.11 Uhr kriminell behindert. Ich entfaltete den Wisch. Demzufolge hatte ich ein Delikt nach §24 StVG begangen. Jedenfalls würde das – unglaublich – ein gewisser »POM Fritz« jederzeit bezeugen. Da war mal wieder Widerspruch fällig.

Ich stellte das Autoradio an, drückte drei, vier verschiedene Sender und drehte wieder aus, nachdem auf allen Phil Collins gespielt wurde. Vor der ersten roten Ampel steckte ich mir die erste Zigarette des Tages an, sog am Filter und sah zu, wie die Rauchfahne vom schwarzgefransten Rand hinter der aschflöckchenverhüllten Glut schwankend hochstieg und unterm Wagenhimmel in einem Qualmstrauß aufging. Unverständlicherweise erinnerte ich mich an diesen Moment, als ich mir zwei Tage später, schon beim Erwachen nach Bärbels rauhschlüpfrigem Austernpilz lechzend, die Lefzen speichelte.

Ich wählte die Route über die Hanseatische Bank, wo ich mir ein Zweitkonto eingerichtet hatte, damit ich nicht dauernd mit Euroschecks von der Nispa zu hantieren gezwungen war. An der Kreuzung Mansteinstraße/Eppendorfer Weg mußte ich trotz Grünphase bremsen, weil eine Herde Peterwagen mit gellendem Iaa-Iaa-Gewieher hinüberpreschte. Anscheinend passierte doch noch irgendwo was.

Vom Heußweg in den Stellinger Weg abbiegend, stoppte ich vor dem Zebrastreifen. Ein Rentner verharrte und winkte mir rüstig die Vorfahrt zu. Ich winkte zurück, da ich hinterm Überweg wegen eines Falschparkers auf meiner Spur nebst Gegenverkehr ohnehin nicht hätte weiterfahren können. Der unbelehrbare Greis im braunen Mantel, mit Russenmütze, Jaruzelski-Brille und Regenschirm, wedelte herrischer. Augenblicklich schwoll mir der Hals, ich riß die Arme hoch: »SCHIEB AB, DU ALTER NAZI! Blöd wie 'ne Amöbe . . .« Der Zausel hörte nicht auf mit seiner Sofort-rüber-da-Geste, ja wippte sogar in den Knien beim Luftschaufeln, um dem Hippie in seiner Rostlaube Beine zu machen.

Besinnungslos löste ich den Gurt, stieg mit einem Bein aus und schrie übers Dach: »SEHR VERSEHRTER HERR, SEHN SIE NICHT, DASS ICH DA NICHT WEITERKOMME, MANN GOTTES!« Warf mich wieder hinters Lenkrad, knallte die Tür zu und schoß mit jaulenden Reifen zwei Meter vor, mitten auf den Zebrastreifen. Krähend vor Empörung über den verpatzten Endsieg schwang der Alte seinen Schirm und lief ums Heck herum. »GEH LIEBER ARBEITEN!« grölte ich.

Schon im Windfang der HaBa hatte ich meist mit gemischten Gefühlen wie Gekränktheit oder schlechtem Gewissen zu kämpfen. Ich schob die Plastikkarte in den Schlitz, der sie summend einsaugte. Der Drukker ritzte Ziffern ins rechteckige Papier, das gleich darauf hinausbefördert wurde, begleitet von einem Ton, gegen den die *Leider-verloren*-Melodie von Daddelautomaten menschlich klang.

Zähneknirschend füllte ich einen Scheckvordruck aus. Wo war der Stolz auf meine Unterschrift geblieben, die ich als Heranwachsender bis zum Schreibkrampf geübt hatte? *B. Morten. B.G. Morten. Bodo Morten. Bodo G. Morten. Morten. Morten. Morten.*

Ich stellte mich ans Ende der Schlange vor Kasse 3, obwohl die vor Kasse 1 um eine Person kürzer war. Doch Herrn Lohses bunte Krawatte fesselte mich bei weitem nicht so stark wie die Frage, ob Fräulein Behrend sich wohl nochmals traute, auf ihrem hohen Drehschemel einen derart engen und kurzen Rock wie neulich zur Anschauung freizugeben. Ich stand mir die Beine in den Kopp, doch der Mini war offenbar eine einmalige Werbeaktion gewesen. Feigling.

»Tag!« Ich schob den Wisch hinüber.

»Wie soll's sein?«

»In Tausendern.« Ich haßte mich dafür, die kühle Miene nicht durchhalten zu können, als das Fräulein mit den Fingern tippelte und ohne weiteres abwartete. Anscheinend war mir dieser Jokus nicht als erstem eingefallen. Oder es lag daran, daß ich seit Monaten den Charme einer Wasserleiche ausstrahlte. Bzw. eher Schnapsleiche.

Fräulein Behrend, in einer vor Durchschnittlichkeit wiehernden Bundfaltenhose hockend, schob mir einen Hunderter und einen Fünfziger rüber. Hätte sie auch selbst drauf kommen können.

»Wiedersehn.«

Phrasendrescherin. Hosenträgerin. Ich sehnte mich nach meiner grauen Zelle. Hoffentlich war der Elbtunnel frei.

War er nicht.

Fünfzig statt normalerweise fünfundzwanzig Minuten später dockte der Fahrstuhl an der fünften Etage an – so vorsichtig, als lande er auf dem Mond. Außerdem blieb mir nicht erspart, die lockere Schraube in dem Acrylschild mit der Aufschrift *ELBE ECHO Verlagsgesellschaft Schröder mbH* wahrzunehmen, wie jeden Morgen. Ich wuchtete die Stahltür auf.

An den Toiletten vorbei, an der Küchenscharte, wo die Kaffeemaschine auf Stövers helfende Hand wartete, und am türlosen Besucherzimmer. En passant warf ich einen Blick hinein, registrierte sehnsüchtig die Dart-Scheibe zwischen den Fenstern und betrat dann das graue Großraumbüro, das anhand von rollbaren Trennwänden in acht Arbeitszellen aufgeteilt war. Eugen von Groblock hatte einmal treffend bemerkt, dieser Schwachsinn illustriere Irmgard Schröders »kleinkarierten Größenwahn aufs illuminierteste«. Fünf waren fast immer unbesetzt, vier immer und drei davon gar bis auf je einen peinlichen Stuhl leer.

Manchmal sah sich die Herausgeberin »aus gegebenem Anlaß« genötigt, ein – sehr originell – gleichnamiges Editorial zu verfassen. Dann verließ sie ihr gelbgestrichenes Kellerloch und setzte sich hier oben bei uns in die vierte Zelle, um mich zu demütigen. Und zwar, indem sich Schröder zunächst scheinbar selbst herabsetzte – mit der freimütigen Frage, ob man Pappplakat – papperlapapp, der übliche Quizkäse – tatsächlich mit drei p schreibe. Da ihr klar war, daß mir klar war, daß sie mich für intelligent genug hielt zu bemerken, daß korrekte Orthographie für *sie* soviel wie 'n Mükkenfick bedeutete, fragte sie mich folglich nichts anderes als »Sind Sie sicher, daß Sie mehr als ein überbezahlter Mückenficker sind?«

Als ich an meinem ersten Arbeitstag, etwa ein halbes Jahr zuvor, nach der Bewandtnis der Zellteilung gefragt, hatte Eugen erläutert, sobald das »freche Freizeit-Magazin der Süderelbe« zum Gegenkonzern der Burda, Bauer und Springer ausgewachsen sei, würden hier à Zelle zwei Skribenten schmachten, und er als

Redaktionsleiter dürfe endlich eine »willfährige Sekretärin mit High-heels, ja?, Netznahtstrümpfen und vollverchromten Fingernägeln, nej?« befehligen. Das habe ihm »der lange Phlegmat« letzte Weihnachten feierlich in die Hand versprochen. Dieser hörte auf den Namen Günther Schröder und war der Frühstücksdirektor und große alte Raucher des alerten Anzeigenblatts.

Bis es so weit wäre, schoben Eugen, Iggy und ich zwei der Wände beiseite, damit wir in Einigkeit und Recht und Freiheit zusammenarbeiten konnten. Platzte unversehens Irmgard Schröder herein, um Iggy oder mir »einen dringenden PR« aufs Auge zu drücken, konnten wir förmlich beobachten, wie in ihrem Betonkopp bereits die Mischtrommel rotierte, um irgendwann *steinerne* Mauern zu ziehen. Aufgrund des Konflikts zwischen ihrem sehnlichen Wunsch nach auratischer Autorität und der Unmöglichkeit, einen Pudding an die Wand zu nageln, tat sie jedoch, als wäre nichts, faselte Zeug und verschwand wieder, fast nie ohne die Schlußformel »Wir müssen uns mal zusammensetzen« – weshalb wir das tun sollten, blieb ihr Geheimnis.

»Scheiße.« Ich knallte meine griechische Ledertasche unter den Schreibtisch. Eugen spielte eine Partie Computerschach, das entnahm ich seiner konzentrierten Miene. Der veilchenblaue Blick im nur allmählich herber werdenden Babyface huschte in kurzen Diagonalen hin und her. Als Chefredakteur gebührte ihm das Privileg, mit dem Rücken zur Wand zu sitzen. Iggy und ich mußten mit dem Risiko leben, nicht rechtzeitig in ein Arbeitsmenü umschalten zu können. Denn kündigte die sehr langsam zurückschwingende Stahltür beim Einschnappen eins der Geschröder an, war es über den schallschluckenden Teppichboden bereits so weit ins Büro vorgedrungen, daß unsere Bildschirme unter Umständen entlarvende Einblicke gewährten.

»Ich hab in meinem Leben mit rund dreihundert Frauen geschlafen, ja?« grüßte Eugen zurück – »geschlafen« nannte er das mit ganz untypischem Understatement – und fuhr sich durchs forsche blonde Haar, »aber was sich gestern abend in *Janine's Nagelstudio* abgespielt hat, ja?, das spottet jedweder Beschreibung.« Er schubberte die Pulloverbrust und rekelte sich in seinem Chefsessel, den er erst kürzlich bei Doc Brokstedt gegen sein Diktiergerät eingetauscht hatte. Über der Kopfstütze hing das graue Jackett.

»Ich steh ja auf nuttig. Nej? Das muß ich denen schon im Gesicht ansehen. Ja? Und diese Meier-Brodersen – *Janine* Meier-Brodersen, ja?, du kennst sie, diese lackierte Heidschnucke, ja? – ist genau mein Fall, ja? Stretchmini, grüner Lidschatten, Kettchen um die Fessel, aufgedonnert wie 'n Komantschenhäuptling und 'n Tattoo auf'm Arsch, ja? Nej? Ich hab sie schon beim PR-Interview dermaßen eingelullt, daß sie mehrfach aufs Bidet mußte, ja?, so Zeug, *ich* sei über ihre Scheidung ehrlich gesagt nicht sehr traurig und Rhabarber, und irgendwann hat sie sich hingekniet und ich sie ... In ihrem eigenen Nagelstudio, ja?« Mephistophelisches Gelächter. Die aristokratische Birne leuchtete erleuchtet. »Spitze, Eugen«, sagte ich.

Das Telefon hupte. Eugen ließ sein Keckern noch in die Muschel fließen. »ELBE ECHO Redaktion, von Groblock?« Nie würde er den Unterschied in den Signalen externer und interner Anrufe begreifen. »Hasy! Morgen! Küßchen! – Ja. – Ja. – Ach du ahnst es nicht, ja? ... – Hm. Weil du's bist.«

Ich zündete mir eine Zigarette an und prüfte meinen Pultkalender auf Termine, während Eugen mit der freien Hand in seinem überbordenden Ablagekorb herumwühlte. »Nee«, sagte er, »hab ich nicht gekriegt.« Unterdessen bestätigte sich meine Befürchtung, daß ich um 19.30 Uhr einen Termin in Harburg hatte. Jubiläum der Behinderten-AG. Ich nahm mir vor, endlich auch die redaktionellen Termine in meinen privaten Taschenkalender einzutragen, damit ich schon zu Hause wußte, was abends anlag.

»Ehrlich nicht«, sagte Eugen seriös, »hab ich nicht. – Im Ernst? Dann muß ich Iggy fragen. – Geht nicht. Stellt in der Fußgängerzone die Frage der Woche. – ›Glauben Sie an Barschels Selbstmord?‹ – *Selbst*mord, nicht Sexm . . . – – Aber Hanna Sybille! Dann hätte man doch Spermienspu – . . . Hehehehehe! – Hehehehehehe! Ehehehe! – Gut. Kommst du heut mittag mit zum Schmutzfink? – Um eins. Zauberhaft. Schönen Tag noch, Hasy.« Er knallte den Hörer auf die Gabel. »Hast *du* aus der Akquise 'n PR-Auftrag für den Dezember-Gastro-Quiz gekriegt, ja?«

»Nee.« Ich machte ein neutrales Gesicht. »Aber ich hab 'n Attentat auf dich vor.«

»Schieß los, ja?«

»Hast du nicht Lust, heut abend zum Jubiläum der Behinderten-AG zu gehen?«

Er zeigte mir seine rosigen Handflächen. »Normalerweise unbedingt, du – aber heut abend bin ich verabredet. Sehr wichtig. Könnte 'ne neue Aufgabe bedeuten, ja? Ich hab keinerlei Trieb, bis zur Rente Festschriften über Dackelschauen und Kantsteinabsenkungen zu verfassen, ja? Sorry, nej?«

Die Tür klappte. Eugen drückte lässig die *Escape*-Taste. Mit links zog ich die eigens bereitliegende Phantomakte heran.

Aber es war nur Iggy. Mit vorgeschobenem dunklen Kopf, grunzend vor Energie, schoß er in engen schwarzen Jeans schlank durchs Büro. »Ja ganz richtig«, murmelte er stoppelbärtig lächelnd. »Ganz richtig«, erwiderte ich. Er warf seinen Rucksack in eine

Ecke und wieselte brummend zurück in die Küche. Klirrend und klappernd machte er sich an der Kaffeemaschine zu schaffen. Er konnte nie abwarten, bis Stöver auftauchte.

Das Telefon – jodelnd diesmal. »Maria und Joseph, ein Streß hier«, stöhnte Eugen. »ELBE ECHO Redaktion, von Groblock? Frau *Befeld!* Musik in meinen Ohren!« Eugen strahlte.

Ich zog mir einen Aschenbecher heran und überlegte, ob ich Adolf Jaruzelski-Breschnjew für unsere Kolumne verbraten könnte, ohne daß Irmgard Schröder es merken würde.

Wegen des hohen Tempos mit seinem Kaffeepott kleckernd, kam Iggy »Ganz richtig!« fluchend zurück. »Dreck hier.« Er krachte auf seinen Drehstuhl nieder, stellte den Pott ab, schüttelte ein paar Tröpfchen vom Handrücken und verschwand unterm Schreibtisch, vermutlich, um in seinem Rucksack nach der ABENDPOST, kurz APO, zu recherchieren.

»Mit Vergnügen such ich das raus«, sagte Eugen, »dazu müßte ich Sie allerdings vorübergehend hinlegen, Frau Befeld. Wollen Sie auf dem Rücken oder auf dem Bauch liegen?« Seine irisierenden Blauaugen strahlten mitten durch meinen Schädel.

»Frau *Be*feld! Ich *poussiere* mit Ihnen! Ich *bitte* Sie! Hehehe! – Einen Moment, ich seh mal nach.« Er legte den Hörer mit den Muscheln nach unten – o lala! – auf die Parkgabel, stand auf, umrundete, die Hände in den Hosentaschen, pfeifend zweimal unseren Doppelschreibtisch und setzte sich wieder. »Nein, tut mir leid, Frau Befeld, nicht auffindbar. Könnten Sie mir 'ne Kopie schicken? Ja? Sie sind 'n Engel, Frau Befeld! – Ich weiß es auch nicht, ja?, ich werd den Herrn Günsel mal heraufzitieren, das geht ja nicht, daß hier dauernd Post verschellt, verschillt oder ver ... – Frau Befeld: unbedingt! Ja? Zauberhaften Tag wünsch ich!

Ja? Ja?« Er beugte sich bereits zum Telefonapparat. »Tschüß, Frau Befeld!« Er legte auf.

»Wer war das denn.« Iggy war wieder aufgetaucht, biß grunzend in ein millimeterdick mit Senf bestrichenes Frikadellenbrötchen und – während er einen Blick auf die ABENDPOST-Schlagzeile warf – kaute mit Schmackes. Neidisch schaute ich zu.

Eugen richtete seine Pupillen erneut aus und funkte blaue Strahlen knapp an meinem Schädel vorbei den langen Flur hinunter. Als stünde der Text hinten an der Stahltür, sprach er: »Marion Befeld, 'ne frustrierte Schmuddelsuffragette, von den klimakterischen Vorboten derart, ja?, gebeutelt, ja?, daß sie die Vertreter des mescalsaufenden Machismo vaginal inkorporiert, sooft's irgend geht. Ja?« Ein zufriedenes Lächeln glomm in seinen Mundwinkeln. »Ex-APO, Ex-KB, Ex-Fundamentalfeministin, Ex-Ehefrau und Mutter einer unehelichen Bärbel oder Barbara Rhabarber, ja?, allerdings im Gegensatz zu den meisten Genossinnen Original-Arbeiterklasse, und jetzt Pressetante auf ABM-Basis im HausFrauenHaus e.V. mit panischer Angst vor alsbaldiger Verhärmung. Hat sechs Geschwister! Ich hab vor hundert Jahren mal gesehn, wie der alte Siegmund Dreyer, der Bäcker und Faschingsfaschist, ja?, da in Rönneburg, wie der mit der unterdrückten Familie im VW-Bus durch die Gegend gurkte. Sah aus wie 'ne Drückerkolonne, nej? Na, Marion ist noch die, nej?, irgendwie am wenigsten Irre aus dem Haufen. Unter anderem hat sie 'nen durchgeknallten, ja? – also *richtig* durchgeknallten Bruder, Pauli Dreyer, genannt St. Pauli, nej?, und zum Beispiel 'ne ältere Schwester, Ingeborg oder Irene, die zeit ihres Lebens, ja?, Fuselkneipenschlampe geblieben ist. Nej? *Zum Runden Eck*, wenn euch das was sagt.«

»Mnää«, murmelte Iggy mit vollem Mund. Sein Telefon hupte. Er würgte die Brocken hinunter und hob den Hörer ab. »Igelmann, hallo? – Herr Dokter!«

»Und was wollte die? Die Schmuddelsuffragette?« wandte ich mich an Eugen, der begonnen hatte, andächtig ein bißchen Gras auf das Tabakwürmchen in der Blättchenrinne zu krümeln, die er mit zwei linken Fingern hielt. »Wissen«, sagte er, »weshalb wir ihre Pressemitteilung über irgend 'ne A-26-Diskussionsveranstaltung nicht gebracht haben.«

»Näääää!« Iggy ins Telefon, mit wild rochierenden Kiefern Hackreste aus den Rachenwinkeln lösend. Seine bunte Brille hüpfte dabei auf und nieder.

»Und? Warum haben wir nicht?« fragte ich.

Der Chefredakteur züngelte am gummierten Blättchenrand. »Weiß *ich* doch nicht.«

»Ganz richtig, Herr Doktor«, sprach Iggy ins Telefon, »bedanke mich im Namen der Kollegen. Äh, ganz . . . ja äh ganz richtig, wie sieht's denn eigentlich mal wieder mit den Begnadeten Händen aus. Ich hab die Pfeile mit brandneuen flights versehen. – Ganz richtig. – Um vier? O.K.? – Japp! Tschüß!Warnung von Doc Brokstedt«, sagte unser Expunk, nachdem er aufgelegt, »gleich kommt Irmgard Schröder mit der neuen Voluntärin.« Des Sensationsgehalts dieser Information inne, grinste er furios.

»Bitte?« Konsterniert warf der Chef seinen Joint in die Schublade. »Ich weiß nicht, wo mir der Kopf steht, und dann soll ich auch noch Gören ausbilden?« Er zog einen Wisch aus dem Körbchen und begann, auf die PC-Tastatur einzuhacken, als habe er noch die alte *Adler* unter sich. Die Umstellung auf EDV hatte erst vor ein paar Monaten stattgefunden.

Iggy beseitigte, »Dreck!« grunzend, die Brötchenkrumen und schaltete ebenfalls seinen Computer ein. Ich rief die Datei TERMINKALENDER auf.

Die Stahltür fiel zu, und schon war Irmgard Schröder da. Um das ausdruckslose Gesicht wehten die feingrau durchsetzten brünetten Haarsträhnen. Sie war schlank, mittelgroß, unspektakulär gebaut. Irgendeine Schröderfrau Anfang vierzig. Betriebsblinde, geldgeile workaholic, der übel wurde, wenn sie über den Tellerrand hinausblickte. Zu feig zu offensivem Megärentum, würde sie hartleibig und haßerfüllt sterben, von Ahnungen geplagt, ihr einziges Leben verpfuscht zu haben, und die Schuld bei anderen suchen. Bei den Mückenfickern.

Bereits auf Höhe der Kochnische fing sie an. »Hallo, die Herrn! Ich darf euch eure neue Mitarbeiterin vorstellen, ich weiß, es kommt unerwartet, aber ich hab mich spontan entschlossen, nachdem Frau Zimmermann einen so motivierten Eindruck ...« Schröder absolvierte die Vorstellungsalbernheiten. Sie kehrte die Grundsympathin heraus, und wir lächelten dazu wie ein Trio aus Tokio. »Wir müssen uns mal zusammensetzen«, verabschiedete sie sich nach mehreren viertel Dutzend Minuten. »Unbedingt, ja?« schnarrte Eugen von Groblock geistesgegenwärtig. Iggy und ich hatten uns in eine Art Trance genickt. Weg war sie.

Wir atmeten auf. Unmerklich fürs ungeübte Auge Simone Zimmermanns, die sich in Minutenschnelle zu Eugens Intimfeindin hochdienen sollte, obwohl sie eigentlich schön war mit ihrem langwelligen orangeroten Haar. Wegen ihres Gesichtsausdrucks aber taufte ich sie Zitrone.

Tab.: 56 Zig. (Marlboro)
Alk.: 3 l Bier / 6 cl Schnaps
○○○○○

Donnerstag. Uff, vergangene Nacht unmittelbar nach dem scriptomanisch-depressiven Schub eingepennt: Chefsessel neben die Matratze gerollt und in voller Montur fallengelassen. Mehrfach zwischendurch aufgewacht, miegeln gewesen, dann wieder wüst geträumt, unter anderem von Zitrone; so 'n unerwünscht semisexueller Traum (obzwar einen ja nun mit *jener* Dame so aber auch überhaupt nichts auf dieser Ebene je verbunden hat) . . . Eugen kam am Rande auch vor. Ob der überhaupt noch lebt? Zweieinhalb Jahre nichts mehr gehört noch gesehn von dem alten Schausteller . . . –

11.00 Uhr aufgestanden. Ganzen Vormittag im Sofa gelegen; zuvor Wäscheständer bereitgestellt; Fernseh. Irgend 'ne Nabelshow, zwischendrin Reklame.

Zwei Kategorien von *spots* erkenntnismäßig isoliert: solche, die unsereins nicht versteht, und solche, die unsereinen nicht verstehn. Angesichts derartigen Dilettantismus' bißchen bang geworden, daß die Weltwirtschaft zusammenbrechen und einem bald das Arbeitslosengeld gestrichen werden könnte; also hat man beim nächsten *spot* 'n bißchen besser aufgepaßt – vergebens. Bu, man versteht die Welt einfach nicht mehr, und die Welt will unsereinen nicht verstehn. Schon als Kind begriff man z.B. nicht, weswegen sich ein Zirkus mit der Ankündigung, er sei »nur drei Tage« im Dorf, *brüstete* . . .

Nebenbei zugeschaut, wie die Amsel im Strauch ihre Gefiederfaxen macht und Passanten das Panoramafenster passieren . . . Eine jener Visionen entwickelt: Sie bleiben plötzlich am Vorgartenzaun stehn,

Kinder umklammern die schmiedeeisernen Stäbe und spähen hindurch. Alles staunt, wie faul man da liegt auf der Kautsch und träge blinzelt. Man gähnt und pult am Fußpilz. Man steht auf, läuft hier- und dahin und macht kurz an der Panoramascheibe halt – starrt auf die Kinder und Leute, von denen manche mit den Fingern zeigen: »Kuck mal! Die grauen Härchen an den Ohren! Und dieser Hautnippel am Adamsapfel!« –; und dann legt man sich wieder hin. Ab und zu versucht eins der Kinder, mitgebrachte Flachmänner durch die offene Fensterklappe hereinzuwerfen. Wenn's gelingt, erhebt man sich saumselig, gießt das Zeug ins Maul, gafft ein bißchen hinaus, und wenn nichts mehr kommt, legt man sich lieber wieder hin und balgt ein bißchen mit sich selbst – für die Galerie. –

Mittags Anruf Iggy (Band) – welch Zufall: »Ganz richtig*, ja ganz äh, ganz richtig . . . Ja . . . ich bin hier grad na ja, kannst ja mal zurückrufen oder was weiß ich . . . ganz richtig, tschüß.«

Kurz darauf Anruf Kai (Band): »Guten Tag, Herr Morten, Kersten bekanntlich mein Name. Lange nichts mehr voneinander gehört. Wollte anfragen, wann du eigentlich mal deine Schachschmach auszumerzen versuchen möchtest.«

17.35 Uhr. Uff, völlig fertig: Zigaretten, Wein und Nudeln besorgt. Vorher Geld aus'm Automaten gezogen

* Erstaunlich, wie lang sich die Jaegersche Ganz-richtig-Lehnwendung jetzt schon als trautes Erkennungssignal unter uns behauptet – ein geradezu metaphysischer Trost in diesem Jammertal. Jawohl: Trost, mantrahafter Trost – dem freilich auf Dauer Verblödungsrisiko innelauert; Iggy, Leo und unsereins, als süchtigste Jaeger-Apologeten, haben im Lauf der Jahre den einen oder anderen halbherzigen Entwöhnungsversuch unternommen. Iggys ehemalige Freundin hatte sogar einmal ein Ganz-richtig-Verbot ausgesprochen. Nita auch, und zwar ultimativ, als man nach einem Geschlechtsakt ihrer manöverkritischen Anmerkung, irgendwas sei diesmal »ganz falsch gelaufen«, ein spontanes »Ganz richtig!« entgegengeschmettert hatte.

(versehentlich zunächst Chipkarte von der Krankenkasse in den Schlitz geschoben). Als man fertig gewesen ist, hat einem irgend so 'n Max Mustermann in die Hakken getreten und bloß groß geglotzt; man hat sich zynisch ›entschuldigt‹; und der? »Gern geschehn.«

Ah, enteicheln, standrechtlich! Was sind das bloß für Leute?!

Dieser Zitronentraum heut nacht – sehr sonderbar. Zumal das Sexuellste, was man je mit ihr zu schaffen hatte ...

Popo: Was?
Mann: Ach, nix Besonderes; nur hat man Zitrone mal beim ... Kopulieren ertappt.
Popo: Ach wo. Wer.
Mann: Na ich! Im Konzern! Also, für Zitrone als Kommunistin galt ja der Geschlechterkampf lediglich als ›Nebenwiderspruch‹, d.h. sobald der Sozialismus endlich auch in der BRD real existierte, wären ja praktisch alle gleich, also auch Mann und Frau; na ja, und man selbst, man war ja Student. Man studierte an einer Akademie, wo geflissentlich die intellektuelle Elite erzeugt wird. Also, man gehörte ja nie zu den sogenannten Emanzenhassern, auch wenn ... Na schön, also manchmal, zum Beispiel anläßlich von Gelegenheitsdebatten auf'm Campus, da fühlte man sich 'n bißchen – hm, weiß nich, als hätte man Troddeln an den Ärmeln, wenn einem während des Gestikulierens dauernd ›man‹ rausrutschte, obwohl man doch ›frau‹ mitzumeinen meinte ... Irgendwie bommelten Troddeln, wie zum Zeichen der maskulinen Kollektivscham an einer Akademie, wo gefälligst die geistige Elite erzeugt wird. Kurzum: Als Student war man Feminist. Heutzutage offenbart sich die Scham der Feministen ja eher dem kalligraphischen Auge, bei der autonomen Rechtschreibreform. Nämlich in Form dieses häßlichen Phallussymbols, z.B. in ›FeministInnen‹ ... Hähä! Hähähä ...!
Popo: M-*hm,* m-*hm?* Und äh, Sie wollten was zu dieser Zitro-
Mann *(leicht ungehalten)*: Jaja, ich bin ja dabei! – Also, als Student war man Feminist, und als solcher fuhr man seinerzeit jeglichen tagtäglichen Tag mit einem Fahrstuhl, in welchem sich einem zwei satanische Verse aufdrängten: STIEFELVOTZE LAß TITTENWAKKELN und TITTENSAU –
Popo: – ›gib Milch‹, jaja. Und Zi-

Mann: Jaja, gleich. TITTENSAU GIB MILCH, genau. Nun, halb so wild, sagte man sich; die Welt ist alles, was der Fall ist, und schließlich war unsereinem *so* was selbst in seinen schönsten Albträumen denn doch noch nicht rausgerutscht …

Popo *(etwas nervös)*: Nicht wieder abschweifen, bitte. Wie war das mit Zi-

Mann *(versonnen)*: Niemals, ah, *niemals* hätte man es für möglich gehalten, daß man selbst Zoten von ähnlich unglaublichem Schlage … Niemals. Daß man je in der Lage wäre, eine durch Joe Cockers gegröltes »Take off your shoes!« völlig entfesselte 18jährige Floristin mit derart ruchlosen Vokativen zu agitieren … Zu allem Überfluß auch noch mit einem sogenannten Drink in der Hand und zigarrerauchend wie ’n Beate-Uhse-Filmdarsteller –: niemals! Geschweige denn zu glauben, daß solch vulgären Bulbärsprüchen auch noch enthusiastisch Folge geleistet würde …

Popo: Echt?

Mann: Ja, aber ich wollte ja was zu Zi-

Popo: Können Sie ja immer noch, erzählen Sie doch erst mal –

Mann: -trone sagen, ich kannte sie schon, ich hab sie mal in irgendeinem Seminar rumsitzen sehn, Heinrich von Morungen oder Demokratisch-revolutionäre Literatur in Deutschland oder was weiß ich.* Sie war Spartakistin, und insofern war’s eigentlich erstaunlich, daß sie ausgerechnet mit … Na, andererseits hat sie mir mal erzählt, daß sie, wie Bärbel übrigens, vaterlos aufgew-

---

* Je, Satan, stimmt. Wenn einen nicht alles täuscht, war sie gar in unsereiner sog. Orientierungseinheit. 1980. (Gleich am ersten Tag hatte ein Kommilitone, der aussah wie diese Frontliesel von Frankie Goes To Hollywood, mit sanfter Ironie unsereine Atomkraft-nein-danke-Plakette gemustert. Da steckt man sich endlich auch mal so was ans lederne Revers, und dann ist’s wieder nicht recht. Am besten gleich was auf die Fresse, aber an der Alma mater mußte man ja alles untern Teppich sublimieren.) Allerdings hatte man mit *ihr* kein Wort gewechselt. Danach ist man ihr – an der *Uni* – nur noch ein einziges Mal begegnet, in einem Seminar über Vormärzlyrik oder den Fatalismus-»Vorwurf« bei Büchner oder was (sicher hockte auch Caroline Kowska, die korrupte geile Sau, irgendwo dazwischen, hähä!), wo sie ein Flugblatt des Marxistischen Studentenbundes redigierte, das für Waffen für El Salvador warb, während strickende FrauenLesben mit fusselbärtigen Dekonstruktivisten darüber diskutierten, ob man im Seminar rauchen dürfe oder nicht, bis drei, vier strategisch placierte Politokkultisten von der Marxistischen Gruppe enttarnt wurden, unsereiner Freiligrath Freiligrath sein ließ und im *Köpi* vier Köpi trinken ging, um darüber nachzudenken, ob man nicht vielleicht doch lieber Müllmann würde. Man dürfte schon morgens redundant Bier trinken, Krach machen und Autofahrer restringiert ausschelten. Und streiken könnte man auch viel besser.

Popo: Jaja. Hören Sie mal, das hier ist die *Porno-Postille*, nicht *Psychologie heute* oder die *UZ*, also ...

Simone »Zitrone« Zimmermann. Im Herbst 1987 saß sie also plötzlich in unserem kleinen Redaktionsbüro. Sie lachte unecht an den falschen Stellen und an den richtigen überhaupt nicht. Ihr heimat- und humorloser Unijargon wurde von Schnörkelgesten und skeptischen Mäulchen begleitet; Stirn und Brauenpartie kräuselten sich vor vornehm unterdrücktem Ekel. Bei heiklen Sachverhalten erhielten die Selbstlaute einen geradezu fremdsprachlichen Akzent, während die Konsonanten ein teils summendes, teils gurgelndes Eigenleben führten; die sch-, s-, ß- und z-Geräusche rauschten und sonderten ein Hochfrequenzpfeifen ab.

Eugen, als einer der letzten großen Egozentriker der Süderelbe, empfand es als Kränkung, wenn sich blitzblanke Bonmots in so hübschen Ohren wirkungslos auflösten. Dabei war er für seinen einführenden Vortrag sogar aufgestanden, hatte die Hände in die Hosentaschen gesteckt und auf und ab schreitend den Chefredakteur gegeben.

»Willkommen im Etui der süderelbischen Edelfedern!« hatte er losgelegt. »Nichtsdestotrotz ist ELBE ECHO nichts weiter als ein *Produkt*, ja?, um Profit zu machen. Im Prinzip so überflüssig wie 'n Lachsack. Nicht daß du hier den investigativen Journalismus zu erlernen hoffst ...«

Eugen lachte süßlich, Zitrone nicht.

»ELBE ECHO ist Friedland. 'n Durchgangslager, ja? Bestenfalls 'n ausgeleiertes Sprungbrett. Die Finkenwerder wickeln ihre Bücklinge darin ein, ja? Kein normalbegabter Mensch liest unser Witzblatt.«

Murren bei uns Redaktionsschaffnern, das der Chef ohne jede Regung überging. »*Ich* werd jedenfalls nicht mehr lange bleiben. – Unsere Auflage beträgt, einschließlich Altem Land und Nordheide, um die 200 000 Exemplare. Es handelt sich um ein *Anzeigenblatt*. Das heißt, wir finanzieren uns ausschließlich durch die Annoncen der Koofmichs und Krämerseelen unseres Verbreitungsgebiets. Deswegen sind Bart Bartelsen und Hasy Braune und ihre Helferlein hier die Stars, ja? Nej? *Wir* nicht. *Wir* sind ephemere Büttel. *Wir* sind die Souffleure für die wöchentliche Seifenoper unserer Leser. *Wir* machen hier nur deshalb 32 bis 40 Seiten voll, damit die Akquisiteure was anzubieten haben. Bart und Hasy müssen wenigstens *behaupten* können, es stünden brisante und kurzweilige Geschichten drin, damit der königliche Kunde auch glaubt, daß das freche Freizeitmagazin gelesen wird. Ja?«

Jetzt wippte er sogar zweimal auf den Fußspitzen.

»ELBE ECHO erscheint donnerstags und wird von dummen Schülern an jeden Haushalt verteilt. Gratis. Der strenge, aber gerechte Vertriebsleiter heißt Doc Brokstedt. Redaktionsschluß ist Dienstagabend. Nach Liquidation von Schusterjungen, Witwen und Hurensöhnen äh -kindern, hehehe!, flattern die Fahnen in die Setzerei. Das Layout übernimmt unsere sehr geehrte Frau Schröder höchstpersönlich. Das heißt, unsere sehr geehrte Frau Schröder schreitet mit einem Papptablett die ausgelegten Seiten ab und gruppiert die Inserate locker um die vorgeklebten Artikelchen. Ja? Fragen?«

Zitrone öffnete die Lippen, aber nur, um Rauchwölkchen daraus zu entlassen, wobei sie »A-a« machte, allerdings mit französischem Anklang.

Befriedigt schritt Eugen von Groblock weiter. »Eine mögliche, sehr kluge Frage wäre gewesen, ob das denn alles überhaupt klappt. Die Antwort ist nein. Wir erleben immer wieder hübsche Überraschungen, wenn wir unsere Belegexemplare erhalten. – Nun« – ›nun‹! praktisch ›Well‹! –, »das Blättchen enthält verschiedene Rubriken. ›Süderelbe aktuell‹: sagen wir, Reportage über die Explosion einer Bockwurst in Nincop. Nej? ›Süderelbe persönlich‹: Porträts lokaler Persönlichkeiten wie zum Beispiel des Vorsitzenden vom Hühnerverein Fischbek. ›Süderelbe sportiv‹: Porträts, etwa vom Club Kalt duschen e.V. ›Süderelbe sieht fern‹: komplettes Glotzprogramm mit ironischen Inhaltsangaben von Spielfilmen. ›Süderelbe Terminkalender‹. ›Frage der Woche‹. ›Stein des Anstoßes‹. Und so weiter, nej? Fünfzig Prozent des Textaufkommens bestehen aus sogenannten PRs – hemmungslos zusammengelogenen Lobhudeleien über Geschäftseröffnungen, -neueröffnungen, -renovierungen etc., zumeist billige Köder für Neukunden der Akquisiteure, ja? Und aus sogenannten Sonderseiten, Hoheliedern auf den Spätkapitalismus in Form von spezialthemenzentrierten Berichten oder Artikeln über Einkaufszentren. Nej? – Und zu unserem persönlichen Vergnügen bzw. um uns bei der Stange zu halten – oder, offen gesagt, wir *wissen* überhaupt nicht warum –, toleriert unsere sehr geehrte Frau Schröder in der Rubrik ›Süderelbe kulturell‹ auch Filmkritiken und Buchrezensionen, Glossen und Satiren progressiver Provenienz. Austoben können wir uns –«

»Habt ihr denn –«

»Bitte mich nicht zu unterbrechen. Austoben können wir uns insbesondere in unserer Kolumne ›Ganz richtig!‹, die in gewissen Kreisen bereits Kultstatus genießt. Der Titel ist dem Wortlaut einer wiederkehrenden Wendung in den Persiflagen auf die Rundfunkpsychologen – auf die ätherischen Briefkastenonkels gewissermaßen, nej? – des von uns allen hochverehrten, genialen Gesellschaftskabarettisten Heino Jaeger entlehnt. Diese Kolumne schreiben wir im Rotationsverfahren, unter einem gemeinsamen Pseudonym, nämlich ›Singelbohm‹ – nach einer Figur ebenjenes Heino Jaeger. Einer Figur, die in einem Einstellungsgespräch überhaupt nicht zu Wort kommt . . . nej?« Eugen schritt zu seinem Chefsessel zurück, fläzte sich strahlend hinein und klaubte sein Graszigarettchen aus der Schublade. »So. Sie brauchen keine Angst zu haben, wir beißen auch nicht. Wir sind hier 'n ganz aufgeschlossener bunter Haufe, ja?«

»Badehose kriegen Sie von uns gestellt«, führte ich das Jaeger-Zitat fort. »Und 'ne Bleiplatte«, ergänzte Iggy, »die auf'm Rücken zu tragen ist.«

»Warum das Blei sein muß«, vollendete Eugen, »dazu später. Hehehehehe!«

Zitrone rauchte. »Ah ja« – französisch transkribiert etwa *an yan* –, sagte sie, erhob sich und fragte nach der überkompensiert prononcierten »Toalett«. Ich beeilte mich, ihr den Weg zu beschreiben.

Bis ins Mark erschüttert strahlte Eugen uns an. Zwei hörbare Atemzüge lang, die womöglich einen hysterischen Lachanfall ankündigten. »Die ist verrückt oder was? Ja? Nej?«

Sie hätte fragen müssen, was das solle, und dann hätte Eugen es ihr allzu gern erläutert. Daß Heino Jaeger sich nicht nur *unserer* höchsten Wertschätzung erfreute, sondern auch von prominenten Protagonisten aus Kunst, Kultur und Wissenschaft mit Attributen bedacht wird wie »ohne jegliche Übertreibung ein Jahrhundertkomiker«, »einer der besten Kabarettisten und Zeichner, die Deutschland in diesem Jahrhundert hervorgebracht hat«, »ein ganz großer Künstler von Beckettschen Dimensionen« mit dem »absoluten Gehör für gesprochene Sprache«. Außer jenem amorphen Kreis von Anhängern, die auf privaten Pfaden multiplizierten Tonbandaufnahmen seines in Rundfunkarchiven und auf Flohmärkten verstreuten

Œuvres lauschen, kannte ihn dennoch kaum jemand, weil Meister Jaeger seit Jahren entschlossen schien, seine psychotische Alkoholikerbiographie als Mündel zu Ende zu schlafen.

Das Lächeln des Redaktionsleiters erfuhr eine düstere Färbung, als es von angestrengterer Atmung untermalt wurde. Er hob die Hand mit der Graszigarette – sie zitterte sogar ein bißchen. »Ja? Ist die denn ... denkt denn die ... Ich meine, ich – der *Chef*redakteur, ja? – mache mir freundlicherweise die Mühe ... nej? Ich bin doch nicht der Günsel hier! Das war *Poesie*, ja?, und was macht *die?!*« Eugen hob die Zigarettenhand ein wohlgesetztes Stückchen höher. »Sagt ›An yan‹ und geht pinkeln!« Er starrte den Flur hinunter, als habe Zimmermann ihre Fußstapfen in den Teppich *gesengt.* »Ganz richtig«, murmelte Iggy. Er nahm Arbeitshaltung ein und wandte den Blick zum Bildschirm. Aber Eugen brauchte uns noch. »Ja? Geht praktisch pissen. Nej? Womöglich wechselt sie den *Tampon!*«

Ich versuchte zu gähnen. Um unseren Chef auf andere Gedanken zu bringen, fragte ich Iggy, ob *er* den PR-Auftrag für den Dezember-Gastro-Quiz aus der Akquise erhalten habe. Er schüttelte den Kopf und tippte auf ein paar Tasten. »Dann lies den APO-Leserwitz vor«, bat ich.

Zu Iggys vornehmsten Aufgaben in unserem Kollektiv gehörte es, uns auf die zynische Grundverfassung, die wir für unseren Jobtag benötigten, einzuschwören, indem er die ABENDPOST-Rubrik »Der Leserwitz« verlas, und zwar in einem Tonfall, der zwar traditionellen Vorschuß an Wohlwollen gegenüber dem Mitwirkungswillen und der Kreativität des Einsenders ausdrückte, durchaus auch grundsätzliches Scherzinteresse und Einfühlungsvermögen hinsichtlich der beteiligten Witzfiguren, vor allem aber denn doch professionelle Distanz.

Iggy gehorchte sofort und blätterte. »Der Leserwitz. ›Ich verstehe dich wirklich nicht, Cornelia, wie konntest du dich mit dem erstbesten einlassen? – Du irrst dich, Mami. Heinz-Otto war weder der erste noch der beste!‹ – Ganz richtig.«

»›Cornelia‹ und ›Heinz-Otto‹?« preschte ich vor, um Eugen von seinen seelischen Leiden abzulenken. »Da stimmt was nicht, poetologisch-kompositorisch.«

Eugen senkte das Kinn auf die rechte Schulter. Er hatte überhaupt nicht zugehört. Normalerweise war es nun an ihm, Wohnort und Namen des Einsenders zu erfragen, und dann würde Iggy ihn bekanntgeben – »20 Mark für diesen Witz gehen an Luise Steverling, Nußriede 12, Braunschweig« –, und dann würde Eugen unter Berücksichtigung der Wahl des Witzsujets und der Figurennamen ein onomantisches Stegreifgutachten erstellen.

Heut jedoch war er dazu nicht in der Lage. »Was mach ich denn jetzt mit dieser ...« Er zündete sich den Joint an und inhalierte deprimiert.

»... Ziege«, sagte Iggy und tippte ein paar Buchstaben. »Gib ihr gleich 'n Auftrag. Oder laß sie die letzten zehn Ausgaben lesen oder was weiß ich. Dreck.«

»Ja.« Eugen richtete sich auf. »Nej? *Der* werd ich, ja? zu lesen geben, das schwör ich euch.« Er sprang auf, steckte die Zigarette zwischen die Lippen, stellte einen Jahrgang ELBE ECHO zusammen und knallte den Haufen auf Irmgard Schröders Schreibtisch, den Zitrone einnehmen würde. Mit einem aggressiven Schnarchton atmete er eine Fontäne Marihuanaqualm ein und fiel erschöpft in seinen Sessel zurück. »Scheißleben, ja?« greinte er.

Ich zog den Korb mit den Veranstaltungsmeldungen heran und warf einen Blick auf den Handzettel des »Kinderkinos«, der zuoberst lag. Ich tippte *Freitag, den 30. Oktober* und darunter die Überschrift *Otto ist ein Nashorn.* Ich war nicht gerade versessen darauf, Sätze wie *Otto ist ein Nashorn* zu schreiben. Sätze wie solche aus rotem Wachs an der Wand des Bahnhofshäuschens in unserem Kaff, Sätze wie *Fitschen ist ein Spaßticker.*

Die Toilettenspülung rauschte, und fast gleichzeitig klappte die Stahltür. Kurz darauf ein vernehmlicher doppelter Heiterkeitsausbruch; das helle Gebell zweier Sies. Zitrone und Stöver. Gleich darauf ging's in wechselseitiges Gesums und Getuschel über, aus dem sporadisch Gelächtertriolen herausplatzten.

Eugen warf uns Blicke zu. »Was geht da vor«, flüsterte er.

Sie waren inzwischen in der Küchennische zugange. Während die eine plapperte, gurrte die andere lokkend. Mit gespenstischer Sicherheit im fliegenden Wechsel. Immerhin vernahmen wir, als Stöver wieder einmal dran war, neben dem Strullgeräusch des Wasserhahns und dumpfem Rubbeln eines mit molliger Armmacht über geriffeltes Blech geriebenen Lappens auch heute endlich wieder unsere Lieblingslosung: »Ein *Dreck* hier . . .«

Iggy schmetterte seine sardonische Lache bereits, bevor ich seinem Blick begegnete. »Dreck hier«, kekkerten wir wie ein Arapärchen.

Eugen legte die Finger an die Stirn. Die beiden kleinsten zitterten. Er packte sein Jackett am Kragen und zerrte es von der Kopfstütze des Sessels. Er steckte seinen Tabaksbeutel ein, verharrte kurz und zog das Telefon zu sich heran. Mit schmerzhaft zusammengekniffenen Augen memorierte er eine Nummer und wählte. »Frau *Be*feld«, wimmerte er – Schleim in der Kehle –, räusperte sich und fuhr abgeklärter fort: ». . . von Groblock, Chefredakteur des ELB- ja stimmt. Wissen Sie was, ja?, ich hol mir die Kopie bei Ihnen persönlich ab, ja? Ich hab ohnedies in der Stadt zu tun, nej? Bis gleich, Frau Befeld, ja? Tschüß! – So, Söldner des Papierkriegs«, er legte auf; »ich stell jetzt unseren Harburgern die Frage der Woche.«

»Hab ich doch grade gemacht!« Iggy blickte verwundert vom Bildschirm auf.

»Dann eben fürs *über*nächste Heft«, legte Eugen von Groblock fest. »Frollein Stövchen!« rief er ins Küchengemurmel, während er das Jackett überwarf, »für mich *keinen* Kaffee, bitte!«

»Kommt sofort, mein Goldfasan!« schallte es den Flur herunter, während Zitrone unverdrossen weiterschwafelte.

»Was«, jammerte Eugen, »*was* hab ich bloß falsch gemacht . . .« Er meinte seine gesamte Biographie. Er angelte nach dem Riemen der Redaktionskamera, die noch auf Iggys Schreibtisch lag, weil er zu faul war, sich die andere aus dem ›Depot‹ zu holen, und lief den Flur hinunter.

Ich wandte mich wieder meinem TERMINKALENDER zu und schrieb *Um 10.00 Uhr im Bürgerhaus Wilhelmsburg* . . . Mit einem Ohr horchte ich nach der Küchenszenerie, die jetzt von Eugen dominiert wurde. Das Kaffee-Mißverständnis wurde aufgeklärt und Zitrone kühl informiert, daß auf ihrem Schreibtisch »lehrreiche Lektüre« bereitliege; bei Fragen stehe sein »hochqualifizierter Mitarbeiterstab jederzeit zur Verfügung«. Dann klappte die Stahltür, und die beiden Damen waren wieder unter sich.

. . . zeigt das Kindertheater Wuschelwaschel das Stück »Willi und das Punktolami«. Eintritt 1,50 DM.

Anhaltend schwätzend tasteten sich Stöver und Zitrone in unser Büro vor. »Meine Großmutter hat vierundfünfzig Jahre geraucht bla, dreißig Zigaretten pro Tag bla, und ist fit wie 'n Turnschuh bla . . .«

Wie oft hatte ich das in wie vielen Abwandlungen

schon gehört? Dieser Überdruß auf allen Ebenen machte mich so kaputt. Am Vorabend vorm Fernseher hatte ich überlegt, wie oft ich wohl schon Dunkelmänner in parkenden Autos hatte Häuser observieren sehen! Wie oft jemand Telefonhörer anstarren – und zwar absurderweise die Sprechmuschel! –, bevor er auflegte! Wie oft gehört, wie jemand jemanden anbrüllte, er habe zu irgendwas »kein Recht«! Ich hatte noch nie jemanden observiert oder Telefonhörer angestarrt.

Zitrone hatte die eine Hüfte vorgeschoben und aschte in ihr Handkörbchen, während sie mit gerunzelter Stirn den Ausführungen ihrer neuen Busenfreundin lauschte. Dazu das ständige Gebrumm, ein Signalgemenge aus Zustimmung (»'mmm«), Anfeuerung (»'mm-'mm«) und Aufforderung zum Stafettenwechsel (»'mmm-'mmm-'mmm«). Interessant wurde das Hörspiel durch individuelle Finessen. Stöver pflegte in Aussagesätzen mit fallender Melodie zu sprechen, und die Triumphpause, in die mit ihrem Beitrag zu stoßen Zitrone mehrfach probierte, erwies sich als Falle. Sobald sie einatmete – die erste Hälfte eines Hechelns –, setzte Stöver (Stöver brauchte nicht zu atmen) den zweiten Aussagesatz, so daß Zitrone nichts übrig blieb, als ausatmend Grimassen zu schneiden.

Doch paßte Stöver einen Moment lang nicht auf, wendete sich das Blatt, und *Stöver* brummte, während Zitrone parataktisch palaverte, gegliedert durch weitgedehnte »Ornd . . .«, welche stöverseitiges Eingreifen erschwerten. Dann stand Stöver wie ein Baum aus'm Weihnachtsmärchen, der auf sein Stichwort wartete. Wie ein Weihnachtsbaum mit Fäusten, die eine Kaffeekanne und drei Becherhenkel hielten. Sie trug eines ihrer Gewänder, heute ein tannengrünes mit reichlich Schmucklametta, welches jäh vom Sims der Büste stürzte und erst in Höhe der Gebärmutter einhielt.

Die straßbesetzte Brille verdeckte weite Teile der Wangen. Die Lippen, sechsundfünfzig Lenze auf den spröden Buckelchen, hatten einst einen Herrn Poppe in Trunksucht und Irrsinn getrieben (so daß Stöver ihren Mädchennamen zurückforderte). Wenn man genau hinsah, konnte man es sich sogar vorstellen. Aber wer wollte schon so genau hinsehen. Offenbar, Stövers ungenierten montagmorgendlichen Klagen zufolge, nicht einmal mehr Café-Keese-Kavaliere. Vielleicht war Stöver jemand, der Telefonhörer anstarrte.

Plötzlich stellte sie mir einen Becher auf den Schreibtisch, während Zitrone weiterhin beharrlich auf sie einklönte, schenkte mir Kaffee ein und machte wieder Weihnachtsbaum.

Ich trank nie Kaffee, und Stöver wußte das. »Sagen Sie mal, Froll'n Stövchen«, begann ich in unverfänglichem Tonfall, um großes Bohei mit selbstironischem Gekicher herauszufordern – sie liebte es, wenn sie von ihren »Jungens« auf den Arm genommen wurde –, drang jedoch nicht durch, denn über den Weg der seit jenen fernen Tagen des Zehnten immer wieder gern geführten Steuerdebatte erhielt die Tabakdiskussion ihren längst fälligen Dreh zur Politik und mündete in eine einmütige Kannegießerei über die Harburger SPD-Regierung. Als sie wieder ihren Brummpart übernahm, stellte Stöver (CDU) je einen Becher neben Iggys bereits vorhandenen und auf Eugens unbemannten Schreibtisch, goß beide voll und schwadronierte im Krebsgang Richtung Küche zurück – begleitet von der nun wieder zu zähem Brummen verdonnerten Zitrone (DKP).

Ich stellte meinen Kaffee neben den von Eugen und wandte mich meinem TERMINKALENDER zu. *Schwul mit Kind – was nun?* schrieb ich. *Ab 20.00 Uhr schwul-lesbischer Klönschnack in der Teestube. Thema: Ich bin homosexuell und habe ein Kind – was nun?*

Die hatten vielleicht Probleme. Ich war kinderlos, hetero und haßte Klönschnacks – was nun?

Als ich vom Mittagstisch zurückkehrte, jodelte grad das Telefon. Wann war Petra Huch-! eigentlich mal auf ihrem Posten? Es war Eugen. »Sag mal, *wo* wolltest du heut abend hin?«

»Heut abend? Ach so. Jubiläum der Behinderten-AG. Um halb acht im –«

»Wußt ich's doch. Das übernehm' *ich*. Geh *du* mal zur Präsentationsfeier unserer neuen Konkurrenz, nej? Achtzehn Uhr, ja? Oder neunzehn Uhr, ja?, da mußt du dich –«

»Neue Konkurrenz? Was für 'ne –«

»Paß auf. Nej?« Eugen atmete tief durch. Er haßte Erklärungen, insbesondere notwendige. »Heut abend, achtzehn Uhr in der *Hexenkate*, ja?, findet die Pressekonferenz und anschließende Präsentationsfeier von SÜDERELBE PLUS statt. Ja? Herausgeber, Chefredakteur und Schleimscheißer in Personalunion: Knut Knox.«

Knut Harmsen. Alias Knox. Ein Jahr jünger als er, einer, der im angeblich legendären Hausbrucher *Stairway,* Flaschenkerzenkneipe und Pothochburg, Anfang der siebziger Jahre mit ihm gesoffen, gekifft und gewettet hatte, er werde Eugen zeigen, wie man Karriere machen *und* dabei glücklich werden könne.

»Nachtigall, ick hör dir trapsen«, sagte ich. »Du wolltest deine Seele doch wohl nicht an deinen Lieblingsfeind verkaufen.« Nicht nur Zitrone, sondern auch mich hatte er – als ich ihm im April zum ersten Mal begegnete – mit der Anfänger nicht gerade befeuernden Bemerkung empfangen, »hier« könne man nicht lange bleiben. Von Iggy – der ein Jahr länger als ich beim ELBE ECHO in Lohn und Brot stand – wußte ich, daß Eugen schon ihn und seine zahlreichen

Vorgänger entsprechend begrüßt hatte. Eugen hatte das Blatt vier Jahre zuvor mitentwickelt.

Mir war der Tausch recht. Ich würde glatte anderthalb Stunden früher vorm Fernseher hocken, bei Bockwurst mit Senf und Bier. Gleichwohl war ich neugierig, wie ein solch abrupter Meinungsumschwung – ein vielleicht gar für sein weiteres Leben entscheidender – zustande gekommen war.

»Marion Befeld ist auf der Behindertenfete eingeladen, hehehe«, freute sich mein Chef. »*Und* Janine Meier-Brodersen! Hehe! Ehehehehe . . .!«

Da ich kein solch abgebrühter Schlüpferstürmer war – dreihundert Frauen hatte ich in meinem Leben noch nicht mal *gesehn!* –, fragte ich: »Gibt's da keine . . . kontrakopulativen Kollisionen?« Gleich schämte ich mich für meinen Versuch, den Zynikernimbus unseres Chefs zu kopieren.

»Kollisionen schon, aber prokopulative. Klar! Nej?« Eugen machte wieder diese Atmung, die ihn vor einem Lachanfall bewahren sollte. »Nie werden Damen ehrgeiziger, als wenn's um Kerle geht! Und wer ist der lachende Dritte? Hehehehehehe . . .!« So schön möchte ich auch mal eine abendliche Entwicklung vorwegnehmen. Aber ich hatte einfach nicht Eugens Klasse. Für einen erotischen Abend die Karriere aufs Spiel zu setzen: Würde *ich* sowas bringen?

»Sonst irgendwas?« erkundigte sich der Chef – verlogen, wie das grämlich atonale a verriet.

»Frollein Zimmermann hat den ganzen Vormittag mit krausem Näschen ELBE-ECHO-Ausgaben gelesen . . .«

»Hähähähä . . .« weinte er mürrisch, weil er noch nicht sicher war, was weiter.

». . . und beim Schmutzfink gab's Labskaus!«

»Labskaus! Nej?« Dem Punktumton hatte er dankbar entnommen, daß keinerlei Unersprießlichkeiten mehr folgen dürften. »Da kriegt man Skorbut davon, ja? Oder umgekehrt, ja?« Im Hintergrund vernahm ich einen weiblichen Alt. »Frau *Be*feld«, erklang Eugens Bariton, »ich bin ein vielbeschäftigter Mann, ja? Nej? – Bodo! . . .«

»Chef – alles klar. Nicht vergessen: morgen Redaktionskonferenz.«

»Ach ja. Wann?« Vermutlich der einzige Chefredakteur der Welt, der nicht behalten konnte, wann seine wöchentliche Konferenz stattfand.

»Um neun. N*eu*n wie *Eu*gen. Keine Ursache. Eselsbrückenzoll zahlbar in Volumenprozent Stammwürze.« Nicht übel.

»Großer Gott«, stöhnte Eugen denn auch überrumpelt, »zauberhaft, ja? Schönen Gruß an die Belegschaft.«

»Oder umgekehrt.«

Ich war total kaputt. Eine kleine Mittagsdepression faßte mich an. Dagegen half – und das war im engsten Freundeskreis unumstritten – mit höchstmöglicher Wahrscheinlichkeit vor allem einer. Ich wählte Satsches Dienstnummer.

»Bartels.« *Bahdtlß.* In §17 meiner FREUNDSCHAFTSFIBEL hatte ich einmal versucht, Satsches Stimme zu charakterisieren: *ein auch in den entlegensten Tälern der Niedergeschlagenheit noch hörbares – wenngleich heiseres – Echo vom Berg der Zuversicht.*

»Morten.«

»Bartels.«

»Morten.«

». . .«

»Morten.«

»B-b-b-baaa . . .! B-b-baaaa . . .! Baaa! Baaa! . . . B-b. B-b. Bib. Bibm. Babibm.«

»Na?«

»Nana*na*na, nana*na*na, he-he-he, goo-ood bye! ...«
Diese Stimme war gigantisch. Wie Roger Chapmans.

Er legte auf. Ich fühlte mich schon wohler.

Während Satsche zurückrief, trafen Iggy, Zitrone und Doc Brokstedt ein. Zitrone verschlug's auf Irmgard Schröders Platz, wo sie erstmal eine Zigarette zu drehen begann, und Iggy verfügte sich mit dem Doc ins Besucherzimmer. Offenbar war der Darts-Termin vorverlegt worden.

Satsche wollte wissen, ob man das so sagen könne: »It's so heat, we are dancing like a fight.« Aha. Er textete wieder für *Frozen Fromms.*

»Kann man so sagen«, sagte ich. »Heißt übersetzt etwa ›Es ist so Hitze, wir tanzen wie 'n Kampf.‹«

»Wie 'n was?«

»Wie 'n Kampf.«

»Nee, das ist scheiße.«

»Ach komm – warum so streng? Worum geht's denn in dem neuen Stück?« *Frozen Fromms'* Repertoire war recht vielfältig, unter anderen enthielt es einen hijackingkritischen Bombastrock-Song, in dessen Verlauf fünfundvierzig Menschen ihr Leben lassen mußten.

»Das handelt von so'm Typ, der aus seinem Dorf abhaut, und alle halten ihn für verrückt, aber er wird Bodybuilder und kommt zurück und wird der Anführer von so 'ner Jugendgruppe ... Kann man das sagen: ›He's a sportman and model of the gang‹?«

»Hm. Sag lieber ›idol‹.«

»Eidl? Wat für'n Eidl? Das klingt doch scheiße, ›He's a sportman and –‹«

»Sportsman!«

»Moment mal ...« Ich hörte, wie er ächzend notierte. So etwas war Schwerstarbeit für ihn. »Ich *hasse* meine Schrift«, hatte er einmal ausgerufen, als Mara das Ausfüllen seiner Weihnachtskarten nicht übernehmen wollte; »ich könnte *kotzen*, wenn ich meine Schrift sehe. Ich finde, die sieht dermaßen *beschissen* aus . . .« Etc. pp.

»Sportsman. O.K. Aber trotzdem. ›He's a spor – sportsman and eidl of the gang‹?! Das klingt doch total bescheuert.«

»Es gibt sogar 'n Sänger, der so heißt.«

»Eidl?«

»Ja. Billy.«

»Eidlbilly?«

»Billy Idol.«

»Ach ja, kenn ich. Logisch. Mensch, was bist du musikalisch . . . besohlt.«

Zum Abschluß fragte ich, ob er Lust hätte, um acht mit mir zusammen fernzusehen, bei Bier und Würstchen. Eigentlich war er, wie ich, beinharter Bock- und Wienerwurst-Gourmand, seit den seligen Zeiten unserer gemeinsamen Junggesellenbude in der Bürgerweide. Deshalb überraschte mich die Entschiedenheit seiner Absage. »Würstchen, Würstchen, ich *scheiß* bald Würstchen! Na, mal sehn. Da muß ich erstmal meine . . . Domäne fragen.«

Die Herren Igelmann und Brokstedt, am Dartboard im Besucherzimmer lautstark aktiv, riefen nach mir. »Genießt es doch, solange euer Meister noch nicht da ist!« rief ich zurück. Hohngelächter war die Antwort.

Ich zwinkerte Zitrone vergeblich humorvoll zu. Wahrscheinlich mochte sie keine Dartmachos. Sie begehrte eine Aufgabe, also richtete ich ihr eine TERMINKALENDER-Datei ein, zeigte ihr den Befehl für Überschriften etc., und sie brummte verständig (»'mm-'mm-'mm«). Ich brachte ihr mein Körbchen mit den Veranstaltungsmeldungen und vertröstete sie mit der Aussicht auf interessantere Arbeit in der kommenden Woche. Rhabarber Rhabarber.

Dann verfügte auch ich mich ins Besucherzimmer.

Furchtlos, denn Doc Brokstedt genoß Narrenfreiheit im Konzern, und wenn er die Belegschaft von der Arbeit abhielt, waren sowohl Irmgard als auch Günther Schröder machtlos. Wahrscheinlich lag's an seinem sonnigen Wesen. Er strahlte eine allumfassende Gemütsruhe aus, obwohl er jedem »Zurisikenundnebenwirkungenlesensiediepackungsbeilageundfragenihrenarztoderapotheker«-Sprecher den Rang ablaufen würde. Und obwohl zum Beispiel sein Rauchstil recht grob anmutete. Er drehte das Stäbchen fortwährend im Aschenbecher, stauchte das Glutklümpchen zusammen und drückte den Stummel nie aus, bevor nicht der Filter kokelte. Aber er bewegte seinen untersetzten Körper mit Ruhe, und sein volles, glattes Gesicht wirkte immer ein bißchen wie ein freundlicher Uhu. Er war überall beliebt – bei den Setzern ebenso wie bei den Damen, die in der Druckerei im Erdgeschoß, die zum ECHO-Konzern gehörte, die Zeitungen falteten und die Beilagen beilegten; in der Buchhaltung wie bei Stöver, beim Faktotum Günsel wie in der Anzeigenakquisition, bei den Schrödern wie bei uns. Kam er in unserem Büro breit grinsend und rauchend auf ein Schwätzchen vorbei, grüßte er meist mit den Worten: »Haddagestern'ein'gehabt?«, und dann faßte man sich an die verkaterte Stirn und stöhnte »Aber Hallo!«, oder man antwortete: »Nee, aber heute kricht er ein'!«

»So, meine Herren!« drohte ich, verschränkte die Hände und ließ die Fingergelenke einmal durchknakken. Iggy und der Doc winkten verächtlich ab. »Ich sage nur: vier!« sagte der Doc nur und gähnte mokant.

»Was vier, wie vier«, polterte ich.

»Ganz richtig!« klagte Iggy. »Die Begnadeten Hände haben wieder zugeschlagen. Vier! *Vier!*«

Bis siebzehn Uhr versuchten wir, den Doc zu schlagen – vergebens. Stattdessen verpaßte der um ein Haar die Einstellung des eigenen Rekords, von 301 in vier Durchgängen herunterzuspielen. Und das, während er ein Telefonat führte! Iggy hielt ihm den Apparat, der Doc zielte mit rechts auf den inneren Ring der dreifachen 17, die er noch brauchte, und indem er seiner Sekretärin mit links Anweisungen in den Hörer sprach – »Neederbenglisnganzschlimmerfingerdssdltztwang. Ichsachderbenglisnganzschlimmerfingerdssdltztwang. –– Der, Bengel, ist'n ganz, schlimmerfingerdssdltztwang« –, schoß er ab und landete den Dartpfeil nur knapp auf der falschen Seite des Drahts.

Das Beste, was ich schaffte, waren sieben. Wir tranken Chivas Regal aus dem Docschen Flachmann, niemand störte uns. Es wurde langsam dunkel draußen – dichte Bewölkung zog auf –, aber wir machten einfach das Licht an, und ich fühlte mich in meiner Zermürbung ganz geborgen.

Was wollte ich eigentlich?

Sieben Stunden später meinte ich's zu wissen. Bärbeln nämlich.

Bärbeln. Bis ans Ende meiner Tage. Bärbeln, von vorn, von hinten, seitwärts, oben hinein, unten hinein. Immer hinein. In die Achselhöhlen. Zwischen die beiden Brüste, die in ihrer Seele wohnen. Zwischen die gebenedeiten Schenkel, die festen Füße, die kühlen Fäuste. Bärbeln, *bärbeln,* BÄRBELN. *BÄRBELN.* Bärbeln und bärbeln lassen. Bärbeln und gebärbelt werden.

Und sonst gar nichts.

Um Stöver aus dem Weg zu gehen, die abends gegen halb sechs in unserem Redaktionsbüro noch aufzuräumen pflegte – eine selbstauferlegte Pflicht, die eigentlich den Putzfrauen oblag (Stöver aber genoß es einfach maßlos, limousinenhaft durchs Büro zu rauschen und den »Dreck hier« zu beseitigen) –, empfahl sich der

Weg durchs Treppenhaus. Stöver benutzte ihre Beine so selten wie möglich. Dennoch nahm ich das Risiko in Kauf, auf den Fahrstuhl zu warten.

Als sich unten die innere Falttür öffnete, schmetterte ich die äußere um ein Haar vors vierschrötige Kinn des Günsels. »Entschuldigen Sie, Entschuldigung«, entschuldigte er sich. Er trug drei Kartons à zehn Pakete à 1000 Blatt Kopierpapier, an denen er vorbeilinste. Jedes Mal, wenn ich ihn traf, war ich von der Behaarung seiner Ohren fasziniert.

»Herr Günsel. Schönen Feierabend.«

»Danke sehr, vielen Dank, Herr Morten. Ebenfalls.«

Ich hielt ihm die Tür auf, und er bedankte sich nochmals vielmals. Er war zwei Köpfe kleiner als ich, dreimal so breit und doppelt so alt. Und »doof wie Zement«, wie Eugen behauptete. In Anbetracht von des Günsels Bärenkräften empfand er dessen inbrünstige Unterwürfigkeit als Provokation. Telefonscherze, fiktive Aufträge, Sprüche sonder Zahl – der Günsel steckte sie weg, als stünden derlei Zunftspäße in seiner Arbeitsplatzbeschreibung.

Ich meldete mich bei Petra ab. »Huch-!« machte sie, als ich die Tür aufriß und den rasenden Reporter mimte.

Wenn das Telefon heulte, wenn der Schreibmaschinenschlitten nach links zurückschoß, wenn ein Blatt vom Pfennigbaum zu Boden krachte, kriegte sie sofort 'nen Herpes und den Huch-! Der Rezeptionstresen und Petras ewig gesträubter Blondinenschopf gehörten zusammen wie Täter und Opfer. Mit weit aufgerissenen Augen winkte sie mir flatterhaft zu und ordnete die Annoncenaufträge für den morgigen Tag, um mehr Ruhe für ihren alltäglichen Schrecken zu haben.

Auf der Bundesstraße 73 – einer der »vergifteten Lebensadern der norddeutschen Tiefebene« (Singelbohm alias von Groblock) –, die direkt vorm Hausparkplatz verlief, brüllte der Feierabendverkehr. Mit eingeschaltetem Licht. Es konnte jeden Moment zu regnen beginnen. Als ich meinen abscheulichen Kadetten bestieg, vernahm ich ein fernes Donnergrollen aus Richtung Harburg.

Mein eidetisches Gedächtnis zeigt's mir noch wie heute. Kein Schwein wird's mir glauben, aber es war so. Nun, sicher, wenn Eugen nicht den Termin mit mir getauscht hätte, wäre nichts passiert und mein Leben geradlinig verlaufen. Aber wenn's wenigstens nicht gedonnert hätte, auch.

Jenes Unterbauchfieber, das mich packte, war ebensowenig als Orakel geeignet. Denn es erscheint unberufen, ebenso unwillkürlich, wie mir jenes uralte Bild erscheint, ebenso schwarz-weiß wie ich träume. Es stammt, meine ich, aus der Fernsehserie »Gestatten – mein Name ist Cox«. Ein Mann im Trenchcoat – auf der Flucht – kriecht eine Uferböschung hinauf, setzt schnaufend eine Zigarette in Brand und blickt schließlich über den ausgeblasenen Rauch hinaus, der langsam in das Panorama einer Industrielandschaft jenseits des Kanals dampft und die steilen Schlotqualmfahnen kreuzt; und schließlich kriecht der Mann in eine verborgene Höhle ... – während ich ihm zusehe, die Beine in den grünen Strickhosen ausgestreckt, die Fersen genau am Sesselrand. Oma schaut seufzend vom Abendbrottisch herüber. Papa und Opa reiben sich unten in der Waschküche unter lautstarkem plattdeutschem Geplauder die ölverschmierten und mörtelverkrusteten Hände mit Persilpulver rosig, und nicht weit hinterm Stubenfenster trompetet der rote Schienenbus, der Mama aus dem kleinstädtischen Kaufhaus nach Hause bringt.

In diesem Moment, glaube ich, entstand das Molekül für eine Empfindung, das seither ein Ingrediens meines Lebensgefühls, meiner Befindlichkeit auf Erden ist – ein süffiges Ziehen in den Gedärmen, das die Lenden putscht, ein Eu-Stromstoß ins Sonnengeflecht, der den Körpersaft die Wirbelsäule hinaufpeitscht wie Quecksilber; biochemische Formel meiner Weltlust, aufregender Schmerz, eine Art Lampenfieber vorm Dasein.

Ich schob die Hendrix-Kassette in den Recorder und spulte vor und zurück, bis ich die Pause vor »Voodoo Chile« gefunden hatte. Ich drehte den Knopf fast bis zum Anschlag, daß es rauschte, und steckte mir eine Zigarette an.

Acht Monate zuvor hatte ich meinen dreißigsten Geburtstag gefeiert.

Ich schaute rauchend auf den brüllenden Verkehr, starrte in den dunkelblauen Himmel, wo sich monströse, rußige Schaumwolken wie aus verschiedenen Richtungen zu einer Gewalt formierten. Ich hatte Durst vom Rauchen und vom Docschen Chivas Regal, der meine Körperkapillaren flambiert hatte. Durch das ätherische Rauschen vom Chromdioxidband hindurch nahte aus zeitloser Ferne schnell das metallische Kratzen heran, vom Wah-Wah verzerrt, mit dem Hall einer einsamen Ebene, das rhythmische Nagen eines Gorgonen an einer Hochspannungsleitung, und dann, ganz nah, jaulen die Drähte auf, nun herb melodiös, die schmerzliche Verhöhnung eines versunkenen Kindersingsangs aus einer archaischen Welt, von einem Dur mit gebleckten Zähnen in ein murmelndes Moll verwirbelnd und zurück, ein gekappter Hi-Hat-Tusch am Schluß einer Sequenz, die Wiederholung von der Fußtrommel begleitet, bumm-badummdumm-bumbum-bumbum, bumm-badummdumm-bumm, und Hi-Hat-Tusch, und noch einmal, und dann kneift der Voodoo-Zauberer sein Gitarrenbiest in den empfindlichsten Nervenstrang, daß es aufschreit – ein Break der Sticks – und zusammen mit einem Beckenschlag wie eine Arschbombe und einem Baßton, auf meinem eigenen Dünndarm gerissen, platzt ein Akkord wie die Alarmsirene des Weltuntergangs, unterbrochen vom euphorischen Wutgeheul des wilden Tiers, das wieder auftaucht und sich vom maschinenhaften Zylinderstampfen löst und an geladenen Trossen dengelt und wieder hineinstürzt ins Geräuschgetümmel, bis der Hexenmeister selbst kühl und leidenschaftlich zugleich zur Arie seiner Sirene das Wort ergreift, als wisse er genau, wie sie sich fühlt, um in lässigem Sprechgesang Worte hinzuzufügen, bis wieder das Biest kreischt und schnappt und in den Rhythmus der unbarmherzigen Maschine zurückgezwungen wird; und dann wird der Meister angesteckt vom kreischenden Greinen seiner Kreatur und brüllt seine Haßliebe im Diskant, »Yes I'm A Voodoo Chile, Babe«, und dann läßt er die Bestie los, sie macht sich los von der Maschine und springt grölend durch die häßliche Welt und quiekt sich die Seele aus dem Leibe, und sie *kotzt* sich aus und kreischt und greint, einen solchen Atem haben nur Teufel und ihre Bestien . . .

Mein Wagen schwamm fast lautlos im Strom der Bundesstraße. Der Motor war kaum zu hören hinter Jimi Hendrix' Hexenritt. Es wurde immer finsterer, aber es regnete noch nicht. Im Westen, den ich verließ, gab es noch ein wenig Lichtspiel und schuf eine gespenstische Atmosphäre – ich fuhr ins Dunkle, während der Spiegel Helligkeit einfing und mich blendete.

In einer sonderbaren Stimmung parkte ich am Fuß der steilen steinernen Treppe, die zur *Hexenkate* hinaufführte. Als ich oben war, keuchte ich wie ein alter Mann. Es war fünf vor sechs. Eine Stunde zu früh. Eine sehr verhängnisvolle Stunde. Eugens Schuld an meinem zukünftigen Doppelleben, denn er hatte sich um diese eine Stunde vertan. Diese eine Stunde war die Grundstunde, der Keim für drei Bärbel-Phasen.

Die Tür stand offen. Das Lokal war leer.

Das heißt, am Ende des Tresens, da hockte dieses junge Weib, in diesem verwünschten Blümchenkleid, hockte da mit ihrem gottgegebenen Boulevardarsch auf einem Barhocker an der Stirnseite des Tresens, die gewaltigen Chaka-Khan-Schenkel übereinandergeschlagen, so daß – in Keulenhöhe – satte achtunddreißig Zentimeter von der Scheitellinie bis zur Strumpfnahtseite vergingen. (Ich habe sie im Zuge eines unserer Körperspielchen später einmal ausgemessen.) Ihr weißes Kleid mit den rosa Rosen darauf, bis zur Hälfte des Oberschenkels gerutscht, leuchtete in der 40-Watt-Dämmerung. Die Brüste, obwohl schwebend wie Zeppelinbuge, wogen schon damals drei Pfund – jede. Sie taten ihr manchmal weh, wenn sie lange hatte stehen oder viel laufen müssen. Ihr ovales Gesicht – dunkler Hauttyp – war bis ans rundliche Kinn von dickem, glattem Haar von dunklem Brünett eingefaßt, das sich freilich am Ende wellte wie es wollte; sie trug es seitlich gescheitelt, so daß sie ständig dabei war, die lange, dichtgefiederte Schwinge aus den Süßkirschenaugen in den Schopf zurückzustreichen, aus dem sie sich immer wieder löste.

»Starker Auftritt!« sagte sie und lachte dieses klirrende Lachen, mit dem sie ihre jugendliche Abenteuerlust vor den Ohren der Welt entblößte. Hörte ich es – später, in der Pause zwischen Rosaroter Periode und Lilavioletter Saison – aus mehr als drei Metern Entfernung, packte mich eine mir bis dahin vollkommen fremde innerliche Raserei, die sich so deutlich in meiner Miene spiegelte, daß ich mir schließlich einen Bart stehen ließ. Eine so monströse Eifersucht, daß ich nächtelang nicht schlafen konnte, weil sich mir auf den Strecken zwischen Wach-, Halb- und Albträumen und zurück derart blutrünstige Szenarien aufdrängten, daß mir zum ersten Mal seit meiner Pubertät wieder das Phänomen des Selbstmords einfiel – nur um dieser Quälerei wenigstens gedankenspielerisch ein Überdruckventil zu verschaffen.

Der erstprägende Eindruck von der Kneipe war bräunlich. Jeder Quadratzentimeter mit Schnickschnack belegt. Der Raum unübersichtlich mehreckig. Die Tresenform erinnerte an eine umgekippte Wiege. Drei oder vier längliche Tische, an denen um eine einsame Kerze herum acht Stühle standen wie sechs brave Kinder und ihre strengen Eltern. An der Südseite hing die Wappenpuppe, eine niedlichhäßliche Hexe mit Schnallenhut, fast lebensgroß. Die kleinen Fenster hatten braune Vorhänge mit Glencheckmuster. Von den nachgemachten Jugendstillampen herab hingen Stoffhexchen; ein Troll mit postorgasmischer Penisnase stand im Regal überm Spiegel und hielt eine Art Wünschelprügel. Eine Lampe wurde durch einen Spiegel gespart.

»Wieso ›starker Auftritt‹?« fragte ich schließlich.

»Na ja«; sie lachte erneut; das glatte, helle mädchenhafte Glucksen einer verhältnismäßig tiefen Frauenstimme, langandauernd und von sinnlicher Trägheit, mit einem Unterstrom ruhigen Selbstvertrauens auf die Unwiderlegbarkeit von Empfindungen, naiver Gewißheit, daß Gefühle nicht dumm oder falsch sein konnten; »mit Blitz und Donner . . .«

»Ach so . . .« Ich grinste und schloß die Tür. Ich war noch ein bißchen taub von Jimi Hendrix und schon ein bißchen entzündet vom Chivas Regal, und ich sagte einfach nur »Ach so . . .« und fügte nach einer Eingebung hinzu: »Und das auch noch in der *Hexenkate* . . .!«

Da die Treppenstufen steil und zahlreich waren, die hier am Hang eines Ausläufers der Schwarzen Berge zur Kneipe hinaufführten, hatte mein Gang zwangsläufig etwas Schleppendes, war dadurch aber offensichtlich mit Selbstbewußtsein zu verwechseln. Bärbel erzählte mir später, es habe ihr imponiert, daß ich die Stufen hinauf »gesprintet« sei (weil ich so schwer geatmet hatte). Klar, sie, jung, Karatekämpferin von Kindesbeinen an, kam gar nicht auf den Gedanken, daß ein 30jähriger Mann bereits an einer Treppe schwer zu laborieren hatte.

Sie hatte mich als gemäßigten Macho eingestuft, und ich erinnerte mich an meinen eigenen Anblick, den ich geboten haben mußte. Schwarze Jeans, Lederjacke, halblanges dunkles Haar mit gebändigter Naturkrause, Kamera- und Taschenriemen über der Schulter, trotz Spitzbäuchlein schlank und groß wirkend – nun, warum nicht? Die Sicherheit meiner unumstößlichen Liebe zu Anita machte mich nur attraktiver. Das Bild von mir selbst, das ich am Morgen noch – in der Filiale der HaBa, im Angesicht jenes spießigen Frl. Behrend – gehabt hatte, war einfach eine reflektorische Täuschung gewesen.

Sie lachte wieder, und durch die glücklichen Umstände verzögert, sagte sie erst jetzt: »Wir haben noch geschlossen.«

Ich lehnte am Tresen und sah ihr in die mongolischen Augen. Sie war nicht eigentlich schön, aber sehr anziehend. Ihre Gesichtszüge seltsam asymmetrisch; die Lächelgrübchen saßen zu beiden Seiten des Mundes versetzt; die Lippen unregelmäßig geschwungen. Die Stupsnase war schief, und die porzellanweißen Schneidezähne drängten sich leicht verschoben aneinander. Ihre Stirn schien nicht sehr weit, aber das mochte an der dunklen Tolle liegen.

Warum benahm sie sich nicht wie so viele aus der Gilde der Ham- und Harburger Thekenherrscherinnen – kühl wie Faßgurken, verplombte Mundwinkel –; weshalb verhielt sie sich nicht wie jene harten Mädel (tayloristisch in der Analyse, stalinistisch in der Strategie), in deren Augen privatime Lächeleien Hosteßspesen waren, die ihnen nie ein Stück aus der Menagerie der Satyriasis da, auf der anderen Seite des Tresens, je würde erstatten können . . .?

Ich stellte mich vor und erläuterte, was ich hier zu suchen hatte. Als ich ELBE ECHO erwähnte, sagte sie »Ahaa!« Vergleichsweise freundliche Reaktion. In meinen knapp sieben Monaten Mitarbeit im Konzern hatte ich schon weitaus schlimmere erdulden müssen, vor allem aber gleichgültigere.

»Dann kennst du Eugen von Kroplock? Den Pistengockel?«

»Klar«, sagte ich, »aber ich wußte nicht, daß er unter dieser Bezeichnung bekannt ist.«

Bärbel lachte nur. »Es geht um *sieben* los«, sagte sie und tackerte mit einem Kugelschreiber auf den Eichenholztresen.

»Und was machst du dann schon hier?«

»Ich müßte eigentlich Gläser spülen«, sagte sie und lachte über ihre Schlamperei. Mit Recht, denn ein Blick hinter den Tresen, wohin sie sich jetzt in einem frivolen femoralen Ballett vom Barhocker hinunter bewegte – Gott, ein *Globus* von Hintern! –, verschaffte mir eine Ahnung von ihrer Aufgabe. Als sie die Augen zu mir aufschlug, bemerkte ich Licht hinter einer Schwingtür, die vermutlich in die Küche führte. Na sicher, der Koch war dabei, das kalte Büfett oder was vorzubereiten. Wir waren nicht allein. Was mich geradezu beruhigte.

Ich bekam einen Doppelten und eine Flasche Bier – das Faß war noch nicht angestochen, das mußte »Horni« machen –, und dann bot ich ihr meine Spülhilfe an. Inzwischen erreichte das Gewitter apokalyptische Ausmaße – und das im Herbst. Zu den Tönen von Phil Collins – sinnigerweise »In The Air Tonight« – krachte es über der *Hexenkate*, als ob die Welt ohne Bedauern, sondern mit lustvollem Gelärm untergehen wollte, und uns beiden war's nur recht. Das Rauschen des Regens, das blauweiße Blitzflackern, das grüne Leuchten der Sträucher hinter den Scheiben verschafften uns ein heimeliges Gefühl der Notgeborgenheit. Ich stand hinter diesem überreifen Teenager und trocknete Tausende von Gläsern, und wir unterhielten uns über Eugen, über ihre Mutter, die Eugen kannte, über Gott und die Süderelbe, Tod und Teufel. Als wären wir jahrelang vertraut, erzählte sie mir von ihrer Entjungferung – durch »Thorsten«, einen Neugrabener Gangleader, in einer Spielplatzhütte –; ich weiß ums Verrecken nicht mehr, wie wir darauf gekommen waren. Sie suhlte sich in Zweideutigkeiten, die sich offenbar auf erotische Phantasieszenarien bezogen; »am liebst'n ma auf'er Köhlbrandbrücke, dorr!« (Nicht einmal *Halten* war dort erlaubt.) Immer wenn es krachte und blitzte, drehte sich mein frauliches Kind über die kräftige Schulter nach mir um und lachte dieses klingelnde Lachen . . .

Zwar mochte auch ich Gewitter. Mein Interesse daran beschränkte sich allerdings auf die berauschende Tatsache, daß die Naturgewalten seit Entstehung der Welt nicht korrumpierbar waren, auch wenn sie menschlichen Einflüssen unterlagen. Die Tragweite dieser Blicke über eine kräftige, dunkelhäutige Schulter, auf deren Blatt – wenn sich der linke Kleidträger ein bißchen plissierte, konnte man es sehen – ein blauroter Panther tätowiert war, die wahre Tragweite jener sphinxhaften Blicke, wenn es donnerte, habe ich erst fast zwei Jahre später erfassen können, als auch die zweite Phase unserer *amour fou* schal zu werden drohte (bzw. versprach) . . .

Wir wurden mit dem Abwasch fertig. Es war zwanzig vor sieben. Bärbel rief den Koch und bat ihn, das Faß anzustechen. Als er sich unter den Tresen bückte, wurde es ein bißchen eng. Ich stand an das Vitrinenbord gelehnt, und Bärbel trat – statt einfach zur Seite – einen Schritt zurück, um Horni Platz zu machen, einem jener Warmduscher, die in Nacktfilmen der 70er den Dussel gespielt hätten, und drängte sich mit ihren geschmeidigen Vollbacken in mein Becken, ohne ein Versehen auch nur zu heucheln. Ich erwiderte den Druck. Und sie schob eine umgedrehte Hand dazwischen und bewegte sie ein bißchen.

Ich hab sie später einmal – in der grauenhaften Blaugrauen Epoche – gefragt, warum sie das getan hatte, bei einem, den sie erst seit vierzig Minuten kannte. »Warum nicht?« hatte sie gesagt. Ich hatte lamentiert und väterlich besorgt gejammert – voll Eifersucht auf mich selbst –, aber mehr war aus ihr nicht herauszubringen.

Tab.: 49 Zig. (R1)
Alk.: 1,5 l Weißwein
○○○○○

Bauchredner

Freitag. 17.05 Uhr. Ui, unfaßlich! Kaum nähert man sich auch nur mental der Dreyer-Befeld-Sippe, und sei's behutsamst vom dritten Glied her, kommen St. Paulis übersinnliche Fähigkeiten zum Tragen . . .

Obwohl erst gegen 14.00 Uhr endgültig aufgestanden, netto viel zu wenig geschlafen, weil man dauernd hat miegeln müssen – viermal (rätselhaft, weshalb anderthalb Liter Soave doppelt soviel Urin ergeben, leider ebenso schöppchenweise) –, und wahrscheinlich wegen der verfluchten Tintenkleckserei bis in die Nacht (was soll das überhaupt!? nur daß man sich nicht den Rücken wundliegt oder wie?) bzw. wegen der damit verbundenen Erinnerungen an ein aufgeplustertes Vögelchen ist das erste, was man nach dem Aufstehn mit klebrigen Augentrauben vollzogen hat, die Fernabfrage Kabuff gewesen, und als ob man's geahnt hätte: Onkel Pauli. Als die Kakophonie seiner ramponierten Stimmbänder aus dem Hörer drang, hat die Herzpumpe einiges zu lenzen gehabt. Vermutlich hat er wieder mal die Medikamente eigenmächtig abgesetzt und ist »mit Wahnwitz-Tours unterwegs«, wie Eugen sich damals auszudrücken pflegte.

Geistesgegenwärtig den gesamten Sermon per Diktaphon aufgezeichnet. »Hallo Bodo, hallo Bärbel, hier ist Pauli«, so fängt's immer an, noch ganz munter, im Lange-nicht-gesehn-Ton. Seitdem man so blöd gewesen war, Bärbel ins Kabuff zu lassen, im Frühjahr, dachte Pauli, der Depp, man sei gemeinsam unter der Nummer erreichbar. Der Depp der. Gott, man hätte niemals, *niemals* hätte man Bärbelchen ins Kabuff lassen dürfen, das dumme Trumm, auch nicht nur für die zwei Wochen, und wenn 's zehnmal auf der Straße gesessen hätte. Man hätte ahnen müssen, daß sie die Nummer an Pauli weitergeben würde.

Und kaum hat er die freundliche Begrüßungsformel heruntergebetet, spricht er wie 'n dilettantischer Erzähler von Horrorgeschichten, wie 'n Azubi aus 'm Fegefeuer, der gern mal prahlerisch die Stimmgabel des Leibhaftigen anschlägt. »Wußtet ihr, daß ich als Kind im dunklen Keller eingesperrt worden bin, und ausgepeitscht worden bin, wie ein wildes Tier? Hast du schon mal Schmerzen gehabt, Bodo? Von 'ner Peitsche? Ich meine . . . ich meine . . .«

An der Stelle merkte er wohl, daß er für 'ne Leidensfabel mit ihm selbst in der Hauptrolle doch die falsche Tonart gewählt hatte, war ein, zwei Sätze lang irritiert – »In dem Sinne . . . Ich freu mich ja, daß es dir gut geht, aber . . .« – dies geradezu schwätzchenhaft verbindlich –; aber dann nahm er die Kurve zum bösen Beschwörer rasant: ». . . oder geht's dir schlecht, dann tust du mir leid. Freu dich, daß du gesund bist, und paß auf, daß du dich nicht zu doll aufregst, sonst kriegst du noch 'n Herzinfarkt.«

Moderatorenpause gewissermaßen, und dann ging's weiter, nun mit der Tirade eines Menschheitsrächers. »Wenn ich euch *das* erzähl, was ihr *Schlechtes* getan habt in euerm Leben! Denkt mal drüber nach, was *ihr* in euerm Leben Schlechtes getan habt! Was *ihr* alles *Böses* getan habt! Was habt ihr gemacht! . . .«

Manchmal faselt Pauli einfach so lange, bis er einen Ton findet, in dem er ohne nachzudenken weitermachen kann. »Kai-*U*we aus'm Bett gerissen, ihr habt ihn ge*är*gert, ihr habt meinen kleinen *Bru*der zerstört, dadurch hat er heute Para*noia*!« Da brachte er wohl was durcheinander. »Ihr seid die größten Menschenverbrecher die es gibt! *Ma*rion! Und I*re*ne! Und *Pit*ti! Und Hans-*Her*mann! Ihr seid Ver*bre*cher! Ihr seid

*Mör*der! Aber ich bin *Staats*anwalt, von daher ... Ihr hättet 'ne *Hin*richtung verdient! *Bas*ta! Paßt mal auf was kommt! ... Vom andern Planeten ... Jesus ... Ich bin der Sohn von *Gott!!* Ich bin ein *Got*tessohn!! Na ja ... ich kann alles sehen, meine Augen ... ich hab braune Augen, und braune Haare, ich komm aus'm Süden, mit'm Siegerkranz, von daher ... Ihr könnt 'n Spiel spielen wie ihr wollt. Ihr seid sowas von *blöd* und be*scheu*ert, ihr habt ja noch nicht mal MOMO gelesen!!! Du bist be*scheu*ert, Bärbel, du bist 'ne *fre*che, 'ne *dum*me Frau! Du –«

Piep.

In Unterhosen auf'm ausgekühlten Bett gehockt, Los beklagt und dem weißen Rauschen im vorhangdämmrigen Zimmer gelauscht. Im Nacken 'n dicker Schmerzknoten – gottverfluchtes HWS-Syndrom! Den lösenden Würfelhusten mit prävomierendem Würgen hinausgezögert. Das Blut in den Bahnen dick wie Sirup.

Man hat nachgedacht, was man Schlechtes getan hat in seinem Leben.

Kai-Uwe Dreyer aus dem Bett gerissen zu haben zählt jedenfalls nicht dazu. Genau genommen hat man nicht mal Bärbel oder Marion Befeld je *aus* dem Bett gerissen, geschweige jemand andern aus der verdammten Dreyersippe, weder Siegmund Dreyer, die lausige Ratte, noch Magda Dreyer, das arme Schwein, weder Irene Knaack noch Pauli Dreyer, auch Hans-Hermann nicht noch Kai-Uwe, geschweige – bewahre! – Pitti, den Rocker, oder womöglich Waltraud Dreyer, das Schemchen.

Ah, man hätte nie, niemals hätte man Bärbel zu dieser fürchterlichen 89er Dreyerfamilienfeier begleiten dürfen. Nie. Dann hätte man sein Doppelleben vielleicht unter Kontrolle halten können. Die beiden Leben südlich und nördlich der Elbe. Man war ja nicht ungeübt, hatte man doch, bis man Nita kennenlernte, je eines weiter stromaufwärts und eines weiter stromabwärts geführt, ebenso aufgeteilt in ein schlichtes und ein urbanes Leben. Hatte man sich vielleicht eingebildet, daß man das könne, zwei Leben führen, wenn ein Fluß, ein Strom von elbartigen Ausmaßen dazwischen lag ...? –

Der über siebenwöchige trügerische Seelenfriede – halb dahin.

Bettdecke übern brausenden Kopp gezogen – nichts geholfen.

Zugesehn, wie die grüne Digitaluhr im Videorecorder ihre fortlaufenden Ziffern anzeigt. Man hat 'n bißchen gefroren – es zog. Den Geräuschen von draußen gelauscht – Mülleimerdeckelklappern, das Knötern vom Diesel des Müllwagens bei gleichzeitig orangefarbener Blitzerhellung des Schlafzimmers, das WUMPWUMP, WUMPWUMPWUMP, wenn der Müllwerker die Tonne in die Wagenkammer entleert; später Pumpstackern, Drosselkeifen –, und die Zeit ist wie ein Gletscher auf einen zugerutscht – oder von einem weg; man hat das nicht genau erkennen können: wie bei Radspeichen im Film, die sich scheinbar rückwärts bewegen, die Räder jedoch zweifelsohne vorwärts. Man hat im Bett gelegen und geraucht, während draußen der Gletscher wohin- oder wohergeglitten ist. Auf einem seiner Ausläufer läuft Pauli Schlittschuh. Siegmund Dreyer steht vermutlich Kopf. Geschieht ihm recht. Man hat ihn förmlich vor sich hin knödeln hören in diesem unbewußt schuldbewußten Jammerton. Die Polizei weiß Bescheid, der psychiatrische Zuführdienst, Marion, Bärbelchen wissen Bescheid, alle sind gewarnt: Pauli, St. Pauli, ist wieder unterwegs, quatscht S-Bahn-Passagiere voll, missioniert Junkies, predigt Passanten, schreibt dem Führer der bosnischen Serben, dem Präsidenten des russischen Volkes, dem Kanzler des ost- und westdeutschen, schreibt nach Afrika und Asien und Australien und telefoniert bis zur Aphonie; vielleicht schüttelt er sich auch grad mal wieder auf dem Harburger Rathausmarkt einen von der Palme ...

Warum hat Bärbel nicht längst aufs Kabuffband gelärmt? Oder Marion? Oder Hans-Hermann? Irgendeiner ruft doch eigentlich immer an, wenn Pauli wieder seine Pirouetten dreht. *Wird* demnächst anrufen, man weiß es. Ah, man sitzt am sog. Schreibtisch auf dem sog. Chefsessel, draußen ist es nach wie vor widerlich warm, und man schmiert Kladden voll, während ein glitschiger Gletscher ... Ah, man sollte ...

22.30 Uhr. Wieder zurück. Zum ersten Mal seit langem automanischem Trieb nachgegeben. Zirka 250 km gefahren. Es ist wie früher gewesen, als man nachts zwischen Kaff und Arschloch zur Welt entlang der Elbe hin- und herraste, stromauf- und wieder -abwärts, weil man nicht wußte, wohin man gehörte. Man fühlte sich nur im Auto zu Haus. Man hatte Led Zeppelin, Hendrix und all die andern alten Jungs, Bier hatte man wohl auch, unendliche Ziele vor Augen, Adrenalin und Amphetamine in den Körpersäften; es gab Gesetze, Ordnung, Straßen, und es gab Signale, Rivalen und Gefahren ...

Man hat die fruchtlose nachmittägliche Schreiberei einfach abgebrochen gehabt, und nachdem man – bei Anbruch der Dunkelheit – nochmals per Fernabfrage geprüft hat, ob womöglich doch noch das Bülbül aufs Kabuffband gepiepst, hat einen plötzlich der Wahn erfaßt, das Bülbül könnte ebendort, im Kabuff, mit seinem gottlosen Hintern auf irgend'nem hergelaufenen Linkswichser herumexperimentieren. Ah, erstaunlich, wie selbstverständlich man mit derartigen Zwangsvorstellungen inzwischen umgeht ...

Also hat man sich in den 20m gesetzt. Uh, man hat die masochistische Tour nach Winterhude so richtig ausgekostet; nur Bier zu kaufen traute man sich nicht – kein Bock, das Patent schon wieder abzugeben. Dafür hat man Coverdale/Page eingelegt und die Anlage bis zum Anschlag aufgerissen, daß man kaum noch hat geradeaus gucken können. Kein Parkplatz, natürlich; also Warnblinkleuchte, zweite Reihe, rübergehetzt. Man ist durch den düsteren Flur an die Tür geschlichen und hat gelauscht. Nichts. Keine dieser aus den tiefsten Abgründen des Weibes heraufdringenden Musik, die man mysteriöserweise herauszukomplimentieren imstande ist (oder war) und die man immer wieder hören muß (oder mußte), damit man weiß, daß man imstande ist (oder war), sie hervorzurufen. Man ist durch die Kabufftür *gestürmt,* um den Flagrantieffekt gegebenenfalls zu maximieren – aber nichts. Alles wie man 's verlassen hatte. Man hat ein bißchen geschnüffelt: kein Hauch von Bülbülparfüm. Kein weiterer Anruf auf dem Aufzeichner.

An und für sich hätte man heimfahren können, aber was wollte man da? Außer dem Journal eines arbeitslosen Journalisten und dem Fernseh warten nichts und niemand auf einen. Schließlich ist man rauchend quer durch die Millionenstadt gefahren, und der Elbtunnelstutzen hat einen angesaugt und auf der südlichen Seite der Elbe mit reichlich Atü wieder hinausgeblasen. Man ist an Waltershof vorbeigerauscht, wo man hätte in Kaffrichtung weiterrauschen können; man hätte bei Hinni 'ne Currywurst essen, Kolki besuchen, den Neffen gerade noch Gutenacht sagen können. Man rauschte aber auch an der Moorburger Abfahrt vorbei, die in den Neuwiedenthaler Sündenpfuhl geführt hätte – man rauschte vorbei, obwohl man sich hinter Waltershof eigens frühzeitig auf die rechte Spur begeben hatte und gespannt gewartet, wie man sich entscheiden würde; aber man tat den Blinker nicht raus, man spähte zwar, als die Leitlinie des Seitenstreifens mit elegantem Weichenschwung eine neue Entscheidungsebene eröffnete, in den Rückspiegel, ob man bei entsprechendem Synapsenimpuls doch noch abfahren könnte; doch man rauschte weiter. Auch an der Heimfelder Ausfahrt rauschte man vorbei – nicht ohne mehrfach mit der Wimper zu zucken, aber man war vorbei. Nun blieb nur noch die Alternative Hannover oder Abfahrt Rade, Richtung Bremen – aber was sollte man in Hannover wollen? Nicht daß man nicht oft genug in Hannover gelandet wäre infolge irrwitziger Eifersuchtsexkurse – aber meist dann eben doch in Rade, wo's wiederum in Kaffrichtung oder aber zurück nach Hamburg geht, via süderelbische Randbezirke.

Man ist die quälend lange Strecke durch Neu Wulmstorf, Fischbek, Neugraben gerauscht, die ganze widerliche Gegend, und mit erhöhtem Puls hinterm Bahnhof links eingebogen, zum Sündenpfuhl Neuwiedenthal; wenigstens hat man somit nicht durch den emotionalen Engpaß zwischen dem erleuchteten Restaurant des Schmutzfinks und dem Konzernhochhaus müssen, das man seit der Globusaffäre nie wieder von innen sehen wird – »Hausverbot, Herr Morten!«

Und dann, von der anderen Straßenseite aus, das ausgeixte Schaufenster observiert. Hat's einer der Gläubiger höchstpersönlich übernommen, dieses Kreppstreifenkreuz zu schlagen? Hat vielleicht der Heizöllieferant jene beiden einst stolzen Decefix-Wörter persönlich von der Scheibe abgezogen? Wenn der Name weg ist, ist alles weg. Aber das Gespenst davon war noch da. In glasklarem Tiefdruck glühte die Schablone schwarz hervor aus dem Gasschmierfilm, der Straßenstaubfolie und den grauen Schlieren, den schmutziger Regen hinterlassen hatte: *Blumen Befeld.*

Auf die leeren Letternhüllen gestarrt. Drei Zigaretten in zwanzig Minuten inhaliert. Gekränkelt, mehrfach vor die Stirn gehaun.

Während der Fahrt zur *Hexenkate* genoß man den Trotz, mit dem man sich weigerte, sich selbst einen Schwachkopf zu schelten – schließlich sah's ja keiner. Man würde eher morden gehn als Dritten eingestehn, was man während der Fahrt an kitschigen Situationsphantasien mitnichten unterdrückte: Man wollte am Fuß der steilen Steintreppe zur *Hexenkate* warten, bis Bärbel zufällig des Wegs käme. Man würfe sich Fältchen in die Stirn, verlangte den Kabuffschlüssel zurück und schritte ohne ein Wort davon. Man kostete des Bülbüls wachsende Überlegenheitsunsicherheit aus, während es am Fuß der Treppe stünde, indes man *tatsächlich* in den 20m stiege und davonrauschte, auf Nimmerwiedersehn.

Die Vorstellung von einer solchen geglückten Endgültigkeit hat einen derart gerührt, daß sich sogleich ein Gegenentwurf andiente: Bärbels Sturheit würde demnach *diesmal* nicht nur nicht hinreichen, den Willen ihres alternden Stenz' zu brechen, sondern ebensowenig, ihrer eigenen Hörigkeit standzuhalten. Nach einem Aufschrei würfe sie sich auf die Motorhaube des 20m. Man stiege aus und schrie rum, man schlüge und man küßte sich, und dann erfüllte man ihr auch den letzten ihrer erotischen Wunschträume noch (»Die Köhlbrandaction hast du doch auch geschafft . . .!«), auf den Treppen zur *Hexenkate* nämlich zu vögeln; komme, wer und was da wolle . . .

Kaum daß man's sich versehen hat, stand der 20m tatsächlich auf dem Wendeplatz am Fuß der steinernen Treppe zur *Hexenkate*. Aber man ist nicht ausgestiegen. Man hat dagestanden wie auf 'ner Schädelstätte. Man hat geraucht und sich geärgert – nicht nur weil man hier gestanden hat, seit Monaten zum ersten Mal, sondern vor allem, weil man sich aus Vernunftsgründen verkniffen hatte, an irgendeiner der Millionen Tankstellen zwei Dosen Bier zu kaufen, damit man seinen Sentimentgelüsten gefälligst zünftig nachkommen könnte. Da hat man dagestanden und die von diversen Leuchtreklamen erhellten Treppenstufen neben dem Hexenhäuschen emporgestarrt, und es ist einem jedesmal das Herz fast stehengeblieben, wenn man ein helles Lachen vernahm; wenn eine weibliche Gestalt, die freilich Bärbels dämonischen Hinterns bei weitem entbehrte, am beschlagenen Fenster vorbeigestöckelt; wenn ein Taxi vorgefahren ist, bis man gesehen hat, daß die langen dunklen Haare einem *Fahrer* gehörten. Der *genius loci* hat die Migräne befeuert, und man hat Kette geraucht. Sieben Jahre, zwölf Tage und zwanzig Stunden zuvor – zirka – hatte man zum ersten Mal hier gesessen, sturzbetrunken, damals noch auf einem ekelerregenden Kadetten, allerdings auf dem Beifahrersitz, während einem ein 18jähriges »Vorstadtvötzchen« (Eugen) seinen Slip, rosafarben wie die Blümchen auf dem Kleid, in die Hand drückte, die Schwimmerinnenschenkel spreizte, Gas gab und gurrte: »So, Freundchen, in 'ner Viertelstunde sind wir bei mir, und bis dahin verwöhnst du mich schon mal 'n bißchen . . .«

Jesus, als man am darauffolgenden Donnerstagmorgen, den 22. Oktober 1987, gegen 9.00 Uhr, die Stoßstange von Eugens Mitsubishi gerammt hatte, war man, polizeilich betrachtet, immer noch sturzbetrunken gewesen. Beim Aufprall war's, als ob einem das Bleiei im Kopp, das in einer trüben Suppe aus Bier und »Hexengulasch« zu schwimmen schien, im selben Moment eine Beule in die hintere Schädelwand haute.

Ich stellte hastig den Motor ab, nahm meine Tasche vom Beifahrersitz, öffnete die Tür und fiel hinaus.

»Ja ganz ...« Iggys Zwerchfell schien geplatzt zu sein, und die Trümmer seines dreckigen Gelächters flogen mir um die Ohren. Ich rappelte mich auf und klopfte mir den Kies von den Hosenknien. »Dreck hier!« krächzte ich. Iggy stand vorm Eingang des Konzerns und bog sich, stumm zuckend.

»Huch-!« machte Petra, als wir die Tür aufstießen. Wir brabbelten was von Baldrian, fischten ein paar frischgedruckte ELBE-ECHO-Exemplare vom Stapel, der auf ihrem Rezeptionstresen lag, und verschwanden in Richtung »Kafka-Keller«. Auf dem Weg dahin verlas Iggy den APO-Leserwitz. »›Oma, bist du eine Schauspielerin?‹ fragt die kleine Kathrin. – ›Nein, mein Kind, warum fragst du?‹ – ›Papa sagt, wenn Oma kommt, geht das Theater los!‹«

Wir räusperten uns. »20 Mark für diesen Witz gehen an Luise Steverling, Nußriede 12, Braunschweig. Schon wieder! Das ist doch nicht wahr!« Iggy rammte beinah einen Pfeiler in der Druckerei. »Dreck!«

Ich begann, ihm meinen Zustand zu erläutern, und als es grad ans Eingemachte ging, kreuzte Hanna Sybille Braune unseren Weg. »Einen guten Morgen!« wünschte sie uns. Zynikerin.

Aber nein. Hasy war ein Schatz. Immer freundlich, strahlte sie unaufdringlich brünette Attraktivität aus. Immer wie aus dem Ei gepellt, redete sie nie zuviel und selten zuwenig und verkaufte mehr Anzeigen als Bart Bartelsen und seine anderen Helferlein zusammen. Immer schlank und charmant, blieb sie auch im Umgang mit Eugen souverän, selbst wenn er seine saloppen Zoten plazierte. Die sich – versteht sich – niemals auf Hasy bezogen. Die Würde von Hasy war unantastbar. Ja, Hasy war »uneinordnbar«, wie Zitrone Zimmermann später einmal mit dem Neid der selbstgerechten Weltanschauer in ihrem studentischen Politkauderwelsch klagte.

Gemeinsam stiefelten wir die enge Treppe in den Kafkakeller hinab. Im Gegensatz zu Hasy und Iggy war ich gezwungen, gebeugt zu gehen, um nicht mit meinem sensitiven Vertex an den rauh ummantelten Rohren unter der Decke entlangzuschrammen. Die Wände waren gelb getüncht. Wenn Günther Schröder, der lange Phlegmat, tief gebückt durch die engen Gänge schlich, eine Rauchfahne hinter sich herschleppend, wirkte er wie der einsame Kaleu eines verschollenen U-Boots.

Außer den Begriff »Kafkakeller« hatte Eugen auch den vom »Yellow Submarine« geprägt. Auf meine gelegentliche Frage, weshalb die Schrödern ihren Konzern von einem Bunker aus befehligten, anstatt sich die hellen großen Redaktionsräume unter den Nagel zu reißen und *uns* ins Unterirdische zu verbannen, hatte Eugen eine Analyse parat. »Workoholics, nej?«, hob er mit klarem blauem Blick an, »weisen wie alle Süchtigen eine Persönlichkeitsstruktur auf, welche von Schmerzlust geprägt ist, hehehe!« Auf Irmgard Schröder traf das zweifellos zu. Und Günther Schröder, der lange Phlegmat, rauchte sich eins und spurte.

Wir passierten die offene Tür zu Irmgard Schröders Büro, wo scheinbar ein Papiercontainer entladen worden war, und Günther Schröders, das wie wegen einer Rauchbombe evakuiert wirkte; passierten auch die geschlossenen Türen des Archivs und der Rumpelkammer und drängten uns schließlich, gegenüber von der Dunkelkammer, in den Eingang zum sogenannten Layout-Studio, das donnerstagsmorgens als Konferenzzimmer diente.

Wir konnten noch als pünktlich gelten. Vor viertel nach ging das Palaver selten los. Und doch hatten sich alle anderen schon um den Doppeltisch gruppiert, den sich gerade Stöver, zwei mächtige Kaffeekannen in jeder Faust, bis zu Doc Brokstedt entlangschnackte.

»Guten Morgen«, »guten Morgen«, und so weiter. Irmgard Schröder, das Haar heut schlampig gezopft, hechelte auf Bart Bartelsen ein, wobei sie immer wieder den rechten Handrücken auf eine bestimmte Seite der neuesten Ausgabe knallte. Der Chefakquisiteur sah zu. Seine schwitzende Oberlippe hatte sich hinter den elfenbeingelben Überbiß zurückgezogen, die Brillenbullaugen glitten alle fünf Sekunden aus den derben Kerben im Nasenrücken auf deren wie Kiemen atmenden Flügel nieder. Mit der einen Hand schob er seine Brille alle fünf Sekunden in die violetten Nuten zurück, mit der anderen fuhr er entweder über die Bauchkugel, die sich unter einem suspekten Schlips wölbte, oder über die sprayfixierten Grausträhnen auf der Schädelplatte. In dem Aschenbecher vor ihm qualmten eine halbe und eine frische Zigarette. Sechs Wochen zuvor hatte Bart unter Tränen seinen dreiundfünfzigsten Geburtstag begangen. Er war der aussichtsreichste Infarktkandidat des Konzerns – jedenfalls nach Eugens Ansicht, der Iggy eine entsprechende Wette angeboten hatte, welcher seinerseits Irmgard Schröder gute Außenseiterchancen einräumte – »oder, ganz richtig, Petra!«

Während Hasy auf dem Stuhl neben Bart Platz nahm, verharrten Iggy und ich unschlüssig an den Türzargen. Zwischen Eugen und Zitrone sowie zwischen Zitrone und dem wie ein Partygrill qualmenden Phlegmat gähnte je ein unbesetzter Stuhl. Geistesgegenwärtig machte Iggy kehrt und gab vor, nochmal pinkeln zu müssen. Ich war kaputt. Ich wählte das kleinere Übel. Als ich mich setzte, blickten sowohl Zitrone als auch Eugen schnobernd von ihrem ECHO-Exemplar auf.

»Puh«, machte Eugen und strahlte mich an. »Schwer recherchiert in der Hexenkate, ja?« Ich bemühte mich, flach zu atmen. Ungeduscht und übernächtigt, beischlafklebrig und alkoholporig war ich direkt aus Bärbels Lotterbett ins Auto gestiegen, in der Mimikry meines Zwei-Tage-Barts noch ein paar Scham- und Katzenhaare. Ich grinste Zitrone frech zu. Angriff ist die beste Verteidigung. Sie lächelte ohne Liebreiz. »*Hal*lo!« Dieses typische Campus-Hallo in cis und g oder was weiß ich, das Offenheit und Solidarität, Jugendlichkeit und politisches Bewußtsein signalisieren sollte. »*Hal*lo!« »*Hal*lo!« »*Hal*lo!« Ich konnte es nicht mehr hören. War ich nicht ohnehin nur noch pro forma immatrikuliert?

Eugen reichte mir sein ECHO gekniffen herüber und tippte auf eine zweispaltige Meldung – »Spende für Hirngeschädigte« –, mit meinem Kürzel BM versehen (welches mir Irmgard Schröder nach meinem ersten Kurzartikel über den Vorsitzenden der Harburger CDU-Fraktion beiläufig, aber allen Ernstes hatte ausreden wollen, weil es »nach wie vor für Baader-Meinhof« stehe).

Diese zehn Zeilen gaben Kunde von einer

kleinen Fete, veranstaltet von Wilstorfs Schützenkönig Herbert Steffensen im Hausbrucher ›Landhaus Krull‹. Statt Geschenken brachten die rund 180 Gäste dem Jubilar zum 70. Geburtstag Spenden für einen guten Zweck mit: DM 2080,- kamen zusammen, die demnächst an das Kuratorium ZNS überwiesen werden. Die Hilfsorganisation, deren Schirmherrschaft Hannelore Kohl innehat, unterstützt Forschungen im gehirnmedizinischen Bereich und kümmert sich vor allem auch um Unfallopfer, die unter Hirnschädigungen leiden. Am letzten Montag wurde der Scheck an den Harburger CDU-Bundestagsabgeordneten Volker Rühe übergeben, der ihn an den Adressaten in Bonn weiterleiten wird.

»Ja und?« Das Bleiei dümpelte direkt über meinen Augennerven und prallte bei der geringsten Dünung gegen die Stirnknochen.

»Lies dir doch mal aufmerksam die BU durch«, empfahl Eugen. Er levitierte geradezu vor Entzücken.

Sollte Bertram Heinsohn, Irmgard Schröders Assistent und Schützling, der das Layout verzapfte, wieder mal zwei Bildunterschriften vertauscht haben?

Das Foto zeigte, trotz des Briefmarkenformats deutlich, die tranige Haifresse Rühes neben dem Kasperkopf des Jubilars. Die beiden Parvenüs barsten vor Wichtigkeit beinah aus den Anzügen und schüttelten sich die Hände. Mit der andern hielten sie feixend je ein Ende eines Bogen Papiers. Und unter dem Bild stand schwarz auf weiß:

Die Freude über den Scheck war groß, denn davon kann ein großer Teil der geplanten Urlaubsreise finanziert werden.

Ein Schleimdrops schoß aus meinem linken Nasenloch. Während ich mir einbimste, nur noch mit offenem Mund zu lachen, wühlte ich in der Jackentasche nach einem Schnupftuch. Eugen keckerte, unternahm aber nichts. Vernebelten Hirns zog ich etwas Stoffliches aus der Tasche hervor, gewahrte jedoch rechtzeitig, daß es Bärbels Höschen war. Zitrone reichte mir barm- und warmherzig ein Papiertuch.

Indessen war Iggy, einen Stuhl vor sich herrollend, zurückgekehrt. Seine Hoffnung war nicht erfüllt worden, der Platz zwischen Zitrone und dem langen Phlegmat, über dem mittlerweile ein gewaltiger Rauchpilz stand, sei inzwischen besetzt. Schließlich waren alle da. Dennoch schob er seinen Stuhl zwischen Bertram Heinsohns und Doc Brokstedts, mit dem der sich gerade unterhielt, wobei er wie üblich mit dem anämischen Schädel auf dem langen Hals anmutig hin- und herruckte wie eine indische Tempeltänzerin. Zwischendurch grinste der Doc zu mir herüber und formte mit den Lippen stumm »Hadda'ein'gehabt?« Ich machte die »Hör-bloß-auf«-Geste – nach rechts abwenden, nach links abwinken.

Während das dröge Geplauder allmählich völlig verdorrte und die Kaffeetassen vollgeschenkt wurden und Irmgard Schröder schon das eine oder andere Mal aufblickte, jonglierte Stöver ihren Russ-Meyer-Busen unterm mauvefarbenen Gewand noch mal schnell an der Wand entlang, eigens um mir ins Ohr zu flüstern, sie habe »schon wieder« meinen Tee vergessen. Ihr gepudertes Gesicht wies Elemente des Mienenspiels einer kapriziösen Französin, eines schuldbewußten dikken Mädchens und eines trotzigen Lakaien auf. Ich winkte nonchalant ab. Mir lag auf der Zunge: »Dann nehm ich 'n Bier«, wollte aber keine schlafenden Phlegmaten wecken.

»Die letzte Ausgabe des ELBE ECHO«, ergriff die Konzernleiterin das Wort und machte eine ganz ungewöhnliche Pause, »ist eine Katastrophe – in jeder Hinsicht.«

Wie üblich betrübtes Schweigen allenthalben.

»Also, nicht in *jeder*. Aber ... also nicht direkt Katastrophe, aber ... Zum Beispiel, Herr von Groblock, bei aller Liebe ...« – Eugen strahlte sie treuherzig an – »... Ihr Leitartikel ... die ... Leistungsschau der Region: viel zu lang. *Viel* zu lang. Sie –«

Eugen hatte sich zurückgelehnt und die Daumen unter die Achseln gehakt. »Ja? Nej? Sie haben ihn doch –«

»*Viel* zu lang. Sie –«

»*Sie* haben ihn doch –«

»*Sie* –«

»*Siiie* haben ihn doch vorher *gelesen!*«

»Eine einzige Bleiwüste ist das. Und nur ein einziges Foto darin. Von ein paar Jugendlichen vor ihrem selbstgebauten Schuppen ... –«

Eugen stutzte kurz. Dann sagte er: »Gewächshaus. Nej?« Und strahlte.

»– selbstgebauter Gewächs– und Sie, wissen Sie:

vier, zehn, tausend Besucher, und Sie machen nur ein einziges –«

»*Hundertvierzig*tausend, ja? Nej?«

Schröder senkte den bebürzelten Kopf und legte den Finger auf den Text. »Hundert*vierzig*tausend, also, um so schlimmer, hundertvierzig und zweihundertdreißigtausend Aussteller auf dreizehn Quadratm–«

»Zweihundertdreißig. Nej?«

»Hab ich doch gesagt.«

»Sie haben zweihundertdreißig*tausend* ge–«

»Und was machen *Sie?* Sie fotografieren einen *Schuppen.* Bei aller Liebe, Herr von Groblock, so geht das nicht.«

Das war nun alles sehr schön, was sich da abspielte. Das Foto vom Gewächshaus gehörte nämlich zu einem Artikel über die »›Pusteblume‹ – ein Projekt, das allen hilft«, von Iggy verfaßt. Da die Konzernleitung es aus Gründen der Flexibilität in Anzeigenfragen ablehnte, Strukturpläne mit vorgeschriebener Zeilenanzahl pro Artikel zu machen, kam es manchmal zu sehr unschöner Graphik. Irmgard Schröder hatte einfach nicht begriffen – noch nicht –, daß ihr Adlatus Bertram Heinsohn ganz unten, unter Eugens Leitartikel, der keinesfalls zu lang war – eher zu kurz –, die Überschrift »Pusteblume« plus zwei Zeilen Vorspann, die dazugehörige Bleiwüste aber in die Spalte *neben* Eugens Leitartikel gepappt hatte.

Die drei betroffenen Mitarbeiter schwiegen indes. Bertram Heinsohn, weil er das so scheiße geklebt, Iggy, weil er die Bleiwüste zu verantworten, und Eugen erstens, weil er *überhaupt* kein Foto gemacht hatte – trotz der vierzehntausend Besucher bei zweihundertdreißigtausend Ausstellern auf dreizehn Quadratmetern –, und zweitens, eben weil er Chefredakteur war. Als solcher war es manchmal einfach besser zu schweigen. Außerdem hatte er sich ja bereits anfangs nichts bieten lassen und kriegte nun den Ruf des nachgebenden Klügeren gratis dazu. Das machte Eugen von Groblocks Größe aus: daß er, der beseelte Causeur, gegebenenfalls die Klappe halten konnte.

Ich beobachtete, wie Eugen zu Iggy und Doc Brokstedt hinüberstrahlte und dabei dreimal mit der Zunge in die linke Backe stieß – eine Pantomime, die vollständigkeitshalber mit Hilfe der in identischem Rhythmus auf gleicher Höhe bewegten Faust hätte ausgeführt werden müssen. Freilich war auch die konspirative Fassung für Eingeweihte leserlich.

»So.« Irmgard Schröder blätterte um. Guckte dann doch wieder auf den Notizzettel. »Ach so.« Und zurück ins Blatt. »Nee.« Notizzettel. »Ah ja. Herr Igelmann.«

Iggy brummte.

»Äh, nein, Herr von Groblock.«

»Ja? Nej?«

»Warum ...« – sie blätterte fahrig in dem Heft herum – »... wo ist der Artikel über die Trinkwasserknappheit im Jahre 2000 ...?«

»Ja? Ja? Ich war der unerschütterlichen –«

»Nein richtig das war ja da hatten wir ja, nein. Ich meine, Herr Igelmann. Goldener Oktober in Harburgs City. Der PR. Sie erinnern sich?«

»Flüchtig. Was weiß ...« ›Dreck‹, fügte er leise hinzu. Er zog die dunklen Brauen zusammen und konzentrierte sich auf einen Gegenschlag.

»Gut. Äh, die Headline ist gut, die Unterzeile ist gut, der Vorspann ist gut, die Fotos sind gut ... aber der *Text*, Herr Igelmann. Der Text ist auch gut, aber ... Es sind insgesamt eins zwei fünf – zehn – fünfzehn siebzehn – vierunddreißig plus ...« – sie blätterte hektisch um – »... vier – acht – einszweidreivierfünfacht plus drei sechzehn zweiundfünfunddreißig plus was hatte ich gesagt? . . .« Sie schaute auf Bart Bartelsens Schlips. »Äh fünfunddreißig, fünfunddreißig«, beeilte sich Bart.

»Nein vorher.«

»Siebenunddreißig?«

»Nein.«

»Vierunddreißig?«

»Neinnein, na, egal –«

»Ich glaub vierunddreißig«, sagte Bart Bartelsen fest.

»Neinnein egal, also, rund siebzig Zeilen – für *acht* Sonderseiten, Herr Sonheeeeerr Igelnamm. Igelmann. Das kann –«

Iggy räusperte sich ungehobelt. »Ich mein das ist doch immer derselbe also, wo ich so denke, daß sich denn jemand beschwert hat oder was?, oder daß das klar ist, daß das immer derselbe Käse –«

»Käse hin Käse her Herr Igelmann –«

»Das liest doch eh keiner, ich mein, das ist doch so die Lage, wo ich so denke, daß das Wichtigste ist, daß – das sind die *Fotos* oder was, ich mein, was soll man denn immer dasselbe in Harburg verändert sich doch nix ich kann doch nicht –« Er kriegte langsam 'nen Kragen.

»Trotzdem, Herr Igelmann, achtzig Zeilen für siebzig äh, sieben äh siebzig Zeilen für achtzig Seiten, so geht das nicht. Und die Becquerel-Listen, Herr von Groblock, die brauchen wir jetzt ja wohl nicht mehr. Und jetzt gehn wir weiter im Text. Nein, erst . . . Also. Frage der Woche. Herr Morten.«

»Ja?« Ich?

»Also ich meine nicht *diese* Frage der Woche. Sondern die Frage der Woche von Ostern, da habe ich –«

»Von *Ostern?* Das ist 'n halbes Jahr hin! Oder her! Was –«

»*Da habe ich* heut morgen zufällig mit dem Bekannten von einer Kusine meiner Freundin gesprochen, und der ist Stellenvorsteher bei der Post in City Nord, in *Ham*burg, und der sagte ... äh ...«

Jetzt schwante mir was. Mein verseuchtes Blut kochte auf, so daß das Bleiei im Pulstakt die Fontanelle rammte. Es brauste in den Ohren, und ich nahm kaum noch wahr, was Irmgard Schröder im folgenden salbaderte.

»... äh ... äh, sagte, äh, daß ... ääääh ...« – sie glättete einen Notizzettel – »... daß er einen der Befragten vom Foto her erkannt hat, damals, Ostern, und daß es ein Mitarbeiter von ihm sei, bei der Post, in City Nord, und daß der Mann weder in Harburg noch überhaupt irgendwo im Süderelberaum wohnt und auch keineswegs Mortimer Zackmann heißt, sondern Hans Bartels.«

Fast hätte ich sie korrigiert: ›*Johannes* Bartels, Frau Direktor Schröder.‹

»Herr Morten. Wenn ich noch ein einziges Mal davon Wind bekommen sollte, daß Sie die Frage der Woche *türken*, dann ist das ein Grund für fristlose Kündigung. Habe ich mich klar ausgedrückt?«

›Klar ausgedrückt‹ – so was Affiges. ›Fristlose Kündigung‹ – Scheiße in schierster Form: Als Student hatte ich ja sowieso nur einen Jobvertrag mit drei Tagen Kündigungsfrist.

Ich war entrüstet. »Das muß ich erstmal nachprüfen, ich weiß doch nicht mehr, was vorm halben Jahr ... ph, Ostern ...«

Diese Frage der Woche ging mir redlich auf die Nerven. Mindestens drei, möglichst aber vier garstige Passanten galt es jede Woche in der City anzusprechen. Man stellte eine dämliche Frage, notierte die intelligenten Antworten und fotografierte die ausdrucksvollen Gesichter. Irmgard Schröder bestand auf Beibehaltung dieser dämlichen Rubrik – aus

»Gründen der Leseridentifikation, der Leser-Blatt-Bindung«. Arschlecken. Jede dritte Woche war man wieder dran. Man stand in der Fußgängerzone herum – Tasche, Kamera, Notizblock, Kugelschreiber, Regenschirm – und koberte sich 'nen Wolf, und wenn man endlich einen erwischt hatte, der nicht gleich »Keine Zeit!« oder schlicht »Nein!« rief und abdrehte, wenn man von schräg vorn in seine vorausberechnete Bahn eindrang und ihn – als erstes, immerhin hatte man Lehrgeld gezahlt – ums Einverständnis zum Foto fragte, machte der sich aus dem Staub – »Nee, nee, in die Zeitung, nee ...« Man mußte mindestens dreißig Mobeinheiten verfolgen, bis man drei verhaftet hatte. Und die stammelten dann meist ein und denselben Kram zusammen, so daß man auch noch Artikulationshilfe zu leisten hatte – und zwar *ad hoc* und nicht erst im Redaktionsbüro, damit nicht jede Woche wieder drei Leute anriefen und kreischten: »Hab ich nie gesagt! Ich kann mich ja nirgends mehr blicken lassen!«

Deshalb war ich schon nach dem ersten Mal dazu übergegangen, meinen langmütigen Bekannten- und Freundeskreis abzulichten, mit *noms de guerre* zu versehen und alberne Legenden dazu zu dichten. Zum vergangenen Osterfest hatte sich Eugen die Frage ausgedacht: »Feiern junge Leute heutzutage noch nach Osterbräuchen?« Ich hatte unter anderen Satschesatsche fotografiert, gemütlich zu Hause, in der warmen Stube, vor neutralem Hintergrund, und folgende Aussage in den Mund gelegt:

Ich habe noch nie nach irgendwelchen Bräuchen Ostern gefeiert. Oder würden Sie es als Osterbrauch bezeichnen, wenn man den ganzen Tag faul auf dem Sofa herumliegt und Schokolade ißt? Mortimer Zackmann (30), Postbeamter.

Wir hatten unseren Spaß, wenn das Blatt erschien. Besonders beim Benamsen gab ich mir Mühe. Kai hieß Nepomuk Schnedel, EDV-Fachmann, Anita nannte ich Anna Maria Borstelmann, Kioskbesitzerin, und so fort. Nur einmal gab's Ärger. Heiners damalige Freundin war mit ihrem Text nicht zufrieden. Es war irgendeine Frühlingsfrage, und sie fand ihre Aussage »Amsel, Drossel, Fink und Star, alle Vögel sind schon da« blöd. Heiner verließ sie dann ja auch.

Auf einmal wurde ich wieder von jenem numinosen Kokon eingehüllt. Das passiert oft, wenn ich – durch körperliche Unpäßlichkeiten machtlos – in absurden Situationen gefangen bin. Ich nehme meine akustische Umgebung nur noch wie aus weiter Ferne wahr, und mein Blick verwandelt sich in ein stierendes Schielen – ungefähr vergleichbar jener »Magic-Eye«-Technik, die man anwendet, damit das dreidimensionale Gefüge hinter einem Bild aus psychedelischen Mustern sichtbar werde. Und so ist es auch, wenn mich jener Kokon einspinnt: Ich sehe eine *fünfte* Dimension, die hinter einem Bild aus psychedelischen Sinneseinflüssen erscheint, und je nachdem, was ich sehe, gerate ich in eine deprimierte oder hysterisch weltbejahende Verfassung. Das spontane extrakraniale Parästhesie-Phantom-Phantasma-Syndrom.

In diesem Fall wurde mein Kokon, bevor ich etwas erkennen konnte, durch allgemeines Gelächter zerrissen, und was es ausgelöst hatte, wurde erst jetzt vom bewußten Teil meiner Wahrnehmung abgerufen: Irmgard Schröder hatte etwas verlautbart wie: »Und wenn Sie zum hundertsten Mal den Scheißhaufen rosa lakkieren, Herr Igelmann, wir alle leben davon. Das ist unsere Existenz!«

»Nej? Hehehehe!« lachte Eugen. Das gefiel ihm wirklich.

Da ihr ein Witzchen gelungen war, wurde Irmgard Schröder einen Moment milde – schlug schon das Heft zu –, merkte das, ermannte sich und blätterte es wieder auf. Fast umgehend jedoch schien sie endgültig die Lust verloren zu haben; Privatgespräche brachen aus; mit weit vorgestrecktem Hals tuschelte Iggy auf den weise lächelnden Doc Brokstedt ein, der lauschend seine Zigarette in den Ascher stauchte; Günther Schröder und Simone Zimmermann beugten einander über den nach wie vor leeren Stuhl entgegen – der lange Phlegmat orgelte mit Seniorstimme, während Zitrone nickte wie ein Opelheckfensterdackel; sie gaben sich gegenseitig Feuer, und schon qualmte der Ofen wieder. Ich beichtete Eugen die Beule in der Mitsubishistoßstange, worüber er grandios hinwegging, indem er auf die unerhörte Finanzkraft der Versicherungsgesellschaften hinwies. Hasy hatte ihr Gesicht dem febrilen Schädel Bart Bartelsens zugewandt und schenkte gleichzeitig Kaffee ein. Und Bertram Heinsohn sonnte sich in der Aufmerksamkeit Übermutti Irmgards, die ihm beim Kopfrucken und Mund-auf-und-zu-Machen wohlwollend zuschaute.

Dennoch durften Eugen, Zitrone und ich erst anderthalb Stunden später in den fünften Stock schweben – Iggy schnurrte die Treppen hinauf. Schröder hatte doch noch mal die Kurve gekriegt und den Kurs fürs nächste Heft festgelegt. Erstaunlicherweise wiederum, ohne unsere »Ganz-richtig«-Kolumne in Frage zu stellen, obwohl diesmal – durch mich – ein ganzer Berufsstand in Verunglimpfungsgefahr geraten war, der zudem den größten Teil der Anzeigenkundschaft stellte, ergo unsere Existenz sicherte: der Einzelhändler.

Wir »Regionäre« (Eugens Wortschöpfung – »Redakteure«, »Region«, »Legionäre«: alles drin) wunderten uns regelmäßig über die konstante Toleranz

Irmgard Schröders hinsichtlich der Singelbohm-Glossen und -Satiren. Immerhin erhielten wir die meisten bösen – aber auch einige begeisterte – Leserbriefe *darauf*, nicht etwa zur »aktuellen« oder – hehe! – »politischen« Berichterstattung, die ja im HARBURGER KURIER viel kompetenter war, und alle eingehende Post wanderte über Schröders Schreibtisch auf die unsrigen – mit ihrem Kürzel versehen, aber immer kommentarlos. Eines der vielen ungelösten Rätsel des Konzerns. Dabei mäkelte sie aber auch an allem nach dem Gießkannenprinzip herum.

Der Fahrstuhl schob sich millimeterweise nach oben, und ich versuchte, die gleißenden Schriftzüge an der Wand zu ignorieren. In Gegenwart von Zitrone schämte ich mich derer, obwohl ich ja nun der letzte wäre, dem etwas wie STIEFELVOTZE LASS TITTENWACKELN aus der Feder flösse.

Diese Scham war mir neu. Es war nicht das erste Mal, daß ich mit einer Frau in diesem Fahrstuhl fuhr – im dritten und vierten Stockwerk waren eine Werbeagentur und eine Krankenkassenfiliale untergebracht. Bisher hatte mir die Schmuddellyrik des unbekannten Afterpoeten Gelegenheit verschafft, ruhig lächelnd an die Wand gelehnt ein sympathisches Gegenbeispiel männlicher Existenzberechtigung abzugeben, das weder softi- noch machomäßig, sondern ganz neutral einen »schönen Tag noch« wünschte, bevor es ideologisch unbedenklich weiterschwebte. Seit mir in der vergangenen Nacht jedoch ein blutjunges Weib sein Becken brutal über die Nase gestülpt und dabei – offen gestanden zum ersten Mal in meiner dreißigjährigen Laufbahn als Testosteronproduzent – »Komm, leck mich; leck mich, geiler Bock« gekeucht hatte, sah ich die Schrift an der Wand plötzlich in einem anderen Licht. In einem roten Licht.

Ich schaffte es noch in die Kochnische zum Kühlschrank und dann mit letzter Kraft aufs Sofa im Besucherzimmer. Ich war plötzlich total kaputt. Ich starrte schräg auf die spitzwinkligen Dreiecke des Dartboards und hielt mich an einer eiskalten Vodkaflasche fest. Müdigkeit ließ mich bleischwer schweben. Ich wollte schlafen. Schlafen, schlafen. Und allein sein. Nein, auf keinen Fall allein sein. Wo war denn Anita, verflucht noch mal. Trieb sich mit Conny in Kalifornien rum und ließ sich von Amis beflirten. Ein Verlassenheitsgeschwür wuchs in meinem Magen.

Eugen stand am Türrahmen. »Das kommt vom Saufen«, sagte er, »beziehungsweise vom Suff. Nej? Kann ich 'n Lied von singen.« Er zog die Tür zu.

Ich nahm noch einen Schluck und starrte auf die Rhomben des Dartboards. Eugen war trockener Alkoholiker. Seit vier Jahren. Ich starrte auf die verdrahteten Dreiecke des Dartboards. Die Zigarette schmeckte wie ein Stück Holzkohle.

Die Erinnerung an die vergangene Nacht war von großen schwarzen Lücken durchlöchert. Eine wurde jäh gestopft. Dieses dralle junge Ding, Bärbel, es hatte, nach dem raserischen Akt, auf meine Bedenken – »Hoffentlich verlieb ich mich nicht in dich!« – geantwortet, indem es meine Kutteln auf drei Fingern springen ließ: »Keine Bange. Ich bin nur gut zu pficken.« Ein geiler Albtraum.

Offenbar hatte ich über eine Stunde lang geschlafen. Mein Nacken war steif. Ich fühlte mich zerschlagen und krank. Das Dartboard hing da, gespickt mit Wurfpfeilen. »Versuch mal aufzustehen oder was weiß ich«, sagte Iggy. »Und fahr nach Hause, meld dich krank oder was weiß ich.«

Eugen stand neben ihm in der Tür. »Oder komm mit zum Schmutzfink, nej?, und iß 'ne Suppe, ja? Was Warmes, ja? Nej?«

Iggy parodierte die nordhessischen Mütter, unter denen er aufgewachsen war, vermittels eines glucksenden Heultons in der Stimme. »Hast du denn heut überhaupt schon was Warmes gehabt, Junge!«

Ich reckte mich. Zwei bis drei Wirbel knackten. »Ja«, sagte ich, »'ne Schachtel Zigaretten.«

»Los«, sagte Eugen, »steh auf jetzt, sonst steckt dich Schröder, nej?, noch in die Trülle, ja?«

»Wat is dat dann!« Iggy blieb im Dialekt.

»Das«, strahlte Eugen zum Fenster hinaus, »war im Mittelalter der Pranger für Arbeitsscheue und Trunkenbolde, ja?«

Im Treppenhaus wurde mir von meinen Kollegen kurz Bericht erstattet, was in den letzten fünfundsiebzig Minuten passiert war. Satschesatsche hatte um Rückruf gebeten. Er sei stinksauer auf mich. Warum, wolle er mir selbst sagen. Ferner sei Stöver hereingesegelt und nur mit vereinten Kräften davon abzubringen gewesen, mir kalte Umschläge zu machen. Des weiteren hätten sich Doc Brokstedt und Hasy nach meinem Befinden erkundigt. »*Und,* nej?« strahlte Eugen plötzlich, »eine gewisse Bärbel Befeld, ja? Du sollst sie zurückrufen. Woher kennst du denn *die* Schlunze, ja? Ja?«

»Hab ihr gestern nacht meinen Sechseinhalbzöller demonstriert«, gab ich an.

»Nej?« Eugens strahlendes Lächeln wurde wieder von jener verzögerten Atmung begleitet, die ein Gelächter verhinderte oder ankündigte. »Ja? Und ich meinen Dietrich bei ihrer Mutter ausprobiert, ja? Nej? Hehehe! Hehehehehe! . . .«

»Marion Befeld? Der Schmuddelsuffragette?« fragte Iggy. »O Gott«, sagte ich. Iggy lachte so krachend, daß er über den letzten Treppenabsatz stolperte. Der vorm Fahrstuhl wartende Günsel, 'nen Amboß oder was unterm Arm, fing ihn mit dem anderen auf. »Immer langßam mit die jungen Ferde«, lispelte er. »Mahlßeit, die Herrn!«

Vor der Tür raste der Verkehr. Iggy brüllte mir Fragen zu. Ich brüllte zurück, ich würde gleich alles beim Schmutzfink erzählen. Das Blut stieg mir zu Kopf vor Anstrengung. Beim Überqueren der Straße fühlten sich meine Füße an, als sei der Asphalt geschmolzen.

Schotterparkplatz, Jägerzaun, verwitterte Sitzbänke und klobige Tische, auf rustikal getrimmt, wo nie jemand saß – auch im Sommer nicht. Wer wollte sein Bier schon verbleit trinken und seine dreckigen Witze gegen den Verkehrslärm anschrein. Außerdem weit und breit kein einziger Baum, nur ein paar Sträucher und ein dikker Holzpflock mit einer geschnitzten Fratze mit Pfeife, aus der offenbar eine Wasserfontäne zu spritzen gegebenenfalls imstande war. Aber wann war so ein Fall schon mal gegeben. Butzenscheiben. Holsten-Edel-Schilder. Und eine Tür, als ging's in die Garage.

Drinnen Resopal, Vereinswimpel, Sparclub-Kasten, Sprücheschilder: *Geborgt wird nichts, das halte ich fürs Beste/Man verliert sein Geld und obendrein die Gäste, Kredit nur an 80jährige in Begleitung ihrer Eltern* und *Wer die Wirtin kränkt/wird aufgehängt.* Es gab hier überhaupt keine Wirtin. Aber Bratkartoffeldunst. Plastikblumen. Deckchen, Nippes, Gardinen. Eine karierte Hölle.

»Mahlzeit!«

»Ganz richtig!«

»Mahlzeit, ja?«

»Mahlzeit, die Herrschaften! Zwei Wasser, ein Pils schon mal?« Der Schmutzfink war guter Laune. Vielleicht hatte er gerade auf seine Sammlung von aus Streichhölzern geklebten Galeeren onaniert, die laut Eugen in seinem Hobbyraum ausgestellt waren. Ich hatte immer ein bißchen Angst vor ihm. »Und 'n Doppelten!« bestätigte ich.

Wir betraten den »Westflügel«, wie Eugen, der auf einem Herrensitz aufgewachsen war, »mit Privatlehrer und allem Scheiß«, die Gaststube zu nennen pflegte. In einer Ecke saßen Unbekannte, in einer anderen Bart Bartelsen, mit Sauerkrautfäden im Gesicht, Hasy, die ein Salatblatt tranchierte, und ein paar offiziös anmutende Figuren – von der Arbeitsgemeinschaft Einkaufszentrum Neugraben oder was weiß ich. Wir grüßten und setzten uns in unsere bevorzugte Nische. Hasy schenkte mir ein fragendes Lächeln. Ich lächelte beruhigend zurück, machte ein Unkraut-vergehtnicht-Mäulchen und nickte zweimal.

Wir zündeten uns gleichzeitig Zigaretten an, blätterten die in braunes Plastik gebundene Speisekarte auf und einigten uns auf »Stamm II: Frikandellen mit Bratkartoffeln und Salatbeilage«.

»Erzähl«, sagte Iggy und wippte mit den Gesäßmuskeln. Dann sah er mich an.

Eugen leuchtete blauäugig in die Gegend. Ich war nicht in Form, aber daß er mich schon unterbrach, bevor ich überhaupt anfangen konnte, entmutigte mich auf ganzer Linie.

»Bärbel Befeld, nej?« sagte er. »Vorstadtvötzchen. Doof, aber lieb, ja? und scharf wie 'ne Kiepe Brennesseln, nej? Typische Vertreterin der unpolitischen Kinderladenkinder der 68er Generation. Keiner weiß genau, wer ihr Vater war, nej?, wahrscheinlich nicht mal Marion Befeld selber. Mit dem Herrn Befeld, der ihr immerhin den Namen vererbt hat, war sie exakt drei Wochen verheiratet, bis er sich zum Opalschürfen nach Australien – nej?«

Der Schmutzfink kam mit einem Tablett an unseren Tisch, stellte Wasser, Bier und Bommerlunder ab und nahm unsere Bestellung auf. »Mit scharfem Senf, bitte!« beharrte ich. Der Kampf um die knappen Mostrichressourcen war hart im Restaurant Schmutzfink.

Auf seiner braunen Lederschürze lieferten sich, in je nach Hürden und Reibungsverlust unterschiedlichen Temposchüben, zwei dicke Tropfen Bratensoße ein Rennen.

Ich goß mir einen mächtigen Schluck Bier in den Hals, kippte den Schnaps hinterher, und schon spürte ich die Wirkung in den Nervenkabeln. Eigentlich war ich gar nicht erpicht darauf zu erzählen, jedenfalls nicht in Eugens Gegenwart. Kaum eine Anekdote vermochte ihn so zu begeistern wie eine eigene. Also fragte ich ihn, was denn nun gestern auf der Jubiläumsfeier der Behinderten-AG los gewesen war.

Bereits den gesamten Nachmittag habe er bei Marion Befeld im HausFrauenHaus verbracht, »Käffchen getrunken« und heftig auf die Damen eingescherzt. »Ja? So Weiber, die verzweifelt versuchen, ihre Dissidenz hinsichtlich neuralgischer Maximen der offiziellen feministischen Doktrin zu verheimlichen und gleichzeitig zu genießen, nej? Und so was«, Eugen strahlte, »geht nur mit einem Spagat. Verstehst du? Nej? Mit'm richtig schönen Spagaaat. *Nejjj?*« Verzögertes Atmen. »Hehehehe!«

Die nachmittägliche Flirtoffensive also habe die Lafette für die abendliche Attacke geschmiert. »Wobei mir, ja?, Janine Meier-Brodersen mehr nolens als volens das Rohr geputzt hat, nej?« Er habe Marion Befeld von zu Hause abgeholt, und so seien sie eine halbe Stunde zu spät gekommen. Auf der Saalbühne hockte bereits ein Bauchredner mit seiner Handpuppe namens Simplex und erzählte, so Eugen, »Witze aus der guten alten Zeit«. Dieser Oskar Lazarillo alias Herbert Bockhorst sei dermaßen grotesk schlecht gewesen, daß er das Publikum mit *ex cathedra* abgefeuerten Sprüchen auf die Nachzügler abzulenken suchte. »Ja?« sagte Eugen und machte dem Schmutzfink – der uns durch Summen und saugendes Gaumenmoussieren Grund zu gutem Appetit suggerierte – Platz zum Auftischen der »Frikandellen« (kein Senf). »Der war so peinlich ... nej? Ich kam mir vor, als wär ich in die Büßerhölle der Tingeltangeldilettanten geraten. Da muß man sich von so 'ner Niete, ja?, vor aller Augen und Ohren sagen lassen, man solle sich in die Ecke stellen und hundertmal an die Tafel schreiben: ›Auch Journalisten müssen pünktlich sein‹ und ›Nicht für das Leben, für die Zeitung schreiben wir‹. So'n *Scheiß*, ja? Nej?«

»Senf!« rief ich. »Bitte!«

Funerale zermalmte Eugen eine fetttriefende Bratkartoffel. Nichts haßte er mehr als stilistisches Unvermögen und rhetorische Unbeholfenheit – besonders wenn sie auf sein heiliges Ego gerichtet waren. »Umb daf allef, mnej?«, er schluckte, »in dieser abgedroschenen Dialogmethode, ja? Die unerträglich dumme Puppe kräht mit Pumucklstimme Unflätigkeiten, und ihr Herr und Meister greift beschwichtigend ein. Ah, zum Auswurfkriegen.« Eugen schien's noch nachträglich den Appetit zu verhageln. »Und, nej?, ab-so-lut stümperhaft, ja? Außer in der Stimme konntest du überhaupt keinen Unterschied zwischen Puppe und Puppenspieler feststellen, ja? Die drehten die Köppe synchron, bewegten die Kiefer synchron, nicht mal wenn Bockhorst seinen Lazarillo-Part sprach, brachte er's fertig, die Wurstfinger in Simplicii Pappkopp still zu halten. Die führten da 'n derart infernalisch inferioren, niederträchtigen, kanzerogenen Kloakenkehricht auf, Bockhorst und seine widerwärtige, abscheuliche Puppe, ja? Aber das wird er bereuen, das schwör ich euch. Den mach ich nieder in meiner Berichterstattung. Diesen Versager. Ja?«

Ich orderte ein zweites Bier. Mit Senf.

Eugen rehabilitierte sich durch die Erzählung der »Weiber-Schlammschlacht«. »So was, nej?« habe er in der Form denn doch noch nicht erlebt. Janine Meier-Brodersen sei völlig »overdressed« gewesen, »aufgedonnert wie'n ... wie'n ...« – Komantschenhäuptling? – »... wie 'n Transvestit, nej?, langes, enges schwarzes Kleid, bis zur Hüfte geschlitzt, ja?, prangendes Dekolleté, ja?, *glitterbestäubt,* ja!? – peinlich! Kubikpeinlich, ja? –; die lief da auf ...! Nej? Nicht wie 'ne kleine Dienstleistungsschnucke beim Provinzjubiläum der Behinderten-AG, sondern wie die Starnutte auf'm Loddelball, ja?« Sie sei sofort auf ihn, Eugen, zugesegelt, auf ihn, den Begleiter der diskret damenhaften Marion Befeld – »Klasse, ja? Nichts mehr von diesem blaßlila Emanzenlook. Perfekt sitzendes Kostümchen, rot und kniefrei, ja?, schwarze Strümpfe, schwarzes Spitzenbustier, das nur ganz dezent, ja? unter dem Revers hervorlugt, nej? Splitternackter Hals, kettchenlos, und phantastisch frisiert und geschminkt. Nej? Und der Clou: Strumpfhalter. Hab ich schon gesehen, als sie aus'm Auto ausstieg. Ja? Das ist es. Außen Dame, drunter Edelhure. Ja? Verstehst du?« Eugens Augen leuchteten. Seine Frikandellen wurden kalt.

Iggy war fast fertig. Ich hatte aufgegeben. Die öligen Kartoffeln und der brötchenlastige Klops wuchsen in meinem verwüsteten Magen wie ein Pilz. Die angekündigte Salatbeilage bestand aus zwei braun gezackten Sauerampfern.

»Und dann ging's los, ja?« Eugen führte sich ein Bröckchen Hackfleisch zu. »Janine Meier-Brodersen fing an zu feilschen wie der Deibel um 'ne arme Seele. Ja? Dauernd hing sie mir am Ärmel, beim Tanzen rutschte sie mit ihrem Kitzler auf meinem Oberschenkel rum, und einmal zerrte sie mich einfach zur Bar, als ich mit Befeld mitten im Gespräch war! Ja? Nej? Das war 'ne unverhohlene Kriegserklärung! Und Befeld hat sie angenommen! Ganz auf die coole, ja? Ganz fein, ganz zart, aber hochgradig toxisch, ja? Mit jeder Geste, mit jedem Lächeln, jedem Adjektiv den Unterschied zwischen Dame und Dirne klargestellt, nej? Jeden IQ-Grad mehr ausgespielt. Ja? *Einzeln,* ja? Aah, Weltklasse! Und je mehr Janine Meier-Brodersen mit Arsch und Titten wackelte, desto prosaischer wurde *Befeld* in ihrer Körpersprache, verstehst du? Spitzenchoreographie! Das war hohe Kunst! Ja? Die wartete auf den Fehler der Gegnerin! Den Janine Meier-Brodersen *machte.* Nej? Ließ sich den Sekt schmecken wie Smegma, nej?, und irgendwann war sie so ordinär betrunken, daß sie sich selbst disqualifizierte. Verstehst du?« Eugen leuchtete, die Gabel erhoben wie Poseidon, zwischen unseren beiden Köpfen hindurch in den Thekenraum. »Und fing dann an, auf Befelds Familie, also der Dreyerfamilie rumzuhacken, unter der Gürtellinie, bohrte praktisch verbal durchs Befelds Vulva, ja?« Eugen steckte die Gabel in den Mund und schaute uns kauend an. Er kam wieder zu sich. »Nej?«

Iggy rauchte. Er hatte das Interesse bereits vollends verloren.

Ich eigentlich nicht. Eigentlich wollte ich mehr über die Familienstruktur der Dreyer-Befelds erfahren, in die ich ja gestern nacht ebenfalls – werweiß sogar zeitgleich mit Eugen – eingedrungen war. Andererseits war mir so eigenartig zumute, daß ich lieber doch nichts mehr davon hören wollte. Eine weitere Gedächtnislücke schloß sich mit einem schmatzenden Geräusch. Ich erinnerte mich vage an Bärbels äußere Schamlippen. Sie waren so *lang.* Sie hatte so lange Läppchen, wie ich noch nie welche gesehen, geschweige ... Mein Herz stolperte plötzlich wieder. Ich machte mich panisch gerade, wartete ab, zwang mich zu ruhiger Atmung und orderte noch einen Doppelten. Ich trank vom Bier. Ich beschloß, nach Hause zu fahren. Ich war krank. Der Senf kam zu spät.

Ich kaufte mir an meiner Stammtankstelle ’n Fläschchen Fusel und fuhr mit deren Hilfe über die Autobahn nach Haus. Im Elbtunnel hatte ich dennoch mit einem leisen Gefühl der Beengtheit zu kämpfen und betete, daß der dichte Verkehr nicht ausgerechnet hier völlig zum Erliegen kommen möge. Ich hätte mich besaufen müssen, um aus der Falle herauszugelangen.

Ohne nennenswerte Vorkommnisse erreichte ich die Bismarckstraße. Im Briefkasten lag ein rot-blauer Luftpostumschlag mit der geliebten Handschrift drauf. Ich mochte ihn jetzt nicht öffnen, sondern freute mich auf morgen. Ich nahm mir ein Bier aus dem Kühlschrank und stellte den Fernseher ein.

Eugen hatte tatsächlich keineswegs nach der Präsentationsfeier der neuen Konkurrenz SÜDERELBE PLUS gefragt. Vielleicht wollte er auf diese Weise die gedankliche Auseinandersetzung mit seinem Intimfeind Knut Knox erstmal vertagen – sei’s aus verdrängter Angst, die falsche Entscheidung getroffen zu haben; sei’s aus einer Art trägem Trotz gegenüber Phänomenen, die seiner gußeisernen Selbstbezogenheit nicht mit ausreichender Sicherheit dienten. Ihm war klar, daß ich über die Veranstaltung schriftlich berichten mußte, und das genügte ihm vorerst.

Ich trank den ganzen Nachmittag und dachte dabei an die gestrige Nacht. Bevor ich betrunken einschlief, faßte ich den Entschluß, Bärbel als One-night-stand abzuhaken.

Tab.: 48 Zig. (R1, Marlboro)
Alk.: 1,5 l Wein
○○○○○

Wer blutet lebt noch

Samstag. 18.35 Uhr. Scheißtag. Um 13.11 Uhr aufgestanden. Die Türglocke hat einen geweckt – BINGO, BINGO, BINGBINGBINGOooo ... Einer dieser Prospektzusteller. Man hat ihn durch die Wechselsprechanlage angemuffelt. Immer klingeln die alle bei unsereinem, verflucht nochmal ...

Scheißnacht. Man war völlig verwirrt gewesen, als jenes wohlbekannte Mixergeräusch ertönte – ein bedauernswerter Nachbar muß offenbar um fünf Uhr aufstehen und sich 'n Fruchtsaft mixen, um die Augen aufzukriegen* –, weil man nicht geschlafen hat, sondern noch am Schreibtisch gesessen. Im ersten Moment meinte man, der *Nachbar* hätte sich geirrt und sei mitten in der Nacht aufgestanden, um sich einen Orangensaft zu mixen.**

In der raunenden Nachtruhe war der Kugelschreiber durch die Karoreihen gepflügt, aber beim Mixergeräusch ist man plötzlich buchstäblich zusammengebrochen. Man schielte (immer noch ist das Papier durch die beidseitige Beschriftung aufgetrieben wie unter Dampf); Mogigraphie ließ die Finger derart zittern, daß

* Bisher ist's einem nie gelungen, die Mixrunden mitzuzählen; drei oder vier sind's. Vermutlich Orangen. Käthe Morten preßte einem früher auch frische Orangen, um viertel nach fünf, bevor man sich zum roten Schienenbus aufmachte, um das Büropraktikum in der Millionenstadt anzutreten. Das fällt einem erst jetzt ein, nachdem man von diesem Geräusch schon so oft wach geworden ist, daß es mit dem Gefühl einer vollen Blase schon nahezu pawlowsch verbunden ist. Seltsam.

** So wie Satschesatsche – seinerzeit in der Bürgerweide – mitunter nachts um drei oder vier aufgestanden war, einen Kaffee aufbrühte, ja gar die erste Tasse *trank,* bis er aufwachte und sich mit pulsenden Nerven wieder hinlegte ...: So tief saß die Angst vor einer Wochenendsperre wegen Zuspätkommens zum Kasernendienst noch.

man verfehlte, den Wecker auf die beabsichtigte Zeit zu stellen – noch beim vierten Durchgang übersprang das digitale Scheißgerät die angezielten Ziffern. So kaputt gewesen, daß man gar nicht mehr hinschaute. Um 12.37 ist man aufgewacht, gepiept haben muß der Wecker aber schon um 11.10 Uhr! – Sofort nach dem Erwachen, aus Idiotie, den Rest aus der Flasche gezecht. Ganzen Nachmittag müd. Seltsamerweise erscheint einem die Zeitspanne zwischen 12.37 und 13.11 Uhr länger als die zwischen 22.30 und 5.00 Uhr. – –

Anruf Anita (Band): »Schätzchen – was ist *los?!* Warum gehst du nie ans Telefon!! Egal jetzt, paß auf. Ich brauch noch 'ne Woche. Wir fahren doch noch nach Österreich und nach Prag. Du kannst mich noch anrufen, am besten zwischen sechs und acht, im Hotel Tralala, Telefon Düsseldorf soundso. Also bitte. Jetzt meld dich, zum Kuckuck.« Biep. – – –

Mit Leo telefoniert. – – – –

Fernabfrage Kabuffband. Diesmal gab er den Märchenonkel. »So, liebe Bärbel, lieber Bodo, eine kleine Geschichte, können wir die mal – wenn ihr Menschen werden wollt – ich meine ich *war* ein Mensch von Kind auf an. Ich war auch ein *Jesus.* Kai-Uwe war *auch* mal ein Jesus. Und *du* warst auch mal ein Jesus, Bärbel, unter anderem hast du mich mal beschützt, hast du mir mal geholfen, aber irgendwann bist du wohl mal vom Weg abgekommen, Kai-Uwe und ich, wir haben Deutsches Rotes Kreuz Erste Hilfe gemacht, Kai-Uwe war Sanitäter, und ich bin heute ein Arzt, ich kann gar kein Leben töten, ich hab in dem Sinne ja schon ein schlechtes Gewissen gekriegt, wenn ich eine Mücke totgehaun hab, oder eine Fliege totgemacht hab, ich eß kein Fleisch mehr, ein Tier wird sich sowieso rächen, ihr werdet noch die Tiere zu spüren kriegen, ihr werdet zurückkriegen, was ihr den Tieren angetan habt. Und außerdem will ich euch noch was sagen.«

Pause.

»Was will ich euch sagen. Ihr könnt ja mal nachdenken. Was kostbar ist, und wertvoll ist, ein Geschwisterpärchen, was ihr mit denen gemacht habt. Ein *ganz, böses, Spiel.* Ihr habt immer gesagt: die Lütten. Von daher ... ein *ganz, böses, Spiel.* Na gut, Bärbel. Dann fangt mal an, vor Gott niederzuknien und Gott um Vergebung und Gnade zu bitten ...« – virtuos die stufenlose Mutation vom Märchenonkel zum Zorngott – »Einem Kind das ganze Vertrauen zu nehmen – das bedeutet ihr kriegt 'n MÜHLSTEIN um 'n Hals! ... Und hat Gott gesagt ... und werden im *Fluß* versenkt! Weiß was das bedeutet?! Er*trinken* und elendig er*sticken*. So. Schüüß.«

Piep. Und nochmal. Jetzt nur noch dumpfes Gekrächz, ohne dämonischen noch biblischen oder Märchenton, sondern in rauchigen, hafenhamburgischen Mundartstößen: »... oder gut böse, naja, von daher, grüß Bärbel schön, oder keine Grüße, naja, ich meine, ich hab meine Füße ... Lymphe da ... meine *Lymphdrüsen* ... Samariter ... Mutti ... gepflegt ... Krankenschwester mwbrlbm ... naja, macht nix, ich hätte 'n Tip, kalte Güsse ... Pulver, vergiß es und so ... verstehst du Bodo, Binsenweisheit ... in dem Sinne ... Ich heiße Paul Dreyer, und ich bin in dem Sinne einer der interessantesten Männer der Welt ... ich kenne auch ... von daher ... ich kenn viele Leute ... Leben. Leben und leben lassen ...«

Piep.

Gottgegebene Lebenszeit mit Lähmungserscheinungen vorm Fernseh verschwendet, gekränkelt und laut vor sich hingenörgelt, und nun sitzt man da, vorm sog. Schreibtisch, und es kotzt einen von oben bis unten an. –

Krichter heut wieder ein'?

Hermann Gremliza persönlich hatte einen gewarnt. Mit einem Kommilitonen auf Erkundung »außerschulischer Tätigkeitsfelder für Geisteswissenschaftler« hatte man *Anno Domini* 1982 in seinem KONKRET-Büro gesessen. »Vom Beruf des Journalisten«, sagte er, »kann ich nur abraten. Aus sozialer Indikation. Schaut euch doch um in der SPIEGEL- oder STERN-Redaktion. Zum großen Teil Alkoholiker.«

1987, *Anno Dominae,* am Freitagmorgen des 23. Oktober, schaute man sich immerhin in der ELBE-ECHO-Redaktion um, genauer: unterm Sofa des Besucherzimmers. Die Vodkaflasche war noch am Platz. Mit ihrer Hilfe dämpfte ich die ärgsten Affekte, die mich seit der vergangenen Nacht plagten.

Die Zecherei vorm Fernseher hatte mich gegen acht Uhr abends niedergemacht. Von geregelten REM-Phasen keine Rede. Um 0.49 Uhr war ich wieder wach gewesen wie 'n Kobold-Maki. Mit ebensolchem Kopf. Eine Stunde lang hatte ich versucht, in der wimmelnden Finsternis herauszufinden, was ausgerechnet Zitrone in meinem Traum verloren hatte. Zumal sie nichts tat, außer einen Gesichtsausdruck aufzusetzen, als entschärfe sie eine Bombe mit den Zähnen. Ich wurde den Verdacht nicht los, daß sie meinen Charakter prüfte. Schlimmer noch: meine Gesinnung. Scheißtraum. Ich war ins Wohnzimmer umgezogen und hatte zugeschaut, wie ein gewisser Hulk Hogan seinen Feind niederwrestelte.

Um acht überlegte ich, ob ich mich krankmelden sollte. Aber wie würde der Tag dann verlaufen? Vielleicht mit konzentriertem Studium von Augustinus' »Bekenntnissen«, säuberlich geordnet nach *infantia, pueritia, adulescentia, iuventus* und *vir*?

Groß bist du, Herr, und höchsten Lobes würdig. Groß ist deine Macht, und deine Weisheit hat keine Grenzen. Und dich will loben ein Mensch, irgend so ein Stück deiner Schöpfung, ein Mensch, der seine Sterblichkeit mit sich herumschleppt, das Zeugnis seiner Sünde und das Zeugnis, daß du den Überheblichen widerstehst ...

Ich hatte mich lieber brutal geduscht und den greulichen Kadetten bestiegen, um meine journalistische Karriere voranzutreiben, nachdem ich Nitas Brief auf meinen Jugendschreibtisch gelegt, voll Vorfreude auf den Feierabend, da ich ihn öffnen würde, bei einem Kännchen russischen Rauchtees; in Ruh und Frieden und Wahrhaftigkeit ...

Als ich die Vodkaflasche unters Sofa zurückrollte, hörte ich Iggy heranbrummen. Die Tür schlug zu. Rasch setzte ich mich an meinen Schreibtisch, begrüßte ihn, hob den Hörer ab und wählte Satsches Dienstnummer. »Bartels.«

»Morten.«

»Ich denk, wir wollten Würstchen essen. Schön Würstchen essen. Du hattest mich eingeladen. Ich hab Mara niedergelabert wie 'n ... Schneekönig, weil wir eigentlich zu Schwiegereltern wollten.«

»Jaa ...«

»Jaa, jaa. Und wo mußte ich hin? Zu Schwiegereltern. Keine Würstchen. Ich hab angerufen bei dir wie 'n Bekloppter. Und warum hast du dich *gestern* nich gemeldet? Was ist denn das für 'ne –«

Ich unterbrach ihn. »Das gibt's doch nicht«, stammelte er nach meiner Erzählung und gratulierte mir zu meinem coming out als schnellster Ladykiller seit seinem legendären Rekord von 1974 (zirka 1'30"; erzielt auf Heike Friedrichs' Dielenfete, anläßlich welcher Satsche tief in den Jeans von Margitta Beecken, die über seinen Knien quer dahingegossen lag, herumhätschelte und -dribbelte, und zwar vor aller Augen – unter anderen denen des priemenden Opa Friedrichs').

Gleichzeitig war der Würstchen-faux-pas vergessen. Zum Abschied bestätigten wir einander den Skattermin in der *Glucke*, am folgenden Abend, 20.00 Uhr.

Als ich auflegte, klappte die Stahltür, und Simone Zimmermann, der Traum meiner schlaflosen Nacht, betrat die grauen Zellen. »*Hal*lo!« Wir erwiderten den Gruß frühlingshaft fröhlich. Warum nicht.

Dankenswerterweise stellte Iggy sie mit Arbeit kalt, bevor sie sich widerlich warmherzig hätte nach meinem Befinden erkundigen können. Er erläuterte ihr eine Aufgabe und hielt mich an mitzuhören: »Entscheidung von ganz oben«, sagte er und deutete gen Kafkakeller. »In Absprache mit Bart Bartelsen werden wir einmal im Monat oder was weiß ich, alternierend mit dem Gastrorätsel, eine Gartenseite installieren.« Iggy stemmte einen Packen bunter Prospekte, Sammelbände und Lexika und knallte ihn auf Irmgard Schröders Schreibtisch, an dem sich Zitrone gerade niederließ, mit diesem Zug in ihrem schönen Gesicht, der ihr kritisches Potential versinnbildlichen sollte. Sie trug dieselben Jeans wie gestern und vorgestern, heute aber eine carmenoide, ja flamencoeske Volantbluse in menorrhagischem Rot, das sich mit ihrem Haarton biß.

»Gartenseite??«

»Ganz richtig«, bestätigte Iggy feierlich. »Hasy beackert gerade die Höker für Gartenbedarf, Samen-Bockhorst und Grün+Blüh und Blumen-Born und Bonsai-Schmidt und was weiß ich.«

»Gibt's denn für sowas keinen Stehsatz? Mensch –« Mich packte das Unbehagen in der Kultur. »Müssen wir so'n Kramscheiß auch noch – meine Fresse! Wir sind doch hier nicht die Gartenzwerge!« Ich sprang auf und holte mir die neueste Ausgabe des HARBURGER KURIERs vom Besuchertisch, um im Schröderfall gewappnet zu sein. KURIER-Lesen wurde von der Geschäftsleitung als Arbeit anerkannt. »Billiger kommen wir an Themen nicht heran«, so unsere ausgebuffte Herausgeberin. Eugen empfand Zeitunglesen als eine der leichteren Übungen eines Chefredakteurs, wenngleich es ihn »einen alten Karton« interessierte, »was in dieser Scheißgegend los ist«. Iggy und ich hingegen mußten Ausflüchte büffeln, um Fangfragen ausweichen zu können: »Wann kommt nochmal der Klose nach Neuwiedenthal? Herr Morten?« Am besten, man signalisierte sofort, daß man sie durchschaut hatte: »Ich hab den KURIER noch nicht lesen können, Frau Schröder. Bin grad aus Eißendorf zurück oder was weiß ich.«

Und wenn man einen guten Tag hatte, rächte man sich mit der ausgiebigen Schilderung eines solchen Gastrotermins. Man mußte aber einen wirklich guten Tag erwischen, um zugleich engagiert plaudern *und* Schröders Dilemma genießen zu können, ihr Dilemma, daß sie *nicht selbst* redete wie 'n Radio, nichtsdestoweniger aber mit einer Akte unterm Arm im Flur stand, ohne sie bearbeiten zu können, während Sekunde um Sekunde mit dem Geschwätz eines zutiefst mediokren Mitarbeiters vergeudet wurde. Grauenhaftes Dilemma – es sei denn, sie machte aus der Not eine Tugend und redete sich ein, sie festige dadurch ihren Ruf, immer ein offenes Ohr für die Sorgen der Belegschaft zu haben. Nichtsdestoweniger sah man, wie sie sich nach ihrem fleischwarmen Stuhl im Kafkakeller sehnte, wo sie Summen vor sich hin summte, bis zu den Ohren mit Arbeit zuschiß, um nichts zu hören außer »Sofort, Frau Schröder«, »Genau, Frau Schröder«, »Tut mir leid, Frau Schröder«; um nichts zu sehen außer Tabellen, Kontoauszügen, Bilanzen; nichts zu riechen, zu schmecken und zu fühlen als Pattex, Kuvertgummierungen und den handschmeichlerischen Telefonknochen, die Tastenmulden der Addiermaschine und wie der Feind, der Tag, allmählich in die Knie ging. Schon greift sie nach der Klinke, gewitzt aber bleibt man stehen und schwätzt und schwatzt, was das Zeug hält; »ich ... ich ...« stottert sie, doch man schwallt und lallt daher und lacht sogar plötzlich herzlich drauflos, so daß sie zu grinsen gezwungen ist – *das* tut weh!, besonders, wenn man schon lange nicht mehr zuhört und gar nicht weiß, *worüber* man eigentlich grinst ... *So* macht man das! Bis zur Mittelohrentzündung, bis zum Tinnitus, ja bis zum Hörsturz! Bis sie sich die Ohren zuhält, die Akte fallenläßt und davonläuft. »He, Frau Schröder!« flötet man munter hinter ihr her, »Moment! Ich hab Ihnen doch noch gar nicht erzählt, wie oder was ...« Und man *rennt* hinter ihr her und erzählt und erzählt und erzählt ...!

Aber man mußte schon einen wirklich *sehr* guten Tag erwischen. Sonst wurde der Spieß umgedreht. Also schützte man tunlichst den schleunigen Reporter vor, denn wenn *Schröder* einen guten Tag hatte, ließ sie auch mal Fünfe grade sein. Und dann gnade uns Gott. Denn dann sagte sie sich: Heute bin ich mal Mensch, hier darf ich's sein. Die Addiermaschine läuft mir nicht weg. Und dieser Studiker hier, dem ich schließlich 2100 Mark im Monat zahle, auch nicht. Vielleicht kommt ja noch mein langer Adjutant dazu und raucht uns eins. *Ich* weiß, wie man zu Wort kommt, das schwör ich dir. Erheb die Stimme nur, das nützt dir gar nichts; ich rede ganz ruhig weiter, bis du – vollständig paralysiert, weil du eben die Nerven nicht hast – das Durcheinandergeplapper nicht mehr erträgst und aufgibst; und dann *wiederhole ich den ganzen Mumpitz*, der in der Gerede-Emulsion verschwamm. Das gibt dir den Rest. Und dabei mache ich ein Gesicht, als unterbrächest *du* mich ständig und ich bräuchte nur die Diskussionsformel »Darfichmalausreden« anzuwenden, um an die freiheitlich-demokratische Grundordnung zu erinnern, dann hab ich dich bei den nervösen Eiern. Du abgehobener Studiosus du. Du hörst dir jetzt erst mal an, welche Probleme meine Kusine mit ihrem Gör hat, was Handwerker fürs Plattenverlegen vorm Wochenendhäuschen nehmen, was für eine Geduld ich mit meinem langen Phlegmat aufbringe wegen seiner gottverfluchten Qualmerei, und was weiß ich sonst noch alles, und zwar so lange, bis ich zum dritten Mal auf die Uhr geguckt hab, das schwör ich dir, weltfremder Akademiker!

Eugen traf ein. »Wie geht's dir denn, ja?« Er hängte sein Jackett über den Chefsessel, krempelte sich energisch die Ärmel auf, ließ sich stöhnend nieder und riß die Schublade auf. Am Morgen ein Joint, und der Tag ist dein Freund.

»Beschissen gepennt«, fluchte ich und stellte meinen PC an. »Und viel zu früh wach.«

»Ich penn wie 'n Opossum, nej?« sagte Eugen. Er bröselte Gras aufs Blättchen. »Und wenn ich morgens nicht pissen müßte, würd ich nie aufstehen. Hehehehe!«

Iggy war notorischer Frühaufsteher. Zitrone auch. Im Grunde wollte ich das gar nicht wissen. Im Grunde wußte ich sowieso schon viel zuviel. Und wer zuviel weiß, muß sterben. Mir graute vor Montag, auf den ich die beiden einzigen Seminare fürs neue Semester gelegt hatte – das fünfzehnte bereits, Gott sei's geklagt. Warum hörte ich nicht einfach auf mit dieser Gelehrsamkeitsduselei. Das Studium hatte mir das Lesen gründlich vermiest, weil ich jeden Roman auf Verwertbarkeit hinsichtlich eines Examensthemas ableuchtete; meine Kommilitonen sprachen eine andere Sprache als ich, beziehungsweise sprach ich mittlerweile die ihre; der ganze Nimbus des Geisteswissenschaftlichen ging mir erheblich auf die Nerven, und außerdem hatte ich nicht die geringste Idee, was ich mit einem *Magister artium* anfangen sollte. Meister der Künste, harr harr. Welche interessierten einen denn – außer zu kopulieren und pokulieren *ad libitum!* Warum fragte ich nicht Schröder, ob sie mir einen festen Vertrag gab? Weil. Weil *was? Wie* was! Ich wußte es nicht. Ich wußte nichts. Ich wußte nichts anzufangen. Mich interessierte nichts.

Außer Bärbeln. Und die rief ich jetzt an. Die hatte sicher nicht das Sexagesimalsystem erfunden. Meine geschundene Herzpumpe hatte einiges zu pützen.

Wie sollte ich mich melden? Hallo Bärbel, hier ist Bodo? Banal. Außerdem geriet man gleich ins Hintertreffen: Was, wenn sie sagte: Bodo? Welcher Bodo? Oder noch perfider: Welche *Bärbel?* Nein. Ich war dreißig, sie war achtzehn. Also: Morten. Guten Tag. Fräulein Bärbel? Hatten *wir* zwei vorgestern – zumindest meinerseits, so weit ich mich erinnere – recht angenehmen Geschlechtsverkehr? Ah ja. Ich hätte gern einen neuen Termin. Haben Sie um 20 Uhr noch was frei?

Nein. So nicht. Befeld schien ziemlich humorlos. (Sie hatte den folgenden Witz nicht verstanden: »Wohin fahrt ihr?« – »Nach Rom.« – »Wie? Wohin?« – »Nach *Rom.*« – »Was? Wie? *Wo*hin?« – »Nach *Ro*ben!«)

Vielleicht so: Du hattest gestern angerufen? Dann war sie am Zug. Nein. Forsch war nicht schlecht, aber bitte nicht *naß*forsch.

So: Na? Nein. Auch nicht. Das klang, als sei mein Name Narr. So: Naaa? Zu väterlich-vertraulich. Oder so: Nnnnaaaa? Nicht schlecht. Bißchen obszön, bißchen liebevoll, *bißchen* Papi.

Das Freizeichen tutete siebenmal. Ich wollte schon auflegen.

»Ja hallo, hier ist Bärbel?«

»Hallo Bärbel? Hier ist Bodo. Na? Du hattest gestern angerufen? Hast du noch geschlafen?«

»Ja, hallo, mmm . . .« Sie atmete wie ein Kind.

»Tut mir leid – ach so, du hast gestern nacht gearbeitet, oder?«

»Mmmmh – uu . . .«

Plötzlich sah ich sie vor mir, ihre Celloform. Ich sah sie nackt am Türrahmen zwischen Flur und Mädchenzimmer lehnen, unter der Hörmuschel das Ohrläppchen mit dem Geschmack nach roten Gummibärchen. Sie stellt den schlafwarmen Fuß auf die furnierte Kommode, die fett lackierten Nägel flunkern im Dämmer schwarz, sie schnippt mit den beiden längsten Zehen, die ich ihr – vorm Bett kniend – geblasen hatte, während sie sich gefingert, bis sie schier übergeschnappt war. Ich sah den schwarz-blauen Panther mit den roten Augen und Zähnen auf ihrem linken Schulterblatt, dessen Muskeln sich wild um den Widerrist bewegt hatten, als sie auf dem bunten Schlingenläufer rücklings vor mir kniete wie auf einem Gebetsteppich und an einem ihrer Nippel frömmelte. Ich roch die Ausdünstungen ihrer tiefblauen Satinbettwäsche, und ich sah einen tätowierten Kerl mit Ohrringen. Einen tätowierten Kerl mit Ohrringen? Was denn für einen tätowierten Kerl mit Ohrringen! Irgend so einen brüsken Rüden mit einem Riemen wie Long Dong Silvers sah ich. Der Schweiß brach mir aus. Ich mußte eine beizende Vodkafontäne aufhalten, die aus meinem Labmagen aufstieg, und hustete.

»Bist du erkältet?« fragte sie. Rührend.

»Hrrm, hrrm, nee, hrrrrrm . . .«

»Kommst du heut abend mit ins Kino?«

»Jahrrrm, was läuft denn . . .?«

»Blattsport. Mit Jan Tlod Fandamm.«

»Wer ist denn, was ist denn das. *Hrrrrrm.*«

»Guter Film, wirst schon sehn. Fängt um acht an. Um zehn muß ich arbeiten. Holst mich ab?«

»O.K. Um sechs?«

Sie lachte liederlich. »O.K. Bis dann. Tschüß!«

»Schlaf dich gut aus! Damit du fit bist!« Ich zahlte einen hohen Tribut dafür, daß ich das Maul so voll nahm. Es brauste in meinen Eustachischen Röhren, kalter Schweiß stand mir auf der Oberlippe, und meine Nerven machten Radau.

Glücklicherweise hatte die Belegschaft nichts davon mitgekriegt. Sie hatte sich über den Stapel von Prospekten, Gartenzeitschriften und -Lexika auf Zitrones Schreibtisch gebeugt. Zitrone sog moralisch-grüblerisch an einem Zigarettchen, und Iggy lachte unentwegt, während Eugen etwas vorlas: »›... mit grundständiger Blattrosette und beblätterten oberirdischen Ausläufern ...‹, nej? Gewisse Ähnlichkeit nicht zu verleugnen, ja? ›Standort: Wiesen, Hochstaudenflure, Laubwälder, *Gebüsche*‹, ja? Hab ich doch schon immer gewußt. Hehehehehehe!« Iggy klärte mich auf: »Der ›kriechende Günsel‹, harr harr harr!« Es handelte sich um einen Lippenblütler.

Als wir zu Tisch gingen, stieg just der Günsel gebückt von hinten in den Firmenkombi, und Eugen fragte ihn, ob's hinaus auf die Hochstaudenflur gehe. Der Günsel kroch rückwärts wieder heraus, als wir uns schon die Straße zu überqueren anschickten, und hielt die linke Hand an sein zottiges Ohr. Seine Miene drückte geduckte Alarmbereitschaft aus.

Beim Schmutzfink gab's tranigen Fisch, der im Schlamm meiner Eingeweide wieder aufzuleben schien. »Diese ›Petersilien-Kartoffeln‹, ja?« sagte Eugen, »weisen weder Peter- noch sonstwelche Silien auf.« Dafür waren sie kühl und nüchtern. Was man von mir nicht behaupten konnte, als ich über die A7 durchs Arschloch zur Welt nach Haus fuhr, um noch ein Stündchen zu rüsseln. Ich hatte aufsteigende Hitze, als sei ich in der Menopause.

Anita hatte ihre Wohnung inklusive Waschmaschine an eine ehemalige Arbeitskollegin, die ich haßte, für die Zeit vermietet, die sie mit Conny in den USA verbrachte, deshalb lag die Schmutzwäsche von sechs Wochen in meiner Bude herum. Eigentlich reichte meine gesamte Garderobe nur für drei, so daß ich in den letzten Tagen hatte improvisieren müssen. Und wie sollte ich heut abend Bärbel beeindrucken? Mit Socken-Hautgout, geräuchertem Hemd und muffigen Unterhosen?

Ich legte mich ins Bett. Der Fernseher starrte mich blind an. Auf dem Nachtschränkchen lag noch Anitas Luftpostbrief, ungeöffnet.

Ich stand auf und wühlte in meiner griechischen Ledertasche nach dem Terminkalender, um keine Fehler zu machen: Samstag, 24. Oktober 1987, 16.00 Uhr: Schachverein Herr Meyer, Lühnenweg 7. 20.00 Uhr: Skat Glucke.

Sonntag, 25. Oktober 1987, 11.00 Uhr: Zum Runden Eck, Hinckstraße 40.

Montag, 26. Oktober 1987, 10.00 Uhr: Philturm Raum 410. 15.00 Uhr: Raum 415.

Dienstag, 27. Oktober 1987, 18.00 Uhr: Red.-Schluß.

Ich legte mich ins Bett und drehte mich vom Nachtschränkchen weg. Meine Augenlider wollten sich nicht still verhalten. Die Schlagadern klopften zu laut und zu schnell. Ich stand auf und ging in die Küche, goß mir drei Fingerbreit von dem roten Aufgesetzten, der seit Jahren zwischen Ketchupflasche und Olivenöl darbte, in die vorletzte saubere Tasse und nahm ihn ein. Und legte mich wieder ins Bett. Kurz vorm endgültigen Wegdämmern erhielt ich einen dieser Hirnschläge, die aus dem Kosmos kommen. Ich war wach. Meine Herzqualle blähte sich. Ich stand auf und ging pinkeln. Ich stellte den Fernseher an und legte mich wieder ins Bett. Ich griff nach Anitas Brief und schnupperte daran. Ich fuhr mit der Fingerkuppe über den Falz und sah dem Gillette-Werbespot zu. »... vom Vater zum Sohn, so war es immer schon ...«, und eine Figur läßt der anderen im Gegenlicht etwas in die Hand fallen. Einen Autoschlüssel? Einen Naßrasierer? Mir fiel ein, daß ich immer noch keinen Schlips binden konnte. Ich sah auf den Wecker. Halb vier schon. Meine Augäpfel waren klebrig, meine Haut gedunsen. Wie war ich hierher geraten, ich kam doch ganz woanders her. Wo war Anita, zum Teufel! Das blau-rote Kuvert war so dicht und mein Fingernagel so kurz. Ich nahm den Kugelschreiber vom Nachtschränkchen. Die Minenspitze paßte nicht in die spitzwinklige, verklebte Lasche. Ich versuchte, ein kleines Dreieck abzureißen, aber der dicke Brief füllte den Umschlag paßgenau. Ich preßte Daumen und Zeigefinger mit aller Kraft zusammen, verbog die Ecke mitsamt dem steifen Doppelfalz von Anitas Brief, der drinnen steckte, aber das Papier riß nicht ein. Auf dem flachen Tisch hinter dem Fernseher lag die Nagelfeile und auf dem Jugendschreibtisch an der Wand der Brieföffner, aber ich war schon oft genug aufgestanden. Das aufwallende Blut wurde durch die engen Venen gepreßt, und ich schmiß den Umschlag fluchend weg; er flog in steilem Aufwärtsbogen und landete nach einem Looping auf dem Fußende meines Betts. Ich sank in mein Kissen zurück, stand auf und stellte den Fernseher aus und legte den Brief wieder aufs Nachtschränkchen. Meine Augenlider summten, und ich hätte schwören können, daß ich keine Minute geschlafen hatte, als der Wecker kreischte.

Ich hatte doch noch ein wenig getragenes Hemd gefunden, eine Unterhose gewählt, die wegen Kneifens eigentlich ausgemustert war, und die Socken ein bißchen mit dem Fön durchgepustet. Die acht- bis vierzehnstöckigen Plattenbau-Käfige mit ihren billigblauen und ockerfarbenen Balkons türmten sich vor mir auf. Ich erinnerte mich sehr dunkel an den von niederen Koniferen gesäumten Zugangsweg zu den waschbetonverkleideten Müllcontainern, weil Bärbel in der bewußten Nacht dort aufgejauchzt hatte. Ich hatte ihr unters weiße Kleid mit den rosa Rosen gelangt, als sie sich nach dem fallengelassenen Hausschlüssel bückte. Überrascht war ich allerdings von der giftgrünen Briefkastenbatterie und den Ausdehnungen der Klingeltafel im holzverschalten Foyer.

»Uuuups . . .«, dann plastilines Knacken, Membranenschaben, und dann wieder ihre atemlose Stimme: »Ja?«

»Komm ich zu früh?« sagte ich.

Klingelndes Gelächter. »Neulich jedenfalls genau richtig . . .!« Sieh an. Wer sagt, sie hätte keinen Humor? Es summte an der Zwischentür zum Fahrstuhl. *Im* Fahrstuhl war mein Hals knochentrocken, und während ich auf den Etagen 5, 6 und 7 nach Bärbels Tür suchte, produzierten meine wetterwendischen Gaumenpapillen plötzlich Speichelströme. Sie wohnte im *achten* Stock. Am Ende des Gangs lugte sie hinterm Rahmen ihrer Wohnungstür hervor. Ein rosig frottierter Schenkel ragte in den Korridor. Sie hielt sich ein rotes Handtuch vor die Brüste. Von einer Hakenlocke ihres Schamschopfs tropfte eine Serie Wassertröpfchen und bildete ein Pfützchen neben dem Abtreter. Ich mußte eine ziemliche Strecke zurücklegen. Ich haßte diese schwer überbrückbare Verlegenheit, die bis in die hölzernen Füße reichte. Ich winkte mit ihrem rosafarbenen Slip.

»Bist du etwa die *Treppen* rauf?« Sie lächelte, schleuderte ihr Haar aus der Stirn, daß es spritzte, schaute an die Decke, knickte dann das Knie nach innen ein, um an ihrem Bein hinunterzuschauen, ob's noch so perfekt war, wie sie's in Erinnerung hatte. War's, ich schwör's.

»Nein«, sagte ich und schlug beim Gestikulieren gegen den Bügel einer Kinderkarre, die vor einer der einäugigen Türen stand, »ich –«

»Weil du so pustest . . .«

Ich ging auf sie zu. Sie wich keinen Millimeter. Als ich das Weiße in ihren Augen sah, ließ sie das Handtuch fallen und sprang mich an und umklammerte mich. Sie war schwer und stark. Sie küßte mich bis ans Zäpfchen, unsere Zähne knirschten mineralisch aneinander. Sie preßte mir ihre Ferse ins Gesäß. Sie duftete nach giftigen Äpfeln aus den Haaren, kühl ihre Haut an der Oberfläche, und auch ihre Feuchtigkeit an meinen Wangen war kühl. Ich hob sie am Hintern an, ihren Mittwochnachtslip in der Hand, und wir fielen in den Wohnungskorridor. Sie verpaßte der Tür einen Tritt, bevor sie mich niederrang und auf mir herumrutschte, als wolle sie irgendwie in mich eindringen. Muschi, ihre Katze, trabte heran, verharrte in ihrem trivialen Fellkostüm und beäugte ihr Frauchen, das auf mir herumpumpte, den halboffenen Mund wie einen Sicherheitspuffer über meinen Lippen. Das süße Aroma ihrer Spucke, die mir auf den Gaumen troff, rieselte mir bis in die Fingerspitzen, mit denen ich um so sanfter über ihren brisanten Hintern fuhr, je energischer sie auf meinem Latz herumscheuerte. Sie packte mein Haar und zog, damit sie an der dünnen Haut über meinem Schlüsselbein saugen und nagen konnte, wobei sie zu winseln begann wie eine Jagdhündin, und plötzlich richtete sie sich auf, hob eine ihrer Kalebassen an, schnäbelte mit zwei Nägeln an der Warze herum, bis sie so groß wie ein Kräuterbonbon war, und stopfte sie mir zwischen die Lippen, »lutsch!«, grollte sie, und aus ihren Nüstern drang Schmauch, »lllooohtsch!!«; sie knallte ihren Limbus auf den verqueren Knochen unterhalb meines Gürtels und fing an zu beben, und ich kaute und nuckelte wie ein Babygreis, bis ich fast erstickte; »LLLOHTSCH!« donnerte sie mit einer Stimme, daß ich ihr von Rechts wegen ein Kreuz vors Gesicht hätte halten und beten müssen: »Hebe dich hinweg, Antichrist!« Ich geriet in Panik, als sie mit einem Schrei wie Robert Plants in »Whole lotta love« über meinem Brustkorb zusammenbrach und zuckend auf mir liegen blieb. Ich rollte diesen nachbrodelnden Leib von mir herunter und begann, ihr übers Gesicht zu lecken, ihr Mittwochslip hing immer noch überm kleinen Finger, und sie gab Piepser von sich und tastete blindlings nach meinem Reißverschluß, zückte meinen Fant und knebelte mich mit der anderen Hand, und dann flitzten ihre Finger im Rock'n'Roll-Rhythmus rauf und runter. »Orr«, gurgelte sie und lachte, ein Gelächter von himmelschreiender Obszönität, wie das eines irren Killers, der seinem Opfer Hochachtung zollt, weil es ihm noch so eben entwischt ist. »Jetz kann ich dleich nochma duschen«, sagte sie und sah zu, wie ein Schock Spermatozoen über ihre Sultanine glitt. Ihre Iris überzog ein schimmernder Film.

Ich stützte meinen Kopf auf die Schulter, als dächte ich nach; aber ich war leer wie ein Loch. Ich lag da, lang ausgestreckt auf der Seite, den leeren Schädel auf die eigene Schulter gelehnt, und dachte an nichts.

»Hey«, sagte sie und schob ihren Kopf auf meine Augenhöhe. Ich sah sie an, und mir wurde flau. Ich richtete mich auf, und sie tat es mir gleich. »Was ist denn«, sagte sie und strich mir über die Wange. Ich geriet fast aus der Fassung. Ich grinste und sagte: »Meine Güte ...!« Gottweiß, ›meine Güte‹, sagte ich. »Ich werd dir 'ne Hose leihen«, sagte sie. Ich blickte an mir herunter. Das ausgewaschene Blau der klaffenden Beckenlappen meiner Jeans war von den Zähnchen des Zippers bis zu den Hüftnähten blutdurchtränkt, und mein schrumpfender Rüssel sah aus, als wolle er alles aufsaugen und ungeschehen machen. »Na und? Ph«, sagte Bärbel, »wer plutet, lebt noch.«

Als ich nur in Hemd und Socken auf dem weichen Sofa saß, ein Kissen im Nacken, ein kühles Bier und den brabbelnden Fernseher vor mir, kriegte ich dieses schöne, wilde Bauchfieber. Die Wehen zogen bis in die Ohren. Bärbels »Korrekturtinte« – der Ausdruck war mir neu – war bis auf die Hemdschöße durchgeseicht. Ein Zigarettchen schmökend, inspizierte ich sie, während Bärbel trällernd duschte. Die Waschmaschine in der Kochnische lief. Ich dachte immer noch kaum was. Eine selbstvergnügte Blödheit plätscherte in meinen Ganglien. Ich war immer noch ziemlich kaputt, aber ich sah wieder Land. Ich nahm mir vor, heut nicht so viel zu trinken, damit ich am Wochenende meiner Arbeit nachgehen konnte.

Ich blickte mich in der Wohnung um, die noch ein paar Quadratmeter kleiner war als meine, aber heller. Etliche morbide Pflänzchen auf dem Fensterbrett. Einen grünen Daumen hatte Bärbel gewiß nicht – fatal als gelernte Floristin. An der Wand gegenüber ein schiefes Bord mit Teddybär, Stereoanlage, einem Dutzend Schallplatten und ebenso wenigen Büchern. Daneben die Tür zum Flur, WC und zur Dusche. Links die Kochnische, rechts das Bett, der bunte Läufer davor, der Kleiderschrank mit Spiegeltür. Das Nachtkästchen, Wecker, Schminktiegelchen, Nylonstrumpfhose. Rauhfasertapeten, PVC-bezogener Boden mit einem abgewetzten Sperrmüllperser drauf. Schwarzer Preßspantisch, grüne Stehlampe, ein Sessel mit Rohrgestänge. Auf dem Sofa eine Batterie Kissen.

Ich stand auf, legte den Kopf schräg und las die Titel von den Rücken der Bücher ab. Unser Körper – unser Leben 1. Johannes. Rechtschreibung. Floristik I. Floristik II. Brehms Tierleben. Rübezahl. Es. Sie. Friedhof der Kuscheltiere sowie Die sexuellen Phantasien der Frauen und Grimms Märchen. Außerdem fünf Karatebücher. Die Plattensammlung bestand aus Milva, Phil Collins, Joe Cocker, Howard Carpendale, allen Cat-Stevens-Alben und – Wolf Maahn. Ich tappte weiter. Überm Tisch hing eine weiße Lampionlampe, wie sie einst, in den siebziger Jahren, überall gehangen hatte, auch in meinem Zimmer von Satsches und meiner Wohnung in der Bürgerweide. Zwischen Fenster und Kochnische ein gebeizter Setzkasten mit diversen Pferdefigürchen aus Glas, Plastik, Porzellan und was weiß ich.

Ich knipste den Fernseher aus und legte Wolf Maahn auf. »Ja, ja, wir sind so frei«, sang ich, »was ist denn schon dabei, wir tun es überall . . .« Ich tanzte im Hemd. Bärbel, im weißen Bademantel an den Türrahmen gelehnt, sah mir zu. »Süß«, zwitscherte sie. Ich ging auf sie zu und packte sie bei den Revers. »Ich hab Hunger«, sagte ich. »Ich auch«, knurrte sie, und dann ging die ganze Opera buffa von vorn los . . .

Danach hatte sie es plötzlich sehr eilig. »Nein«, zeterte ich, »bitte nicht in ein Kino jetzt!« Ich lag neben dem umgekippten Tisch, mit dem Kopf im bierfeuchten Perser, mein ausgelaugter Pascha mit einem Gummi überzogen und dieses von einem Blutfilm.

»Du hast es mir versprochen«, nörgelte Bärbel und zwängte ihren bulligen Hintern in eine schwarze Lederhose.

»Ich hab ja nicht mal ’ne Unterhose, geschweige –«

»Da!« Sie warf mir den roséfarbenen Spitzenslip von Mittwochnacht zu, streifte ein ärmelloses T-Shirt über, das dem Panther auf ihrem Schulterblatt seine Freiheit ließ, dessen sie sich im Schrankspiegel durch eine rasche Drehung vergewisserte, und band sich ein schwarzes Stirnband um. »Los!« rief sie, gab mir ein T-Shirt und eine ihrer Jeans und setzte sich aufs Bett vor die Frisierkommode. Matt glänzend wand sich der kleine rote Lümmel aus dem Lippenstiftköcherchen. Muschi sah ihr arrogant vom Kopfkissen aus zu.

Unschlüssig lag ich auf dem fadenscheinigen Perser herum. Es schien ihr Ernst. Sie zog den Stift über die geschürzte Oberlippe. »'ach tsu«, lispelte sie. Sie schloß zweimal flappend den Mund und warf den Lippenstift hin. Sie patschte barfuß zu mir herüber, nahm den rosa Schlüpfer und zog ihn bis zu meinen lahmen Knien hinauf, sprang auf, holte ein Handtuch, entfernte das Präservativ und tupfte mir die Weichteile ab, faßte den Slip und kommandierte: »Poschi hoch!« Ich dachte, ich hörte nicht richtig. Ich blieb apathisch. »Los!«

»Das schaffen wir doch eh nicht mehr!« Ich blickte auf die Armbanduhr. Halb acht. »Tlar!« rief Bärbel. »Los! Selim kauft zwei Karten mit!«

»Wer ist Selim?« Ich befühlte den Seidenstoff von Bärbels Unterhose.

Jean-Claude Van Damme mußte von mehreren Leuten festgehalten werden, als der schmierige Asiat Jean-Claudes Kumpel verprügelte. Aber seine Stunde würde noch kommen, das war so »tlar wie Tloßbrühe«, da war ich mit Bärbel einig. Der schmierige Asiat konnte mit seinen Titten zucken wie unsereins mit den Augenbrauen. Quadratisch watschelte er durch den Ring, wo die geheime Hongkonger Weltmeisterschaft im Vollkontakt-Karate ausgetragen wurde, und feuerte seine schmierigen Mitasiaten an, indem er die Bizepse aufpumpte. Ich traute mich nicht, meinen steifen Nacken auf der Rückenlehne abzulegen, weil ich befürchtete, daß Selim mir wieder Popcorn in den Kragen krümeln würde. »Schlitzauge!« schrie er an meinem Ohr vorbei in Richtung Leinwand. »Du kriegs noch deine Arschevoll!« Wie alle seine Vereinskameraden trug er ein schwarzes Stirnband.

Selim war ein sehniger junger Türke in schwarzen Jogginghosen, schwarzem Muscle-T-Shirt mit der japanischen Nationalflagge auf der Brust und schwarzer Lederjacke, an die Schulter gehängt. Über seinem Stirnband wucherte schwarzes Haar, unterm Stirnband brannten schwarze Augen. Über den gebleckten Zähnen prangte eine flaumige Braue. Er hatte im Foyer gewartet, aber keine Karten gekauft, und als Bärbel ihm deswegen einen Gyaku-zuki verpaßt, den er mit erhobenen Fäusten tänzelnd pariert, hatte er gesagt: »Okä, ich mach«, und sich durch eine Rotte fintenverteilender Jugendlicher, alle in ähnlicher Kluft, zur Kasse gedrängt und »Noch zweimal Bloodsport« verlangt. Das wahrste Wort des heutigen Tages.

Mit weichen Knien stand ich inmitten dieser energiepulsierenden Masse blutjunger Menschen, die sich ständig anpöbelten und -rempelten und von Grüppchen zu Grüppchen -gafften. Ich hatte, weil ich T-Shirts haßte, mein Hemd anbehalten, die befleckten Zipfel unter Bärbels viel zu weiten Jeans verborgen. Ich hatte nicht mal mehr pinkeln dürfen – »Das kannst du im Kino machen!« – und entsprechenden Druck auf'm Schlauch. Aber lieber riskierte ich einen Blasenriß, als an jener Bomberjackenfraktion mit KZ-Frisuren vorbei aufs Pissoir zu schleichen, wohin mir womöglich noch einer von denen folgte und auf meinen roséfarbenen Mädchenschlüpfer starrte und lauthals ein lustiges Latrinentrinenklatschen anberaumte. Am liebsten hätte ich mich an Bärbels Jackenärmel festgehalten. Ich war ganz schwach vor Hunger, und meine desolate Verfassung verlangte nach Palliativa in irgendeiner Form – Hauptsache flüssiger –, aber ich hatte nicht den Nerv, mich zu dem Kiosk neben der Kasse durchzuschlagen, wo stachelarmbandbewehrte Halbwüchsige herumlungerten und Rum in die Coladosen kippten. Ich überlegte abzuhaun, aber mir fiel kein Vorwand ein. Ich hatte eine Heidenangst, ohnmächtig oder verprügelt zu werden – in welcher Reihenfolge auch immer. Bei jedem harmlosen »Kiai!«-Schrei zuckte ich innerlich zusammen, meine Adrenalinausschüttung lief auf Alarmstufe Rot, jeder Blick eine Herausforderung, jeder Schlendrian in meine Richtung ein Angriff, jeder Rempler im Gedränge eine Provokation. Endlich saßen wir; wir hatten nur noch in der zweiten Reihe Platz gefunden. Bärbel kraulte meinen Oberschenkel und ging auf die Sprüche von hinten mit knappen Formeln ein: »Du mich auch, Schmalzrübe«, »Das hättst du wohl gern«, »Ich tnall dir dleich eine ...« Schokoriegelpapier, Popcornflocken, Pappkrampen flogen aus allen ballistisch möglichen Richtungen zu uns herüber, und das Gejohl und Gepöbel schwoll an, als nach quälend langem Werbevorlauf die Trailer begannen.

Kurz vor Filmbeginn schlich ich aus dem Saal, schloß mich in eine Klokabine ein und versuchte, Wasser zu lassen. Hier unten, in einem süderelbischen Kinoklo, verstand ich endlich die Phobie meiner Mutter, ich könnte im Falle eines Unfalls mit inadäquater Unterhose ins Krankenhaus eingeliefert werden, wo sie mir von einer Intensivstationsschwester aus den zerschmetterten Knochen gezogen würde – mit den Worten: »Was eine Rabenmutter! Läßt ihren Sohn in 'ner Unterhose mit Bremsspuren überfahren!« Ich sah mich von Selim oder einem der Skinheads niedergestreckt im Foyer liegen, während ein Notarzt mit spitzen Fingern den bonbonfarbenen Spitzenslip entfernte, um meine in die Leistenhöhlen getretenen Dotter wieder herauszuklauben. Ich saß mit paranoidem Tunnelblick und sausendem Schädel auf der Klobrille und versuchte, ruhig zu atmen. Unter Zeitdruck stand ich auf, holte mir am Kiosk fürs letzte Geld ein Fläschchen Jägermeister und zwei Dosen Bier und stolperte wieder hinein in die Höhle des Bösen. Warum! Weshalb um Himmels Willen tat ich das!

»Wo warst du denn?« Ich goß mir Schnaps in den Hals, riß die Dose auf und spülte nach. »Nase pudern«, sagte ich. »Ruä!« brüllte einer schräg hinter mir, obwohl weder Herr Van Damme noch sein Sensei auch nur den Versuch eines Dialogs machte. Vielmehr ließ sich ersterer von letzterem ins Gesicht hauen. Bärbel fuhr mir beruhigend in die weite Hose. Auf meinen Protest hin summte sie: »Das ist *meine.*« Mein pickliger Nachbar war vollständig vom belgisch-fernöstlichen Spagat zwischen zwei Astgabeln absorbiert, und so streichelte Bärbel ihr seidenes Höschen und zischte ihrer Drag-Queen heiß ins Ohr: »Was hast du denn da für ein geiles Höschen an!« Und der Schlawiner mit dem Schlitz im Knallkopf schwoll schon wieder, bis an den Rand der Hysterie.

Tab.: 62 Zig. (R1)
Alk.: 0,5 l Wein; 3,5 l Bier / 4 cl Schnaps
●○○○○

Somo. 16.20 Uhr. Ah, Schluß jetzt. So geht das nicht weiter. Man hat ja wohl nicht mehr alle sieben Zwetschgen beisammen. Gestern morgen, wegen bettschwerer Schlafstarre, nicht mal mitgekriegt, wie der Anrufbeantworter ansprang. Gegen elf vom Kirchengebammel wach geworden, Birnchenblinken zu spät entdeckt. Nita, nur zwei Wörter: »Krummer Hund!«

Notizzettel von neulich gesucht, Nummer endlich gefunden, mehrfach verwählt, endlich Hotel Tralala, tut mir leid, Herr Morten, Ihre Frau hat vor zehn Minuten ausgecheckt.

Ganzen Sonntag in sauer gelegen.

Schluß mit diesem tagediebischen Rotwelsch. Schluß mit dieser blutrünstigen Bärbelbewältigung. Basta.

19.00 Uhr. Streng rauchend am sog. Schreibtisch. Eben Gotthilf Traulsens Kolumne vom Wochenende gelesen: »Farewell Zigarette!«

Ha! »Farewell Zigarette!« Diese sublime marlborokritische Konnotation! HErrlich! Dennoch um den Bestand des bibl. Dativs besorgt gewesen. Diesmal wieder nur ein einziger:

Parfum der Freude war es mir.

Dafür hat er einem unter den Siegeln der Geschwätzigkeit den Grund für seine derzeitige Dativschwäche verraten: Entzugserscheinungen!

Wenn das Verzichten gar zu schwer wird, öffne ich den vollen Aschenbecher ...

Siehste. Daher weht der Wind: Die bibl. Dative waren im Nikotinrausch entstanden. Tja. Und nun? Farewell Dativ. Aber ist nicht schon allein ›der‹ Flair des Rauchens umwerfend, ja Kultur, wenn nicht eine Art von Musikalität der Sinne für den – Gepackten? Oder nicht gar alles zusammen: umwerfend, Kultur, Musikalität der Sinne? ›Der‹ Flair? Und zwar für den Gepackten?

Doch. Eben.

Allein der Flair des Rauchens ist umwerfend, ist Kultur, ist eine Art von Musikalität der Sinne für den Gepackten. Ich kann jeden verstehen, der lieber aufs Auto verzichtet, aufs Telefon, als aufs Rauchen. Obwohl man sich kaputtmacht.

Jesuschrist, wo verdient denn der Traulsen eigentlich seine Beffchen? St. Pauli? Mümmelmannsberg? Wilhelmsburg? Jedenfalls muß er ja die ganz harten Tabakfreaks in seiner Gemeinde haben. »Herr Paster! Ick weet nich mehr wieter! Nachts wach ick op und hebb dree brennende Zigaretten und twee Zigarr'n in't Mul! Und in 'n Mors noch 'n Piep! De Stoff ruiniert mi! Ick hebb mien Audo verköfft un mien Telefon und nu mut ick ok noch op'n Strich gohn!«

»Kann ich verstehn, mein Sohn. Obwohl du dich kaputtmachst. Amen.« Ach Traulsen, alte Opiumpfeife! Wie steht 's doch bei Markus Twain, Vers 1?

Zuerst schuf der liebe Gott den Mann, dann schuf er die Frau. Danach tat ihm der Mann leid, und er gab ihm Tabak.

Uff, man hat schon alles geraucht. Zigaretten, Zigarillos, Zigarren, Pfeife (und alles abwechselnd); Stuyvesant, Milde Sorte, HB, Atika (duftet, trocken, nach

Schokolade!), Reval, Camel in allen Sorten, Marlboro in allen Sorten, Mentholzigaretten in allen Sorten, R1 in allen Sorten, Selbstgedrehte mit eingelegten Filtern und ohne, mit und ohne Gras, mit und ohne schwarzen Afghanen; in der Drehmaschine hergestellt – mit und ohne Filterhülsen –, diese fabrikfertigen mit Steckhülsen, mit Zigarettenspitze (billigen, aber auch besseren mit Innengewinde) und ohne; ja sogar Weidenstöcke hat man 1968 geraucht – aber man hat auch schon alles versucht, um aufzuhören, mit und ohne Pflaster, mit und ohne »Nikotinfeind«, mit und ohne Akupunktur, mit Stufenplan und ohne Stufenplan, weniger rauchen (stündlich), dafür genüßlicher – alles, alles …

Bemerkte nicht James Joyce zu Svevos »Zeno Cosini«: »Ich hätte nie gedacht, daß das Rauchen einen Menschen derart beherrschen kann.«? Ach Herr Joyce …

Ah, was soll's. Was hat man denn noch vom Leben, ohne Dativ. –

Hanseklatsch übrigens: Nellie Vandenhoek (»ultrakurzes *Flanders*-Hängerchen, *Lazàro*-Stiefel«) auf dem Beauty-'94-Event im *Jamboree*.

Schmuste verstohlen mit Hüne Bock Bockelmann (20jähriger Sprößling des Pelzmagnaten, in Müllwerkerkluft). Die gebürtige Holländerin freimütig: »In meiner prämenstruellen Phase bin ich immer so liebebedürftig. Daran ist meine Mutter schuld!«

Bah, es ist, es ist zum … – Wär' Pisse Most … Nee: Röch' Scheiße lieblich … Oder halt: Gäb' Kotze Gazpacho … Ah, man weiß es nicht.

Tab.: 88 Zig. (R1)
Alk.: 3 l Bier / 12 cl Schnaps
●●●○○ ●●○○○

Dienstag. 10.00 Uhr. So. Jetzt geht's los. Im Schädel, zwar, »leichtes Pragma« (Dr. Jaeger), dennoch Liedchen unter der Dusche gepfiffen. Lange nicht mehr der Fall gewesen. Irgendwas Schönes geträumt. Sogar gefrühstückt (Knäckebrot, Mettwurst, Senf, Tee). Soeben Schreibtisch aufgeräumt und geputzt, Aschenbecher geleert, ausgewaschen und abgetrocknet, wie man sieht neue Kugelschreibermine eingelegt, Zähne geputzt, Ohrläppchen rasiert. So viel zur Rubrik »Bodypflege« und »Der fröhliche Hausmann«. Darüber hinaus wird man dem *Soma* folgende Agenda vorlegen:

Erste Phase (kurzfristig, d.h. heute und morgen)
0. Befeld mitsamt exaltiertem Hintern exorzieren
1. Wecker auf 7.30 Uhr stellen
2. Arbeitsamt (Dreimonatsmeldung)
3. Einkaufen, aufräumen, Hausputz, Reparaturarbeiten etc.
4. Heidrun anrufen (ob und wo Nita erreichbar)
5. Kai und Iggy endlich zurückrufen
7. Schwimmen gehen

Zweite Phase (mittelfristig, d.h. bis Ende des Jahres)
1. Größere Wohnung suchen
2. Kabuff: neues Schloß einbauen lassen, dann kündigen
3. Ärztlicher Generalcheck
4. Weniger rauchen (stündlich eine, dafür Reval), wenig Alkohol (nur Bier! *Max.* 1,5 l/Tag)
5. Regelmäßig Sport treiben
6. Geldwäsche
7. Nita lieben (Reichtum beichten, berufl. Perspektive überlegen etc.)

Dritte Phase (langfristig)
1. Ganz normale Ehe führen (Krawattenknoten üben!)
2. Haus in Griechenland suchen, finden und kaufen
3. Viel lachen
4. In Würde altern
5. Sterben

So. Guter Plan. Trotz schimmernder Migräne recht aufgekratzt. Was jetzt? Erst mal eine rauchen.

12.10 Uhr. Heidrun nicht im Geschäft gewesen. Anschließend, trotz zunehmend dringender Migräne, im Journal nachgeblättert, wann es eigentlich gewesen war, daß Iggy und Kai angerufen hatten (um Erklärungen für die verspätete Rückmeldung erdichten zu können): letzten *Donnerstag* bereits! Unglaublich. Wie ist es nur möglich, daß man ein fotografisches Gedächtnis für die lange vergangenen Dinge zu aktivieren in der Lage ist – insbesondere zuzeiten dieser brainbluesbedingten Gesichte –, während einem die letzten anderthalb Wochen wie ein einziger langer Katertag erscheinen?

Wie dem auch sei. Zunächst Kai zurückgerufen. Man hat sich entschuldigt für die tagelange Verspätung. Man sei ein paar Tage im Kaff gewesen. Und ohne Not, nur damit die Geschichte authentischer werde, hat man hinzugefügt: Hinnikneipe, Currywurst, wohlgezapftes Bierchen trinken, Ureinwohner wiedersehen, Schwesterchen und Neffen besuchen etc. Kai hat sich nicht foppen lassen: Er habe später noch zweimal versucht, einen zu erreichen, und da müsse das Band bereits abgehört worden sein, weil diese dämliche Wartemelodie nicht ertönt sei. – Ach. Wann habe er angerufen? Am Donnerstag? Ah, da sei man besoffen gewesen, und ... – Was? Mittags schon? – Äh, tja, leider, und wahrscheinlich habe man im Arbeitszimmer auf der Matratze geschlafen und ... – Habe man 'nen Frühschoppen durchgeführt? – Ja, ja, man habe einen Kater zu kurieren gehabt etc., und wahrscheinlich habe man im Arbeitszimmer auf der Matratze geschlafen, sei mit dem großen Zeh auf den Abspulknopf geraten, und da man immer auf leise stelle, sei man wohl nicht geweckt worden. Voilà Malheur.

Das kommt ja tatsächlich mitunter vor – allerdings vergißt man zumeist, vorm Schlafengehn leise zu stellen, so daß man u.U. in aller Herrgottsfrühe von irgendeinem Blechtenor aus dem Schlaf gerissen wird. Da Kai ein Faible für Slapsticks hat, hat er's einem großherzig abgekauft; Schachtermin abgemacht, fertig.

Man hätte Schauspieler werden sollen. Oder Makler. Oder Politiker. Man lügt wie gedruckt, und ein Lapsus von diesem Schlage ist einem nicht allzu häufig unterlaufen, sonst wären sieben Jahre voller Bärbelei gar nicht möglich gewesen.

Ah, die Flunkerei, sie ging doch schon viel früher los. Einmal, 1978, als man einundzwanzig war, war man vom Kollegen Brandt, aus dem Büro von Jessen & Co., in dem man damals jobbte, privat eingeladen worden. Wahrscheinlich, weil man – obwohl man Abitur hatte – so »locker« war. Im Büro war Kollege Brandt einem gleichfalls durchaus nicht unsympathisch. Man juxte, redete sich gegenseitig ironisch mit »Süßer« an und trug während der dahingleitenden Arbeitszeit die rosa Brille. Als man aber, weit jenseits der Stechuhr, in Kollege Brandts Kordsessel saß wie auf dem elektrischen Stuhl, ging Kollege Brandt einem in Windeseile auf die von Kollege Brandts Weinbrand eigentlich recht sorgfältig gefirnißten Nerven. Kollege Brandts Frau, Frau Brandt, nicht minder. Wie 'n Sittichpärchen hockten sie geschlagene drei Stunden und plauderten einen windelweich. Frau Brandt beglaubigte Kollege Brandts Selbstdarstellung, um sich anschließend ihre Selbstdarstellung von Kollege Brandt beglaubigen zu lassen. Zwischendurch ließen sie ihre Blicke wohlwollend über ihr Inventar schweifen, machten auf einzelne Posten aufmerksam, indem sie sie selbstgefällig runtermachten – Kollege Brandt war drei Jahre in Japan gewesen –, woraufhin man den trüben Blick von den beiden Trantüten abzuwenden hatte, damit man sich rückwärts über die Sessellehne lehnen konnte, um den runtergemachten Gegenstand auszumachen – eine Stereoanlage oder einen Holzreiher oder eine Strohuhuunruh –; man stellte unpassende Fragen oder suchte händeringend nach Synonymen fürs strapazierte »sehr schön«; und zwar so lange, bis man beschloß, sobald man sich wieder umdrehen mußte bzw. durfte, einfach die Augen zuzumachen und nurmehr »Mmm, mmm, mmm« zu brummen.

Irgendwann geschah's, daß man sich blindlings umdrehte, *bevor* 's überhaupt *comme il faut* war. Im Gegenteil! Frau Brandt war gerade dabei, ihre Selbstdarstellung zu amplifizieren, und plötzlich dreht man sich einfach um! Kollege Brandt machte geistesgegenwärtig den Samurai-oderwasweißich-Lampenschirm runter. Man lehnte das Kinn auf die Sessellehne, wie's sich gehörte, machte die Augen zu, wie's sich freilich ganz und gar nicht gehörte, und sagte »Mmm, mmm, mmm, sehr schschgut« – höflicherweise hätte man zumindest *einen* Blick an die Decke werfen müssen –; und als man praktisch kurz vor der Ohnmacht stand, bemerkte man über der Schneekugelsammlung einen Coca-Cola-Spiegel, der einem die eigene selbstmitleiderregende Grimasse zeigte und – daneben die zukkenden Mundwinkel von Frau Brandt. Verdammt! Während Kollege Brandt zäh mit der Schmähung seines Lampenschirms fortfuhr, hatte man plötzlich was im Augenwinkel und bohrte wie verrückt mit der Fingerkuppe darin herum, um Frau Brandts Spionauge eine nachträgliche Erklärung für die Haßfratze zu liefern, schützte anschließend dringenden Stuhl vor und behauptete nach der Rückkehr vom duftenden Klo, gegen das kein noch so fanatischer Kombinationstrinker je hätte anstinken können, man müsse noch jemanden vom Hauptbahnhof abholen.

»Jetzt noch?«

»Ja ja, es ging nicht früher.« Gott, man redete sich

um Kopf und Kragen. »Ahaaa, Kollege Morten hat 'ne Freundin, die er uns bisher vorenthalten hat.« Kollege Brandt versuchte, Frau Brandts Verdachtstumor durch eine kollegiale Operation zu zertrümmern. »Stimmt's, Süßer?«

»Quetsch ihn doch nicht so aus.« Frau Brandt schöpfte offenbar Hoffnung, mein menschlich enttäuschendes Desinteresse an gekettelten Wandteppichen und doppeltgemoppelten Hoppelhäschen möge seine verzeihliche Ursache in einer aktuellen erotischen Fixierung haben. »Wieso, ich mach doch gar nichts. Ist doch nicht schlimm, oder? Raus mit der Sprache, Kollege! Süßer!«

»Mjorr ...« Man bemühte sich, vielsagend zu grinsen und gleichzeitig den Anus zu entspannen.

»Na also! Immer schön locker bleiben! Wann kommt sie denn?«

»Um ...« Man hypnotisierte fieberhaft die Armbanduhr. Sie war stehengeblieben. Sie war *nicht* stehengeblieben, aber es kam einem so vor. »In 'ner ... rund 'ner St- ... dreiviertel Stunde.«

»Das schaffst du nicht mehr mit der Bahn.«

»Dochdoch, dochdoch. Dochdoch, das werd ich schon –«

»Nee. Nie. Wir fahrn dich hin. Wir haben doch sowieso nichts weiter vor, was, Brandt?« Kollege Brandts Kosename für Frau Brandt war Brandt. »Ist doch Wochenende! Neenee, wir fahrn dich hin. Wenn du nichts dagegen hast, Süßer!«

Natürlich hatte Süßer nichts dagegen. Was hätte es sonst für einen Sinn, ständig blumig sein Bedauern zu beteuern, daß man schon so früh wieder gehen müsse. Zum Ausgleich schlug man vor, in der City zu »viert« noch ein letztes Bierchen einzunehmen. Folglich wurde man von Frau Brandt in einem duftenden Simca 1100 von Poppenbüttel zum Hauptbahnhof chauffiert, indes Kollege Brandt von der Rückbank aus die Beinfreiheit vorm Beifahrersitz runtermachte.

In der Wandelhalle sprintete man verliebt zum Fahrplan – die Sittiche sahen von einer Verfolgung ab, wie man es vorausgesehen hatte –; und plötzlich war man verschwunden – vorsichtshalber auf einem der Bahnsteige, auf denen ggfs. ein Stader Zug einlaufen könnte. Man hatte ja erzählt, sie käme aus Stade. Man fragte eine der roten Mützen. »Aus Stade kommt kein Zug mehr.«

»Und sonst?«

»Was und sonst.«

»Kommt nicht irgendein anderer?«

»Auf was für einen warten Sie denn?«

»Irgendeinen, völlig egal!«

In sechs Minuten komme einer aus Buchholz, sagte die rote Mütze beherzt und faßte die Trillerpfeife fester.

Man nahm sich vor, Stein und Bein zu behaupten, man hätte nie was von Stade gesagt, sondern Buchholz. Es könne gar nicht sein, daß man gesagt hätte, sie komme aus Stade, wo sie doch schließlich definitiv aus Buchholz komme. Man taperte auf und ab, kaufte sich eine Dose Bier, und noch bevor der Zug einlief, war sie leer. Mit weit aufgerissenen Augen lief man gegen den schwachen Strom der Reisenden an, bis er schließlich versiegte. Sie war nicht gekommen. Man strebte enttäuscht Richtung Wandelhalle zurück, anstatt auf Schleichwegen einfach zu verschwinden. »Süßer!« hätte man am Montagmorgen ins Büro stürzen können. »Wo wart ihn denn abgeblieben! Wir sind noch ins *Dingsbums* gegangen!« Aber nein. Da harrten sie wie die Holzreiher, die Sittiche, harrten des verliebten Kollegen Morten. Sie hatten auf dem Fahrplan nachgesehen, daß kein Zug aus Stade mehr kommen würde. Man ging noch mit ins *Dingsbums* und verstrickte sich immer mehr in Widersprüche, bis Kollege Brandt, von der seelischen Zerrüttung seines Süßen erschüttert, begann, das Ambiente des *Dingsbums* mit ornamentalen rhetorischen Figuren zu loben.

Was für ein Kram! Was *ist* das? Berufskrankheit? Soll man sich mit Kästner trösten, wo der Redakteur zu Fabian sagt: »Glauben Sie mir, mein Lieber, was wir hinzudichten, ist nicht so schlimm wie das, was wir weglassen.«

Dr. Zitrone Zimmermann, die blitzgescheite Literaturwissenschaftlerin, wird im Jahre 2002 klar-, weit- und umsichtig formulieren wie folgt:

Nun, die offensive Furcht und Flucht des Bodo Morten vor Wahrheit und Wirklichkeit sind letztlich nichts als Ausdruck des Heidenrespekts eines Laien vor einer Erscheinungswelt, deren spezifischen Territorien von hochspezialisierten Experten und deren Anhängern okkupiert, interpretiert und administriert werden. Wie aber rebelliert man in einer Gesellschaft modernen Bewußtseinsfeudalismus? Bzw., exakter formuliert, gegen eine Gesellschaft sich überlagernder, widersprüchlicher, bedrohlicher Bewußtseins-, vulgo Weltanschauungsstrukturen, in denen der Laie befangen ist wie einst der Leibeigene in der Lehnherrnschaft? Entweder wird man Gegenexperte auf einem bestimmten Fachgebiet, oder man leugnet zunächst, lügt schließlich und betrügt am Ende – ob sich selbst oder andere, macht gesamtgesellschaftlich nur graduelle Unterschiede.

Ach Zitrone, man versteht zwar kein Wort, aber »sehn Sie ma, diese Hose ist im Schritt doch die reine Wohltat« (Heino Jaeger).

Manchmal war's aber auch umgekehrt. Damals zumindest. Man log in die falsche Richtung. Der Besuch im Süderelbekino hörte sich, einen Abend später – auf der anderen Seite der Elbe, in der *Glucke* –, durchaus ein bißchen anders an. Satsche, Kolki, Kai und ich hockten in unserer Mittelnische, dem bananenförmig geschwungenen Tresen genau gegenüber; jeder von uns hatte ein goldblondes Bierchen vor sich stehen; die Tequilagläschen gefüllt. Es war mein vierter von sieben Abenden in Folge, die sich bis weit jenseits der Zwei-Promille-Grenze ausdehnten. Wie hatte unser Kaffphilosoph Fieten Fitschen einst so trefflich den Alten Fritz zitiert? »Rut ut de Kotüffel, rin inne Kotüffel.« Ich für mein Teil kam erst gar nicht mehr raus aus den Kartoffeln.

Ich streute Salz ins Näpfchen zwischen Daumensehne und Handwurzelknochen, hob den Tequila und blickte meine Skatbrüder herausfordernd an. Spannung allenthalben. Ich legte vor. »Gönnst du dir den dritten Tropfen . . .« Erwartungsvoll blickte ich von einem zum andern. In den Tiefen von Kais braunen Augen wurde in aller Lässigkeit, aber fleißig gearbeitet; das erkannte ich an jenem Lächeln eines bärtigen Robert Redford, das hin und wieder von abwägenden Lippenbewegungen unterbrochen wurde. Satsches Schnauzbärtchen blieb reglos, aber die Lider über den blauen Augen bewegten sich quasi gelangweilt auf und ab; ein untrügliches Zeichen dafür, daß es an den Synapsen schmorte. Nur Kolki schwitzte faul vor sich hin. Seine rübenhafte Nase war fast so rot wie sein Schnauzer, dessen linker Flügel in dringlicher Erlösungserwartung zitterte, nicht weniger als seine klobige Hand, die das Schnapsgläschen hielt. Kolkis Alkoholkonsum der letzten Tage dürfte kaum ein Gran dem meinigen nachgestanden haben.

»Wird . . . doller die Aorta klopfen«, sagte Kai.

Prost- und Vivat-Rufe, Salzlecken, Zitronenschnitzlutschen, Schnapstrinken, Erleichterung. Ich protokollierte den neuen Stand des »1. skatflankierenden Reim-dich-oder-ich-sauf-dich-nicht-Trinksprüche-Wettbewerbs« (2:3:3:0), den ich ins Leben gerufen, inspiriert durch Kolks reizenden Zweizeiler, den er aus seinem letzten Griechenland-Urlaub mitgebracht hatte: Ouzo zum Bier/wirkt wie 'n Klistier.

Die Regeln waren einfach. Bevor nicht gereimt war, durfte nicht getrunken werden. Die erste Zeile mußte reihum vorgegeben werden, und wer die zweite zuerst sagte, erhielt 0 bis 3 Punkte gutgeschrieben. Satsche hatte den Anfang gemacht: »Ein kleines Glas in Ehren ...« – »... kann man flugs entleeren«, hatte ich vollendet, allerdings lediglich Kolkis und Satsches Voten für mich verbuchen können. Punktrichter Kai fand die Zeile »insgesamt nicht schlüssig, zu unelegant, zu beliebig. Punktum«. Kolki läutete die zweite Runde etwas lahm mit »Beim zwoten Gläschen Schnaps« ein, wo hinzu wie aus der Pistole geschossen Satsche fügte: »Knallt lustig Häschens Straps.« Auch hier ein krittlerischer Einwand, diesmal von Kolki: »Wo denn. Ich hör nix«; doch nach unserer Intervention – »Aber der Doppelreim!« (ich), »und so schnell!« (Kai) – gab er sich geschlagen. Aorta hin, her Straps – aus dem Handgelenk kippten wir den Schnaps, spülten nach und orderten per Akklamation frisches Bier.

»Wer muß austeilen?« fragte Satsche. »Immer der so blöd fragt«, sagte Kolki und schniefte. »Außerdem, ›geben‹ heißt das.«

»Interessiert mich 'n feuchten Waldhannes«, gab Satsche Kontra.

Ich litt schon früh unter Konzentrationsproblemen. Ich war ohnehin nicht gerade ein As im Skatspiel. »'ne Neun vielleicht«, hatte Satsche einmal gesagt und, bevor ich verärgert zurückschlagen konnte, gönnerhaft präzisiert: »*Pik* Neun!« Kai wäre daraufhin fast erstickt. Kai genoß nicht nur Kreuz-Buben-Status – er merkte sich jede Farbe, ja jede Karte und deutete jedes zögerliche Bedienen oder betont forsche Vorspiel richtig; ja er war gar in der Lage, Eigen- und Dummheiten der anderen, Freund wie Feind, erfolgreich ins

Kalkül zu ziehen –; nicht nur den unangefochtenen Championstatus genoß er, sondern auch die brüderlichen Hakeleien der beiden mittelmäßigsten Mitspieler: Satsches und meine. Je mehr Scheiße ich baute, desto wütender attackierte ich Satsche, wenn *er* Scheiße baute. Oft genug mußte ich mich auch noch in meiner Satschekritik von Kai korrigieren lassen. Ab einem gewissen Zeitpunkt, der nicht selten durch Alkoholmißbrauch beschleunigt wurde, vergaß ich schon beim Nachkarten, wie die Farben wirklich gesessen hatten.

»Achtzehn«, sagte Kai. »Yep«, sagte Kolki. Wahrscheinlich hatte er grad wieder einen seiner beknackten Westernromane gelesen. Kai paßte. Ich reizte Kolk bis auf 36 hoch, sagte »Pik äh Karo« an und verlor meinen Karo Spitze auf schmählichste Weise, inklusive geharnischtem Kontra von Kai. »Manchmal läuft Spitze mit sechs Trumpf besser als mit sieben«, lärmte ich. »Wieso'dn das«, fragte Kai. Was wußte ich. Den Spruch hatte ich mal von Alfons gehört, einem unserer Kafforiginale. Ich hielt ihn für eine Skatkoryphäe und hatte mir seine Faustformel ohne die Erläuterung gemerkt.

Die neue Runde Bier wurde von Manu höchstpersönlich kredenzt. »Stoff, Jungs«, sagte sie. Bevor sie ging, legte sie Kolki die Hand auf die klotzige Schulter und lächelte ihn an.

»Was ist da denn los«, raunte ich. Kolki schniefte und wurde rot. Bei meinem Arsch, er wurde rot! »Ja, was ist denn da los!« wollte auch Kai wissen. »Ganix«, nuschelte Kolk und wußte nicht, wohin gucken. Also steckte er sich eine Reval an und richtete die Bierdekkel parallel zueinander aus, legte die Zigarettenschachtel plan daneben und das gleichfarbige Feuerzeug drauf, bündig mit der Kante abgeschlossen.

Einhelliges Nicken und Necken, und dann sprach mich Satsche auf Bärbel an.

Es hörte sich alles ein bißchen anders an, als es wahrhaftig gewesen war. Nicht daß man übertrieben hätte; es reichten ja die nackten Fakten; aber gerade deren prosaische Schilderung stand einem so gar nicht. Man liebte Anita – das war einem nie so bewußt wie seit ihrer Abreise Mitte September. Die Kumpels wußten folglich nicht, wie sie die Bärbeleskapaden einordnen sollten. Man selbst ja ebenso wenig. Deswegen wohl verschwieg man eine besondere Erkenntnis, die einem erst nach dem Kinobesuch, später, in der *Hexenkate*, und vollends am Sonntag im *Runden Eck* kam: Unter den Maulhelden ist der Leisetreter König.

Jean-Claude Van Damme hatte seinen Widersacher, den klebrigen Asiaten, nach allen Regeln der Kunst verkloppt, und eigentlich wollte ich nach Haus. Nun hatte die Schluckimpfung mein vegetatives Nervensystem aber so weit homöostasiert, daß ich mich von Bärbel überreden ließ, in der *Hexe* noch einen Happen zu essen. Sie mußte ja arbeiten, und da in meiner Küche akuter Nahrungsmittelmangel, in meiner Börse Baisse und in meinem Magen eine Gewitterlage herrschte, nahm ich ihr Angebot an, mich gratis zu versorgen. Zudem war ich froh, diesem martialischen Kino entronnen zu sein – auch wenn zu meinem Entsetzen Selim sich uns anschloß. Fünf Minuten später saßen wir uns gegenüber; ich vor einem Herrengedeck, er, Sportler, vor »ein Colla«. Bärbelchen sauste mit ihrem offensiven Hintern von Tisch zu Tisch, lächelte aber nur mir zu, was ich unauffällig überwachte.

Selim sprach noch schneller als Doc Brokstedt, und da er erst im Alter von zehn Jahren mit dem Rest der Familie aus Anatolien nach Harburg gekommen war, wo sein Vater bereits seit zwei Jahren bei der Phoenix arbeitete, sprach er jenes »Alles-glar-Gollega«-Deutsch, mit dem nicht nur Zuwanderer hierzulande gewöhnlich bestens zu Rande kommen – sprach es nur eben unheimlich schnell. Ich bekam so viel mit, daß er drei Brüder, den braunen Gurt und ständig Ärger mit einer Handvoll Skins hatte. Er war in Bärbels Alter und jobbte in der Gärtnerei von *Blumen Born*, wo Bärbel Floristin gelernt hatte. In diesem Moment fiel mir auf, daß sie und ich kaum was voneinander wußten. Dabei hatten wir doch durchaus auch miteinander geredet – oder?

Bärbel brachte mir mein »Hexengulasch« just, als Selim mich fragte: »Duschreibsbei'ebbe'echorr? Jorrnalis?«

Bevor ich antworten konnte, sagte Bärbel: »Redak*teur!*«, und rauschte wieder davon, nicht ohne mir einen Blick zuzuwerfen wie die Hexe auf Hänsels Finger. Unglaublich: Sie renommierte mit mir. Dieses potente Weib renommierte mit einem wie *mir!*

»Has*du*denattiklübatürksportgeschriem?« fragte mich Selim und drehte die linke Faust einwärts, um das Spiel seines Bizeps zu verfolgen.

»Was?«

»Du?Übertürksport?Fußball?Attikl?«

»Nein«, sagte ich. »Das war mein Kollege.«

»Gutt. Asterrein«, sagte Selim und lockerte seine Schultern, um besser mit dem Knie wippen zu können. Iggy hatte die letzte Süderelbe-sportiv-Rubrik betreut, und ich war fürs nächste Heft dran: ein Schachverein. Morgen, Samstag, 16.00 Uhr, war der Interviewtermin. Am Sonntag um 11.00 Uhr Termin fürs November-Gastro-Rätsel, und zwar, auf Anregung von Eugen, um seine Befeldbindung zu ratifizieren, im *Runden Eck*, dessen Wirtin Bärbels Tante Irene war, die »Fuselkneipenschlampe«, wie Eugen sich ausgedrückt hatte. Am Montag war Uni-Tag und Dienstag Redaktionsschluß, und ich hatte noch keine Zeile geschrieben. Meistens haute ich den ganzen Dreck mit Dosenbier und Brötchen am Sonntag und Montag in die Tasten und machte den Rest – Veranstaltungkalender, TV-Programm – am Dienstag. Kein Grund, nervös zu werden, wenngleich der Montag seit Semesterbeginn nicht mehr zur Verfügung stehen würde.

Ich ließ mir von Selim Adresse, Trainingstermine und Ansprechpartner von seinem Hauerverein geben und versprach, diesen zu porträtieren.

Ich löffelte mein Gulasch, und allmählich wurde mir wohler. Bärbel stillte mich mit gutgekühltem Bier. Am Nebentisch hatte man mitbekommen, daß ich für ELBE ECHO schrieb, und ein junger Mensch mit Fusseln am Kinn und allerlei Applikationen an Ohrläppchen, Fingern und Hals schwärmte mir über seine Stuhllehne gebeugt von unserer Singelbohm-Kolumne vor. Geschmeichelt grinsend lauschte ich der erstaunlich zitatsicheren Nacherzählung der »Kleinkrämerverarsche«, ohne unser gemeinsames Pseudonym zu lüften, wie Iggy, Eugen und ich es uns gelobt hatten.

»Geil«, rühmte der Abiturient, »besonders der ›mit allen Pasten gesalbte Drogist‹, geil . . . Wie war das noch? Äh: ›Verzeihen Sie, Sie haben da ein Speichelflöck-‹«

»›Sputum!‹« korrigierte ich sanft. »›Sputumflöckchen‹!«

»Genau! Geil, ›ein *Sputum*flöckchen, wenn meine unglaubliche Wenig-, ja Nichtigkeit es Ihnen weglekken, nein -lutschen dürfte?‹« Mein Fan klopfte wiederholt auf den Tisch vor Begeisterung, und seine Mitschüler himmelten ihn an. Der geschmackvolle Jüngling – gewiß war er Klassen-, wenn nicht Schulsprecher – sonnte sich in meinem Abglanz.

Jetzt schenkte ich Eugen eher Glauben. Da ich mich bisher nie privat im Süderelbe-Raum aufgehalten, sondern im Gegenteil nach getaner Arbeit wieder möglichst schnell das Weite gesucht, hatte ich sein »Kultstatus«-Gerede für charmanten Selbstbetrug gehalten. Und nun: ein schöner Abend. Donnerndes Leben, ah.

»Um zwei oder so ist mir der Film gerissen«, setzte ich meine Skatbrüder in Kenntnis. »Bärbel hat mich wohl gefahren.«

»Und dann habt ihr noch schön Geschlechtsverkehr gemacht, hab ich recht?« versuchte mich Satsche zu provozieren.

»Keine Ahnung«, sagte ich wahrheitsgemäß. Ich hatte Bärbel mittags danach gefragt. Sie hatte nur süffisant gelächelt.

»Aber heut morgen unter der Dusche«, setzte Satsche nach.

»Stimmt«, sagte ich.

Stimmte eben nicht. Ich wäre viel zu zittrig gewesen für eine solch unfallträchtige Kohabitation. Ein grauenhaftes Erwachen. Muschi gab keine Ruhe, bis Bärbel wach war, und Bärbel gab keine Ruhe, bis ich wach war. Ich lag in ihrem rosa Spitzenslip neben ihr, und das regte sie so auf, daß sie mich prompt dafür haftbar machte, fairerweise mündlich. Ich persönlich rührte kein Glied, sondern betrachtete meinen lebensgefährlichen Kater mit Muschis Augen, die mich mit diesem distanzierten, ewig vorwurfsvollen Blick musterten. Muschi saß neben meinem Kopf, zwischen Bärbels Spann des einen und Sohle des anderen Fußes, und lauschte gleich mir dem akzentfreien Französisch ihres Frauchens.

»Hoffentlich hast du sie ordentlich eingeseift«, nuschelte Kolk und rauchte. »Keine weiteren Fragen?« seufzte ich und bestellte die vierte Runde Schnaps. Kai mußte die erste Zeile vorgeben. »Mag auch der vierte nicht verrotten –«

»– verkleb-, nein: verheddert's dir die Dünndarmzotten!« Mit 5:3:3:0 ging ich in Führung. Im Skat allerdings übernahm ich anhand eines hartnäckig erzwungenen Pik Hand die Schlußposition. Gespaltener Arsch, Bock und Ramsch, und mein endgültiger Untergang war besiegelt, nachdem Kolk mir bauernschlau einen Durchmarsch vereitelte. »Was hast du gedrückt! Wieso behältst du denn Kreuz *König* auf der Flosse und nicht die Neun, du Bauer!« zeterte ich.

»Damit ich auf meiner Pikflöte nicht kleben bleib, du Depp!« nuschelte Kolk. »Scheiße!« greinte ich. »Darauf wärst du auf jeden *Fall* kleben geblieben, du Bauer! Den einen Pik hätte doch bestimmt einer gedrückt!«

»Eben hast du doch behauptet, ich hätte als letzter gedrückt, du Depp!« nuschelte Kolk.

»Ach ja!« heulte ich und bestellte verzweifelt Tequila. Um so smarter flankte ich: »Obacht! – dir das Skrotum rümpft es –«

»Zechst womöglich du ein fünftes!« Kai, der Schnelldenker.

Um es kurz zu machen: Die verheerte Speicheldrüse/kriegt nach Nummer zehn die Krise; und spätestens bei Nummer ölf/gab's was auf die Zwölf. Und zwar so derb, daß ich meinen Termin mit dem *Runden Eck* verschlief.

Und zwar wiederum bei Bärbel, was trotz erheblicher Anstrengungen meinerseits nicht zu leugnen war. Schon wieder lag ich auf der südlichen Seite der Elbe und war einfach nicht mehr wegzudenken, weit weg am liebsten. Wie das Luftbläschen im grünen Auge einer Wasserwaage bewegte sich träg, aber schon wieder geradezu greifbar plastisch ein Bleiei in meinem Schädelballon. Nur in austariertem Zustand gab's keine Kollisionen mit den empfindlichen Ballonwänden, und deshalb überließ ich diesmal allein Muschi die Überwachung Frauchens, das meinen Kavalier schon wieder aufs ausdauerndste charmierte.

Dabei war ich praktisch nicht gerade tot, aber lebendig konnte man das auch nicht nennen. Alle physiologischen Funktionen – bis auf eine, leider – konzentrierten sich aufs blanke Überleben. Meine Seele schwirrte bereits pneumatisch durch Zeit und Raum, kam aber über die gestrige Nacht und die ewige Süderelbe nicht hinaus. Ich war ein klumpiger Haufen Schuldangst. Dieser Haufen, gestern nacht noch in einer Art Größenwahn, hatte offenbar auf seinen gespenstischen Kadetten aufgesessen, der vor der *Glucke* geparkt war – soweit konnte ich mich noch entsinnen –, und mußte wohl quer durch die Stadt, durch den engen Elbtunnel blind bis nach Neuwiedenthal gefahren sein, um – heut morgen gegen halb vier – whiskeytrinkend und zigarrerauchend »Zeig mir dein Mimöschen!« zu grölen, während Bärbelchen, aufgeheizt durch arbeitsbedingten Sektkonsum und das Gaffen der Pintenaffen, einen Striptease hinlegte, der Joe Cocker zu dem Refrain »You can leave your head on« oder so ähnlich zu veranlassen schien. »Und womit? Mit Recht!« (Hugo Egon Balder) Auch ich kriegte beinah einen Anfall cockeresker Schüttellähmung. Laszív gehorchte mein Welpe Cockers Appell – »Baby, take off your shoes« . . . Mit Bauchschmerzen sah ich zu, wie sie die Schöße ihres bittersüßen roten Kleides, von dem ich seit sieben Jahren immer wieder träume, cancanartig über die Strumpfsäume schwenkt und beginnt, ihr Haar hin- und herzuschleudern; sie katapultiert die Pumps ins Geschirr auf der Spüle und aalt sich aus den roten Trägern und knöpft sich auf. Ich wurde ganz stumm, vollkommen bei sich mahlt das überirdische Mädchen – die nackten Arme hoch über dem Kopf verschlungen – mit den Muskeln der lyrischen vier Majuskeln, bis das rote Kleid übers kordelhaft verknäuelte Spitzengewirk des schwarzen Hüftslips gleitet; und immer weiter hinunter, hinunter, runter damit, aber langsam; sie hält den lustvollen Untergang des roten Kleides mit virtuosen Schenkelgimmicks auf, solang es geht – und dann *swutsch;* und sie steigt aus dem Textilhäufchen wie aus einem Vulkankrater, wie von Sinnen wirbelt sie ihre gewichtigen Götzen umeinander, kost sie und gibt ihnen Klapse wie ein Klageweib; dann dreht sie ihren üppigen Leib um seine Gertenachse; sie zieht mit ihren Klauen Striemen über die hinteren Batzen; und wieder herum, sie radiert mit den Daumenpölsterchen an ihren kruden Rosinen, sie drillt sie, daß ich Seitenstechen bekam unter der elementaren Wucht, von der dieser strotzende Wildfang umgetrieben wurde; sie beginnt, Schlitten mit sich zu fahren, klöppelt am Zwickelvlies und wiegt ihre Hüften, mit wollüstig geschlossenen Augen unterm Pudel ihrer Haare reitet sie auf den halboffenen Fäustchen, geht in einen bockenden Totemtanz über, definiert die Trizepse, als sie heftiger da unten herummunkelt, wobei ihre dicken Zwillinge brachial einklemmen; sie steigert ihre Metzenmazurka und zerrt an ihrem Dessous, bis es zerschlissen davonflattert, und *tanzt;* sie *springt* durch den Raum, aufs Bett, federt auf den Tisch, den Sessel und wieder auf den Boden; mit einem Aplomb wechselt die raserische Choreographie zu einer Mischform aus Breakdance und Heian-shodan-Kata, ihre Seidenferse tritt mir – *»Kiai!«* – eine Luftsäule vors Kinn, daß die Brasilrauchwolke in Fetzen fliegt; unter schnittscharfen Schritt- und Schlagkombinationen gelangt sie im Flamencorhythmus von »Tearing us apart« bis in die Kochnische, wo sie – kein Scheiß – auf dem Besen reitet, dessen Stumpf massierend; bei Claptons Solo aber, bei den kosmischen Koloraturen zieht sie zartere Saiten auf, flüssiger ihre Bewegungen, schlängelnder, schwänzelnder, übergreifender, biegt sich rückwärts über die Spüle und breitet die schweren Schenkel so weit aus, daß ihre zottigen, rosigen Kiemen mitgehen, greift überkopf nach einer Plastikflasche und bespritzt sich mit grünem Spülmittel in die Halskehlchen, spritzt Hieroglyphen auf die verwegenen Brüste, deren es zwei gab, wie ich plötzlich in einem Rausch von Wahrnehmung voll Dankbarkeit und Staunen über die Schöpfung wiederentdeckte – »Pasch eins!« grölte ich –, sie spritzt den schlenkernden Endlosstrahl über ihren orientalischen Bauch, es läuft in Schlieren, zieht Fäden von ihren vorwitzigen Warzen, sie spritzt in die hitzigen Leistenschälchen, zupft am Strumpfsaum und spritzt dahinter, spritzt das ölige Band in Rotationen ins Gesicht, in den Nacken, springt mit kinetischer Energie von der Spüle und streckt sich und reckt ihren Boliden und dreht sich und spritzt ihn voll, bis die Flasche mit einem Seufzer aufgibt, wirft sie an die Wand und fängt an, zu den Klängen von – ausgerechnet! – »Stairway to heaven« ruhig und zärtlich, sanft und verliebt, sachte sich einzureiben, vom Haaransatz über die Stirn, die Nasenflanken, übers kindliche Kinn, die Halshänge, Hügel, Bauch und alles, ». . . and my spirit is crying for leavin . . .«, sang Robert Plant, ich hörte ihr vitales Atmen in den Pausen zwischen den Abschnitten der Ouvertüre, das Keuchen eines plötzlich losgerannten Kindes, aus nichts als archaischer Selbstliebe losgerannten Kindes. Beim Einsatz von Bonzos Schlagstöcken wippt sie ganz leicht auf einem ihrer Fußballen, und ich hörte »the voices of those who stand looking«. Beim Beginn von Jimmys märchenhaften Gitarrentiraden fährt sie sich mit beiden Händen kreuz und quer über die schwach schäumende Haut, über die feuchte Textur der Strümpfe . . . Strukturalismus, generative Transformationsgrammatik, familiale Sozialisation – ja gut, aber das konnte mich jetzt mal. Es ging um Leib und Leben! *Ich* und *Es* und *Die* da! Sie sah mich an, sie sah mich an, ihre Lippen müssen schmerzen vor Blüte. Sie sieht mich an und stößt sich vom Spülenrand ab, und in dem himmlischen Gewitter, verursacht von einem bleiernen Zeppelin, to be a rock and not to roll, unter den weichen Luftschlangenschlitzen tapst sie ungeduldig zu mir herüber und wirft sich über mich und reißt mir das Hemd auf, damit ich ihre glitschigen Gewichte auf meiner haarigen Brust fühlte und sie meine haarige Brust unter ihren glitschigen Gewichten. »Liebling«, wimmerte sie. »And she's buying a stairway to heaven«, sang Robert Plant. Und ich kriegte die sagenhafte Kraft unter diesem saftigen Samt zu spüren, brutto für netto, das schwör ich.

Und dann klingelte es an der Tür. Es war vier Uhr morgens. Bärbel preßte sich auf mich und machte mir den Mund zu. Die Kirschen ihrer Augen . . . Es klingelte wieder. Und wieder, lang. Es klingelte in meinen Ventrikeln, und ich machte mich los und torkelte zur Tür. Ich hob den Hörer der Gegensprechanlage ab, er fiel mir aus der Hand. »Frau Befeld, Polizei! Machen Sie auf!« Und Bärbel machte auf, so wie sie war. »Frau . . . äh . . . guten Morgen. Frau Befeld?«

»Fräulein bitte«, sagte mein Bärbelchen, mein schäumender Bülbül, meine Aphrodite Pandemos, meine Sehnsucht, meine Sucht, mein Strudelsog in die Untiefen der schlichten Welt.

Und nun hockte Muschi wieder neben mir, eine Schwanzlänge von meinem Kopf entfernt, und schnurrte, daß das Bleiei vibrierte; gnadenlos betrachtete sie meinen Katzenjammer, indes ihr Frauchen sich an meinen zerrütteten Testikeln zu schaffen machte und mich kraft ihres magischen Arschs zu Revanchehandlungen zu provozieren suchte.

»Ach du Schande«, sagte ich unvermittelt.

Ihr Blick lief schräg über ihren Panther, die Beuge ihrer Wirbelsäule hinunter, und hatte Mühe, den Hang der Hüften zu erklimmen, hinter dessen Gipfel meine rosaroten Augen Betroffenheit markierten. »Was.«

»Ich hab den Termin bei deiner Tante verschwitzt.«

›Verschwitzt‹! Sehr witzig formuliert.

»Da kannst du doch immer noch hin.« Verbissen lungerte sie da unten rum. Ich sah mich schon vage an ihrer Vagina herumpfuschen.

»Aber es wird allmählich dringlich«, sagte ich. »Ich muß den ganzen Scheiß ja auch noch schreiben.«

»Du hast doch bis Dienstag Zeit, denk ich.«

»Schaff ich trotzdem nicht, wenn ich nicht sofort losmach.«

»Orr *Marrn*«, stöhnte sie, las – verdrießlich ob des unromantischen Interruptus – meinen flexiblen Schweinigel auf, warf ihn wieder hin und ging aufs Klo. Verschwörerisch blinzelte ich Muschi zu. Humorlos starrte sie zurück.

Das Blinzeln verging mir spätestens, als wir auf die Straße traten. Von Rechts wegen gehörte ich an den Tropf. Die Knie wackelten, die Nerven wieherten; ich litt unter Dreh- und Schwankschwindel, lautem Schädelsausen, teilweisen Absenzen, zeitweiser Blindheit; Übelkeit, Appetitlosigkeit, Hunger, Durst, Teerkatarrh, Heiserkeit, Atemnot, Panikattacken, Herzklopfen, und mein Auto war weg bzw. nicht da! »Wo ist . . . verflucht!«

»Was denn.« Bärbel hakte mich ein. »Du schwitzt ja!«

»Auto . . . mein Auto!« Auto Auto, wie ’n Kleinkind. Die ersten gelesenen Sätze meines Lebens lauteten, das würde ich wohl nie vergessen: *Tut tut tut ein Auto. Grete fährt im Auto.*

»Ich denk, das steht in Bahrenfeld?«

»In Babahrenfeld? Bahrenfeld?«

»Hast du mir erzählt. Du hast dir doch gestern nacht dreißig Mark von mir geliehen –«

»Geborgt«, sagte ich untot.

»Ist ja piepegal. Für den Taxifahrer. Weißt nicht mehr?«

Sie hatte zweifellos recht. Gott, ich hatte einen Filmriß, da paßte locker »Spiel mir das Lied vom Tod« rein. Kurz vor der Autobahnauffahrt war mir gestern nacht der Treibstoff ausgegangen, und ein Taxifahrer hatte neben mir gestoppt, als ich versuchte, mit einem zerfledderten Papiertaschentuch die Verteilerkappe auszuwischen – die einzige mechanische Pannenmaßnahme, die ich beherrschte. Selbst wenn ein Reifen platzen sollte, erstmal würde ich die Verteilerkappe auswischen. Ich stand auf der rechten Fahrspur, Warnblinklicht eingeschaltet. Der Taxifahrer – ein alter Hippie; ich hatte sofort grenzenloses Vertrauen zu ihm – erkannte mein Kavaliersdelikt auf den ersten Blick. »Hau dich in die Droschke, Alter. Ich würd sagen, das ist nicht so dufte, wenn die Bullen dich greifen. Die Wache ist gleich um die Ecke.« Er setzte sich ans Steuer meines unappetitlichen Kadetten und trieb ihn mit ein paar Bocksprüngen den Bordstein hinauf, stellte das Warndreieck ins Fenster und sagte: »Sprit ist alle, Meister. Was jetzt.« So war's gewesen, gottseipreis, einerseits. Andererseits . . .

»Und wie komm ich nach Hause?« fragte ich Bärbel.

»Ich denk, du willst ins *Runde Eck?«*

»Ich? Nee. Ich will nach Hause.«

»Ich denk, du schaffst die Arbeit sonst nicht mehr.«

»Ich? Dochdoch. Ich hab ja noch bis Dienstag Zeit. Nach Hause.«

»Und wie? Mit der Bahn?«

»Ja.« Ich fingerte meine Börse aus der Tasche, ließ sie fallen, hob sie auf, hielt mir den Kopf, sah in die Börse. Nichts. Nicht mal eine Lira. Gar nichts.

»Ich kann dir was – borgen«, sagte mein süßes Kind.

»Leihen«, sagte ich.

Es kam aber doch alles anders. Die Aussicht auf einen – für *gesunde* Menschen! – viertelstündigen Fußmarsch zur S-Bahn-Station, auf werweiß wie lange Wartezeit auf einem von Gelichter bevölkerten Bahnsteig bei Nieselregen, auf eine klaustrophobische Fahrt durch Hamburgs Slums und auf Umsteigeaktionen, bis ich nach erneut viertelstündigem Fußmarsch endlich in meiner verlausten, seelenlosen Bude wäre – diese Aussicht war noch schauderhafter als Bärbels Vorschlag: »Na gut, dann gehn wir zu Fredi, von dem leih ich mir seinen Benz, und –«

»*Borgst* du dir seinen –«

»– leck mich am Arsch, und dann fahrn wir zu Tante Irene, da machst du deinen Termin, trinkst 'n schönes Bier, und dann fahr ich dich nach Bahrenfeld. Mit'm Ersatzkanister. Fertig.«

Ich leckte sie tatsächlich noch am Arsch – an dieser Inkarnation eines Arschs –, das schwör ich; das war aber viel später in der Nacht. Vorerst hielt ich Ausschau nach anderen Köstlichkeiten, doch in diesem verdammten Trabantenviertel – auf dem Weg zu Fredi jedenfalls – gab 's keine einzige Kneipe oder Bude, wo man im Vorbeigehn ein kleines Tonikum hätte einnehmen können. Nicht mal 'ne Tankstelle! Ich hätte glatt mit 'nem Glas Aral vorliebgenommen. So aber war ich am Rande der Neurasthenie, als wir endlich bei Fredi eintrafen. Bis dahin piepste und gluckste und zwitscherte mein Bülbül, glücklich, ihrem Starredakteur noch ein paar Stündchen abgezwackt zu haben. Da ich damit befaßt war, den Infarkttod hinauszuzögern, gelangten nur Bruchstücke ihrer Erzählung in mein Bewußtsein. Es ging um das Glotzen der Bullen, die mein eingeseiftes Nackedei in der vergangenen Nacht stotternd in Kenntnis gesetzt hatten, sie gingen einer Anzeige wegen Ruhestörung nach (wem sagte sie das, ich war ja schließlich mehr oder weniger dabeigewesen); es ging ferner um das »Sabbern« von Horni, dem Koch der *Hexenkate,* der seinen Basedowblick nicht von ihren dicken Nudeln lassen konnte; und es ging um Fredi, den sie »für'n Fuffi oder so früher öfters mal rangelassen« habe.

»Was Fuffi. Wie rangelassen.« Eine Salve von herzrhythmischen Störungen haute mich fast um, mein Ende war nahe; aber das mußte ich noch wissen, und wenn ich's mit ins Grab nähme.

»Jjja«, quietschte sie und legte ihren Kopf auf meine Schulter und rempelte mich bei jedem zweiten Schritt mit der wohlgepolsterten Hüfte an; »er hat mich so 'n bißchen befingert und mir dafür ab und zu mal 'n Fuffi gegeben oder so ...« Sie warf ihren Kopf in den Nakken und fügte hinzu: »Aber Bumbsen kam nicht in die Tüte!«

Ich war schier sprachlos vor Entgeisterung, Empörung und – Stolz. Stolz? Wo kam denn der jetzt her?

»Wo, ich mein, das gibt's doch nicht. Wer ist denn dieser Fredi?!«

»Samma, hörst du mir eigentlich *nie* zu?« Sie stieß mich weg und schwenkte ihren pikierten Hintern scharf um einen Zaunpfeiler. Zweieinhalb Schritte trudelte ich ins Leere. Verblüfft sah ich, wie sie, neben einem Schaufenster voller Grünzeug, stracks durch eine geöffnete Tür lief. »Plingplong!« *Blumen Born* stand in geschwungenen Lettern auf der Scheibe. Ich folgte ihr blindlings. Drinnen roch es wie der Tod, naßkalt und nach blühenden Blüten. »Tach Frau Born!« trällerte 's Bülbül frech. »Ist Herr Born auch da?«

Obwohl Frau Born gerade einer schwarzgekleideten alten Tante 'nen Strauß Pißnelken band, machte sie sich nicht die Mühe, ihren alttestamentarischen Haß zu verbergen. Das Wildleder des Gouvernantengesichts straffte sich bei Bärbels Anblick, und die Frisur – 'ne halbe Portion Sauerkraut mit Dünnschiß – lud sich statisch auf. Sie zuckte mit dem Kopf in eine rückwärtige Richtung, ohne ihr kaltschnäuziges Gewäsch mit der Trauertante zu unterbrechen. »Ich sach zu ihr, das find ich unmööööchlich sach ich. Ich sach, Ingo ist noch keine drei Wochen unter der Erde; ich sach zu ihr, ich sach Ingo ist noch keine vierzehn Tage unter der Erde, und du, sach ich, ich sach du fliegst nach Tennariffa, und deine Schwiegermutter kann zusehn, wie sie mit Sebastian-Dominik klarkommt . . .«

Wie ein Kapaun zitterte ich hinter Bärbels barockem Hintern her, der in einem Nebenausgang verschwand. Frau Born war's scheint's einerlei. Plötzlich waren wir wieder im Freien; zwischen umgegrabenen Rabatten und Treibhäusern hindurch folgte ich meinem Bülbül, und neben einem im Nieselregen schwach dampfenden Komposthaufen – eben jenem, Gott sei's geklagt, in welchen ich sie neunzehn Monate später, im Juni '89, zwecks einer zünftigen Gewitterfeier gebettet habe, zum Auftakt unserer zweiten Hörigkeitsphase, schwer beeindruckt von der lilavioletten Rüschentakelage ihres Strumpfhalters, der so aufregend postmodern mit ihrem grünen BMW-Cabrio harmonierte –; neben diesem gärenden Komposthaufen standen Selim, eine Mistforke und ein blasser kleiner Mann in den Fünfzigern, den die Natur – während um ihn herum jedes Jahr wieder alles grünte und blühte – sukzessive skalpiert hatte. Er stand mit hängenden Armen da; als er aber Bärbel gewahrte, veränderte sich sein Gesichtsausdruck von dem eines miesepetrigen Ladenschwengels zu einer Miene aufrichtiger, innigster Freude, die mir fast mein vergiftetes Herz zerriß. Seine grauen Äuglein wurden angeknipst, die verkarsteten Backen glätteten sich, ja wurden rosig, und »Bärbelmädchen!« krächzte er, während er die rechte Hand aufs Ohr legte; ich wurde einen Moment lahm vor Furcht, er würde auf seinem Kompost sterben vor Glück. Das Bärbelmädchen strebte wippenden Schrittes dem kleinen Chef zu, warf ihren Schopf umher, steckte die Hände in die vorderen Hosentaschen, dann in die hinteren und doch lieber wieder in die vorderen, und schließlich streckte sie dem so gut wie weinenden Blumen-Born die Hand hin und sagte mit einer Stimme, als habe sie mit Olivenöl gegurgelt: »Hallo Fredi! Na wie geht's! Lange nicht gesehn!«

Schon von weitem hatte mir Selim zugewinkt, und ich hatte überschwenglich zurückgegrüßt. »Allesglar?« Ich hielt mir die Stirn, als sei das eine Erklärung. Offenbar war es eine; jedenfalls begriff Selim kränkend schnell. »Gesoffmbiszumverlustdermuttersprachewa?« Verflucht, dieser junge Türke hatte das Zeug zum Hellseher! ›Zeig mir dein Mimöschen‹ – wenn das Muttersprache war, mochte ich nicht den Vater hören ...

Wir standen da im Nieselregen; ich hatte nicht die Traute, mich auf die Mistforke zu lehnen; und während mir Selim seine knorpeligen Wörter ins linke Ohr spie, erigierte mein rechtes geradezu, um Fredis Zungenschlag nicht zu verabsäumen. Ich nickte und grinste und hielt meinen pochenden Blick stur auf Selims Bärtchen gerichtet, zugleich aber versuchte ich, des Blumenhändlers Süßholzspäne aufzufangen: »... blicken lassen ... mag ihn gern ... muß ja, nich?« *Ich* verstand »ficken lassen ... befingern ... fuffzich«. Selim erzählte mir was von einer Schlägerei mit dem »Mob«, zeigte mir schwarzrote Schorfschuppen auf den Knöcheln seiner Faust; ich hatte das Gefühl, an beiden Ohren gezogen zu werden. Als die Spannung bzw. Dehnung kaum noch auszuhalten war, lockte uns Fredi mit einem verschmitzten Wink, der von einem scheelen Blick zum Haupthaus begleitet wurde, in einen Geräteschuppen, der prahlte vor Aufgeräumtheit. Fredi nötigte uns auf ein paar Gartenmöbel, wieselte in seiner grünen Schürze zur »Hausapotheke«, wie er sie nannte, und kam mit drei Schnapsgläschen, einem geblümten Becher sowie zwei Flaschen zurück, von denen die eine »Eins A Leberkleister«, d.h. Jägermeister, und die andere »Urwaldbrause« resp. »Colla« enthielt. »Ich heiß Fredi«, sagte Fredi und tippte sein Gläschen gegen das meinige. »Ist das dein Freund?« fragte er Bärbel mit einem Zucken der melancholischen Mundwinkel und legte seine Hand aufs rechte Ohr, als wolle er die Antwort gar nicht hören, und Bärbel antwortete stolz, aber diplomatisch: »Das ist Bodo, der ist Redakteur bei ELBE ECHO!«

Ich hätte Fredi küssen mögen, daß ich sitzen und auch noch trinken durfte, zumal er mir umgehend nachschenkte, weil man, versteht sich, »auf einem Bein nicht stehen« könne. »Heute würden mir nicht mal drei Beine helfen«, ächzte ich, und Selim und Bärbel lachten, während dieser kleine Blumen-Born – ›Born to be mild‹, dachte ich albern – nur schmunzelnd nickte, länger als nötig, als wisse er über *alles* Bescheid, was auf und unter der Erde je passierte. Seine stargrauen Augen lagen eng beieinander; sie wirkten wie zu stark gewässert; dennoch bildeten sie die einzigen Farbtupfer im Gesicht, dessen Ausdruckswandlung von Freude zu Trauer mir einen noch tieferen Stich versetzte als vorhin die umgekehrte. Es war, wie wenn er stürbe, sobald das leuchtende, aber verschwiegene Schmunzeln erschreckend rasch im faltigen Hals versickerte; ein Verfall des Gesichtchens, das danach wie ausgebeint schien; die Lippen fahl, und diese sonderbare schutzsuchende Geste der Handmuschel am Ohr. Kaum aber sprach ihn Bärbel an, ging wieder die kleine Sonne auf, Grübchen und Fältchen blühten zum Verlieben, die Ohrhelix glühte, und der konvexe Clownsschädel glänzte. Dieser Mann kämpfte um seine Würde wie mit Rosen gegen Bulldozer. Ich betrachtete seine Hände, die überproportional groß waren, verhornt und verschmutzt bis tief in die Rillen der Fingerkuppen, bis tief in die Linien der Handteller, die kurzen Nägel schwarzgefranst, daß die Halbmonde dagegen strahlten. Ich wurde zwischen verschiedenen Empfindungen hin und her geschubst; es war feuchtkühl in diesem Geräteschuppen, und doch sickerte über meiner Stirn und unter den Achseln plötzlich Schweiß, und ich sendete einen stummen Hilferuf nach Kalifornien: Hol mich hier raus, umgotteswilln! Wer aber half, war Fredi; er schmunzelte mir zu und schenkte mir ein; »schenk ein – mach Striche« sagte er dazu. Ich kippte das strenge Zeugs hinein und sah mir die Phalanx von Harken, Hacken, Kratzen, Spaten, Schaufeln, Eggen, Besen und was nicht allem an, die unter glänzenden Fallhaken hingen, die Hausapotheke mit den rot-weiß gewürfelten Gardinchen; ich hörte Bärbels Geplapper zu und sog den würzigen Duft des Blühens und Verfaulens ein, der von draußen hereinhauchte. Selim ratterte mitunter ins Gespräch, indem er mit dem sehnigen Oberkörper vorschoß und dann wieder zurückfiel, um mit dem Knie zu wackeln. Anfangs unmerklich glitt ich in eine immer onkelhaftere Stimmung, wenn ich die beiden jungen Leute plaudern hörte – »Und er so: hä?, und *sie*, t'tal cool: Du hast mich schon verstanden; und er wieder, t'tal daneben äy: hää??, und *sie* ihm voll eine geballert! Horrhorrhorr . . .!« –; und ich fühlte mich fast eins mit Fredi, der mit gesenktem Kopf schmunzelte, um Bärbel nicht *ständig* ansehen zu müssen, und das Schürzentuch – »froschfotzengrün«, wie Bärbel zu sagen pflegte – glattstrich. Plötzlich packte mich das Daseinsfieber mit derartiger Gewalt, daß ich laut aufstöhnte; brandschatzend tobte das Blut durchs Aderngeäst, und ich beugte mich vor und griff rauchend nach der Jägermeisterbuddel, hielt über meinen eigenen Lapsus verschreckt inne – Fredi aber nickte mir mit gespitzten Lippen und wohlwollend geschlossenen Augen zu. Ich erzählte einen dreckigen Witz, der prima ankam. Ich erzählte ferner vom kriechenden Günsel und lobte das Gartengeschäft im allgemeinen über den grünen Klee, indem ich in Kindheitserinnerungen hinsichtlich verbotenen Erbsenschotenpflükkens in Käthe Mortens Gemüsebeeten schwelgte. Ich erzählte von der neuen Gartenseite im ELBE ECHO und versprach, Hasy Braune herzuschicken, damit sie einen PR mit Fredi aushandele, den ich, wie ich bescheiden anmerkte, höchstpersönlich verfassen würde. Ich schnatterte plötzlich, was das Zeug hielt, und merkte erst als die grämliche Gouvernante ihren Krautsalatkopf durch die Tür steckte, daß Fredi schon die ganze Zeit über immer wieder auf seine Armbanduhr geschaut hatte. »Manfred«, greinte sie, ohne von uns anderen auch nur angekotzt Notiz zu nehmen, »um sechs ist Kirche!«

Fredis Gesicht zerfaserte; schon war sie wieder weg, die Krähe, und Fredi verräumte die Flaschen und Gläser in der Hausapotheke. Man verabschiedete sich. »Nicht daß wir hier noch Wurzeln schlagen«, sagte man, und Fredi verstand. Er machte uns die Pforte auf, und Bärbelchen und unsereins fuhren Selim mit Fredis hellblauem 230/6 nach Haus und anschließend zum *Runden Eck*.

Tab.: 48 Zig. (Marlboro)
Alk.: 3 l Bier
○○○○○

Eselsrochade

Mittwoch. Von Satsches Röhre auf Band in aller Herrgottsfrühe erwacht: »Ich seh das nicht ein, daß *du* dich überhaupt nicht mehr meldest! Hat Iggy auch gesagt! Du meldest dich bei mir, innerhalb von zwölf Stunden, sonst müssen wir andere Maßnahmen ... erteilen!«

Ja Herrgott nochmal, man ist schließlich krank! – Wecker nicht auf 7.30 Uhr gestellt. Wär auch sinnlos gewesen, da man bis 3.00 Uhr nachts in der Kladde herumgekliert hat. Heidrun wieder nicht erreicht. Versucht, beim Arbeitsamt durchzukommen: vergeblich. Wenn das mal keinen Ärger gibt. Und die Vorstellung, um die Rentner, die da aufs chlorstinkende, pilzverseuchte Schwimmbecken verteilt dümpeln wie die Seerosen, mit drei Knoten Geschwindigkeit im Slalom herumzukraulen, verleiht der grauen Migräneaura auch nicht gerade fröhlichere Farben. Ganz zu schweigen davon, daß man nicht mal in der Lage gewesen, Punkt 0 des 3-Phasen-Plans zu paraphieren. Kein Wunder. Befeld »exorzieren« – wie naiv.

Was hatte man da eigentlich verloren bzw. zu suchen, da im Süderelbe-Raum? Hatte man sich dort tatsächlich wohlgefühlt – oder fühlt man sich *jetzt* wohl, in der Erinnerung daran? Man weiß es nicht. Man weiß es einfach nicht. Man denkt oft an einen schlichten, schönen Satz aus TÜRKISCHE FRÜCHTE: »Ihr wart so animalisch glücklich, das ist jetzt ganz einfach vorbei.« War man je ›animalisch glücklich‹ gewesen, mit Bärbel? Mit Nita, einst, sicher, aber mit Bärbel? War man tatsächlich und wahrhaftig *glücklich* gewesen, wenn man sein müdes, zerschundenes Haupt auf die Kissen ihres kontroversen Hinterns bettete? Warum nicht, zum Teufel. Wer sagt, daß Glück auf Wirklich- und Wahrhaftigkeit beruhen muß? Glücks*gefühle* jedenfalls sind nichts als Biochemie.

Es hat keinen Sinn zu leugnen, daß man, von daher, in dem Sinne, glücklich *war,* als man direkt vorm *Runden Eck* parkte und aufeinander einknutschte wie die Pennäler. Man hörte die Jukebox schon auf der Straße, und was wurde gespielt? In dieser Kaschemme? In dieser Fuselkneipe, wo ein Miniatur-Seenotrettungskreuzer als Spendendose auf der Zapfanlage stand? Wo unter einer Glasglocke Frikadellen welkten? Wo Nikotin die hahnentrittgemusterten Tapeten in Schlieren hinableckte? Wo das Odeur der Urinalseifensteine in die qualmende Gaststube hineinzuschwelgen schien, obwohl der Weg zum Klo eine kleine Ewigkeit dauerte? Wo sonntagnachmittags um fünf bereits kartengespielt, bramarbasiert und gesoffen wurde, daß die Fenster schwitzten? Was wurde *dort* in der Jukebox gespielt? *... and if you can't be with the one you love: love the one you're with, honey! Love the one you're with!*

Durch konsequente Falsifikation kam ich drauf, wer diesen wunderbar blauäugigen Song gedrückt haben mußte. Sicherlich kein Weißhaariger in hirschhorngeknöpfter Folklorejoppe; kaum ein mittvierziger Hagestolz mit exakt geklebter Briskfrisur, der Ernte 23 rauchte und vorm Humpenstemmen die Brustmuskeln dehnte, vermutlich um den Jogginganzug aus gelbem und mintfarbenem Plastikpatchwork zu rechtfertigen, der an Ärmeln und Beinen zusätzlich rote Rallyestreifen aufwies; ebenso wenig ein aaliger Stutzer, zwischen dessen karierten Aufschlägen eine *Garfield*-Krawatte bis auf die braune Bügelfalte lappte; schon gar kein bein- und daumenamputierter Sanguiniker mit Schmiß vom blutunterlaufenen Lid zum Nasenflügel und vom Nasenflügel mit frischem

Schwung bis zum Mundwinkelsemikolon; und nie und nimmer ein untersetzter Blaumann mit Zollstock im Beinfutteral sowie blutrotem Spinnwebdessin auf den Doggenwangen – niemand von diesen Herrschaften, Vorurteil hin und her, würde jemals Crosby, Stills, Nash geschweige Young drücken. Auch die *Kim*-rauchende Skaileder-Unke nicht, die sich schon ziemlich kopfüber an die Tresenreling klammerte, während ihr *Eau de Budnikowsky* überaus zuverlässig weiterschwärte. Und die vier Fanatiker am Klapperjass-Tisch standen garantiert allenfalls zum Pinkeln auf.

Nein. Da blieb nach meiner Menschenkenntnis lediglich »Gundolf« übrig, der Beisteher der Unke. Dieser war gleichwohl einer, da ginge ich jede Wette ein, der gegebenenfalls das Jackett über die Schultern drapieren würde, ohne die Arme in die Ärmel zu stecken; der sich einen etwaigen Pullover um die Hüften gurten oder weiße Sandalen tragen würde. Denn er hatte einen blauen Torsopullover an, der früher aus nebligen Gründen »Pullunder« geheißen. Das Hemd darunter in geradezu trällerndem Rosa. Unter Umständen verschmähten sowohl Unke als auch Gundolf als einzige Gäste *deshalb* die Barhocker, weil es ihnen an Sitzfleisch gebrach. Ihre Hosenböden – von, wie es in Krimis heißt, ›undefinierbarer‹ Farbe – hingen lose da auf dem Hüftbügel. Rosa, Blau und Undefinierbar: die Farben, welche meinem psychophysischen Zustand präzis entsprachen.

»Hallo Schätzchen!« rief Tante Irene mit Willy-Brandt-Stimme und winkte uns, mit diesem großen Dreyerlächeln, beidhändig zu. Bärbel zog mich in die äußerste Tresenecke, von den Gästen beäugt. Irene Knaack stapfte toupiert zu uns herüber. Die Riemen von BH und Hosenbund schnitten in den Speck unterm Zopfpulli. Sie drückte eine rotverschmierte filterlose Kippe in den Aschenbecher, tätschelte Bärbelchens Kinnbogen und gab mir die Hand. Ich entschuldigte mich für die siebenstündige Verspätung und versprach einen extraklasse gebosselten PR dafür. »Kein Thema«, winkte sie ab, ohne zu ahnen, wie recht sie hatte. Wie sollte man aus dieser offensichtlichen Pinte ein Gastronomierätsel machen? Tante Willy verkostete einen leuchtendgrünen Likör. Wenn das die Schwester einer Marion Befeld war, wie sahen dann deren Brüder aus? Und, Himmel, ihre Eltern? Man hat 's noch früh genug erfahren, knapp zwei Jahre später, kurz vorm Ende der Lilavioletten Saison, auf der grauenhaften Dreyerfeier ...

Indem ich nach den Umständen der Namensgebung fragte, begann ich mit der Recherche der historischen Daten des *Runden Ecks*. Tante Irene kniff die Augen so fest zusammen, daß der Lidstrich riß. »Wie Umstände. Wat für Umstände.«

»Annere Umstände«, murmelte die Unke, während sie am Reißverschluß ihrer Börse herumtüftelte, in welches übrigens das Motiv eines Viermasters unter vollen Segeln geprägt war.

»Warum haben Sie –«

»Ich heiß Irene, mien Jung«, sagte Irene. »Pett di man nich op'n Schlips.«

»Bodo. Warum hast du deine Gaststätte *Zum Runden Eck* genannt, Irene?« Ich verräumte einen Kubikschluck Bier.

»Ich hab gar nix genannt. KUDDEL!« grölte sie zum Klapperjass-Tisch hinüber. Keine Reaktion. *»KORL!«*

Karl Knaack drehte sich um, ein Kaventsmann von Kerl mit einem Bramskopp, der selbst den von Fieten Fitschen in den Schatten stellte. Mit einem solchen Schädel konnte man Eichenholz spalten. »Ja?« fistelte er. War er im Heliumrausch? Oder hatte eine fiese Fee seine Stimmbänder mit Irenes vertauscht?

»Warum heißt unser Laden *Zum Runden Eck?*« dröhnte Tante Irene.

»Der hieß schon immer so!« quiekte Onkel Karl und widmete sich, schwerfällig die Kommode seines Rückens wendend, wieder seinem Spiel.

»Weil's hier immer *rund*geht!« mischte sich der Sportive ein. Aus der rechten Faust dampfte eine Ernte 23, während er mit zwei Fingern der Linken die scharfe Kante seiner Frisur überprüfte. Dann schnellten die Ellbogen nach rückwärts, um die Brustmuskeln zu stretchen.

»Stimmt«, sagte der Stutzer, plättete seinen *Garfield*-Schlips und zupfte an den Manschetten.

»Immer *rund*geht«, brummelte Unke und starrte ihr Schnapsglas an, als hätte es ihr was getan. Hatte es wohl auch. Dann nahm sie eine überraschende 180-Grad-Drehung vor, einmal armlang ums relingfixierte Handgelenk herum, wobei sich ihre Beine verzopften, hob den Finger und gurgelte: »Gunnolf! *Gun*nolf!!« Gundolf aber stand nach wie vor auf der anderen Seite, neben ihrem Angelpunkt, dem Klammergriff am Thekenhandlauf. »Was ist denn *los*, Rita«, erkundigte er sich besorgt. Rita sauste kehrt – weißgott, woher sie den Schwung nahm –, die Beine entwirrten sich, alles war wieder ganz richtig. »*Da* bist du«, stellte sie fest. Bei der Gelegenheit entdeckte ich den Schriftzug ESPRIT auf ihrem Sweatshirt.

Da meldete sich der Hirschhorngeknöpfte zu Wort. »Früher«, sagte er sachlich, direkt an mich gewandt, »war die Ecke rund, nech.«

»Wie früher. Welche Ecke«, knarzte Tante Irene.

»Na *diese!*« explodierte plötzlich der Einbeinige mit dem Schmiß. »*Früher* war die Ecke *rund!*« Erregt schüttelte er den verbliebenen Daumen in Richtung Eingang aus, der in der Tat noch eine neumondförmige Schiene im Boden aufwies.

Der Folklorist richtete sich auf. »Nech?« sagte er zu Irene Knaack gewandt. »Wolfgang hatte –«

»Die war *rund,* die Ecke!« Der Einbeinige zupfte, um Kniebeulen vorzubeugen, mit der vollzähligen Rechten oben an den Hosenbeinen – überraschenderweise an beiden. »Wolfgang hatte –«

»Früher hatte Wolfgang –«, schaltete sich gleichzeitig der Hagestolz ein und straffte die Brustmuskeln dreimal, doch Joppe würgte ihn sachlich ab. »Das kannst du doch gar nicht –«

»Das kannst *du* doch gar nicht mehr wissen«, überholte ihn der Einbeinige meckernd und richtete den Lauf der Waffenhand auf den Briskfrisierten; »da hast *du* doch noch –«

»Wieso *mehr,* wieso *noch*«; heftig stretchte der Hagestolz Brust- und, erstmals, rechten Nackenmuskel; »sa –«

»Das war neunzehnhundertund –« hob Joppe sachl-

»Neunzehnhundert*acht*undsiebzig«, ereiferte sich der Eindaumige. Sein talgiger Schädel schwoll. »Da habt *ihr* hier noch gar nicht ge*wohnt,* Winfried!« Unter seinem gerechten Zorn drohte Winfried zu pulverisieren, was er mit erhöhter Stretchingfrequenz und spöttischem Schniefen in die Runde zu verhindern suchte. »Neunzehnhundert*drei*undsiebzig«, grölte Tante Irene. »KUDDEL!«

»Nähähähäää!« begehrte der Versehrte auf. »Acht-'n'*sieb*zig! Acht'n'*sieb-* acht'n'*sieb-* äh äh –«

»*Acht*'n'siebzig«, half ich aus.

»Acht'n'*sieb*zig!« toste der Unterdrückte. »Wolfgang hatte grade 'n Fernseher aufgestellt, da«; er wedelte mit dem lebensgefährlich weit zurückgebogenen Daumen hintern Tresen; »– und die erste Sendung war, als sie den, hier, die Lufthansamaschine da, die Landsknecht, nach Mallorc'äääääh Moda . . . gischon, und den Schleyer abgeknipst haben und in Selb-, in Stamm –«

»Na und? Das war dreiundsiebzig! Das war dreiundsiebzig war das! Da war meine Nichte – nä, Bärbel? – grade f-«

»Quatsch!« knurrte, jetzt aber an den Rand der Contenance getrieben, der Lodenmann. »Drei'n'siebzig, da ham se die Juden bei der Olympiade in Berlll-, in München –«

»Was heißt denn hier die Juden«, staunte kühl Gundolf, mein Crosby-Stills-Nash-&-Young-Held; wußt ich's doch. »Die *Israelis!*«

»Jagg . . .« Joppe starrte mich, den Journalisten, an, »dat *sind* doch wohl alles Juden, oder nich! Darf man denn nich mal mehr Juden sagen?«

»Das *kann* gar nicht drei'n'siebzig gewesen sein«, tobte der mit dem Daumen, haute einmal den Gummifuß der Krücke auf den Boden, und sein gezinkter Zinken blähte sich. »Weil die Olympiade immer an *graden* Jahreszahlen –«

»Ach Jupp!« winkte der Hagestolz namens Winfried ab; »*Wolfgang* hatte früher – das war der frühere Wirt«, wandte er sich an mich, stretchte diesmal lediglich sein schnittiges Gesicht und fuhr mit zwei Fingern konzentriert die Tollendüne entlang. »Und sa-«

»Achjuppachjupp? Das kannst du doch gar nicht *wissen!*«, heulte Jupp, der Einbeinige, verzweifelt auf.

»Dann eben *zwei*undsiebzig«, schlug der mit den Hirschhornknöpfen beschwichtigend vor.

Jupp wirbelte herum, wedelte mit dem Zeigefinger – »Neeneeneeneeneenee!« – und wirbelte wieder zurück. »Neunzehnhundert äh –« Keuchend hielt er inne, stöhnte auf und sackte zusammen wie ein Hampelmännchen, dem man die Fäden gekappt hatte. Seine Narbenschneise brannte feuerrot. »Mannomannomann . . .« ächzte er.

»KUDDEL!« grölte Tante Willy. »WANN HAM WIR DEN LADEN ÜBERNOMM!«

»Drei'n'siebzig!« quietschte Kuddel Knaack über die Ochsenschulter.

»'73 übernommen«, notierte ich die historischen Fakten – nach wie vor ohne die geringste Ahnung, weshalb der viereckige Laden einst *Zum Runden Eck* getauft worden war. Bärbelchen kniff mir ins Bein. Ich trank Bier und machte Notizen, fotografierte die ganze Blase sowie insbesondere Tante Irene – und Onkel Kuddel, der sich nur höchst nörgelnd aus seinem Kartenklüngel löste und lange auf die Rückkehr warten mußte, weil der Mastiff eines Neuankömmlings – offenbar, denn er trug ebenfalls einen Zollstock in der Gesäßtasche, der Sohn des Blaumanns mit den geplatzten Wangenäderchen (welcher sich aus der gesamten Debatte feixend herausgehalten hatte) –; weil dieser Köter röhrend auf mich losging, sobald ich Anstalten machte, den Fotoapparat zu heben, mußte Onkel Kuddel quengelnd warten, bis er zum Klapperjass zurückkehren konnte. »Gotcha, *hier! Got*cha *kommst* du her! Sitz! *Sitz!* Got-, *Got*cha, SITZ! Brav . . .«

»Brav«, brummelte Rita und strich Gundolf übers Haar.

Es wurde – trotz eines kleinen Zwischenfalls – noch ein sehr kommodiger Abend. Nach Beendigung des Interviews verzehrte ich zunächst vier Pferdewürste (mit pikantem Senf aus einem possierlichen Steingutfäßchen!) auf Kosten des Hauses. Zwar beschwerte sich Bärbel – loyalerweise beim Anbieter – über ein solch »prutales Essen«, woraufhin Onkel Karl piepste: »Brutal? Wieso. Pferde sind sowieso überflüssig. Ham bloß Nachteile. Nehm bloß Platz wech.« (». . . nehm ei'm bloß 'n Arbeitsplatz wech«, murmelte Unke.)

Ich verzehrte Bier *en gros* dazu, so daß ich den langen, dunklen Fußmarsch zum Klo wohl an die dutzendmal antreten mußte, und zwar mit Hilfe einer Stab-Taschenlampe, die man bei Tante Irene jedes Mal neu anzufordern hatte, was nie ohne Kommentar abging (»Dichtung undicht, wa?«).

Der Weg führte am anderen Ende des Tresens, am Stammplatz des bemannten Blaumanns vorbei durch eine Tür (pappbeschildert mit der handschriftlichen Aufschrift *SaaL/Wc*), die wider alle Kneipenerfahrung keinen hydraulischen Selbstschließer besaß. Mein zweiter Miktionsgang hatte daher Protest zur Folge – »Tür zu!«, »Es zieht!«, »Wohl auf'm Bahnhof gebor'n, wa?« –, und zwar – weil alle Schreihälse ruhig, aber unerbittlich abwarteten – erst in dem Moment, als ich mich im blasigschattigen Lichtstrahl der Stablampe bereits meterweit in den sonderbaren, offenbar fensterlosen tiefen Saal, dessen Beleuchtung defekt war, vorgetastet hatte. Am Ende befand sich das WC. Bei dem Gebrüll erlitt ich – aus bestimmten biographischen Gründen – einen leichten Déjà-vu-Schock, tappte wieder zurück und drückte die Tür zu; so behutsam wie möglich übrigens, weil ich mein Prestige als unbeckmesserischer junger Journalist, der sich gefälligst für den Kleinen Mann Auf Der Straße einsetzt, nicht gefährden wollte – womöglich durch allzu ruppiges Türschließen, was unter Umständen Verdacht auf Überheblichkeit hätte wecken können oder aber auch, das fehlte noch, auf mimosenhaften Trotz (was meine virile Tat, aus lauter Daffke den zweitbesten Freund des Menschen verspeist zu haben, entwertet hätte).

Beim dritten Klogang fiel's mir zwar zeitiger ein – nicht ohne leichten Präventivschock (aus erwähnten biographischen Gründen) –; ich kehrte auf dem Absatz um und machte die Tür zu, *bevor* weitere »Tür zu!«-Pöbeleien einsetzen konnten; beim vierten Mal aber hatte ich die Sequenz des Türschließens motorisch intus (wurde auf dem Rückweg allerdings noch vom *Champion* herausgefordert: Kaum hatte ich mein Wasser abgeschlagen und war mit Effet wieder in den sinistren Saal eingebogen, laberte mich jemand mit verzerrter Stimme von der Seite an: »Ich bin der Champion. Fordere mich heraus!« Mich traf fast der Schlag. Ich leuchtete hinter eine von allen guten Geistern verlassene Bar, und siehe da! Ein Flippergerät mit Sprechintervallmodul oder was weiß ich. »Du machst mich an?« zischte ich, »du? *Mich?* Na, dann woll'n wir mal sehn, was du drauf hast: Worin besteht der Unterschied zwischen Coleridge und Kolleritsch! – Na? – Wie lauten Goethes berühmte Worte auf dem Sterbebett? – Hä? Ich höre nichts! – Und wie schreibt man Pappplakat? – – – Siehste, Angeber.«).

Die nächsten Gänge verliefen problemlos. Beim siebten oder achten schließlich unterlief mir jedoch jenes kleine Mißgeschick, dessen eigentlicher Ursprung sich mehr als vierzehn Jahre zurückdatieren ließ.

Bah, jeder mittelmäßige Neuroendokrinologe weiß, daß es bei Lebewesen eine Art Verhaltensbedürfnis, einen inneren Zwang gibt, der auf die Ausführung bestimmter motorischer Sequenzen drängt, auch wenn nicht der geringste Anlaß besteht (oder gar contraindiziert ist) – genetisch verankert, wohlgemerkt! Um so verzeihlicher, ist er biographisch bedingt, nein?

In den Sommerferien 1973, als 16jähriger Trottel, hatte man im Rahmen eines interdisziplinären Projekts von Gymnasium und Arbeitsamt ein Praktikum bei Jessen & Co. Import-Export KG zu absolvieren. Jeden Morgen um halb sechs stand man auf, traf im Bahnhofshäuschen unseres Kaffs um halb sieben Volli, der ebenfalls wo hospitierte, und fuhr mit ihm gemeinsam in die Big Blue City – die Millionenstadt, die man noch nie mit eigenen Augen gesehen hatte.

Die Sache mit dem Türtrauma bekleidet in der Serie von kleinen Peinlichkeiten, die man sich in dem hanseatischen Handelshaus erlaubte, keinen besonders prominenten Rang. Sei's, daß man jedes Mal, wenn unten in der Rathausstraße ein Martinshorn ertönte, aufsprang und aus dem Fenster gaffte – seinerseits kopfschüttelnd beobachtet vom Frl. Leuschke und vom Prokuristen Sottorf –; sei's, daß man ein ganzes Longdrinkglas Gin trank – pur, weil man noch nie davon gehört hatte, daß es außer Tri Top noch andere Cocktails gab (man kam übrigens mit schwerem Dusel davon, weil Herr Sottorf statt unsereinen Frl. Leuschke wegen des rapid gesunkenen Flaschenpegels zur Rede stellte) etc. –; ach, schon am ersten Feierabend hatte man Käthe und Horst Morten – abgesehen von außerordentlichen Ferngesprächskosten – Sorgen verursacht, indem man im Hauptbahnhof die Abfahrtszeit des Zugs nach Stade drei- oder viermal aus der Fahrplanspalte für die *nächste* Station, Harburg, ablas, so daß der Zug jeweils gerade zehn Minuten weg war. Irgendwann in der Nacht nahmen einen die geplagten Eltern, die seit Stunden Moiréemuster in den Stader Bahnsteig stiefelten, in Gewahrsam. »Wo warst du denn!? Was hast du denn so lange gemacht?! Hast du getrunken!? Herr Sottorf hat gesagt, du wärst schon um halb fünf gegangen!? Herr Sottorf hat gesagt, vielleicht bist du mit den Kollegen noch auf die *Reeperbahn* gegangen!? Wie *ist* bloß sowas möglich!?« – Man war, als 16jähriger Trottel, halt ständig in Gedanken (oder wo immer man als 16jähriger Trottel in solchen Momenten *wirklich* ist).

So bedurfte es nur weniger Faktoren, deren unseliges Zusammenwirken eine weitere kleine Peinlichkeit erzeugte.

Ein Faktor bestand darin, daß unser Büro eine ziemlich beknackte Tür hatte: Sie ging nach außen auf, so daß man, wie es sich für einen 16jährigen Trottel geziemt, beim Hinausgehn zunächst immer dran zerrte wie ein Trottel. Außerdem war sie ein bißchen schwergängig, und zwar aufgrund einer an der unteren Kantenleiste verschraubten schmalen Kautschukschürze (zum Schutze von Herrn Sottorfs zugempfindlichen Schädelnerven), die über den Boden schleifte, so daß die Tür beim Schließen – gegen den Strich – manchmal klemmte, weil das morsche Gummi zwischen Kante und Fußboden geriet.

Faktor zwei machte die Tatsache aus, daß man als 16jähriger Trottel eben ständig in sogenannten Gedanken befangen war – wenn nicht dem direkten Anblick des Minirocks der Sekretärin von Herrn Jessen, Frl. Kruppe, ausgesetzt; Faktor drei die, daß Faktor vier, die Tatsache, daß Herrn Sottorfs erbitterte Parole »Tür zu, verdammt noch mal!« im Hause bereits sprichwörtlich war, in einem gewissen Antagonismus zu Faktor fünf stand, der Tatsache nämlich, daß es alle anderen Abteilungsleiter (mit wohlisolierten Schädelnerven) haßten, wenn *ihre* Tür geschlossen wurde, vermutlich weil sie andernfalls Frl. Kruppes zu selten ansichtig wurden. Auch Herr Jessen persönlich haßte es, wenn seine Tür geschlossen wurde – ja er haßte es gar, wenn Frl. Kruppe die Tür zu *ihrem*, dem seinen angrenzenden Büro schloß, angeblich aus Gründen der Luftzirkulation, in Wahrheit aber, um seine *staff* zu motivieren: Guckt euch den hochkalkulierten, vollverzollten Arsch meiner Sekretärin an! So was winkt, wenn ihr fleißig seid, auch euch, und zwar fob Hamburg!

Faktor sechs bestand aus dem Umstand, daß man als billiger Bürobote selbst nahezu ebensoviel auf den Fluren unterwegs war wie Frl. Kruppe, was einem nur ebenso billig war, weil erstens die Chance stieg, einen Blick auf ihren braunen Minirock zu erhaschen, auf daß einem zweitens taufrische Anlässe zu einem Soloquickie auf dem Klo beschert würden, wohingegen einem drittens der Rest der ganzen Im- und Exportwichserei überseemeilenweit am Arsch vorbeiging.

Eines Tages also wirkten diese Faktoren dergestalt zusammen, daß eine jener Situationen entstand, da zwei zielgerichtete menschliche Bewegungsabläufe aufeinanderstoßen (etwa in Form eines chassé-croisé) – völlig undramatisch, unschädlich, ja harmlos; reibungslose Souveränität, wie man sie sich als 16jähriger Trottel vom Schicksal erbettelt, freilich vereitelnd.

Man hatte ein $300000-L/C, ein DM-400000-B/L oder eine »brennende« Telexorder vom Büro Herrn Sottorfs in das Frl. Kruppes expediert und war, auf dem Rückzug, damit befaßt, behutsam, aber eben ordnungswidrig die Tür zu schließen – praktisch noch schneeblind vom Anblick der wimpelförmigen Wäsche unterm Glockenrock Frl. Kruppes, das sich just bei unsereinem Eintreten nach einem ziemlich weit obigen Aktenordner gestreckt hatte. In einem mental derart labilen Zustand übernahm die nachdrücklichste Türkonditionierung, die durch Herrn Sottorf nämlich, naturgemäß die handlungssequentielle Hoheit. ›Tür zu, verdammt nochmal!‹ fehlschaltete meine Linke.

Nun hatte, wie sich kurz darauf herausstellte, Frl. Kruppe noch während des Abgangs des Büroboten entdeckt, daß es sich bei der soeben durchgeführten Anlieferung um einen Irrläufer handelte, und geistesgegenwärtig zur Klinke der Tür gegriffen, die man, auf der Kehrseite, noch am behutsam hinterrücks Schließen war. In der direkten Folge schien einem diese Tür plötzlich ein bißchen schwergängig (gegen eine aber auch alles mit sich reißende Windhose im stürmischen Stammhirn eines 16jährigen Trottels hat der Neocortex keine Chance), und der zweisekündige *stream of conciousness* während des hartnäckig-behutsamen Versuchs, die Tür gegen einen mysteriösen, elastischbockigen Widerstand zuzudrücken, ging in etwa so: ›Wieso geht denn die verflixte Tür nicht zu / mein Gott hast du *das* gesehen / ach so wegen der blöden Gummischürze na da muß man wohl wieder kräftiger drücken / hoffentlich sitzt keiner auf dem Neben-WC / Scheißtür verdammt nochmal‹, bis einem, nach kurzem stummen Kampf, die Stimme Frl. Kruppes ins leicht geschockte Aktualbewußtsein drang: »Hallo – *hallo,* Herr *Mor*ten, darf ich mal . . .?!«

»Ach hahahaha, ich hab gar nicht gemerkt . . .«

»Macht nichts, macht nichts. Dies B/L, L/C oder W/C ist nicht für uns. Und diese Tür bleibt immer offen, bitte!«

Vielleicht stieß einem jene motorische Irritation noch ein- oder zweimal zu – häufiger nicht –, was jedoch ausreichte, um einem zum einen den Ruf des impertinentesten Türzudrückers der ganzen Firma zu bescheren und andererseits eine latente Portophobie, eine schlummernde Klinkenneurose, die sich in unterschwelligem Muffensausen äußerte, sobald man eine Tür im Rücken ahnte, als sende sie radioaktive Strahlen aus.

Bitter, wenn einen ein solches Trauma nach mehr als vierzehn Jahren unfallfreien Türschließens einholt. Es hing mit dem Umstand zusammen, daß Jupp seine Klogänge jeweils mit denen der anderen Gäste zu koordinieren gezwungen war, weil er keine Hand für die Stablampe frei hatte. »Ach hahahaha«, lachte ich, half ihm wieder aufs Bein und drückte ihm die Krücken in die Hand, »ich hab gar nicht gemerkt . . .«

»Ma 'n bißchen aufpassen hier«, keuchte Jupp mit, seiner lodernden Narbe nach zu urteilen, selbstmörderischer Affektunterdrückung.

Und geradezu prophetisch.

Na, ich trank zwar Bier *en gros,* aber lediglich zwei Schnaps, und den zweiten auch nur, weil man, wie Tante Irene – nämlich wie wohl – sagte, auf einem Bein nicht stehen könne. Was den Einbeinigen erbitterte (hatte er doch gerade über das unerträgliche Jucken in seinen nicht mehr existenten Gliedern geklagt). Bzw. hatte er anfangs seinen gesamten Galgenhumor mobilisiert und »Wem sagst du das!« gedröhnt; als sich aber der Sportive für die kürzlichen Kompetenzzweifel mit Behindertenwitzen rächte, lenkte der Einbeinige seine ohnmächtige Wut gegen Tante Irene (mit vorwurfssatten Blicken in meine Richtung) und brach eine Diskussion vom Zaun, die durchaus als Vorläufer der *political-correctness*-Maxime in den Neunzigern gelten durfte, wonach man bekanntlich nicht mehr z.B. Zwerg sagen durfte oder Blinder, sondern Vertikal Herausgeforderter bzw. Anderssehender.

Der Abend wurde, abgesehen von jenem kleinen Mißgeschick, noch sehr kommod. Doch so kommod er wurde – Bärbelchen kuschelte heftig auf mich ein; ich drückte mehrfach C7 in der Music Box; vom Zollstock, der mit dem Günsel befreundet war, erfuhr ich einige hübsche Gerüchte über den Konzern, z.B. daß der lange Phlegmat hundertzwanzig Zigaretten am Tag rauchte und dementsprechend impotent sei (bzw. andersfickend) oder daß Bart Bartelsen sich mit dem Gedanken trage, nach Kehdingen zu Berta Odette Beck zu wechseln, einer Anzeigenblattverlegerin, die wie unsere Schrödern noch nicht von einem der Giganten geschluckt worden war und an welche diese schon so manchen guten Mitarbeiter verloren hatte, weil dort das Arbeitsklima milder war; dafür würde Bart Bartelsen sogar Haus und Hof verkaufen und nach Kehdingen ziehen, hieß es –; so kommod der

Abend also wurde – später kam noch die Ehefrau/Mutter der Zollstockträger, streichelte dem Mastiff die sabbernde Schnauze und sagte »Na mein Muschi, wie geht's«; Bärbelchen drohte, »heute mal früh ins Bett« zu müssen; und der Briskfrisierte brillierte mit einer glockenklaren Definition von Sadomaso, die Rita erheischt hatte und sehr gut ankam – so gut, daß er sie mehrfach zu wiederholen sich verpflichtet fühlte: »Der eine haut und der andere sacht Aua!« –; so kommod dieser Sonntagabend auch insgesamt war: An seinem Ende hätte ich auf tausend Beinen nicht mehr stehen können, und zu allem Elend wurde ich auch noch von Bärbelchen horizontal herausgefordert. Statt dessen gestand ich ihr angeblich meine Liebe. Verhängnisvoller Zug. Die Neuwiedenthaler Eröffnung. Auch wenn es noch Jahre bis zur grauenhaften Blaugrauen Epoche gedauert hat: Letzlich ist man mattgesetzt worden, sozusagen auf c7.

Die »internationale Woche« (wie Iggy sich ausgedrückt hatte: spanischer Brandy, griechischer Anisschnaps, mexikanischer Tequila, deutsches Bier, schottischer Whiskey etc.) nahm erst am Donnerstag, den 29. Oktober 1987, ein vorläufiges Ende. An jenem Donnerstag war ich zwar so weit wieder hergestellt, daß ich Heiner in Rissen zum Schach aufsuchen konnte, leider aber noch keineswegs in der Lage, seinem frühzeitigen Angriff effektiv Paroli zu bieten. Ich mauerte mich ein, während Heiner vormarschierte und meine bitter nötige lange Rochade nachhaltig verhinderte, was im Mittelspiel schließlich zu einer kuriosen Konstellation auf meinem Ende führte, als Folge des Umstands, daß Dame und König die Plätze tauschten. Wir tauften den Vorgang auf Mortensche Eselsrochade. Nachdem ich zum positionellen Nachteil auch noch Qualitätsverlust erlitt, gab ich auf und erzählte Heiner die ganze Bärbelgeschichte, die immerhin schon so weit in mein Leben eingegriffen hatte, daß ich auch die letzten Studierimpulse ignorierte, gleichzeitig aber meinen Job aufs Spiel setzte. Die Gardinenpredigt Irmgard Schröders, am Morgen in der Redaktionskonferenz, »alle Achtung, da war alles dran!« Ich fegte die Figuren vom Schachbrett, damit ich das Elend nicht länger vor Augen hatte, und verstaute sie im Kästchen. Dann hielt ich die Uhr an. Heiner ist einer der aufmerksamsten Zuhörer, die ich kenne, und zudem verfügt er über einschlägige Erfahrungen über den Zusammenhang von Damenbekanntschaften und Alltagsverwahrlosung. Insofern beließ er es bei einer mahnenden Beschwörung unserer Vernunft, die versoffenen Griffel wenigstens vom Lenkrad zu lassen, und illustrierte diese mit einer Schauergeschichte aus dem Ort. Dann stand er für meinen Bericht zur Verfügung, schenkte Tee nach, bat mich, weniger zu rauchen, und lehnte sich in seinen blauen Cordhosen bequem zurück.

Vor Heiners Ohren, bei Tee und Rauchbeschränkung und nach einer verlorenen Schachpartie klang die Bärbelgeschichte wiederum ein bißchen anders als bei Schnaps, Bier, Tabak und in der Hoffnung auf ein gutes Skatblatt. Meine Erzählung erhielt eine düsterere Färbung. Aber das mochte daran liegen, daß ich mit der Schilderung der heutigen Redaktionssitzung begann.

Eigentlich war ich von Stolz auf meine Gewandt- und Gewitztheit erfüllt gewesen, als ich zwischen Hasy Braune und Zitrone am Konferenztisch saß und die neueste Ausgabe des frechen Freizeitmagazins in Händen hielt. Ich hatte meine Beiträge tatsächlich an einem einzigen Tag zusammengeklittert; am Dienstag, von 9.00 bis 19.00 Uhr, in erneut hoffnungslos verkatertem Zustand, nachdem ich selbstverständlich schon am Vortag, nach der Nacht im

Runden Eck, marod gewesen war. Um das letzte Bier hinunterbringen zu können, hatte es den inneren Schweinehund zu überwinden gegolten, doch ich hatte es geschafft. Auch wenn's am nächsten Morgen wieder keiner gewesen sein wollte. Ich hatte den ganzen Montag in Bärbels süderelbischem Bettchen herumgelümmelt, anstatt, auf der anderen Elbseite, die ersten Sitzungen der Seminare Literatur und Identität sowie Ökologische Psychologie zu besuchen. Meinem Bülbül war es ein Vergnügen, mich zu pflegen und zu verwöhnen und wiederum zu pflegen; ich stand bis abends um sechs nur zum Pinkeln auf. Während ich ein Nickerchen hielt, brachte sie Fredis blauen Benz zurück, kaufte ein, kochte Spaghetti; servierte mir kaltes Bier am Bett, dudelte ihre Cat-Stevens-Platten eine nach der anderen und alberte und plapperte, und zwischendurch blies sie mir einen oder zwei. Hatte ich schon wieder was von Liebe gefaselt? Sie jedenfalls machte Pläne, daß mir angst und ängstlicher wurde. Ich beschloß, es für ein Spiel zu halten; denn war nicht sie es gewesen, die in unserer ersten Nacht auf meine Befürchtung, mich in sie zu verlieben, geantwortet hatte: »Keine Bange, ich bin nur gut zu pficken«? Genau jene Art Machasprüche war es, die mich in Sicherheit wiegte. Ich gab spielerische Zusagen auf ihre Wünsche – »Wir müssen mal ein Wochenende wegfahrn«, »Wir müssen mal auf der Köhlbrand-Brücke vögeln«, »Wir müssen mal im Gebirge Urlaub machen«, »Wir müssen Marion mal besuchen«, »Schenkst du mir ein Aquarium zum Geburtstag?« Der war am 15. Dezember; das war noch lange hin; warum sollte ich nein sagen, wo sie doch gerade meinen Schmarotzer liebkoste? Nein, sie war nicht in mich verliebt; sie war in eine Art Pornoschnulze verliebt, deren Hauptrolle ihr auf den plausiblen Hintern geschneidert war.

Um sechs gab sie mir ihren Zweitschlüssel. Ich wollte nur noch duschen und dann per Taxi nach Bahrenfeld fahren, wo hoffentlich noch mein Wagen stand. Sie lieh mir fünfzig Mark und verabschiedete sich, indem sie ihr T-Shirt hob. »Tschüß, ihr drei Hübschen«, sagte ich. Sie wurden zum Thekendienst abgeholt, von Horni, dem Koch.

Kaum war sie ausgeflogen, wechselte ich aufs Sofa, streichelte Muschi und sah mir die Folge einer bescheuerten Vorabendserie an. Das Daseinsfieber durchtoste wieder meine Bauchhöhle, wie immer, wenn ich mal allein in einer fremden Wohnung war. Ich schenkte mir aus der Whiskeyflasche ein, die seit der samstagnächtlichen Stripteaseshow neben dem Sofa stand, spülte wohl auch mit Bierchen nach und legte Wolf Maahn auf. Dann durchsuchte ich die ganze Wohnung. Während ich in sämtlichen Schränken und Schubladen und Regalen herumschnüffelte, merkte ich, was ich zu finden hoffte: Schriftliches. Briefe, Tagebücher, Zeugnisse, Geburtsurkunde, irgendwas. Aber da war nichts. Es gab keinen Schreibtisch, nicht mal einen Schreibblock. Das einzige persönliche Schriftstück, das ich fand – als Lesezeichen in »Unser Körper – unser Leben 1« eingelegt – war ein zartblauer Brief von einer gewissen Geneviève aus Toulon, datierend vom 5.11.1985. Ich steckte ihn ein, ich weiß nicht warum. Bärbel hat ihn nie vermißt.

Liebe Barbel,
Wie geht es Dir? Zuerst, ich heiße Geneviève, ich habe braune Haare und unglücklicherweise bin ich 1,76 groß. Ich habe eine Schwester, die 14 ist. Ich werde 17 am Mai. Ich habe deine Adresse von Mamans Freund, Dein Vater. Ich studiere Deutsch nicht mehr, so ich habe Angst es zu vergessen. Ich wollte Stewardess werden, aber ich bin zu groß! Ich will nicht Lehrerin werden, weil ich nicht genug Geduldig habe. Im Leben gibt es viele Dinge, die uns ärgern.
Ach ja, ich habe eine Briefmarken sammlung. Ich werde mich

freuen, ob Du verschieden Briefmarken an deine Enveloppen ankleben kannst. Meine Freundin sagt mir, das Hamburg eine große und moderne Stadt ist. Kannst Du mir eine Postkarte senden?
Ich hoffe ich langweilige Dir nicht zuviel!!! Aber ich habe gern mit fremder Leute schreiben und ich denke, daß ob alles nicht gut geht, es ist sehr Stärkungsvoll. Meine Mutter hat vielen Problemen, und ich. Aber ich muß Schluß machen – Schreibe bald!

Deine neue Brieffreundin
Geneviève

P.S. Wenn sagt man »Grüß Gott«?

Petite Mademoiselle, Sie sprechen es gelassen aus: Im Leben gibt es viele Dinge, die uns ärgern. Zum Beispiel war ich sicher, daß Bärbel nie geantwortet, geschweige denn verschieden Briefmarken an ihre Enveloppen angeklebt hatte. Zudem war ich überzeugt davon, daß es ihr an ihrem präpotenten Arsch vorbeiging, wie stärkungsvoll Schreiben sein konnte, ob alles nicht gutgeht. Man mußte schon mindestens einen Arsch von ihrem argen Schlage haben, wenn man ein solch entzückendes Briefchen als Lesezeichen in ein Buch mit dem Titel »Unser Körper – unser Leben 1« einlegte und vergaß.

Ich jedenfalls bin schon immer unfähig gewesen, irgend etwas auch nur im entferntesten Persönliches an Schriftlichem wegzuwerfen. Schon gar nicht so etwas wie Anitas Memos, die sie mir während unserer bis dato viereinhalbjährigen Liebesgeschichte auf dem Nacht-, Küchen- oder Wohnzimmertisch, sei's bei mir, sei's bei ihr, hinterlassen hatte.

Wo bist Du? Ich geh schlafen. Haben uns ›Moonraker‹ angesehen. Gähn! Bester Dialog (vor einem Haus mit verschlossener Tür): Gespielin: »Wir können's ja mal von hinten versuchen!« – James Bond: »Das haben *Sie* gesagt!« – Gute Nacht! (Bis halb eins darfst Du mich noch wieder wecken.) Deine Gespielin. **(15.5.83)**

». . . der Phallus, die andere Macht« (Lady Chatterley). Schreib auch mal sowas Kluges! Dein kluges Mädchen **(23.7.1983!)**

Lieblingsliebling, ich hab heutnacht von einem ›Skoppa‹ und einem ›Flohpick‹ geträumt. Bitte analysieren. Aber erst abwaschen. Bis heut abend, Dein Lieblingsliebchen. **(18.8.83)**

Ich hab Deine Uhr mitgenommen. Meine steht, aber ich weiß nicht wo. Bittebitte nicht wegen Beischlafdiebstahls anzeigen! Danke vielmals! **(23.4.84)**

Ich verzeihe Dir. Mir nicht. Du? **(24.4.84)**

Arschloch, schnarchendes! **(25.4.84)**

Mein lieber Obermufti, 100 g magere Mettw., 100 g steinalten Goud., 1 l Mil., 250 g T. (Vanille) und für Dich was zu trinken! Deine Pow.-Fr. **(17.1.85)**

Kleinode! »250 g T.«, das haute mich um. Manchmal schrieb sie mir auch einfach nur Zitate aus Büchern auf, die sie gerade las, und versah sie mit kurzen Kommentaren:

»Erst viel später erkannte ich, daß die weibliche Schönheit an sich Gefühle vortäuschen kann, mit denen sie nicht das geringste zu schaffen hat; etwa wie die Leinwand, auf der eine Schlacht abgebildet ist, keinerlei heroische Gefühle hegt.« (Zeno Cosini) Hingegen ist mir schon lange klar, daß die männliche Blödheit an sich Gedanken vortäuschen kann, die sie nicht im geringsten versteht; etwa wie was weiß ich, das dauert mir jetzt zu lange, ich will noch bügeln, ha ha. (Anita Heidemarie Adamczik) Das ging nicht gegen *Svevo*, gemerkt, Baby? Deine Nita. **(30. Juli 1986)**

Bei Bärbel fand ich nicht einmal einen Ordner mit Vermieterkorrespondenz oder Versicherungen oder irgendetwas, das Bärbel als natürliche Person des öffentlichen Rechts beglaubigte. Womöglich hatte sie noch nicht mal einen Personalausweis. Wo war etwa ihr Führerschein? Ich fand ihn nicht. Kein Wunder, denn sie hatte keinen. Sechs Wochen später, auf ihrem Geburtstag, sollte ich erfahren, daß Fredi ihn ihr bezahlen würde (sein vorletzter Liebesdienst, bevor er erst seiner Gouvernante zwei Kugeln ins Hirn jagte und dann sich selbst eine). Sie brauchte nur acht Stunden bis zur Prüfung im Frühjahr '88, weil sie längst fahren konnte (wie ich ja wußte); gelernt hatte sie es von Thorsten, ihrem Defloristen.

Sie war eine Holly Golightly aus der Provinz. Sie war eine der wenigen Frauen ohne Handtasche, die ich kannte; Geld trug sie lose in den Jeans bzw., wenn sie ein Kleid anhatte, in den Stiefelchen, im Slip oder im Dekolleté. Scheine, versteht sich. Münzen verwendete sie – und keineswegs erst zur Zeit ihres geradezu spätvenezianischen Lebensstils als prosperierende Geschäftsfrau – als Trinkgeld und Almosen, oder sie schenkte es Kindern. Sie rannte einfach so in der Gegend herum, nichts am sensationellen Leib als das Nötigste. Im Sommer lief sie barfuß, den Haustürschlüssel am Halskettchen, darüber ein leichtes Fähnchen: ohne Geld, ohne Sorgen, ohne Verlegenheiten. Fast immer fand sich ein lüsterner Grünschnabel, ein Marktbeschicker oder Schornsteinfeger, ein intellektueller Stromer oder chevaleresker Frührentner, der sich Schwachheiten einbildete und ihr ein Eis oder ein Glas Sekt spendierte. Sie lebte in den Tag und in die Nacht hinein, nicht nur in die Samstagnacht wie so viele ihrer Altersgenossinnen, und Nickligkeiten des Alltags wie – später, in ihrer Eigenschaft als Pleitehasardeurin – Abschaltung von Telefon, Strom, Gas, noch später Steuermahnungen und Pfändungen etc. schüttelte sie ab wie einen Platzregen. Wie oft hatte ich ihr einzubimsen versucht, daß beschriebenes Papier, womöglich mit behördlichem Stempel, eine gewisse Bedeutung hatte, ja gar Folgen sehr unangenehmer Natur zeitigen würde, wenn sie sich damit lediglich – pardon: *selbst wenn* sie sich ihren hegemonialen Hintern damit wischte? Dieses Mädchen war verrückt.

Das einzige Schriftstück, das sie je aufbewahrt hat, ist Fredis Abschiedsbrief.

Ich hätte es ahnen müssen, als ich da in ihren Siebensachen herumkramte. Nicht einmal Fotos fand ich. Nun, ich hätte durch Nachdenken darauf kommen können, daß sich der spärliche Krimskram, der sich bei einer 18jährigen angesammelt hat, noch bei ihrer Mutter befand. Ich hätte mich erinnern können, daß ich selbst in meine erste Bude – unsere, Satsches und meine Bude – längst nicht alles mitgenommen hatte. Mir hätte, verflucht noch mal, aufgehen sollen, was zum Teufel ich überhaupt tat, verdammt: Ich, ein dreißigjähriger Student, der »noch nie so richtig fleißig« (Stoppok) gewesen war, dessen »harte Zeit zwischen Twentours und Seniorenpaß« (Stoppok) anbrach, der immerhin das unverdiente Glück gehabt hatte, die Anita seines Lebens zu finden; dieser Kindskopf eselte mit einem völlig versauten Kind herum, das beinah seine Tochter sein könnte und dem er schon deshalb besser den gerade erst aus den Eierschalen gepellten Hintern versohlt hätte, dieser Kindskopf, um sich um wesentliche Dinge des Lebens zu kümmern; um Kunst zu schaffen, Politiker zu stürzen oder gegen FCKW, BMW, UKW zu kämpfen oder *wenigstens* mal zu lernen, wie man 'nen Schlips bindet. Doch dieser Kindskopf machte den »Rächer der Zecher« (Stoppok), während die Zeit zerrann. Die Zeit zerrann, während er immer noch nicht aus dem Alter herausfand, in dem wir den Mädchen unter die Röcke geschaut und Maulschellen riskiert. Was ist das für ein Schöpfer, der die Schlipsträger dazu verdonnert, zeitlebens den Mädchen unter die Röcke zu schauen! Die eine haut und der andere sagt Aua! Und die Zeit zerrinnt!

Nichts ist schlimmer, als auf ausgetrampelten Binsenpfaden herumzustolpern, nur um sich auf dem öden Gemeinplatz der Erkenntnis wiederzufinden und sich bei einbrechender Dämmerung zu fragen: So spät schon? Jetzt muß ich aber . . . 'n Bier trinken. Und den Mädchen unter die Röcke schauen. Hinein in diese kokett verhüllte Höhlenskulptur auf schlanken Säulen. Mal sehn, was da unter diesem Vorhang da . . . mal hineinschnuppern . . .; denk an den Quader in Kubricks »2001« oder dieses Kästchen aus Bunuels »Belle de Jour« . . . Sicher, es gibt viele Dinge im Leben, die uns ärgern, doch zum Glück gibt's Schlupfhöhlen; und dennoch . . . – kann man sich denn nicht einfach mal von weitem mit dem Schauen der Camouflage begnügen; muß man denn *jedes* Mal nervös werden angesichts jenes anmutigen Textilparavents und sich ausgeschlossen fühlen; muß man sich denn dauernd so aufregen und rumhampeln, wenn man mal nicht weiß, warum die Ecken rund sind oder ob alles nicht gut geht oder ob da Licht am Ende des Tunnels kommen wird oder nicht . . .

Ah, Licht . . . Ich blinzelte ins Helle. »Wie spät ist es?« Ich rieb mir die whiskeyverkrusteten Augen. Was war denn das da für 'n Vorhang? Ziemlich kurz, der Vorhang. »Wo hast du denn den her!? Du bist doch vorhin mit Jeans zur Arbeit gegangen!«

Sie wollte es nicht verraten und pflanzte sich mit ihrem in der *Hexenkate* heißgeschwenkten Hintern auf meinen Schoß. Ich hockte da mit dem restlichen Whiskey, spülte wohl auch mit Bierchen nach, fragte mich, was ich hier eigentlich machte, wohin ich eigentlich wollte oder sollte, vernebelt und verdattert und vergattert, verdummt und verbummelt und eifersüchtig auf die ganze Welt. Es war schon wieder spät geworden, morgen war ein Redaktionsschluß, der mich einen ranzigen Schiß interessierte; aber was interessierte mich überhaupt? Wie lange war es eigentlich her, daß ich mit einem guten Buch in den Händen friedlich in meinem Zimmer gesessen hatte? Warum bezahlte mich eigentlich nicht der Staat dafür? Sollten uns doch die Russen holen, wenn sie uns nur in Ruhe lesen ließen! Sollte doch alles zum Teufel gehen, mir war doch alles gleich: Bequerel und Bechamel, Pershing II und Schulmädchenreport XII, PorNO und YEStorty, Matthias Rust, Pilotenspiel und Dollarsturz, Regen, Wald, Sterben und Saurer Segen, Elbe und Echo. Wenn ich wenigstens ’nen Schlips binden könnte, vom Vater zum Sohn, so war es immer schon: für das Beheste im Mahahann! »Marry young, settle down«, knödelte Cat Stevens schon wieder, und ich schwor mir in dieser Sekunde, Bärbel mitsamt ihren dicken Symbolen zum Teufel zu jagen, wenn sich Anita in den nächsten Tagen melden würde, denn dann würde ich ihr einen fernmündlichen Heiratsantrag machen. Vielleicht bräche sie ihre Reise ab und ließe Conny allein mit diesen Angebern von Amerikanern – »Hi girls! You want a fuckin’ drink? Got a fuckin’ place to sleep already?« Meinetwegen konnte die Süderelbe überschwemmt werden! »Elbe Echo«! Was für ’n *Scheiß*! Es mußte doch verflucht noch mal Wichtigeres, Wesentlicheres, We-, Wi-, noch was mit W im Leben geben als morgens Sätze zu lesen wie STIEFELVOTZE LAß TITTEN WACKELN und TITTENSAU GIB MILCH, mittags Sätze zu schreiben wie OTTO IST EIN NASHORN und SCHWUL MIT KIND, abends Sätze zu hören wie DAZU HAST DU KEIN RECHT und HALLO! und nachts NOCH ’N BIER und UND ’N DOPPELTEN zu lallen. Aber was? Eins nach dem andern. Erstens: Schlipsknoten üben. Zweitens: heiraten. Drittens: wird sich finden. Jedenfalls erstmal raus hier, den Schluck noch austrinken, Taxi rufen, ab dafür. »Horni hat ihn mir geschenkt«, flüsterte mir Bärbel ins dröhnende Ohr.

»Dem hau ich auf die Mütze, daß es nur so *staubt!« Himmel*, ging ich hoch!

Bärbel hopste mir vom Knie. Sie sah mich an und lachte. »Was ist denn mit *dir* los! Bist du nicht ganz dicht?«

»Wieso schenkt Horni – *dir* – *so'n* Rock!«

»Wieso denn nicht? Bist du nicht ganz dicht?«

Ich mahlte mit den Kiefermuskeln und fixierte Bärbel mit meinem stahlgrauen Blick. »Ich hab dich was gefragt!«

»Ich dich auch! Schrei hier nicht so rum!«

Ich stand auf, um durchs Zimmer zu schreiten, damit ihr der Kontrast zwischen Aufgewühltheit und Körperbeherrschung Respekt einflößte. Es schritt sich jedoch – whiskeybedingt – nicht sehr gut. Bärbel stand da, Hände auf diesen Hüften, und versuchte, eine spöttische Schnute zu ziehen; aber sie war noch zu unreif dafür.

»Weißt du überhaupt«, holte ich mächtig aus, »was Horni auf Englisch bedeutet? Auf Deutsch, mein ich?« Man sackte unter sein unterstes Niveau. »Tlar«, griente Bärbel und machte einen Schritt auf mich zu. Ich sah nur diese prallen, drallen langen Schenkel unter diesem kurzen Rock, die sechseinhalb Stunden zuvor noch in Jeans gesteckt hatten. Ich sah, wie Horni mit dem Schneebesen – »Sag mal«, ich mußte es einfach wissen, koste es was es wolle, und sei's mein letztes Gläschen Würde, »hast du dich in der Küche umgezogen?«

Sie grinste mich an und verlagerte ihr süßes Gewicht ganz langsam auf den rechten Pumps, während das linke Bein nach außen knickte und zu schlenkern anfing, daß der Schenkelmuskel locker schlenzte und der Rocksaum fächelte. Sie sah genau, was ich sah, aber ich sah noch mehr als sie. Ich sah, wie sie ihre Jeansknöpfe öffnete, während Horni seinen Kochlöffel ableckte; ich sah, wie sie den Hosenbund über die perpendikelnden Hüften hinunterzerrte, wobei dieser dreimal vermaledeite Slip mitging, während ich – nur zu ihrem Besten – ihre Wohnung filzte und Horni seinen Ochsenschwanz –

»Böckchen«, tadelte sie und zupfte lockend am Röckchen. Das war zuviel für mich. Es war, als ob eine Kapsel im Kopf platzte. Mir wurde rot vor Augen, und im nächsten Moment sah ich mich keuchend an derselben Stelle sitzen, das dumpfe Echo einer Schimpfwörterexplosion im Kopf, deren Fetzen an der Decke klebten, an den Wänden, an Bärbels Rükken und Hintern, diesem Doppelabgott unter dem kurzen Vorhang; ich schnaufte und schüttete Whiskey in mich hinein; er schmeckte nach Blut, ich hatte mir auf die Zunge gebissen. Ich bebte, daß die verschobenen Kiefer an den Zähnen aufeinanderklapperten. Hände und Füße kalt wie Schnee, Gesichtshaut wie verbrüht; ich schluckte Blut mit Whiskey, es rieselte wie Öl und Feuer in meinen Torso. Bärbels Rücken gebeugt, ihre Hinterteile zitterten unmerklich; vielleicht waren's auch meine Augäpfel. Sie hat mir nie gesagt, was ich da geschrien; es liegt mir in Träumen noch manchmal auf der zerschundenen Zunge, aber am Morgen ist es weg, verschluckt oder ausgespuckt und im Kissen versickert, oder stinkt aus dem Hals. Es dauerte ewig, bis ich bebend aufstand, mich hinter sie stellte und ihren Panther streichelte, ganz leicht; mein Schnaufen ließ ihre Deckhärchen flirren, sie bekam eine widerliche Gänsehaut im Nacken, daß mir fast die Knie nachgaben vor Mitleid. Sie stand nur da, den Kopf gesenkt, die Arme verschränkt, der Rücken wie ein Schildpanzer. Sie atmete kaum oder so flach, daß ich es nicht mitkriegte, weil ich keuchte, keuchte wie ein Strolch, denn ich hatte nichts anderes im Sinn als Rache – oder Sühne, das war mir egal. Ich konnt's doch nicht ändern, wenn trotz der ganzen unbotmäßigen Trinkerei, die doch, wenn sie schon sonst zu nichts gut war, mindestens den peinlichsten aller Triebe zu befrieden in der Lage sein sollte –; wenn trotz der ganzen Maulhurerei mein Lorbaß, mein Prahlhans sich nichts sehnlicher wünschte, als bald wieder mit sanftem Gegendruck aufgesogen zu werden, vorerst aber sich feste zu wetzen an dieser samtigen Hülle über den glastenden Hügeln, die elastisch nachgaben; daß mählich der Vorhang gelüftet würde, nur einen gelupften Flicken weit zunächst, der in aller Unschuld schon mal das ganze Meer im wie tauweichen Tropfen aufblinken läßt; dann noch ein Quadratdezimeterchen mehr, das unzüchtige, winzige weiße Schläufchen vorzeigt, an duftendem Tuchsaum, der eine wunderschöne Furche in diese Fülle weichhäutigen festen Fleischs zieht, von diesem würzig riechenden Höhlenschlitz elliptisch hinauf zum Überhang, wie ein pralles Segel ... »Bärbel. Es tut mir leid.« Die unverwechselbaren Fingerspitzen surren unhörbar. »Knie dich hin«, flüstert sie. Gut. Gut. Sie hält sich mit beiden Händen im Regal fest, spreizt sich und läßt das Kreuz einknicken.

Na bitte. Danke. Herrgott, es rutscht einem eben so raus ...

Tab.: 55 Zig. (R1)
Alk.: 3 l Bier / 2 cl Schnaps
○○○○○

Die Lobby der Alphabeten

Donnerstag. Ih, schon Donnerstag. –

17.10 Uhr. Satan, man ist ganz schwach; gestern den ganzen Tag kaum was gegessen. – –

Ist man dabei, verrückt zu werden? Man stinkt wie 'n Iltis. Übel ist einem, und doch knurrt der Magen. Alles tut einem weh, insbesondere Kopf und Hand. Was ist *das* für 'ne Appetenz, nur noch in der Bude zu hocken und wie 'n Berserker die Feder zu schwingen? (Wenn's wenigstens 'ne Axt wär! Die Axt im Haus erspart die Zitrone! Auha.)

Wieder bis in die Nacht Zeilen geschunden. Bereits ab 2.00 Uhr zäh kein weiteres Bier mehr getrunken. Strafmaß des Buhlteufels: zwei Stunden Schlaflosigkeit (auf Bewährung).

Ah, eine Pest: Man geht ab in die Gruft. Hitzewallungen, Phantomjuckpulver im Laken. Rücken- und Nackenschmerzen. Mit Rotlux ins Zimmerschwarz gestanzt: 3:17. Man deckt die Augenhöhlen mit dem Unterarm zu. Irgendwann denkt man, man schläft, tut man aber nicht. Tausend graue Sauen grunzen einem was vor. Die übererregten Synapsen verbinden Neuronen nach Gutdünken, und Sätze kommen dabei raus wie »Rufmorde muß man gar nicht boykottieren«. Und kaum fällt's einem auf, verschwindet auch die Illusion, daß man schläft. Kann man eigentlich nicht einschlafen, weil einem mit Vorliebe die peinlichen Situationen im Leben einfallen, oder fallen einem die peinlichen Situationen ein, weil man nicht einschlafen kann? Man ist zweifellos kaputt wie 'n Marathonläufer, aber dieser Fleisch-, Schleim-, Blut- und Knochensack da will und will einfach nicht Ruh geben, der

Arsch der. Liegt man auf 'm Rücken, machen die Bronchien Geräusche wie übern Nachthimmel ziehende Gänse, die sich siderische Kommandos zurufen. Liegt man auf der Seite, sieht man die rotluxgestanzten Ziffern: 4:25. Und schon muß man wieder aufstehn, um zu pissen. Ist's die Demokratie, in der wir leben? Würde man von 'nem prima König regiert besser schlafen?

Vermutlich so gegen 5:30 schläft man ein, und dann? Fieser Inkubus, der sein Unwesen nicht mal einstellt, als man nach drei Stunden wieder wach wird, sondern einem übergangsweise Gesichte zeigt, wie man diesem B-Weib gegenübersteht und einen Monolog führt: Gib mir den Schlüssel, bitte. Ich möchte das Kabuff kündigen. Bitte, es gibt keine gemeinsame Zukunft. Wir leben in verschiedenen Welten. Doch, ich habe dich geliebt, aber es geht so nicht weiter. Es geht auch anders nicht weiter. Sei vernünftig. Ich werde dir einen Termin bei einem Psychotherapeuten verschaffen. Der wird dir helfen. Ich geb dir das Geld dafür. Ich bin bereit, mich für alles zu entschuldigen, was ich dir angetan habe. Ja, du hast recht: Ich hab angefangen. Ich geb dich frei, gib du mich frei. Du bist noch jung. Was willst du mit so einem alten Kugelschreiber wie mir. Ich werde Anita ohnehin nicht verlassen. Das steht fest. Mehr habe ich nicht zu sagen. Gib mir den Kabuffschlüssel. Ich gebe dir Geld. Wieviel brauchst du.

Nächstes Gesicht: Bin ich 'ne Nutte? Du mieses Schwein! Warum soll jetzt plötzlich Schluß sein!? Jetzt, wo ich pleite bin?! Jahrelang hast du mich gebumbst, wann's dir paßte, und jetzt, wo ich krank bin: Auf Wiedersehn, Fräulein, war nett gewesen, wenn Sie Geld brauchen, bitte schön! Woher nimmst du's überhaupt? Hast du deiner Frau gebeichtet, oder was? Gibt sie dir Geld, damit ihr Gatte sich freikaufen kann? Weshalb bist du überhaupt noch mal mit mir nach

Walchsee gefahren, wenn du gar nichts mehr von mir willst? Hä? Jahrelang durfte mich kein anderer Mann ankucken, ohne daß du ausgerastet bist, und jetzt soll auf einmal Schluß sein? Immer wieder hast du mir 'ne Szene gemacht, nur weil du auf den Versöhnungspfick scharf warst! Du Schwein! Dazu hast du kein Recht!

Ha! Bu nee. Nie. *So* nie. Sie würde an irgendwelchen Kleidfältchen zupfen, zu Boden starren oder einen groß angaffen. Und dann würde man sich an jenen Montagabend im Herbst '87 erinnern, an dem man ihr jene unsagbare Gemeinheit an den Kopf geworfen hatte, an die man sich nicht mehr erinnert und die sie einem nicht verrät. Vermutlich erinnert sie sich selbst nicht mehr.

Dabei hat man weißgott genug gebüßt. Eine ihrer fähigsten Geschlechtsgenossinnen nämlich rächte Bärbel, nur zweieinhalb Tage später. Und zwar auf einem Nebenschauplatz des Schicksals, wo Rache gewöhnlich am effektivsten wirkt.

»So geht das nicht, Herr Morten!« keifte sie. »Sie sind entlassen! Tut mir leid! Endgültig!«

Unser Tycoon. Ah, das mußte ihm ein innerer FDP-Parteitag sein! Heut raffte das dünne Haar ein rosettenförmiger Taftpüschel wie der eines Zirkusgauls, und er hatte sich auch sonst très chic staffiert: rauchblauer Hosenanzug, weißes Blüschen und ein senkelartiges Bändchen unterm Kragen. Frage der Woche: Wer ist der schönere JR? Larry Hagman oder Irmgard Schröder?

»Aber verehrte Frau Chefin!« Der Chefredakteur sprang in die Bresche. »Ja? Wegen dieser Lappalie, ja? Also gut, sicher, es gibt ein neues Konkurrenzblatt, oder -blättchen, ja?, aber wir –«

»*Wir*, Herr von Groblock«, überstimmte die Herausgeberin des frechen Freizeitmagazins dessen Redaktionsleiter, »könnnnn – es – uns – nicht – leisten, so lax – so lax äh . . .«

»Aber was denn für 'n Lachs, ja?« Eugen tat sein Möglichstes – auch mal, wenngleich ungern, unter Normal-Null.

»Herr von Groblock! Ich warne Sie!« Schröder blickte nicht ein einziges Mal über ihre Lesebrille hinaus. Sie blickte, wie in ein Rollenbuch, auf die erste Nummer von Knut Knox' SÜDERELBE PLUS, die sie vorliegen hatte – Hochglanz, Vierfarbdruck, Ledermützendomina als Titel.

Eugen hob zu einer seiner bunten Paraden an, einer Demonstration der Stärke, die Irmgard Schrödern, wenn sie sich ›versehentlich‹ zu weit aus dem Fenster gelehnt hatte, Gelegenheit geben sollte, ihre Bereitschaft zum Verbalscharmützel mit einem Rhetoriker vom Schlage eines lukianischen Konzertredners noch einmal zu überdenken. Eine solche Demonstration bestand im allgemeinen aus mehreren semiphilosophischen Exkursen, konzentrisch angeordnet um das Kernproblem Mensch und/oder Arbeitsplatz – aufgelockert durch Tucholsky-, Brecht- und/oder Nietzsche-Zitate –, Abschweifungen, die seltene Redewendungen enthielten – oder aber auch von der Journaille inflationierte Begriffe wie etwa Krake oder Pfründe, jedoch notabene mit dem korrekten Genus bzw. Numerus versehen. Auf solche Köder hatte Schröder in der Vergangenheit oft genug angebissen, indem sie in »*die* Krake« verschlimmbesserte oder eben Pfründe als Plural von das Pfrund beugte. Nicht daß sie den Braten nicht gerochen hätte; es handelte sich lediglich um den Kotau eines Potentaten in liberaler Laune vor dem gebildeten Hofnarren, eine ironische Verbeugung, die beider Positionen auf menschelnde Weise zurechtrückte. Im Grunde eine humane Version des Mückenfickervorwurfs.

Die heutige Redaktionssitzung jedoch sollte offenbar einen Wendepunkt markieren, ein Exempel statuieren, endgültig zeigen, wo Bart Bartelsen den Most holt, denn noch während Eugen einen Punkt irgendwo zwischen Schröders Haupt und Bertram Heinsohns Ko-Kopf als Projektionsfläche für seinen elaborierten Vortrag fixierte, stand JR Schröder auf, schnaufte gegen die gelbe Deckentünche und senkte den Blick im Ausatmen wieder. Sehr eindrucksvoll. Hasy Braune fuhr mit dem Finger bekümmert über den Rand ihrer Kaffeetasse. Bart Bartelsen hauchte auf seinen Manschettenknopf und wienerte ihn mit dem schwitzenden Handballen, wobei er das Gebiß fletschte. Bertram Heinsohn blickte fasziniert zur Schrödermutti auf. Doc Brokstedt stauchte seine Zigarette im Ascher zusammen, während sein freundliches Eulengesicht etwas wie Salonekel ausdrückte, und Iggy und Zitrone hielten den Blick gesenkt. Iggy brummte dabei wie ein Hochspannungsmast. Und ich, das *corpus delicti*, um das sich momentan alles drehte, hielt Maulaffen feil.

Als Eugen, wohl doch ein bißchen irritiert von diesem dramaturgischen Regieeinfall unserer Brötchengeberin, seine Ausführungen abbrach – »Nej? Ja?« –, kam gerade der lange Phlegmat rauchend vom Klo zurück, erfaßte die Lage mit einem Blick und setzte sich, Nasenringe blasend, nieder.

»Jetzt will ich Ihnen mal was sagen«, sagte Irmgard Schröder mal was. »Dies ist ein mittelständig- ständigständischer Wirtschaftsbetrieb mit sechzig Voll- und Teilzeit-Arbeitsplätzen. Die Aufträge für die Druckerei sind in den letzten Jahren, seit der Einführung des Fotosatzes, um sechshundert oder sechzig Prozent zurückgegangen. Da können wir nichts mehr ... Ich mußte Herrn Dorn kündigen, ich mußte Herrn Herrn Herrn Dings kündigen –«

»Herrn Ewald«, murmelte Bart Bartelsen und tupfte sich den Schweiß mit einem Taschentuch von der kaseinfarbigen Stirn.

»– neinnein –«

»Ach so. Herrn Köben? Nein«, winkte Bart schon selber ab.

»– nein, Herrn – Dings mußte und gestern abend mußte ich Herrn – Dings kündigen, Herrn äh Schulz.« Großer Gott. Ein alter Mann, aber es fehlten noch ein paar Jahre bis zur Rente. »Alles zuverlässige, hochqualifizierte Mitarbeiter, langjährige – äh – Mitarbeiter. So. Also. Die Druckerei«, Irmgard Schröder setzte sich wieder und blätterte in der Hochglanzkonkurrenz; »die Druckerei fährt Minus, das heißt, der ganze Betrieb, unsere Existenz, Herr von Groblock, von der wir alle, sechzig, siebzig Leute, ganze Familien, existieren, muß, kann nur, die Zeitung, auffangen. Also umgekehrt. Das ist ein knallharter Wirtschaftsbetrieb in der soziali- sozialen Marktwirtschaft, und die Konkurrenz schläft nicht, Herr Morten, und wenn gewisse junge Herren meinen, sie könnten ihre ihre ihre, sie könnten ihre ihre, sie könnten meine Z- unsere Zeitung als als, als Spielwiese für ihre hochgeistigen Ausflüch- Ausflüge, dann haben sie sich geschnitten.«

Der lange Phlegmat verdoppelte den Schadstoffausstoß und grunzte: »Als Talentschuppen.«

Seit wann hatte denn der was zu melden. Friß ihr Diaphragma, Grüßaugust. Den Gesichtsausdruck von Bertram Heinsohn merkte ich mir außerdem. Irgendwann würde er mir im Dunkeln begegnen.

»Frau Braune und Herr Herr . . . äh . . .«

»Bartelsen«, soufflierte Bartelsen.

»Äh Bartelsen plackern äh racken sich tagtäglich ab, damit – und *mir* ist das doch alles egal«, schwenkte sie plötzlich das neueste ELBE ECHO umher, das scharf knackte; »ich kann den ganzen Laden auch von heut auf morgen verkaufen, Herr Springer wartet nur darauf, kein Problem! Ich kann auch die ganze Redaktion auswechseln, komplett, das ist kein Problem, verstanden? Überhaupt kein Problem!«

Eugen lachte höhnisch auf. »Herr Springer ist tot, Frau Schröder!« Die Furie starrte auf Bertram Heinsohns Kinn, das demjenigen Eugens ganz entgegengesetzt lag.

»Heeerr ... äh Groblock«, sagte Schröder. »Sie reden sich um Kopf und Ka- äh Kropf und Kragen.« Schröder fuhr mit dem Handballen über dem Falz des Wirtschaftsbetriebs auf und ab.

»Nej?« euchte Keugen. »Ich hab doch gar nichts –«

»Jeder, Herr –«; Schröder blickte zur Decke, »ach wissen Sie, wir machen jetzt mal Neger mit Köp-, Ne- Nägel mit Köpfeln. Köpfen. Erstens.« Schröder haute die Daumen aneinander. »Jeder Artikel, jeder PR, jede Rubrik, alles wird mit mir persönlich besprochen. Herr Groblock. Dafür sind Sie persönlich verantwortlich. Und zwar am Montagabend. Noch vor Redaktionsschluß. Zwotens.« Schröder bog Zeige- und Mittelfinger der Linken mit rechts nach hinten – ein Geräusch, als habe sie vier Salzstangen mit der bloßen Hand zerbrochen. Bart Bartelsen zuckte zusammen. »Ich erwarte von jedem Redakteur pro Ausgabe trei, ich wiederhole: trei Dem- trei Dem-«; sie schnalzte mit der Zungenspitze: »trei Themenvorschläge. Und zwar zu Demen, die für unsere Leser rela- rela-, für unsere Leser relllevant sind, und wenn ich noch *ein*mal sehe, daß die iksunddreißigste Pressemitteilung von diesem Herrn Neubert da zu 'nem Leitartikel aufgeblasen wird ...«

Dann? was? na? Wir sollten es nie erfahren. »Drittens.« Sie hob vier Finger. »Die Arbeitszeit umfaßt vierzig Stunden pro Monat. Nicht neununddreißig, nicht achtunddreißig, schon gar nicht siebenunddreißigkommafünf: *vier-und-vierzig* Stunden! Klar?«

»Klar«, strahlte Eugen. »Vierundvierzig Stunden im Monat, sagten Sie. Könnten wir das schriftlich –«

»Äääh in der *Woche,* Herr Groblock! Rei-«

»*Von* Groblock, bitte! So viel Zeit –«

»Rei –«

»– muß sein. Nej?«

»*Reißen* Sie sich *zusammen*, Herr *von* und *zu!*« Schröder stierte auf Bertram Heinsohns Kinn, und deshalb bekam sie nicht mit, daß Eugens Lächeln immer strahlender geworden war. »Aye aye, Sir!« sagte er und stand seinerseits auf. Fortwährend allen herzlich zulächelnd, schickte er sich an, den Raum zu verlassen. Und auf dem Weg zur Tür, an Iggy vorbei, bis vor die gegrätschten Gräten des langen Phlegmat, der übrigens keine Kippenlänge wich, mußte er sich noch folgendes anhören: »Reißen Sie sich zusammen, Herr *von* und *zu!* Reißen Sie sich bloß zusammen, sage ich Ihnen! – Sonst landen Sie wieder im *Steinway!«*

Oha. Das ging tief unter die Gürtellinie. Wie eine irre Dermatologin starrte Schröder auf Bertram Heinsohns Kinnpickel.

Weder sie noch der Phlegmat, ansonsten aber jeder einzelne von uns Höflingen vollzog die imaginäre Flugbahn der eitergefüllten Granate in Eugens Ohr optisch nach – bis auf Hasy, die nur den gesenkten Kopf schüttelte –; jeder kannte schließlich Eugens Geschichte, deren einer der lausigsten Schauplätze das legendäre *Stairway* – nicht *Steinway* natürlich – gewesen war, wo Eugen sich an den Rand jeder Gesellschaft gesoffen hatte.

Wer jedoch glaubte, daß ein Sproß verarmten Adels und noch nicht allzu lang trockener Alkoholiker, dessen zur täglichen Reproduktion des lebenserhaltenden Egos dringend nötiger Haschischerwerb auf Messers

Schneide stand – ich sage: Wer glaubte, daß ein Eugen von Groblock mehr Angst vor seiner eigenen Angst hatte denn vor einer drittklassigen Irmgard namens Schröder, der befand sich auf dem Holzweg. Dieser Eugen von Groblock blieb einen Millimeter vor Günther Schröders Hosenbeinen stehen, wendete den Kopf und funkte hellichte blaue Strahlen auf die Halbbrille unserer Managerin. Sein Blick, seine Schultern und die Mittellinie des Konferenztischs bildeten eine einzige gerade Linie mit dem Scheitel Irmgard Schröders, der zwar schief, durch die Schrägneigung des Kopfs jedoch eingenordet war. »Nej?« sagte Eugen, und seine Stimme gluckste geradezu, »da, nej?, da, ja?, da befinden Sie sich aber, nej?, nej?, auf dem *Holzway*, nej? Nej? – Nej?«

Er atmete mühsam, leichthin verbreitert lächelnd, als müsse er gleich furchtbar lachen. Doch er war kalt wie der Tod. Der sensitivste Hautwiderstandsmesser stünde still. Sein Puls wies keinen Schlag mehr als sechzig pro Minute auf, wetten? Er strahlte seine Widersacherin an, als hätte er sich just in sie verliebt – Blick, Schultern, Tisch und schräger, bleicher Scheitel Irmgard Schröders eine schnurgerade Linie –; und Iggy und ich spürten in den Fingerspitzen, wie sich Eugens linke und rechte Hirnhälfte die Bälle zuspielten; Paß, Doppelpaß, Hackentrick, Fallrückzieher und: »Nej? Außerdem könnte einem da doch Schlimmeres passieren, nej? Wenn mich meine Erinnerung nicht rügt noch trügt, *Irmgard,* ja?, gefiel's schließlich so manchem Mädchen mitunter *auch* nicht übel im *Stairway*, ja? Insbesondere am Wochenende, wenn sie ihre Ärsche in die Hot pants quetschten und 'n niedlicher, junger dufter Typ wie, sagen wir, Knut Harmsen, ja?, ein bißchen Lysergsäurediäthylamid dabei hatte und seine hachso sensiblen Finger unterm Tisch nicht zügeln mochte, ja? *Jarr?*«

Die Blicke von uns Schranzen orientierten sich nach der Splißschneise, die Eugens Blick in Schröders Frisur ätzte. Schröder zerbröselte innerlich, hielt aber an Heinsohns Kinn fest.

»Jetzt reicht's«, strich plötzlich der lange Phlegmat den Baß, breit gespreizt, und rauchte Eugen eine Überdosis ins Gesicht. »Reißen Sie sich *zusammen*, Herr von Groblock!«

Geißelte Eugen die stupide Nachplapperei? Er zwinkerte nicht mal. Er zerstäubte den Qualm mit seinem Blick. »Ja? Genau das *tue* ich ja, ja?« sagte er freundlich. »Sie haben da übrigens einen recht frischen Fleck im Bereich des Urogenitaltrakts. Macht nichts.« Er deutete ohne hinzuschauen auf den Hosenlatz des Phlegmat, wo tatsächlich ein dunkles Fleckchen prangte, eine indiskrete Nachgeburt, wie sie manchmal beim Schwengelverstau nach dem Abharnen abgeht, insbesondere wenn die Prostata schon so an die fünfzig Winter hinter sich hat. »Nej? Dürfte ich mal zur Tür?«

Damit war der Lange ein für alle Male erledigt. Er knickte in der Mitte ein, und Eugen ruppte ihn im Vorbeigehn gegens Schienbein. »Verzeihung«, lächelte er reizend, schob die schwere Tür mit leichter Hand nach außen, hielt inne und strahlte mich an. »Kann ich euch bitte mal sprechen, Bodo? Iggy? In zehn Minuten? Ich bin beim Schmutzfink, ja?« Er nickte uns zu und versetzte der dicken Feuerschutztür einen so feinfühlig kräftigen Stoß aus dem Handgelenk, daß sie in einer perfekten Bewegung aufschwang – einen Moment einhielt – und dann in perfekter Bewegung wieder zurückschwang, bis sie mit optimal sattem Knall zuschlug.

Der Phlegmat war grau im Gesicht und rauchte mit beiden Händen. Irmgard Schröder starrte noch zwei Sekunden auf Bertrams Kinn, schluchzte dann einmal auf und ließ den Kopf zur anderen Seite in die Linke fallen; dann stemmte sie das wie leergefegte Gesicht wieder hoch – für einen Moment dachte ich, sie sei erblindet, doch es war nur eine Spiegelung in ihren Brillengläsern –, riß die Mundwinkel auseinander und sagte: »Herr Igelmann, kommen Sie bitte Büro ... in mein Büro ...? Jetzt gleich. Bitte.« Sie stand auf, die Mundwinkel so weit als möglich auseinandergezerrt, und verließ das Konferenzzimmer; im Vorbeigehn legte sie Heinsohn kurz die Hand auf die Schulter und murmelte einen Satz, den ich nicht verstand; Doc Brokstedt schwor später, beim Schmutzfink, daß er »Das Leben ist eine Pest« gelautet habe.

Der lange Phlegmat folgte ihr. Bemerkenswerterweise warf er Zitrone beim Aufstehen einen sonderbaren Blick zu, der nicht leicht zu deuten war: Ich geh nur mal kurz Zigaretten holen? Wir Kommunisten haben's nicht leicht? Das Leben ist eine Pest?

Ich befreite mich aus meinem extraterristrischen Kokon der fünften Dimension. Mir war gekündigt. Weshalb hatte ich eigentlich die ganze Zeit dagesessen wie ein Trottel? Nach Schröders »Endgültig!« hätte ich die Eier haben müssen, sofort aufzustehen und zu gehen. Statt dessen saß ich da und beobachtete, wie der Stein ins Rollen kam – auf den Abgrund zu.

Hasy legte mir die Hand auf den Unterarm und schaute mich an, ohne was zu sagen. Ich grinste albern, ging raus und trottete Iggy hinterher, durch den Kafkakellerkorridor zur Hintertür hinaus auf den Hof, damit wir nicht an den Schrödern vorbei mußten. »Gehst du nicht zu ihr?« fragte ich ihn. »Nää«, grunzte Iggy. Unsere Expunks! Die hatten Format! Wir gingen zum Schmutzfink, der eben geöffnet hatte. Eugen saß schon in der Ecke des Westflügels. Er kicherte irr vor sich hin. »Tja«, sagte ich.

»Die Büchs!« schnappte Eugen mit bis zum Anschlag aufgepumptem B. »Ja? *Die* will mir mit'm *Stairway drohen?* Hehehehe ...«

Eugen beeidete, daß die Geschichte stimmte. Ich glaubte ihm, obwohl ich mir Schröder trotz Aufbietung all meiner Imaginationskraft schwer mit Mattenfrisur, Häkelweste und heißen Höschen vorstellen konnte. Geschweige denn im LSD-Rausch befingert von diesem gestriegelten Geck, der Knut Harmsen heute war, bzw. am vergangenen Mittwoch, als er die »neue Anzeigenillustrierte mit dem besonderen Plus« vorgestellt hatte. Durch die Ausschweifungen der Bärbelnächte hatte ich die Berichterstattung darüber schlicht vergessen. Ich hatte keine Ahnung, wo sich die Notizen befanden – in meiner Ledertasche waren sie jedenfalls nicht gewesen, als ich meinen Kram am Dienstag zusammengeschmiert hatte. Auch die Fotos waren nicht da. Es war mir ein Rätsel, denn die Bilder vom Schachvereinsvorsitzenden, von Tante Irene und Onkel Karl hatte Stöver mir überreicht. *Sie* entwikkelte die Filme. Wahrscheinlich war *sie* schuld. Hätte ich die Knoxfotos in Händen gehabt, wäre mir der Termin wieder eingefallen. So aber mußte ich Schröder ins offene Messer laufen. Und das hatte sie machiavellistisch schulmäßig inszeniert.

Mit wohlwollender Erwähnung des Anzeigenaufkommens beginnend, hatte sie Iggy für seine sehr gut recherchierten, sehr gut geschriebenen Beiträge gelobt, »sehr fleißig« dazu gesagt, sich insgesamt zufrieden mit dem Erscheinungsbild und der Mischung von Informations- und Unterhaltungsgehalt der neuesten Ausgabe geäußert, auch Eugens Glosse über den Innenstadtplanungsstreit gelobt – bei gleichzeitigem Tadel hinsichtlich seines Leitartikels, was darauf hindeutete, daß sie die Fahnen wieder mal nicht gelesen hatte, und im selben Atemzug gefragt: »Übrigens, wo ist denn der Bericht über unsere neue Konkurrenz?« Dabei blätterte sie heuchlerisch in ihrem halbseidenen Boulevardblatt herum.

Sofort klopfte mir das Herz im Hals. Ich spürte ein mittleres Erdbeben herannahen. Ich spürte, wie mich Eugen fragend von der Seite ansah. Ich spürte, wie ich selbst mich fragend von der Seite ansah.

»Der kommt der kommt nächste der kommt nächste Woche«, antwortete ich. »Mir fehlen da noch ein paar Informationen.«

»Was für welche. Was für Informationen«, fragte Schröder zärtlich und blätterte in diesem Hochglanzmachwerk. »Na *jaa*«, intonierte ich eine Idee zu ungeduldig, »äh – wer eigentlich dahintersteckt und so.«

»Waren Sie nicht auf dem Präsentationstermin?« erkundigte sich Schröder – noch sanft, aber schon mit zutiefst angewidertem Lippenschwung. Wie wenn ... als ob ... – sagen wir, als würde sie vom Schmutzfinken gezwungen, dessen neueste Delikatesse zu schlucken. Kalter Bauer auf Pumpernickel. Mit Schnittlauch.

»Nein*nein*«, sagte ich wie selbstverständlich, »also selbstverständlich war ich da, aber ...«

»Ja?« Schröder wartete.

Das war neu. Das konnte ich nicht wissen. Normalerweise reichten ein, zwei Ausfluchtsansätze, weil sie einen gleich unterbrach, ihre Gardinenpredigt herunterbetete und es dabei bewenden ließ, sofern man klug genug war zu schweigen. Und das war man allemal.

»Ich warte, Herr Morten.«

»Ich hatte eine sehr anstrengende Woche«, warb ich bescheiden um Verständnis, »ich war ein bißchen krank, neulich bin ich im Fahrstuhl fast kolla-«

»Anstrengende Woche? Was hat Sie denn so angestrengt? Ich zähle hier zwei Beiträge mit Ihrem Kürzel.« Sie hatte heimlich geübt. Spontan wäre ihr der sarkastische Einsatz dieses Verbums nie eingefallen.

Ich zwang mich zur Ruhe. »Ja gut«, sagte ich, »aber wie Sie wissen, betreue ich den Terminkalender, das TV-Programm und die Meldungen. Außerdem hat die Uni wieder angefangen.«

»Meldungen haben wir fünf, sechs, sieben. Schätzungsweise halbe Stunde. TV: zwei Stunden. Ter-«

»Nie!« Mein leerer Teebecher fiel um. »Zwei Stunden . . .! Was glauben Sie, wie lange ich allein an dieser satirischen Inhaltsangabe der Dallas-Folge gebosselt –«

»Dalassen, Dall – nnnn – *Dann lassen Sie* das doch demnächst«, platzte Schröder. »Gebosselt, gebosselt, gebosselt, gebosselt! Wir sind doch kein Satireblatt! Und auch keine HÖR ZU oder SIEH HIN oder was. Herr äh Morten, Sie –«

»Ich –«

»Jetzt rede *ich!«* Weißgott. »Ihr Beitrag, Herr äh Morten, zu dieser ELBE-ECHO-Ausgabe ist mehr als dürftig! Ich würde sogar sagen, eine Unverschämtheit! Und den wichtigsten Termin überhaupt, wenn eine scharfe Konkurrenz, wissen Sie eigentlich, wie unsere Bilanz – so. Also. Was glauben Sie wohl, was unsere Anzeigenkunden glauben, wenn wir so tun, als ob es uns gar nicht interessiert, ob ein neues Blatt mit Kampfpreisen um unsere treue Kundschaft äh, mit Hochglanzvierfarb und spannenden, hervorragend recherchierten Stories und ausgezeichnet formulierten – Stories, was glauben Sie wohl?«

»Ich, Frau Schröder«, setzte ich neu an, nun im Falsett eines gebrochenen Mannes, der zu stolz ist, schwere private Schicksalsschläge zur Entschuldigung heranzuziehen; »ich –«

»Was ich ich.«

»Darf ich mal ausreden. Ich . . . äh, ich habe . . . ich bin in der letzten Woche ständig zwischen Stade und Hamburg und Süderelbe hin und her gependelt. Ich hätte fast einen nahen Angehörigen verloren.« Jetzt war es raus. »Und die Uni hat wieder angefangen. Und meine Freundin ist *monatelang* in USA, und ich muß alles allein –«

»Herr Morten, es tut mir leid, aber so geht das nicht.« Hörte die mir nicht zu, oder was? Mein Bruder wäre beinah gestorben, und dieser sackgrobe Philister von Weib trampelte noch auf ihm herum. »Wenn in *meiner* Familie äh, dann könnte ich auch nicht sagen äh äh äh ... So ist das eben. Sie müssen, so geht das jedenfalls nicht. Erst fälschen Sie die Frage der Woche, Ihre PRs sind mehr als lieblos, und jetzt verdatteln Sie einen Termin – dann müssen Sie sich zumindest mit Ihren Kollegen absp –«

»Was würden *Sie* denn machen, wenn *Ihr* Bruder mit einer akuten –« Verdatteln, verdatteln. Ich zitterte vor Wut und Gekränktheit über diese ungeschlachte –

»Ich habe keinen Bruder«, keifte sie. Na und? Ich auch nicht. »So *geht* das nicht, *Herr* Morten! Sie sind entlassen! Tut mir *leid!* End*gültig!*«

War man eben *nicht*. Schon gar nicht endgültig. Endgültig entlassen worden ist man erst sechs Jahre später. Wie ist das bloß alles möglich. Weshalb hat man nicht einfach die Kündigung akzeptiert. Weshalb hat man sie nicht einfach als willkommenen Anlaß genommen, der Süderelbe den schmerzenden Rücken zu kehren, sich irgendeinen verantwortungsarmen Bürojob zur Finanzierung des Studiums gesucht, endlich das Examen gemacht, Anita geheiratet, und dann hätte man weitersehen können. Man hätte promovieren können. Praxis Dr. Morten. Man hätte Tierpfleger werden können. Oder Tischler wie sein Vater. Und *Vater* hätte man werden können. Irgendwas hätte man *werden* können. Mit dreißig wär's noch nicht gar zu spät gewesen. Statt dessen sah man sich in Lordosestellung vorm Konzern-PC hocken bzw. hinterm holden Hintern seines Heiahäschens. Und später wieder. Und wieder, trotz mehrerer möglicher Wendepunkte. Nach dem Schädel-Hirn-Trauma. Vor der grauenhaften Dreyerfeier. Nach der ersten Kündigung. Nach dem tiefen Winter der Depression, der Griechenland-Reise, der Hochzeit. Nach der zweiten Kündigung. Alle Wechselfälle des Lebens entpuppten sich als mehr oder weniger pathetische Versuche, irgendwas mit We, Wi, Wa oder Wo zu finden, jenseits der herzdehnenden Sehnsucht nach frevlerischem Miedermummenschanz, nach ein bißchen Schlips und Kegelabend, nach ein bißchen Macht und Fachwissen: War denn das zuviel verlangt, wenigstens hin und wieder Recht zu haben und zu behalten, damit dies ewige Jucken in allen Löchern und Lücken und Höhlen balsamiert würde, wenn sie schon nicht endgültig gestopft werden konnten ...

Gleich nachdem wir beim Schmutzfink über unsere weitere Vorgehensweise konferiert hatten – der Doppelbeschluß Gehaltserhöhungsverhandlungen/Kündigungsdrohung *en bloc* war gerade gefaßt –, auftrat Petra. »Hallo!« winselte sie dem Schmutzfink zu und segelte zu uns herein. »Was krichsdu!« schleuderte der Grobian ihr hinterher und taxierte sie – vielleicht auf ihre Tauglichkeit als Galionsfigur. »Huch-! Nichts«, miaute sie, »ich geh gleich wieder!«

»Dachtich mir«, brummte er.

Petra ließ ihren Fliegenhintern auf die Sitzbankecke nieder und brach umgehend in Tränen aus. Schröder hatte sie geschickt.

»Gibt's 'ne Gehaltserhöhung?« fragte Eugen schneidend. Iggy legte eine Hand auf Petras, gegen die der Aschenbecher sich ausnahm wie eine Ikebanaschale. »Ganz richtig, Petra«, sumste Iggy auf sie ein, »was heulst *du* denn!«

Ihr Haar sah aus wie ein geplatzter Strohsack. Sie

heulte, weil sie unsere Papiere schon »fertiggemacht« hatte, was zehn Minuten später widerrufen worden war.

»Nej?« peitschte Eugen, »sag der Kokkenmusch, daß wir zu diesem Hungerlohn kein Sterbenswörtchen mehr schreiben, ja?«

Unverrichteterdinge verschwand Petra wieder. Sie brauchte drei Anläufe, um die tobende Bundesstraße zu überqueren, wie wir unter der Ado-Gardine hindurch beobachteten. »Wenn die überfahren wird«, sagte Eugen, »kannst du sie mit'm Blatt Klopapier aufwischen.«

Mittags bekamen wir Gesellschaft von Doc Brokstedt sowie von Hasy Braune und Stöver, die ihre »Jungens« vermißte. Wir blieben hart.

Am Nachmittag – wir saßen immer noch da und schwadronierten – betrat der Günsel das nach Kohl stinkende Etablissement, umlispelte zunächst den fleckigen Wirt, der ein paar halbherzig gespülte Colagläser knebelte, bis sie quietschten, und näherte sich dann mit den struppigen Ohren wackelnd unserem Tisch. »Mahlßeit, die Herrn«, raunte er, sichernd um sich spähend, obwohl ein Blinder sah, daß wir allein waren. »Nehmen Sie Platz, Herr Dr. Dr. Günsel«, kreischte ich dessen ungewöhnlicher Gegenwart wegen verzückt – denn seine »frühere Verlobte, meine jetzige Frau« (ein Stehsatz des Günsels, den er wahrscheinlich um 1960 herum von Peter Frankenfeld oder was aufgeschnappt hatte), verbot ihm, auswärts zu essen –, und außerdem war ich inzwischen trunken, von der Aussicht auf den Eklat, den wir auslösen würden, aber auch die lieben Bierchen entfalteten wohl ihre Wirkung. Der Günsel, wie vorhin Petra, pflockte seinen Anus auf die Sitzbankecke, um Loyalität nach allen Seiten zu demonstrieren, und grunzte *sotto voce:* »Sie solln ßurückkomm, sacht die Chefin.«

»Nej? Wer!« sagte Eugen, heftig beduselt vom mittlerweile dritten Joint. Der Schmutzfink hatte beim ersten nur kurz herübergeschnüffelt, »wat is datten fürn Kraut« gegrölt und sich dann wieder dem Glätten der Klebstoffbläschen auf dem Rumpf seiner Streichholzgaleeren gewidmet, wofür er eine Nagelfeile verwendete. »Selbst wenn er eine düstere Ahnung *hätte,* ja?« flüsterte Eugen, »nie würde er sie seiner Überzeugung opfern, daß man Rauschgift *spritzt,* hehehe!«

»Wer? Na die Chefin!« raunte der Günsel und äugte ängstlich zum Schmutzfink hinüber, der inzwischen Weißbiergläser ertränkte, Luft schnappen ließ und erneut mit roher Gewalt unter Wasser drückte.

»Wer zurückkommen«, präzisierte Eugen. »Wir? Ja?«

»Ja*ja*«, nickte der Günsel.

»Kann sie uns das nicht selbst sagen?«

»Entschuldigung«, murmelte der Günsel und rang die boxhandschuhhaften Hände, neben denen sich der Aschenbecher ausmachte wie ein Tiegelchen; »ich soll ja nur . . . nä? Entschuldigung, ich sach ja nur – nä?«

»Jaja«, sagte Eugen. »Nej?«

»Na dann will ich ma wieder«, murmelte der Günsel und warf einen besorgten Blick unter der Ado-Gardine hindurch zum Konzernhochhaus hinüber. »Nix für ungut, die Herrn!«

»Nej?« sagte Eugen, »der ist so blöd, der Günsel, ja? Die alte Sackkarre.« Er wickelte sich einen kleinen Joint. »Hasy hat 'ne wunderbare Geschichte erzählt, ja? Die die ganze niederträchtige Dämlichkeit dieses geradezu leuchtenden Tölpels aufs entzückendste fokussiert, nej?« Er zündete sich das Zigarettchen an und blickte dem Rauch nach. »Der Günsel, neulich, ja?, ist auf dem Wege von Francop nach Neuenfelde, immer am Deich entlang, den Obstmarschenweg. Ziemlich kurvige, unübersichtliche Strecke, wie ihr wißt. Vor ihm 'n LKW, langsam, aber der Günsel ist 'n Dulder und kriegt sowieso ab Tempo siebzig Atemnot, ja?, und hinter ihm fährt 'n Streifenwagen. Diesen Bullen«, Eugen atmete retardierend, »wird die Eierei irgendwann zu dumm. Setzen zum Überholen an. Überholen den Günsel, befinden sich auf Höhe des LKW, ja?, und da«, Eugen pustete ein Dampffähnchen, »nej?, da beliebt es zu geschehen, daß die niedrig stehende Sonne über den Deich scheint und diese rote Leuchtkörperschiene, ja?, zwischen den Blaulichtern, erhellt. Ja? Die *Sonne* tut das, ja? Wie aber lautet die Schrift in dieser roten Leuchtkörperschiene auf dem Bullenwagen? Die Schrift lautet *Bitte folgen!*«

Eugen rauchte genüßlich.

»Ach du liebes Lieschen! denkt sich der Günsel und versucht, ja?, ebenfalls den LKW zu überholen. Aber die Kurven sind eng, der Laster ist breit und die Sicht nicht gut. Nej? Gar nicht gut. Und Gegenverkehr, und da hinten fährt der Bullenwagen, und schon so weit weg, ja?, so daß der Günselesel schließlich die Nerven verliert und in 'nem halsbrecherischen Stunt zwischen dem vollbremsenden LKW und einem schall- und lichthupenden PKW von vorn sich hindurchquetscht mit quietschenden Reifen und den Bullen hinterherprescht, die nun schlechterdings nirgends mehr zu sehen sind, nej?, macht noch 'ne Katze platt, ja?, und knallt mit hundert Sachen über die Dörfer, wo doch fünfzig nur erlaubt sind. Ja? So daß der Bullenwagen, der in irgend'ner Nebenstraße, ›Achtern Brack‹ oder was, ja?, 'nen Hydranten observiert hat oder 'ne Vogelscheuche erschossen, seinerseits die Verfolgung aufnimmt und den nervlich völlig zerrütteten Günsel unter Mühen kurz vor Hove stellt. Der anschließende Dialog, nej?, für den würde ich tausend Mark hinblättern, ja? Sofort, ja? – Ohne mit der Wimper zu zucken, ja? Nej? Hehehehehehehehe!«

Ah, unsere Laune stieg. Wir tauschten noch ein paar weitere Günselanekdoten aus, die jedoch an Eugens bei weitem nicht heranreichten. Wir analysierten den Konzern nach allen Regeln der Kunst. Wir beklagten die Beschränktheit des schröderischen Horizonts, den erschütternden Verlauf der Sprachentropie, den Sinn- und Werteverfall im allgemeinen. Wir waren stark. Unsere Lobby war das Alphabet. Wenn unser kleiner Finger will/stehen alle PCs still. Wir sahen dem Schmutzfink beim Galeerenkleben zu. Wie war es möglich, daß ein solches Mensch, das in der Lage war, ein fettes, dreckiges Schwein zu metzgen, aufs feinste Streichhölzchen aneinanderzufügen vermochte? Wunder der Natur!

Wir blieben, bis es dämmerte. Ich aß noch ein »Beefsteak Barbar«, wie Eugen sich ausdrückte, trank fünf Cola und fuhr zu Heiner, um ein weiteres Spiel zu verlieren. Am nächsten Morgen waren wir alle wieder am Platz. Schröder ließ sich nicht blicken. Das war's. Als ob nichts gewesen wäre. Oder umgekehrt.

Tab.: 60 Zig. (R1)
Alk.: 4 l Bier
○○○○○

Verzweifelte Gottheiten

Freitag. 14.05 Uhr. Es ist schon geradezu hinreißend. Es ist ennuyant, wie Zitrone vielleicht sagen würde (ob die wohl überhaupt noch lebt?), aber es ist auch irgendwo reizend. Man ernährt sich nur noch von Knäkkebrot; kaum daß man 'n paar Stunden schläft; und am nächsten Tag sitzt man schon wieder am Schreibtisch – und sieht sich selbst dabei zu! Man stinkt, man rülpst, der Brain Blues grölt zum Gotterbarmen – doch was tut man, sobald man siech vom Lager steigt, anstatt zu duschen und sich in einen Menschen zu verwandeln? Man setzt sich an den Schreibtisch – und sieht sich selbst dabei zu, wie man da vor sich hin pinselt, daß die Hirnschwarte kracht ... Daß zwei so zarte Lungen überhaupt soviel Teer und Toxide verkraften! Daß der Magensack nicht einfach reißt von diesen Bier- und Bierkilos! Wenn einem das alles ein Dritter zufügte, würde man ihn wegen Körperverletzung drankriegen.

Uff, man wird noch enden wie Fallada, Falleri und Fallera ...

Dabei müßte man dringend das Unangenehme mit dem Lästigen verbinden: Was da alles auf einen wartet! Arbeitsamt, Satsches erzürnter Anruf, Iggys Fragen, Nitas Rückkehr – und immer Bärbel, Bärbel, Bärbel »Damokles« Befeld ...!

Seit acht Wochen nichts mehr von der gehört ...

Jesus, das geht nicht gut. Da ist was im Busch. Bu, da ist was im Büschel! *Arr,* man hat's im Urin, daß da was raunt und raschelt im Bülbülschen Büschchen ... Uh, die Blaugrau' Epoch'! / gräßlich' Synekdoch'! / Vier, fünf, sechs: / Böse Katenhex'. / Sieben, acht, neun: / Hendiadyoin ... Auha.

Fernabfrage Kabuff freilich: zero (nicht mal Pauli).

Sollte man doch die richtigen Worte gefunden haben, in jenem Telefonat des Grauens? Sollte sie begriffen haben, *daß* man in verschiedenen Welten lebe und *daß* sie 'n eigenverantwortlicher Mensch sei und mit ihren Problemen *selbst* fertig werden müsse etc.? . . . –

Vorhin, im Sofa, als man in den Strauch vorm Panoramafenster schaute, ist man plötzlich 'nem leisen Gefühl von Panik anheimgefallen: die Amsel, Brust aufgeblasen, Schwanzfächer einwärts wippend, sie hat so herzzerreißend gefiept . . . Was war los? Minutenlang ging das so. Fiepte und drehte das schwarze Köpfchen . . .

Irgendwann ist's davongeflogen, 'nen fröhlichen kleinen Jingle pfeifend, das schwarze Federvieh, als ob nichts gewesen wäre.

Das panische Gefühl ist 'n Weilchen in den Knochen steckengeblieben.

Man sollte mal wieder herzlich weinen.

Was aber hat man im Fernseh sehen müssen?

Karneval. Noch zehn Sekunden, dann würden in Köln und Mainz die Jecken das Zepter übernehmen. Man liegt da auf'm Sofa, und das rückwärtsgewandte Gesicht löst Engrammgewitter aus. Man kann gar nichts dagegen tun (das Hirn, das Hirn, der teuflische Zwirn . . .). Während man sich noch einbildet, man dächte endlich an was anderes, macht der »raunende Beschwörer des Imperfekts« im flimmernden Schädel renitent weiter, wie 'n sadistischer Hedonist gegen seinen Antagonisten, den masochistischen Fundamentalisten.

Filouhaften Sinn für die Evidenz von Jubiläen kann man ihm nicht absprechen. Vor auf die Sekunde genau sieben Jahren nämlich, am Mittwoch, den 11.11.87, um 11 Uhr 10 und 50 Sekunden, war folgendes Engramm entstanden: Man steht vor dem Zyklopenauge von

Bärbels Tür, schweratmend vor geilem Schwänzgefühl. Man ist mal rasch aus der Redaktion verschwunden, mit der Begründung, man wolle in Harburg die Frage der Woche stellen. Man trägt Jeckenkappe, Pappnase, falschen Schnurrbart – und 'n Fläschchen Champagner unterm Arm. Man drückt auf den Knopf überm Bakelitschild *B. Befeld*. 11 Uhr 11 und 0 Sekunden. Man kennt sich drei Wochen, und sie öffnet einem wie verlobt die Tür – derart aufgebrezelt, daß einem das Blut vom Hirn in den Fidibus schießt – und erstickt fast am eigenen kindlichen Glucksen. Rüschen und Biesen an den beiden vollen Präsentkörbchen, Friese und Mieder unterm Zigeunerröckchen; Schleifchen und Strumpfband, Stola und Federboa und ein Duft aus Höhlen und Kehlchen, daß man ganz jeck wird. Man schießt den Schampuskorken gegen die Decke und läßt den Gischt übern aufgeplusterten Hintern des kreischenden Bülbülvögelchens schäumen* ...

Ab jenem Freitag – es war der 30. Oktober 1987 –, nach jenem Donnerstag-Streik, waren vorläufig Ruhe, Muße, Bußfertigkeit eingetreten. Ich trank nur noch so viel, daß sowohl Schröder und Bärbel als auch ich die Schnauze hielten, wusch meine Schmutzwäsche in

* Und auf die Sekunde genau zwei Jahre *da*nach? Am 11.11.89, auf die Sekunde genau vor fünf Jahren also? Um 11 Uhr 11? Wo steht man da? Schweratmend vor geilem Schwänzgefühl? Vor der Tür ihrer Mutter etwa? Wie kann das angehn. Wie kann das bloß angehn. Was ist passiert in jenen zwei Jahren? Nichts Besonderes. Man hat 'nen Verkehrsunfall mit Schädel-Hirn-Trauma überlebt. Man hat sich 'nen Bart wachsen lassen. Man hat das Rauchen aufgegeben und wieder angefangen. Man hat Karate angefangen und wieder aufgegeben. Man hat die Rosarote Periode beendet, die Lilaviolette Saison eröffnet und trotz des Nordtiroler Schlußtuschs erst nach jener fürchterlichen Dreyerfeier wiederum beendet. Man hat Nita wieder willkommen geheißen und sich von der Alma mater verabschiedet, man ist als Vollzeitkraft bei ELBE ECHO ein-, zum stellvertretenden Chefredakteur auf- und als Karl Arsch wieder ausgestiegen. Man hat hundertmal mit Bärbel geschlafen, einmal mit ihrer Mutter, zweimal mit Nita und dreimal mit Schröder.

Satsches »Toplader«, las Anitas Liebesbrief, erledigte den Versicherungsfall mit Eugens Mitsubishi; ich legte den üblichen Widerspruch gegen meinen Bußgeldbescheid ein (». . . pannenbedingt ordnungswidrig abgestellt, Warndreieck im Heckfenster deutlich sichtbar placiert . . .«) – nun stand POM Fritz' Aussage gegen meine –; und siehe da! Als ich Anfang November die HaBa betrat und den mit meinem flotten Autogramm versehenen Auszahlungsschein unter dem Panzerglas hindurchschob, thronte dahinter ein teures Frl. Behrend – Gott! das nackte »Nüüülon« (Heino Jaeger)!

»In großen, nicht numerierten Scheinen, bitte«, flüsterte ich ihren frechen Schenkeln zu. Was aber erwiderte dieser Ausbund von Milchmädchen? »Die sind *alle* numeriert.«

»Na gut«, sprach ich, »dann geben Sie mir *da*von. Zehn Stück, bitte.«

Frl. Behrend schaute auf den Kassazettel. »*Vier*!«

»Sieben, mein letztes Wort«, sprach ich. Die knallharte Bankkauffrau aber schob mir vier Hunderter zu. Zicke, die.

Ansonsten aber war alles ganz richtig. *Panta rhei.* Der Spätherbst beispielshalber bestand zu fünf Sechsteln aus Regen. Ferner war mein Süderelbe-Deutsch fließend, und fließend waren Bärbels frauliche Bewegungen. Ihr idyllischer Hintern tyrannisierte mich süß, wir zechten in der *Hexenkate*, ernährten uns von Friede, Freude, Eiernudeln und pudelten emsig herum, während Schröder in hohen Tönen hudelte, sobald das neueste ELBE ECHO in den Süderelberaum schallte.

Tatsächlich, das tat sie. Unser Doppelbeschluß zeigte, wenn nicht direkt Wirkung, so doch Nebeneffekte. So verstopft das Arschloch zur Welt fast jeden Morgen war, so offen war Schröder für behutsame redaktionelle Reformen. Unter anderem genehmigte sie uns ein Mädchen für alles. Allerdings trug es weder Netznahtstrümpfe noch High-heels, sondern Doppelstricksocken, plumpe Treter, rote Hosen und eine sogenannte Mala um den Hals. Ayoga Ashun hieß es bzw. Rüdiger Forstreuther. Eugen übte sich in Gurulästerung, wann immer sein aufreibender Posten es ihm erlaubte, doch Ayoga Forstreuther lächelte alles kurz und klein, was seinem Karma in die Quere kam. Immerhin machte er unsere Termine und war dudenfest, fühlte auch mal zu Redundanzen rüber oder atmete grammatische Verspannungen weg.

Zitrone versuchte 'ne plumpe Gehirnwäsche. Daß sie ausgerechnet ein solch beinhartes Weichei von Esoteriker zum kommunistischen Glauben bekehren zu können meinte, machte mich fast eifersüchtig.

Vorerst aber war so weit alles ganz richtig. Die Polizei zeigte Verständnis für die Gebrechen meines Kadetten (zwanzig Mark gespart = ein Dutzend Gratis-Billys); kein Altnazi mit polnischer Brille und russischer Mütze zwang mir eine Vorfahrt auf, die ich gar nicht haben wollte; und die Schrift im Lift zur journalistischen Karriere ... – nun ja. Ach wo. Alles klar. Alles prima, sozusagen *Edel + Prima,* wie der Secondhand-Shop hieß, über den ich einen PR »mundgeblasen« hatte, wie Eugen in der nächsten Redaktionskonferenz formulierte, was Schröder für ihre Verhältnisse geradezu devot bestätigte. Iggy hatte ihr ein postalisches Ruhmesblatt des Inhabers zugespielt, laut welchem ich gewissermaßen zum Egon Erwin Kisch der Werbewirtschaft avancierte. Zum Teufel! Wo war denn die von meinen zimperlichen Kommilitonen vor lauter Korruptionsangst vielzitierte »Schere im Kopf«? In meinem doch nicht!

Nein, nein. Es war alles ganz richtig, auch wenn der nasse Herbst naß in den nassen Winter überging. Man konnte sich überhaupt nicht mehr erinnern, wann es angefangen hatte; man ging abends ins Bett und es regnete, und morgens stand man auf und es regnete, und abends regnete es immer noch. Eines Tages sah ich den Günsel hinterm Firmenkombi hocken und, aufgestützt auf seine breiten Pranken, untern Unterboden lugen, und ich schwöre, ich vernahm so was wie »Quak« aus seinem Munde.

Ansonsten aber – ah, die Rosarote Periode, feuchte Flittermonate, pikante Vampirnächte, bleich beschienen von der Säufersonne, nicht wahr! Erst wenn der Zapfhahn krähte, wurde ich richtig munter! Fernseh? Jeden Tag? Stundenlang? Nie! Uh, am Wochenende tobte das Leben in der Metropole, und unter der Woche butjerte ich im süderelbischen Revier umher. Ah, ich war Strohwitwer, ich war Bummelstudent, ich war berühmter Redakteur! Ich hatte eine Skatrunde, bombenfeste Kumpels und eine blutjunge Konkubine mit dem saftigsten Hintern der Biosphäre, die mich anhimmelte und immer alles in den Mund nehmen mußte und nichts höher verehrte als Den Koitus, sowohl daheim als auch mit Vorliebe auf Kneipentoiletten – ja im öffentlichen Raum!

Gab's nicht wunderbare Tage? Zum Beispiel den 16. Dezember 1987?

In der Nacht zuvor hatte mich Bärbel zu einer herrlichen Gemeinheit verführt: Es war ihr 19. Geburtstag, und als ich – erst gegen Mitternacht – mit einem Aquarium auf der Schulter in ihrem Mädchenzimmer stand, war nur noch ein einziger Gast zugegen: Fredi Born, sturzbetrunken eingeschlafen. Sein Kopf lag auf der Sofakante. Hinter den schmalen Schlitzen zwischen seinen verwarzten Augenlidern war das *rapid eye movement* in vollem Gange, sein Munch-Mund innen und außen fast so grau wie sein Gesichtchen, und knöchernes Schnarchen drang heraus. Die rechte seiner großen Hände mit den perlweißen Nägeln lag halb geöffnet auf dem rot-blauen Schlipsende – Bärbel hatte ihm das Bierglas herausgezogen –, und ich deutete auf die eingefrorene Gebärde und fragte Bärbel: »Beim Masturbieren ohnmächtig geworden?«

»Er hat mir tausend Mark geschenkt«, strahlte 's Bülbül, »für'n Führerschein!« Und dann knöpfte sie mir unter funkelnden Augenblicken die Hose auf und kniete sich dergestalt auf den bunten Schlingenläufer, daß sie Fredi die ganze Zeit über im Blickfeld behielt, und ihre leisen Schreie über Fredis Schnarchen gellten noch am nächsten Morgen in meinen Ohren, als ich das Redaktionsbüro betrat, wo Eugen bereits Sven Schröders drei ersten selbstgeschriebenen Artikel zerpflückte.

Ah, Sven Schröder, des langen Phlegmat leptosomer Neffe! Er hatte ihn als Praktikanten in unsere kleine Redaktion lanciert. Ein wachsblonder Bluffer mit einer Bubivisage wie deren eigene Karikatur. Einer von demjenigen Typus, der sich seit der Pubertät angewöhnt hat, *allem,* was er redet, dreisilbiges Gelächter hinterdreinzuschicken – für den Fall, daß er wieder mal Scheiße geredet haben *sollte.* Der Typus, der, nach seiner Körpergröße gefragt, mit atomarer Sicherheit antworten würde: »Hundertachtundneunzig Zentimeter *lang*«, um seinen selbstironischen Sprachwitz zu dokumentieren. Er bowlte für sein Leben gern und studierte im ersten Semester Betriebs- und Volkswirtschaft, und Doc Brokstedt schwor, ihn mit dem Käppi irgendeiner schlagenden Verbindung auf seinem Pißpottschnitt über die Reeperbahn torkeln gesehn zu haben. »Daß, nej?« hatte Eugen nach Sven Schröders Debüt geächzt, »daß es sowas, ja?, überhaupt noch gibt . . .«

»Trauriger Rekordhalter«, zitierte Eugen nun und hielt Sven Schröders Manuskriptblätter mit spitzen Fingern am oberen Rand, »trauriger Rekordhalter, nej?«

Ich grüßte mit der Arbeiterfaust, pfefferte meine griechische Ledertasche neben den Schreibtisch und setzte mich.

»Ja? Trauriger Rekordhalter war ein 18jähriger Motorradfahrer: 137 Ka-Em, wo 50 erlaubt sind!« zitierte Eugen mit dem genußvollen Ressentiment eines Mannes, der genetisches Sprachgefühl besitzt und nie eine Universität von innen gesehen hat. »Ja? Nej? *Trauriger Rekordhalter,* ja? Es ist nicht zu fassen, ja?«

»Hähähä«, meckerte Sven Schröder selbstironisch. Seine dicke Unterlippe zuckte.

»Virgel, übrigens, haben in einer Meldung schon mal gar nichts verloren, ja?, und/oder, das ist einfach 'ne formallogische Metapher! Ausnahmen wie CDU/CSU bestätigen die Regel! – *und,* ja?, was ist *das,* ja?« Eugen hatte das nächste Blatt vor seine blausäureblauen Augen gehoben und, besonders kränkend für Sven Schröder, *auf Anhieb* die nächste Stilblüte entdeckt. Er setzte eine Sprecherstimme auf. »Der buntblättrige krause Wirsingkohl erregt in einem Ziergarten ebenso Aufsehen wie in einem Gemüsegarten hehehehehehehe . . .!« Eugen schnippte sich ein Tränchen aus dem Augenwinkel und las still vor sich hin wimmernd weiter; »bezaubernd, ja? Bez*aubernd.* Ja? Nej? Können wir als Headline nehmen. WIRSINGKOHL ERREGTE AUFSEHEN! . . .«

Und plötzlich, als habe er einen Schlag ins Kreuz gekriegt – als würde ihm die gesamte Atemluft auf einen Schlag abgesaugt –, wurde sein adliger Schädel nach hinten gerissen, und anschließend brach der Chefredakteur überm Schreibtisch zusammen und weinte von ganzem Herzen, während er im Nacken mit dem Manuskript wedelte und jammerte: »Der letzte Satz, Bodo: bitte, der letzte Sssss . . .«

Sven Schröders drittes Manuskript, ein PR-Bericht über die geschäftliche wie geschlechtliche Fusion zweier Sprößlinge aus unterschiedlichen Drogistenfamilien, endete mit der Sentenz: »Der erste Erdenbürger ist auch schon da.«

Wunderbar. Wunderbare Tage.

Zum weiteren Beispiel der, als ich Anfang Januar 1988 ins Redaktionsbüro schlenderte, nachdem ich mich in der voraufgegangenen Vollmondnacht an den vom Bärbelchen heißersehnten Köhlbrand-Brücken-Stunt gewagt hatte (»Tlar geht das! Man muß nur abwarten, daß da oben mal 'ne Baustelle ...«) –; war's nicht wunderbar, als man schwer übernächtigt und immer noch mit Adrenalin vollgepumpt bis unter die Hutschnur ins Redaktionsstübchen schlenderte, wo Eugen von Groblock gerade Ayoga Ashun Forstreuthers Vollmond-Thesen beglaubigte?

»Das«, sagte Eugen, »will ich gar nicht bestreiten, daß der Vollmond was, ja?, auslöst in den sogenannten Menschen, ja? Klar, nej?« Er drehte sich ein Graszigarettchen, funkte in stiller Begeisterung blaue Augenstrahlen in den weiten Raum des Büros und freute sich auf das, was er gleich sagen würde, während Ayoga Ashun Forstreuther seine Atmung durch gespitzte Lippen regulierte, wie er's im Center gelernt hatte, und zwischendurch lächelte. Er würde seine Weltanschauung doch nicht von einem *Stier* in Frage stellen lassen.

»Nej?, sicher, ja?, Vollmond, nej?« hüpfte sich Eugen warm; »er hängt überm Hafenbecken wie Buddhas Arsch, ja?, und im glitschigen Schlick wechseln Ebbe und Flut; Venus steht im Freudenhaus, und die Herrn gehn im Rotlichtviertel Gassi. Während die Blankeneser Damenwelt am offenen Kamin menstruiert. Hehehehe ...!«

»Om!« sagte ich, pfefferte meine griechische Ledertasche neben den Schreibtisch und setzte mich.

»Nej? Habt ihr eigentlich, da im Center, auch 'ne Vereinskneipe? *Zum Tao-Eck?* Ja? Wird vermutlich reichlich gezecht nach den Lessons in Bio, Astro, Medi und ... Erdung, nej? Hehe ...! Gänseblümchentee mit alkoholfreiem Rum, ja?, oder Astral-Pilsener, am Sanften Stammtisch?« Eugen atmete schwer vor Lust. »Sicher wird auch gern mal 'n zünftiger Tarot gekloppt, ja? Nej?« Er leckte am Blättchenrand, als wären's Nektar und Ambrosia. »Und es wimmelt von Mönchen, 'n frommer Mob mit FOREVER YANG, nej?, in Fraktur auf die Specktitten tätowiert, nej? Nej?, und die Klosprüche erst, ja?« Eugen klebte seinen Joint zusammen. »Bespreche Warzen, auch Brustwarzen! Telefon soundso, hehehehe! Ehehehe! Ja? Oder: Wer channelt mich mal wieder so richtig von hinten in den Ashram ...«

Ayoga Ashun Forstreuther atmete durch die gespitzten Lippen aus und lächelte, und Eugen löste sich hechelnd in seine Bestandteile auf, nur noch von zukkenden Sehnen zusammengehalten, die Stirn kegelte auf der Schreibtischunterlage hin und her, und dann brannte er sich hustend seinen Joint an, morgens halb zehn in Deutschland ...

Und da war's grad mal sechs Stunden her, daß ich am archimedisch höchsten Punkt der Köhlbrand-Brücke energisch hatte Bärbel *a tergo* genommen, mein lieber Schwan! »Horrhorr, dorr!« lachte sie, nachdem die Zollschranke wieder hinter uns lag, »Wahnsinn!« lachte sie, als wir am ganzen verruchten Körper zitternd, aber unbehelligt wieder im Wagen hockten ...

Wahnsinn, allerdings. Am Morgen war ich, weil vorm Elbtunnel mal wieder Stau bis Stellingen angesagt worden, über die Köhlbrand-Brücke zur Arbeit gefahren, was auch nicht viel rascher ging, weil auf dem Gipfel einspurige Verkehrsführung wegen Bauarbeiten herrschte, auf etwa zwanzig Metern. Sieh an, sagte ich mir. Das darfst du Bärbel gar nicht erzählen.

Am selben Abend war ich bei ihr, sie schlürfte Sekt, Whiskey ich, und wir hatten uns gemütlich unser aufgezeichnetes Lieblings-»Tutti-frutti« in 3D reingezogen (schönster Dialog: Hugo Egon Balder: »Elke, du hast verloren!« Elke: »Super!«), als Bärbel, geschärft wie 'n Makakenweibchen, in ihre Stilettos schlüpfte und von mir verlangte, sie endlich mal, am besten sofort, auf der Steiltreppe zur *Hexenkate* zu »knallen«. Für Januar war's pervers mild – der Winter '88 machte PR für den Treibhauseffekt –, und ich Großmaul sagte: »Wenn schon, dann auf'er Köhlbrand-Brücke.« Gleich hing sie mir am Hals, bettelte und litzte die Lippen und schummelte an meinem Halunken herum, und es half gar nichts, daß ich sie an ihren verschiedenen Aurikeln zog – sie mußte raus. Raus in die feuchte Vollmondnacht. Raus auf dem schaurigen Kadetten.

In zehn Minuten waren wir vor Ort. Wir fuhren über die Brücke in den Freihafen, wendeten und erklommen sie von der anderen Seite, mußten die Baustelle jedoch passieren, weil uns ein PKW nachfolgte. Ich fuhr wieder runter. Ich wollte nach Haus. Wütend zerrte Bärbel Strumpfhose und Slip über die Waden, schmiß beides aus dem Fenster und drohte, ihr Samtkleid hinterherzuwerfen, sollte ich's nicht noch einmal versuchen.

Ich wendete und fuhr erneut in den Hafen, wo fleißig für unser Wohlergehen geschuftet wurde – zum Glück unsichtbar –, wendete und parkte am Windhukkai. Ich nahm 'n kräftigen Zug aus'm Flachmann; unterdessen fiel Bärbel über mich her und fachte mich an bis zur Weißglut; ich gab mich schon Hoffnungen hin, sie aber stöhnte: »Schluß jetzt, hör *auf!* Fahr *los!*« Ich spähte in den Rückspiegel; die Bahn war frei. *Hic Rhodos, hic Salta.* Und schon rasten wir zum zweiten Mal die Steigung hinauf, auf den ersten der titanischen Pylonen zu, durch welchen die Brückentraverse führte, verankert an zeltartig aufgefächerten Stahltrossen, hoch über die Ausläufer des Hafengeländes hinweg. Bärbel starrte hinaus übers defilierende Geländer, die samtbezogenen Brüste zwischen den konisch gestreckten Armen zusammengeballt, beide Hände im schwülen Schoß unterm Kleid – Satyrspiel auf frömmlerische Bravheit –; »orr«, röchelte sie, »t'tal naß dorr ...«, während ich meinen Scheit schürte, und noch bevor ich den Kadetten zwischen zwei rot-weißen Baken stoppte, riß ich den Lappen, den ich gewöhnlich zum Auswischen der Verteilerkappe benützte, aus dem Handschuhfach; nervös fiepend stieg Bärbel aus, ich mit waagerecht wippendem Werkzeug hinterher.

Den ganzen Asphalthang bis weit hinunter zu den Schuppenanlagen keinerlei drohende Halogenaugen. Es war 3.35 Uhr. Von der Ölmühle her stank es wie verfaultes Brot. Kühle Lüfte auf unseren dünkelhaft geröteten Gesichtern. »Nu *maaach!*«, schrie Bärbel, bizarr grinsend vor Hysterie, zwängte sich zwischen zwei Barrieren hindurch und schwang ihre Beine über die parallel zur Fahrbahn verlaufende hüfthohe Reling, einzementiert in einen niedrigen Wall, der einen engen Notpfad entlang dem äußeren Brückengeländer nach innen begrenzte; sie stützte sich an der Außenbrüstung ab, da unten summte der Abgrund, und hakte die Absätze auf dem schmalen Betongrat hinter sich ein, die gespreizten Oberschenkel rückwärts gegen die Reling gestemmt, und schrie »Orr, *irre!*« in die menschenleere Nachtluft; mit links umklammerte sie die Brüstung, bog die Wirbelsäule durch und lupfte den Kleidschoß über die Reling und griff sich mit der rechten in die Grätsche – und lachte dreckig, als eine beflissene Bö ihren über die Stange hinausgereckten Hintern entblößte, der im weißgelblichen Laternenlicht aufleuchtete, fast so bleich wie der greise Fötus-

schädel des Mondes hoch über uns, dessen Abbild im Wasserspiegel – fünfzig Meter tief unter uns – gleichzeitig lautlos zersplitterte. Unter ständiger Wartung meines Geräts umwickelte ich mit dem Lappen hastig das hintere Nummernschild, warf noch einen Blick das Straßengefälle hinunter, und bevor ich diesseits des Handlaufs auf den Zementfuß eines Halteverbotsschildes stieg, sah ich auf Bärbels Binnenschenkel, zwei Fingerbreit unterhalb dessen, wo ihre amphibischen Finger rieben, eine Spur ihres Vulvamagmas schimmern, nur einen winzigen Augenblick lang, der doch die Ewigkeit versilberte.
Meine Nerven tanzten, weich waren die Knie und alles übrige krampfstarr, und dann packte mich dieses Mannsfieber, erfaßte mich zugleich jene meuchelmörderische Ruhe, auf die ich bei all unseren späteren Freilicht-Akten immer wieder zurückgegriffen habe; ich fühlte das riesenhafte Viadukt unter unseren Füßen schwanken von der Erdrotation, ich riß die Gürtellasche aus der Schnalle und ließ die Hosen fallen, ein grabeskalter Hauch umhüllte meine erhitzten Hoden, und dann packte ich die Wahnsinnige im Knick ihrer pochenden Lende unter den Samtlamellen und griff mir rechterhand eine Garbe ihrer Haare und bohrte mich durch ihre eigene kalte Muffe aus Ring- und Mittelfinger, hindurch durch jenen Urobosring in den Schlund hinein; hinterrücks aufgespießt klemmte Bärbel quer zwischen der Notreling und dem Brückengeländer und starrte schreiend in die klaffende Tiefe, und über sie gekrümmt stößelte ich drauflos wie die niederste Spezies. »*Wa*aa*A*aa*A*arr!« Unmenschlich, ihr Gebrüll, lange, laute Phrasen stimmhafter Reibelaute, nach meinem Versmaß interpunktiert im Zwerchfell – *Tschick, tschick, tschick* klang's aus der Pufferzone, »*Wa*a*A*aa*A*arr!« tönte ihr Echo; es ging mir durch und durch, dies irrsinnige Geschrei, ein Schauer jagte den

nächsten mir über die Blöße; über Bärbels rhythmisch erschütterte Schulter hinweg starrte ich fickend durch die wie Kohle funkelnde, unhörbare Tiefe hinunter auf das Köhlbrandgewässer unter uns, wo ein Lastkahn, ein monströses, gespenstisch hohles Düsternis-Lampen-Gefüge, eingekeilt zwischen einer roten und einer grünen Ampel, aus unserem Blickfeld hinaus unter der Brücke verschwand; ich starrte auf die ruhelos raunenden Schattenreiche an den Ufern, karge Kubusmassive und Haine kahler Kräne, von neonweißen und fehlfarbenen Koordinaten leuchtpunktierte Schattenreiche diesseits der Autobahntrasse, deren spärlicher Verkehr willkürlich dahingleitende weiße und rote Vektoren bildete, die ab einem perspektivisch bestimmten Punkt mit vertauschten Farben weiterglitten, unter glimmenden, kühnen Girlandenparabeln, bis in den Nachthorizont, wo sie erloschen; ich starrte stadteinwärts in die grob zerklüftete Stahl- und Betonlandschaft, reich illuminiert in Orange-, Urin- und Platinnuancen von intensiver Blässe, wie ein verlassener Rummel für Farbenblinde; Reigen starrer Fackeln, Schwärme toter Fixsterne, flackernde Blaufunken wie brennende Spirituslachen, exakte, lichtvernietete Doppelriegel, Tausende Schritte Finsternis überspannend; fahle Flutlichter, Eckpfosten einer undurchschaubaren Gebäudesavanne, deren Schlotgipfel wabernde Dschinne über die eitle Menschheit schicken, angegähnt von vasten Arealen voll Astralnebeln und mystischer Astronomie – Großer und Kleiner Microchip, Die Sieben Chakren, Die Nachtjäger-Tribüne: Mahnmale erkalteter Trümmerfeuer auf den Kehrseiten fremder Himmel, niedergestürzt auf die Erde, und hier oben wir, deren verzweifelte Gottheiten . . . »*Wa*a*A*aa*A*aarr! *Wa*a*Aarr*rr! *Orr! Huurr! Hu*u*U*u*u*U*uu*U*u*u*U*urr!« Ihr Halstuch löste sich, wurde von einem Hauch von drunten aufgehoben und segelte davon; plötzlich nahm Bärbel ihre

Finger fort und zerrte am Kleidausschnitt, er riß nicht; ich spähte fortfickend den Asphalthang hinunter, wo von fern aufgeblendetes Zwillingslicht nahte; »da – kommt'n – Auto«, ächzte ich und legte einen Zahn zu, und sie schrie, sie schrie eine halbe Note höher, »*U*u*U*u*U*u*U*u*U*u*U*u*U*urr! *HuU*u*U*u*Uuu*uuurr!«, und riß wütender an ihrem Kragen, aber er gab nicht nach, und da drehte ich durch und schob ihr das Kleid bis über den Kopf – beinah wär's noch über die Schultern gerutscht –, vierundfünfzig Meter überm Wasserspiegel baumelten ihre Titten brach, und als uns die Scheinwerfer des nächtlichen Wagens vom Fuß der Brücke aus in gleißendes Licht tauchten, kniff ich ihr in die heißgefrorenen Zäpfchen, und da war's, als ob ihr Stimmband riß, nur noch ein heiseres »Hihh«, Schauder trieben ihr in Wellen über den Rücken, wild flatternd die Bauchdecke, ihr Arsch vibrierte, sie sackte zusammen; ich konnte sie grad noch halten, und dann strömte die Schlacke heraus und ihren Schenkel hinunter und troff auf mein Hosenbein, auf meine Schuhe, auf den Asphalt; ich ließ mich Hals über Kopf über die Reling gleiten und fiel mit ihr zusammen hinter die niedere Betonmauer nieder, gleich ihr schlotternd und krampfend vor Kälte, vor innerer Überhitzung und tierischem Furor. Weit hinter dem Gitter des Brückengeländers, im Lichthof eines Lagerschuppens, sah ich einen Schemen schweben, vielleicht das Halstuch, und im selben Moment zog das Fahrzeug an der Baustelle und meinem Wagen vorbei, abbremsend, doch ohne anzuhalten und ohne zu hupen, vorbei, und verschwand hinter der Kuppe der Brücke.

Ich machte mir fast in die Hosen, als wir gegen 3.45 Uhr den Engpaß beim Freihafenzoll passierten, aber es geschah nichts. Überhaupt nichts. Auch Polizei hielt uns nicht an. »Horrhorr, dorr«, lachte Bärbel. »Wahnsinn!«

Sicher: wunderbar, solche Nächte und Tage. Aber dann gab's eben auch zunehmend solche, da 's Bülbül wieder mit einem ins Kino wollte. »Aber nicht«, meckerte man, »nochmal so 'n B-Movie!« Bärbel verstand einen zwar nicht so ganz genau, erlaubte einem aber, selbst zu wählen.

Also ging man in einen wunderbaren Film. »Mondsüchtig«, mit Cher und Nicolas Cage, Olympia Dukakis und Danny Aiello u.a. Alle Figuren geistern auf die eine oder andere wunderbare Weise durch ein, zwei Vollmondnächte, und eines Nachts geht Olympia Dukakis allein essen, beobachtet, wie eine viel zu junge Frau einem gesetzten Herrn eine Szene macht und schließlich verschwindet, und bittet den Hinterbliebenen zu sich an den Tisch. »Darf ich Sie was fragen?« fragt sie.

»Nur zu.«

»Warum sind Männer hinter Frauen her.«

Der Herr überlegt kurz, kaut seinen Salat und schluckt und sagt mit einem mimisch übersetzten Schulterzucken: »Die Nerven?«

Man war entzückt bis zum Herzflimmern, und leider hat man die Entgegnung Olympia Dukakis' erst Jahre später im Fernseh mitkriegen können, weil Bärbel – die ihre gähnende Langeweile schon nach den ersten zwanzig Minuten nicht mehr hatte unterdrücken mögen – seinerzeit »So 'n Quatsch!« in die poetisch ergriffene Kinogemeinde posaunte (die skeptische Erwiderung Olympia Dukakis' aber lautete: »Ich glaube, es kommt daher, daß sie den Tod fürchten.«).

Solche Tage gab's eben auch.

Und sie häuften sich, so daß man sich feierabends immer mehr aus dem Süderelbesumpf zurückzog, bis man beinah wieder den Stand vorm 21. Oktober 1987 erreichte. Ein paarmal rief Bärbel einen noch an, und einmal noch suchte man die *Hexenkate* auf, besoff sich und machte mit ihr Schluß. »Übermorgen kommt meine Freundin zurück«, lallte man. Und Bärbel sagte »Tschüß«. Sonst nichts. Das unspektakuläre Ende der Rosaroten Periode.

In Hamburg sagt man Tschüß/das heißt: Auf Wiedersehn (Heidi Kabel).

Ach Nita, drei Tage vor meinem 31. Geburtstag kehrtest du mit Conny zurück. Die Dicke war am Boden zerstört, als sie feststellen mußte, daß sich ihr schmaler Freund in der Zwischenzeit mit einem sehr gebildeten Bodybuilder getröstet hatte, der zudem auch noch steinreich war. »Was hat er, was ich nicht hab«, jammerte sie. »Dumme Frage«, sagtest du, »alles. Aber auch einfach alles das, was du nicht hast, hat er. Bis auf Penisneid.«

Connys Freund war weg, aber deiner war noch da. Jawohl. Falls wir allerdings gedacht oder auch nur gehofft hatten, daß unsere ewige Liebe mit leichtem Zeitschaden davonkäme, sahen wir uns enttäuscht. Nicht daß du dich sehr verändert hättest durch die überwältigenden Erfahrungen, die du auf der langen Reise von der West- zur Ostküste Nordamerikas gemacht. Nein, an einem etwaigen Kulturschock hatte es gewiß nicht gelegen, daß man dir fremd erschien, nachdem wir mit seltsam ruhiger Zärtlichkeit miteinander geschlafen hatten, nachdem du einem eine Geschichte aus Amerika nach der anderen erzählt hattest, nachdem wir eine zünftige Willkommensfete gefeiert, die unsereins organisiert und wofür man seine Kreditrahmen sowohl bei Nispa als auch bei HaBa bis zur Kuckucksgrenze ausgedehnt hatte. Daß es uns nicht gelang, uns unsere Hände durch die ätherischen Ballons, in denen wir Seite an Seite durch die einst vertraute Liebeslandschaft geirrlichtert waren, entgegenzustrecken – ohne Angst, sie würden platzen –, das lag kaum an dir.

Auch wenn du aus zufälligen New Yorker Begegnungen einen Berufsplan entwickelt hattest, der – nach sechs Jahren Bürohockerei – deinem wiederaufkeimenden Bewegungsdrang wie deiner Sehnsucht nach Seßhaftigkeit zugleich entgegenkam: Du wurdest Vertreterin für einen Konzern, der Musikinstrumente herstellte und vertrieb. Auch du warst pleite – die Reise hatte dein gesamtes gespartes Voraberbe aufgezehrt. Also begannst du, einige Wochen nach deiner Rückkehr in einem Mercedes mit Telefon und Klima- und Alarmanlage kreuz und quer durch die Republik zu rasen, und ließest einen wieder allein.

Tab.: 36 Zig. (Marlboro light)
Alk.: 1,5 l Bier
●○○○○

Die Sehnsucht des Laien

Samstag. 15.20 Uhr. Um acht muß man am Flughafen sein, Nita abholen, Nita mein Leben. So. Jetzt fängt ein gesetztes, vernunftgesteuertes Gegenwartsleben an, und damit ein für alle Male basta. –

Gegen 11.00 Uhr ist man vom Telefon wachgeworden. Nitas Stimme auf dem Band versöhnungsbereit, ein bißchen besorgt, aber immer noch unterschwellig verärgert, weil sie natürlich ahnt, daß man keineswegs irgendwo im Krankenhaus stöhnt, sondern katatonisch auf dem Sofa. Die berühmt-berüchtigte weibliche Intuition. (Warum hat die eigentlich in puncto Befeld versagt? Vielleicht hebt überdurchschnittliche männliche Impertinenz sie auf.)

Man *sprang* aus dem Bett. Ein paar Mal rannte man verzweifelt durch die Wohnung. Dann drehte man plötzlich durch wie schon lang nicht mehr: Ordnungspsychose. Das *Soma*, Rubrik »Hausmannsforum«:

Man *rennt* förmlich auf den Abort, absolviert den Morgenstuhl in Rekordzeit, wobei man rationellerweise nebenbei die Klopapierrolle auswechselt, huscht ins Bad, um sich zu waschen, die Zähne zu putzen und gleichzeitig die Unterhose in den Schmutzwäschekorb zu pfeffern, rauscht nackt in die Küche, um schon mal Teewasser aufzusetzen, stopft das Teesäckchen in die Kanne, nimmt den ordnungswidrig auf dem Küchentisch befindlichen Vischer auf dem Weg ins Arbeitszimmer mit, wo man sich anzieht und feststellt, daß man die linke Hand nur mit *handicap* benutzen kann, weil sich noch die flachgedrückte Papphülse aus dem Klo darin befindet, wobei man sich fragt, wie man sich unter den Umständen hat waschen können. Man legt die Papphülse vorübergehend auf dem Vischer ab, knöpft das Hemd zu und beläßt es vorerst über dem Hosenbund, damit man erstmal den vollen Aschenbecher in die vollgemüllte Chio-Chips-Papptonne kippen kann, die man – mit der Papphülse in der anderen Hand – im Korridor abstellt, während man die Papphülse bedauerlicherweise *neben* den Pappkarton mit dem Altpapier wirft. Man macht sich eine kleine Gedächtnisnotiz, die Papphülse ordnungsgemäß zu entsorgen, wenn man sich auf dem Rückweg vom Wohnzimmer befinden wird, wo man nun die Vorhänge aufreißt, die Fensterklappe schließt, den Thermostat andreht, mit zwei Fingern das Wasser- und das Bierglas vom Tisch nimmt und die Küchenschere (was macht *die* hier?) über den kleinen Finger hängt, den Hals der leeren Bierflasche zwischen Mittel- und Ringfinger der anderen Hand klemmt, um die restlichen Finger für den Aschenbecher zu reservieren und dann durch den Korridor zu wetzen – wo man feststellt, daß man keine Möglichkeit sieht, die Papphülse ordnungsgemäß im Pappkarton für Altpapier zu entsorgen –, in die Küche zu eilen, wo Küchenschere, Gläser, Flasche abgestellt und aufgehängt und Arbeitszimmeraschenbecher und Wohnzimmeraschenbecher in den Mülleimer entleert werden – wobei sich zum millionsten Mal geärgert wird, daß der Pedalmechanismus klemmt –; in dem Moment beschließt man, nach dem Wohnzimmeraschenbecherabstellen im Wohnzimmer die Tom-Waits-CD aufzulegen. Man schnappt sich die beiden Aschenbecher, gewahrt, daß das Teewasser schon gehörig zischt und voraussichtlich in etwa einer Minute kochen wird, und läuft mit den Aschenbechern zunächst ins Arbeitszimmer – wobei man aus den Augenwinkeln noch die Papphülse wahrnimmt, die man ja nun leicht mittels einer Kniebeuge hätte entsorgen können, ärgert sich über die vertane Chance –, stellt den Arbeitszimmeraschenbecher auf dem Schreibtisch ab, nimmt den Vischer vom Schreibtisch und stellt ihn ins ›Vorläufig‹-Regal zurück, wo man den kleinen braunen Schraubenkasten entdeckt, den man vor ein paar Wochen bis zur Raserei gesucht hatte, verdrängt das, läuft mit dem Wohnzimmeraschenbecher – en passant die Chio-Chips-Papptrommel mit Abfall schon mal bis zur Wohnungstür mitführend – ins Wohnzimmer und stellt den Wohnzimmeraschenbecher auf dem Wohnzimmertisch ab, schiebt die Tom-Waits-CD ein und läuft – mit leeren Händen!, und zack: auch noch vorbei an der Papphülse! – bei viel zu lauter Musik in die Küche zurück, fragt sich, was man da wollte – das Wasser hat den Siedepunkt noch nicht erreicht –, reißt nach sekundenbruchteilkurzer Bedenkzeit die überfüllte Mülltüte aus dem Mülleimer, verliert auf dem Weg durch den Korridor – schon wieder vorbei an der Papphülse! – ein paar Eierschalen, die man aufheben muß, wobei man sich zu weit von der Papphülse entfernt befindet, als daß es sich – obwohl man ja gerade gebückt ist! – gelohnt hätte, den Rückwärtsgang einzulegen, und als man unter Schwierigkeiten mit überquellender Mülltüte, auf deren Gipfel schon wieder zwei Eierschalen wackeln, und Chio-Chips-Papptrommel, deren Plastik-Trageriemen so kurz ist, daß die Trommel einen für ihren Gefülltheitsgrad bedenklichen Neigungswinkel annimmt, weil man, um die Tür aufschließen zu können, sowohl übervolle Mülltüte, über deren Rand gerade wieder eine der beiden Eierschalen auf den Boden fällt, als auch Chio-Chips-Papptrommel in einer Hand tragen muß – als man unter solchen Schwierigkeiten die Tür aufschließt, die Teekesselpfeife im Alarmsirenenton zu pfeifen und Tom Waits seinen ziemlich lauten Refrain zu grölen beginnt – *And the earth died screaming/while I was dreaming* –, läuft einem gerade die smarte Aparte in einem kurzen, engen Rock fröhlich duftend über den Weg. Ihr lächelnder Morgengruß ist kaum zu verstehen bei dem aus der Wohnung ihres Hausnachbarn dringenden Lärm eines versoffen grölenden Sängers und einer Teekesselpfeife sowie dem Ächzen des Nachbarn selbst, der das Hemd über der Hose und eine nach Biomüll stinkende, übervolle Mülltüte sowie eine nach Asche stinkende Chio-Chips-Papptonne trägt und ansonsten übrigens nicht selten mit Wäscheständeraufstelltätigkeiten hinter der Wohnzimmer-Panoramascheibe beschäftigt ist. Vielleicht betreibt er eine private Wäscherei oder ist Wäscheständeringenieur. Vielleicht hat er einfach nur viel schmutzige Wäsche zu waschen. Oder einen Waschzwang. Vielleicht lautet seine private Wäschephilosophie auch einfach nur: Leute, wascht einfach nur mal wieder häufiger eure Wäsche! Oder stellt wenigstens hin und wieder euren Wäscheständer auf! Oder was weiß ich!

Man hat die Teekesselpfeife, durch den Dampfdruck von der Tülle gesprengt, auf dem Herd herumscheppern hören. Die aparte Dame hat einem die Haustür offengehalten. »Hausarbeit?« fragte sie mit ihrer schönen kehligen Altstimme. »Ja, Hausarbeit, ja. Hausarbeit«, lächelte man und schwitzte, füllte den Müll ab, blickte dem ostentativen Hintern nach, trug die leere Chio-Chips-Papptrommel zurück in die Wohnung, stellte sie auf dem Korridor am Eingang zum Arbeitszimmer ab und fest, daß man seinen Leib-und-Magen-Kugelschreiber vom Schreibtisch die ganze Zeit über irgendwie mitgetragen hat, lief – an der Papphülse vorbei, ohne sie eines Blickes zu würdigen – in die Küche, deren Fensterscheiben blind vor Dampf waren, goß Wasser in die Kanne, stellte die Eieruhr auf drei Minuten, ging durch den Korridor – die Papphülse mißachtend sowie die leere Chio-Chips-Papptrommel – ins Arbeitszimmer, legte den Kugelschreiber auf den Schreibtisch, nahm einen Hammer aus der Werkzeugkiste und einen Nagel aus der wiederentdeckten Schrauben-und-Nägel-Kiste, ging in den Korridor, nagelte mit unpräzisen, aber heftigen Schlägen die Papphülse (beinah samt Daumen) an die Wand und beschimpfte sie. Dann ging man ins Wohnzimmer, stellte die Musik leiser, steckte sich den schmerzenden Daumen in den Mund und eine Zigarette an und wartete, daß die Eieruhr rasselte. Anschließend schlenderte man rauchend in die Küche, zog das Teesäckchen, in welches Tee zu schütten man leider vergessen hat, aus dem heißen Wasser und – setzte sich an den Küchentisch. Es ist einem schwindlig gewesen.

Was soll man tun? Das Teesäckchen neben die Papphülse nageln? *Alles* an die Wand nageln, was sich einem nicht fügen will? –

Abwasch gemacht (anderthalb Stunden). Klo und Bad geputzt. Der Daumen wollte partout/nicht in den Gummihandschuh. – –

Zwar hat man nichts mehr einkaufen können, aber immerhin ist alles einigermaßen »rein und schier« (Oma).

Tab.: 40 Zig. (Marlboro, R1)
Alk.: 2 l Bier / 4 cl Schnaps
●○○○○

Sonntag. 12.00 Uhr. Grad aufgestanden. Zettel von Nita in der Küche gefunden: »Bin schon wieder wrukken (Besprechung Weihnachtsaktionen). Voraussichtlich gegen acht zurück. Dein Schatz.« –

Man war erst gegen zwei Uhr nachts eingeschlafen, obwohl von der Ordnungspsychose, von den Bierchen bei Litsa etc. recht groggy gewesen. Hatte versucht, Migräne wegzurauchen. Tränenblind vom

Gähnen noch 'n bißchen in der ABENDPOST geblättert: keine Nellie Vandenhoek, dafür Gotthilf Traulsen zum Thema »Doorman – verzweifelt gesucht«.

Das erste Hotel Hamburgs, hörte ich, sucht einen Mann, der die ankommenden Autos, besser die mit Auto ankommenden Gäste, begrüßt.

Zweifellos besser. *Der* Doorman faßte seine Berufung sicherlich falsch auf, der die ankommenden Autos begrüßte – »Hallo Auto!« – und den mit Auto ankommenden Auto*herren* in den Arsch träte! Gut, daß unsere Pastoren darauf noch mal hinweisen. Das gäb ja sonst ein Tohuwabohu ersten gesellschaftspolitischen Ranges.

In wohl keiner anderen Arbeitsstelle als in einem internationalen Hotel gibt es soviel Wissen vom Menschlich allzu Menschlichen; der Zauber der Fassade und das nüchterne Funktionieren vieler Abläufe treffen hier zusammen. Ich kann mir keinen intensiveren Umschlagplatz für Schicksale, Geschichten, Charaktere denken als ein Hotel – und dann noch dies, in feinster Lage. Und was ist?

Na was? Offenbar gibt's unter uns vier Milliarden Arbeitslosen niemand

mit vertrauenerweckendem Äußeren, nicht vorbestraft, gutes Deutsch sprechend,

der sich von Fassaden bezaubern und vielen Abläufen wieder ernüchtern lassen möchte, nicht mal in feinster Lage. Und wer kann es nicht verstehen?

Ich kann es nicht verstehen. Lieber Doorman, als sich durchs Leben schmarotzen . . .

Ah, Pastoren – seien sie nun vorbestraft oder nicht, erweckten sie auch äußerlich Vertrauen, ja selbst wenn sie kein solch versumpft-verquastes, vernuckelt-verdakkeltes Dummdeutsch zusammenschrieben –, Pastoren sollten einfach niemals Nietzsche zitieren. Oder wenigstens vorher lesen. – –

Ach ja, liebes Tagebuch. Man ist wie frisch verliebt. In die eig'ne Ehefrau. Ist das nicht schön? Noch bevor man in die Küche gegangen ist, hat man den gelben Zettel gefunden, von Nita an die Papphülse geklebt:

Papier ist geduldig, was?

Nita, mein Leben. Jede andere Frau hätte sich über das unnütze Nagelloch in der Wand mokiert.

Man war aufgeregt wie ein Bub, als man am Flughafen stand – grad noch rechtzeitig (man hatte lange überlegen müssen, wo man nach dem süderelbischen Ausflug das Auto abgestellt). Entdeckte sie, bevor *sie* einen erkannte, hinter all den wippenden Tausendköpfen nach einem spähend, und eine freudige Empfindung von Gezähmtheit und Beruhigung strömte in die tattrigen Nerven. Nach den ersten Worten und Berührungen aus derselben Quelle Abgeklärtheit, eine jüngere und doch weisere Verwandte juveniler Enttäuschung.

Man fuhr zu Litsa. Nita völlig ausgehungert. Futterte zwei Brotkörbe leer und erzählte Döntjes von ihrer Reise. Stürzte in Minutenschnelle 'n halben Liter Landwein hinunter. Klagte über finanzielle Engpässe bei der geplanten Sortimentserweiterung. Man beruhigte sie, das würden »wir« schon irgendwie hinkriegen. Sie, ohnehin in Fahrt, brauste kurz auf: »›Wir‹? *Wie* denn!? Willst du vielleicht deine Aktien und Wertpapiere veräußern?«

Man mimte den beherrschten Gekränkten und sprach einen unfaßlich abgeschmackten Satz (kommt vom Fernseh): »Deinen Sarkasmus kannst du dir sparen!« Und sie? »Wir müssen an ganz anderen Enden sparen!«

Eine jener semantischen Schleifen, die man wie ein verliebter Gockel um den Hals trägt. Eine der liebsten ist einem folgende:

Man ist auf Stadtfahrt. Man ist in Gedanken. Noch ganz weit da hinten setzt jemand aus einer Parklücke zurück auf die Fahrbahn.
Beifahrerin *(unverständlich):* A'u . . .
Fahrer: Wie?
B. *(unverständlich):* A'u-uu . . .
F. *(ungehalten):* Wie bitte??
B. *(ungehalten):* Paß a-hauuuuf!
F. *(bremsend):* Jajaa – ich bin doch nicht blind!
B. *(lässig):* Aber schwerhörig!

Der Abend klang nett aus. Nita hatte einen in der Kiste. Auf dem Rückweg familiär beschmust worden. Man brachte sie ins Bett und knuddelte ihre frivolen Gelüste nieder. Bevor man aus dem Zimmer ging, sagte sie doch noch den Satz, auf den man schon den ganzen Abend gewartet hatte: »Mufti. Was ist mit dir los.« Man ging mit einem Scherzchen drüber weg.

Man muß sich erstmal fangen, aber es wird schon. Wird schon alles gut. Ach, man wird ein ganz normales Leben führen, abends schlafen gehn, morgens aufstehn, wie jeder andere Blendamed-Verwender auch. Punktum. –

Ach ja, gemütlich. Draußen Martinshörner, drinnen unsereins. –

Was jetzt? Fernseh? –

Was ist *das* denn da! 'n Melanom? Nee, nur 'n Popel. –

Hoffentlich kommt Nita bald.

Tab.: 42 Zig. (R1)
Alk.: 1 l Bier
●●●○○

Montag. Gestern abend endlich Iggy zurückgerufen. Man hat ihm krausen Kram erzählt, von wegen zur Ruhe kommen, regelrecht depressiv gewesen, neu orientieren etc. Hat vollstes Verständnis gezeigt. »Mach doch mal – irgendwas anderes, oder was weiß ich.« Ganz richtig. Hat einem erzählt, daß Satsche ernsthaft sauer, weil man sich überhaupt nicht mehr meldet. Satsche, alter Kumpel. Kommt alles wieder. Man ist ja auf dem Weg der Besserung. –

Anschließend Video eingeschoben (»The Rose«). Geflennt wie 'ne Marienstatue. Nachts geglückter GV. Morgens früh aufgestanden, Aufschnitt vom Geflügelkiller*, Nitas Lieblingsbrötchen etc. Nita blendender Laune. –

Stürmisch, hellgrauer Morgen; mit scheinbar einem einzigen Schwung fast sämtliche Blätter von den Bäumen, auf daß die Hundescheiße zugedeckt und nun überhaupt nicht mehr auszumachen sei. Wird kühler (um 6° C). –

Sicher, die Trendforschung ist selbst ein Trend, wie mal jemand schrieb, aber was das sog. *Cocooning* angeht, das vor einiger Zeit als Trend ausgemacht wurde, da kann man's aus eigener Erfahrung unterschreiben: Die Leute wollen einfach ein bißchen zu Hause bleiben, hähä! Sich einfurzen in die Kautsch, hähä! Hähä, hähä! –

Mittags Fernseh. Talkshow, die mit der Kreuzung aus dicker Betriebsnudel und abgefeimter Puffmutter als Moderatorin. Thema: »Bizarrer Sex«. Man traute weder Ohren noch Augen – schließlich war's gerade mal 12.00 Uhr mittags durch –; dennoch, 's war wahr: Da, mitten auf dem bunten Bildschirm, hockte das En-

* Dort die alte Frau Siems getroffen. Bei ihrem Anblick fast in den Trichter der fünften Dimension gerutscht: Irgendwann wird man so alt sein wie sie. Gräßlicher Gedanke. Bzw. gräßlicher Gedanke, daß es einem bis dahin nicht gelingen könnte, dem Tode gelassen ins Auge zu schaun.

semble einer Art Kaspertheater für Perverse. Einer hatte 'nen Taucheranzug an und durfte der Moderatorin erst durch den Bomberpilotenschnorchel antworten, wenn die seine strenge Lackledermutti um Erlaubnis gebeten hatte. Und daneben 'n 23jähriger Bengel mit Rattenschwänzchen, auf'm Schoß 'n Püppchen und 'n Schnuller im Schmollmündchen, angetan mit Heidikleidchen, der mit der groben Mauke im weißen Kniestrümpfchen wippte und den staunenden Schlüsselkindern der Nation vorschwärmte, wie geil es sei, wenn man schon morgens Mohnkuchen schmause, auf daß man den ganzen Tag mit vollgestrunzten Windeln durch die beschissene Wirklichkeit wate.

Ein Wörtchen mitreden – die Sehnsucht des Laien. Und sei's »Scheiße«. –

Im Briefkasten unangenehme Überraschung – und das am Montag! –: Aufforderung vom Arbeitsamt, sich umgehend zu melden. Man habe den turnusmäßigen Meldetermin versäumt. Jaja.

Tab.: 30 Zig. (Marlboro)
Alk.: 0,5 l Bier
●●○○○

Dimidof. Nichts Besonderes los gewesen. Ein Tag wie der andere. Aufstehn, stehn, hinsetzen, sitzen, aufstehn, hinlegen, liegen, aufstehn, stehn, hinsetzen, sitzen, aufstehn, hinlegen, liegen, aufstehn ...

Ach so ja doch. Aussprache mit Satsche gehabt (sinnigerweise am Buß- und Bettag). »Aber man kann doch wenigstens mal *anrufen!*« Wo er recht hat, hat er recht. Man versteht sich ja selber nicht. Man stand kurz davor, ihm alles zu erzählen. Man hätte so anfangen können: »Soll man dir sagen, warum man nicht mehr ans Telefon geht? Weil, als man das letzte Mal ans Telefon ging, die Folge davon war, daß man 'ne gehörige Kopfnuß hat einstecken müssen!« Hätte man. Hat man aber nicht. Weshalb bringt man's nicht fertig, seinem Blutsbruder die ganze Bärbelscheiße zu erzählen!

Weil man ihm die grauenhafte Blaugraue Epoche verschwiegen hat … –

Später mal nachgeblättert: Geschlagene zwei Wochen hat man in der Stube gehockt! Zwei- oder dreimal ist man rausgewesen, für'n halbes Stündchen, zum Einkaufen. Nur die unselige Fahrt ins süderelbische Sodom hat natürlich 'n bißchen länger gedauert.

Man wird noch zum Monstrum. –

Jeden Tag Kabuffband abgehört: kein Pauli, kein Bülbül, keine Marion, kein Hans-Hermann. Gottseipreis.

Aber es fragt sich einen doch, was da los ist. – –

Mit Nita auf Hallo-Schatz-Basis. Schuftet wie jeck. – – –

Ach so ja. Beim Arbeitsamt gewesen. Heidewitzka, wie da die Diminutive aufs niedlichste sprühten, fette Floskeln sprossen, wie man da aber hallo mit den Wimpern klimperte, wenngleich der Herr laut Namensschild Kotzki heißt!

Man hat sich aber auch plötzlich in recht pfiffiger Stimmung befunden (obwohl in recht mieser auf den Weg gemacht): Auf den Fahrstuhl nämlich hat man mit einem überaus illustren Pärchen warten dürfen, das dann lieblicherweise in derselben Wartezone Platz genommen. Beide braungebrannt. Er in Mantel, Jeans, Cowboyhemd und -stiefel, zwei Goldkettchen – eines eng, eines weit, dieses dick, jenes dünn, eins mit Anhängerchen und eines ohne. Sie in besticktem Cowgirlrock, bestickter Cowgirlbluse, Cowgirlstiefel, Pelzmantel, zwei Dutzend goldene Ringe, Ketten und Kettchen, und ihre Cowgirl-Brust prahlte glatt und braun zwischen den aufgeknöpften

Knöpfen. Beide recht rührig, hatten ihr Handy dabei und öffneten ihre Post, während sie nochmal den Urlaub auf den Kanarischen Inseln Revue passieren ließen.

Das dürfte man nie jemals Horst Morten erzählen. Man selbst pflegt ihm ja vorzuflunkern, man lebe von Aldi und Alhi und drehe jedes Schnäpschen zweimal um. Dabei hat man just gestern die dritte, diesmal reichlich späte Geheimpost (sofort im Aschenbecher verbrannt) gekriegt: DM 74784,20. Wird schon weniger. Dennoch, Gottegott, irgendwann stehn sie vor der Tür ...

Mit Leo telefoniert. Kommt zwischen Weihnachten und Neujahr.

Tab.: 131 Zig. (R1, Marlboro light)
Alk.: 4,5 l Bier /4 cl Schnaps

●●○○○ ●●○○○ ●●●○○ ●●○○○

Sasomo. Man liest, man guckt Fernseh, man hat das Panoramafenster geputzt. Samstag abend für Nita gekocht (bzw., wie Feinbein Handke einmal in einem Interview gesagt hat: »Ich ›koche‹ nicht, ich *bereite Speisen zu.*«): Frikadellen mit scharfem Senf, Butterkarotten, Bratkartoffeln mit Würfelschinken. Am Nähmaschinentischchen serviert. Beethoven, Kerzen, Konversation. Mehrfach hat man gedacht: Jetzt. Jetzt sag ich's. Nita. Ich hab zweihundertsiebzig Riesen auf meinem Konto. – Schön für dich, mein Schatz. Kauf dir was Hübsches. – Im Ernst. Nächstes Jahr werden's vermutlich noch mehr.

Und dann? Wie soll man ihr *das* erklären? Einen Dusselvogel wie 's Bülbül könnte man ggfs. für dumm verkaufen, ein intelligentes, integres, moralisch intaktes Mädchen wie Nita aber doch nicht. Sie würde den Beweis fordern, und dann stünde ein Krach ins Haus, der's in seinen Grundfesten erschütterte, denn wie soll sie einem je verzeihen, daß man *jenes* Foto auswählte? Überhaupt ein Wunder, daß sie bisher nie – gottegott, man darf nicht dran denken.

Gegen zehn war der geeignete Zeitpunkt ohnehin vorbei. Man wurde unverhohlen zum GV herausgefordert, mit allerlei Chichi (»Ich mach's dir ohne Gummi ...«). Man schützte Migräne vor bzw. hatte man ja tatsächlich welche. Man wurde an Ort und Stelle vernascht bzw. vergeblich. Irgendwann hielt sie ein, stützte sich auf, reckte ihre süßen Brüste und sagte: »Was ist. Soll ich Senf drauf tun.« Man schützte Zerknirschung vor bzw. empfand man ja tatsächlich welche.

Anschließend *TV*. –

Gestern abend dann (»Totensonntag«, bäh!) sog. denkwürdiges Erlebnis gehabt, das auf sog. Duplizität von Ereignissen beruht.

Als Nita von Heidrun zurückkehrte (man war migränehalber zu Haus geblieben), noch spät zwecks »Wirtschaftsspionage« (Nita) Schaufensterbummel. Seit langem mal wieder gemeinsam die Füße vertreten. Naßkalt ist's gewesen, und aus den Werbefenstern an der Bushaltestelle, aus der freistehenden Plakatvitrine vor der PROVESTA und von den Hauswänden leuchteten Mannequins aus aller Welt in Spitzenunterwäsche ...

Puh je ... na. Schließlich sind wir vor jenem *Bolerokleid/m.Pailletten* im Schaufester der *Lady*-Boutique gelandet, und während unsereins versucht, seine unflätigen Gedanken zu drosseln, erregt sich das angetraute Weib an der Einkaufspolitik jenes »Schnepfen-Shops«, so in der Manier gewisser Exkommilitoninnen, etwa Zimmermann, Kowska et al.: »Die werden in Kinderarbeit hergestellt, diese Dinger! 99 Mark! Das gehört *verboten*, so was!«

Man hat geschwiegen, gleichzeitig aber Engramm empfangen, wie Nita einem diese ihre Meinung rund zwei Jahre zuvor schon einmal gegeigt (tatsächlich, zwei Jahre ist das schon her!). Bloß daß man damals – geblendet von der düst'ren Blüte der Blaugrauen Epoche – das damals inkriminierte *Hängerchen/reine Seide/DM 89,-* just am Vortag als Geburtstagsgeschenk fürs Bülbül erworben hatte und deshalb wetterte, nähen zu dürfen sei ja wohl die reine Glückseligkeit, verglichen mit dem Terror und Horror, sich von den klebrigen Dreckspfoten und verseuchten Schweineschwänzen internationaler pädophiler Wechselkursgewinnler traktieren zu lassen.

Nita hatte still erwidert, man möge sie mit solcher halbgaren Meinungscharge verschonen. Sie sei nicht dumm, sondern wütend.

Und das unsereinem. Beschämt, gedemütigt und selber wütend war man ein Schaufenster weiter, zur Buchhandlung, getrottet, und gleich der nächste Schock: Geometrisch exakt im Zentrum der Auslage, auf einem Podest von Klons, das nicht nur von weiteren Exemplaren, sondern auch noch von erotischen Romanen weltberühmter Autoren umzäunt war, thronte, im Format 315 x 205 Millimeter, *das* Machwerk der beginnenden neunziger Jahre. Es flammte und flimmerte einem vor Augen, weil das wie Satinseide mattglänzende Hardcover tiefschwarz war, tiefrot aber die kantige Titeleitype irisierte. Oben rechts der Verfassername Caro Kowska; in der optischen Mitte statt Illustration ein kreisrundes Loch im Dekkel, das den Blick auf ein Detail des Frontispiz freigab – die gemalte Seitenansicht eines perfekten weiblichen Gesäßes, unterwärts, wo sie in die Schenkelbirne kurvt, verbunden mit einer struppigen Peniswurzel –, unten links der Titel LEX SEXUS (für die ungebildeten Stände mit hauchdünnem Dehnungszeichen überm U), unten rechts, klein, »Edition Erotikon«.

Wer wollte einem verdenken, daß man schon ein paar Tage danach – unter dem Titel »Die Rache der Vestalinnen« – 'nen so zwingend überzeugenden Totalverriß ins einflußreiche ECHO-Feuilleton lancierte, daß man Schröders giftiges Geheul auf der darauffolgenden Redaktionssitzung – »Das versteht doch kein Mensch, geschweige unsere Leser!« – im befriedigenden Bewußtsein ertrug, der wahren Kunst im ewigen Kampfe um Wahrhaftigkeit zu einem Etappensieg gegen den grassierenden Edelschund verholfen zu haben . . . Hähä!

Nun, das ist vor zwei Jahren gewesen; gestern abend aber hat man sich gehütet, freiwillig ein Schaufenster weiter zu trotten (um sich den Anblick von Buchtiteln wie »Sehnsucht hat lange Beine«, »Eine ungehorsame Frau« und »Ein Fall mit Liebe« zu ersparen), und auf Nitas gerechten Zorn mit zustimmendem Brummen geantwortet. Statt dessen vernimmt man im Unterbewußtsein, wie aus Richtung BP ein heftig streitendes Pärchen herannaht. Da man wenigstens als Gesprächspartner potent erscheinen möchte, schaut man nach wie vor zustimmend brummend in die Auslagen, während Nita zu einem weiteren rhetorischen Schlag gegen die legalisierte Weltwirtschaftskriminalität ausholt, und das Pärchen nähert sich – trotz eines heftigen Disputs merkwürdig eins wirkend, es scheint eingehakt im Gleichschritt zu spazieren – und passiert einen rücklings. Der männliche Part knurrt unverständliche Abwiegelungen, indes der weibliche Beleidigungen keift, und als man ein unglaublich öbszönes Schimpfwort vernommen, hat man doch nicht umhinkönnen, den beiden nachzuschauen: Es ist aber nur *ein einziger* Mensch gewesen, ein wild gestikulierender Hutträger, der mit gesenktem Kopf im Stechschritt voranstürmte. »Nicht mit mir!« knurrte er. »Ach, fick dich selbst!« kreischte er.

Schwer verwirrt grübelnd heimgegangen ... ---

Ah, Montag. Man haßt Montage seit der Schulzeit, obwohl es einem arbeitslosen Schmock doch wahrlich scheißegal sein könnte. »Heule, lache, liebe, leide«, so jedoch der unmißverständliche Marschbefehl in Traulsens Kolumne vom jüngsten Samstag mit dem Titel »Berausch dich am richtigen Leben«; »doch, ja, weine mal wieder« (Weinen = »Fruchtwasser der Seele«; blörrrgg) ...

Vielleicht schwimmen ihm die Fälle weg. Dafür hat er sich mit nicht weniger als einundzwanzig(!) katechetischen Imperativen getröstet: laß!, erlaub!, weine!, weine!, schau!, lies!, inszeniere!, bring!, nimm!, such!, finde!, heule!, lache!, liebe!, leide!, mühe!, ehre!, staune!, lache!, weine!, berausch!

Sela!

Tab.: 97 Zig. (R1, Reval)
Alk.: 0,5 l Rotwein, 0,66 l Bier / 2 cl Schnaps
●●○○○ ●●○○○ ●●○○○

Dimido. Was will man eigentlich? Es geht einem doch gut (bloß dieser Pickel am Pimmel nervt. Und die Warze am Kehlkopf). Man steht mit Nita auf, duscht, putzt sich die Zähne, geht nach den Frühstückszigarettchen warm kacken und macht sich am Mittag eine ebenso warme Mahlzeit, um den Stoffwechsel auch in Zukunft zu gewährleisten.

Apropos. Das *Soma* will einen Beitrag von einem:

»Verehrter Herr Morten! Wie Sie selbst am besten wissen, zählten Sie einst zu den subtilsten Gastro-PR-Verfassern im süderelbischen Raum. Das *Sofamagazin* möchte seinem Leser unter dem Schlagwort Autobiographische Rezepte vom subtilsten Gastro-PR-Verfasser gern autobiographische Rezepte vom subtilsten Gastro-PR-Verfasser vorstellen. Dürfen wir auf Ihr Rezept hoffen? Es würde umgehend und unzensiert gedruckt.«

Ein Snob, wer sich da lumpen ließe.

WÜRSTCHEN MIT NUDELN AN TOMATENSOSSE
Masturbiert habe ich zum ersten Mal mit **elf** (auf ein BRAVO-Foto von Wencke Myrhe). Den ersten Vollrausch mit stundenlangem Blackout (die Single »Johnny Reggae Reggae, here comes Johnny Reggae« lief mehrfach, wenn nicht ausschließlich – warum, weiß nur Dutschke Duttheney, unser Gastgeber, und Margitta Beecken schabte mit ihren langen Zähnen auf den meinigen – warum, weiß nur Dutschke Duttheney –, was in dem Zustand klang wie ein auf ein Riff laufendes Schiff) erlitt ich im zarten Alter von **14**, und zwar anhand von **Rum**. Seither habe ich nur zweimal wieder Rum getrunken. Einmal mit Heiner Wedel in Amsterdam auf einem Campingplatz, weil nichts anderes da war, und einmal wiederum bei Dutschke Duttheney, woraufhin ich sofort **brechen** mußte.
Schwamm drüber. Meine erste selbständig zubereitete Speise (abgesehen von Spiegeleiern) aber bereitete ich im Alter von **21** Jahren zu – in der berühmten Junggesellenbude in der Bürgerweide –, und zwar nach einem Rezept von Käthe Morten: **Würstchen** mit **Nudeln** an **Tomatensauce**.
Man nehme (für 1 Person) **2 – 3 Wiener**, gut abgehangen, in elastischem Darm (der zarte Eigensaitling ist für meinen Geschmack zu laff) oder alternativ **1.1/2 – 2 Bock**, dann aber möglichst **ohne Knoblauch** oder **glasige Speckbröckchen**. Ich empfehle die von Fleischer Heino Bäcker, dem Gewinner des ANUGA-Flönz-Cups von 1988 (allerdings in der Disziplin »Thüringer Blutwurst«). Die munden nicht nur am exquisitesten, sondern man kann dort auch wählen zwischen herzhaft-knackigen Standardwienern (50% **Rind**, 50% **Schwein**) und einem reinen **Rindswiener,** der über ein etwas würzigeres, aber auch **strengeres Aroma** verfügt.
Ferner nehme man ein **Tütchen Nudeln** und ein Doppelpäckchen Knorr-**Tomatensaucenpulver**. **Wasser** für Nudeln aufsetzen, **Salz** nach Geschmack hinzugeben. Während das Wasser siedet, die 2 – 3 Wiener in **mundgerechte Zylinderchen** stückeln. 5 Minuten bevor die Nudeln gar sind, einen zweiten Topf mit Wasser aufsetzen – ca. 3/8 l wenn die Sauce **cremig-sämiger**, ca. 1/2 l wenn sie **eher suppig** werden soll. Sobald das Wasser den Siedepunkt erreicht, Tomatensaucenpulver mit dem Schneebesen einrühren und etwa 1 Min. kochen. Umrühren nicht vergessen, sonst **klumpt** die ganze **Pampe**, hähä! Anschließend die Würstchenzylinderchen zugeben und etwa 3 – 4 Minuten köcheln. Zwischendurch die Nudeln abgießen und -schrecken. Stellen Sie das **Radio** an. Mit **Musik** geht alles besser.
Schließlich Tomatensauce und Zylinderchen über die Nudeln gie-

ßen und mit **Gabel oder Löffel** aufessen. Dazu wird **H-Milch** gereicht, **gelbe Brause light** oder **Tee mit Rum**.
Es muß nicht immer Kaviar sein! Guten **Appetit!** Und laden Sie sich Gäste dazu ein! Z.B. Ihren **Bodo Morten**

Ferner Inserat geschaltet:

Morten GTI, Bj '57, von 0 auf 180 unter 1 sec., seitenwindempf., 4–5 l/Tag (Jever earnest), Radio/Cass., Doppelversager, Einspritzer def., leichter Chassisschaden, an Bastlerin. VB 5,-

Hähä! –

Herrgott im Himmel, was sind das lange Tage, und trotzdem altert man je rasender, desto langatmiger man altert. – –

Um 5°. Nieselregen den ganzen Tag. – – –

Bodo Morten Bodo Morten Bodo Morten Bodo Morten Bodo G. Morten

Morten Morten Morten Morten

Ach Jesus, was kann man denn mal machen . . .

Nita hat sog. langen Donnerstag, danach Arbeitsessen. Heut abend Schachspielen bei Kai. Soll man mit dem Auto fahren? Dann darf man nichts trinken. Mit dem Bus traut man sich nicht. Was, wenn so ein Untermensch, so ein Möchtegern-Vizeführer in völkischem Niggerdeutsch die anwesenden Zuwanderer beschimpft, in analphabetischer Reihenfolge? Dann muß man aufstehn, Kampfstellung einnehmen und sagen: »Schweigt still, Frevler!«, und dann wird man wohl abgestochen werden sollen.

Mit dem Fahrrad? Bei dem Sauwetter! Aber schließlich will man ja nicht als Kreidesilhouette auf einem Busboden enden (sondern am liebsten, nachdem man noch mal mit einem letzten kitschigen Orgasmus reüssierte, angetrunken und bekifft zwischen Anna Nicole Smith und Wencke Myrhe dem Schlagfluß erliegen) . . .

Tab.: 95 Zig. (R1, Reval)
Alk.: 3,99 l Bier / 12 cl Schnaps
●○○○○ ●●●○○ ○○○○○

Freitag. Man ist doch mit'm Rad gefahren. Sehr gutes Spiel, wenngleich man in letzter Sekunde mattgesetzt wurde. Kais Pinökel wäre nach dem nächsten halben Millimeter abgestürzt. Wer behauptet, Schach sei kein Sport, hat keine Ahnung – man schwitzt, hat einen Blutdruck von 180:120 (Puls: 150/min.), und die Nerven brutzeln wie Hochspannungskabel, trotz flüssiger Sedativa.

Nett geplaudert (na bitte, es geht doch), u.a. über Renten, Enten und ähnliche Entitäten*: Die Erpel gehörten übrigens, so Kai abschließend, zu den miesesten Verbrechern im Tierreich. Machten sich mitunter derart rücksichtslos über die Enten her, daß diese ertränken. »Man darf also, wenn's mal anstünde, mit Fug den Vergleich ›Triebhaft wie 'n Erpel‹ wählen«, schloß man. Kai überlegte kaltblütig. »Mmntja. ›*Brutal* wie 'n Erpel‹ jedenfalls *klingt* nicht.«

Nach der unversehrten Rückkehr zäh wach geblieben, bis Blase weitestgehend entleert. Dadurch verhältnismäßig ausgeschlafen, Kater entsprechend leise.

Das *Soma* hat sich übers »undelikate, um nicht zu sagen lind widerliche Rezept« von gestern ereifert. Unverschämtheit. Als Gegenargument aus 'ner Frankfurter Speisenkarte zitiert:

---

* Angeregt durch die erste Strophe des Stücks »Und du wartest« von Element Of Crime: »Ein alter Mann steht unten am See/Und bewirft die Enten mit Brot vom vorigen Jahr/Und du wartest/Kommt Zeit, kommt Rat, kommt Vater Staat/Kommt Rente, kommt Ente, kommt Haß auf alles, was früher war/Und du wartest auf irgendwas/Auf den gestrigen Tag, auf längeres Haar/Auf den Sommer und darauf daß einer das Klo repariert/Sogar/Auf ein Zeichen von ihr . . .« – g.r., Herr Dr.

VERLIEBTE BÜRGERKINDER
Ein Paar Frankfurter im kurzen **Speckhemdchen** liegen im **Kartoffelbreibettchen** auf **Sauerkrautmatratze** mit **Käsekolter** zugedeckt. DM 13,80

Das ist »lind widerlich«!

Denn apropos: Vorhin, beim Mittagessen mit Nita beim Koreaner, hat man sich mal wieder gehörig über die Erwähnung Nellie Vandenhoeks in der APO-Rubrik »Hanseklatsch« erregen müssen, und Nita: »Sag mal, hast du jetzt schon mittags einen sitzen?« – Vgl. dazu Vischer:

Kein Mensch von schwingendem Gehirn hängt niet- und nagelfest an der Hälfte einer ganzen oder der einen Seite einer zweiseitigen Wahrheit.
Fordert es aber Zweck und ernster Augenblick und exakte Bestimmung, so wird kein rechter Kerl die Kraft der Einseitigkeit scheuen.
(...)
Noch etwas bereitet mir viel Not. Wenn ich mich für einen Satz, irgendeine Vorstellung erwärme im Gespräch, so schwebt mir oft ein imaginativer Gegner vor, gegen den ich hitzig werde, mich heftig ereifere, während der wirkliche Mensch, mit dem ich rede, ganz mit mir einverstanden ist, oder, wenn nicht oder nicht ganz, mich doch mit keinem Wort gereizt hat. Das pflegt nun der nicht zu verstehen, bezieht es auf sich, und so – wie oft bin ich mißverstanden worden, wie oft habe ich ordentliche Leute abgestoßen, von mir entfernt! Die Phantasie tut doch dem Menschen viel Schabernack an! – Sehr oft hält man mich dann auch für betrunken.

Na eben, na eben! Man ist eben keiner dieser ewigen Zögerer und Zauderer und Leisetreter, die schon bei Marginalthemen schöffenhaft ihre Schädel wiegen! Und schon gar nicht bzgl. Nellie Vandenhoek. Bzw. der Berichterstattung über dieselbe. Wenn sich diese Schmierfinken wenigstens mal einigen könnten, ob sie nun dänischer oder holländischer Herkunft sei.

Tab.: 50 Zig. (R1)
Alk.: 3 l Bier / 12 cl Schnaps
●●○○○

Samstag. Vischer:

... deine Grillen, deine Ich-Aushegungen, Ich-Brütungen, Hirnschnaken ...

O Stubenexistenz unserer traurigen Menschheit!

Vormittags leicht windiges Schädelsausen. –

Nachmittags, anläßlich Kokon-Versenkung in die Fünfte Dimension, ist's einem plötzlich absurd vorgekommen, daß man sich nie selber ins Gesicht sehen kann, wenn kein Spiegel in der Nähe ist. Weshalb ist der Mensch nicht mit den Augen auf den Fingerspitzen konzipiert worden? Dabei wird doch impertinent die Weisheit der Natur beschworen! – –

Nach dem anschließenden Nickerchen wie von ungefähr schwere Phrenesie hinsichtlich Befelds gewissenlosen Hinterns, und uff, da ist man doch froh gewesen, daß man sich nicht dauernd ins Gesicht blicken muß! – – –

Frisch, kühl, überwiegend trocken, grau, bißchen Niesel und Diesel, zwischendurch sonnig.
Tab.: 35 Zig. (R1, Reval)
Alk.: 4 cl Schnaps
●●●○○

Sonntag. Ah, ja! Hähä! Heute, als man rauchend vorm Kalender halluzinierte, ist einem klar geworden, was läuft: 's Bärbelchen probiert aus, wer den längeren Atem hat! Hoho! Jawoll! Seit zweieinhalb Monaten nichts mehr von der gehört, und in zweieinhalb Wochen hat sie Geburtstag! Daher weht der Wind! Sie wartet ab, wie man sich verhält! Wird man sich melden? Wenn nein / Schwein / Falls doch / Arschloch? (Auha!) Auf jeden Fall jedoch: Beginn der Schwarzen Phase? –

Breiig spritzender Stuhl, vermutlich vom zu spät beim Fernseh verzehrten gestrigen Chili con Carne, das Nita nach Originalrezept zusammengebraut hat. »Chili brennt immer zweimal«, so Nita. –

Draußen regnet's. Wär ja auch noch schöner, wenn's *drinnen* regnete, hähähä! Auha, auha. Na, nützt ja nix.

Eben bei BP gewesen, Kräuterschnaps, ABENDPOST, Zigaretten eingeholt. (Gerade noch rechtzeitig aufs Klo geschafft.) Weshalb kriegt man's eigentlich nicht geregelt, samstagmorgens im Supermarkt einzukaufen? Wie ein Depp quält man sich zu BP, zahlt die überhöhten Preise und muß zu aller Unbill auch noch an der *Lady*-Boutique vorbei. Ach, diese Stubenexistenz! – –

ABENDPOST gelesen. Verdacht verdichtet sich, daß Traulsen doch heftiger einen an der Mütze hat, als man sich, geblendet durch die schaurige Dativästhetik, bisher eingestehen mochte!

Was einem heut zum ersten Mal aufgefallen ist: daß der Obertitel der Kolumne, offenbar schon immer, »Meine Meinung« lautet. Untertitel heute: »Advent, endlich«. Na schön, das ist *seine* Meinung. Immerhin leben wir in einer freien Meinungsmarktwirtschaft.

Wo aber bleibt der bibl. Dativ? Statt dessen nimmt die Duzdemenz zu!

Vor dir Heilung, vor dir Rettung, vor dir Liebe, vor dir Freude ... Es wird nicht dunkel bleiben um dich, deine Kraft wird reichen. Und was über deine Kräfte geht, dafür bist du nicht zuständig ... Und du mußt nicht auf den Schlaganfall warten, den unbewußt herbeigewünschten Unfall ...

... den Durchfall, den Nippel am Hals, den Pickel am Gaumen, den Pickel am Pimmel und den unbewußt herbeigewünschten Meuchelmord ...

Auch kannst du endlich deine Hochstapelei platzen lassen, deine Maskerade verabschieden ... Du, riskier doch, daß welche über dich staunen. Leg die Angst ab, einen Korb zu kriegen. Abblitzen ist keine Schande. Auch als Heilmittel gegen Ungeduld, Neid und Geiz könnte man Advent verschrieben bekommen. Advent, das klingt nach Vorfreude, nach Zeichen von Glückendem, nach sowas wie ...

Ah, anschließend Insulinspritze benötigt ...

Fang Feuer, Mensch!

Schon geschehn, du: Advent, Advent/Mein Arschloch brennt ...

Auhauerha. –

15.30 Uhr. Nita hat einem Kino versprochen.

Tab.: 52 Zig. (R1)
Alk.: 6 l Bier / 4 cl Schnaps
●○○○○

Modimidof. *Kabuff,* 23.15 Uhr. Das hat man davon, wenn man als Dorftrottel 'ne kluge Frau heiratet. Man muß sich »Kleinkariertheit« vorwerfen lassen, »rentnerhafte Nörgelsucht«, »Jähzorn«, »Egomanie«, »Katatonie«, »Melancholie« etc. Ausgepumpt von der Zankerei hat man Sonntag nacht im Sofa gesessen und sich zuüblerletzt auch noch folgendes anhören müssen: »Was ist aus dir geworden. Abends 'ne Fresse, morgens 'ne Fresse. *Deine* Fresse morgens, *die* müßtest du mal sehen. Früher bist du aufgewacht und hast gelacht.«

Man hat sich still aus der Wohnung entfernt und ist ins Kabuff gefahren. Man hat aus der Kneipe 'n Kasten Bier geholt (DM 50!) und sich ganz pragmatisch volllaufen lassen, während in dem alten Küchenradio, das noch aus glücklicheren Zeiten stammt, diese peinliche Partnersuchsendung lief, und ist irgendwann nachts mit'm Taxi zurück.

Was aus einem geworden ist? 'n Penner mit festem Wohnsitz. 'n Jeck mit Loch im Kopp. 'n Arsch mit Ohren. Mit behaarten Ohren.

Seit Sonntagnacht hockt man täglich stundenlang in der Höhle des Katers, streunt abends durch Winterhude, durch Eppendorf und St. Pauli, zu Fuß oder per Taxi, ständig bedroht vom Irrsinn, einen Abstecher auf die südliche Seite der Elbe zu wagen, und nachts kehrt man per Taxi heim, sobald Nita eingeschlafen sein müßte; morgens steht man auf, sobald Nita das Haus verlassen hat, fährt per Taxi ins Kabuff, und dann schenkt man sich wiederum tüchtig einen ein und stromert durch die Viertel der Millionenstadt. Gestern nacht hat man Nita im Schlafzimmer weinen gehört, obwohl man besoffen war wie 'n Soldat. Man hat sich ihr in dem Zustand einfach nicht zumuten wollen. Man will sich ihr eigentlich *überhaupt* nicht mehr zumuten. Es hat auch keinen Sinn mehr, die vordergründigen Ursachen der Streitereien aufzurollen . . .

Dabei hatte man am Sonntagnachmittag wie 'n Geisteskranker versucht, telefonisch zur Kinokasse durchzukommen, um Karten vorzubestellen – ein Wunder, daß es einem gelang. Gemäß Befehl des Kinokassenidioten findet man sich pünktlich kurz vor sieben an der Kinokasse ein und was sieht man? 'ne Riesenschlange. Man drängelt sich bis zur Kasse vor, muß den vordersten Idioten bitten, daß er einen mal eben vorläßt, stellt dem Kassenidioten die Frage, ob man sich auch anstellen muß, wenn man Karten vorbestellt hat, und muß an der pikierten Fresse des vordersten Idioten vorbei ans Ende der Idiotenschlange zurück, die unterdessen noch ein bißchen länger geworden ist. Man scharrt geschlagene zwanzig Minuten mit den

Füßen, und als nur noch ein Idiot vor einem dran ist, stellt man fest, daß man die Reservierungsnummer vergessen hat.

Fieberhaft versucht man sich zu erinnern. 432? 234? 324? Oder 436 etc.? Man ist dran. »324«, sagt man. »Kann nicht angehn. Die ist schon verkauft.« – »234?« – »Die schon lange.« – »Dann 432.« – »Die ist noch gar nicht vergeben. Hören Sie, bitte lassen Sie den nächsten Kunden vor.« – »Hören *Sie*, ich *habe* zwei Karten bestellt, nachdem ich mir wie ein Geisteskranker ... In der neunten Reihe Mitte, das weiß ich noch. Gucken Sie doch mal nach.« – »Zwei Plätze, neunte Reihe Mitte ... Nummer 364.« – »Na sehn Sie.« – »Aber ich kann Ihnen doch jetzt nicht zwei Karten geben, die vielleicht jemand anderer bestellt hat. Was glauben Sie, was der mir erzählen wird.« – »Aber herr*gott*nochmal, was *der* Ihnen erzählen wird, kann doch nicht schlimmer sein, als was *ich* Ihnen gerade erzähle ...«

Usw. Man hätte sich praktisch vor Wut in Luft auflösen können. Man steht da, hat Kopfweh und Rükkenschmerzen und die Nase läuft, Schnöselgepöbel von hinten. Um halb acht soll man wieder nachfragen, bis dahin müssen alle vorbestellten Karten abgeholt worden sein. Man steht da weitere zehn Minuten wie ein Ölgötze, wird blöde angegafft von den ganzen Schlangenidioten, und dann muß man schon wieder einen Idioten bitten, und dann kriegt man endlich die Scheißkinokarten. Anschließend 'ne mächtige Fahrerei zwischen Kino, Laden, Wohnung, Laden, Kino, mit erheblichen Parkplatzproblemen. Der Film hat längst angefangen, man steht eine Luntenminute nach der anderen da, und endlich kommt Nita angehetzt, und man macht ihr eine Szene, daß die Popcornfresser im Foyer nur so glotzen. Nita dreht sich einfach um und geht nach Haus.

Verdammt noch mal, man hat einfach keinen Trieb mehr, wie 'n Idiot in Schlangen zu stehen, auf Stühlen zu sitzen, auf Sofas zu liegen und immer denselben Kopp mit immer derselben beleidigten Grimasse in der Gegend herumzuschwenken . . .

Tab.: 225 Zig. (R1, Reval)
Alk.: 21,5 l Bier / 1,5 l Schnaps
●○○○○ ○○○○○ ●○○○○ ○○○○○ ○○○○○

Sasomodi. Siehste. Jetzt hat man auch noch Heiners Geburtstag vergessen. Sowas ist einem noch nie passiert. –

Kalter Krieg im Erdgeschoß li. hält weiterhin an. –

Tab.: 184 Zig. (R1, Reval)
Alk.: 24,5 l Bier / 0,6 l Schnaps
○○○○○ ●○○○○ ○○○○○ ○○○○○

Midof. Auha. –

Tab.: 1 000 000 Zig. (Reval)
Alk.: 10 hl Bier / 1 hl Schnaps
○○○○○ ○○○○○ ○○○○○

Sasomo. Uff, Samstagnacht gegen ein Uhr in der Großen Freiheit kollabiert, direkt vor der *Showbar Hammonia*. Paar Sekunden regelrecht weggetreten gewesen, nach Aussage des Koberers, der einem auf die Beine half. Als man wieder zu sich gekommen, hat einem dieser weißbestrapste Engel aus Uganda oder Gambia, der ansonsten grad mal 'n schleierhaftes Jäckchen getragen, das besabberte Kinn getätschelt. »Was bin ich«, murmelte man. »Besoffen«, murmelte der Koberer. Aus irgendwelchen Gründen blutete man am Hinterkopf. Man stank wie 'n Berber. Nichtsdestotrotz ins Hafenkrankenhaus eingeliefert worden (gräßliche Vision bei der Abfahrt: Bärbel Befeld am Steuer eines Taxis – hier auf St. Pauli!). Irgend 'n Galennachfahre hat die lederne Leber palpiert, seinen Mittelfinger mit 'ner Art Kondom bezogen, ihn einem ins Rektum gerammt und tüchtig umgerührt. Große Hafenrundfahrt nennt man das.

Dageblieben. Nita benachrichtigt. Sie weinte. Man beruhigte sie, so gut es ging, und dann beruhigte sie sich, so gut es ging, und dann beruhigte sie einen, so gut es ging. Schlafmittel. Um sieben geweckt worden. Das Laken wie 'ne Salzlake. Bald darauf Wisch unterzeichnet, »auf eigene Gefahr blabla«. Nita hat einen abgeholt. –

Seither Burgfriede. – –

Gräßliche Nacht, letzte Nacht. Logisch, wenn man so plötzlich aus dem tagtäglichen alkoholischen Wachschlummer gerissen wird; dann sind die ersten nüchternen Nächte im Hirngewölbe Lichtspiele voll von tremolierenden Trollen, fickenden Spitzbuben, Tachykardie und Nympholepsie, und die trüb lasierte Erinnerung an diese gräßliche Nacht in der *Showbar Hammonia* kehrt wieder und macht kehrt und kehrt wieder wieder ...

Zur Aufheiterung ABENDPOST vom Samstag gelesen. Gotthilf hat »Lust auf Weihnachten«. Raptus erster Güte erlitten, obwohl man sich – dem Arzt mit dem vulkanisierten Finger zufolge – nicht über jeden Scheiß aufregen soll. Aber solch bigotte Heuchelei ist einfach unerträglich. Dabei hat man anfangs gehofft, er predige endlich mal doncamillomäßig *taff,* der Pfaff!

Wenn ich diese Miesepeter höre, die über Weihnachten stöhnen ...

Jjjaaa?

Wenn ich diese Miesepeter höre, die über Weihnachten stöhnen, möchte ich ...

O Himmel, *was! Raus* damit! *Sag's* uns, um Gottes Willen! *Was* möchtest du, wenn du diese Miesepeter hörst, die über Weihnachten stöhnen: kotzen? dein häßliches Umstandskleid an den Nagel hängen? oder wenigstens von der Kanzel wettern:

... reißt euch zusammen, elende Memmen und Natterngezücht! Jeder hat sein Kreuz zu tragen!

Aber ah, weder dies noch das noch jenes möchte er, wenn er diese Miesepeter hört, die über Weihnachten stöhnen, sondern

... ganz leise zur Seite treten und ihre Maulereien vorbeilassen.

Arrr, Weichei! Verfluchter Nichtraucher! Verschissen, Traulsen, endgültig verschissen, vom Nominativ bis zum Akkusativ und zurück!
Tab.: div.
Alk.: div. hl
○○○○○ ○○○○○ ●○○○○

Dienstag. Anruf Kolki. Ob Rudi der Arsch einem das Geld wiedergebracht habe. Unsereins: Hä? Den habe man seit Zeiten nicht mehr gesehn (gelogen). Kolki: Hä? Rudi habe ihn gestern angerufen und um unsereine Adresse gebeten, weil man Geld in seinem Taxi vergessen habe. Unsereins: Hä? Usf. Au, au. –

Au, heut beim Geflügelkiller 'nen göttlichen *Flyer* auf'm Verkaufstresen gefunden. So ein schönes, herzenskomisches und geheimnisvoll demiurgisch-poetisches Flugblatt hat man ja wohl schon lange nicht mehr lesen dürfen!

Am 18. Dezember 1994
um 16.00 Uhr

Männeradvent in der Dingenskirche

Woher kommen wir?
Was erleben wir?
Wohin gehen wir?

Dieser Gottesdienst findet in Zusammenarbeit
mit der Männergruppe der Dingensgemeinde
unter der Leitung von Pastor Babiel statt.

Interessierte Männer und Frauen heißen wir
gerne willkommen!

Nach dem Gottesdienst stehen die Teilnehmer
der Männergruppe bei Kaffee oder Tee gern
Rede und Antwort.

Verdammtnochmal, wenn's in der Kirche immer so transzendent zugeht, wird man wohl wieder eintreten müssen, wie? Schon allein, um den anagrammträchtigen und assonanzmächtigen Namen des Pastors zu heiligen! Ah, Pastor »Babiel«! Bibel, Babel, lieb, Leib und Baby, aber auch Balbieren, Bier, Bar und Barbar (ganz zu schweigen von Bülbül) – alles mehr oder weniger drin.

Eigentlich kaum zu glauben! Predigen vielleicht auch bei uns Pastoren inzwischen unter Künstlernamen?

»Männeradvent«, uff ... Ganz richtig: Wohin gehen wir? Wir Teilnehmer der Männergruppe stehn gern Rede und Antwort ... – außer über den Abend mit Rudi, dem Arsch, in der *Showbar Hammonia*, wa?

Tab.: 28 Zig. (Reval)
Alk.: –
●●●○○

Mittwoch. Rudi der Arsch. Unglaublich, was der sich so zusammenspinnt, dieser sprottenmagere Althippie, Gelegenheitsgitarrist, Kurier- und Taxifahrer, Trinker, Trickster, Zocker, Gaukler und Lügenbaron mit fettigen Haaren und der Säuselstimme von Kiffern der ersten Stunde. Hundertsiebenundfünfzig Zentimeter Hansdampf in allen Gassen. Hundertsiebenpfündiger Tausendsassa, unglaublich kregel für seinen Lebenswandel, faul, geil und geschwätzig. Ein Spinner vor dem Herrn. Na, man hat ihm Bescheid gestoßen, daß ihm's Maul offenstand. Uh, gräßliche Nacht! Man müßte sich zu Tode schämen, hätte man überhaupt noch einen Rest von Schamgefühl ... –

Uff, so eine selbstinduzierte Prohibition ... – Ah, ganz richtig ...

Tab.: 22 Zig. (Reval)
Alk.: –
●●●○○

Donnerstag. Neuantrag auf Arbeitslosenhilfe ausgefüllt und abgeschickt. Wahre Vermögensverhältnisse natürlich verleugnet. Oh, oh, oh, das geht nicht gut ...

Tab.: 23 Zig. (Reval)
Alk.: –
●●●●○

Freitag.*

Tab.: 61 Zig. (teils Reval, teils R1)
Alk.: 5,5 l Bier / 10 cl Schnaps
○○○○○

* *Mit dieser Eintragung vom 16. Dezember 1994 endet das Herbstjournal. Im Original folgen noch etwa dreieinhalb Seiten, die lediglich mit jenen mehrfach nachgezogenen kryptischen Kritzeleien und Guillochen gefüllt sind, wie man sie bei Telefonaten zu hinterlassen pflegt. – B.M.*

Winterjournal 1995

Die Tara der Welt

Samstag. Ich äh – aua . . .

Hähä! Ganz richtig! Ganz äh; ja ganz . . . ganz *richtig.* Kinderlos geblieben, Wellensittich, Kohlroulade. Vielen Dank, Herr Dokter . . .

Zig.: 60 St. (R1; Marlboro, teils light, teils heavy)
Alk.: 4,5 l Bier / 16 cl Schnaps
●●○○○

Sonntag. *Ui*juijui! *Ui*juijuijui*jui!* Au Satan, *alter* Schwede! . . . So. Na, mal sehn.

Kinderlos geblieben . . . – vielleicht ist *das* ja das Problem . . . –

Düsterer, seicht schäumender Nachmittag, d.h. sonderbares Licht: Zementhimmel zwar, *aber* fluoreszierender Schnee . . .

Lirum, larum, Löffelstiel./Amsel, schwarzgeplustert, will/kille kill am Federkiel/zwacken, bis sie wiederum/zwinkernd in des Zweiges Zwille/zwitschern wird im Zwergenstil./Amselfeder, kille kille./Lirum, larum, Löffel krumm . . . – –

Uff, Müßiggang. Brain Blues mit ca. 500 dB. Sofa.

Fernseh, während Nita ihre Reiseutensilien gepackt. Und vorhin, kaum ist das Taxi weg (von unsereinem hat sie sich nicht zum Dammtor kutschieren lassen wollen, noch wegen der Überdosierung der Gargarismata auf Kais Fete gestern nacht), hat nawerwohl angerufen? Käthe Morten? Satsche, so wie früher nach 'ner Fete, zwecks Nachbereitung? Kai, Iggy, Heiner oder – bewahre! – Kolki gar?

Ha! »Hier ist Bärbel! Böckchen, mir geht's nicht gut! Ich hab immer so Kreislauf und so dolles Herztlopfen . . .« Lala. *Arr,* abgehoben und sie dermaßen niedergestriegelt, sie solle einen, verfluchtnochmal, nicht *zu Hause* anrufen! Und schon ging's wieder los: Warum denn nicht bla, Anita sei doch gar nicht da bla bla. Man habe, verfluchtnochmal, schon tausendmal gesagt: auch dann nicht; denn sie, Lala, werde einem doch nicht erzählen wollen, sie könne sich merken, wann Nita zurück sei; und dann hätte man die Bescherung. Bla bla bla, und beleidigt. Vermutlich weil man sich nicht gleich vor Sorge eingenäßt hat. ›Kreislauf, Herztlopfen, schwindlig‹ – pah. Die übliche Anamnese. Für übermorgen verabredet.

So geht's *nicht.* Schon gar nicht so weiter.

Brr, was brummt's da wieder im Cerebrum . . .

Uh, dieses skizzenhafte, vexatorische Phantomding da auf'm Hals (»caput« nannten es die Alten Römer onomatopöetisch), das man nie zu Gesicht kriegt, es sei denn, man schaut in den Spiegel: Wozu ist das eigentlich gut. Nur dazu, daß 'n fleischfarbener stumpfer Winkel Lalas Hüftwackeln imitiert, wenn man niedergeschlagenen Auges linksrechtslinksrechts blinzelt?

»Kopf«, pff. Satan, 'n störender Korken! Ziehen, und dann das ganze Zeug direkt in den Hals! Und hätte man ferner Augen an den Fingern, würd man ja auch nichts danebengießen! (Säh zwar scheiße

aus, aber wo gehobelt wird, fallen schließlich Späne . . .)*
Tab.: 42 Zig. (R1, Marlboro)
Alk.: 2,5 l Bier / 0,4 l Wein / 12 cl Schnaps
●○○○○

Montag. So. D.h., eigentlich hatte man sich ja vorgenommen, endlich mal am 1. Januar zu beginnen.** Nun ist man am Neujahrstag aber ja verkatert gewesen – das heißt was heißt verkatert: man wartete so gut wie auf die Sterbesakramente –, so daß einem gleich wieder alles scheißegal war. Mehr als drei Wochen lang – bis vorgestern, und dann, bauz!, hat man doch noch wieder 'n Journal eröffnet, und zwar, wie einem bereits im sonnabendlichen Vollsuff aufgefallen war, wiederum ausgelöst durch 'ne Kopfnuß, diesmal *en passant* versetzt von Lala. Seit dem Beginn der Schwarzen Phase bearbeitet man sie, insbesondere im Rausch, endlich damit rauszurücken, wie sie unsereine Adresse rausgekriegt habe, und am Samstagmittag endlich hieß es in diesem hypertroph enervierten Tantenton, der ihr neuerdings so florid über die Lippen geht: »Orr Marrn! Ich hab 'n Dedektiv arrangiert!«, und *zack!,* Kopfnuß.

Das heißt ungefähr bzw. exakt nichts anderes, als daß diese Irre allen Ernstes 'nen Detektiv engagiert hat, um die Adresse der ehelichen Wohnstatt ihres ehemaligen sog. Lovers herauszufinden, auf daß er wieder aktuell werde!

---

* *Im Original findet sich über dem Stempel noch eine entsetzliche Illustration, bezeichnet mit »Fig. 1: Weisheit der Natur« (kopfloser Rumpf mit malignen Brustwarzen und Nabel sowie trichterförmigem Hals, in welchen henkelartige Arme die Inhalte zweier Flaschen mit der Aufschrift »Gaga« gießen. Die krummen Finger verfügen über bewimperte Basedow-Augen). – B.M.*

** Nicht nur von wegen Neues Jahr usf., sondern v.a. um des Geburtstags dreier hochverehrter Meister zu gedenken, Jerome David Salinger (*1919), Heino Jaeger (*1938) und Hans Werner Saalfeld (*1954)!

Diese Tatsache war so ungeheuerlich, daß man die ungeheuerliche Kopfnuß nachgerade willig wegsteckte, als sei sie eine in derartigen Zweifelsfällen gesellschaftlichen Benimms durchaus tolerable Usance. Vgl. »Affärenknigge« in der *Sybille.**

Erfuhr, in den letzten hundert Jahren, der Herr ihrer Wahl, daß die Dame einen Detektiv auf ihn angesetzt, so ging die Dame, wofern sie zur Rede gestellt wurde, graziös darüber hinweg. Auf der Schwelle zum 21. Jahrhundert wirkt solche Nonchalance oft nur noch deplaciert. Nein, heutzutage, auch jenseits der Metropolen, gilt es als Zeichen von Anmut, wenn die Dame dem Herrn, um ihn von müßigen Vorwurfsverpflichtungen zu entbinden, ohne großes Aufhebens, sondern mit femininer Impulsivität einen unschädlichen, doch soliden Streich mit den robusten mittleren Fingerknöcheln auf die sog. Kleine Fontanelle –

– o.s.ä.

Und die beiden einzigen Handlungen, die einem als Antwort einfielen, bestanden darin, sich mit so eben gerade noch anthropomorpher Zügellosigkeit zu besaufen und 'n neues Journal aufzuschlagen. Gott, wenn unsereins das Pulver hätte erfinden müssen, wär Tinte rausgekommen; das steht fest. Oder wohl doch eher Hefe.

Einen Detektiv! Ja wo leben wir denn! D.h. einerseits fühlte man sich ja fast geschmeichelt, daß sie trotz ihrer katastrophalen Finanzlage tatsächlich für so was noch Geld locker gemacht; andererseits . . . Je, allmählich wird's schräg, kraß, schrill, grell, oder wie sagt man als junger Mensch.

Und dann kann man sich noch nicht mal entsprechend benehmen, ohne daß die Sonntagspresse Wind davon kriegt.

---

* *Sybille = sybaritische Illustrierte. – Sagen wir, eine Art androphob/-philes Boulevardperiodikum für realemanzipierte Provinzlerinnen und solche, die es werden wollen. – B.M.*

FÜNFEINHALB WOCHEN LANG ALKOHOL MISSBRAUCHT!

Held des Kauz-*Kolportageromans wochenlang in den Schlagzeilen*

Stube *(eig. Ber.).* – Fünfeinhalb Wochen lang ertappte sich der Maulheld des *Kauz*-Kolportageromans »Der Schelm und die Schlampe« Tag für Tag beim Alkoholmißbrauch.

Seit Beginn der sog. Schwarzen Phase lebt der Delinquent am Rande der Önomanie. Die letzte Schlagzeile der *Gaga**, eskapistisches Sprachrohr der selbstzerstörerischen bürgerlichen Reaktion, spricht Bände: »DER POTATOR. Er trank alles, und zwar sofort.« Gotthilf Traulsen, Stifter der Kirchenkolumne »Meine Meinung«: »Wehe dir! Du sollst nicht herumreiten auf verderbten Vorstadtpferdchen, so sie auch schnippisch mit ihren Pfunden wuchern, noch auf Erinnerungen an dieselben, und dabei Alkohol mißbrauchen bis zum Jüngsten Tag und jammern und greinen, bis daß der Teufel Euch scheide, noch sollst du hoffen auf eitel Doktorarbeiten von Zitronen im Jahre 2002 noch sonstwann, noch verbergen ergaunerten Mammon vor Fiskus und Arbeitsamt, noch geben Interviews an niedere Schmuddelpostillen wie beispielshalber *Gaga* oder *Popo,* denn siehe, das hast du jetzt davon! Omen!«

Immer dieselbe Leier. Da hört man doch gar nicht mehr hin. *Du sollst nicht, du sollst nicht . . .* Bu, was denn! Man würde ja glatt verrückt werden, wollte man sich über aber auch jedes Skandälchen aufregen. Und überhaupt, *nulla poena sine lege!*

Kabuff, 18.10 Uhr. Na sicher, wenn Nita verreist ist, läßt sich die Luglogistik sehr viel unkomplizierter gestalten: keine *doppelte* Trugbüffelei, kein *doppeltes* Termingetürk, keinerlei Alibibifokalität . . . –

Daher soeben in aller Seelenruhe Bärbels empfänglichen Hintern verdroschen . . . hähä, gar nicht wahr. Hat zwar, trotz »Kreislauf«, erwartungsvoll auf'm Sofa rumgelümmelt, ist aber vor zehn Minuten »auf'n Bock« gestiegen; kommt nach der Spätschicht. –

---

* *Gaga = Gargarisma-Gazette. – Sagen wir, eine Art special-interest-Organ für hypochondrische Trinker. – B.M.*

Ende »Janowar« (Günsel) bereits, unglaublich. Aber so ist die »Sitowazijon« (Günsel). 19 Tage noch, dann ›feiert‹ man seinen 38. Geburtstag! Ja, im Prinzip darf man per sofort als 38jähriger gelten. Also praktisch gleich als 40jähriger ...

19 Tage, zwei Jahre – wo ist der Unterschied?

1993, 1994, 1995 ... – ah, Schäfchenzählen.

Uh, 40 ...

Früher, als 17jähriger Trottel, wenn man in der Zeitung las:

Max M. (40) starb noch am Unfallort ...

... dachte man da nicht ungefähr: Na ja ... – ?

Zumindest aber gingen einem derlei Senioren doch links am Arsch vorbei. »Bums bis veertich, bums bis veertich«, wie Kolkis Vadder seinerzeit so todessehnsüchtig vor sich hin jammerte, während wir auf dem Milchbock hockten, berstend vor Langeweile und glucksend vor Lust ...

Mit Verlaub, es kotzt einen von oben bis unten an. Uff, das ›Leben‹, es geht weiter, weiter, weiter ... Noch 'n Dienstag, noch 'n Sonntag, Modimi und Dofsaso, Dimidof und Sasomo ...

Klage und schreie fünfeinhalb Wochen ist's schon wieder her, daß Lala mit ihren Lotterglocken die Schwarze Phase einläutete ...

Kommt einem vor wie eine einzige schlaflose Nacht. Fünfeinhalb Wochen! Jesusmaria! Und fünfeinhalb Wochen lang tagtäglich hacke. Na, nicht jeden Tag; dafür aber so manchen zweimal. Satan! Au, langsam wird's ernst.

Und dabei war man nach dem Zusammenbruch vor der *Showbar Hammonia* schon tagelang trocken gewesen – sicher, dauernd peinigte einen in den schlaflosen Nächten die peinliche Begegnung mit Rudi dem

Arsch –, aber man war trocken gewesen. Dennoch, man hatte ja trotz hochtouriger Verdrängungsmaschinerie förmlich drauf gewartet, daß Lalas Geburtstag nicht ereignislos verstreichen würde . . .

Mußte ja so kommen. Und das, nachdem man Nita, nach neuerlicher Streiterei, aus Furcht vor 'nem neuerlichen kalten Krieg gerade noch rechtzeitig zur Gutmütigkeit hatte remotivieren können, indem man einen ganz neuen Ton anschlug, der sich von den üblichen Absichtserklärungen unterschied, und zwar durch totalen Verzicht auf Entschuldigungen und verständnisheischende Erklärungen. Man hatte Nitas Threnodie geduldig gelauscht, ihr nüchtern Recht gegeben, als redete man über einen Dritten, und genau im richtigen Moment – kurz bevor ihre Genugtuung skeptischer Verdutzung zu weichen drohte – hatte man sich Tobis Weihnachtsgeschenk, das Superman-T-Shirt, übergestreift – sie hatte lachen müssen –, und dann hatte man sie kaltblütig flachgelegt. Hihi! Zwar blieb's beim Flachlegen im Wortsinn; aber immerhin wurde die Geste gewürdigt, und schließlich kann man auf *Nitas* Pietät in heiklen Momenten zählen.

Man hatte zusammen im Ehebettchen geschlafen, man erwachte an jenem friedlichen Freitagmorgen um neun, als das Eheweib aufstand, und drehte sich noch mal um. Und man lag immer noch »hochkant« (Jaeger), als es gegen zehn Uhr – zehn Minuten, nachdem die Ehefrau das Haus verlassen – losging: BINGOBINGO, BINGOBINGOBINGOooo . . .

Ah, man hebt kerzgerad gen Stuck ab. Die Herz-Lungen-Maschine arbeitet. Das ganze Zimmergrau blitzt in blassem Orange. Ein mächtiger Schatten dieselt hinterm Vorhang draußen im Leerlauf, und WUMP, WUMP, WUMPWUMPWUMP macht's zum hydraulischen Ächzen: die Müllmänner. Ach so. Sind sie's, die da anläuten? Wieso sollten sie. Ach zum

Kuckuck, die Nachbarskinder haben mal wieder den Klingelknopf verwechselt. Oder 'n Reklamezusteller will rein. Man zieht die Decke über die Ohren. BINGLBINGLBINGLBINGOooo, BINGOBINGO, BINGOBINGOBINGOooo ... Während ein Müllmann die Mülleimer mit Getöse in die Halterungen hängt, Stimmengebrumm, Gelächter – man zurrt den Bettzipfel fester ums Gehör –, und schließlich stößt einer der Müllwerker einen jener Pfiffe aus, die gewöhnlich einer Vertreterin des wohlriechenden Geschlechts gelten. Parallel dazu unablässiges Gebimmel. Verflucht! Enerviert stürzt man aus dem Bett. Man findet den Bademantel nicht. BINGOBINGOooo ... Man wirft sich 'ne Wolldecke über. BINGO, BINGO, BINGOooo ... Man drückt blindlings auf den Summer, nun aber so was von ärgerlich. Das Krachen der aufgedrückten Haustür. Dann deutlich: »Ich hab grad«, grölt einer der Müllmänner unterm beifälligen Gejohl der Kollegen, »Weihnachtsgeld gekricht!«

Die Antwort auf das unmoralische Angebot wohlbekanntes liederliches Gelächter.

Herzstillstand. Man schlägt die Tür im Affekt wieder zu.

Oben im Treppenhaus Tackern von Pumps. Auch das noch.

Tür im Affekt wieder auf. Da. »Hallo Böckchen! Lange nich gesehn! Kuckma, was Walter mir zum Geburtstag geschenkt hat!«

Da. Da steht's. Da steht's, 's Bülbül. Leibhaftig. Und keckert und *singt* wie irr – »lalala ...« Während man die brünette Nachbarin bereits ums Geländer-U der ersten Etage traben hört, steht 's Bülbül da, offenbar völlig durchgeknallt, »lalala«, draller denn je, die Jack-Daniels-Fahne hoch, die unheilschwarzen Mantelschwingen gespreitet wie 'n Alpvogel, dreht sich hin lalala, dreht sich her lalala, schwarze *push-up*-Latexkorsage, Brüste in bar, blinkende Schnallen zwischen den schwarzen Gummistrapsen und schwarzen Netzstrümpfen, die zehn Zentimeter tiefer unter den Stulpen schwarzer Siebenmeilenstiefel verschwinden. Da steht's, stets da, wenn man's so gar nicht braucht, und morgens schon bzw. noch besoffen wie 'n Freibeuter.

Und hie steht unsereins, unter der Wolldecke, wie 'n Inka, wünscht der smarten Aparten einen guten Morgen, die vorüberstöckelt wie 'ne verständnisvolle, aber eilige Touristin im Karneval – vorbei an Lala, welche verlogen verlegen »Huch!« macht, den Mantel zuzieht und beiseite schwankt ...

Bingo. 4:0 für Befeld. Draußen schneit's feucht. Schneeflöckchen, Miniröckchen, kling Glöckchen, tralalalala. Hähä! (Auha.)

Gottegott, Weihnachten '94! Das wird in die analen Annalen eingehn! Um das unchristliche Kind zu beschwichtigen, auf daß es nicht tatsächlich noch an Weihnachten vor der Tür stehe, ständig unterwegs gewesen – ja gar heiligvormittags hin (Nita noch im Laden), heilignachmittags noch just rechtzeitig zurück; 1. Weihnachtstag mittags hin (Nita zu Omi nach Volksdorf – Streit, weil unsereins vorgeblich unpäßlich), gegen Abend noch just rechtzeitig zurück; 2. Weihnachtstag abends hin (Nita zu Conny nach Gütersloh – Streit, weil unsereins unpäßlich), um den 29. noch just rechtzeitig zurück; »zwischen den Jahren« ständig hin und noch just rechtzeitig zurück – und zwischendurch noch mit Leo getroffen –, und um die aufgepeitschten Nerven zu beschwichtigen, auf daß man das ständige Unterwegssein überhaupt verkrafte, ständig den ständigen Begleiter, den flachbrüstigen, aber hochprozentigen Bodyguard dabei – ständige Angst vor Schupos –; und dann noch den Mund fusslig geredet wegen Silvester: »Wie sollte ich Nita das erklären! Wie sollte ich den anderen das erklären, wenn ich nicht mit ihnen feier!« – »Mir doch egal.« – »Wenn dir alles egal ist, warum feierst du denn nicht mit Walter! Oder Marion! Oder was weiß ich!« Letztlich konnte man sie gottseidank überzeugen, daß an Silvester mit 'm Taxi doch 'ne Menge Kohle zu verdienen sei, auch und gerade am Gerichtsvollzieher vorbei etc.; die Hölle, das Inferno ...

Dieses Tauziehen immer! Schon kaum daß man den Latexschock verdaut hatte, hat man wieder kühne Reden geschwungen: Na schön, man erkläre sich »einverstanden« mit einer neuerlichen Auflage der »Beziehung«, wie Lala diese horrible Mesalliance beharrlich nennt; aber sie solle einem nie wieder mit Krebs, Tumoren und Multipler Sklerose kommen oder Aids, verflucht noch mal etc. Und die sitzt so lieb da und nickt so artig, diese abgewichste Hasardeurin. Natürlich weiß sie ganz genau, wer in Wirklichkeit am längeren Hebel sitzt. Zum Davonlaufen. –

Brr, was schwirrt's heut wieder im Transformatorenhäuschen da oben, daß es nur so wobbelt ... – und siehe da, u.a. Zitrone Zimmermann taucht mal wieder vorm sog. geistigen Auge auf, machtvoll dokternd:

Um die ewige Wiederkehr des Immergleichen in einer bestimmten Phase seiner hyperboreischen Biographie zu symbolisieren – in diesem quasi voluntaristischen Akt jedoch gleichzeitig *ex negativo* wieder pseudoironisch deeskalierend –, usurpiert Morten zwecks Beginn des Winterjournals den aufgrund der zwischenzeitlichen Ereignisse eigentlich inkommensurablen des Herbstjournals, und zwar in Form einer mimetischen Paraphrase desjenigen Aperçus, das er bereits im Anschluß an meine von ihm antizipierte Untersuchung antizipierte –, mit einem Furor, der nur einer *solchen* evozierten *self-fulfilling prophecy* inhärent sein kann, deren temporären Hiatus *ad hoc* zu suspendieren das selbstobjektivierte Subjekt im Grunde *wünscht,* um die Furcht vor Kontrollverlust der Kontrollversagensgewißheit füsilieren zu können – denn feminine Effekten hie, rabiater Priapismus dort! –; kurz: Fraternisierung mit dem eigenen ›Ich-äh-aua‹ im Sinne einer ovulierenden –

– ja, äh, ganz richtig. Vielen Dank, Frau Dokter. –

In einem hat sie ja recht: *So* geht's *nicht.* Schon gar nicht so weiter. Aber wie *denn?* Wie soll man denn neu anfangen, wenn alles weitergeht wie bisher! Und schon wieder sitzt man auf'm Arsch, der sich anfühlt wie 'n zerschlissener alter Fußball, fuchtelt mit der Feder herum und kritzelt und kleckert ...

Andererseits, was ist schon groß passiert: 'n Rückfall. *Noch* 'n Rückfall, zugegeben; aber Herrgott Pfeifenwichs, schließlich ist man in Rückfällen geübt, ja man kann sich schließlich geradezu als Spezialist im Rückfallmanagement bezeichnen. Schließlich ist's einem oft genug gelungen, das Rauchen, Trinken und Bärbeln aufzugeben!

Feminine Effekten? Teufelszeug, doppeltes!, und dreimal verflixtes!, mit dem Lala »Bumerang« Befeld einen immer wieder rücksichtslos anfixt! Sicher, man könnte jetzt einfach darüber verzweifeln, daß aus ihrem schwülen Sümpfchen offenbar kein Entrinnen sei, nach über sieben Jahren, zumal die eigenen Haare immer weniger werden, an denen man sich herausziehen müßte – um so mehr, als man eigentlich gar nicht mehr weiß, was man darin überhaupt noch zu suchen hat, denn heutzutage ... – von wegen rabiater Priapismus; früher vielleicht, als man tagaus tagein mit 'nem perennierenden Blutstau durch die Landschaft stelzte! Heutzutage will man doch nichts weiter als 'nen geruhsamen Lebensabend verbringen!

Ah, was ist man auch so blöd: 'n geschlagenes *Vierteljahr* der bodenlosen Illusion aufzusitzen, eine Bärbel Befeld aussitzen zu können! Man hat sich auf 'n Arschduell mit einer Bärbel Befeld eingelassen! Geglaubt, man könne mit seinem nervösen Hintern dem winterfesten, aufsässigen Supergesäß einer Bärbel »La-La-Latex« Befeld Paroli bieten!

Buh nee, was Befeld qua Arsch gelingt, vollbrächte

man allenfalls per Köpfchen. Allenfalls Hirn hülfe gegen Befelds indolenten Hintern. Los! Laß dir was einfallen, gipserner Dreipfünder da im verstaubten Oberstübchen!

Dreimal vermaledeit! Nun hat sie, angeblich weil lukrativer, ihr Arbeitsrevier schon ans Nordufer der Elbe verlegt – was, wenn sie auch noch nach hierher übersiedelt? Seit fünfeinhalb Wochen muß man sich jeden Tag Gejammer über ihre Fahrerei von Harburg nach St. Pauli anhören ...

Gottverflucht, wenn man nicht achtgibt, wird dieses Schattendasein seine Düsternis aufs wahrhaftige Leben werfen! War so schön gewesen, vergangenen Samstag auf Kais Fete! All die Liebsten beisammen (sogar Kolki aus'm Kaff angereist)! Kai recht erfreut über unser Geschenk, und man selbst auch recht kregel, und Satsche gar – auf gelassenem Niveau – in bester Form.

Ah, Satsche! Machte schon, als wir das Queue ausprobierten, seinem Ruf alle Ehre – d.h. bereits bei der Verabredung!

Telefonat ungefähr so: »Laß uns mal unser – äh Kais Queue ausprobieren, was hältst – *(unterbricht sich, kurzes Schweigen, von der Sprechmuschel entferntes Ächzen und schließlich:)* Was ist *das* denn ... 'ne *Motte?* Samma, bis du nich ganz dicht hier, du Pißding? *(lautes Klatschen)*«

Gefiel einem über die Maßen. Motte = Pißding. Und schon war man überredet, zumal man sich auf den Salon gegenüber der BP einigen konnte, und wurde dort dann auch noch mit einer hübschen kleinen Szene belohnt:

Spieler 1 *(in vorbildlicher Haltung einen schwierigen Ball über Bande anvisierend, Atmung in höchster Konzentration eingestellt; schließlich schießend, treffend und, aufs Mantinell gestützt, sich laut* *stöhnend aufrichtend):* Mann dorr, bei solchen Bällen krich ich immer fast *Sack*hüpfen, dorr!

Spieler 2 *(im Anblick eines auf einem der Barhocker hockenden 18- bis 20jährigen Mädchens in knappem Kostüm, welches die Beine übereinanderschlägt, die, wie man, wenn sie sich zu ihrem Getränk beugt, kurz vor der entscheidenden Kurve erkennen kann, in schwarzen Nylonstrümpfen statt Strumpfhosen stecken, versunken die Spitze seines Queues nebst Daumen einkreidend; schließlich flüsternd):* Um Gottes . . .

Spieler 1: Äy, nu laß ma hier nich den . . . Baldrian einrei – *(dem Blick von Spieler 2 folgend)* Borr! Da sieht man ja schon die Lllüsterklemmen!!!

Animula vagula blandula . . . –
Tab.: 38 Zig. (R1, Reval)
Alk.: 3,5 l Bier / 0,2 l Schnaps
●○○○○

Dienstag. *Kabuff, 17.15 Uhr.* »Blümchensex«! Wenn die so weiternörgelt, tut man's eines Tages doch noch. Dann wird man ihr eines Tages doch noch den perversen Po schurigeln, daß es nur so lodert. Dann wird man das Kapuff eines Tages eben doch noch zu 'nem gemütlichen kleinen S/M-Studio umrüsten, die Wände mit Eierpappen isolieren, Tag für Tag in fleischfarbenen Polyäthylenshorts zur Flaschenzugkurbel schreiten, um 's an den Fesseln gefesselte Bondage*-Babe bis unter die Decke zu hieven, wobei man herrisch durch die Ledermaske schnaubt: »Mna mof, bu Huge! Beppel um Mnabe!« Woraufhin 's Öpferchen, kopfüber wie 'ne Fledermaus, gehorsam unterm Stacheljoch hervorwinselt: »Dnade, dnehdiger Hehr!« *Per aspera ad astra?* –

Gräßliche Nacht auf der Schlafkautsch. Wegen ungeschickter Alkoholdosierung das linke Auge nicht

* Sie hat einem ja allen Ernstes vorgeschlagen, bei einem »Bondage-Kursus« mitzumachen! Na, vielleicht kämen einem da die Knotenkenntnisse zugute, die man beim Technischen Hilfswerk zehn Jahre lang dreimal im Monat geübt hatte . . .

zugetan, und das andere wegen Schnarchens Lalas nicht. – –

Eigentlich hat man noch im Kabuff frühstücken wollen; da Lala jedoch ihre Tour beginnen mußte, hat man sich von ihr zur Wohnung bringen lassen – was soll's; jetzt weiß sie ja ohnehin, wo man wohnt (welcher Detektiv für die Denunziation verantwortlich war, will sie einem partout nicht verraten – »Kennst du nicht«; ewig dieses »Kennst du nicht« . . .), und aus 'nem Taxi auszusteigen ist ja unverfänglich (mochten's doch alle sehn, die alte Frau Siems und alle, und falls die smarte Aparte einen dabei beobachten sollte, würde man beim Abschied einfach laut in den geöffneten Wagenschlag rufen: »NIX! KEIN EINZIGES SHOOTING MEHR FÜR DIESEN ALTERSGEILEN ALGOLAGNISTEN! ICH BIN KÜNSTLER! DER SOLL SEINE KATALOGE DOCH VON IRGENDEINEM HERGELAUFENEN . . .« – o.s.ä., hähä!).

Trotzdem war's 'n Fehler, weil Lala unverschämte Forderungen stellte: Warum man sich denn immer in dem »Miefloch« treffen müsse, wo es keinen Fernseher gebe und nur so 'ne unbequeme Bettkautsch, und wir könnten doch hier, solange Nita nicht da sei . . .! – Komme auf keinen Fall in Frage, außerdem könne man hier nicht ungestört arbeiten. – Arbeiten, arbeiten. Was man denn überhaupt arbeite usf.

Das nimmt kein gutes Ende . . .

Anruf Nita (Band): Gut angekommen, kalt, langweilig, entsetzliche Leute. –

Sowie Post! Und zwar von Tobi! Sein erster Brief überhaupt! Oben rechts, handschriftlich, reichlich wacklig das Datum (»30.1.*1665*«!!!); oben links eine dottergelbe, eierige Sonne mit struwweligem Strahlenkranz, ein Viertel davon – geradezu genialischer Einfall! – rötlich eingefärbt. Auf der unteren Hälfte ein zweistöckiges rotes Haus mit realiter ausgeschnittenen Fenstern nebst Tür und einem windschiefen Dach, wo ein ziemlich länglicher Vogel mit seinem Schnabel steckengeblieben zu sein scheint. Zwischen Sonne und Haus der Brieftext, auf einer Reiseschreibmaschine getippt:

Lieber Bodo, liebe Nita,
ich Freue Mich schon wenn ich eimal in denn ferien einmal bei euch zu Schlafen.
Ich Würde Gerne mal Schach lernen.
ich gehe Als Indianer zum karnevall.
Und Oliver get Als panter.
Mama Hat mein indianer Kostüm Selber Genet.
Oliver hat Im gescheft rum gebokt.
Er woltte Umbedinkt den gekaufte panter anzug haben.
Und dann hat mama denn Gekauften doch gekauft.

Handschriftliches Signet – und eines von Oliver, welches der wohl unbefugt dort hingesetzt, brutal gestrichen! Ach, diese Bengels! In den Osterferien kommt Tobi für ein paar Tage zum alten Onkel in die Millionenstadt . . .
Tab.: 43 Zig. (R1)
Alk.: 1 l Bier / 4 cl Schnaps
●●○○○

Mittwoch. *Kabuff,* 16.45 Uhr. Da draußen, im fahlen Licht, balanciert 'ne Amsel auf 'm Ast. Die Vorstellung, es sei ein und dieselbe aus 'm Vorgarten der Wohnung und sie folge einem hierher zum Kabuff, als Schutzpatronin, gefällt einem irgendwie. –

Hähä! Ah, man ist schon 'n smarter Schäker: Eben hat's Telefon geklingelt, im Geheimcode. Die angebliche Notwendigkeit dieser Maßnahme hatte man Lala unlängst wie folgt erläutert: »Wenn ich arbeite, geh ich nicht ans Telefon. Hab keine Lust, mich von Onkel Pauli vollabern zu lassen. Du mußt vorher einmal durchklingeln, auflegen und neu wählen, dann weiß ich, daß du's bist.« Glücklich hat sie die knackige Extrawurst geschluckt. Hähä!

Satan, hilft ja doch nix: Sie labert den Blechknecht voll und droht mit Sex. Brr, verflucht, man hat keinen Trieb mehr drauf. Man schwitzt dabei, macht egelhafte Bewegungen und gibt würdelos Laute von sich. Nicht mal auf die *ejaculatio praecox* kann man sich noch verlassen – auch nicht, wenn man kaum getrunken hat –; und die vollends ausbleibende, wenn man zwar zuviel, für totale Flaute aber immer noch nicht genug geschluckt, ist ja nun wirklich kein Vergnügen; also müßte er wieder derartig einen kriegen, auf daß 's Würstchen gottgewollt apathisch bliebe – aber selbst dann würde von einem verlangt, daß man mit dem *Rex*-Dildo hantiert, und darüber hinaus bräuchte man weder für Spott noch für Kater am nächsten Morgen zu sorgen.

Ih, es ist 'n Kreuz . . .

Popo: Wie bitte? Wie konnte es dazu –
Mann: Ach, ihr habt doch keine Ahnung. Sicher, nachdem ich zum ersten Mal Schluß mit dieser Verrückten gemacht hatte, nachdem ich die Rosarote Periode beendet hatte, fehlte es mir anfangs noch, dieses völlig wahnsinnige Vögelchen . . . War hart, in der ersten Zeit. Kopfschmerzen gekriegt vor lauter Engrammen. Zum Beispiel wenn ich die Toilette in irgend 'ner Kneipe aufsuchte, wenn mir diese gewisse Duftmischung aus Fäkalienresten und Sagrotan in die Nase stieg . . . Ich weiß auch nicht. Vier-, fünfmal hatte sie mich bis aufs Männerklo verfolgt, in der *Hexenkate* zum Beispiel; sie hatte 'nen regelrechten Kloquickie-Tic, den sie mit einem seltsamen Ritual befriedigte: Sie fixierte den Spülknopf vorsichtig mit 'nem Streichholz oder die Zugkette am Kleiderhaken, so daß das Schwimmerventil stetig ein bißchen Wasser ins Becken plätschern ließ, und währenddessen flüsterte sie immer: »Aber nicht Mama sagen, aber nicht Mama sagen . . .« Nicht, daß *ich* sonderlich scharf drauf war – aus lauter Bammel vor unlauteren Bakterien duschte man hinterher

immer stundenlang –; ach je, man konnte nicht nein sagen, und sie konnte einfach nichts stehn sehn . . .

Popo: Das ja 'n Ding. Und?

Mann: Was und.

Popo: Ja, eben *und?* Ich meine, schließlich kam's doch '89 noch zu 'ner Lilavioletten Saison und, vor allem, ab '91 zu 'ner grauenhaften Blaugrauen Epoche?

Je, Satan, grauenhaft. »Fehlte mir«, lächerlicher Euphemismus. Man stellte ihr nach!

Uh, das Schicksalsjahr '88 . . .

Amor fati . . . Sicher, man hatte sehr wohl reinen Tisch gemacht, bevor Nita aus den USA zurückkehrte. Dennoch fand man sich bereits kurz nach seinem 31. Geburtstag – Nita verkaufte den Musikalienhändlern der Republik Orgeln und Gitarren –, an einem düsteren, feuchtwindigen Abend, den man mit schwerer Gastro-Recherche verbracht, plötzlich wieder in der *Hexenkate.*

Obzwar man auf's Bülbülvögelchen einminnte wie Walther von der Vogelweide, versagte es einem die neuerliche Verfügungsgewalt über seinen libertinen Hintern; meinem Nebenmann – John Borg, angeblich *dem* Schlagersänger der Süderelbe –, diesem glitschigen Schneck mit Stielaugen jedoch erteilte Bärbel die Lizenz zur Sondierung ihres Dekolletés kränkend bedingungslos. Er und ich waren die letzten, die Bärbel vor die Tür setzte. Fassungslos wehrte ich die kompensatorischen Einladungsversuche des Schnulzenheinis in den Nachtclub *69* ab und wartete auf meinem verhärmten Kadetten, bis Bärbel die Treppenstufen heruntergehüpft kam – mit Horni. Horni, dem Hexenkoch.

Ah, das war schon mal ein würziger Vorgeschmack auf die Eifersuchtshölle zu Ende des Jahres! Ich raste an dem ineinander verhakten Pärchen vorbei auf die Cuxhavener Straße, wählte statt der Moorburger die

Heimfelder Auffahrt, raste trinkend nach Hannover und schob Led Zeppelin ein; den »Lemon Song« spielte ich ein halbes Dutzend mal: *Baaaaaaay-yeah ... I should have quit you, Babe, long time ago ... Yeah, I should have quit you, Baby, lo-o-o-o-ong time ago ... Squeeze me, Babe, till the juice runs down my leg ...*

Zwar mied ich die *Hexenkate* fortan konsequent – mit ein, zwei regelgerechten Ausnahmen –, doch Mitte März ritt mich der Deibel mal wieder im Galopp, und ich löste mein Versprechen an Selim ein – eine meiner letzten Diensthandlungen vorm Schädel-Hirn-Trauma. Zwecks Recherche für den Süderelbe-sportiv-Beitrag über die Sportschule *Ki* besuchte ich einen Trainingsabend. Rund zwanzig Teens und Twens tändelten in den weiten weißen, knopflosen Anzügen mit braunen und schwarzen Leinengürteln barfuß herum, boxten gegen ihre Schatten, hüpften herum oder drückten die Rückseite der Oberschenkel aufwärts gegen die Mattenwand – Kopf aufs Knie –; senkten sich in den Spagat ab oder trabten sich warm. Meine Examazone alberte ein bißchen mit Selim herum und warf mir zwischendurch rätselhafte dunkle Blicke zu. Die Korona ließ sich in einer Reihe im Lotossitz nieder, und der Sensei ihr gegenüber stieß einen knappen Befehl hervor, woraufhin alle in kurzer Meditation verharrten.

Und dann ging's los.

Fast 'ne halbe Stunde liefen sie im Kreis – seitwärts links, seitwärts rechts, rückwärts, im Scherensprung etc. –, in einem Tempo, das ich ohne ständige ärztliche Betreuung keine zwei Minuten durchgehalten hätte. Zwischendurch hechteten sie aus vollem Lauf in die Horizontale, um anfangs zwanzig, später dreißig und dann fünfzig Liegestütze hinzulegen. Auf den Fäusten.

Anschließend Dehnungsgymnastik. Dann Übung von technischen Kombinationen in der Phalanx, mit choreographischer Präzision auf Kommando ausgeführt – der Meister deckte mangelhafte Abwehr durch millimetergenau gestoppte Fauststöße auf oder Fehlhaltungen, indem er kurz und trocken in die Ferse trat, woraufhin der Eleve prompt umfiel. Dann die »Kata«, ein wunderbares Ballett von Schlag- und Trittfiguren. Was für eine hochkultivierte Wutwucht, welch ungestüm elegante Leibdisziplin!

Selim schnaufte. Bärbelchen dampfte. Mir war übel vor Neid und Begehren. Die Halle erfüllt vom funkenschlagenden Dunst menschlicher Zerstörungsenergie. Hocherhitzt und mit klopfenden Follikeln begannen die jungen Menschen, gegeneinander zu kämpfen, mit somnambuler Konzentration, beinah maschineller Spannungskraft, aber strikten Regeln ...

Anderthalb Stunden später war ich völlig fertig. Vom Zugucken. Die Schüler hingegen spielten noch 'n halbes Stündchen Basketball, während ich den Meister ehrfürchtig interviewte. Anschließend lungerte ich noch ein Weilchen vor den Duschen herum. Bärbel jedoch ließ sich nicht blicken.

Ich ziselierte einen PR, nach dem sich sämtliche Creativdirektoren Hamburgs und Düsseldorfs die Griffel lecken würden. Bärbel jedoch rief nicht einmal an.

In den nächsten paar Wochen danach – ich sollte ein Dreivierteljahr lang nichts mehr hören noch sehen von ihr – plagten mich nächtliche Buhl-Alben manchmal derart, daß ich schwer um die morgendliche Alltagsruhe zu ringen hatte. Manchmal erwachte ich mit dem Duft von Bärbelmiasmen in der Nase, daß es mir die Tränen in die Augen trieb, mit dem Geschmack ihrer Ohr- oder Schamläppchen, ihrer Zehen oder Knospen auf der Zunge, daß mir das Wasser noch minutenlang nach dem Zähneputzen im Mund zusammenlief; manchmal erschrak ich beim Erwachen vor einem tätowierten Kerl mit Ohrringen, und manchmal war ich noch nach dem Erwachen davon überzeugt, daß ich wieder mit ihr geschlafen hatte. Im Tageslicht tröstete ich mich damit, daß wohl die wenigsten zeitgenössischen Sexualbiographien einen 54-Meter-Höhepunkt enthielten; doch gerade deshalb dachte ich mehrmals am Tag an sie. Nichtsdestotrotz kehrte ich dem Sumpf der Süderelbe nach Feierabend – mit ein, zwei regelgerechten Ausnahmen – konsequent den Rücken und nahm mein kleines Alltagsleben da wieder auf, wo ich es so hübsch zu vergeuden gewußt, bevor ich dieser Sexbestie in die Hände gefallen war. Ich erinnerte mich daran, für mein Arbeitslebensglück kämpfen zu wollen, und beschloß, im nächsten Semester ein bißchen fleißiger zu studieren und mich ansonsten redlich zu nähren. Anita gebührte der Freitagabend, wenn sie von ihrer Reiserei durch die Republik zurückkehrte, und darüber hinaus gehörte ihr der Sonntag; der Samstagabend aber war dem Skatspiel in der *Glucke* geheiligt. *Ubi bene, ibi patria!* Unter der Woche ging ich mit Satsche, mit Kai, mit Heiner, mit Kolki, mit Iggy oder in beliebigen Kombinationen zwei bis fünf gemächliche Faßbiere trinken – in die *Boile*, ins *Reybach*, in die *Bürste*. Oder in die *Glucke* natürlich, wo ich auch gern hin und wieder drei bis vier schnelle Pilsener allein verdrückte. Manchmal gesellte sich Kolki hinzu, nicht selten auch Kai, seltener Satsche. Wir schäkerten in allen Ehren mit Yvonne und Manu, den Tresenfeen, redeten krauses Zeug und verarschten Rudi den Arsch. Rudi-den-Arsch. Rudi Mentzen, das Rudiment. Den Spinner. Den märchensäuselnden Zwerg. Den »Furzpapst«, wie ihn Satsche einmal nannte. Weißgott keiner, für den man seinen Handschuh ins Feuer legen würde, aber doch ein lustiger Zeitgenosse. Ganz lustig, jene Zeit.

Im Mai '88 dann jene magische Nacht in der *Glucke* – Rudi, Satsche, Kolki, Heiner (der für Kai verpflichtet worden war, sich einmal pro Woche von Rissen aus in die Millionenstadt zu verfügen, weil Kais neue Freundin den Samstagabend für sie beide beanspruchte) und ich waren dabei; unser Skatabend entwickelte sich zu einer Spontanfete, die sich bis in die Mittagsstunden des nächsten Tages ausdehnte, und auf dem Heimweg wurde ich überfahren. Von einem Sonntagsfahrer, einem dieser halbtoten Hutträger, die ihren Mittelklassewagen einmal pro Woche aus der Garage holen, damit die Bremse nicht einrostet – na schön, wenn der Souverän, das Volk, es so will –; und ich war übernächtigt, sturzbetrunken und vermutlich schon bewußtlos, *bevor* mich der Passat Kombi erfaßte. Angeblich hatte er gehalten, um mich passieren zu lassen, und sei erst auf einen entsprechenden Wink meinerseits weitergefahren – ich weiß davon nichts. Mein gedecktes Schädel-Hirn-Trauma ging mit retrograder Amnesie einher. Die zwei Stunden vorm Unfall fehlen mir bis heute.

Jedenfalls war ich irgendwie mit 'm Kopp auf 'n Kantstein geknallt. Wochenlang kotzte ich in der Uniklinik Eppendorf stoisch vor mich hin. Nita wollte ihren Job aufgeben, um nicht nur am Wochenende bei mir sein zu können, aber ich verbot es ihr liebevoll. Als es mir besser ging, überbrachte mir Iggy Schröders weitherziges Angebot, ich könne »jederzeit« beim ELBE ECHO weitermachen. Eugen kam nicht – er wechselte »nie, nej?« auf die andere Seite der Elbe. In einer schwachen Stunde hätte ich fast Bärbel von meinem bejammernswerten Zustand telefonisch in Kenntnis gesetzt, auf daß sie zwei-, dreimal die Woche vorbeikäme und mir schnell mal einen runterholte, wenn mein Bettnachbar, ein selten dämlicher Hund, »kacken« ginge, was er mit koprophiler Vorlust anzukündigen pflegte. Kolki, der miese Charakter, besuchte mich nicht ein einziges Mal. Ich fing das Rauchen gar nicht erst wieder an und nahm trotzdem fünfzehn Kilo ab – so schlank war ich seit 1974 nicht gewesen –, weil der Onkel Doktor ein Alkoholverbot verhängt hatte.

Ab Anfang September schlug sich ein neuer Mensch mit donnernden Pulsen und klaffenden Schweißdrüsen zweimal die Woche im Eimsbüttler Turnverein bis zur Weißgurtprüfung durch. »Nee«, knurrte Satsche auf meine Frage, ob er nicht mitmachen wolle, »Karate und Judo und so 'n Kinderkram, das' nix für mich. Ich bin mehr für Kampfsport. Handball und so.« Ich gab meine Wohnung in der Bismarckstraße aus finanziellen Gründen auf und zog ins Studentenheim. Wirklich wohnen tat ich freilich bei Nita.

Da war's, das neue Leben. Ich war ein Muster an *fitness* und *wellness*. Ich schlief wie ein Baby, federte noch vorm Weckerfiepen aus dem Bett, und kaum aufgestanden, trabte ich schon im Trainingsanzug den Isekai entlang ... – ah, wie willfährig der Tee über die Geschmacksknospen rieselte, wie hingebungsvoll sich Müsli von wurzelstarken Zähnen zermalmen ließ und wie gefügig Obst und Gemüse ... – und wie geschmeidig kerngesunder Stuhl durch die blühende Darmflora glitt, ja abging wie 'ne Rohrpost! Was für einen phantastischen Organismus durfte man sein eigen nennen! Die Äuglein glänzten! Schuppenlos rein die Haut, Haare splißfrei, 'ne Wucht Herz und Nieren! Und das bei einem weiland strammen Spitzen-Alkoholathleten wie unsereins!

In andern Worten, ich drohte zu sterben vor Langeweile. Bei lebendigstem Leibe.

Doch so schnell wollte ich denn doch nicht wieder

im alten Sumpf versinken. Irgendwie mußte dieser schwer zu drosselnde Vorwärtsdrang, dieses selbstische organische Dauerfeuer auf jede Faser und Ader, dies Jucken und Zucken in Haar-, Finger- und Zehenspitzen, kurz: diese krankhafte Vitalität bemeistert werden, zum Kuckuck. Eine Zeit der Prüfungen . . .

Ich beschloß, endlich die paar Hauptseminarscheine zu machen, um mich zum Magisterexamen anmelden zu können, bereitete mich gleichzeitig auf die Orangegurtprüfung vor und absolvierte einen journalistischen Test nach dem anderen mit Bravour.

Der härteste aber bestand darin, Bärbels populärem Hintern zu widerstehen, nachdem er, mühsam genug von einem rosalila Bikinihöschen gebändigt, vor meinem plus tausend weiteren feuchten Augenpaaren auf der Bühne der Discothek *Orbit* zum Greifen nah seine Kabinettstückchen vollführt hatte, mit Glanz und Gloria, Donner und Doria . . .

Ewige Verdammnis! In jenem Spätherbst '88 lernte ich, daß Fitness und Wellness ebensogut in den Ruin treiben können wie Sumpf und Katatonie, schnöde Zerstreuung und Selbstbetäubung! Wohin mit der zwickenden Entladungskraft der strotzenden Physis? In ein stilles Gebet? In irgendeinen Krieg? Ins Tempotaschentuch? Ich hätte Bäume jäten können. Kein Wunder, daß die Intelligenzija selbst in der Provinz mit dem Kapital ins Bett gestiegen ist (bzw. auf Bertram Heinsohns Layout-Leuchttisch) . . .

Freitag, den 1. Dezember 1988 zeigte der PC-Bildschirm an, als der fatale Anruf von Knut Knox auflief. Ich war mit Iggy zusammen die Treppen in den V. Stock hinaufgebrummt – wie jeden Morgen –, zerhäckselte mit bloßen Zähnen eine Möhre und beschwerte mich über Eugens Haschischfähnchen, die mir in die Nase stiegen – wie jeden Morgen.

»Morten«, stöhnte unser Chef wie jeden Morgen, »geh kacken bitte, ja? Ja? Sei so lieb, ja?« Mit blauen Argusaugen verfolgte er den Angriff des Computerhirns auf seinen Königsflügel, während der Joint qualmte. »Nichtraucher, nej?« knurrte er. »Hitler war Nichtraucher, ja?«

Iggy meißelte am Stein des Anstoßes, und Zitrone war von Eugen verdonnert worden, dem »Volk in der Fußgänger-Zone« die Frage der Woche zu stellen: »War Franz Josef Strauß auch für Sie ein politisches Urgestein?« Zitrone hatte vorgeschlagen, Philipp Jenningers mißglückte Rollenprosa zum Thema zu machen, doch Eugen war strikt dagegen. »Das verstehen unsere Leser nicht«, hatte er unsere Chefin zitiert.

Ich zappelte an meinem Schreibtisch herum. Immer noch löste das unordentliche Alphabet auf der PC-Tastatur Nikotinjanker aus. »Sonderaktion der HEW-Hauswirtschaft« schrieb ich, und in 32 Punkt Garamond: »Grillspezialitäten«, und dann tippte ich die Pressemeldung unzensiert ab:

Jeder moderne Elektroherd bietet eine Grilleinrichtung; viele Haushalte verfügen auch über einen Tischgrill oder Backgrill, Kontakt- oder Partygrill. Doch über Steaks, Hühnerbeine und Toast Hawaii kommt kaum einer hinaus. Wer wagt sich schon an die gefüllte Makrele, die umgedrehte Stachelbeertorte oder den aparten Gorgonzola-Birnen-Snack? . . .

Hoho! Ich jedenfalls nicht! Niemals würde ich mich an eine Stachelbeertorte wagen, geschweige eine umgedrehte! Oder, gottseibeiuns, den Gorgonzola-Birnen-Snack! Oho, uhu, der Gorgonzola-Birnen-Snack, hoho . . .!

Das Telefon jodelte. Eugen, schon halb dicht, winkte müde ab und starrte aus dem Fenster. Ich hob ab.

SÜDERELBE PLUS war bereits nach fünf Nummern gefloppt, und seither hatte man von Knox nichts mehr gehört – obwohl die Gerüchteküche der Süderelbe als exquisit galt. Irmgard Schröder hatte durchatmen können und die redaktionelle Liberalisierung davon profitiert. Aber auch Eugen war geradezu sexuell befriedigt, daß sein alter Bewußtseinsrivale sang- und klanglos in der Versenkung verschwunden war, und ich erst: Immerhin hatte ich recht behalten mit meiner weitsichtigen Einschätzung, daß SÜDERELBE PLUS einen Artikel im etablierten ELBE ECHO gar nie wert gewesen wäre.

»Zeitungsgewerbe ...? Nein neinäh, das bringt doch nichts«, leierte Knox im Verlauf des Gesprächs. »Nichts für ungut, aber, mit Verlaub, im unteren Printmediensektoräh ... wird doch hauptsächlich Durchschuß produziertäh ...«

»Da paßt eben mehr *zwischen* die Zeilen, hähä«, sprach ich. Ah, klasse. *Mens sana in corpore sano.* Eugen rauchte wie verrückt und nagelte mich mit bläulichen Blicken fest.

»Neeneeäh«, seufzte Knox arriviert, »ich mach jetzt Eventsäh ...«

»Ach wo.«

»Hähä, ja sicheräh ... Was ich sagen wollte, schon mal in 'ner Jury gewesenäh ...?«

»Wer. Ich? In 'ner Jury?«

»Jaäh ...?«

»Nee. Was für 'ne Jury.«

»Mißwahläh ...?«

»*Mißwahl*äh ...?«

»Ja ...?«

»Nee.«

»Woll'n Sie mal?«

»Mißwahl?«

»Ja?«

Von weit unten, vom Erdmittelpunkt, spürte ich

eine empörende Erektion herannahen. Ich rutschte auf dem Stuhl umher und memorierte mein Vademecum der feministischen Gesellschaftskritik.

»Nej? Ja?« Neidisch baute sich Eugen einen frischen Joint. »Geile Sache das, ja? Friseusen, Masseusen, gym ... gymnastische Gymnasiastinnen, ja? Alle in Bikinis, ja?, Bikinis, ja?, Jesus Christus ... hehehehe ...!« Er war schon ziemlich hinüber, gab sich aber noch nicht geschlagen. »Bikinis, die ... verstehst du ... mein *Gott,* so Bi*ki*nis, nej? ...« Offenbar wurde ihm schon bei dem Wort ganz veilchenhaft, und der *i*-Triangel klingelte so aufreizend in seinen Ohren, daß er wie ein Weberschiffchen zwischen Hirn und Hose hin- und hersauste. Eugen klebte den Joint zusammen, keuchte zweimal »Bikini*höschen,* nej?«, legte den Joint beiseite und dann Daumen und Zeigefinger der Linken zusammen, dann Daumen und Zeigefinger der Rechten, hob beide Superb!-Gesten bis etwa Augenhöhe, taxierte benebelt die Entfernung dazwischen, justierte noch ein bißchen, verharrte eine Schweigesekunde – und zog dann mit einem leidenschaftlichen Ruck ein Stückchen nach oben. »*Arr* ... ja? Verstehst du? Nej?« Er atmete aus, lehnte sich im Chefsessel zurück und setzte den Joint in Brand. »Das machen sie *selbst* immer, ja?, am Strand, im Schwimmbad ... Ist dir das schon mal aufgefallen? Nej? Und dann«, er pustete eine Sylphide in den Raum, »zupfen sie den Gummizug an den Tangenten mit spitzen Fingern so nach außen, und dann macht's *schnapp!*, ja?, aber es ist so herrlich sinnlos – nicht *zweck*los, ja? –, aber objektiv, *de facto,* einfach wunderbar *sinn*los, denn nach zwei bis drei Schritten ist alles wieder so herrlich frivol verrutscht ...« Er ächzte. »Und dann streichen sie sich über den Hintern, nej?, verfluchter Winter! Ja? Sie streichen sich *ständig* über den Hintern! Männer streichen sich über die

Brust, Frauen aber, ja?, empirische Tatsache, ja?, streichen sich *ständig* über den ... Gottverfluchter Winter ...«

Gottweiß wie lang das noch so weitergegangen wäre, wenn nicht Ayoga Ashun Forstreuther das Büro betreten hätte. Die Stahltür schnappte zu, und unsere Schreibkraft grüßte mit gepufferten Händen. »Hallo!« Offenbar war er beim Friseur gewesen – oder wie immer man im Center sagte.

»Ah«, ächzte Eugen und ließ ihn herangelächelt kommen, »neue Aura? Steht dir gut!«

Gelassen setzte sich Ayoga Forstreuther an seinen Platz, lächelnd. »Was ist Frau Schröder eigentlich so für'n Sternzeichen. Die ist ja dermaßen verspannt so irgendwo auch ...«

»Schröder?« Iggy faltete den KURIER, warf ihn auf Eugens Schreibtisch und zitierte Heino Jaeger: »Brikett wahrscheinlich.«

»Nej?« schaltete sich unser Chef ein, »aber Aszendent Abrißbirne, ja? Hehehe ...«

»Wo ist eigentlich unser Fotoarchiv«, sagte Forstreuther, »Frau Schröder meinte, ich soll das mal irgendwie auch 'n bißchen aufräumen so ...«

»Da«, sagte Eugen und deutete auf einen etwa anderthalb Kubikmeter fassenden Karton. »*Das* ist unser Fotoarchiv, ja? Viel Vergnügen, nej? Und gib acht, daß du nicht als Leitz-Ordner wiedergeboren wirst, hehehe ...! Und im übrigen, sag nicht dauernd Frau Schröder, wie in der Schule, ja? Schröder ist keine Frau. Schröder ist Schröder. Unter uns heißt es Schröder, das reicht völlig. Ja?« Eugen zog sich Hasch rein, daß es nur so knisterte.

Unterer Printmediensektor. Durchschuß. Na, ich würde eh nicht mehr lang bleiben.

Ich wurde ein bißchen nervös, weil mir die Möhren ausgegangen waren. Sollte man sich das Daumenlutschen angewöhnen? Oder auf 'nem Schnuller kaun? Ich nagte ein bißchen auf meiner Zunge, und dann rief ich zwecks Zerstreuung Satsche an.

»Alter! Gut daß du anrufst. Wie schreibt man Hallo Süße? Mit sz?«

»Jein. Hallo ohne.«

»Arschloch. Und vorbeizukommen?«

»Wie man spricht. Vor-bei-zu-«

»Wichser. Zusammen oder nicht?«

»Ja.«

»Ja? Das ist scheiße. Na gut. Und . . .« so weiter. Vier Wochen zuvor hatte er sich unter fürchterlichen Selbstquälereien von Mara, mit der er sechs Jahre lang zusammen gewesen war, getrennt, weil ihm eine bildhübsche Finanzbeamtin nicht mehr aus dem Kopf ging, der er anläßlich eines *Frozen-Fromms*-Auftritts schöne Augen gemacht hatte. »Das wär 'ne Frau, in der ich mich verlieben könnte«, schwärmte er so charmant ungrammatisch, und nach drei langen Wochen startete er einen Frontalangriff mit Phil-Collins-CD, Nelken und *Ferrero-Küßchen.* Seine Gefühle wurden erwidert.

Gott sei Dank. Er hatte in den drei Wochen schon begonnen, für einen Puffbesuch zu sparen – »einmal im Leben 500 Mark oder so« –, ja gar eigens für dieses Ziel »Lotto und Rubbeln gemacht« und PENTHOUSE abbestellt, »das belastet eh nur«. Er war mit Kais und meiner Hilfe vorübergehend ins Haus seines Vaters in unserem Kaff zurückverzogen, hatte die Leiterin der Postwohnungsvergabestelle »bis zu den Ohrn eingeschleimt, immer 'n bißchen gebückt und so, kennst mich ja«, und Anfang Januar würde er tatsächlich seine neue Single-Wohnung beziehen können.

»Und sonst?«

»Jorr . . . weiß nich . . . total im Streß . . .«

»Inwiefern.«

»Nächsten Monat dieses ... Malefiz-Konzert bei den Kreuzrittern da – nee, wie heißen die noch ...«

»Guttempler.«

»Genau. Und wir haben immer noch keinen neuen Bassisten.«

»War der nicht gut, neulich?«

»Ach, der ... Na ja, schlecht war der nicht, aber ... irgendwie ... war der mir zu lang, und –«

»Was? Wer! Zu lang? Der Bassist war dir zu *lang?«*

»So'n langer Lulatsch, und hatte dann noch so'n riesiges Hütchen auf, also ich weiß nich, ich kann so'ne Typen irgendwie nich ab.« Er kriegte selbst 'nen kleinen Lachkrampf. »Nee – nich deswegen, aber ... so 'n Säuselheini, der so labert und labert ... so einer wie Rudi der Arsch, und dann fragt der mich dauernd, ob ich ihm nicht mal kurz sein Bier halten könnte ... aso, irgendwann hab ich ihm gesagt, hör ma zu, Alter, ich bin doch hier nich deine Memme oder wat! Nee, der war nix, na ja, und sonst, heut abend kommt Birgitbiggimausisüße, und ich muß noch bügeln und Bier holen, und wahrscheinlich schaff ich's nur noch zu Aldi, und die haben ja bloß dieses eklige Karlsdotter oder wie das heißt ...«

Ich befahl ihm, das angesparte Bordellbudget gefälligst in einen Restaurantbesuch zu investieren. Nach längerem Greinen gab er sich geschlagen. »Wo geht man denn da hin? Da bist du doch mehr der ... Lebensmann, ich bin bei so was ja eher ... bärbeißig ...«

Meine entsprechende Empfehlung – »Allerdings: Tortellini zwanzig Mark!« – hatte beinah letale Folgen. Jedenfalls *klang* seine Reaktion wie 'ne Lungenembolie.

Zum Schluß erzählte ich ihm, was ich am nächsten Freitag täte. Er war begeistert. »Darf man die denn auch persönlich nachmessen und so?«

Das denn doch nicht. Aber kucken. Kucken, bis man schielte. Bis zur vierten Dioptrie. Ja man war *per definitionem* verpflichtet dazu.

Wir machten einen Betriebsausflug draus. Iggy, Doc Brokstedt und ich saßen im Fond von Eugens Mitsubishi, und vorn gab unser weltgewandter Chef Hasy Braune gegenüber eine kleine Einschätzung des bevorstehenden Events ab. »Ah, es wird ein *Fest,* ja? Ein Festival der Bantamhühner! Ultraviolette Stretchminis und neongelbe Leibchen unter Schwarzlicht, ja? Und infrarote Stilettos! Nej?«

Er sog an seinem Joint und lenkte uns durch den Regen, starrte über die ölig schillernde Bundesstraße, die unter aquariumgrünen Signalen hindurchführte, einem fliehenden Schattenzug mit roten Doppellichtern hinterher ... Es war Freitagabend gegen zehn. »Ja? Eine Feier der alten Leier vom Täterätä der Hormonhuberei ... Nej? Loreley goes Schwanzkäse, ja? Oder umgekehrt, ja? Ein Budenzauber hudelnder Medienluden mit aufgedunsenen Drüsen ...« Er rauchte stark.

»Ganz richtig«, sagte Iggy.

»Nej?« fuhr Eugen nach kurzer Bedenkzeit fort, »eine afterfolkloristische Zeremonie von Vertebraten, eine Zelebration zerebraler Dysfunktionen von –«

»Eugen!« bat Hasy. »Rauch nicht soviel durcheinander!«

»– von, ja?, von Sammlern und Jägern, ja?, Jäger 90, ja?, und ich schwöre Stein und Bein, daß andererseits die windigen Weiber drei Tage lang nicht vom Bidet runtergekommen sind, nej? Und dann Pessar auf'm Uterus verschraubt oder wo et cetera, und nun noch mal rasch in der Yellow- und Pink-press nachgeschlagen, in der Enzyklopädie des postmodernen Sexkodex, ob frau auch auf freier Wildbahn tatsächlich schon wieder Strumpfhalter tragen darf, ohne als Freiwild zu gelten – ja? Dialektik, ja? –, Adrenalin für geistig Arme, Talmipomp auf Pump, ja? Und dann mit falschen Wimpern beklebt, bemalt und bemuttert hinein ins Getöse mit Trara, auf den schmalen Schultern die Tara der Welt! – . . . Ja? . . .« Es qualmte beträchtlich da vorn.

»Jetzt«, sagte Iggy, »ist es dir gekommen, stimmt's?«

Eugen keckerte, frisch verliebt in sich selbst . . .

»Heut'ahmd'krichter'ein«, kicherte Doc Brokstedt voller Vorfreude.

Zugegeben, ich war gespannt wie 'n Phallus. Ah, wir zeigten dem Türsteher unsere Presseausweise, Iggy, der Doc und Hasy verfügten sich an die Bar, und Eugen begleitete mich in die Garderobe. Im Gegensatz zu ihm hätte ich am liebsten auf dem Absatz kehrtgemacht.

Ich erinnerte mich an eine TV-Dokumentation über die westafrikanischen Dreharbeiten zu »Cobra Verde« von Werner Herzog. Darin war zu sehen, wie der kleine Kinskiklaus, zwanghaft sich die Lippen leckend und die Mähne schwenkend, in einer Garderobe voll märchenhaft schöner, großer und stolzer, halbnackter schwarzer Amazonen Pirouetten drehte wie 'ne Schießbudenfigur, freilich durchaus unbeachtet von den Statistinnen, und sich schließlich nicht mehr anders zu helfen wußte, als mit diesem triebhaften Grinsen besinnungslos zu krähen: »Tut mir leid, Mädels, ich hab keine Zeit für euch!«

So was galt's zu vermeiden. Eugen aber segelte mit aufgegaffelter Fock in diesen frischgebadeten Harem und stellte sich mit rücklings verschränkten Händen auf. »Nej?, nej? . . . Nej? *Tag,* die *Da*men! . . . Ja?« Die duftenden *Da*men lächelten nervös, zupften hier und nestelten da, fingerten in ihren Frisuren und holten mit weit über die Schulter gebogenem Hälschen Erkundigungen über den Sitz ihres Hinterns ein. Eugen legte beim Lächeln noch einen Zahn zu und wickelte die Mädels in blaue Blickbindfäden, bis sie sich kaum noch zu rühren trauten – woher sollten sie wissen, ob dieser sardonisch grinsende Schwerenöter nicht vielleicht ausschlaggebend für ihre Karriere war?

Dann entdeckte Eugen Knox. Wenn es etwas gab, das seine Aufmerksamkeitskräfte noch effizienter band als Sex, dann Feindschaft. »Ah«, lächelte er quasi gütig, »der Maître de plaisir! Ja? Die Krawatte mutet ein wenig klebrig an. Sieht aus wie 'n Fliegenfänger, ja? Nej? Hehehehehe . . .!«

Knox – Marineblazer mit goldenen Ärmelstreifen, gelber Schlips Oberhemd Socken, Jeans zum Knöpfen, Puma-Schuhe oder was weiß ich für 400 Mark oder was, Brillant im angewachsenen Ohrläppchen – wandte sich mit spöttisch gekräuseltem Dreitagebart an seinen Nebenmann und sagte: »Darf ich vorstellen: Eugen von Groblock, das Stammhirn des Revolverblatts ELBE ECHO!«

»Hehehehe . . .!« Eugen, sehr erfreut.

Ergänzten sich Knox und der andere aufs opakste, hoben sich zwei weitere Funktionäre gegenseitig auf: eine bunte Modetunte mit einer Art Sauertopf auf dem Kopf und eine launige, lederne Magazinredakteurin mit auberginefarbenen Lippen, 'n kesser Vater, wie er im Buche stand. Mit zwei bisher noch fehlenden Lustgreisen aus der Wirtschaftswelt meine JurykollegInnen.

Knox erläuterte gerade unsere Aufgabenstellung, als John Borg eintrat, im Schlepptau die Teufelin. »'n *Ab*bend!« trällerte sie und lachte, lachte dieses liederlichste aller Gelächter aus den Lasterhöllen der Provinzschmiere.

Sie begrüßte das Mißwahlkomitee, gab auch mir die Hand – wie einem Großonkel, als hätten wir nie je ineinander verstöpselt in den Köhlbrand gesabbert –, ließ sich von den übrigen Hühnern verächtlich beäugen und von den umstehenden Wüstlingen bis unter die Hüftgürtellinie beschäkern, lachte und lachte, daß mir der Ohrenschmalz schmolz, und warf Unterblicke, während sie begann, sich schamlos umzuziehen – bis der kesse Vater ein Machtwort sprach und die Links- und Rechtsträger hinauskomplimentierte.

John Borg. Was hatte sie mit John Borg? Dem Schnulzenkönig der Süderelbe? Dem Showmaster des heutigen Abends? Ausgerechnet dem? Geföhnt und beringt lief er vor Eugen und mir die Stufen der steilen Treppe zur Disco hinunter. Außer daß ich ihn kaum kannte, fehlte nicht viel, und ich wäre ihm mit einem Mavashi-geri ins Genick gesprungen. »Nej? Ja?« sagte Eugen, »dein Exschneckchen auch dabei, ja? Hast du das gewußt? Ja?«

Nein, bei *Gott,* das hatte ich nicht gewußt, denn sonst hätte ich bereits bei Knox' schweinischem Angebot schrill gelacht und mich prophylaktisch in Kolks Wald vergraben, das schwöre ich – bei Bärbels orthodoxem Arsch! Bei allem, was einem Heiden wie mir heilig ist!

Ich saß links außen am Jurytisch, neben mir Leslie mit den auberginefarben geschminkten Lippen – wir verstanden uns blendend – und verfolgte verzweifelt die Präliminarien, während uns eine Art Bunny mit Alkohol versorgte. Ich war aus der Übung, und der Skandal, daß mein Bülbül den Titel der Miß Süderelbe anstrebte, führte innert Minuten zu einem harschen Schwips.

Leslie nannte mich, ihren Spießgesellen bei der Synopsis der Mädeldetails, »Darling«, erzählte eine mondäne Zote nach der anderen, ja zitierte sogar ihre Favoritin Carola herbei, ein vor Optimismus jetzt schon zweidimensionales Geschöpf, um es unverhohlen aufzufordern, doch einmal ihre »runde Bude« zu präsentieren. Brav drehte Carola uns ihr Bikinihinterteil zu, zurrte kurz die Tangenten – wieder einmal hatte Eugen Recht behalten – und piepste geschmeichelt: »O.K.?«

»Sehr schön«, gurrte Leslie und notierte *geil* hinter Carolas Startnummer – ich hab's doch gesehn! –, »darf ich den später mal kosten?«

Vor uns auf der Bühne fuchtelte der Moderator mit dem losen Ärmel und war umwerfend geistreich, und unten stand das Viditorium. Ich goß mir Bier hinter die Kiemen. Ich *atmete* Bier. Nur so vermochte ich den monolithischen Hintern meines Bülbüls hier im *Orbit* kreisen zu sehen, ohne im Freizeitmob amokzulaufen. Als John Borg die erste Bewerberin interviewte, war ich mit dem Bunny bereits per Du, und Leslies versaute Sprüche enthemmten mich derart, daß ich achtgeben mußte, nicht allzu plebejisch zu werden. Hin und wieder sah ich Eugen und den Doc von der Bar herüberfeixen – Iggy schoß Fotos –, und als Bärbel, als letzte, als *top act* gewissermaßen, dran war, war ich dudeldun. Als Hobbys gab sie »Karate und Pferde« an, ich wußte es besser, und auf die Zusatzfrage des Chef de Claque, wie es denn mit der Erotik stünde, tutete sie bis in den letzten staubigen Winkel des Etablissements, bisher sei »der Richtige noch nicht dabeigewesen«!

Schwer verwundet begab ich mich in die Pause. 54 Meter! Ich taumelte durchs mündige Volk. Ich versuchte, dem Standort meiner Kollegen als auch Bärbels fernzubleiben, die es offenbar als einzige für unnötig hielt, mit samt ihrem rosa-lila Bikini in die Garderobe zu retirieren, sondern mit dem beliebten Interpreten herumalberte, der in der discotypischen Aufrißpose – Mund am Ohr – gegen den Lärm der Pausenpop-Pussy auf sie einblubberte, wobei er fortwährend in die bukolischen Täler ihrer Leiblandschaft gaffte, ja faßte.

Ich besorgte's mir mit Bier und fand noch einen leeren Geländerplatz zum Anlehnen. Ich sah ihren Frauenbauch in kindlicher Erregung atmen, in flutender Bewegung ihre Brüste, ihre Hüfte so rund; sie allein stand fast nackt auf einer Bühne, und alle tausend anderen waren angezogen; und dann trat der Blödelbarde einen halben Schritt zurück, und ich *sah* ihr klirrendes Gelächter, und meine Trommelfelle saugten die Splitterspäne magnetisch an – quer durch den Rummel der lausigen Gesellschaft. Plötzlich ging ein Ruck durch das Traumpärchen da oben, und es bewegte sich in Richtung Garderobentreppe. Vor meinem inneren Auge tauchte das Klosett auf. Ich geriet in Panik und rempelte mich in Richtung Bühne, und als ich die Tür zur Treppe öffnen wollte, sagte jemand: »Laß sie man.«

Noch im Vorwärtsschwung riß ich die Tür auf, das war nicht mehr zu bremsen, und dann drehte ich mich um, die Klinke umklammernd, und es war, als blickte ich in einen angelaufenen, stockfleckigen Spiegel im Jahre 2012. Ein graues, schlaffes Gesicht, das Faksimile eines Gesichts, eines vor verschleierter Trauer, Angst und Verlustgewißheit starrendes Gesicht. Ich klammerte mich an die Klinke, um nicht umzufallen, und nochmals sagte Fredi: »Laß sie man«, führte die rechte Hand ans Ohr und nickte mir mit gespitzten Lippen und geschlossenen Augen einmal zu, wie damals, als ich mich an seiner Jägermeisterbuddel vergriffen hatte. Die Tür brach bald nach dieser, bald nach der Seite aus, doch ich hielt die Klinke in eiserner Umklammerung. Fredi klopfte mir zweimal auf die Schulter, indes er sich das rechte Ohr zuhielt, und dann verschwand er im jugendlichen Gemenge. Ich hab ihn nie wiedergesehn. Ich riß mich von der Klinke los und hastete die Treppe zum Klo hinauf, nurmehr in einem roboterhaften Antrieb: Liquidation der Liebe, der Geisel des Hasses. Der *Geißel* des Hasses. Und ich stürzte ins Herrenklo, wo niemand war, und schlich ins Damenklo und – hörte ein Maunzen. Im Nu hing ich an der nächstgelegenen Schamwand. Carola schrie. Fast hätte ich ihr in die Fäustchen gebissen, mit denen sie sich am Kleiderhaken festhielt, während Leslie, breitbeinig auf dem Klodeckel hockend, kühl zu mir aufschaute und, ohne die Krallen aus Carolas Bikinihöschen zu nehmen, knurrte: »Kannst du nicht anklopfen?« Auf Carolas Rücken leuchtete eine auberginefarbene Fährte von Kußmündern, die bis zu ihrem später preisgekrönten Hintern hinunter leicht abgestuft schwächer wurde.

Man floh ins Männerklo. Wie Christus am Kreuze hing man an den Haltegriffen des Vomitusbeckens und kotzte sich den ganzen drittklassigen Rock'n'Roll aus dem Leibe.

Tab.: 48 Zig. (R1, Reval)
Alk.: 3 l Bier / 0,3 l Schnaps
○○○○○

Trompe-l'œil-Spaliere

Donnerstag. *Kabuff*, 19.30 Uhr. So, jetzt reicht's.

Kaum das Punktum gesetzt gestern nacht – fertig mit den Nerven, kaputt und müde –, dengelt der Schlüssel in der Kabufftür. Anschließend folgendes Dramolett:

Lala *(fällt auf die Kautsch; Handrücken auf die Stirn, Fingerflattern, schwere Atmung):* Och ...
Unsereins *(routiniert darstellernd vom Schreibtisch aufspringend):* Vögelchen, was 's los!?
Lala *(panisch katatonisch):* Pfff ...
Unsereins *(mit- und pulsfühlend):* Ganz ri- ganz ruhig. Ich bin ja da. Was ist denn los ...?!
Lala *(mit nullmodulierter Stimme in einem einzigen flachen Atemstoß):* Mir ist so komisch ...
Unsereins *(medizinalratsartig):* Dein Puls ist völlig normal. Was war denn ...
Lala *(liderschließend):* Nix ... Ich ... Mir wurde wieder so schwummerig im Auto ...
Unsereins: Soll ich dir den Bauch reiben?
Lala: 'm-'m ...

Na, soll man dann aber doch. Bißchen Petting, bißchen Necking, bis ihr Bärchen handzahm wird, fertig ist die Therapie. Fünf gräßliche Stunden auf der Schlafkautsch. Völlig marod wird man heimchauffiert, verabschiedet sich und findet im Briefkasten 'nen neutralen Umschlag, adressiert an unsereins. Man setzt sich ins Wohnzimmer, reißt ihn auf und traut seinen Augen nicht:

Geballte Lust! Schon jung entdeckt Maria ihre spezielle Vorliebe für Sex von hinten. Von nun an stellt sie Analsex in den Mittelpunkt ihrer erotischen Spiele, um schließlich sogar zur »Analhure« zu werden. Sehr deutliche Sprache! 238 Seiten. **Nur DM 19,80**

Rohrstock-Spiele – Lust an strenger Bestrafung . . . Sehr deutliche Sprache! 244 Seiten. **Nur DM 12,-**

Fetish-Fashion-Fantasy – Großer Edel-Bildband mit außergewöhnlichen Fotos sexueller Fantasien: z.B. Gummi-Exzesse, Bondage, Doktorspielchen, High heels, Lack- und Leder-Lust und vieles mehr. 120 Seiten mit (fast) nur ganzseitigen, eindrucksvollen Hochglanz-Color-Fotos. Abwaschbarer Einband. **Nur DM 49,90.**

Etc. Adressiert an unsereinen! Lala. Man faßt es nicht. Kaum hat man im sog. Geiste die ersten Sätze der fälligen Brandrede entworfen, entdeckt man durch die Panoramascheibe, daß Lalas Droschke immer noch dasteht. Drinnen 'ne flennende Lala. Mit hochgeschlagenem Mantelkragen steigt man wieder ein. Erstmal weg hier. Schon die Fahrt äußerst unerfreulich. Schon sitzt man wieder im Kabuff. Schon geht die Schreierei wieder los. Fahr nach Hause! Was soll ich denn da? Was weiß ich! Verflucht nochmal, du hast mir versprochen usw. usf. Uh, je, den ganzen Tag wieder hier im Kabuff zugebracht. Nun ist sie wieder auf Schicht.
Tab.: 49 Zig. (Marlboro)
Alk.: 3,5 l Bier / 8 cl Schnaps
●○○○○

Freitag. *Kabuff*, 17.25 Uhr. So. Na gottseidank hat man heut abend Ruh vor ihr . . .

Unglaublich. Da kommt diese ungebärdige Grisette gestern nach der Nachtschicht doch tatsächlich erstens bestens gelaunt und zweitens ganz gesund mit 'ner Reitpeitsche angetrabt und kichert: »Tnie nieder, Stlave!«

Man ist doch erschrocken gewesen. Wird man, hat man sich gefragt, aus Rache, daß man *ihre* flagellantischen Gelüste nicht tatkräftig unterstützt, demnächst *selbst* tagtäglich zu heißen Phil-Collins-Hits mit Wachs bekleckert, geteert und gefedert und gehenkten Hodensacks longiert? Und muß schließlich auch bei sowas noch lüsterne Miene machen?

Nee. Puh. Sie hat einen nur genasführt: »Irgendso 'ne reiche Zickentochter« hat das Ding auf der Tour von Sasel nach Wellingsbüttel im Taxi liegenlassen. Von wegen »reiche Zickentochter«. Der funkelnde Neid! Klar; bitter, wenn man selbst mal ein ganzes Arsenal an Reitpeitschen besessen mit allem behuften Zubehör (*Libido*, der Hengst, soll 50 Riesen gekostet haben!) und's heutzutage grad noch für 'ne Pferdewurst im *Runden Eck* reicht! Wenn man mal in 'ner 160-qm-Penthouse-Wohnung residiert hat und heutzutage in 'ner 28-qm-Wohnzelle einsitzt, weil einem alles unterm abenteuerlichen Hintern weggepfändet wird, was nicht niet- und nagelfest ist ...*

Na, gottseidank hat man heut nacht Ruh vor ihr. Geht auf 'ne »Fete bei Veit«, wer oder was immer das ist.

Eben mit Satsche telefoniert. Hat gefragt, ob man nicht mal »spontan« zusammen 'n Bier trinken gehn wolle, heut abend. Man sei doch momentan »Strohmann«.

Erst mal hingehalten. »Wo denn.«

»Da hat 'ne neue Kneipe aufgemacht, in Bramfeld, die heißt –«

»Ich hasse Bramfeld. Bramfeld gehört für mich überhaupt nicht mehr zu Hamburg. Für mich ist das schon Schleswig-Hol –«

»Mann, Alter, das ist doch egal! Das geht doch nicht um Bramfeld, sondern um die Kneipe, und die heißt –«

---

* Fredis Strich 6 aber hat sie rechtzeitig auf Hans-Hermanns Namen überschrieben. »Den kriegen die Schweine nicht!«

»Aber die Kneipe *liegt* in Bramfeld, und –«

»Die liegt nicht, die *steht*, und heißt *Zungenkuß*!«

»Ja und? *(Gelächter)«*

»Stell ich mir super vor! *(Gelächter)«*

»O.K., gehn wir ins *Zungenkuß!* Aber nur, wenn du anschließend noch mit ins *Arschfick* kommst!«

Kabuff, 23.10 Uhr. Ah, voll in die Falle getappt. Von wegen »spontan 'n Bier trinken gehn«. 'n Tribunal war's! Ob man sich nicht ziemlich scheiße fühle, wenn man seine Freunde schlicht ignoriere (stimmt); Kai, Iggy und er hätten mehrfach auf den Anrufaufzeichner gesprochen (stimmt – Leo und Heidrun auch); man habe schließlich bald Geburtstag und kümmere sich einen Scheiß darum (stimmt); man sei ja nicht verpflichtet zu feiern, aber dann solle man doch wenigstens ansagen, was Sache sei; und von alledem einmal abgesehen, habe er, Satsche, nicht die geringste Lust, an unsereinem Grab zu stehn, nur weil man offenbar gewillt sei, sich totzusaufen.

Die ganze Zeit spielte man wie 'n Irrer an diesem Hautnippel am Adamsapfel herum. Dieser (das fällt einem erst jetzt auf: miniaturklitorisförmige!) Zapfen vermutlich hat einen davor bewahrt, entweder 'nen Wutanfall ersten Ranges zu gewärtigen oder 'nen Weinkrampf, Nervenzusammenbruch, totale Neurasthenie. »Ja«, sagte man.

Gott, man war so nah dran wie schon lang nicht mehr, ihm alles zu gestehn. Bloß: Wie soll er einem helfen? Er weiß ja nicht, *wie* verrückt diese Verrückte ist, die man da am Hals hat. Er hat sie ja nie gesehn. Und von der grauenhaften Blaugrauen Epoche schon gar nicht auch nur die geringste Ahnung. Nicht die allergeringste Vorstellung davon, daß man jahrelang in einem Paralleluniversum gelebt hat. Daß man quasi 'ne Art Bigamist darstellt . . .

Es ist einem nichts anderes übriggeblieben, als Bier um Bier zu töten, an der Adamsklitoris herumzuspielen, den Zerknirschten zu mimen und darauf zu bauen, daß Satsche, ob seiner gesetzten Worte halbwegs befriedigt, die Besserungsversprechen akzeptiere.

Brain Blues. –

Buh Scheißdreck, seit jeher hat man den Blues gehabt. Schon damals, als wir noch auf dem Milchbock hockten, Satsche, Kolki, Volli, André und unsereins, berstend vor Langeweile und glucksend vor Lust. Schon zum Frühstück hatten wir Lampenfieber, und unsere Körpersäfte strotzten vom Blues, vom Blues der grausig zerrissenen Welt. Diese fürchterliche Zwiegespaltenheit, diese schwindelerregende Kluft in allen Dingen! Hie phantastische Pollutionen, da die ständigen Schwulitäten bei der Onanie. Da die anbetungswürdigen Gottesgeschöpfe, hie nichts als elbische Trottel. Hie die profunde Verachtung für alles, was niet- und nagelfest war, da die Dauerklage Horst Mortens darüber, wie man immer mit »Sachen« umging. Da, auf dem Cover der Neil-Young-LP, 'ne astrein vernähte Flickenjeans, hie – weil Käthe Morten sich weigerte – das eigene Pfuschwerk. Hie, an der braungestrichenen Wand in Vollis Zimmer, das dufte Che-Poster (das korrekte, schwarzweiße, das mit der romantischen Sternchenblesse auf seiner Rebellenkappe) –, da das Geburtstagsgeschenk von Käthe Morten, das ätzende Farbfoto mit 'nem zottelbärtigen alten Zausel drauf, der (nichts gegen Outlaws!, aber nichtsdestoweniger) ebenso gut jener Penner sein konnte, der immer durch die neue Stader Fußgängerzone latschte, die ein paar aufmuckende Freaks wie etwa André gegen einen komsumterroristischen Autofahrer, der auf sein Gewohnheitsrecht pochte, bis aufs junge Blut verteidigen mußten. Und dann verkündete Bio-Skupnik auch noch, der Samenvorrat eines jeden Mannes sei begrenzt, so daß man ein Weilchen zu haushalten versuchte, bis Margitta Beecken, Heike Friedrichs oder Karin Kolk wieder mal Wäsche aufhängten, vom Fahrrad ab- oder in den roten Schienenbus emporstiegen. Ab dann zog sich wieder ein dichter Jägerzaun aus roten Kreuzchen durchs Tagebuch. (Wenngleich fraglos plastischer, überzeugten einen Willem Beeckens Methoden der statistischen Erhebung – Erzeugung von Stalagmiten in ausgedienten Marmeladengläsern: die Gründung einer kleinen Privatbank quasi – nicht.)

Am schlimmsten wütete der Blues in den großen Ferien des Jahres 1971. Man mußte die Obertertia wiederholen, das Taschengeld reichte zur Deckung des bescheidenen Zigaretten- und Bierbedarfs nicht mehr aus, die kleine Kollektion von Masturbiersujets vergilbte im gleißenden Schein der möglichen Wirklichkeit – und vor allem war man seines Lieblingskugelschreibers überdrüssig geworden. Das Verfassen von Indizienkrimis, ›Erzählungen‹ und ›Hörspielen‹, für den Fall einer Razzia durch Käthe Morten anhand des lateinischen Vokabelhefts getarnt, hielt der Hormonüberproduktion bei weitem nicht mehr stand, und auch die regelmäßige Aufstellung der ›persönlichen Hitparade‹, zuzeiten gar zweimal die Woche, ersetzte nicht die Musik.

Damals immerhin hatte man eines Tages den Stift beiseite gelegt und begonnen, den Blues mit Knüppeln aus der kleinen Bumsfallera-Schießbude von Horst Morten herauszuprügeln, mit voller Wucht und aller Wut der sehnsüchtigen Landjugend, daß es nur so krachte im Garagengebälk. Die einen kannten, nannten einen zu der Zeit Bonzo, nach Bonzo Bonham, Led Zeppelins Hammerdrummer.

1977, wegen der Vorbereitungen aufs »Notabitur«

(wie Horst Morten sich ausdrückte), war man allerdings gezwungen, die Trommelstöcke wieder wegzustecken. Man faßte sie so gut wie nie wieder an. Nicht während der Numerus-clausus-bedingten Wartejobs in der Millionenstadt – auch nicht nach dem Umzug dorthin –, und, nach Abbruch des Studiums im neunzehnten Semester, schon gar nicht neben der Existenz als Kartoffeljournalist in der süderelbischen Provinz. Geschweige denn als Arbeitsloser. Vielleicht wäre es einem in seinem Leben besser ergangen, wenn man stetig weitergetrommelt hätte.

Tab.: 56 Zig. (Reval, R1)
Alk.: 4 l Bier / 8 cl Schnaps
●○○○○

Samstag. *Kabuff*, 18.40 Uhr. Jawohl, gerade mal 18.40 Uhr, und doch schon am Ende mit'm *Carpe-diem*-Latein . . .

Soeben Anruf Lala. Band laufen lassen: »Ja, hallo, hier ist Bärbel. Böckchen, mir geht's so dreckig. Ich hab wieder so Herzrasen. Kommst du vorbei? Ruf mich mal zurück . . .« usw. usf.

Wahrscheinlich hat sie sich auf der gestrigen Veitfete von Mr. Jack Daniels vollpumpen lassen – wenn nicht auch noch vom Veit persönlich . . .

Erschütternd, wie demokratisch egal einem das heutzutage wäre. Der Bart ist ab! Veitstänze ihret- bzw. seinetwegen? Wie seinerzeit, nach dem Finale der furchtbaren Mißwahl? Als man – hacke bis zur Schädellamina von der Bühne schleichend wie 'n Wiedergänger – einem schlagersingenden Nebenbuhler Keile anbot (freilich außer Hörweite)? Nie!

Uh, Tage später erst hatte man sich wieder stark genug *gefühlt*, den Lockrufen der süderelbischen Wildnis zu widerstehen! Und doch wär' man schon Tage später wieder schwach geworden, hätte man Bärbel am Abend jener unseligen Weihnachtsfeier daheim angetroffen ...

Hat man aber nicht. Hat noch 'n halbes Jahr gedauert, bis daß die Lilaviolette Saison begann.

Daß einem das alles nicht eigentlich peinlich war ...

Halt! Es war einem durchaus peinlich. Man sieht sich noch beim Schmutzfink hocken. Ein schöner Junitag Anno '89. Man tröstete Iggy – der auf Stippvisite vorbeigekommen war –, weil er sich Vorwürfe machte, mit einer Frau geschlafen zu haben, die er gar nicht kannte. »Arbeitsessen, ja?« hatte Eugen Ayoga Ashun Forstreuther als Codeword aufgetragen, falls irgendjemand fragen sollte, weshalb die gesamte Redaktion ausgeflogen war. Wir waren nur noch zu dritt, seit Irmi Schröder Zitrones fristlose Entfernung bewirkt und Iggy selbst gekündigt hatte. Der Schmutzfink, der Geizkragen, köpfte per Nagelclip ein Stapelchen verkohlter Zündhölzer, die er vermutlich aus den Aschenbechern seiner zigarrerauchenden Stammkunden zusammengeklaubt hatte, und kläffte vom Tresenthron herunter: »Noch 'n Wunsch?«

»'ne Runde!« Schließlich tat man alles, um Iggys melancholisch-erotischen Kater zu bekämpfen. »Wer, ja?« fachsimpelte Eugen zur Unterstützung, »kennt überhaupt Frauen, ja?«

»Mitunter«, tröstete ich, maskulin meinen Bart kraulend, »ist es ja noch schlimmer, mit Frauen zu schlafen, die man kennt.« Der galeerenklebende Wirt gab uns Schnaps – und Selter Eugen –, und plötzlich sagte ich: »Ich zum Beispiel hab mit Schröder geschlafen.«

Iggy blieb der Mund offen stehn. Eugen aber konnte es nicht leiden, wenn jemand anders eine Pointe schoß: »Nej? Irmgard oder Günther! Hat er dabei geraucht? Hehehehe!«

Potius amicum quam dictum perdere. Dieser alte Satiriker. Dabei hat genau seine freche Schnauze durchaus Anteil genug daran gehabt, daß die Weihnachtsfeier des Konzerns seinerzeit in jenes gesellschaftliche Chaos gemündet war.

Jedenfalls ist die menschliche Seele kompliziert. Warum ist man mit diesem peinlichen Geständnis rausgerückt? Weil man damit hat von 'ner anderen Peinlichkeit ablenken können. Von der Wiederaufnahme der Bärbelaffäre nämlich, so daß die erneut aufgekeimten Groblockschen Sticheleien bei Bärbels Anrufen im Keim erstickten ...

Tatsächlich? Ist's *das* gewesen? Sind biographische Wiederholungen, insbesondere banale, unter uns bohèmehaften Bonvivants, uns Salonbukowskis ein Zeichen von Schwäche gewesen, eins von Stärke hingegen Überraschungen, seien's auch noch so peinliche? Hat's einem gefallen, sich als Betthäschen darzustellen, das die »Karriereleiter« emporhoppelte? Oder ist man gar abgefeimter gewesen, als einem selbst klar war: Hat man den Redaktionsleiter durch jene Enthüllung bereits auf seine Entthronung vorbereitet? Ihn quasi im Luxusdampfer namens »Moral Royal« ausgebootet, während man selbst auf 'ner alten Galeere ins Land-wo-Bier-und-Vodka-fließen gerudert, ins Eldorado der utopischen Gorgonzola-Birnen-Snacks, ins Mekka der imaginären umgedrehten Stachelbeertorten, ins visionäre Paradies der Willis und Punktolamis?

»Du hast, ja?« zweifelte Eugen, nachdem er mir ansah, daß es mein Ernst war, mit nachgerade verzweifeltem Gesichtsausdruck, »allen Ernstes mit Schröder, nej?, ja?, gef-, gev- ... Verkehr gehabt? Diesem ... unserem ... tatsächlich *Schröder*? Nej?« Iggy brachte immer noch keinen Ton heraus.

»Und duuu«, jaulte ich auf, »du hast selber ... du hast Schuld!«

»Ich? Ja? Nej? *Ich* hab . . .?, auch noch ›selber‹ . . . ja?«

»Genau! Du hast damals, auf der Weihnachtsfeier, gesagt, ich soll sie ›in Gewahrsam‹ nehmen! Und schon hing sie mir in der Druckereidisko ständig am Hals rum und rapte die ganze Zeit ›Gewahrsam, Gewahrsam‹ vor sich hin!«

»Hehehehe . . .!« Ah, war nicht schon allein das Erlebnis, einen Eugen von Groblock sprachlos zu sehen – wiewohl erzwungen durch den plumpen Scherz, 'nen plumpen Scherz in plumpem Ernst aufzuwiegen –, die Sache wert gewesen?

Uff, nee, sicher nicht.

Am Tag vor der unseligen Weihnachtsfeier '88 hatte ich, erstmals seit der Mißwahl, wieder trainiert. Immer noch qualmte mir der Alkohol flöckchenweise aus den Poren. »Du bist so rot im Gesicht«, hatte mein Meister gesagt. Ich verharrte in Kampfstellung. Was soll man dazu sagen. »Rauchst du?«

»Nein.«

»Trinkst du?«

»Wer nicht?«

»Ich zum Beispiel. Aufgeben. Weitermachen. *Heian shodan!«* Auf allen vieren war ich heimgekrochen, hatte gepennt wie 'n Sarg, und nun – am Freitagmorgen vorm 3. Advent – spürte ich wieder, wie die roten und weißen Muskelfasern schwollen, wie sämtliche Fibern vibrierten vor Energie – die Verkehrsgegner meines horrenden Kadetten auf der Autobahn hatten nichts zu lachen . . .

»Aufgeben. Weitermachen . . .«

Ganz richtig.

Die Weihnachtsfeier '88 des ECHO-Konzerns fand in den Redaktionsräumen statt. Als ich von einem Termin zurückkehrte, war der Firmenparkplatz so voll wie (*wahrscheinlich*, woher sollte *ich* das wissen) sonst nur donnerstagmorgens von 6.00 bis 8.30 Uhr, wenn die Aushilfsdamen das frische ECHO zusammen- und die Beilagen beilegten. Ich stellte meinen hinfälligen Kadetten längs hinter Eugens Mitsubishi und Iggys Käfer und begab mich – ein schnurrender Muskelkater vereitelte Treppensteigen – zum Lift, entdeckte während der Fahrt 'n entzückendes frisches Sexualgraffito, stieg oben aus und stieß die nur angelehnte Stahltür auf.

»Huch-!« Fast hätte ich sie plattgemacht. »Ja ganz richtig«, lachte Iggy, der Petra eingehakt hatte, »wir gehn jetzt Tango tanzen oder was weiß ich.«

»Pardon?« hakte ich nach. »Es ist doch noch fast heller Tag! Und wo wird denn hier überhaupt Tango –«

»In der Druckerei«, jubelte Petra, noch schreckensbleich, aber schon beinah pinkelnd vor Erregung.

Jetzt tanzten auch noch die Expunks Tango! Ich stieß weiter in die Feierzone vor, woher mir, quer durchs wirre Gegirr und Geplärre hindurch, Eugens implantiertes Megaphon entgegenschallte. »Ja, nej?«, ging's, »ich *bin* ein gesellschaftliches Geschwür, aber gutartig, ja?« Zitrones rauschendes Raunen daraufhin, unterstützt vom Generalbaß des langen Phlegmat.

»Hallo!« grüßte ich in die Kochnische hinein, wo mit Schwamm und Bürste hantiert wurde.

»Hal*lo*, mein Goldfasan! Ich mach nur noch eben schnell den Dreck hier. 'n Kaffee?«

Im Besucherzimmer war ein betuchter Tapeziertisch mit Lachsschnittchen und Kramsalat und Hackbällchen gedeckt – Senf fehlte natürlich –, und Doc Brokstedt spielte mit Bertram Heinsohn und dem Günsel 'ne Runde Darts. Während ich mir die Spezereien in den Magen schlug, war mir das Schauspiel vergönnt, wie der Günsel mit seinen Pratzen die drei

Pfeile zwar zehn Zentimeter außerhalb des Scheibenrands, alle aber exakt innerhalb des zur 18 gehörigen Supplementwinkels *a* in der Tapete unterbrachte. »Na«, grinste der Doc und bot mir verstohlen aus seinem *Chivas*-Flachmann an, »krichterheutnoch'ein?«

Knecht Ruprecht sei's geklagt! Spät zwar sollte er einen kriegen – nur allzu spät! –; aber gehabt haben würde er ja noch einen sollen, am Ende jener grausigen Nacht ...

Im Zentralhirn des ELBE ECHO waren die Trennwände grottenförmig in eine Ecke geschoben worden, lamettabehängt und mit Tannenzweigen beheftet; es spielte gar Musik vom Band – *Lady Madonna* lief gerade, so daß es zwickte im Herzensseelchen –; und um die Schreibtische herum hatten sich die buntesten Mitarbeitergrüppchen versammelt. Eine irgendwie idealistisch-moralisch aufgeladene Schicksalsgemeinschaft – bestehend aus Ayoga Ashun Forstreuther, Hasy Braune, unserm heut besonders phlegmatisch rauchenden Majordomus sowie, ausladend den Kopf schüttelnd, Zitrone Zimmermann – wurde von Wortfürst Eugen v. Groblock mit Zitaten drangsaliert: »Nej? Ja? Apropos Überzeugung. Überzeugungen, ja?, sind größere Feinde der Wahrheit als Lügen, Nietzsche, ja?«

Noch vor Zitrones Entgegnung – die ich, entflammt vom Kampfdialog, der sich da anbahnte, spornstreichs mitzukriegen vorhatte – queste, aus dem benachbarten Grüppchen heraus, quick und querulant Schröder: »Herr Morten! Kommen Sie mal bitte mal her, bitte?« Sie winkte, peinlich gewollt mädchenhaft komisch.

Bei ihrem zweiten Anblick freilich blieb mir die Spucke weg.

Die gewohnte Leere ihres Alltagsgesichts hatte einer geradezu vampmäßigen Lippenhaftigkeit Platz gemacht. Und wieso glitzerten ihre hellgrauen Augen heut so unverschämt? Besaß sie extrascharf geschliffene Brillengläser für Feierlichkeiten? Die Krönung aber war ja wohl, daß sie – *sie!* Schröder! – einen engen, nicht gerade microminimalen, aber doch unverkennbar kurzen Rock trug, der ihr – *à la bonne heure!* – verblüffend firm zu Gesäß stand. Was zum . . .!

Eilfertig warf ich meine griechische Ledertasche an Hasys duftenden Waden vorbei unter meinen Schreibtisch und schritt zu Schröder und ihrer Kompanie Soldatinnen hinüber – als einziger Y-Chromosomen-Inhaber stand schwitzend Bart Bartelsen dabei –, indes sie mir schon ein halbes Glas Sekt entgegenstreckte und irgendwas Voraushimmelndes teils von sich gab, teils verschluckte – »Keller«, »Geschenk«, irgend so was; nur »schöne Feiertage« verstand ich einigermaßen deutlich. »Äh, Feiertage ja«; ich prostete meiner Brötchengeberin zu – sowie den andern späten Mädeln aus dem Schwarm der »Nachtfalter«, wie Eugen sie im Hinblick auf ihre Tätigkeit einmal tituliert hatte, lauter »Mittelmuttis« (Iggy), die jedes Wort ihrer Chefin mit bewunderungssattem Lachen begleiteten. In ihrem Kreis war Schröder hochrespektiert, wie ich einmal von Hasy (deren Großtante dazugehörte) erfahren hatte. – – »Ziemlich katholische Ansicht, nej?« Eugen schon wieder von dahinten. »Ja? Ja! Nej? Katholisch, ja? Eine solche Wertung, eine Wertung wie ›unwichtiges Buch‹ und ähnliches, das ist, also: Die Ansicht, daß Literatur ausschließlich der Aufklärung dienen möge, ist genauso katholisch wie die, daß Ficken nur zum Kinderkriegen gut ist, ja? Kommt immer auf den Standpunkt an, ja? Für den Fortbestand des Planeten Erde sind Menschen zum Beispiel auch völlig unwichtig. Nej?«

Schröder kippte den Sekt wie jeck, und während eine aus ihrem Gesinde nachfüllte, schaute ich mir die braven zwei Dutzend Gesichter an – aber nicht lang.

Wenn ich so etwas länger tat, bei derlei galaartigen Gelegenheiten, wurde ich oft so beschämend snobistisch melancholisch ...; der tapfere Wille zur Gepflegtheit der meist fröstelnden oder erhitzten Frauen versetzte mir Stiche.

Schröder faßte mich beim Revers! »Sagen Sie mal, Herr äh ...«

»Morten«, gab ich, bevor mich Bart Bartelsen denunzieren würde, lieber gleich selbst zu.

»Herr Morten ... Haben *Sie* nicht damals, sagen Sie mal«, hastig schenkte sich unsere Herausgeberin – und mir! – Sekt nach, »diesen, diesen, na diesen PR über äh ... Blumen Born geschrieben?«

Was denn nun schon wieder. War denn jede meiner Arbeiten dazu verdammt, nach einer gewissen Zeit inkriminiert zu werden? – – »Nietzsche«, zirpte es säuerlich aus dem Nebengrüppchen – ein hoher Pfeifton im »sch« schlug in meine Trommelfelle ein –, »da bin ich diametral entgegengesetzt; Nietzsche war ein spenglersubsidiärer Wegbereiter des Faschismus, sage ich mal relativ ungeschützt ...«

»Blumen Born, Blumen Born ...« grübelte ich, obwohl ich demselben ja nun gerade mal acht Tage zuvor im *Orbit* begegnet war. Außerdem hätte ich den Super-PR, den ich seinerzeit geklöppelt hatte, noch sicherlich wortwörtlich herbeten können.

»Da in in äh, in in in in, äh ...« Schröder schnippte mit den Fingern (Nagellack!); Bart Bartelsen versagte, aber eine dicke Dame mit Flokatifrisur half aus: »In Neuwiedenthal, ornich.« – – »Das Proletariaaat, ja?« höhnte Eugen von achtern, »nej?, das *gibt's* doch überhaupt nicht mehr, nej? Es gibt *Prolos* und *Prolls*, ja? Hehehe ... *Die* gibt's. Aber 'n Proletariaaat ...«

»In Neuwiedenthal, richtig«, haspelte meine Chefin und betonte kühn die Hüfte. »Haben Sie nicht, wissen Sie daß, also stellen Sie sich mal vor, Herr äh ... Morten . . .« Sie schluckte hastig Sekt und redete, wie man der Preßgrimasse entnehmen konnte, innerlich bereits weiter. »Der Mann hat erst seine Frau . . . neulich, also gerade eben, vorhin, heute! . . . erst seine Frau erschossen und dann sich selbst . . . erschossen! Einen unserer besten äh, einer unserer besten Kunden! Stellen Sie sich das mal vor! Die letzte Anzeige – für Weihnachtsschmuck! . . . äh für Weihnachts*grab*schmuck! – ist im neusten ECHO schon drin! Noch drin. Drin im ECHO grade. Herr Dings kümmert sich gerade um die Schwieger-, also die M-, die M-, die Mutter von Herrn, nein von Frau B- ja, Frau Born. Herr Dings hat Herrn Bartelsen vorhin angerufen, nich? Nich, Herr Dings Heeeerr Bartelsen« – Bart Bartelsen nickte, beinah lässig –, »daß er nicht kommen kann. Also zur Weiher-, zur Weiherf-, zu zu zu zu unserer Weihnachtsweier nicht kommen kann, weil er sich um Frau B- nee Frau ich weiß gar nicht wie sie heißt, jedenfalls die Schwiegermutter von H-, von Frau, nee *doch*, von *Herrn* Born. Stellen Sie sich das mal vor!«

»Heut nachmittag, um zwei, ornich«, sagte die dicke Süderelbensie. »Der ist doch noch zum Blumengroßmarkt gefahrn, und 'n paar Stunden später . . .« – – »Und insofern, weiß nich . . .« zweifelte Zitrone in bombensicherer *conclusio*. »Ach Blech«, krachte Eugen dazwischen, »heutzutage, ja?, bei dem ganzen technischen Tohuwabohu, nej?, dem ganzen Giftscheiß im Essen und Rhabarber; bei der ganzen Wirtschafts-, also, nej?, der ganzen . . . interkontinentalen Kontingenz und . . . Inkontinenz, ja?, ja?, *ja?*, da bestimmt das Bewußtsein das Sein! Ja? Und nicht umgekehrt, ja?«

»Das müssen Sie sich mal vorstellen!« plauderte Schröder, die Wangenzüge verformt vor Euphorie. »Schrecklich! Nich, Herr B- . . . ja doch: Herr Bartelsen. Nich?«

Bart Bartelsen lächelte glücklich. Er hatte tatsächlich gekündigt, wie ich später am Abend von Doc Brokstedt erfahren habe, und würde per 1.1.89 bei Berta Odette Beck in Kehdingen ein neues Leben beginnen . . .; in diesem Moment aber empfand ich es als empörend, derart grotesk zu grinsen. – – »Ich, nej?« hörte ich Eugen in meinem Rücken hecheln, »*mir* ist 'n, ja?, rechter Glaube oder 'ne linke Überzeugung *nie* vergönnt gewesen, nej? Das geb ich euch gern zu. Diese ganzen egozentrischen Arschlöcher mit ihren geozentrischen Weltbildern . . .«

»Fredi?« sagte ich. »Fredi Born? Erschossen?« *Nag, nag,* dachte ich.

»Genau«, sagte die dicke Dame und wandte sich an den Klon zu ihrer Seite, »ornich, Helga.«

Schröder griff sich, ohne es zu merken, an die linke ihrer Brustfigurinen und fing an zu reden und reden. Außer einer Backpfeife würde sie nichts mehr stoppen. Bart Bartelsen schwitzte unterdessen entspannt. Ab dem morgigen Tage würde er nie wieder im Süderelberaum arbeiten. Er hatte monatelang lange Gespräche mit seiner lieben Frau geführt, abends im Bett, wenn er wachlag und Herzphobien widerstand; er hatte seine Kinder befragt, seine Eltern und sogar Nachbarn – alle waren skeptisch. Es war das erste Mal in seinem Leben, daß er eine solch unsichere Entscheidung allein zu treffen hatte, das Haus in Neugraben mit Verlust zu verkaufen, nur auf eine vage Hoffnung hin, die letzten zehn Jahre bis zur Rente etwas kürzer treten zu können . . .

So hat es mir Doc Brokstedt, später am Abend – unten, in der Druckereidisko –, erzählt. Momentan aber hätte ich Bart Bartelsen am liebsten was aufs Gebiß gehaun, als er mir, ohne meinen Schock zu registrieren oder gar zu respektieren, unentwegt ins linke Ohr spuckte (während ich zäh an einer Selters suckelte und mit dem anderen Schröders manischen Nulltexten lauschte – warum bloß?) – Kram wie ich sei ein unabhängiger, intelligenter junger Mann und solle was aus meinem Leben machen, schmierte Bart Bartelsen mir unversehens und beschwörend ums Maul . . . Ich verstand nicht im geringsten, was er wollte – schließlich war ich keine sechzehn mehr –, und sah nur Fredi vor mir – mir, der ich von der Türklinke im *Orbit* hin und her geschleudert worden war: *Laß sie man* . . . Ich griff mir in den harten Bart – am nächsten Tag mußte ich ihn Nita, die aus dem Badischen zurückkehren würde, präsentieren –, und am liebsten hätte ich Bart Bartelsen, diesem . . . – Ich weiß nicht . . . Was weiß ich . . . – – – »Nej!« kam's *détaché* aus dem Nebengrüppchen. »Was soll ich denn machen! Ja? Den Sklaven in 'ner Nacktputzagentur? Nej? Da geh ich doch lieber auf den Gedankenstrich, nej?, da zieh ich doch das Pathos des Genitivs vor, die Religiosität des Dativs, die . . . die . . . ja?, Brutalität des Akkusativs . . . ja? Ja? Nej? Phallische Ausrufezeichen, vaginale Fragezeichen, Zeichen, Zeichen, Zeichen . . .«

Scheiße in der Lampenschale/gibt gedämpftes Licht im Saale/Scheiße auf dem Tellerrand/wird als Senf nicht anerkannt . . .

Warum war ich eigentlich nicht einfach daheim geblieben, in Nitas gemütlicher Bude! Ich hätte mir 'ne dicke Kanne russischen Rauchtee aufbrühen können, Jarretts Kölner Konzert auflegen und ein bißchen studieren – immerhin war geplant, sich im neuen Jahr zum Magisterexamen anzumelden! Statt dessen mußte ich auf einer Weihnachtsfeier gegen die Wollust zu einem Rausch innerlich Gavotten tanzen, gegen den geradezu quiekenden Jieper nach einer kräftig duftenden, mächtig schmackhaften Reval (nur *eine*, Herrgottnochmal!), und mir solche schlimmen Geschichten anhörn . . . Eine uralte Kindermelodie summte mir durchs Gemüt – »schäit di dot, seggt he, schäit di dot, seggt he, schäit di dot, seggt Burlala-ha-ha . . .«

Bestimmt brauchte Bärbel mich, und als Doc Brokstedt und die Opfer seiner Begnadeten Hände zu uns stießen, floh ich vor Bartelsens gelben Weisheitszähnen und wählte auf dem Telefon im nun menschenleeren Besucherzimmer vergeblich Bärbels Nummer.

Ich stopfte mir ein paar schlaffe Salatblätter in den Mund und legte mich aufs Besuchersofa. Ich wünschte, ich hätte das Rauchen nicht aufgegeben – oder nie angefangen –, und plötzlich prickelte wieder dieses *Gefühl* durch meinen Unterbauch, durch Magen, Darm und Rückenmark; liegend und kauend vernahm ich, wie Eugen von unserem Arbeitsplatz aus ungebrochen, unverwüstlich ins Blech blies: ». . . jedes *Wort* ist ein Vorurteil, ja?, um noch mal Fritz den Großen zu bemühen, nej? Und im übrigen . . . wer weiß, vielleicht würde es mir ja Freude bereiten, jemand an den Eiern aufzuknüpfen, ja? In einer bestimmten Gemengelage, in einer bestimmten . . . ja? Menschen sind potentielle Mörder, aber auch potentielle Opfer. Nej? Das gleicht sich wieder aus, nej?« Wütendes Zischen, Rauschen und Klingeln zitronenseits . . .

Erneut versuchte ich, Bärbel zu erreichen. Vergeblich. Ich wurde ein bißchen ungehalten. Ich sah mich händchenhaltend neben ihr sitzen, Mozarts Requiem im Hintergrund, ich streichele ihren Panther, ich schweige, ich höre ihr zu, im richtigen Moment zitiere ich aus Marlen Haushofers DIE WAND: »Ich sah die Toten, und sie taten mir leid, nicht weil sie tot waren, sondern weil sie alle im Leben so wenig Freude gehabt hatten.«

Nag, nag, schwirrte es durch meinen Schädel; *nag, nag* . . . Ich schlich die Treppen des Konzerns hinunter, bestieg meinen kläglichen Kadetten und peitschte ihn nach Neuwiedenthal. »Schäit di dot, seggt he, schäit di dot, seggt he, schäit di dot, seggt Burlala-ha-ha ...« Es regnete vorweihnachtlich. Ich parkte vor den vierzehnstöckigen Plattenbauten. Ich lief an dem von niederen Koniferen gesäumten Zugangsweg zu den waschbetonverkleideten Müllcontainern vorbei – zum ersten Mal seit fast einem Jahr –, vorbei an der giftgrünen Briefkastenbatterie im holzverschalten Foyer, und drückte auf Bärbels Klingelknopf. Erhebliches Herzklopfen. Herrgott, war ich geil. Niemand öffnete. Ich hetzte weiter. Vor *Blumen Born* standen zwei, drei Zivilfahrzeuge und zwei Peterwagen. Der schmale Platz vor dem erleuchteten Schaufenster war mit rot-weißen Plastikstreifen abgesperrt. Ein Polizist und seine Kollegin standen Wache. »Schäit di dot, seggt he, schäit di dot, seggt he, schäit di dot, seggt Burlala-ha-ha ...« Auch die Fenster des Büros im ersten Stockwerk waren erleuchtet, aber es war nichts weiter zu sehn; aufgewühlt und erregt gab ich Gas ...

Zurück im Besucherzimmer des Konzerns, wählte ich ein letztes Mal Bärbels Nummer. Ich ließ mich von den Freizeichen einlullen, während der Wunsch auf Tabak und Vollrausch immer lauter in meinen Nerven jaulte. – – »Ach hör auf, nej?« hörte ich Eugen höhnen, »komm mir doch nicht mit Capra, ja? Den hast du doch gar nicht verstanden, ja? Wassermannzeitalter, Quatsch, sag ich dir, ja? Alles Quatsch! Jesusmäßiger Quatsch, nej? Nej? Außerdem, du willst mir doch nicht erzählen, daß *du* diesen vierhundertseitigen Schmöker ... – *ich* schon! Hehehehe! Was glaubst du, was ich die ganze Zeit mache, wenn ich nicht gerade PRs dichte oder ... oder den Frauen hinterherj- ... na, nej?, jetzt sind wir ja beim Richtigen angelangt, hehehehe! Schicksal als Chance, Krankheit als Weg ... Scheißdreck als Goldklumpen! Ja? Alchimistisches Tofuwabohu ... – Jaja, ja?, nee, nej?, da –«

Ich grübelte und popelte ein bißchen. Ich horchte auf meinen Atem. Ich überlegte, ob ich nicht was ganz anderes machen sollte – hinaus in die Welt gehn, lernen, lieben, lachen, staunen, kämpfen, saufen, rauchen ... –, und die ganze Zeit versuchte ich, eine Erinnerung entweder aufzuscheuchen oder zu unterdrükken, das ließ sich nicht genau bestimmen. Diese Erinnerung war da, das war klar *nag, nag* –, sie war anwesend wie ein Gestank *nag, nag,* und Bart Bartelsens groteskes Grinsen war das Symbol für dieses verhüllte Engramm. Eine Serie von Bildern, die ich nicht einordnen konnte: das schreckliche Grinsen – die Ungeheuerlichkeit, Hand an sich zu legen – die Zwillingskastanie in unserem Kaff, der Milchbock, auf dem wir hockten, berstend vor Langeweile und glucksend vor Lust – und schließlich der rote Schienenbus, das Wartehäuschen ... *Nag, nag.* –– »Nejjj?«, sauste Eugen, »nichts für ungut, Herr Schröder, aber soziale Marktwirtschaft, ja?, ist ein ideologischer Euphemismus, ja?, der nur auf dem Mist der weltweiten Ausbeutung der Dritte-Welt-Länder gedeihen konnte, ja? Ich meine, was *heißt* denn Export! –– Hehehe ... – Nee ... – Neenee, Herr Schröder, da befinden Sie sich – hören Sie, Handel ist Wandel, und Wandel ist, nej?, ja?, bedeutet Unplanbarkeit, ja? Deswegen, bitte um Vergebung, Froll'n Zimmermann, aber das ist nun mal meine unerschütterliche Ansicht, wird die DDR auch ... Weißt – Moooment, darf ich mal ausreden! Danke! Ja? 1982, ja?, bin ich mit'm Auto durch Ostberlin gefahren, nachts, war auf dem Weg zurück, und irgendwo mußte ich so derartig in die Eisen treten, daß mir die Karre fast ausbrach, ja?, und warum? Weil im Lichtkegel ein *Karton* auftauchte, von dem man ja nie weiß, was darunter sich verbirgt, nej?, und was war's? Nej? Ja? *Kein* Karton! Ein *Mensch* war's, der seinen hellen Mantel über den Kopf gezogen und sich aufs

Kopfsteinpflaster gehockt hatte! Ich bitte dich, Froll'n Zimmermann, ja? Was ist das für ein Land, in dem die Bürger oder Bauern oder was *als Karton verkleidet* Selbstmord zu begehen gezwungen sind, ja? – Neenee, nej?, wir werden den Gürtel enger schnallen müssen, auch bei der Sinnsuche, ja? Die fetten Jahre sind vorbei! Das Leben ist keine Demo!«

Der Lärm von Eugens *parcours-de-force*-Galopp durch die tückischen *Trompe-l'œil*-Spaliere der spirituell-liberal-kommunistischen Allianz übertönte sogar das Wimmern meiner morbiden Gier, dem Bülbülvögelchen die Trauer aus ihrem Gefieder zu vögeln, und übertönte diesen ewigen *Nagnag* und dieses »Schäit di dot, segg he, schäit di dot, sägg he, schäit di dot, seggt Burlala-ha-ha«, und ich rollte einen Stuhl hinüber und gesellte mich dem themenbunten Bürgerkrieg hinzu. Es war erst 20.00 Uhr, »zur besten Sendezeit«, wie Iggy zu sagen pflegte, der übrigens offenbar nach wie vor mit Petra Tango tanzte; ich beschloß, noch ein halbes Stündchen herumzulungern, dann aber spurlos zu verschwinden und nüchtern heimzukehren, um Nita, mein Leben, am morgigen Tage zu erwarten, ausgeschlafen, liebhaberisch, mit einem knusprigen Nudelauflauf im Ofen. Um 0.00 Uhr saß ich freilich immer noch wie an meinen Stuhl gedübelt.

Ach, zum ...

Ich hatte mich einfach nicht vom Anblick von Hasys hübschem Mund lösen können, der Gerüchte über die Bornsche Ehe kolportierte – unter nobelsten Vorbehalten, versteht sich. Hasy, Bart Bartelsen und ihre Helferlein kamen viel herum, und da unter ihrer Kundschaft sich »selbst die größten Halsabschneider noch für den kleinsten Raffzahn interessieren«, so jedenfalls behauptete Eugen – lässig zwischen zwei Gefechten übrigens (in einem ging's darum, ob Kommunisten noch glaubwürdig wären, wenn sie teure Autos führen) –, bekamen Hasy und Bart das Doppelte jenes maultrommelhaften Gemunkels zu hören wie ihre Kundschaft.

Während mir ein tristes Bild von Fredis Leben vor Augen erstand, verfolgte ich die Fluktuationen im festlichen Gästegemorph; noch nie hatte ich Bart Bartelsen betrunken gesehn, selig schwitzte er auf Lady Ornichs Trevirakleid – sehr schön –; Iggy amüsierte sich aufs königlichste mit Doc Brokstedt (»Gib ma 'ne Zigarette, Herr Dokter!« – »Nee.« – »Bittebitte, Liebling!« – »Nee.« – »Schatz! Bitte! Bittebitte gib mir 'ne Zigarette!« – »Nagutda.« – »Danke, Arschloch«); Petra, ihres Tangogalans beraubt, versuchte vergeblich, Sven Schröder zu überreden, der, obwohl er sein Praktikum ja nun bereits im Frühjahr beendet hatte, wie der Kasper aus'm Kasten aufgetaucht war und einfältig grinste; der Günsel berichtete einer der Süderelbensien stolz, seine kranke Schwägerin (». . . gutmütiger Tumor und irngwas mit'm Platzma . . .«) müsse »siebenmal die Woche« ins Krankenhaus »zum Blutbad« . . . ah, der Charme der Süderelbe . . .

Nun, gegen Mitternacht war an den Pegeln der kommunizierenden Röhren Räusche/Geräusche ein neuer Höchststand zu verzeichnen. Ich selbst war, nebst Hasy und Eugen, vermutlich noch der Nüchternste. Während der lange Phlegmat, nach wie vor sonor, aber schon stärker labial grunzend, die aus Zitrone (». . . ubiquitäre Kapitaldenke nicht aufoktroyieren lassen . . .«), Ayoga Ashun Forstreuther (». . . ganz viel Energie und Power auch . . .«) und ihm selbst (». . . mulliplua- plllullallistische Gesellschaffsform . . .«) bestehende Große Koalition gegen Eugens nihilistische Ein-Mann-Partei anführte, glänzte seine Gattin – wie mir nun, da Hasy sich verabschiedete, auffiel – bereits geraume Zeit durch Abwesenheit. Ich hätte gern noch einen Blick auf ihren Rock geworfen, bevor ich ging – deshalb gab ich ihr noch ein paar Minuten –, und wie gerufen erschien sie denn auch wieder, setzte sich zu unserer Kerngruppe und begann dazwischenzureden, ohne sich auch nur einen Deut um ihren Phlegmat zu scheren, der gerade zu einer Entgegnung auf Eugens letztes Wort ansetzte, welches lautete: »... diese erzkonspirative, ja?, stockkonspirative cui-bono-Tuerei, nej? Da können Sie noch so, ja?, noch so – nicht anfassen, Chef, bitte, ja? Nej? Nej? Wir sind, und *bleiben,* bis zum dereinstigen Tode bleiben wir, ja?, Laien und Lakaien und Leierkastenmänner und Rhabarber, ja?, und würden *alle* am liebsten mit Backförmchen spielen, und unser wohlsituierter Wankelmut und –– nej?, nej? – Nej? ... a-Mooment, Moooment! In der Eisen- ... In der Ei- ... Nej? In der Eisenzeit gab's ja wohl auch noch keine derartig feinkörnige Arbeitstei- ... was? Ach Weimarer Republik! Da auch nicht. Nej?«

»Herr von Grollock«, atmete der lange Phlegmat aus und zündete sich, um Zeit zu gewinnen, die fünfzigste Zigarette des Abends an (und gab auch Zitrone Feuer – ts, ts, diese Feuergeberei da immer ...), kam aber nicht weit: »To*taaal* toll«, lallte nämlich Schröder mittenrein, »super, Herr Dings und Herr ... Dings haben in der Druggerei *super* Sumik, super Su-, na: Mmmu*six*, also Herrgottnochmal: *Six*-tiesmmmusik, seventies, toa, to*aaa* ..., *na:* to*taaal* super, aufgelegt, legen auf, und die gansen alten da, na, Dingsbums, Stones und Beatles und so ...« Im Sitzen rutschte der Rocksaum ein weiteres Stück himmelwärts.

»Hehehehehe!« lachte Eugen glücklich, »nej?, *jetzt,* ja?, jetzt ist es soweit! Der Tag X! Die Stunde Null, nej? Die Zeit für'n unblutigen Putsch ist gekommen!

Beide Regierungschefs handlungsunfähig, ja? Iggy, du besetzt den Kafkakeller! Doktor Brokstedt, übernimm du die Zentrale, nej? Und du, Bodo, nimm doch mal Frau Schröder in liebevollen Gewahrsam, nej? Hehehehehe . . .!« Eugen, Phlegmat, Zitrone, nebeneinander hockend, die Rechte jeweils aufgestützt: ein Riesenkandelaber mit Räucherkerzen.

»O ja, Herr Morten«, schnurrte Irmgard, »nehmen Sie mich doch mal 'n bißchen in Gewahrsam . . .! Steht Ihnen gut, der Bart . . .« Sie legte ihren Kopf kurz auf meiner Schulter ab.

Na, *jetzt* war ja wohl . . . Was war denn *jetzt* . . . Sodom und Gomorrha?

»Nej?« jodelte Eugen, »gelebter Verrat, ja?« Für 'n Bonmot ging er sogar über seine eigene Leiche.

Sofort riß Schröder sich wieder zusammen. »Hilfe! Herr Günsel! Hier wird gepün- gepunsch- ge . . . ge*putscht!«* Ihr Haar, die grauen Strähnchen wegretuschiert, war nicht unapart verstruwwelt. »Übrigens, im Keller hab ich noch 'n Geschenk, meine Herrn.« Eine überraschende Erektion bahnte sich an. »Steht Ihnen gut, ehrlich . . . im, im Keller äh . . .« Mein Gott, wie gern hätt ich geraucht . . .

»Höhöhö!« meckerte Sven Schröder. »Hehehehehe!« lachte Eugen. »Hihihi«, kicherte Schröder – unfaßbar . . .

Vielleicht 'n Joint? Nein! Vielleicht noch eins trinken?

Schere schneidet Papier. Papier deckt Brunnen zu. Stein schleift Schere. Sekt? Wein? Vodka? Bier?

Tsching, tschang, Vodka. Und Bier, zum Nachspülen, uh . . .

Die Zunge, Verkörperung von Sprache, Ernährung, Erotik . . . Und Schröders wurde so sinnlich träg, daß sie sich bereits zusehends auf Salzstangenlutschen verlegte . . . Ah, diese Arbitrarität der Signifikantenketten, diese Thema-Rhema-Schemata, diese alveolarprädorsalen Frikative ...

Der lange Phlegmat kam mit seiner Beatlesgeschichte vom historischen *Top Ten* nicht zu Potte, während ich mich lauthals die Chance, Led Zeppelin live zu erleben – als Bonzo Bonham noch lebte, bei einem ihrer letzten Auftritte, in Bremen –, verpaßt zu haben bezichtigte; Iggy berichtete von seiner Punkvergangenheit in Nordhessen und Berlin, wo er mit Grünetten und Blaudinen um die instandbesetzten Häuser gezogen war; Zitrone schwieg (vermutlich sang sie, was sie nicht zugeben wollte, lateinamerikanische Revolutionslieder in der Badewanne); und Eugen geißelte Manfred Wörner für seine »anködelnde« Janis-Joplin-Verehrung, die »widerwärtige Engführung von Mordagenzien und Friedensliebe, reinster Splatter, ja?, zum Nierchenkotzen, nej?«; und immer so weiter, und schließlich wagte er die These, daß wir Schreiberlinge doch alle verkappte Rockhelden seien, die's bloß nie auf die Bühne geschafft haben. »Ja? Im Grunde wollen auch wir doch was ganz anderes, als einsam und keusch am Busen der Musen zu lauschen. Nej? Hehehe! Wir hocken krumm auf'm Stuhl und üben Bedürfnisverschiebung, bis das gedruckte Wort erscheint, ja?, und dann sind wir noch nicht mal *dabei*, wenn die Leserinnen ihrer Begeisterung spontanen Ausdruck verleihen mögen sollten. Die *Halle* hingegen ist *direkt*, ja?, *frontal*, unmittelbar, nej? – Oder könntet ihr euch vorstellen ... ja? ...« – er fischte das letzte ECHO von seinem Schreibtisch und blätterte darin herum –, »daß vor der Bühne im *Rieckhof* beispielsweise all die Mädels, in ihren Leibchen und Röckchen, ja?, kreischen und sich die Haare raufen, während wir in nietenbeschlagenem Leder, mit tätowierten Schultern und Ohrringen Passagen ins Mikro shouten wie: Aus Alt macht Neu durch intelligentes Isolierklinkersystem, ja? Es handelt sich um hartgebrannten Marken-Keramikklinker – und schon: stehende Ovulationen, nej? Ehehe, ehehehehe . . .!, auch Gailscher Klinker genannt . . ., und dann fliegt das erste Höschen auf die Bühne, während wir unsere Schreibmaschinen gegen die Verstärker semmeln, ja? Hehehehehehehehe . . .! – Nej? Frau Schröder? Wir Rangen, ja? Hehehehe . . .!«

Gott, was sauste und brauste es durch unsere grauen Zellen . . .

Es wurde ein Uhr; Phlegmat, Zitrone, Sven Schröder waren in der Druckereidisko verschwunden; Schröder arbeitete, mit Hilfe Stöverschen Kaffees, im Kreise ihrer Nachtfalter hart an der Resorptionsphase; und der schwer angeschlagene Doc sowie Eugen, Iggy und ich tappten hinaus, um ebenfalls in der Druckerei zu tanzen, vorher aber noch, wie Eugen ankündigte, »eine kleine Liftvernissage« zu veranstalten. Vor uns wackelte der Günsel einher, der sich im Treppenhaus dünnemachen wollte. Wir nahmen ihn spontan als Geisel, als wir unter seinem linken Arm ein Buddelschiff von etwa vier Bruttoregisterpfund entdeckten. »Hab ich zu Weihnachten gekriegt!« sagte der Günsel, wollte aber in küsterhafter Loyalität nicht damit herausrücken, von wem. »Die Faktota oder Faktotera oder wie heißt's, ja?« winselte Eugen, »kriegen Weihnachtsgeschenke, ja? Und wir? Nej? Hände hoch! Eingestiegen!«

Für den überrumpelten Günsel gab's zum Trost Mon Chérie, das Iggy überraschend mit sich führte, und für uns 'ne gewaltige Tüte Roter Libanese, die unser Chef offenbar eigens vorbereitet hatte, und dann bat er mich, in meiner Eigenschaft als Sprachwissenschaftler ein paar einführende Worte zur Neuen Fahrstuhl-Lyrik zu sagen, die irgendein Junger Wilder kürzlich direkt unter die ja schon legendären Graffitti in Flattersatz gesetzt hatte:

FICKEN
ÄRSCHE
BLASEN
MÖSEN

»Nun, meine Herren«, begann ich geschmeichelt, während uns Eugen, schwer atmend vor mühsam gezügeltem Vergnügen, ins Erdgeschoß hinunterfuhr. Zwar tat ihm die Entdeckung, Lustgewinn durchaus auch aus *anderer* Leute Rede ziehen zu können, anscheinend noch ein bißchen weh, jedenfalls summte und schnalzte es unbeherrscht in seiner Gurgel. »Fikken – Ärsche – Blasen – Mösen«, wiederholte ich den Gegenstand des Interesses noch einmal explizit, »diese . . .«

»So was sacht man ja nich, nä?« unterbrach der Günsel meine freidenkerische Hermeneutik »mit unerträglich positivistischer Attitüde«, wie ich mich umgehend beschwerte, »da steht's doch!« donnerte ich geradezu wittgensteinern gegenan.

Eugen entzündete glucksend den gewaltigen Joint. Der Günsel schniefte.

»Nun«, fuhr ich fort, »es handelt sich zunächst einmal um einen transitiven Trochäus katexochen, in seiner vorgeblichen Kunstlosigkeit von schlicht genialisch unprätentiöser Fraktalität.«

Während wir umschichtig an der Tüte sogen – auch ich, Gott sei's geklagt –, starrte mich der Günsel entsetzt an.

»Sehen Sie«, fuhr ich keuchend vor Ehrfurcht fort und deutete auf die Buchstaben F und I, »dieser . . . eröffnende Iktus in indikativischer Heischeform – bei notabene *weiblicher Kadenz!* Optimal gelöst!«

Der Fahrstuhl hielt im I. Stock; die Falttüren öffneten sich; niemand stieg ein. Vermutlich war das Haschisch im gesamten Treppenhaus zu riechen. »Nee, ich steig aus«, sagte der Günsel.

Eugen hielt ihn fest! »Moment noch, Herr Günsel, nej?« flehte er und brach in Gewieher aus, so daß der Günsel sein Buddelschiff fester packte. Der Fahrstuhl ruckte und fuhr weiter.

»Und«, raunte ich, »jene irisierende Homophonie der Endungen, welch hochidiosynkratischer diametraler Semantizitätsnexus, -sexus und -plexus. Oder umgekehrt. Nicht wahr? . . .«

Der Fahrstuhl hielt im Erdgeschoß. »So, ich steig aus«, murmelte der Günsel, »schön' Ahmd noch, die Herrn.« Eugen aber – und nun entwickelte ich doch Bedenken, der Günsel könne in Panik geraten und von seinen neanderthalischen Kräften Gebrauch machen –, Eugen verstellte einfach den Ausgang, bis sich die Falttüren rüttelnd wieder schlossen und der Lift zurück nach oben startete. »Bleiben Sie doch noch«, bettelte unser Chefredakteur *post festum* auf den pagenhaften Günsel ein, »ich pinkel Ihnen ins Buddelschiff!« drohte er und flennte: »Ist Ihnen Kultur denn so egaaal hehehehehe . . .!«

Iggy lag zuckend in den Armen des Doc, aus dessen glückseligem Uhugesicht ständig was drang wie »Heutekrichter'ein, heutekrichterabernoch'ein«.

»Diese fast«, fuhr ich unbarmherzig fort, »hyperonymische Akkumulation jener sämigen Sememe . . .«

»Das ist Freizeitberaubung«, murmelte der Günsel, nun deutlich böse.

». . . ja vor periphrastischer Rekurrenz geradezu detonierenden Denotate . . .«

Oben ließen wir den leicht verletzten Günsel frei. Selbst fuhren wir aber noch zwei-, dreimal runter und rauf, bis wir nicht mehr konnten, und dann betraten wir krumm und rotgesichtig die düstere Druckereidisko, wo unsere Setzer und Drucker die ganze 70er Hitparade rauf und runter und wieder rauf spielten . . .

Gottegott, die Jungs hatten wahrlich ganze Arbeit geleistet. All die wunderbaren Songs, darunter viele, die nicht schon von den immer schneller brechenden Oldiewellen abgedroschen worden waren ... – klar, »Imagine« und »Alright Now« und »Lady Madonna« und »Me And Irmgard McSchröder« wurden des öfteren im Radio gespielt; »Day After Day«, »Loop-Di-Loop-Di-Love«, »We've Taken The Phlegmatic (In The Very Act)«, »Walking«, »Stay With Me«, »Tonight« und schließlich »It's All Over Now, Baby Blue« hingegen so gut wie nie ...

Ah, es zwang einen fast in die Knie! Wär man nicht ein solch steinhart unsentimentaler Antinostalgiker, wären Druckerei, Setzerei, ja Kafkakeller wohl in einer Sintflut von Tränen ersoffen ...

Nachdem wir mit vorausflatternden Fahnen die Disko genommen, lobte ich zunächst auf Zitrone ein, die einsam an der Druckmaschine lehnte und sich selber Feuer geben mußte; wie fundiert doch ihr Artikel über die El-Salvador-Ini recherchiert sei, wie »sachlich und gleichzeitig aufschreiend formuliert« (eine nahezu aufschreiende Formulierung; bloß gut, daß Eugen damit ausgelastet war, Sven »BWL« Schröder wegen seiner fachidiotischen Klingelvokabeln zu veräppeln). Zitrone bedankte sich mit solenner Leidensmiene, und wenn's jene milchgesichtige Knallcharge Sven Schröder auf der Flucht vor Eugen nicht zu uns verschlagen hätte, hätte ich – anhand von ein paar Zitaten aus Briefen Andrés – ein bißchen Kampfglamour zurückstrahlen können. Da dieser Sykophant nun aber ausgerechnet in diesem Moment wiederum *seine* hymnische Plörre auf wiederum meine *Mißwahl*berichterstattung ejakulierte, wurde daraus nichts: vor acht Tagen noch engagierter Preisrichter über einen Haufen Bikinihintern und heute Protagonist der internationalen Solidarität –

weißgott keine glaubwürdige »corporate identity« (Sven Schröder).

Also fragte ich mich, was Zitrone hier eigentlich so an der Druckmaschine rumlehnte, ohne was zu trinken, außerdem augenscheinlich angewidert von diesem dekadenten Spektakel einer konterrevolutionären Jahresendfeier in jener mit blau-grün-rotem Jahrmarktlicht beorgelten Kathedrale des Mißbrauchs der Pressefreiheit. Der narzißtische Chefredakteur, dieser Beau Brummell für Volksschülerinnen, tutete Petra, Statthalterin bewußtlosen Pöbels, Scholien ins Ohr, die diese sowieso nicht verstand; dieser Igelmann sonnte sich – im Gespräch mit diesem Brokstedt, einem aus lauter Selbstentfremdung drogensüchtigen Diener des Kapitals – in seiner von historischem Pessimismus geradezu durchseuchten, unpolitischen Punkvergangenheit; und ich, dieser defraudantische Gleisner hier, nichts als ein ahnungsloser Guppy im Haifischbecken des militärisch-industriellen Komplexes; von diesem Forstreuther und diesem Sven Schröder gar nicht zu reden . . .

Zur Strafe für diese ihre Gedanken ließ ich sie mit letzterem allein, um zu Led Zeppelins »Rock 'n' Roll« zu tanzen, wurde aber von Irmgard Schröder, die ihre Kaffeekur in der Obhut der Falterinnen mit zweifelhaftem Erfolg, aber immerhin abgeschlossen hatte, in Gewahrsam genommen, damit ich sie in Gewahrsam nähme . . .

Ah, ich . . . Ich weiß auch nicht . . .

Was weiß ich . . . Dieser kurze Rock war so rührend, und Fredis Selbstmord und Totschlag erregten mich auf eine rohe, fleischige Weise, und all diese Typen und Marken und Mordsindividuen, die da herumschwirrten und ein Zeug und Kram daherschwadronierten, und ihre Gesten! Zitrone! Wie sie wieder nickte wie wild! Der Doc! Was stauchte er aber hallo sein Zigarettenstummelchen zusammen! Iggy! Wie weit vorwärts er seinen Hals zu recken und zu strecken in der Lage war! Und Petra! Den Universalpavor ins bleiche Mausgesicht geprägt für alle Zeiten! Der Schrödersven!, so herzlich dumm wie er war, und Eugen, das kiffende alte Zirkuspferd, Eugen, dieser stichelnde Ichling! »Jaja, ja?, und die Welt ist eine Scheibe ... nej?« kam's grad aus seinem Solokornett geschallt, in Richtung Forstreuther. »Ach komm, ja?, das ist doch nur Geschnäbel! Nej?« Das war Eugen von Groblock, so etwas brachte nur ein Eugen von Groblock fertig: eine wohlgemerkt selbstersonnene *niedliche* Metapher in der Intonation gleich wieder zwar verächtlich, somit aber, jawohl: *bescheiden* zu entwerten ... Und während mir auch noch Irmi Schröder ihren Selbsterhaltungssingsang so nett und honett auf die Ohrläppchen blies, daß mir Schauer übers Triebgetriebe trieben, und während sie mir in die Nase duftete und unter meinem Charme schmolz, sah ich mich durchs Astloch in Opas Hühnerstall im roten Schienenbus sitzen, der wohin fuhr, wo ich noch nie war; vielleicht würde ich in irgendeiner Industrielandschaft eine steile Böschung hinauf- und in eine Höhle fliehen müssen – Rauchen freilich würde flachfallen – ...; und vielleicht als Folge dieses aufregenden umgekehrten Guckkasteneffekts nahm ich das Angebot dieser heut so rotlippigen Frau, unsere schwelende Privatfehde unwiderruflich zu beenden, an – Prost, Frau Schröder! Glasnost! Wir räumten gegenseitig Mißverhalten ein und Mißverständnisse aus, faßten uns geständnisinnig an gesellschaftlich positiv sanktionierte Körperteile, und was strömten versöhnliche Töne so schön ... ah, Beethovens Neunte Trash, Junk und Punk dagegen ...

Nach unserer Aussprache – es war zwar bereits drei Uhr durch gewesen, die Fete aber, trotz schon erheblich ausgedünnter Personaldecke, lief nach wie vor hochtourig – hatte sie versucht, Eugen, Iggy und mich zusammenzutrommeln und in den Kafkakeller zu bewegen, sie habe noch Weihnachtsgeschenke für uns ... vergeblich. Sie konnte so etwas einfach nicht. Sie konnte niemand motivieren. Eugen hechelte weiterhin auf eine der jüngeren Falterinnen ein und Iggy auf den Doc, der sich seit Stunden auf erstaunlich konstantem Trunkenheitsniveau hielt –, und Irmi kehrte zu unserem Versöhnungsstandort zurück und zuckte mit den Schultern. »Soll ich sie heraufholen, die Geschenke?« fragte ich sie. Sie schwieg und spähte im Raum umher. Sie hatte sich anderthalb Stunden lang nüchtern geredet, war aber in den letzten Minuten immer stiller geworden und hatte, während sie mir zuhörte, im Raum umhergeäugt.

»Soll ich?« Ich stand bereits und nickte ihr aufmunternd zu.

Sie hob den Kopf und schaute mich an. »Ich geh mal zur Toilette«, sagte sie ausdruckslos.

Das knackende Geräusch, das die Klinke der schweren, gutgeölten Feuerschutztür zum Kafkakeller von sich gab, muß in jenem sonderbaren Gepolter untergegangen sein – es war, auch in meinem Zustand, nicht zu überhören, obwohl es ganz vom Ende des Gangs herrührte –, wo sich, vermutlich auf Höhe des Layoutstudios, eine verzogene Pyramide aus schwachem Weißlicht in den Ecken verkeilt hatte. *Sehr* schwachem Licht; wenn das Gepolter nicht gewesen wäre, hätte ich's mit meinem mittelschweren Lollimann womöglich als negativen Blendungseffekt interpretiert. Ich zögerte, den Lichtschalter zu drücken. Ich zögerte, die Tür zu schließen. Das Poltern hatte nach einem umgekippten Drehstuhl oder was geklungen; nun herrschte einen langen Moment lang Stille, und dann hörte ich, wenn ich mich nicht täuschte, zwei-, dreimaliges

Schnaufen, welches angehaltenen Atem wieder in seinen Rhythmus zurückzwang, hörte einen scharfen kleinen, wie unwillig zustimmenden Tierlaut und dann, wie eine harte Kante oder was gegen eine Wand oder was stieß, immer wieder und wieder, in einem gelassenen, trägen Rhythmus, dem eines faulen Teppichklopfers etwa. Und schließlich, wie jemand in diesem Rhythmus, leicht verzögert, einschließlich Halbtönen die Oktavenleiter erklomm, *do, re* – à Sprosse zwei silbrig schimmernde Silbentakte lang summend, auf *mi* schließlich drei –; dann mit einem stufenlosen, wohligen Räuspern zurück zum *do*, jetzt aber, mit offenem Mund auf »o«, die *do-re-mi*-Noten als Triole im Walzertakt wiederholt ... *Bong,* bong, bong machte die Wand ...

Ich schwankte. Ich riß mich zusammen. Aber ich war nun mal betrunken, und deshalb kam ein sonderbarer Entscheidungsprozeß in Gang: Die unbefriedigende Aussicht, ohne unsere Geschenke oben wieder aufzutauchen und Irmis fragenden Blicken ausgesetzt zu sein, veranlaßte mich, die Feuerschutztür leise zu schließen und den Gang hinunterzuschleichen, mit eingezogenem Kopf, um nicht an den ummantelten Rohren entlangzuschrammen, abgestützt an der Wand; an Irmis geschlossenem Büro vorbei – ich hatte allen Ernstes innegehalten, als ob ich gar nicht vorhatte, was ich tat; als spielte ich einem unsichtbaren Beobachter was vor –; dann am offenen, aber unbeleuchteten Büro des Phlegmat vorbei – leicht schwankend, weil ohne Stütze –, auf die bleiche Lichtpyramide zu, die aus dem Layout- und Konferenzraum heraus durch die offene Tür in die Ecke des Gangendes projiziert wurde, während *fa, so* und *la* ertönten – nunmehr auf »a«. Im Schutz meiner Trunkenheit lugte ich um die erste Zargenkante, und noch um die zweite Zargenkante, und erblickte das Tier mit den zwei Rücken, in bleichem, ufohaft auf halber Höhe schwebendem Lichthof mit Gelbstich zuckend, in Trance mit sich selbst kämpfend, zu seinen Füßen ein umgekippter Bürostuhl und ein schattenhafter Textilhaufen . . .; ich sah einen mageren, blanken Hintern in die milchige Sphäre pumpen, auf Höhe der Kante von Bertram Heinsohns Leuchttisch, auf dem, wie ich am Flauschpullover erkannte, mit gestreckt gespreizten Beinen, an deren weißen Waden sich der baumlange ECHO-Chef abstützte, Zitrone lag, die Arme ausgebreitet, den Kopf an die Wand gelehnt, welche die *Bong*bongbong-Stöße der Tischkante abfing, Zitrone, deren gehechelte »*Ech*-ech-ech«-Echos nun ausdauernd auf *ti* angesiedelt waren (danach kam nur noch *do*, wie ich mich aus den Musiklektionen erinnerte). Der Phlegmat grunzte systolisch durch die teerverklebte Luftröhre.

Ich stand da in Dunkel gehüllt, und plötzlich spürte ich zwei spitze Gegenstände im Rücken (die Absätze von Irmis Pumps, wie mir gleich darauf klar wurde) – ich gab einen unterdrückten Todesschreckenslaut von mir, der jedoch unterging in dem finalen »Arrrrgh« des Phlegmat und im Oboensolo Zitrones (in strahlend sinfonischer Unabhängigkeit vom nun hektisch stolpernden Bongbongrhythmus) –; und Irmi stand da, auf den Nylonfüßen, stützte sich mit den Schuhen, die sie in der linken Hand hielt, an meinem Rücken ab und schaute zu, wie ihr Geschäftspartner und Gatte ächzend den schlaffen Pulloverkörper Zitrones vom Leuchttisch aufhob und an sich preßte, sah zu, wie Zitrones Finger durch sein kurzes weißes Haar fuhren, und sah zu, wie Zitrone über die Schulter des langen Phlegmat starrte, ins Dunkel, wo, am Türrahmen, ein Schatten harrte wie Lots Frau. Und dann plätscherte ein »sch« zu uns herüber, mit einem kaum wahrnehmbaren, klingelnden Piepton darin, und ein »ß« mit einem deutlicheren.

»Du kannst heut im Bo ... im Bo ...«, sagte Irmgard laut – wahrscheinlich wollte sie sagen: »... im Büro schlafen« (und zugleich »... im Boden versinken«), entschloß sich dann doch zu dem Satz »Sie sind entlassen«, und stolperte durch den dunklen Kafkakeller zurück, haute auf den nächsten Lichtschalter, und ich machte, daß ich hinter ihr herkam, und aus dem Konferenzzimmer drang ein Hustenanfall, der noch nicht zu Ende war, als ich die schwere Feuerschutztür schloß.

Das einzige Mal in sechs Jahren, daß ich den Phlegmat je ohne Zigarette sah.

Ich begleitete sie nach Haus – einen halben Schritt schräg hinter ihr –, Hand am Arm; es schneite weiße Mäuschen aus den Straßenlaternen. Dreckig und braun der Himmel über unseren nassen Haaren. Ein paar Spätheimkehrer rissen mit ihren bereiften Blechsärgen harsche, rasch vergängliche Schienen in die gewässerte B 73; rote, grüne, weiße Pailletten und hin und wieder orangegelbe glitzerten auf meiner Brille.

Ich trank Brandy im schweigsamen, kissenwuchernden Wohnzimmer und lauschte auf das Rauschen der Dusche, und später sah ich zu, wie sie sich erneut betrank. Es dauerte nicht lang. Ich schlief im Sessel ein, und sie auf dem Sofa, und als sie mich weckte – »Geh nach Haus« –, sagte ich: »*Wie* denn?« Es war sechs Uhr morgens, Samstag, den 10. Dezember 1988.

Und sie war warm und hart, ihr Rücken wie erwärmter, mit dünnem Samt bezogener Marmor. Ihre Tränen aber naßkalt auf meiner schwülen Schulter. Sie preßte ihr hartes Schambein auf meinen Hüftknochen und die Lider zusammen, »was soll denn jetzt werden ...«, und dann brach sie über mir zusammen, klopfte dabei mit der Stirn auf die meine, und weinte in vulsivischen Stößen in meine Schlüsselbeinmulde, kolikenhafte Kaskaden von Winterzähren . . .

Die Kerzendochte bliesen hauchdünne schwarze Fäden an die Decke. Von der alten Elbe her drang das sonore, träge Nebelhorn eines Schiffs aus Übersee, gedämpft durch Deiche, durch Quadratkilometer von Obsthöfen und Weiden und durch die schweren, matten Vorhänge vor den breiten Fenstern. Die Brandyflasche war umgekippt und hatte einen Rorschachfleck im Teppich hinterlassen, der Rest in ihrem Bauch schwarz-braun im unruhigen Schatten des Nachttischchens.

Tab.: 59 Zig. (R1)
Alk.: 4 l Bier / 10 cl Schnaps
○○○○○

Somo. *Kabuff,* 12.10 Uhr. So. Jetzt langt's. Na schön, inzwischen wieder gewisse Befriedung eingetreten; so aber geht's nicht weiter. Jesuchristum …

Klar, daß sie – nachdem man schlicht nicht reagiert hat – Samstagnacht noch zweimal aufs Kabuffband gequasselt (immer brav nach Geheimcode, hähä!), während man seine Engramme protokolliert hat. Als man dann in den frühen Sonntagmorgenstunden heimgekehrt und auch noch auf'm dortigen Aufzeichner je zwei Anrufe von Anita und Bärbel vorgefunden (Schema A-B-B-A: »Waterloo«, hihi!), da ist einem aber doch durchaus übel geworden. Plan ist eigentlich gewesen, nach der ganzen Schufterei 'n paar Stündchen zu rüsseln – was knapp geklappt – und später 'n hübsch biederes Sonntagsbesäufnis anzuberaumen, mit TV und Scheißdreck wie der allerletzte Couchpotato –, was hingegen schiefging. Statt dessen steht schon wieder dieses verdammte Weib vor der Tür! BINGO, BINGOooo! Sonntagmorgens um 10.00 Uhr! Man steigt in den Ford, weil sie ihr Taxi 'ne halbe Stunde zuvor, auf'm Eppendorfer Weg, zu Schrott gefahren hat, und gurkt gen Kabuff und schreit rum, und im Einbahnkreis um den Innocentia-Park herum zieht sie einem einfach den Schlüssel aus'm Zündschloß und wirft ihn aus'm Fenster. Während der Fahrt natürlich. Das Lenkradschloß rastet ein. Man kommt grad noch vorm Kantstein zu stehen. Anschließend prima Szene, mit Publikumsbeteiligung von Sonntagsspaziergängern.

Au, da hat's aber was gesetzt, später, im Kabuff!

Je nu, übliche Handlungssequenz: Streiten, Schweigen, »Pficken«. Bzw. so ähnlich.

Letzteres wie üblich eingeleitet durch die Zauberformel »Russischer Regisseur/Klops«. Vorher aber hat man wieder mal toben und greinen und Atemstillstände simulieren müssen; man hat's verflucht, dieses Weib, beschimpft und am liebsten tatsächlich seinen anarchischen Hintern vermöbeln mögen.

Worauf's aber ja nur wartet. Man hat's an jenem schmerzlüsternen Gewebebeulchen über der linken Braue erkannt, das simultan mit dem heruntergezogenen Mundwinkel wächst. Man kennt das ja.

Popo: Ja?
Mann: Ja.
Popo *(nach einer gewissen Pause):* Woher?
Mann *(nach einer gewissen Pause):* Aus Walchsee.
Popo: Aha? *(Nach einer gewissen Pause)* Inwiefern?
Mann: Inwiefern inwiefern! Weil sie genau dieses Mienenspielchen draufhatte, als wir im vergangenen September in Walchsee . . .
Popo: Ja?
Mann: . . . gestritten hatten und sie mich fragte, ob . . .
Popo: Ja? Mm? Ob . . . ja? Ja?
Mann: Ob ich . . . ob ich ihr nicht mal den zickigen Hintern mit meinem Gürtel versohlen wolle.
Popo: Nee. Das ist doch nicht wahr. Was sind denn das für –
Mann: Doch. Doch wahr.
Popo: Wie . . . Ich kann mir das gar nicht . . . Wie hat sie das denn ausgedrückt? »Du, Böckchen, könntest du mir nicht meinen zickigen –«
Mann: Quatsch. Verarschen Sie mich nicht. Eigentlich hat sie mich nicht direkt *gefragt,* sondern in jenem merkwürdigen Tonfall gesagt – und zwar in der Grundform des Tätigkeitsworts, wie in der Dreyerschen Mundart üblich, damit man ja nicht allzu verbindlich wirkt: »Hintern versohlen . . .« Mit einem kaum hörbaren Fragezeichen. Wir hatten nach der Streiterei, in dem Pensionszimmer, in dem wir schon fünf Jahre zuvor logiert hatten, zwecks Abschluß der Lilavioletten Saison . . . – Also, nach der Streiterei war Schweigen angesagt, und – jedenfalls lief ich im Zimmer umher, wie immer in solchen Momenten, und wußte nicht mehr, was ich sagen sollte, es war eh alles sinnlos, und sie schwieg schon lange, und irgendwann zog ich den Gürtel aus den Jeans, weil schmutzig, weil ich am Berg auf der feuchten Wiese ausgerutscht war, und wollte den Gürtel in 'ne sau-

bere Jeans ziehen ... ich mußte einfach irgendwas *tun*, verstehn Sie? Tja, und da sieht sie mich so an und sagt: »Hintern versohlen ...« Sie lag auf der Seite, wie fast immer, wenn wir streiten, den Kopf pseudogelangweilt aufgestützt, und kratzte mit dem Fingernagel auf dem Kopfkissen herum, was mich immer rasend macht, und streckte mir ihre nackte Hüfte entgegen. Ich war schockiert. Ich glaubte nicht an einen Scherz; mit sowas scherzt sie nicht; ich war total geschockt, obwohl ich mich schon in den Monaten zuvor, also in der Endphase der grauenhaften Blaugrauen Epoche, eh wieder mal an einige neue Sexualgrillen von ihr hatte gewöhnen müssen. Zum Beispiel ließ sie sich immer öfter gern ... beim Pinkeln zugucken; sie hockte sich, beim Spazierengehn oder so, einfach hin, raffte das Kleid über diese Schenkel und zog den Dingsbums runter und guckte mir währenddessen voll ins Gesicht, als wär' ich der geilste Undinist unter der Sonne oder vielmehr unterm Regen, hähä ... Uh, ich guckte immer weg, aber sie ... heischte meinen Blick, indem sie mit mir zu reden anfing, z.B. »Wie geht's denn eigentlich deiner Frau?«, oder irgendso'ne Scheiße, und –

Popo: Und? *Haben* Sie ihr den Hintern ver-

Mann: Sagen Sie mal, sind Sie bescheuert? In der hellhörigen Pension? Und außerdem bin ich »Sadomasomuffel«, wie sie sich ausdrückte. Und *in der Tat* bin ich das. Ich sagte: »Halt jetzt endlich die Klappe, sonst gibt's was auf den Zwieback«, und dann mußte sie lachen. Ich auch. Und dann befahl ich ihr, »russischer Regisseur« zu sagen. Das war schon immer unsere Versöhnungsformel.

Popo: »Russischer Regisseur«? Ist das auch was sexu ... Ich mein, ich kenn nur ›französisch‹, ›englisch‹, ›spanisch‹, ›grie –«

Mann *(verärgert):* Ach Quatsch. Es ist weil ... Es gelingt ihr nie, es richtig auszusprechen, sie sagt immer »ruschisser Resischeur«, und *weil* es ihr nie gelingt, muß sie immer lachen, und dann befahl ich ihr noch, mich einen »Klops« zu schimpfen, wie sie es so gern tut, und dann sagte sie »Du Tlops du«, und dann mußte *ich* lachen. Und dann sagte sie: »Nagel mich durch, los«, und dann sagte ich fritzteuflisch: »Wenn's denn der Wahrheitsfindung dient«, und damit war der Streit vorerst beendet.

Popo: Das ist doch nicht wahr. Was sind denn das für Leute.

Was sind denn das für Leute, was sind denn das für Leute ...! Sag's ihm, Zitrone. Hilf, Zitrone – Zitrone, die du heutzutage wer weiß wo deine Schnäuzchen ziehst. Dr. phil. Zitrone, sag's ihm.

In den Interviews mit dem sog. Manzine »Popo« (Porno-Postille) offenbart Morten intimste sexuelle und parasexuelle Details in bezug auf seine Konkubine, die übrigens einem wenn auch nicht psychosozial ähnlichen, so doch klassenspezifisch vergleichbaren Milieu wie er selbst entstammt – einem, dem er recht eigentlich seit dem Ende der Pubertät immer hatte entfliehen wollen. Allein, der kleistogamen Hypertrophie jener pneumatischen Erlösungsantizipation, notabene *sui generis,* war er mental gar nicht gewachsen, so daß sich – nach jenem fatalen *coup de foudre* Anno 1987 – die dicken Noxen der involvierten Nymphomanin für Mortens freilich perpetuierend fluktuierenden, semiintellektuell-urbanen Zentralzustand als substitutionell attraktive, aber auch dämonische Domäne erwiesen – im Sinne eines voluntativen, freilich jedoch nicht minder voluptuösen *déjà-vu.* Die Tiefenpsychologie (hier Adler) spricht in dem Fall vom ›Krankheitsgewinn‹ einer affizierten Person. Das Eponym ›Bärbeln‹ einerseits wie auch das Bahnhofshäuschen im Herkunftsort des Autors andererseits, welches durchaus als topogenes Symbol pueriler Fluchtimpulse –

Ist ja gut, Zitrone. Entspann dich wieder.

Aber bitte, man ist bereit, die Geste anzuerkennen. Sowieso. Postulierte nicht wohl gar/die kleine Gest' schon Lyotard? (Auha.) Was in diesen Zeiten zählt, sind Gesten. Gesten der Versöhnung. Hähä.

Was soll man bloß tun? Wie ist bloß alles so weit gekommen?

Popo: Dr. Zimmermann, warum haben Sie sich für ein Interview in der – in gewissen Kreisen immerhin verfemten – *Popo* bereit erklärt?
Dr. Z.: Bah, also . . . – jetzt stellen Sie halt einfach irgendwie Ihre . . . also, relevante Fragen, und fertig.
Popo: Okay. – Wie stellen sich aus Ihrer Sicht die Dinge dar? Wie ist bloß alles soweit gekommen?
Dr. Z.: »Erotik ist eine Form von waagerechter Schwerkraft«, so ein gewisser Peter Glaser mit einigem Recht, und »Der Körper ist die Form des Lebens«: Alfred Kolleritsch. Seitdem die beiden Geschlechter vom Baum der Erkenntnis gegessen haben, ist die Unschuld dahin, und Mann und Frau suchen in der sexuellen Vereinigung nach der verlorenen Einheit. Laut Evolas »Metaphysik des Sexus« erschöpft sich Erotik keineswegs in Biologie und Physiologie. Vielmehr ist sie Ausdruck einer übergeordneten Gebundenheit

wie etwa der Haß. Das Erotische ist entweder *nicht gesellschaftsfähig*, oder es ist keine Erotik – nicht von ungefähr scheuen Kirchenfunktionäre sie wie der Teufel das Weihwasser. Erotik geht mit Gewaltsamkeit einher, um Grenzen sprengen zu können – was natürlich nicht mit Bestialität zu verwechseln ist –, weswegen sie auch dem gängigen Formideal nicht entspricht. Dieses ist hübsch, an- und aufregend ist Schönheit. »Seid wild und tut schöne Sachen« – diese Losung der 68er Revolte verwies auf die Erkenntnis, daß Erkenntnis nur über Erfahrung gewonnen werden kann, ornd –

Popo: Ja gut, aber – geht's bei Ihrem Objekt der Untersuchung, Bodo ›Mufti‹ Morten, nicht eigentlich nur ums Ficken? Bzw. Pfikken?

Dr. Z.: Wenn Sie auf solch reduzierte Vulgärtheorien abheben möchten, haben Sie sich die falsche Gesprächspartnerin gewählt, Sie Westentaschenchauvi.

Popo: Provinzapparatschik.

Dr. Z.: Dessoussüchtiger Scoopdealer.

Popo: Zänkische Groschenakademikerin.

Dr. Z.: Torpider Android, livrierter Hipster, misogyner Kloakenschmock.

Popo: Äh . . . schätterige Votze.

Dr. Z.: Schankereitriger Schlappschwanz.

Popo *(beginnt zu weinen)*

Ah, der Bart ist ab. Am 15. Juli 1990, als Hochzeitsgeschenk an Nita, hat ihn diese niedliche Kreterin abgenommen . . .

Anfang Juni 1989, zu Beginn der Lilavioletten Saison, war er noch dran gewesen. Wirre, irrlichternde Tage, Wochen und Monate hatte man hinter sich. Zweimal noch hatte man mit Irmgard geschlafen – der lange Phlegmat war ins Hotel gezogen. Einmal noch, zu Bärbels Geburtstag am 15. Dezember '88, wartete man auf dem kläglichen Kadetten eine halbe Stunde vor jenem Neuwiedenthaler Hochhaus und versuchte, jenes Fenster jener Wohnung zu identifizieren. Einmal noch fuhr man am dunklen Schaufenster von *Blumen Born* vorbei. Vormittags stellte man seinem Professor das Examensthema vor – »Identität und Authentizität.

Die ›neue Subjektivität‹ in der Gegenwartsliteratur« – und schrieb nachmittags Ankündigungen für geradezu bizarre Weihnachtsbasare in Neugraben, Neuwiedenthal, Neuwulmstorf. Übers sterbende Altenwerder schrieb man morgens in geradezu Hemingwayschen Synkopen, und abends sprach man mit Satschesatsche – in wohlvertraut, vertraulich, ja traulich breitem, flachem, feuchtem Nordisch – über Kolki, denn Kolki soff zuviel, meldete sich nicht mehr, zog bloß noch mit Rudi dem Arsch um die Häuser und sabotierte die Skatabende. Wochentags traf man sich mit Heiner zum Schach und Kai und Satsche zum Billard, und Nita bekochte einen am Wochenende. Nachts wuchs der Bart, zusammen mit der Gier nach Bärbels prämiiertem Hintern, zusammen mit der sinnlosen Eifersucht auf gesichtslose, tätowierte Kerle mit Ohrringen, schlappe Lümmel mit Kochlöffeln oder Schlagersänger, und tagsüber, in verstohlenen Bürominuten, tröstete man Irmgard mit seinem heilsamen Speichel. Zitrone ist nie zurückgekehrt. Dienstags und donnerstags trainierte man für die Orangegurt-Prüfung, und dreimal saß man freitags dumm in der *Hexenkate* rum. Bärbel arbeitete dort nicht mehr. Am ersten Weihnachtstag saßen Satsche und unsereins bei Hinni in der Kneipe, im Kaff, am Tisch – Kolki jedoch am Tresen und tat so, als wäre nichts; vier Monate hörten und sahen wir nichts mehr von ihm. Er allerdings auch nichts von uns, schon gar nicht von unsereinem. Unsereins hatte zuviel zu tun. Unsereins arbeitete an seiner Karriere. Eugen wurde immer lustloser, Iggy bewarb sich laufend anderswo, und Irmgard schusterte einem immer mehr Kompetenzen zu. Man war für die Blattplanung zuständig, schrieb bereits hin und wieder den Leitartikel, und Eugen kiffte nur noch. Mitte Januar kam der lange Phlegmat demütig rauchend zurück, und im Februar, kurz nach unsereinem 32. Geburtstag, erzählte Hasy, unsere neue Akquisitionsleiterin, die Schwiegermutter Fredi Borns habe der Schlag getroffen, und eine gewisse Bärbel Befeld könne nun, nachdem es niemand mehr anfechte, das Erbe seines Blumengeschäfts antreten. Noch einmal fuhr man eines Nachts daran vorbei. Die Aufschrift *Blumen Befeld* schmückte bereits das Schaufenster. An einem windelweichen, regnerischen Vorabend im März wurde, wie Eugen erzählte, ein gewisser Pauli Dreyer, onanierend an die Skulptur des Tubaspielers auf dem Harburger Rathausmarkt gelehnt – woran immer er litt, an Agoraphobie gewiß nicht –, von der Polizei in Gewahrsam genommen und eingeliefert, und am Dienstag, den 4. April '89, einen Tag nach Iggys Abschiedsparty, erhielt unsereins die Weihen des stellvertretenden Chefredakteurs, verbunden mit einem Vollzeitvertrag und einer Gehaltserhöhung um einen runden Riesen. Man kaufte sich einen schicken neuen Kadetten aus zweiter Hand. »Ja?« fragte Eugen. »Wie heißt er denn?« »Opel Kadett«, sagte man. »Quatsch«, sagte Eugen. »Wie heißt denn deins?« fragte man. »Heinz«, sagte Eugen. »Dann heißt meiner«, sagte man, »Rosi.« »Eine Sie?« »Nein.« Eugen bleute einem seinen Blick ein, und dann sagte er, belesen wie er war, »ah, nej?, Rosinante, ja?« Im Mai kündigte man seine Studentenbude, zog in eine WG von Kommilitonen, wo nie jemand zu Hause war (einschließlich unsereins), und exmatrikulierte sich, nachdem man den Professor um Verständnis für seine wegen einer familiären Tragödie getroffenen Entscheidung gebeten hatte (diesmal mußte der morbophile Bruder endgültig dran glauben). Man war einfach zum Journalisten geboren. Außerdem arbeitete man nun nebenbei für einige andere Kulturorgane und gedachte, auf dem ELBE ECHO noch ein wenig zu üben, bevor man sich endgültig in die erste Garde schrieb. Eine wüste Sauferei in der *Boile* und im *Reybach* brachte einem

Kolki wieder näher. Man schmiedete heimliche Heiratspläne, paßte seine Frisur seinem getrimmten Bart an, bestellte Michael Adams »Krawatten, Fliegen und Tücher perfekt binden« (o. O., o. J.), überlegte, bei der Anzeigenblattverlegerin Berta Odette Beck in Kehdingen vorstellig zu werden, und fragte Nita, ob sie sich nicht vorstellen könne, auf dem Lande zu leben, irgendwo zwischen Stade und Buxtehude.

Konnte sie aber nicht. Und prompt erhielt man vom Schicksal einen folgenschweren PR-Auftrag.

Ein harmloser, sonniger Freitagmorgen war's; unsere kleine Redaktion hell und übersichtlich, bestand sie doch nurmehr aus Chefredakteur und Stellvertreter – vermutlich eher selten in der bundesrepublikanischen Presselandschaft –; und Doc Brokstedt, an Iggys ehemaligem Schreibtisch hingestreckt rauchend, weinte den »altndartzeitn« nach, *eo ipso* – wie wir alle – Iggy, der in die Sammelwerkbranche gewechselt hatte. Eugen spielte nicht gern, »außer im Bett und Computerschach«, Darts aber nun mal gar nicht. Und der stellvertretende Chefredakteur hatte einfach keine Zeit mehr dazu, da er das ECHO praktisch allein schreiben mußte, seit Eugen sich auf »administrative Aufgaben« konzentrierte – was immer er damit auch meinte.

»Wasfangichdennjetzmitmeinenbegnadetenhändenan?«

»Rauchen«, sagte Eugen, der um elf Uhr bereits drei Graszigarettchen intus hatte, »ja?, oder Onanie. Nej?«

»Rauchnsowso«, der Doc inhalierte, »ababeimwichsengibsjakeinegegner«, winkte er, nach rechts gewandt, links ab, »undohnepunktesystemmachtdassowsokeinspaß.«

Eugen verstand ihn. Ihm ging's ähnlich. Nicht einmal der *Chessmaster* verschaffte ihm noch Befriedigung, seit der in schon masochistischer Manier Eugens

Läuferopfer auf h6 aufzusitzen pflegte, und nachdem Zitrone fort war und Irmis Perestroikapolitik voranschritt, war der Bestand seiner natürlichen Feinde bedroht. Als Folge dessen vermehrten sich seine Stegreifreden über die verlogene und verführerische Erscheinungswelt, seine eruptiven Meditationen über die wahre *raison d'être*, seine Efflationen hinsichtlich der postulierten Sittenlehre einer anarchistischen Ehrlichkeit zunächst so hemmungslos, daß er wochenlang von einer neuen Existenz als »freelancer, nej?, als Trüffelschnüffler bei TEMPO oder, in Gottes Namen, ja? beim STERN« phantasierte – kurz darauf jedoch (vermutlich schon allein von der Vorstellung ermüdet, zu diesem Zweck tagtäglich auf die andere Seite der Elbe wechseln zu müssen) von einem längeren Urlaub in Spanien: »'ne kleine Finca, nej? Proust und »Zettels Traum« und Jean Pauls Gesamtwerk und ausreichend Pot und dann im Ölbaumschatten auf der Relaxliege die Falten aus'm Sack schlagen, ja?, aber einzeln, ja?«

Ich für mein Teil schwang die Edelfeder jäher denn je; momentan, um – im Rahmen unserer Kolumne – die proportional zu den HIV-Infektionsquoten wuchernden erotizistischen Geschwüre in den Publikationsorganen der westlichen Welt zu geißeln. Ich hatte mir beinah 'nen Wolf recherchiert; bei Bataille geblättert; auch TV-Produktionen wie Männer-Magazin, Sexy Folies und Tutti Frutti gesichtet etc., und gerade – im Zusammenhang mit der Talkshowthese, Pornos erfüllten einen essentiellen gesellschaftlichen Auftrag – war mir die Allegorie »Mutter Teresa Orlowski« eingefallen, als das Telefon hupte.

»ELBE EXTRA Redaktion, von Grob-... Hasy, ja?, wie geht's, ja? – Schön. – – Mir? Übel geht's mir, nej? Hör mal, hast du nicht noch irgendwo 'ne blonde Base rumstehn? Gern aus zweiter Hand. Ich muß dringend mal wieder wo ablaichen, ja?«

O tempora, o modi! schrieb ich. *Mir* gefiel es durchaus noch, Sätze wie *O tempora, o modi!* zu schreiben. Eugen hingegen fühlte sich nicht einmal mehr an Bord unseres Flaggschiffs »Singelbohm« wohl (kaum daß er sich noch zu Gefälligkeitsberichten, -rezensionen und -PRs aufraffen mochte). Insbesondere nachdem seine Formulierung ». . . wehte ein wehmütiger Hauch von Kriegsromantik«, gemünzt auf den Tag der offenen Tür in der Fischbeker Kaserne und in jenem bilingualen Duktus gehalten, der für unsympathische Zwangsthemen reserviert war und Freund wie Feind zufriedenstellte (vor allem aber unseren eigenen Kodex); insbesondere nachdem also jene Formulierung als Fundstück im »Hohlspiegel« aufgetaucht war (d.h. für bare Münze genommen, weil derlei ironische Rhetorik einem Provinzblatt natürlich nicht zugetraut wurde), schien Eugen unter Gicht zu leiden.

»Negativ, Sir«, stöhnte er in die Sprechmuschel, »hab 'ne ABC-Allergie, ja? Bitte sich an den stellvertretenden Chefredakteur zu wenden. Ich verbinde.«

Hasy informierte mich, *Blumen Befeld* in Neuwiedenthal wolle monatlich *halbseitige* Anzeigen schalten, vorausgesetzt, in der nächsten Ausgabe erscheine ein halbseitiger PR, und zwar rechtzeitig zum Empfang, der nach der Ladenrenovierung gegeben werden solle. Ob ich das übernehme?

»Neehehehehеeee!« lachte ich laut. »Tut mir leid, aber lieber laß ich mich auf der Stelle enteien!«

Ohne weitere Erklärung schob ich Eugen den Schwarzen Peter zurück, der ihn fast willfährig wegsteckte, und schrieb meine Kolumne zu Ende. *Erotik,* lautete die drittletzte Zeile, *ist schön, wahr und gut – Erotizismus aber abartig.* Die beiden letzten Zeilen lauteten traditionell *Na, zum Glück bleibt die Erde eine Scheibe . . .* und *Ganz richtig!* und die Unterschrift *Gez. (f.d.L.): Singelbohm.*

Zur Vernissage des bildnerischen Werks von Heino Jaeger im Helms Museum, anläßlich seines 50. Geburtstags im voraufgegangenen Jahr (wofür wir Irmgard Schröder nicht weniger als zwei volle Seiten zur Berichterstattung abgetrotzt), hatten wir ein kleines Preisausschreiben veranstaltet, bei dem man zwanzigmal den schönen Ausstellungskatalog gewinnen konnte. Die Preisfrage lautete: »Was bedeutet wohl die Abkürzung *Gez. (f.d.L.),* die traditionell unter unsere Kolumne gesetzt wird?«

Die korrekte Anwort lautete natürlich *Gezeichnet (für das Leben)*; auf zwölf der achtzehn Zuschriften jedoch war ein erschütternd phantasieloses (und ob der Regelmäßigkeit, mit der nun mal *f.d.L.* dastand, vollkommen unverständlich erratumgläubiges) *für die Richtigkeit* verzeichnet. Fünf Teilnehmer tippten auf irgendeinen ungereimten Blödsinn, und nur einer riet ganz richtig: ein gewisser Lucas Lloyd, der mit selbiger Post um eine Volontärsstelle für den Sommer '89, sobald er sein Abitur gemacht haben würde, nachgesucht hatte.

Natürlich hatte ich das jetzt, im Sommer '89, längst vergessen – von Eugen gar nicht zu reden. Nachdem mir Irmgard in einer Krisensitzung am folgenden Montagmorgen aber mitteilte, Eugen habe soeben angerufen und einen Ermüdungsbruch des Mittelfußknochens gemeldet, erinnerte ich mich Lucas Lloyds wieder. Ich schlug in der entsprechenden ECHO-Ausgabe nach, und siehe da: Er war, in seiner Eigenschaft als Gewinner, tatsächlich mitsamt Adresse veröffentlicht worden. Ich rief an. Nach Auskunft seiner Mutter war er gerade dabei, eine Deutschklausur zu schreiben, und würde sich am späten Nachmittag melden.

Er kam sogar höchstpersönlich vorbei. Und mir irgendwie bekannt vor. Er lächelte, der sympathische junge Mann mit allerlei Applikationen an Fingern und Ohrläppchen, und half meinem Gedächtnis auf die Sprünge. Ha! Wer konnte einem als Zauberlehrling lieber sein als jener Huldiger, der unsereiner »Kleinkrämerverarsche« seinerzeit – in der *Hexenkate*, nach jenem entsetzlichen Kinoabend – so überaus textsicher rezitiert hatte? Ab 15. des Monats stünde er zur Verfügung. Ich legte mich für ihn ins Zeug, und Irmgard stimmte zu.

Ich atmete auf. Und schon stockte mir wieder der Atem.

Der Blumen-Befeld-PR! Und Eugen in Gips.

Ich sprach mit Hasy. Ich unkte von bevorstehenden 16-Stunden-Tagen, familiären Problemen (ich ließ meinen Bruder auferstehen, nur damit er wieder kränkeln konnte), vorehelichen Pflichten und unüberwindlicher Antipathie der Inhaberin *Blumen Befelds* gegenüber – Hasy blieb hart. Ich bekniete sie, den Recherchetermin ein paar Tage hinauszuzögern. Hasy wog den hübschen Kopf: »Der PR muß ins nächste Heft. Der Empfang zur Neueröffnung nach der Renovierung des Ladens findet am Samstagmorgen statt. Ich hab's ihr zugesagt, und die junge Frau macht 'nen ziemlich taffen Eindruck.« Ich kennte, heulte ich auf, diese »junge Frau«, und nie und nimmer könne sie den auch nur geringsten »Eindruck« gemacht haben, geschweige einen »taffen« usw. – Hasy hob den Querkopf: »Hör mal«, es mache keinen guten Eindruck, eine derartig investitionswillige Kundin mit fadenscheinigen Begründungen hinzuhalten usw., »jeden Monat 'ne halbe Seite, auf 'n ganzes Jahr, mit Option auf weitere! Weißt du, wieviel garantierten Umsatz das bedeutet? Davon kann Irmi dein Gehalt bezahlen. Der KURIER wartet nur auf sie! Komm, sei Profi!«

Weiter zu insistieren war unmöglich, ohne ihr die gesamte Rosarote Periode vorzusingen.

Ich rief Iggy an, ob er sich nicht auf die Schnelle 500 Mäuse (inkl. Fotohonorar) verdienen wolle. Er lachte nur. Er hatte in seinem neuen Job derartig viel zu tun, daß er schon nicht mehr wisse, wo ihm der Kopf »oder was weiß ich« stehe.

Ich rief eine Reihe von Ex-KommilitonInnen an, ob sie sich nicht auf die Schnelle 350 Mark (inkl. Fotohonorar) verdienen wollten. Wollten sie nicht (»dringende Referate«, »unwahrscheinlich wichtige Seminare«, »Examenskolloquien«, »Jobs« – kurz, »keine Zeit«. AngeberInnen). »Nur Recherche«, schäumte ich, »quirlen tu ich die Scheiße selber! *Vierhundert!*« Keine Chance.

Ich rief Lucas Lloyd an. Ob er sich nicht auf die Schnelle 250 Mücken (inkl. Fotohonorar) verdienen wolle. Er wimmerte was von »Abischeiße«, wieviel er noch für Latein tun müsse, und er sei ja noch unerfahren, und was, wenn er diesen wichtigen PR versaue etc. Ich beschwichtigte ihn – »nur die Recherche, Alter!« Er wimmerte immer weiter. Ich ermutigte ihn – »das ist doch überhaupt kein Problem! Nur 'n paar Fragen stellen und 'n paar Fotos schießen, Herrgottnochmal!« Er wimmerte und wimmerte weiter und weiter. Ich machte einen harmlosen kleinen Scherz – »na, dann darf man auf unsere *weitere* Zusammenarbeit ja gespannt sein!« –, und er sagte zu. Ich atmete auf, gab ihm Telefonnummer und einige Anweisungen, ja diktierte ihm gar die Fragen und bot ihm den firmeneigenen Fotoapparat an.

An jenem Montag machte ich trotz allem um halb zehn Feierabend. Herrgott, draußen herrschte ein Abendwetter zum Schelme zeugen! Sicher, morgen war Redaktionsschluß. Ich mußte noch das Porträt schreiben, zwei PRs – das heißt, mit Blumen Befelds drei – und den kniffligen Leitartikel. Und ich würde um acht beim

Training sein müssen. Das TV-Programm würde ich Ayoga Ashun Forstreuther aufs Auge drücken. Die Setzer würden mich verfluchen, Bertram Heinsohn würde mich verfluchen, und Irmgard würde mich verfluchen – schließlich aber hatte ich bereits einen zwölfeinhalb-Stunden-Tag hinter mir, war Eugen fußkrank und wurden für die Akquisiteure *ständig* Ausnahmen gemacht, so daß der Redaktionsschluß auch mal für Redakteure auf Mittwoch, 11.00 Uhr, ausgedehnt werden können dürfte. Ich gedachte, zur *Strandperle* ans andere Ufer der Elbe zu rauschen und nach bestem Wissen und Gewissen noch drei, vier niedliche Bierchen zu lynchen, bevor ich meinen Klugheitsschlaf nahm.

PC aus, Licht aus, los. Auf Höhe des Besucherzimmers jodelte das Telefon.

Ich stoppte. Es hörte nicht auf. Ich ging hinein, starrte auf die Taste von Hasys Hausanschluß; niemand hob ab. Nicht mal Irmgard. Der ganze gottverdammte Konzern war menschenleer.

Es war Lucas Lloyd.

Zwei Minuten später peitschte ich meinen Rosinante durch die schwüle Dämmerung nach Neuwiedenthal. Aus dem offenen Fahrertürfenster grölte Motörhead-Lemmy »Love Me Like A Reptile!«, und am Steuer grölte ich »Verflucht! Verflucht seist du, gottverfluchtes Befeld!« Und weitere paar Minuten später radierte ich den Asphalt vor dem erleuchteten, mit Packpapier ausgeschlagenen Schaufenster des Ladengeschäfts namens *Blumen Befeld*. Ich polterte hinein und sah mich einer schwarzen Kolonne weißer Maler gegenüber.

»Is' nich' da«, sagte der eine. »Schon den ganzen Tach nich'«, sagte der andere. Der dritte malte. »Heißt du Alex?« fragte der vierte.

Zurück im Kadetten, prügelte ich ihm in seine Weichteile. Diese unbändige Wut angesichts der Ohnmächtigkeit . . . Das Schlimmste bei derartigen Anfällen sind immer diese unterseeisch taubstummen Zwischenmomente, in denen sich die Nerven erholen, indem sie dem Hirn befehlen, an was ganz anderes zu denken – einen Fleck auf dem Hemd, einen jahrealten Traum, eine angenehme Schachstellung, oder auch an gar nichts –, nur um anschließend mit verdoppelter Gewalt wiederzukehren: gefährlich, gefährlich.

In einem jener Zwischenmomente war's, da die Lilaviolette Saison begann. Ich schwöre, ich hatte gerade an Bärbels formvollendeten Steiß-Backen-Trakt unter jenem roten Kleid gedacht, von dem man noch so oft träumt; ja vielleicht war ich schon zur Hälfte in meinem Kokon verschwunden – – da hielt auf der anderen Straßenseite ein grünschimmerndes Kabriolett. Zwei Frauen saßen darin – eine dunkel, eine honigblond im Straßenlaternenlicht – und alberten herum wie in einer BMW-Reklame. Die dunkle war, trotz der langen Haare unverkennbar, Bärbel. Die blonde kannte ich nicht. Sie stiegen aus, und mein Herz verfiel in Trab; ein unverschämtes, herzzerreißendes Bild – zwei hübsche, blutjunge Sommerabendfrauen, mit elegischen Mähnen, in wilden kurzen Kleidern, die gekonnt aufeinander zustöckeln und vor Lachen Kniebeugen machen und die Handballen in den Schoß stemmen, während die seidigen Vorhänge das Theater ihrer Hüften lüften . . . – ah, das Leben ist gemein . . .

Da standen sie einander gegenüber, gekrümmt, in sich spiegelnden Haltungen – sowas als Buchstützen! schoß mir durch den Schädel –, und lachten promiskuitiv, der Himmel weiß worüber.

Gott, ich wurde weich. Ich stieg aus, lehnte mich an den Schlag meines bresthaften Kadetten und sagte: »'n Abend, die Damen, ja Dramen!«

Die Köpfe beschrieben einen ineinander verzahnten Vierteldreh, als hätte ich einer Exzenterkurbel einen Hieb versetzt. Bärbel richtete sich auf, wobei sie durch die spaßig verengte Luftröhre nach Atem rang; dann faßte sie sich an den Kopf. »*Böck*chen!« rief sie. Und sofort brachen sie wieder zusammen, kreiselten auf den Absätzen, verschränkten, die Hände verhütend auf die süßen Blasen gepreßt, die langen Beine; ein unerhörtes Gelächter, das in einem Stakkato von Preßstößen verebbte, mit halberSticktem Eselkrächzen wieder aufgezogen wurde und von neuem losschepperte. »Böckchen!« wiederholte die Blonde in Kapitälchen und fiel mit einer unkontrollierten Sensenbewegung vornüber auf die Kofferraumhaube des BMWs. Ihr Kleid beging ein köstliches kleines Sittendelikt.

An meinen Kadetten gelehnt sah ich zu. »Ach Böckchen«, seufzte Bärbel, nach Atem ringend; sie sah so verflucht delikat aus, daß mir ganz flau wurde; sie stelzte auf mich zu, sagte »Tach ersma«, umhalste mich energisch und küßte mich in den bartumflorten Mund. »Lange nich gesehn«, flüsterte sie, hielt mein haariges Kinn und blitzte mir frech in die Augen. »Steht dir gut!«

»Was genau.« Sie gab mir einen Rückhandklaps vor die Brust und lachte klingelnd, und eine Sintflut von ungebetenen Gefühlshormonen rauschte mir ins Hirn, daß ich vorübergehend erblindete . . . – ach, dieses Gänschen . . .

Auch die Honigblondine streckte mir die Hand hin, und Bärbel, engstens in ihren Exhengst verhakt, sagte: »Das ist Bärbel, und das ist Bodo, Redakteur bei ELBE ECHO!«

»Stellvertretender Chefredakteur«, redigierte ich und gab – wem? – die Hand?

»Bärbel«, sagte Bärbel.

»Stellvertretender Chefredakteur?« fragte Bärbel.

»Du heißt Bärbel?« fragte ich die blonde Bärbel, und umgehend legten sie ihr Harpyengelächter wieder auf. Gott, ich verstand nur noch Bärbel.

Ah, ach Gottegottchen, man war schließlich nur 'n Mensch, 'n Mensch mit bestimmten charakterlichen Anlagen und gewissen gesellschaftlichen Einflüssen unterworfen; und war *einer* Bärbel schon schwer zu widerstehen, wer wollte dann zweien die Stirn bieten ...

Jesus und Joseph, ich weiß auch nicht; wir gingen hinein. Tapetenschnipsel blieben an den Sohlen kleben, der Kleister begann zu kochen, die Pinsel tropften, und Bärbel fragte Nummer 4, ob Alex vorbeigekommen sei. Die Ohren der armen Jungs gaben dem gleißenden Arbeitslicht einen lilavioletten Stich, und Nummer 4 verneinte stotternd, und dann zog mich Bärbel zu jenem Ausgang, durch den ich ihrem notorischen Hintern rund neunzehn Monate zuvor schon einmal gefolgt war, zermürbt von Alkoholexzessen seinerzeit, mit zitternden Knien, durstig und töricht. Sie knipste überall das Licht an, zeigte mir alles, die grünen Rabatten und roten Beete und was weiß ich, den Schuppen, wo Torfgebinde lagerten und was weiß ich und wo nach wie vor Fredis Geräte und Hausapotheke hingen – die Gartenmöbel aber standen draußen –; den Komposthaufen zeigte sie mir, um Gottes Willen; alles zeigte sie mir, als ob ich auch nur im geringsten in der Lage sei, die Veränderungen und angeblichen Verbesserungen zu erkennen; Bärbel zwo folgte auf dem Fuße und säuselte ständig »Super, nä?« vor sich hin.

Wir ließen uns auf den Gartenmöbeln vorm Schuppen nieder, und während eine Flasche teurer spanischer Brandy auf den Tisch kam, eine Woche zuvor durch den Flughafenzoll geschmuggelt, berichtete Bärbel zwo, wie sie Bärbel kennengelernt hatte. War super gewesen; Bärbel und Bärbel in Mallorca, ich konnt's mir lebhaft vorstellen – diese beiden grellen Hühner im Ballermann 6! Sangria aus Eimern, Miß-

Nasses-T-Shirt-Wettbewerbe, oléée, oléoléoléée; o Gott! –, und, verflucht!, Eifersucht und knausrige Versäumnisempfindungen verursachten bukkale Mätzchen unterm Bart – nur gut, daß ich ihn hatte; schließlich waren *noch* unangenehmere Gefühle im Spiel. Weißgott, ich konnte ein fairer Verlierer sein, wenn's sein mußte; dieser faulige, tückische Wind der Regression jedoch, der vom Komposthaufen her wehte, behagte mir nicht; eine flaue Ahnung, irgendwo im Nakken lokalisiert, von ähnlicher Beschaffenheit wie die bei Besuchen im Kaff, wenn Horst Morten mal wieder nicht umhin konnte, seinem erwachsenen Sohn mit melancholischem Blick ins nackenlange Haar zu greifen – wie seit 1972ff. –; so eine lauernde Stinkwut im Genick, weil überwunden geglaubte Überkommenheiten sich wieder mal als weder überwunden noch, *de facto,* auch nur überkommen herausstellten.

Herrimhimmel, man war 32 Jahre alt, stellv. Chefredakteur eines lokalen Freizeitmagazins, so gut wie verheiratet mit einer klugen, schönen und großherzigen Frau, und fast hätte man sogar einen akademischen Grad erworben! Und nun war man lediglich hier, um einen beruflichen Termin zu absolvieren, wozu mein Zauberlehrling *in spe* zu dusslig, weil die Gesprächspartnerin den ganzen Tag nicht anwesend gewesen war; verdammtnocheins, wo war denn das Problem?

Mir direkt gegenüber war das Problem. Während ich mir, ohne zuzuhören, verhärmt den Bart gerieben, hatten sich die beiden in ihrem spanisch-süderelbischen Urlaubsjargon gegenseitig angeschwärmt, wie super alles sei und gewesen sei und zweifellos Ende September noch einmal wieder werden würde, Blondie benutzte dauernd Wendungen wie »Ich denke, daß«, »nicht wirklich«, »das erinner ich nicht«, »eine gute Zeit haben« und »hab ich gar nicht realisiert«, und plötzlich stemmte Bärbel einen Pumps gegen die Tischkante, kippte das Knie einwärts und zog das Kleid bis in den Bumerangknick der Taille. »Kuckma«, kicherte sie, »was ich mir mitgebracht hab!«

Blondie zwo schnalzte tadelnd mit der spitzen Zunge und dehnte mit tiefer Vollweibstimme: »*Bäääx*-bel!«

Und Bääärbel kicherte, zog das Kleid wieder über den lilavioletten Rüschenstrapsstreifen und die dunkelbraungebrannte glatte Haut und den nachtschwarzen Strumpf, faßte sich, synchron mit Blondie, an die Nase und stimmte, grad noch rechtzeitig mit Blondie, in ihrer beider zuckersüßen Urlaubsspruch ein: »*Sel*ber *Bääär*bel!« Und dann gickelten sie und kicherten, und Bärbel sagte: »Wieso, ph! is immerhin ma mein Lover gewesen, nä, Bobo? Schlimm?«

Schlimm genug, weißgott.

Ich kippte vier Brandys und sah den beiden Glamourgirls beim Schwatzen zu; es ging um Calvin Klein und Michael Groß, um »Bänker« und Steuerberater, um BMW und BWL, um Krethi und Plethi, um Kettchen, Bettchen, Frettchen und was weiß ich; und gegen elf ging Blondie. »Kannst den Benz nehmen«, sagte Bärbel.

Blondie war ein bißchen kleiner, schlanker und gewitzter als Bärbel, und natürlich hatte ich solche empirischen Miezen eigentlich traditionell aufs herzlichste zu verachten; was mir aber statt dessen durch den Exwissenschaftlerschädel sauste, als sie sich bussimäßig von mir verabschiedete, war – nun, schlicht und ergreifend, das stringente Exzerpt eines *Menage-à-trois*-Exposés, und die Modalitäten des anschließenden Bärbel-Bärbel-Kusses – mahlende Kieferbewegungen bei wohligem bis lüsternem Knurren plus Schlußgekicher – machten es mir nicht gerade leichter, derart degoutante Gedanken anhand eines zackigen *Deleatur*-Schnörkels zu tilgen.

»Kindchen, ich muß jetzt aber wirklich«, orgelte Blondie, und Bärbel gluckste konspirativ, und Blondie schnickte ihr mit der Zeigefingerkralle auf die Schulter – »*Bäää*rbel«-Solo, Nasefassen, unisono »*Sel*ber *Bääär*bel«, Gekicher usf. –, und dann, mit quasischamhafter, carmenstolzer Miene, die nichts anderes besagte als »Macht was ihr wollt, ich jedenfalls hab noch 'n paar Blow Jobs zu erledigen ...«, stöckelte Blondie – Winkewinkefinger in zierlichem Luftgalopp, mit Augenaufschlag – vom Hof, zur Doppelgarage, begleitet von Bärbel; und gleich darauf brummte der blaue Strichsechs – ehemals Fredis – die Auffahrt entlang und auf die Straße. »Säuft Super«, flüsterte ich nostalgisch hinterdrein.

Nita war im Bayerischen unterwegs. Meine Müdigkeit hielt sich in Grenzen. Für die *Strandperle* war's zu spät. Während Bärbel gleich noch ihre Schwarzarbeiter verabschiedete, starrte ich in die flimmernde Finsternis. Es kühlte nur kaum merklich ab, eine Brise fächelte die Härchen auf meiner Brust, und ich schenkte mir noch einen Brandy ein. Der rüde Brodem rottender Pflanzen, die sprühenden Prisen der blühenden ... Weich wie der Brandy war die Juninacht, und der einstige Besitzer dieses Fleckchens Erde war tot, tot und verscharrt, verscharrt in einem zwei Meter tiefen Loch in der Marsch der Süderelbe, mit einem Loch von etlichen Millimetern Durchmesser im Kopf, und unsereins schnupperte und schnalzte mit in Mund- und Nasenhaupt- und -nebenhöhlen pulsenden Nerven und rutschte vor säumigkeitspraller Unruhe auf seinem Gartenstuhl herum ... großer, hartherziger Gott ...

Und plötzlich wieder dieses Déjà-vu, das, kaum

aufgeblitzt, gleich wieder verschwand – *nag, nag* –, wie damals auf der Weihnachtsfeier, bei der Nachricht von Fredis Tod. Bilder vom Milchbock, auf dem wir hockten, vom roten Schienenbus und vom Wartehäuschen, *nag, nag* . . .

Das Licht im Verkaufsraum erlosch, und Bärbel kehrte durch die würzige Dämmerung zurück, plumpste auf meinen Schoß – »Tja, Bobo, so sieht man sich wieder . . .« – und (wenn man das noch so nennen darf, eigentlich war's bereits eine Art Geschlechtsverkehr) küßte mich. Sie erhitzte mich bis zum Siedepunkt – schon sah ich mich an der Strapsschließe herumfingern –, machte aber plötzlich auf *Demi-vierge,* gab mir einen leichten Wangenhieb und sagte: »Erst die Arbeit. Komm.« Und zog mich an der Hand zu einem Seiteneingang; eine Tür mit Milchglasscheibe. Bärbel machte Licht. Ein kurzer Korridor, dann eine Treppe, kahle Wände, beigefarben tapeziert, mit orientalischem Muster. »Hier«, sagte sie, en passant auf den Boden vor der Tür deutend, »hat er sie gekillt. Und da«, auf den ersten Treppenstufen, »sich selber.« Sie begann hinaufzusteigen. »Warte mal«, sagte ich. Fasziniert starrte ich auf einen dunklen Fleck am Geländerpfosten. »Was ist«, sagte sie. »Hier war das?« fragte ich, und sie erzählte.

Fredi war an jenem Morgen – dem Morgen unserer Weihnachtsfeier, eine Woche, nachdem Bärbel den 3. Platz bei der Wahl zur Miß Süderelbe belegt hatte – mit seinem Pritschenwagen in die Hamburger Amsinckstraße zum Blumengroßmarkt gefahren, wo er wie üblich Punkt 4.00 Uhr eintraf. Unüblich war, daß er die doppelte Menge an Ware einkaufte – »damit Du gleich anfangen kannst«, wie er in seinem Abschiedsbrief schrieb. Zwischen 6.00 und 7.00 Uhr war er zurück und tippte auf der Schreibmaschine im Büro, in das wir gleich gehen würden, fünf Briefe. Einen an

Bärbel, einen an Selim (drei 1000-Mark-Scheine lagen bei), einen an seinen Rechtsanwalt (in dem er die Gültigkeit seines Testaments, das er beilegte, noch einmal bekräftigte), einen an seine Schwiegermutter, den diese vermutlich vernichtete – deren Nachbarin jedenfalls schwor, so Bärbel, die alte Hexe habe von einem »unerhörten Wisch« ihres Schwiegersohns berichtet –, und einen an den Harburger KURIER, mit einem Hundertmarkschein darin und dem Text für eine Annonce in der Rubrik »Geschäftswelt«:

Bekanntmachung
Ich danke meiner langjährigen Kundschaft für ihre Treue und bitte sie und meine Geschäftspartner um Verständnis für meine Entscheidung. Meine Nachfolgerin verdient Ihr vollstes Vertrauen.
Gez. Manfred Friedrich Born

Dann fuhr er mit seinem blauen 230/6 eigens zur Hauptpost in Harburg und schickte vier der fünf Briefe per Einschreiben ab. Er tankte den Wagen voll und war gerade rechtzeitig genug zurück, um die beiden Verkäuferinnen und seinen Gärtnergesellen einzulassen – er habe, so berichteten diese, vollkommen normal gewirkt –, entschuldigte sich mit Unwohlsein und ging zurück ins Büro, wo er seinen schweren 8-Schuß-Trommelrevolver (die Registriernummer war herausgefeilt, es ist meines Wissens nie ermittelt worden, woher sie stammte), Kaliber .22 Magnum, mit Waffenöl reinigte, wobei er, wie die Mitarbeiter berichteten, »mehrmals, neun- oder zehnmal, aufs Klo ging – man hört ja die Spülung bei uns unten im Laden rauschen«. Dann deponierte er den Brief an Bärbel, zusammen mit einem Durchschlag des Testaments, auf dem Schreibtisch. Er stieg die Treppen hinab, legte den Korridor mit Plastikplane aus – ebensolcher, wie sie momentan im Verkaufsraum auslag –, von der Stufe unter der Tür über den Boden bis über die fünf untersten Treppenstufen, setzte sich und stellte ein goldschnittgerahmtes Foto von Bärbel – einer lachenden Bärbel in grüner Schürze, mit dem Stiel einer Harke oder was in der Hand – auf der dritten Stufe an die Wand. Vermutlich anschließend erst trank er etwa eine viertel Flasche »Leberkleister« – obwohl Zeit für die ganze geblieben sein mag (er muß mit den Vorbereitungen spätestens gegen 11.00 Uhr fertig gewesen sein), wollte aber wohl keinen Fehler riskieren –, hinterließ auf der Bildverglasung unzählige Fingerabdrücke, ejakulierte, defäkierte, näßte sich ein, und gegen 13.00 Uhr kehrte, wie üblich, Margarethe Born von ihrer Mutter zurück, um, wie freitags üblich, die Buchführung zu bewerkstelligen, schloß die Tür zweimal ab, wie üblich, machte vielleicht anderthalb Schritte, wunderte sich vermutlich über die Plastikplane – vielleicht auch über den süßlichen Gestank –, sah Fredi mit der Knarre und wußte sofort, was es geschlagen hatte, denn sie machte vermutlich noch einen aussichtslosen Versuch zu fliehen (sie war, die Hand unter der Klinke verklemmt, bäuchlings vorm Türabsatz liegend gefunden worden – vielleicht war ihr in ihrer Todesangst nicht eingefallen, daß sie, wie üblich, bereits abgeschlossen hatte), wurde mit zwei Schüssen (etwa zehn lange Sekunden Pause dazwischen) in den Hinterkopf niedergestreckt, wobei vermutlich schon der erste tödlich war. Würgemale unter ihren Kieferbögen deuteten darauf hin, daß Fredi ihren Kopf fixiert hatte, um so genau als möglich zielen zu können. Dann kehrte Fredi auf den untersten Treppenabsatz zurück, blieb noch eine, zwei Minuten sitzen, machte sich erneut in die Hosen, und als sein Gärtnergeselle, aufgeschreckt durch die beiden Schüsse, zaghaft an die Tür klopfte und seinen Namen rief, schoß er sich endlich, nachdem er es jahrelang zugehalten – vergeblich –, ins rechte Ohr.

Bärbels Bild blieb unbefleckt.

Der Geselle stieg, beobachtet von vier bleichen Frauen – zwei Floristinnen, zwei Kundinnen –, über das Vordach überm Laden ins Büro im ersten Stock ein, ging zur Treppe und fand Fredi auf der Plane hokkend, den Kopf an die Wand gestützt – er blutete stark, er lebte noch; er atmete dünn, mit langen Pausen; er blutete aus Ohren, aus Mund und Nasenlöchern seines konvexen, hellgrauen Clownschädels, physiologisch lebte er noch etwa fünf Minuten lang –; in Pfützen verschiedener Dichte und Wichte hockte er, in Lachen verschiedener Farbe und verschiedener Gerüche, alles Flüssigkeiten, die den Höhlen und Säckchen und Röhrchen und Schläuchen eines menschlichen Körpers entströmen, wenn diese oder jene Schleuse geöffnet wird.

Nag, nag . . .

Alle drei, die beiden Angestellten und der Gärtnergeselle, hatten gekündigt. »Und jetzt?« fragte ich Bärbel und untersuchte den dunklen Fleck am Geländerpfosten. Es war nur ein gestopftes Astloch.

»Ich hab 'n neuen Gesellen, und Selim lernt bei mir, und dann hab ich noch 'ne Floristin und zwei Lehrlinge und Krete Kühn« – wer immer das war – »als Geschäftsführerin eingestellt, und 'n paar Aushilfskräfte auf Abruf, für Muttertag und so 'ne Kacke. – So, komm jetzt.«

Wir gingen ins Büro, wo ein schauderhaftes Tohuwabohu herrschte, und Bärbel erläuterte mir ihre Geschäftsphilosophie; sie wolle »den ganzen Laden von Krund auf umkrempeln«, um zahlungskräftigere Kundschaft »als diese geizigen alten Weiber hier« anzulocken; ihr Sortiment solle auf Edelfloristik umgestellt werden, »Orchideen und Flamingoplumen und so hochstämmige Gummibäume mit geflochtenen Stämmen, und so ganze Hydrokulturen zu 600, 700

Mark – für Firmen –, und Moderosen, ein Meter lang mit großen Köpfen, Stück zehn Mark, und handgetöpferte Edelkeramik und so'ne Kacke«; unten im Laden würden »arschteure Springbrunnen und all so 'n Scheiß« eingebaut usw. usf., alles noch bis zum Neueröffnungsempfang am Samstag, versteht sich.

Ich schüttelte den Kopf und äußerte freundschaftliche Besorgnis, ob das alles nicht ein wenig »oversized« sei »in dieser Gegend«, notierte aber alles brav – im Grunde konnt's mir ja auch scheißegal sein, ob sie damit in die Grütze ging –; Bärbel aber lachte und prahlte, sie habe »Kohle ohne Ende«, der Laden *sei* überhaupt nicht kaputtzukriegen; und dann noch Fredis Doppelwohnhaus ein paar Straßen weiter, das ebenfalls ihr gehöre und demnächst verkauft werde – kurzum, sie schien so etwas wie eine Millionärin zu sein.

Inzwischen war's Mitternacht geworden. Ich gähnte wie ein Löwe, und wir zankten darüber, mit welcher Berechtigung – fast wie in alten Zeiten –; immerhin sei ich seit halb sieben auf den Beinen, übertrieb ich, woraufhin Bärbel mit »halb vier, Großmarkt« konterte »und kaum was gegessen den ganzen Tag«. Ich hatte nicht den geringsten Appetit mehr auf sie. Aber es galt, noch ein Foto zu schießen, damit mein Material vollständig wäre. Da es außer einer Baustelle vom Laden an sich nichts zu fotografieren gab, schlug sie eines von ihr, der Inhaberin, im Gewächshaus vor, da sei auch ausreichend Licht, »und dann trinken wir noch 'n Brandy, Böckchen«.

Beim *shooting* im Treibhaus konnte sie nicht umhin, nochmal kurz ihre violetten Strapse zu demonstrieren – Blitz! –, und sie lachte klingelnd und tönte, »wehe, du bringst das!« –; und dann packte ich meinen Kram ein. Sie allerdings hörte nicht auf damit, an ihrem Kleid herumzunesteln. Wir gingen in den Schuppen, und sie schwenkte ihren kostspieligen Hintern und gab kleine dumme Liedernoten von sich, und ich holte die Flasche aus Fredis Hausapotheke, und sie setzte sich auf einen dieser prallen gelben Säcke voll Blumenerde, schlug das Kleid zurück und wedelte mit dem dreiviertelbestrumpften Schenkel und löckte. »Böckchen . . .«

Nichts da. Hatte sich ausgebockt. Ihre hemmungslose Aufschneiderei mit »Horrhorr, dorr!« und »Wirs' schon sehn!« und »Hundertprozentig!« hatte schon immer ernüchternd auf mich gewirkt, und dieses Moment der Unanfechtbarkeit auszuspielen, reizte mich momentan mehr, als ihr die violetten French Knickers auszuziehen. Ich grinste einfach und ging mit der Flasche raus. Noch 'nen kleinen Suffix, und ab dafür. »Böckchen, du Ahschloch!« grölte sie hinter mir her. Ich genoß es. Ich setzte mich und schenkte mir ein. Mit dunkelbrauner Miene, die Augenbrauen zusammengezogen, kam sie zu mir, plumpste mir wieder in den Schoß und versuchte mich zu küssen. Ich preßte die Lippen zusammen. Sie griff mir zwischen die Beine und ächzte suggestiv, »komm, orr, geil«, aber ich hielt sie an ihrer Hand fest. Es begann eine Rangelei, eine, die wir als Kinder »aus Spaß wird Ernst« zu attribuieren pflegten; ich hielt sie an den Handgelenken, aber sie war stark und riß sich los und sprang von meinem Schoß und knallte mir eine, daß die Ohren sausten. Ich sah rot. Ich sprang auf und ging auf sie los; im Handumdrehn fing sie mich ab, packte die letzten Glieder meiner Zeigefinger und drückte sie nach hinten. Mit einem gepreßten Schrei ging ich in die Knie. »Sag: Ich ergeb mich!« keuchte sie. »Du Sau!« jaulte ich, »laß mich los!« »Ergibst du dich?« »Ja, du Drecksau! Laß mich los!« Tränen schossen mir in die Augen. Sie hielt mich mit gestreckten Armen auf dem Boden. Sie hielt mich mit gestreckten Armen, als wär ich 'n Rasenmäher oder was. »Dann sag: Ich ergeb mich!« Direkt vor meiner Nase, durch ein Prisma zitternder Tränenbläschen hindurch, sah ich ihren atmenden Bauch unterm violettgeblümten Stoff ihres lilafarbenen Kleids, und Gott, mich hatte es schon als Kind in einem solchen Moment noch nie viel gekostet, diesen dummen Satz auszusprechen; die Erniedrigung war dann ja längst geschehn. Sie ließ mich los, ich stand auf, setzte mich wieder in den Gartenstuhl, trank aus der Flasche, die Fingergelenke taten höllisch weh, und Bärbel stand blöde da, mit zusammengezogenen Augenbrauen, und rieb sich die linke Schulter, als hätte *ich ihr* was getan; diese dämliche Ghettogöre, verflucht noch mal; wir keuchten. »Bobo«, sagte sie leise, machte einen Schritt auf mich zu; »laß mich bloß zufrieden, du Drecksau« oder sowas keuchte ich – ›zufrieden‹!, entsetzlich, wie sich das Idiom der Herkunft wieder aufdrängt, wenn man gedemütigt wird –, und trank noch einen Schluck und saß da blöde rum; was sollte ich denn machen, weglaufen wie 'n kleiner Junge?

Und wahrlich, wahrlich, es *donnerte;* es begann zu donnern über Neuwiedenthal; sie rutschte auf den Knien zu mir, sie legte mir die Hand auf die Schulter, und ich stieß sie weg und schenkte mir ein; es wetterleuchtete über den Nachbargärten. Sie legte mir die Hand erneut auf die Schulter, und ich stieß sie weg, und sie legte sie wieder auf meine Schulter; sie leckte vorsichtig an meinem Ohrläppchen; ich stand auf, andersherum um den Tisch, wo's so eng war, daß ich einen Stuhl umkippte, und ging ein paar Schritte, seltsamerweise in Richtung Schuppen statt zur Garagenauffahrt – ohne meine Tasche aber hätte ich ohnehin nicht gehen können –; sie folgte mir und kniete sich hinter mich und umklammerte meine Hüften, und ich drehte mich um, und es donnerte und blitzte; und Jesuschristus, ich hab mich teuer verkauft, das kann ich dir sagen; und als wir unseren Kampf im modernden Kompost, auf dornigem Mulch und matschigem Humus fortsetzten im Nieselregen – dort, wo neunzehn Monate zuvor, in unserer Gegenwart, noch ein kleiner, hart arbeitender grauer Mann gestanden und auf irgendwas gehofft hatte – was nur? *was* um Himmels Willen hatte er zu hoffen gewagt? –, da gingen im Garten des Nachbarn aber sämtliche Leuchten und Lichterketten und Zierbrunnen an, das kann ich dir aber sagen.

Tab.: 65 Zig. (R1)
Alk.: 1 l Weißwein / 6 cl Schnaps
○○○○○

Porno mit Fliegen

Dimi. *Kabuff*, 19.45 Uhr. Gottchen, immer das gleiche Spielchen. Montagnacht spät heimgekehrt – schließlich hat man heftig geschuftet –, und was findet man auf'm Anrufaufzeichner: aufgezeichnete Anrufe (Schema: B-A-B). Nitas Ankündigung, sie sei Freitag zurück, mit gemischten Gefühlen registriert; Lalas Gelall gefühllos ignoriert. –

Gestern mittag steht sie vor der Tür (BINGO, BINGOooo . . .) und behauptet, sie habe sich »Sorgen« gemacht. Unsereins Kragen, sie ihrerseits eingeschnappt, daß man nicht vor Rührung radschlagend durch 'n Hausflur saust; und dann einer ihrer psychotischen Winkelzüge: Weshalb man eigentlich nicht mehr jenes goldene Halskettchen trage (i.e. in welches man zu Beginn der Lilavioletten Saison gelegt worden war* . . .) – –

Schon 1989 hatte Bärbel hin und wieder mit einem geschimpft, wenn man's mal nicht trug; meist aber war sie vollauf befriedigt gewesen, solange sie ihre Shoppingbeute auf den eigenen Wohlstandsmöpsen spürte, und zwar am liebsten als funkelnde, sanft peitschende Stößelechos ihres Penetrators, mitten im sonnigen Stadtpark . . . – Gottjesu, daß man nie je von Katholiken oder brüskierten Müttern zur Rede gestellt oder Rechenschaft gezogen oder von der Staatsgewalt wegen Landfriedensbruchs verhaftet worden war . . . – – –

* Ein einziges Mal seinerzeit hat man vergessen, das teure Geschmeide am Wochenende, als Nita kam, vom Hals zu nehmen. Das gab vielleicht ein Trara. »Hast du dir das etwa *gekauft?* Sag mal, was ist denn mit *dir* los! Demnächst trägst du auch noch Tennissocken und Rolexuhren und gehst ins Sonnenstudio, oder was.« Etc., etc. Na, wenigstens brauchte man ab sofort nicht mehr drauf zu achten, hähä . . .

Nu je, so allmählich wird man ja wieder pfiffiger. Uh, man ist schon 'n rechter Trickster. Die absurde Kabbelei vorhin, vor Antritt ihrer Spätschicht, durch 'nen genialischen Coup beendet!

Es ging mal wieder um Psychotherapie für unsereiner Sorgenkind. Unsereins: Es sei ja alles gut und schön etc., aber besser wär's, unsereins zufolge, wenn sie verdammtnocheins usw., usf.

Lala: Blablabla usw., erstens sei sie nicht verrückt, und zweitens habe sie kein Geld; alles was »die Schweine« ihr gelassen hätten, sei der Fernseher.

Unsereins: Blablabla usf., und dann würde eben unsereins die Stunden zahlen.

Lala: Hohngelächter usw., woher denn *unsereins* das Geld nehmen wolle.

Unsereins: Man habe es ihr eigentlich nicht sagen wollen, aber man habe »vor 'n paar Jahren oder was weiß ich« unter Pseudonym 'n Buch veröffentlicht, das jetzt 'n paar Tantiemen abwerfe.

Hähä! Große Augen! Sie hat's einem abgekauft!! Hähähä! Uh, Weltklasse ...

Je nu, sie hat's einem abgekauft, weil sie einem auf dem Sektor alles abkauft. Während man *ihr* jeden Tinnef auf dem Sexualsektor abkaufen würde. Vorhin z.B., als Kolki einem am Telefon erzählte, er habe für seine Gören zwei Hunde besorgt – einen Cocker namens Joe und einen Pitbull namens Janus –, ist einem eingefallen, daß man – trotz Bart – mal selbst auf Hunde eifersüchtig gewesen war, auf Katzen, ja auf *Fliegen!*

Popo: Auf Hunde, Katzen und – *Fliegen?!*
Mann *(erregt):* Ich kann's doch nicht ändern! Das war kurz vor Schluß der Lilavioletten Saison. In Walchsee. Ich komm aus der Dusche, die Balkontür steht offen, und da seh ich meine kleine Irre da pudelnackt auf'm Bett liegen. Fingert sich, während circa 'n Dutzend Fliegen durch ihre Serpentinen krabbeln. Ich sag: »Was

machst'n du da«, und sie stöhnt so was von obszön und lacht und sagt: »Das kitzelt so dermaßen geil ...« Macht sie öfter, sagt sie. Und wenn eins von den Insekten am Unterbauch rumkriecht, da am Rain des krausen Wäldchens, an der Deltabasis quasi, dann kommt's ihr, ohne daß sie sich berühren muß, sagt sie.

Popo: Unglaublich. Und die andern Viecher?

Mann: Ich hab ihr mal aus dem »Delta der Venus« vorgelesen, kennen Sie, von Anaïs Nin; übrigens, *die* war wenigstens klug genug, bis zum Tod mit der Veröffentlichung ihrer Erotika zu warten, ganz im Gegensatz zu meiner Exkommilitonin Caro Kowska etwa, der korrupten geilen –

Popo: Lassen Sie uns beim Thema bleiben. *Was* genau haben Sie Bärbel vorgelesen. Diese Szene mit Bijou, Leila, Elena, dem Basken, dem Afrikaner und dem *Hund* etwa?

Mann *(schweigt verstockt)*

Popo: Also, kommen Sie. Irgendwann erzählen Sie 's ja doch. Noch 'n Bier?

Mann *(trotzig):* Erst 'n Kräuter.

Popo: Alles was Sie wollen. Prost.

Mann: Ah. *(Setzt ab. Grübelt. Plötzlich unwirsch)* Ja Gott, ich kann's doch nicht ändern! Ich war angesäuselt und kam mir verwegen vor! Ja, ja, ich hab ihr die Szene einmal vorgelesen, und sie – was macht sie? Sie setzt noch eins drauf! Sie hat in einer ihrer beschwipsten ... ich weiß nicht, sie hat solche Geständnisstimmungen lange nicht mehr gehabt ...; damals jedenfalls war sie in einer solchen, muß so Mitte Juni '89 gewesen sein, kurz nachdem die Lilaviolette Saison eingesetzt hatte ... Ja, Juni, wir waren mit ihrem grünen BMW-Cabrio ins Niendorfer Gehege gefahren und hatten uns da auf 'ner Wiese ins hohe Gras gelegt und so, und sie – sie hat aus einer solchen Sektlaune heraus – ich hab's noch genau im Ohr, obwohl ich bekifft war – kichernd erzählt: »Na und? Ph! Ich hab mich schon mit vierzehn von Harras stimulieren lassen!«

Popo: Harras?

Mann: Tja. Hab ich auch gefragt. »Harras?« Und sie: »Ja. Opi Siegmunds Hund.« Ich dachte, ich hör nicht richtig. Sie er*götzte* sich geradezu an meinem Gesichtsausdruck. »Weißt du«, sag ich, »was ich verstanden habe? Ich hab verstanden«, sag ich, »daß du dich von Opi Siegmunds *Hund* hast stimulieren lassen!« – »Hab ich ja auuuch ...!« jubelt sie wie 'ne singende Säge und aalt sich im hohen Gras und knabbert am Junktim –

Popo: Was ... was denn für 'n »Junktim«?

Mann: Ach, das ist ... das ist so: Sie hatte unseren Geschlechtsorganen Namen gegeben. Ihres hieß Lotti und meines Butschi. Und da hab ich ihr mal erzählt, daß die germanischen Sagenhelden ihren Werkzeugen und Booten und was weiß ich auch Namen zu geben pflegten. Aber ich konnte mich nur noch an den von Thors Schwert erinnern, Nothung, und nicht mehr an den seines Hammers; aber irgendwie, fand ich, paßte auf ihren Vibrator »Junktim«, verstehn Sie? Nothung, Junktim ... na ja, zudem sie's immer »Jucktihm« aussprach, hähä! Aber das nur nebenbei, jedenfalls, sie schwenkt ihr Mädchenknie hin und her, verstehn Sie? Und läßt mich nicht aus den Augen und erzählt, sie sei seinerzeit oft mit Harras und einem Salzstreuer am Bahndamm spazieren gegangen. Er sei ganz verrückt nach Salzigem gewesen.

Popo: Das ja 'n Ding. Brennt das denn nicht?

Mann: Hab ich auch gefragt, und sie sagt: »Harras hat's ja sofort wieder abgeleckt. Und hinterher hat er immer geschmatzt und so 'n komisches Gesicht gemacht ...« Und dann lacht die sich kaputt, das glauben Sie nicht.

Popo: Das 'n Ding.

Mann *(trinkt):* Tja. Eben. Sie glühte, als sie mir das erzählte. Gut, manchmal verarschte sie mich, wobei sie 'ne ähnliche Miene aufsetzte wie in diesem Moment, aber diesmal war ich überzeugt vom Wahrheitsgehalt ihrer Beichte, weil ihre Gesten irgendwie verlegen waren. Wenn sie mich verarschte, strahlte sie eher ... 'ne körperliche Sicherheit aus. Aber in *diesem* Moment, verstehn Sie ... heftiges Gewimper, Knieschwenk, Junktimgeknabber ... verstehn Sie? Und dann flüstert sie mir ins Ohr: »Du hast dir 'n total perverses Früchtchen angelacht!« Sie liebt es, so über sich selbst zu reden. Und dann beugt sie sich da, in der blanken Öffentlichkeit, ins hohe Gras und wir haben's – *cum grano salis* – gemacht wie die Köter. Mitten auf 'ner Wiese am Niendorfer Gehege! Man glaubt's ja nicht, daß man nie verhaftet wurde, aber es ging, es war alltäglicher Vormittag, und der Himmel war 'n bißchen bedeckt, also nicht allzu viel Leute unterwegs, und Junktim hatte ihr Höschen ja eh schon reichlich eingeweicht, während ich ihr aus »Der Baske und Bijou« vorgelesen hatte, und deswegen hat's nicht lang gedauert, aber trotzdem ... Jesus, in einiger Entfernung gab's 'n paar, die spazierengingen, und dauernd drehte ich den Kopp bei der Penetration wie 'n Periskop, und *so* hoch war das Gras nun auch wieder nicht; na jedenfalls kriegte ich das so hin, daß ihr Geschrei im Düsenlärm des Jumbos unterging; bei bestimmten Witterungsverhältnissen bildet Niendorf die Einflugschneise für Fuhlsbüttel, und diese Titandrachen kreischten so dicht über uns weg, daß man fast die pikierte Fresse des Käpt'ns sehen konnte. Und kaum sind wir fertig, kommt da tatsächlich so 'n 14jähriger Bengel aus 'm Wald durchs Gras geradelt – kann

der nicht auf den Wegen bleiben? –, und Bärbel, das verrückte Huhn, zeigt ihm Junktim und macht »Iiooooiiing« damit, als wär 's 'ne Boeing. Tja. Und danach hab ich sie gefragt – weil, die verdammte Katze war mit, an der Leine, die mußte dauernd überall mit hin –, ob sie mit Muschi vielleicht auch schon mal was gehabt hätte. Ich konnte einfach nicht anders.
Popo: Das ja . . . 'n Ding.

Das 'n Ding, das 'n Ding. Sicher ist das 'n Ding – je, Gott, dieser irrwitzig flirrend flottierende Sommer '89 . . . Das Hoch Bodo, ah . . .

Jesusmaria, wochenlang nur gevögelt, meist *open air,* im Schnitt zweimal täglich – am 7. Juli, dem heißesten Tag des Jahres (32,7°), gar fünfmal! Mann, war man potent! Kampfsportgestählt, nullkommanull Zigaretten, bloß hin und wieder 'n bißchen Zeug geraucht – pur aus'm Kawumm –, allenfalls Softalkohol in verträglichen Schwipsdosen; fünf Stunden Nachtruhe und schon schien wieder die Sonne und stand der Stiesel aber- und abermals . . . Kongenial der Elan meiner Ehebrecherin, sie pfickte mich in Grund und Boden, kompromiß- und konfessionslos, melodisch und melodramatisch präzis; nach ihrem absoluten Rhythmusgefühl hätte man Metronome eichen können – Gott, sie zählte ihre Liegestützen laut mit, und so ab 150 ging's steil gen Zenit . . .

Uh, diese aufschneiderische Dekadenz der Provinz . . . Wir vagabundierten im grünen Kabrio (154 PS oder wieviel! was'n Sound!) durch die Gegend, grinsende Beweise für Bärbels Bonität, Muschi und Kühltaschen und Sektkübel an Bord und Sexspielzeug und mehrere Rationen Dope und Kondome in der griechischen Ledertasche, fuhren hier- und dahin, südlich der Elbe, aber gerade auch nördlich der Elbe – ja wir fraßen, soffen, shopten und vögelten uns kreuz und quer durch die gediegene Hansestadt; wir lehnten die Ellbogen raus und schämten uns nicht für 'n Groschen; wir trugen teure Sonnenbrillen und drehten die Stereoanlage auf, bis die Schutzpolizei kam. Bärbels Oniomanie kannte kaum Grenzen, Stunden und Aberstunden geilten wir uns in Bijouterien und Boutiquerien am Fetischcharakter der Waren auf.

Und natürlich in Lingerien, o Gott! Da hingen sie, die sündhaften Seidengeister, die feinwirkgewordenen Amourositäten, die federleichten Ausgeburten des urtribalen Schmückungstriebs! Uh, all diese Körbchen, Leibchen, Höschen, diese tieffarbigen Korse- und Torseletts, diese Zierschnürungen und Stickzierden, diese Schleifchen und Schlaraffen und Schlangengruben von Strümpfen! Manchmal hätte ich am liebsten niedergekniet vor den Puppen – o Bustier, o roter Tülleinsatz, o unziemliches Zaumzeug! O Quadrostraps, elastische Verbindung zwischen Himmel und Erde! O betörend schlüpfrige Phantasie, die du den Tanga *über* die Rüschenbändsel zu ziehen die Dekorateurin veranlaßtest! O Kontrast zwischen Rauhheit der Spitzenborte und schmeichlerischer, glatteishafter Schlafittchenhaftigkeit! O winziger technischer Appeal der blinkenden Schnalle inmitten der sündigen Feinstofflichkeit – o herrliche Sauerei! Die reinste Gehirnwäsche! Schtrümpfe! Schtrapse! Schprich mir nach, und wer dabei trocken bleibt, ist tot! Ah, wie oft stand ich da, auf einem Auge blond, brünett auf dem andern und zittrig vor Begierde nach Stillung der Begierde ...

Mich wiederum behängte Bärbel franko mit Goldkettchen von Don Guzman und Boxershorts von Shandy und Lázaro-Jacketts (Schlipse lehnte ich ab); wir bummelten über den Sommerdom (mit *diesem* Geschöpf, barfuß bis zum Bündchen des lila Satinminis, in der Geisterbahn ...: ein Oh, ren, schmaus!); wir schlenderten, Weibchen und Alphatier, durch Hagenbecks Zoo und begafften die ganze haarige Sodomsbagage (»Kuckma, Böckchen, der hat vielleicht 'n Langen!« – »Aber 'n Dünneren!«); wir streunten (geliehene Heiratsschwindlerkrawatte, Edelbordell-Dekolleté) durch die Spielbanken – Hittfeld, Travemünde, Interconti –; wir lungerten in Restaurants und Bars und Biergärten herum und machten Spesen und Sperenzien und hielten Maulaffen feil, bis Bärbels Paarungstrieb uns wieder hinter die nächste Hecke zwang. Wir fraßen Scampi und Pampi und Peperoni und redeten Mumpitz – Hochrelevantes hatte ich neunzehn Semester lang von mir gegeben, und die Welt war ebensowenig untergegangen. Wir reckten den Arsch in die Sonne, gelobten uns ewige Geilheit und scherten uns 'n gebrauchten Pariser um unsere Jobs (Lucas Lloyd und Grete Kühn würden's schon richten); ganze Vormittage verpraßten wir am Waldrand vom Niendorfer Gehege, vom Rissener Forst, vom Sachsenwald, vom Duvenstedter Brook und in den einsamen Wiesen um Rübke herum und im Stadtpark und am Elbestrand. Wir spazierten durch Övelgönne Richtung Teufelsbrück, und am Weg fanden wir eine Skulptur, einen *Doppelten Stumpf-Monolog* von *manf. rittlie, zusammengeschweißt von Bauschlosserei Hennig:* Am Rand eines hüfthohen, mit vernagelter grober Folie kalfaterten Baumstumpfs hockt eine Figur aus gedrechselten, fingerdicken Eisenstäben mit Mutter zwischen den Beinen und geharnischten Brüsten, und hinter ihr liegt ein Strichmännchen und legt eiserne Hand an seinen steilen Bolzen. *Sie: »Ich springe jetzt!« Er: »Ich komme gleich.«* Wir flanierten um die Binnen- und Butenalster, und eines Montagmorgens entdeckten wir das *Hansecafé*, das ich zwar schon öfter registriert, aber noch nie besucht, weil ich's für ein Segelvereins-Lokal gehalten hatte. Durch die grünlackierte schmiedeeiserne Pforte traten wir ein, und ich verliebte mich sofort in diesen Platz. Ein

Dutzend weißer Plastiktische stand da, eingedeckt und trotz des Kaiserwetters nicht mal voll besetzt, ein Sperling sprang auf einer kniehoch geschorenen, duftenden Buchsbaumhecke herum, aus deren breitem Rücken – in den Zwischenräumen zwischen vier uralten Eschen – mannshohe weiße Pfeiler mit *Veltins*-Laternen wuchsen, und direkt dahinter plätscherte die Alster, gekräuselt vom lauen Lüftchen, blau-weiß gespiegelt. Ein Paar fette Enten mit Gangstermasken fuhren vorbei und schauten sich unruhig um, dabei war die Luft rein. Die Jollen dahinten dümpelten wie geprügelte Ku-Klux-Klan-Gespenster Richtung Kennedy- und Lombard-Brücke. Käferhafter Autoverkehr darauf und gleichzeitig ein Zug, der sich vom Haupt- zum Dammtorbahnhof zog; darüber der Strauß aus Wasserdampf von der rührend protzerischen Fontäne, die der Binnenalster im Sommer entsproß. Sieben Kirchtürme zählten wir zwischen den vornehmen weißen Fassaden und hellgrünen Dächern vom Hotel Atlantic und vom Alsterhaus, zwischen dem Congress Centrum und dem manischen Monolithen des Radisson und dem Fernsehturm, zwischen Rathaus und »Affenfelsen«, wie der eigentümliche Terrassenbau genannt wurde, in dem damals, glaub' ich, noch der STERN residierte. Auch das gegenüberliegende Ufer war grün, und weiter diesseits schipperte das »Alster-Cabrio« vorbei; gesichtslose Leute gafften herüber, und auf diese Entfernung kamen sie mir plötzlich vor wie 'ne freundliche Schimpansenrasse – so sind wir, dachte ich plötzlich und mußte lachen. Ich schirmte Bärbel loddelhaft gegen die übrigen Gartengäste ab. »Zeig denen mal«, wisperte ich und deutete auf die verdecklose Barkasse, »deine dicken, runden Gigadinger«, und so was ließ sich mein wildes Mädel damals nicht zweimal sagen . . .

Perfekter Pop! Gott, was tobte das Daseinsfieber in

meinen Blutbahnen! Und was wurde Bärbel scharf durch ihre eigene Schaubude! Also weg hier, und hastig die Schöne Aussicht entlangspaziert und Ausschau gehalten – pechschwarze Amseln hüpften über den strotzenden Rasenteppich, der übers Ufer lappte; saftiges Grün in den Baumkronen, in den Beeten, eine berstende Fruchtgeilheit, ein geschlechtlicher Geruch, rein und verderbt zugleich, ein Duft fürs Stammhirn –, und siehe da! Zwischen Alster und Feenteich, mitten im sündteuren Nobelviertel Babel-Uhlenhorst, ein brachliegendes Grundstücksgebäude, nur bewacht von Reklametafeln mit Namen von Bau- und Maklerbüros! Aber so ein Zitterquickie an einer stoischen Ulme aus der Gründerzeit, das reichte ihr nicht, das war zu schnell, zu abgelegen, allzu gefahrlos vor sich gegangen, das ahnte ich schon. Und nachdem wir von der Langenzug-Brücke auf den schmalen grasigen Uferstreifen zwischen Alsterarm und Bellevue hinuntergestolpert waren, vorbei an jener Plastik – einem wetterfesten grauen Kahlkopf, dessen mehrlagig umketteter Hals einem kunststoff- und aluminiumversiegelten Baumstumpf entwächst –, der »Stumpf-Hüterin« von *m. rittlie*, weiter unter den Schöpfen riesenhafter Märchentrauerweiden hindurch, die ihre grünen Zöpfe im Wasser netzten, erreichten wir diese winzige Bucht, eingefaßt von einem grottenförmig aufgeschütteten Wall, der dicht mit Rhododendren bewachsen war. Derart abgeschirmt gegen den Wanderpfad, der parallel zur Bellevue verlief, setzte sich Bärbel mit ihrem nonkonformistischen Hintern auf die schöne alte Sitzbank mit den Löwenfüßen und zwang mich, sie mit den Handschellen an den Holm zu fesseln, damit sie sich nicht wehren könne, wenn »du mich mit deiner dreckigen Pfote pfickst«.

Und auch beim gewagtesten all unserer zirzensischen Sexcoups war unsere Schutzgöttin nicht weit, eine Zwillingsschwester der Stumpf-Hüterin. Schon am Nachmittag hatte mich Bärbel auf 'ner Cafeteria-Toilette mit ihrem verderbten Leumund dazu behext, ihr bei der anschließenden Anprobe federleichter, fegefeuerheißer kurzer Sommerkleidchen Gesellschaft zu leisten, o süße Fron. Auf der Fahrt in den Stadtpark zog ich einen durch, daß es nur so rauchte, und war bereits angeknallt, als wir vom Planetarium aus, die Hindenburgstraße querend, den sandigen Boulevard in Richtung auf die große rechteckige Spielwiese zu schlenderten. Ihr Vorplatz hat die Form eines Eichelquerschnitts, und der Paß durch die Spitze wird von zwei in Granit gehauenen weiblichen Akten bewacht, in klassischer Pose kontemplativ einander zugewandt, ihrer huldvollen Schönheit nicht verfallen, sondern verpflichtet. Die Luft war warm und feucht wie im Türkischen Bad, und überm Stadtparkbad dahinten verfärbte sich bereits der Himmel, als hätte der Deubel ihm Pferdeküsse verpaßt. Das Volk belustigte sich mit Bällen und Frisbeescheiben, Dösen und Schmusen. Wir promenierten mitten über den Platz, Bärbel barfuß, angetan mit dem neuen tiefvioletten Microminikleid – schon wenn sie nur die Schultern hob, gab's Grund genug für 'n Haftbefehl –, und am geometrischen Mittelpunkt der weiten Wiese ließen wir uns nieder, in nächster Nähe eine barbrüstige Sonnenanbeterin und ein imaginäres Fußballfeld, beackert von verschwitzten Männern, und hörten dem fremdartig schönen Gesang einer Gruppe von Schwarzafrikanern zu, die sich lasziv zum Metrum ihrer Bongos bewegten; appetitanregende Potschwaden zogen herüber und mischten sich mit dem Duft sonnverbrannten Grases, ich, längst schottendicht, wollte mir dennoch mein Chillum neu füllen, aber Bärbel ließ mich nicht. Sie stieß mich um und warf sich auf mich, und ich lag da, breit wie 'ne Strumpfbandnatter, und kicherte mit erhobenen Armen, die sie auf den Boden preßte, während ich die Yinkirschen ihrer Augen schimmern sah, den schwülen, fruchtigen Dunst aus ihrer Melonenschlucht schnupperte, ihren warmen, schweren Kürbis in den Lendenkehlen, ja ihren eingebetteten Schößling in winziger exzentrischer Übersetzung auf meiner Wurzel rotieren spürte, als zenträge, sanfte Interpretation des rollenden Bongogetrommels. »Flirtest du mit mir?« kicherte ich.

»Flörten?« höhnte sie und ließ mich die beinerne Härte ihres Schlundrings spüren; »ich pfick dich kleich duich, daß dir Hörn und Sehn vergeht, mein lieber Freund . . .«

»Sei doch nicht so vulgär«, kicherte ich, »ich möchte umworben werden, mit blumigen, romantischen –«

»Ich ramm dir meinen Arsch auf die Eier«, knurrte sie, »ich mach Omlett draus, das schwör ich dir!«

Großer Gott, es machte einen Heidenspaß! Ich weiß nicht, wie lang das so ging; während sie auf mir thronte wie auf *Libido,* ihrem Rappen, für den sie fünfzig Riesen hingeblättert hatte, schob ich den Saum ihres Kleids bis an die Lünette überm Kreuzbein, und es war ihr scheißegal! Ich fummelte an ihrem Höschen, bis sich der weiße Tüll wie eine Gardinenschlinge im verschwitzten Schuhlöffel zwischen ihren braungebrannten Sattelbacken verdrillte, und sie fand's geil! Jedem vorüberschlendernden Parkvaganten und Kosexualiker, der sich vor den schönbösen Omina der schwarzblauen Himmelswucherungen materialisierte, gönnte ich den Anblick dieses Knüllers – solange *ich* ihr am Zeug flickte, solange *meine* tagediebischen Fingerabdrücke auf der prallen Beute prangten, solange jedes Atom davon zwischen *meinen* Lebenslinien oszillierte. Hoch über dem laubgezackten Hochhorizont rechts lag unter einem rauchgläsernen, wolkigen Sturz die Sonne wie das Gesicht einer gutmütigen Puffmutter. Ich lag mit dem Rücken auf der grasigen Erde, und Bärbels Rücken trug den blauschwarz geronnenen Himmel. Die Schwarzen trommelten zu unserem totemistischen Tun. Da war noch Spiel in den Hüllungsgrenzen von Bärbels Kleid. »Stopf mir mein Chillum«, sagte ich. »Stopf du mir mein Schillum«, sagte Bärbel, aber ich überredete sie, und während sie's tat, stützte ich mich auf meine Ellbogen und sah mich um. Die halbnackte Sonnenanbeterin sah sich um. Die Schwarzen trommelten. Die Fußballer strömten den Magneten ihrer Fahrradherde zu. Ein ironisches Knurren vom Himmel mischte sich ins Raunen des motorisierten Verkehrs aus der City Nord. Ich sog mit angespanntem Nacken, drei Züge, und schielte an Bärbels traumhafter brauner Schulter vorbei. Wir waren in einer globalen Trommel, ich war zum Prinzen gekürt, und sie hatte mich gewonnen in einem exotischen Wettbewerb. Wir waren in einem Terrarium, wir wußten nicht um unsere Grenzen, und über die Wandkanten war schwarzblaues Fell gespannt. Die gefühlgesteuerten Säfte in unseren Körpern fanden ihre Entsprechung in der Färbung; unsere Trommel lag am Grunde eines Tals, und die Membrane war eine Art Seeoberfläche, doch aus einem anderen Element, eben aus jener dünnen, aber festen Haut, und in jener Welt da oben gäbe es andere Namen für den See und sein Fell, für die Welt am Grunde des Tals oder Sees, und dann brach eine Lawine los von Geröll, riesige prä- oder posthistorische Felsen krachten auf die blaue, schwarzgrau verfärbte straffe Plane nicht allzu hoch über uns, und nach metaphysischer Logik folgten die größeren Gesteinsbrocken, dann knisternd das kieselhafte Geröll . . . Es hallte hier unten in unserer Welt. Die Schwarzen hatten sicher Verständnis für unsere Lage hier unten, für unser süßes Elend. Schließlich kannten sie die andere Welt. Blitze, elektronisch. Wasser – dort oben wurde die Membrane porös, und ein undurchsichtiges System von Luftzügen wurde dadurch in Gang gesetzt. »Wenn der Wind so durch die Bäume rauscht . . .« sagte ich. Die Sonnenanbeterin suhlte sich im Zögern, ich wandte den doppelten Blick – eine hastige Dame mit Stock und Hut auf dem sandigen Weg dahinten, zwei eilige Dauerläufer und ein Radfahrer –; »wenn der Wind so durch die . . .« sagte ich, »das ist wie ein Gefühl . . .« und dann fing Bärbel an, mich mit ihrem Damm zu trimmen, »dich mach ich fertich«, flüsterte sie und ließ dünnes weißes, schaumiges Gelee zwischen ihren tiefroten Lippen heraus auf mein Lidhäutchen platschen, und da war 's schon fast um mich geschehn. Doch da war noch soviel Spiel in ihrer Kleidhüllung; ich war ihr Prinz oder sein Pferd, sie kardätschte meine Kruppe. Und dann plötzlich Bewegung, Enthüllung, kühles Gras am Hintern. Die weiße Gardinenschlinge, mit riesiger Öse daran, neben meinem Ohr. Sie wirft ihr Haar, die Sonnenanbeterin, auch unterm schwarzen Himmel, in den Nacken und über die Schulter, wenn sie herschaut, zu uns; die Trommeln sind verstummt, und plötzlich, in ein ätherisch fahles, blaustichiges Licht gesetzt – für eine Sekunde war's hell wie im Morgengrauen –, leuchteten die blanchierten Gesichter und Arme der Schwarzen und der Sonnenanbeterin auf, und im nächsten Moment brachen die Megalithen im Himmelsgebirge zusammen und stürzten die Dolmen ein, und im Echo des Gepolters brach eine Lawine von Erzgestein los; Brocken und Geröll prasselten aufs Trommelfell der Stratosphäre; und nun ging ein mächtiges Rauschen durch die Parkränder, zunächst weit von uns entfernt, während wir hier lediglich eine leise Brise abbekamen, und ein weiterer Blitz und – fast gleichzeitig – ein Knall wie ein Kanonenschuß, dann grollende Ausläufer. Eine Bö mit der

Kraft eines Meeresstrudels heulte über die Wiese und brachte Frösteln und Flucht mit sich. Und dann begannen tausend heiße Teufel heulend mit uns hinwegzufegen – doch wir blieben –; sie wirbelten die dicke Luft mit kühlen, mefitischen Fürzen auf, und ein Blitz nach dem andern entzündete neuerliches Höllengedonner direkt über uns, düster war's; drei verschiedene Sturmwinde schienen sich zu jagen, einige schwere Tropfen fielen auf unsere Häute, und dann – hier, auf der weiten freien Fläche zwischen den sturmgedroschenen Baumkronen – barst der Wolkenmoloch, schwanger von Millionen Tonnen von Wassern; von Blitzen zerrissen, zerschlissen vom Steinschlag des Donners öffnete sich der wild verformte Riesenbalg des Himmels, und durch das Loch in der Decke stürzte ein Ozean auf uns herab; und dann geschah mit meinem Zeitempfinden etwas wie eine Stromschnelle – alles floh –, ich nahm Arhythmien wahr, ein Ficken phasenversetzt, phasengleich, phasenversetzt, phasengleich, hier lagen wir in unserem zartbitteren Leid, eine andere Existenz, ein anderer Bewußtseinskäse –; und dann über mir eine Art hartes Husten, dann ihr autistischer Gesichtsausdruck in höchster Konzentration, und ich starb im Schockzustand, starb in einer ewig langen, rüde ziehenden und süß sprudelnden Zeitlupenexplosion, und jemand schrie mit meiner Stimme, ich weiß nicht was, o Gott . . .

O Gott, was für ein Sommer. An drei, vier Wochenenden fuhr ich mit Nita nach Großensee, um mich zu erholen, an den anderen schützte ich Arbeit vor; na schön, hin und wieder mußte ich ja tatsächlich den einen oder anderen Termin wahrnehmen. Dann machte ich mir Notizen, und bei Anbruch der Dämmerung chauffierte mich meine Nymphe zum ECHO-Konzern; Lucas war dann meist noch da, und ich besprach vergangenes und kommendes Tagwerk mit ihm – ein Pfundsbengel, alles was recht war, fleißig, pünktlich, zudem geborener Mann des Worts mit der seltenen Gabe, *schnell* zu schreiben und wie ihm die Klaue gewachsen war, doch ohne daß es prätentiös oder dämlich klang –; ich ging mit dem Käsehobel drüber und gab knappe Befehle; Eugen kriegte ich kaum noch zu Gesicht; und wie durch ein Wunder erschien jeden Donnerstag ein neues ECHO. Der Bülbül seinerseits briefte Grete Kühn; und dann fuhr ich zu ihm, und wir fuhren nach hier oder dort und vögelten uns mit Schampus und Pot in die laue Nacht hinein. Den Nudismus in seinem Lauf/hielt weder Ochs noch Es'lin auf.

Irgendwann ging natürlich die Mückenfickerei wieder los. Sagte ich links, sagte sie rechts. Sah sie grün, sah ich rot. Wenn *Bärbel* jemand für »'ne ganz Liebe« hielt, hielt ich die für schlicht bescheuert. Hielt *ich* jemand für witzig, charmant und intelligent, hielt Bärbel ihn für »'n eingebildetes Arschloch«.

Eigentlich hatte es schon bei diesem »Brunch« zur Neueröffnung von *Blumen Befeld* angefangen; das Bier war eh warm, der Brandy kalt, das Pfirsichkompott glänzte wie frischer Eiter, die Kartoffelchips stanken nach Schwein, kein Senf usw. – schon das alles schlimm genug, aber diese semiidiotische Semiotik des »Hi«-und-«Bye«-Geträllers der Gäste erst . . . zum Davonlaufen! Und die Texte! Bärbel zwo, die sich überraschend einverständlich als Emanze hatte bezeichnen lassen, schwärmte weiter unten von den »einfachen, unkomplizierten Männern« in griechischen Dörfern, woraufhin unsereins in wiederum überraschend stalinistischen Parabeln dagegenwetterte. Schlußendlich behauptete ich, daß den *Frauen* in griechischen Dörfern »jedenfalls« den ganzen Tag nichts anderes übrig bleibe als »den Hühnern die Eier aus'm Arsch zu lutschen«.

Herr im Himmel, und diese ganzen Mandrills aus Blondies Fitneßstudio, rasiert und eingeölt, waren auf seiten Blondies – ja selbst Bärbel, die bunte Pute –, und das, obwohl die beiden seinerzeit ständig abfällig »Männer dorr!« skandierten (in den Vögelpausen jedenfalls), als hätten ausgerechnet sie die zehn, fünfzehn Jahre Verspätung in der lila Erleuchtung der letzten weißen Flecken der Süderelbe aufzuholen. Stand jemand am Straßenrand: »Männer, dorr! Rotzen und pissen überall hin!« Bestand jemand beim Kartenspiel auf Einhaltung der Regeln: »Männer dorr! Kriege führen, aber Regeln einhalten!« Widerstand jemand, 'n Würstchen ohne Senf zu verzehren: »Männer dorr! Zickig wie« – na? – »wie die Schwuchteln!«

Ah, Frauen dorr ...

Ständig zitierten die beiden aus *Cosmopolitan* (*Cosmopolitan!* in Neuwiedenthal!), *Petra, Coupé* und *Playgirl* und was weiß ich. Ständig gafften sie den Männern auf die Hosenlätze. Ständig gerierten sie sich wie die primitivsten Paschas und kicherten hinterrücks. Was hat sechs Beine und 'nen IQ von 30? Drei Männer vor der Sportschau. – Was ist 'ne Frau ohne Arsch? Witwe. – Warum hat der liebe Gott den Mann gemacht? Weil 'n Dildo nicht Rasenmähn kann. Usw.

Und ihre Mackermanieren! Diese Kalauer, von denen »Was sich liebt, das leckt sich« geradezu als Literatur durchgehen konnte! Und die ständigen Anspielungen! Ohne »Horrhorrhorr!« konnte ich keine Pflaume mehr essen oder das Brötchen von gestern ein bißchen bespritzen, auf daß es heißgemacht wieder knusprig werde, geschweige mir meinen großen Onkel verstauchen.

Oder ihre entsprechenden Hörfehler. Oh, ich war ein ganz schlimmes Böckchen. Ich verlangte eine Nakkendmassage, lobte eine Rocksängerin wegen ihres Wahnsinnsvibrators, plante, meinen kaputten Fahrradschlauch zu ficken usf.

Usf., usw. Einmal patzte ich bei der Orgasmusregie, woraus, der liebe Pimmel wußte wie, unversehens 'n geistesgeschichtlicher Vortrag entsprang: »An dir«, nörgelte ich abschließend, »ist das Zeitalter der Aufklärung doch spurlos vorbeigerauscht!« – »Mußt du grade sagen«, nörgelte Bärbel retour, »du Wichser!«

Oder Bärbelchen fand den Landungsapplaus der Jogginghosenträger für den Piloten auf Mallorca »irgendwie super«. Ich aber meckerte. »Und was hättet ihr bei 'ner Bruchlandung gemacht? Ihn ausgebuht?«

Oder Probleme bei der Terminabstimmung. Ich schlug was weiß ich was vor, und sie sagte: »Da muß ich auf 'ne Tupperparty.« Ich riß mir den Arsch auf, gefährdete Job und Liebesbeziehung und meine ganze Zukunft – nur für sie! –, und sie mußte auf 'ne Tupperparty!

Mir bedeutete Phil Collins nichts, jedenfalls weniger als, sagen wir, Sodbrennen. Für sie waren Punks mit violetten Stegosaurusfrisuren Schmarotzer. Mich machte es rasend, wenn sie Trauben-Nuß kaute, während sie mit mir telefonierte. Sie regte sich auf, wenn ich sie »verbesserte«, z.B. »Juck mich mal da im Rükken!«/«Kratzen heißt das!«, oder wenn sie etwas »aufs Trapez« brachte oder da jemand »auf'm letzten Astloch pfeift« – oder bezüglich des seltsamen umgangssprachlichen Phänomens, das man als »diametrale Inversion« oder was bezeichnen könnte: Sie sagte etwa – völlig in Ordnung – »Ich *find*, daß es neulich morgens mit Vaseline irngwie, ph . . .«, dann aber wiederum – und das mochte ich ums Verrecken nicht einsehen – »Ich *fande*, daß es neulich nacht auf der Tischtennisplatte im Hammer Park negergeil . . .« Hätte ich sie nie drauf hingewiesen, wär's halb so schlimm gewesen. *Da* ich's aber nun einmal hatte, mußte ich's für alle Male wieder, und zwar – gerade wenn ich eigentlich gar nicht wollte – zunehmend verschärft, andernfalls hätte ich mir ja quasi Mißachtung meines potentiellen Doktorhuts gefallen lassen. Ich stieg tief in die Klassen- und Schichtenlinguistik ein, gab Fingerzeige, z.B. daß des Günsels Bestrebungen, plattdeutsche Zungenschläge (»Schesus«, »Schoseph«, »Schohannesbeeren«) zu vermeiden, indem er etwa von »Oranjensaft« und »Jiens« sprach, in meinen Ohren eine ebenso mitleiderregende Herkunftsverleugnung bedeuteten wie die Anstrengungen einiger Exkommilitonen, die übern zweiten Bildungsweg vom Lande kamen und deren Gaumen die gerollten Rs und breiten Vokale ohnehin nie auszutreiben wären, sprächen sie auch noch so bemüht von »Zug«, »Betrug« und »högstens« statt von Zuch und Betruch . . .

Sie trieb einen auf den Stand von 1972ff. zurück, als man so schwer unter der entsetzlichen Ungewißheit litt, ob man tatsächlich so schwer unter der Dummheit der Menschheit litt oder nicht vielmehr unter der eigenen Arroganz.

Irgendwann hatte ich schlicht genug vom süderelbischen Sextourismus. Erstaunlicherweise folgte Bärbel meinem Plädoyer auf Kündigung unserer *amour fou* zum dritten Quartal '89, unter der Bedingung sozusagen eines neuneinhalbtägigen letzten Walzers. Mit kindischer Eigensinnigkeit bestand sie auf »Gebirge«. Das Versprechen dazu leierte sie mir auf einer regenfeuchten Bank irgendwo im Park zwischen Övelgönne und Blankenese aus dem Kreuz, und die Schlepper bliesen Posaune dazu. Am Vorabend unserer Abreise nach Walchsee – Bärbel hatte eigens ihren zweiten Mallorca-Urlaub mit Blondie verschoben – saßen sie, noch feucht hinter Ohr- und Schamläppchen, und ich auf den Planken des *Café Sommerterrassen*, einem der schönsten Plätze Hamburgs, würden die Betreiber die kontemplative Wasser-und-Grün-Stimmung hier, am Rande des Stadtparks, nicht mit zackiger Muzak für ihre gelverschmierte Klientel besudeln.

Bärbel plapperte ununterbrochen von ihrem Gärtner. Sie verachtete ihn – vielleicht, weil er so dumm war, für sie zu arbeiten –, und ihre Erzählungen entstammten immer demselben Genre: Sie begannen mit der Floskel »Heude hadda...« dies und das getan oder gemacht, jedenfalls irgendwas Falsches, Dummes oder zumindest Verachtenswertes, und endeten mit der Formel »Dahaddada...«, um das, was er da verbrochen hatte, durch verächtlich zusammenfassende Wiederholung noch einmal verächtlich zu machen. Dieses Hadda und Dahaddada ging mir auch schon seit Tagen auf die vor universellem Überdruß ohnehin überreizten Nerven. Gerade hatte ich, auf den Schlußsatz »Dahaddada die ganzen Stiefmütterchen kaputtgegossen, dorr«, ein zumindest verständig belächelnswertes Aperçu von mir gegeben – »Der Mörder ist immer der Gärtner!« –, das Bärbel jedoch einfach überging, da entdeckte ich, in einiger Entfernung, einen blassen Rotschopf in einem Kanu.

»Gib mir mal das Fernglas rüber«, sagte ich. »Spanner«, sagte Bärbel. Die hatte 's gerade nötig, schließlich hatte *sie* sich das Fernglas »geholt« (sie »kaufte« nie, sie »holte«), um »mal zu kucken«, ob wir eigentlich die einzigen Sexaficionados waren, die zu derlei Pfickknicks loszogen und Mückenstiche riskierten und Käfer und Getier in den Unterhosen, und heute hatte sie es speziell deshalb dabei, weil sie neugierig war, was die Jungs in der verzauberten Ecke des Stadtparks eigentlich immer so trieben.

Ich lehnte mich auf die Holzbrüstung des Stegs und justierte die Linsen. Tatsächlich. Die rote Zitrone. Sie hatte die Paddel eingezogen und las in einem Buch. Kaum hatte ich sie identifiziert, da starrte sie mir direkt in die Okulare. Sofort setzte ich das Fernglas ab und spähte noch einmal mit bloßem Auge, und schon winkte sie. Ungläubig, aber hoffentlich fröhlich genug, winkte ich zurück. »Ach du Schande ...« knurrte ich wohl. »Was ist«, sagte Bärbel. Ich knöpfte das Hemd so weit wie möglich zu, damit das Goldkettchen verschwand, und kurz darauf legte Zitrone neben uns an. »*Hal*lo!« – in cis und g oder was weiß ich –; angemessen wäre ein Hal*lo* in e und f gewesen oder was weiß ich; dieses *Hal*lo jedenfalls, als sei sie mir zuletzt vorgestern im Unifahrstuhl begegnet (und nicht über ein halbes Jahr zuvor kopulierend im Kafkakeller), klang für meinen Geschmack dissonant. »Hal*lo!*« rief ich und grinste wie all die andern braungebrannten Phäaken hier.

Zitrone mußte, von den Anlegerplanken bis zu unserem Tisch, eine U-förmige Strecke mit fünf Meter langen Zinken zurücklegen, entlang der Balustrade, und mein Unbehagen, das ich an ihrer Stelle verspürte, ähnelte vielleicht dem von Albinos in Lagos oder was weiß ich. »*Hal*lo«, sang Zitrone noch einmal, als ihre weißen Beine den Stühle-Gäste-Kellner-Slalom endlich absolviert hatten, diesmal zu Bärbel gewandt, der sie die Hand gab. »Ich bin Simone.« Sie sprach ihren Namen mit angeschliffenem S, offenem o und stimmhaftem n ohne e aus, als stamme sie aus dem Elsaß oder was und nicht aus Lüchow oder wo. Was sollte bloß immer diese rotürenhafte Attitüde.

»Hallo«, sagte Bärbel, »ich heiß Bärbel.« Jaja, du heiß Bärbel, ich cool Tarzan, und die da lau Zitron. Und nun? Was tun? Grinsend schweigen und kommen lassen (und Bärbel ohne weitere Erläuterung einfach als gegeben hinnehmen bzw. -geben) oder Zitrones Erinnerung an mich gemäß aufgeräumt plaudern? Seit mehr als einem Jahr rauchte ich nicht mehr, aber in solchen Momenten ... Gott, dahaddada 'n Fernglas wie 'n voyeuristischer Förster und 'n dralles buntes Mädchen danebensitzen wie 'n was weiß ich ...

Genossin Zimmermann setzte sich, mit dieser für unserein Temperament so unerträglichen Langsam- und Bedachtsam- und nonnig tochterartigen Würdenträgerinnenhaftigkeit. »Na, was treibst du denn jetzt so«, fragte ich, während sie ihr Buch, die »Logik der Weltbilder«, auf dem Tisch ablegte und nach ihrem Tabaksbeutel griff.

Sie hatte gerade ihre Magisterarbeit abgegeben (eine materialistische Untersuchung der »Ästhetik des Widerstands«; klar, drunter tat sie's nicht) und bereitete sich auf die Klausuren vor (Büchner, Benn, Vormärz, Syntagmatik, der neuere gesellschaftstheoretische Diskurs in bezug auf seine These vom Ende der Klassengesellschaft unter Berücksichtigung von Theorie und Empirie bei Gorz, Offe, Beck und Aspekten der Schwächung des gewerkschaftlichen Repräsentationsmonopols sowie der elektoralen Niederlagen zahlreicher klassischer Arbeiterparteien in Westeuropa). Im November würde sie fertig sein. Anschließend gleich »die Diss« hinterher, sofern sie ein Stipendium erhielte. Thema: das Frauenbild bei Kleist. Fand unsereins natürlich »ziemlich spannend«. An der Uni fand man gewöhnlich den drögsten Kötelkram »ziemlich spannend«, vorausgesetzt, man selbst brauchte sich nicht damit zu befassen.

Indessen war Bärbel mit ihrem eigenen Frauenbild beschäftigt. Normalerweise hielt sie den Mund, wenn ich mich mit Erwachsenen unterhielt; heute aber wurde ihr die ganze Kleisterei schon nach drei Minuten zuviel. Sie fing an, mit dem dunkelbraunen Knie zu schlenkern, drehte an ihren Fingerringen, zählte wispernd ihre tiefvioletten Nägel nach (die sie in der Sommerpause ihres Karatevereins wachsen zu lassen pflegte – bis auf den gewissen einen, freundlicherweise), schielte blasiert in ihr goldverketteltes Dekolleté, ja putzte darin herum, als sei es übersät von den Barthärchen ihres Dirty Old Man, und flirtete aufs plumpste mit dem muskulösen Pferdeschwanzkellner. Ich ärgerte mich schwarz hinter meiner Sonnenbrille. Als sich unser literaturwissenschaftliches Gespräch zur Diskussion der jüngsten weltpolitischen Entwicklungen ausweitete, plärrte sie schließlich mitten hinein: »Wills' noch was trinken, Böckchen?«

Meine Kiefer wie 'n Schraubstock, Zitrone jedoch kriegte nichts mit, solang sie ihre Konjunktionen dehnte – »ornd ... Bodo ... ich war und bin und bleibe Kommunistin ...« –; Bärbel aber blieb unerbittlich: »*Böck*-chen«, sang sie und klopfte auch noch auf den Tisch, daß die Löffel auf den Untertassen klimperten, »ob du noch was trinken wills ...«

»'n Bier«, blaffte ich.

»Und du?« fragte Bärbel Zitrone, welche jene anstarrte, als habe sie Marx und Engels als schwul bezeichnet. Bärbel klopfte noch einmal, neben Zitrones Tabaksbeutel. »Na? Was. 'n Glas Most?«

Zitrone wünschte Cappuccino und begann eine melancholische Analyse des osteuropäischen Status quo, während ich mit anderthalb Ohren zuhörte, wie mein Bülbül seine Bestellung gurrte. Dann stand's ohne weiteres Federlesens auf, schnappte sich den BMW-Schlüssel, sagte in der schönsten halblauten Beiläufigkeit »Ich geh mal für kleine Möschen ...« und verschwand aus meinem Blickfeld. Zitrone, vollständig absorbiert von sich selbst, flexte unaufhörlich am Goldschnitt ihres Weltbilds.

Eine geschlagene Stunde dauerte es, bis sie fragte: »Wo ist denn deine Begleiterin geblieben?«

»Tja«, sagte ich und grinste pistoral, »wo der Sexus hinhaut, da wächst kein Gras mehr ...«

Zitrone brummte – »Mm-mm-mm ...« – und nickte, pikiert, zerstreut und gekränkt von bitterer Erfahrung.

»Übrigens geh ich demnächst nach El Salvador«, sagte ich gemächlich, geräumig und geheimnisvoll – ich weiß wirklich nicht, warum. An Andrés letztem Brief vom Ende April dieses Jahres lag's gewiß nicht.

Am Freitag, dem 7. April, fing es an, etwas turbulent zu werden. Ich war am Donnerstag nach Las Vueltas gerufen worden, um dort den Kompressor der »Zahnklinik« zu reparieren. So gegen 10 Uhr war ich fertig. Da um diese Tageszeit eigentlich niemand einen mehrstündigen Fußmarsch machen will, habe ich mich alleine auf den Weg gemacht. Gegen 11 Uhr kam ich auf dem Bergrücken an, den man überschreiten muß, um nach Guargila zu kommen. Der Weg ist dort oben von der Kaserne in Chalatenango einsehbar. Als ich Mörserabschüsse von dort hörte, nahm ich dies nicht allzu ernst, suchte aber doch mal etwas Deckung. Und nach einer Minute gab es dann einen relativ nahen Einschlag. Auf nationaler Ebene war dieser Weg als zivil proklamiert worden, und trotzdem schießen die Militärs ihre Artillerie dorthin ab. Nach einer weiteren Minute hörte ich den nächsten Abschuß. Diesmal war ich schon relativ sicher in Deckung hinter einem Hügel. Aber was tun? Stundenlang warten mit dem Risiko, daß auch noch Hubschrauber kommen? Ich ging weiter. Als ich eine offene Bergflanke überqueren mußte, kam es prompt zu weiteren Abschüssen. Jedesmal legte ich mich in den tief ausgetretenen Pfad, möglichst dort, wo größere Steine waren. Ein Einschlag war weniger als 100 m entfernt. Insgesamt wurden zwischen 11 Uhr und 11.20 Uhr 6 Schüsse auf den Gallinvero-Weg abgefeuert. Und ich alleine dort oben! Schon nach dem ersten Schuß bin ich so schnell gegangen-gerannt, daß ich beim Bergabwärtsgehen beinah einen Wadenkrampf bekam ...

Zitrone aber nickte, als sei sie verrückt geworden. Vermutlich hätte sie auch noch genickt, wenn ich unter die Kennedybrücke oder in irgend eine kleine Schweinebucht zu paddeln vorgeschlagen hätte, ein Attentat auf Gorbi zu verüben oder wenigstens an der Galeerensammlung des Schmutzfinks. Ich konnte labern, machen und tun was ich wollte – irgend jemand nickte immer. Es war zum Davonlaufen.

Bärbel und ich jedenfalls mieteten uns in Gottes Namen am nächsten Abend in irgend 'ner Halbpension am Nordtiroler Walchsee ein, im Schatten des Zahmen Kaisers, 210 Schillinge pro Geschlechtsorgan, inklusive Frühstück unter den Holzaugen eines blutbesudelten Jesuskorpus, der mir den Appetit auf Marmelade verdarb. Wir fielen auf wie Nudisten zwischen all den Hirschhorn-, Loden- und Juchtenrentnern in dem buntbemalten, von Balkonblumen übersäten Ferienort. *Dort* sind mir allerdings schon am zweiten Abend die Augen geöffnet worden, weshalb's Bärbel – obwohl ich dagegen gezetert wie 'ne alte Vettel – so dringend ins Gebirge gezogen hatte.

Wir waren in einen Nachbarort namens Durchholzen gefahren – was Bärbelchen Anlaß zu anzüglichen Kalauern bot –, um im *Gasthof Alpenhof* zu essen. Völlig zerdudelt mit Jodelgesang vom Band und vollgefressen mit Jägerhacksteak, kehrten wir nach Walchsee zurück. Schon als wir den Wagen in der Nähe des Kurpavillons parkten, wetterleuchtete es erheblich unterm Himmelsdeckel des Talkessels. Wir schauten eine Weile der 30köpfigen Trachtenkapelle zu, wie sie auf ihrem goldglänzenden Blech blies – was Bärbelchen Anlaß zu anzüglichen Kalauern bot –; ständig gaffte ich, dem Herrgottl sei's geklagt, zu zwei Madeln in feschen Folklorekleidchen hinüber. Die eine trug eine Art Bernhardinerfäßchen um die bemerkenswerte Taille geschnallt. Schließlich zog mich Bärbel davon, sie wollte sich im Café an der Hauptstraße noch ein Betthupferl verabfolgen. Die erste Donnerwalze rollte über uns hinweg, und Bärbel hob süffisant den Blick zum grauschwarzen Himmel und lachte dieses liederliche Lachen, das gewöhnlich eine Angsterektion bei mir auslöste, so daß ich wie auf kurzen Stelzen in den Straßengarten stakste.

Wir setzten uns an einen der beschirmten Tische und bestellten bei der feschen Kellnerin zwei doppelte Obstler, und dann ging's los, sozusagen mit Pauken und Trompeten: Zu den Klängen der Blaskapelle, die im Marschtritt vom Pavillon zu uns heraufgetrottet kam, flackerte der ganze Himmel von Lichtspasmen, und die Wolkenkolosse streuten den Schein, so daß die Silhouetten der Bergkämme jäh aus dem Dunkel der frühen Nacht (um neun Uhr abends war das ganze Tal 'n Friedhof; man konnte praktisch nichts anderes machen als vögeln) gerissen und in das höllische Leuchten der Blitze getaucht wurden. Unmittelbar darauf grollte und knallte es, daß mein Brustbein vibrierte. Bärbel entfuhr ein Quietschlaut, gefolgt von schamhaftem Stöhnen – als hätte sie sich ins bordellfarbene Höschen gemacht, das ich Wochen zuvor hatte aussuchen dürfen. Am Nebentisch wurden Vorbereitungen getroffen, ins Lokal zu wechseln, wobei mich Blicke erreichten, die ähnlich neidisch wirkten wie die morgendlichen des südhessischen Greisenpärchens im Frühstücksraum (wir waren am Abend zuvor nicht mal mehr dazu gekommen, die Balkontür zu schließen). Dann begannen traubendicke Tropfen auf den Schirmen zu zerplatzen, und indessen die Kapelle in Reih und Glied vor dem Wirt des Cafés zu stehen kam und das Dirndl ihm hektisch aus dem Bernhardinerfäßchen einschenkte – irgendein beknackter Brauch –, übernahm die Witterung die Musik und setzte zu einem Trommelwirbel auf den Schirmen an. Die dünnen Pappeln zischelten, es krachte wiederum gehörig, und alles flüchtete sich ins Lokal. Eispapier trieb über die Straße. Bärbel lachte wieder wie 'ne Straßengöre, aber auch wie verzweifelt, und mit einem Wimmerlaut rief sie nach der feschen Kellnerin, griff mir ans Bein und wedelte unkontrolliert mit den Schwollschenkeln unterm weiten, knielangen Blümchenkleid, an dem eine unverschämte Bö zauste, und sagte plötzlich »Komm Bobo, bitte ...« und stand auf, obwohl die Kellnerin noch gar nicht da war. Der blutbesudelte Holzjesus oder wer stanzte eine grelle, gigantische hebräische Letter in den Himmel überm See, und Bärbel fummelte einen Öschihunderter aus der Handtasche und klemmte ihn unter den Aschenbecher und zerrte mich aus dem Stuhl. »Ihr Wehchslgöld!« rief die Kellnerin den beiden durchgedrehten Piefkes nach, die dem aufkommenden Sturmwind entgegen zu ihrem Kabrio rannten. Bärbel brachte es fertig, die Hand ihres Sugardaddys während des gesamten Sprints auf den linken Wanst ihres Hinterns zu pressen – schließlich war sie mindestens so vernarrt in ihren monumentalen Arsch wie ich.

Dann knallte die Meteorologie vollends durch, und wir fuhren durch den Dampf der zischenden Asphaltstraße, das Wasser platschte in Schwällen auf die Windschutzscheibe ihres grünen BMWs, und als ich den Abzweig zu unserer Pension nehmen wollte, schrie Bärbel: »Nein! Zum See!«, griff mir an den Hosensack und starrte fasziniert aus dem Fenster. Wassertropfen rannen mir aus dem Haar, meine Brille beschlug an den Rändern, und nach zwei Minuten bogen wir auf den gottverlassenen Parkplatz bei den Liegewiesen ein, wo wir den Tag über zwischen pensionierten Pyknikern und ihren Kurschatten herumgealbert hatten. Wir stürzten aus dem Wagen, knallten die Türen zu, und ich haspelte hinter ihr her. Natursekt pinkelte warm auf uns herab – der Regenguß nun wie durch ein Sieb verdünnt, der Sturm jedoch nahm zu –, und wir stolperten mit quatschenden Schuhen unter schaukelnden Bäumen durchs finstere Gras. Abrupt blieb Bärbel stehen – ich rammte sie und prallte ab –, sie raffte ihr Kleid hoch und stieg aus der Reizwäsche (DM 189,90), genau in dem Moment, als eine stroboskopische Blitzkanone losschoß. Bärbel stöhnte »Orrrrr!«, sprang hoch und hängte sich an einen Ast, schlang mir die Beine um den Hals und klemmte mich ein und mästete mich mit ihrer Maische, und ich schlürfte und soff wie ein Berserker, halb taub zwischen den heißen Riesenprügeln ihrer Schenkel, und kurz vor der Entladung ließ sie los, wir fielen um, sie krallte meine Hand und riß mich am Seeufer auf einen feuchten Staudenstreifen nieder. Das nun stetig auflodernde morgengrauenhafte Licht verwandelte den aufgewühlten See in einen Urvulkan, und Bärbel lag klitschnaß im Gras und flüsterte in gequältem Sexchinesisch was wie »Pfck mch, *pfck* mch, *jtzt*«, und ich wälzte mich auf ihr herum, bis ich aller Hosen ledig war, und dann rüttelte ich mein dickes Flittchen tüchtig durch. Hin und wieder waren wir so deutlich zu sehn wie der Zahme Kaiser. Sie meckerte vollständig weggetreten vor sich hin, meine Gewitterziege, und ich sah hin und wieder Fahrzeuge auf der Uferstraße durch den Regen rauschen und rechnete jeden Moment damit, von einem Trupp Staatsförster festgenommen – »Wir köhnan's net trehnan, Schehf!« – und pudelnaß in die Dorftrülle gepfercht oder vom Blitz getroffen oder vom See verschlungen zu werden oder vom Zahmen Kaiser erschlagen. Bärbel warf mich ab, bestieg mich und begann, mir ihren robusten, feuchten Hintern in die Leistenmulden zu rammen, daß es nur so klatschte, starrte dabei auf den See und stöhnte bei jedem Stoß schielend »Ngeil, ngeil, *orr*«, ihr waschnasses Kleid klebte auf ihren dicken, runden Jungs, und dann mußte ich ihr heiße kleine Hiebe auf die legendären Wangen ihres *Arschs* von Hintern versetzen und dazu was schimpfen wie »Schmutziges Mädchen, unartiges, schmutziges Mädchen du«, Sturmböen fegten in die rauschenden Bäume, es war ein Skandal.

Es gewitterte fast jeden Tag. »Das ist so im Gebirge«, klärte mich Bärbel auf und grinste vagil. Natürlich wußte ich, daß mein Bülbül Gewitter liebte (schließlich hatten wir uns bei Gewitter kennengelernt) – daß sie aber gewittergeil war wie ein Alligatorweibchen (irgendwo hatte ich mal gelesen, daß diese Reptilien bei solcher Wetterlage besonders paarungswillig sind), war mir erst jetzt richtig klar geworden. Ich war fix und fertig – und froh, als wir endlich wieder mit zweihundert Sachen über die Autobahn preschten, obwohl ich kaum aus den Augen gucken konnte vor Müdigkeit und, wie ich klagte, »verschleppter Angina« – was Bärbelchen Anlaß zu anzüglichen Kalauern bot.

Und damit sollte die Lilaviolette Saison eigentlich beendet sein.

Tab.: 57 Zig. (R1, Marlboro)
Alk.: 3,5 l Bier / 6 cl Schnaps
○○○○○

Geschlossene Gesellschaft

Donnerstag. Ah, zum Kuckuck, bitte, die Lilaviolette Saison war ja in Ordnung! Wär man aber doch bloß nie noch auf diese Dreyerfeier gegangen, Ende September '89; dann wär einem die Blaugraue Epoche erspart geblieben, und alles wär im Lot...!

Was für ein gottverfluchter Deibel hat einen bloß geritten, da aufzulaufen im *Runden Eck* – und das auch noch quasioffiziös als Bärbels Freund. Hätte man die Lilaviolette Saison nicht einfach mit dem furiosen Finale am Walchsee im Sumpfe versickern lassen können? Hätte man. Stattdessen aber band man sich 'nen verdammten Schlips um und fuhr mit Bärbel ins *Runde Eck.* Die Scham kneift immer noch, die Scham darüber, sich dabei zusehen zu müssen, wie man da an der weißgedeckten Tafel sitzt, Sträußchen und Streuselkuchen, und zum x-ten Mal »Nein danke!« sagt, wenn Marion oder Tante Irene einem Kaffee nachschenken will –; sich beobachten zu müssen, wie einem – erhitzt vom Schnäpschenschnippen – übel wird vor Ekel über die eigenen Bemühungen, verschmitzt zu grinsen, als Vetter Poldi aus Linz einen blinzelnd mit seinem »bissl Faschiertös« sekkiert; Sülze und Haschee, Preßkopf und Blutwurst, Serviette und Zigarre...

Man hätte ahnen können, daß man in der Nähe Siegmund Dreyers würde überdurchschnittliche alkoholische Zerstreuung brauchen, im Mannesmief dieses Faschingsfaschisten. Und warum war man nicht schlicht klipp- und klammheimlich verschwunden? Man hätte wissen müssen, daß man sich irgendwann schämen würde für diesen Anblick jenes gestikulierenden Journalisten, den man da abgab, jenes Fachmanns für die brennenden moralischen, politischen und sozialökonomischen Fragen der Zeit; wissen müssen hätte man, daß man unter Alkoholeinfluß zum wohlfeilen Krakeelen neigt – wenngleich es einen denn doch selbst am meisten überraschte, daß man plötzlich feurige Plädoyers für und wider was hielt; daß man plötzlich alte Gassenhauer durch aufpoliertes Blech tutete, um so *forte,* je mehr man sich über sich selbst wunderte – sowie über die stumme Bewunderung der Dreyerkinder ... Herrjesus, hätte man nicht einfach die Klappe halten können? Doch nein; die Stimmbänder juckten, man hatte Sehnsucht nach Geräuschen aus dem eigenen Schädel ...

Ah, und doch kommt's einem vor, als hätte man sich statt dessen am liebsten bloß wieder in Opas Hühnerstall gehockt, winzige, würzige, gepreßte Zylinderchen handvollweise bis zur Pampe gekaut, und vor sich hin gesummt, das Getucke der ängstlichen Hühner nachahmend, voll überlegener Zuneigung, durchs Astloch in der Bretterwand linsend Phantasien ausbrütend, wie es wohl dort aussieht, wohin der rote Schienenbus gleich fahren wird ... – –

Wie war man bloß trotzdem in den Einflußbereich der Dreyersippe geraten? Ah, man weiß es nicht. Aus einer Form von Sentimentalität vielleicht: Am 29. September 1989, an Siegmund Dreyers 65. Geburtstag, war man seit fast drei Jahren Patenonkel gewesen. Was war man angerührt! Nie wird man vergessen, daß seine Mutter einen darüber aufklärte, wie vorsichtig man mit dem Kopf eines solchen kleinen Kerls umgehen mußte, um die Fontanelle nicht einzudrücken! Bereits anläßlich von Tobis Geburt hatte man in jenem Zustand atavistischen Stolzes, dem ein Schuß vertuschter Scham beigemischt war – schließlich war man nur *Onkel* geworden –, »Der kleine Prinz« gekauft –

für Tobi, wenn er einst groß genug wäre. Ich hatte es noch nie zuvor gelesen, fand es dann aber auch doof; aber die Stelle, wo der Fuchs zum Prinzen sagt: »Zähme mich«, immerhin hatte mich angerührt.

Seit Bärbel das Schimpfwort zum Pfand hatte, das ich ihr in der Nacht, da Horni ihr den Rock geschenkt, an den Kindskopf geworfen, schien sie mir ständig »Zähme mich« ins Ohr zu wispern, selbst wenn sie mich mit Rummelboxertricks in die Knie zwang. Und ein paar Tage nach der Rückkehr aus Walchsee – nachdem ich mehrere ihrer Ansinnen zu einem neuen Tete-à-Tete beiläufig abgelehnt – hatte sie, zu beiläufig, als daß die noch beiläufigere Ablehnung meinerseits nicht ihren Beiläufigkeitssuperlativ nach sich gezogen hätte, gesagt: »Kannst ja mitkommen.« Zum Geburtstag des Paterfamilias nämlich. Und ich zages Arschloch sagte beiläufig »meinetwegen«. Ich stellte mir vor, daß der Jubeltag eines wohlsituierten Zucker- und Brötchenbäckers, Eigentümers zweier Filialen und eines Cafés, doch wohl mit reichlich Tätärätä gefeiert würde, mit einem lieben Herrn Gesangsverein und schmeichlerischen Lügen irgendeines Innungsmeisters oder was weiß ich ... gern auch zwei, drei Kellnerinnen mit weißen Lätzchen über den kurzen Röckchen – ... eine große, gräßliche Feier letztlich – sicherlich –, aber jedenfalls mit Hunderten von Leuten, wo unsereins – auch und gerade mit vornehmer Verspätung – leidlich würde untertauchen können, respektvoll beäugt, aber angenehm quasianonym, ja semiberuflich ...

Es war an einem derjenigen Vorfeierabende, an denen ich kurz vor Verlassen der Redaktion Heiner, Kai, Satsche oder Kolk zwecks Verabredung zum Bier, Billard oder sonstwas anzutelefonieren versuchte, weil ich keine Lust hatte, in meine verlotterte WG-Bude zurückzukehren. Niemand von ihnen war erreich- oder verfügbar. Also hatte ich mich, von Eugens Joint ziemlich high, per Kadett zur Hexenkate verfrachtet. Zufällig war Bärbel da, die »aus Spaß« an ihrem alten Arbeitsplatz aushalf. Neben mir am Tresen, vor einem Becher Pfefferminztee, saß eine Frau von verwitterter Schönheit. Ich erkannte sie nicht – ich schaltete nicht einmal, als Bärbel, nachdem ich ihr zur Begrüßung einen übertrieben zünftigen Zungenkuß aufgepropft hatte, sagte, »das ist Marion«. Unsereins hört nie hin, wenn ihm jemand vorgestellt wird. Außerdem hat unsereins seine Mutter noch nie beim Vornamen genannt – jedenfalls nicht in ihrem Beisein –, schließlich ist man, im Gegensatz zu Bärbel, nicht '68 geboren. Und Käthe Morten hätte im Leben nicht am Tresen einer solchen Kneipe gesessen, auch nicht, wenn unsereins dort noch so ausgiebig gekellnert hätte.

Selbst als ich die Frau mit freundlichem Desinteresse angrinste und »Hallo« sagte, dämmerte mir nichts – nicht einmal bei *ihrem* Hallo-Lächeln. Dabei war ihr Lächeln die stille Mutter von Bärbels Lachen; wenn ich nicht stoned gewesen wäre, hätte ich das *sofort* entdeckt. Sie alle, das würde ich ein paar Tage später sehen, hatten dieses große Ballsaal-Lächeln, das offen und verschlossen zugleich war; die ganze Dreyerfamilie hatte es.

Ein paar Minuten saß die Frau neben mir und sprach mit Bärbel, ohne daß mir klar wurde, daß sie Verwandte ersten Grades waren. »Weil er nicht ganz dicht ist«, nahm die Frau den Gesprächsfaden dort auf, wo sie ihn hatte fallenlassen, als ich dazwischengeplatzt war.

»Wieso«, sagte Bärbel in jener Mischung aus Dummstellung und Pseudoempörung, die *mir* immer erheblich auf die Nerven fiel.

»Weil er eben nicht ganz *dicht* ist«, wiederholte die Frau mit bewundernswerter Gelassenheit.

»Wie*so* denn«, begehrte Bärbel auf, und ihre Wangen- und Stirnhaut wurde eine Spur dunkler.

»Der *ist* eben nicht ganz dicht«, sagte die Frau ruhig und wickelte den Faden zweimal um Beutel und Löffelmulde, in der er lag, um den restlichen Teesaft in den Becher zu pressen.

Bärbel warf abrupt ihre Schulter zurück, schob ein Glas unter den Pilshahn und ließ mit zwei komplementären Handgriffen einen Strahl hineinschießen.

»Fünfundsechzigsten«, sagte die Frau nach der Siegerpause, »und wo feiert er? Im *Runden Eck.* Der ist doch nicht ganz *dicht.«*

»Na und? Ph«, machte Bärbel.

Die Frau trank ihren Tee in einem Zug aus, stand auf und sagte: »Na ja, ist ja egal . . . Nachher noch vorbeikommen?«

»Nö«, sagte Bärbel, ohne sie anzusehen.

Die Frau lächelte mich an und sagte »Tschüß«. Als sie draußen war, fragte ich Bärbel nach ihr. »Hab ich doch gesagt«, sagte sie, »Marion!«, und erst in dem Moment begriff ich. Allerdings konnte ich diese Erscheinung weder mit der Groblockschen Schmuddelsuffragette noch mit seiner Dame-Edelnutte-Kippfigur in Einklang bringen.

Und dann erzählte Bärbel von Opa Siegmunds 65. Geburtstag und sagte: »Kannst ja mitkommen«, und ich sagte, der Deubel weiß warum, »meinetwegen«.

»Meinetwegen«, sagte auch Satsche, als ich ihn am bewußten Samstagvorabend anrief (nachdem ich lange vor mich hin gebrütet hatte, ob ich den Termin nicht einfach vergessen sollte) und fragte, ob er mir seinen Schlips leihen würde.

Meinetwegen. Ich hatte eigentlich etwas mehr Aufgeschlossenheit erwartet. War's nicht seit jeher Satsche gewesen, der gern mal mit überlieferten, ja überkommenen Gepflogenheiten flirtete? War's nicht seit jeher in erster Linie Satsche gewesen, der das mythische Band zwischen uns und unseren Dorfvätern im Herzen bewahrt hatte? Dessen Belustigung von Anfang an am liberalsten geblieben war, die Belustigung über den manchmal rührenden, manchmal an Nötigung grenzenden Anspruch unserer kleinbürgerlichen Nachbarn an uns, die Spießerstafette gefälligst anzunehmen, um denselben Weg zu sprinten wie sie? Und wär's nicht also wenigstens einen kleinen Applaus wert gewesen, wenn sein, Satschesatsches, ältester Kumpel sich anschickte, einen Schlips umzubinden? »Wie schon der alte Plankton sagte«, sagte der gute alte Satsche, »das Schwein frißt im Notfall sogar Eier oder wie das heißt.«

Satsches gelegentlichen Anfälle von transzendentaler Klugheit machten mich immer völlig fertig.

Nita war am bewußten Wochenende zu Besuch bei Conny, weil sie ohnehin in der Gegend zu tun hatte. Zwar hatte ich mich mit Bärbel bereits fest um halb acht verabredet. Damit ich die Verabredung würde einhalten können, mußte zunächst aber noch der Skatabend abgesagt werden – von mir, natürlich. Ich hatte die Entscheidung bis zur letzten Minute hinausgezögert und Kolk angerufen. Nach zehnmaligem Klingeln meldete sich jemand mit klebrigem Gaumen, was klang wie »Klock«. Er hatte sich nach dem Dienst »einen geballert«, war noch »total stramm« und nach einer Sekunde Bedenkzeit einverstanden, den Skatabend ausfallen zu lassen. Heiner, den ich als nächsten anrief, beinah ebenso schnell – er war frisch verliebt.

Dann Satschesatsche. Die Verantwortung für den Ausfall schob ich Kolki in die großen Schuhe. Trotzdem merkte er was.

Meinen – nur mehr haikuförmigen – Bemerkungen bezüglich Bärbels unternehmungslustiger Erotik begegnete er schon seit längerem in einem Tonfall, den man chronisch Kranken gegenüber anwendet, die mit ihren Beschwerden ein bißchen lästig fallen. So 'ne Scheiße machte man einfach nicht zweimal. Satsche verstand sich schon damals recht gut mit Nita – besser, als es in einer solchen Querverbundenheit von schwagerhafter Güte üblich ist –, und nun fragte ich in ihrer Abwesenheit nach einem Schlips. Das war ihm zu obszön.

Ich aber beharrte auf der Krawatte, duschte, rasierte und parfümierte mich und fuhr los. Satsche haßte es, bei der Sportschau gestört zu werden, drückte mir die Krawatte in die Hand und verabschiedete mich knapp. Gottseidank war der Knoten noch drin. Weder ich noch irgend jemand anders aus meinem Freundeskreis beherrschte die Kunst des Krawattenknotens. Nicht mal Satsche. Und Michael Adams Standardwerk »Krawatten, Fliegen und Tücher perfekt binden« (o.O., o.J.) lag ungelesen unter meinem Bett.

Rosinante chauffierte mich nach Neuwiedenthal. Ich trug ein ordentliches Paar Jeans, Halb- statt Turnschuhe, ein gebügeltes Hemd und ein »Freizeitjacko, äh -sakko« (Heino Jaeger), »mit Übergangsgummizug und Schweißfang«, einen »Büroparallelo mit Erfrischungsstäbchen im Innenfutter« sowie »Rückensauger«, »gepaspelt, aber nicht so verpflichtend«, kurzum: einen »sehr schönen Afghanen« mit »Biesen dran und doppelter Garantie«. Der Krawattenknoten würgte mich höflich, aber stetig, und mir fiel Eugens kleiner Stegreif-Essay ein, den er anläßlich Irmis erstmaligen Schlipses zum Besten gegeben: »Ja? Man könnte sagen, ja?, daß der Schlips an sich eine Art Strick sei, an dem die Gesellschaft zieht, nej? Ein Mahnmal, umgemünzt zu Schmuck, der an die Zeit erinnert, da es noch Sklaven gab. Nej? ›Seht her!‹ besagt der Schlipsträger mit dem

Tragen des Schlipses, ›ich trage diesen Sklavenstrick – aber heutzutage ist er aus bunter Seide, und das untere Ende ist lose, ich bin frei!‹ Im Volksmund – *falls* man sich ausnahmsweise von *dem* mal einen blasen lassen will, ja? Hehehe! – heißt der Schlips ja auch gern mal Kulturstrick, nej?, und das ist gar nicht so dumm, denn im Grunde unseres Herzens ist die Krawatte in der Tat nichts anderes als die symbolische Verlachung der Redewendung: ›Da kann ich mir ja gleich 'nen Strick nehmen!‹, ja? Ja?«

Ja, ja.

Pünktlich klingelte ich an der Tür zu Bärbels 4-Zimmer-Penthouse-Wohnung (Miete DM 3 500,- pro Monat), und obwohl ich Zeter und Mordio flüsterte, zog sie zunächst mal an meinem zugegeben kürzeren, aber dickeren Schlips – demjenigen, der noch aus'm Perm oder Paleozän oder was weiß ich stammt –, bevor ich bei einer jener geheimnisvollen, ausgeklügelten Ausgehvorbereitungen der weiblichen Bevölkerung der westlichen Welt zusehen durfte. Und dann, »zurechtgemacht«, schwenkte sie ihren Operettenhintern vor mir hin und her, den sie unter einem ihrer floral-frugalen Kleider verbarg, die ich inzwischen in- und auswendig kannte, und sagte: »Gefall ich dir?«

Verflucht! Himmel, Arsch und Zwirn! *Ja,* zum Kuckuck, sie gefiel mir! Mir gefielen ihr warmer Muff vorn und ihr Pfundskerl hinten unter dieser gemusterten Gardine! Ihre doppelte Garantie! Sie gefiel mir rundum, rund um ihre betörenden 102–60-105, die noch Marilyn Monroes Maße übertrafen; sie »gefiel« mir weißgott, auch wenn sie sich in den letzten paar Wochen immer häufiger auf den Slip getreten fühlte, nur weil ich ihr – und sei's didaktisch noch so behutsam – ein Minimum an Geschmacksbildungslust einzuhauchen versuchte. Sie war eifersüchtig auf meinen kulturellen Einverleibungs- beziehungsweise Ablehnungsenthusiasmus, und sobald ich anfing, meine Bildung in schlichte Worte übersetzt weiterzuvermitteln – nach jedem ihrer »Na und?«, »Wieso?« und »Ph!« um drei Dezibel lauter –, lupfte sie den Kleidschoß, um den blauen Fleck vom letzten Clinch einer kritischen Analyse zu unterziehen, und sagte: »Du denkst zu viel.« Und du zu wenig, dachte ich, aber es laut zu sagen hat man sich erst in der grauenhaften Blaugrauen Epoche getraut.

Manchmal nahm ich mir dann vor, sie anhand von populäreren Fragestellungen in die Literaturästhetik einzuführen – etwa qua Vergleich von Stephen King mit Kafka –; meist aber fielen mir dann doch vorher Bukowski und Boccaccio ein – sowie Büchner –, und ich verwarf den Gedanken. Jawohl, Büchner. Stand nicht irgendwo bei Büchner: »›Man sollte den Menschen die Masken herunterreißen.‹ – ›Da werden die Gesichter mitgehn.‹« – oder so ähnlich? (Gar in »Dantons Tod«? Oder etwa in, hehe!, »Über Schädelnerven«?)

»Ja«, sagte, bevor wir losfuhren, ich, und ich meinte es ehrlich: »Du gefällst mir.«

»Und du«, kreischte mein Bülbül sechs Stunden später, »du kotzt mich an, plötes Ahsch'gloch, du!«, zutiefst betrunken, obwohl es doch damals noch lediglich Sekt mochte, wie's sich für 'n Mädchen gehört; damals war noch keine Rede von den späteren ständigen Jack-Daniels-Fellatio-Exzessen. Noch betrunkener war ich.

Sechs Stunden, sechs surrealistische Stunden zuvor hatten wir vorm *Runden Eck* geparkt. Kein Laut drang heraus. Die Außenbeleuchtung ausgeschaltet, die Tür geschlossen, aber nicht abgesperrt.

Die Kneipenstube, deren Fenster das Licht der Straßenlaternen milchigfilterten, war mit Wimpelketten, drei, vier Luftballons und Papierschlangen dekoriert. Die schweren Tische, deren – vermutlich seit 1973 unverrückten – Stammplätze noch aufgrund ihrer hellen Fußabdrücke auf dem Linoleum rekonstruierbar waren, standen nun in zwei Reihen, die durch weiße Papierdecken, an den Rändern widerspenstig aufgebauscht, dicht geschlossen wirkten. Drauf standen Väschen mit Maiglöckchen aus Plastik, ehemalige Senfgläser mit Salzstangen, Aschenbecher, Thermoskannen und Fünfergrüppchen auf den Kopf gestellter Schnapsgläschen. Der Tresen in verwaistem Zwielicht. Niemand da. Kein Laut, bis auf das feuchte Seufzen der Warmhaltekannen. Die Tür zum Saal war zu, und auch von dort drang kein Geräusch heraus.

»Es ist halb neun«, sagte ich. Im selben Moment meinte ich zu vernehmen, wie – hinter der Saaltür – Tante Irenes Willyorgan den Countertenor ihres Gatten planschmirgelte. Fast zwei Jahre war's her, aber eine solche Stimme vergaß man nie. Bärbel zeigte auf einen roten Papppfeil mit goldfarbener, kaum leserlicher Aufschrift – *GeschLoßene GeseLLschaft* – und zog mich zur Tür. Es entspann sich eine kleine postkoitale bzw. (wie sich zwei Stunden später auf dem Klo herausgestellt hat) schon wieder präsexuelle Plänkelei ums Vortrittlassen, wobei's an Gekicher, Gegrapsch und abwehrenden Knicksen nicht fehlte – vielleicht merkten wir deswegen nicht, daß nach uns bereits noch jemand die Gaststube betreten hatte –, und ich drückte die Tür auf – mit der Rechten –, und Bärbelchen zog mich an der Linken über die Schwelle, die die schikanöse Schickse Schicksal für mich bereithielt.

Ich mochte meinen Augen nicht trauen. Ganz dahinten, in circa dreißig Metern Entfernung – nahe dem Eingang zum Klosett, das ich seinerzeit mit Hilfe einer

Stab-Taschenlampe hatte aufsuchen müssen –, am Nordende des tiefen, diesmal grellerleuchteten Saals, standen parallel ausgerichtet vier kurze Tischreihen, eine leer, eine kaum und zwei lückenhaft besetzt mit gerade mal anderthalb Dutzend einander gegenüberhokkenden Gestalten – wie in einer, was weiß ich, von Wachspuppen nachgestellten Kidnapping-Szene auf einer Ausflugsbarkasse oder was –, die uns Jackett- oder Puffärmelschulter zeigten, um 90 Grad verdrehte Hälse und von hier aus undeutbare Frontalmienen. »Na endlich!« murrte jemand.

Na schön, wir waren zu spät, und obwohl ich selbst Unpünktlichkeit haßte, hatte ich's in diesem Fall ja mit Bedacht so geschehen lassen, weil ich eben einen Rambazamba erwartet, in dem man bei Bedarf unauffällig wieder hätte verschwinden können.

Ich scheute und gab Bärbels Ziehen zunächst nicht nach, sondern verharrte, um die Türe hinter mir zuzudrücken – gegen einen sonderbar elastischen Widerstand –, während Bärbel abermals, nun ruckhaft, an meiner anderen Hand zerrte, was einen Gegenzugreflex meinerseits auslöste, dessen Rückstoß sich bis in die Klinke fortpflanzte. »Eh!« oder »Öi!« hieß es, im selben Nu, auf der anderen Seite der Tür – unter leichter Schockeinwirkung riß ich sie wieder auf –, und schon schossen vier panisch gespreizte Finger auf mich zu. Ich drehte mich instinktiv weg.

Bärbels Schwarzgurtreflexen war's zu danken, daß es Jupps vor Todesangst bleiches Schädelgesicht nicht aufs Parkett haute. Wie frische Schnitte so rot leuchteten seine Narben. »Mensch«, keuchte der zornige Mann, »ma' aufpassen hier . . .«

Ich stammelte was – »Ach, hahaha, ich hab gar nicht gemerkt . . .« –, bückte mich nach den Krücken, und als ich mich mit sanftem Bluterguß im Gesicht umwandte, sah ich, daß die geschlossene Gesellschaft, vom anderen Ende des Saals aus, stumm unserem kleinen Sketch von A bis Z gefolgt war. »Jupp!« ertönte schließlich eine hupenhafte Stimme, die mir hinlänglich bekannt war. »Was machense mit dir, Jupp!« Der Günsel. Was machte denn, großer Gott, der Günsel hier! »Pscht!« zischte jemand.

Der Schmiß des zwiefach amputierten Sanguinikers nun schwarzrot wie Schorf. Er schnaufte. »Zu blöd zum Türenaufmachen!« grollte er an meinem Ohr vorbei, über dreißig Meter Parkettboden hinweg, zu der reglosen Versammlung hinüber, die wie im Bann der gleißenden Neonröhren darniedersaß. Nur Irene und Kuddel machten sich an dem kleinen Bartresen zu schaffen.

»Vorsichtig was du sagst«, knurrte von dort drüben jemand Jupp entgegen, der nun zwischen seinen beiden Krücken übers Parkettmeer auf die Barkasse des Grauens zuschaukelte, »dat is'n Studierten!« Fünf bis sieben Stimmbändsel gerieten in Bewegung. Trocknes Glucksen unisono, irgendwas zwischen Gelächtermißbrauch und Warnungsgeknurr.

»Ma'n *bißchen* aufpassen hier«, brummte Jupp noch einmal zur Bekräftigung – wie damals, vor zwei Jahren. Ich hätte auf ihn hören sollen. Bärbel zog mich hinter ihm her. »Hallo!« trällerte sie diesem gestrandeten Charon furchtlos entgegen.

Nu, man hätte (gelernt ist gelernt) – die Fingerkuppen in Bauchhöhe zusammengelegt – im Brennpunkt der optischen Aufmerksamkeit abbremsen können und höflich, aber bestimmt verlautbaren, sie, die Anwesenden, als einzelne seien, mal *so* gesagt, ohnehin annulliert, liquidiert als Individuen in einer verwalteten monopolkapitalistischen Welt und würden insofern allenfalls via negativer Dialektik zu einer gewaltlosen Vergeistigung gelangen – dem einzig möglichen Prozeß, eine positive gesellschaftliche Utopie zu realisieren (die wir ja wohl alle anstreben) –, vorausgesetzt, sie verhielten sich affirmativer Kunst wie BILD-Zeitung, Seifenopern, Trockensträußen etc. gegenüber künftig distinktiv und wendeten sich, zunächst probehalber, z.B. der Zertrümmerung ihrer musikalischen Hörgewohnheiten zu, d.h. etwa Blixa Bargelds Einstürzenden Neubauten anstelle der jeweils neuesten Schlagerparaphrase eines Lokaltroubadours namens John Borg mit dem immergleichen Titel »Ich bin nicht gern allein, Fräulein«.

Sicher. Das hätte man tun können – oder gleich auf den letzten Metern lang hinschlagen, mit Ohrenausfluß oder wenigstens Schaum vorm Mund: Notarzt, Abtransport, Spital – Schluß der Veranstaltung – –; auch das, klar.

Am besten aber hätte man dem Publikum frank eröffnet: »Sehr geehrte Anwesende, rüstiger Jubilar: Bedaure, dies hab ich mir anders vorgestellt. Habe die Ehre«; anschließend auf dem Absatz umgekehrt, rausgegangen, meinetwegen kurz nach Hannover geprescht; dann aber ab nach Haus und bei einer Tasse Hagebutte mit einem klugen Buch barfuß ins Bett.

Wenn man bloß gewußt hätte, wo das war: zu Haus. Auf den schmuddeligen 18 Quadratmetern in der WG? Mit all dem Sperrmüll, Gerümpel und Trödel, Millionen von Flusen schwarzen Krausers auf dem Küchentisch, mit dem verkalkten Brausekopf und gesplissenen Bambusjalousien, mit der milbenverseuchten Perserbrücke, die vom Jugendschreibtisch (*Quelle*-Katalog 1970) zum Fernseher führte? In *dem* Silberfischchen-, Spinnen- und Ameisenzoo? Und in Nitas Wohnung herrschte hektische Leere . . .

Einen zünftigen Grand Hand immerhin, mit den drei besten Jungs, hätte man jetzt grad, in diesem Moment, in der *Glucke* haben können. Andererseits aber war man schließlich keiner dieser Fuck-and-fire-Chauvinisten, welche rührendste Mundpropaganda einer Jungunternehmerin »verdinglicht« (Zitrone Zimmermann) duldeten – und zwar nicht nur keineswegs stillschweigend, sondern vielmehr auch noch laut »Ja, du gefällst mir« stöhnend –, um anschließend vor der geringsten zwischenmenschlichen Hürde die Kurve zu kratzen. So einer war man eben gerade nicht. Leider. Sondern man stakste hinter Bärbels Hintern her, jenem Asyl für geistig-seelisch Obdachlose wie unsereinen; lief, Menschenskind, diesem extravertierten Sambahintern nach – auf jene geschlossene Gesellschaft zu, jenen Konvent von Furcht und Drangsal, Beschränktheit und Hoffnungsseligkeit, Sehnsucht nach Zweifelsfreiheit und ein bißchen Frieden oder was weiß ich, wo die Erleichterung über die Brechung des Steinschweigens durch einen Depp *ex machina* schon wieder abgeebbt war. Jupps ins Parkett gestanzten Spur, der darein gehämmerten Fährte der Schnürstiefelchen Bärbelchens folgte man auf dem Fuße, empfangen von rund zwanzig Augenpaaren.

»Herzlichen Glückwunsch, Opili!« gluckste Bärbel in die Stille und fiel einem da hockenden alten Zausel von hinten um den Hals, während ich dastand wie ein hochnäsiger Hausierer und Tante Irene zugrinste, die hinter der Bartheke Alufolie von riesigen Schlachtplatten entfernte und, sichtlich ohne mich wiederzuerkennen – vielleicht wegen meines Barts –, »Nahmp!« quakte. Es klang höhnisch in der verdrucksten Stummheit hier.

Fasziniert beobachtete ich das sonderbar ungeschmeidige Eigenleben ihres Kleids (mit Konfettimuster). Als sei das Futter aus Blech. Wie sie da wohl hineingelangt war. Wie das Schiff in die Buddel? Oder hatte Kuddel sie hineingeklempnert? Ihre Specktaille jedenfalls schien bis unter die Achseln hinaufgeschwemmt, so daß sie wie ein Catcher hantierte, indes von der zwischen den Lippen wippenden Kippe das letzte Ascheräupchen ins Dekolleté stürzte, weil Onkel Kuddel – im graugestreiften Anzug (nebst roter Krawatte zu schwarzem Hemd) – sie mit dem Ellbogen anrempelte, im Zuge der Entkorkung rund eines Dutzends brauner Weinflaschen. Wenn Arbeit = Kraft x Weg, dann prallte hier auf minimalen Weg ein *overkill* an Kraft.

Ich versuchte, den flackernden Blick ruhigzustellen, was derart anstrengte, daß meinem maskenhaften Grinsen zwei neue Fimmel entsprangen – einer am linken Mundwinkel, einer am rechten Nasenflügel. Es duftete nach parfümiertem Tabak, nach Ätzammoniak und etwas gefährlich einlullendem Dritten. Die Stikkigkeit im Saal paßte nicht zum Hall hier, der noch die diskretesten Geräusche aufdringlich wiedergab: die des Günsels etwa, der seiner Frau in die saure Dauerwelle raunte (und, wenn sie wie ein Ventil dazwischenzischte – »Pscht! . . . Pschschscht!« –, gar kurzfristig in Flüsterton verfiel); oder die kehligen Laute aus der Nölorgel des Brötchenbarons, ohnehin schon gedämpft vom Haar Bärbels, die enkelkindisch auf seinen Schlipsknoten atmete; das Rascheln der Alufolie und das hysterische *JieckPLÖPP!* der Korkstöpsel. Kaum ein unterdrücktes Räuspern, kein auch nur gebremstes Scharren. Als ein harter kleiner Gegenstand – ein Feuerzeug wahrscheinlich – auf den Boden knallte, fuhr nicht nur ich zusammen. Niemand bückte sich, und niemand verriet den Radaubruder.

In den mir zugekehrten Sitzreihen, also denen mit Westblick, erkannte ich zu meiner Überraschung weitere Protagonisten jenes Recherchesonntags von vor knapp zwei Jahren, hier im *Runden Eck*, wieder, trotz der albhaften Verwandlung: den weißhaarigen Folkloristen, der zwar auch an diesem Tag eine grau-grüne

Trachtenjoppe mit Hirschhornknöpfen trug, insgesamt aber eine noch schweinischere Rasiertheit bezeugte, noch juckendere Fidelität und bajuwarophilere Festlichkeitserregung als damals – alles andere als angebracht angesichts der Grundstimmung im Saal. Er ächzte vor Jovialität, während er das Opi-Enkelin-Geschmuse beobachtete.

Neben ihm hatte der untersetzte Bulldozer seinen Platz, den ich anhand des Blutgefäßgespinsts auf den Hängewangen identifizierte. Nicht der geringste Zollstock steckte in seinem Anzug, dafür aber eine fürchterliche Fliege. Feixend hockte er an der Seite seiner nichtssagenden Gattin, die ihren Hinterkopf streichelte: Die Schnauze vom daheimgelassenen Mastiff »mein Muschi« Gotcha steckte vermutlich grad im *eigenen* Arsch. Zu ihrer Linken versuchte Jupp, seine Krücken an der Stirnseite des Tischs zu verankern, die mit eierartiger Unbotmäßigkeit immer wieder wegrutschten – je öfter, desto blühender der Blutandrang in seinem Schädel.

Zwischen den Papiertischdecken und einem Zirrushimmel aus Tabaksqualm ballte sich die Atemluft, wie kurz vor Ausbruch einer Epidemie. Die auf den Kopf gestellten Weingläser schienen mit kaltem Schweiß lasiert. Jemandes unstete Finger, auf die ich, weshalb auch immer, meinen Blick fixiert hatte, zogen sich unter den Tisch zurück. Meine Handflächen, die Fingerbeugen und Achselhöhlen schwitzten, während sich Bärbel und Opili süße Nichtigkeiten ins Ohr flüsterten; erheblicher Blutdruck herrschte über meinem Krawattenknoten, so daß Halsflanken und Adamsapfel glühten, und ich hatte grabeskalte Füße.

An Tisch 2, Nordseite ganz außen, entdeckte ich Marion Befeld, heut von einer Aura tragischer Schönheit umgeben; daneben Unke Rita, die ums Verrecken

Kim rauchte, zur Feier des Tages aber Skailederjacke Skailederjacke und ESPRIT-Shirt ESPRIT-Shirt sein gelassen und gegen ein Ensemble getauscht hatte, das überwiegend aus einer Art Ratsherrnkragen bestand. Gundolf hingegen, ihr Beisitzer, empfand es, seiner gleichmütigen Miene zufolge, als vollkommen hinreichendes Zugeständnis an den Mehlmogul, eine grünstichige Krawatte zum rosa Hemd unterm blauen Pullunder kombiniert zu haben. Neben ihm klaffte ein freier Platz, woran sich der aalhafte Stutzer anschloß, der, nun wußten es alle, außer einem *Garfield*- auch einen *Goofy*-Schlips besaß und ebenso pomadig glänzte wie damals. *Sein* Gesichtsausdruck war nicht so leicht zu deuten. Vielleicht hatte er grad 'ne Leiche geschändet, vielleicht 'ne Tube *Uhu* gesnifft, oder er zehrte noch vom freitäglichen Happy-Hour-Petting im Fischbeker *Club 69.*

Niemand von ihnen begegnete meinem Blick. Alle betrachteten das geradezu inzestuöse Geknuddel.

Endlich endete es, und Bärbel sagte mit hektischen roten Flecken im Gesicht: »Opili, das ist Bodo, stellvertretender Chefredakteur von ELBE EXTRA.«

Der Alte schob seinen Stuhl zurück, wandte sich achtelweise in meine Richtung und zog die Rechte unterm Tisch hervor. In dem folgenden Konzilianzgestammel war »Dreyer« das einzige halbwegs entschlüsselbare Wort. Es drang aus einem grobschlächtigen Gesicht, das eher einem Schlachter anstand, wären nicht die massive Werner-Höfer-Brille und die ausgelaugte Gesamterscheinung gewesen. Seine Haltung feilschte dreist und unterwürfig um Schonung; seine Hand aber – das Attribut »feuerfest« drängte sich auf – besaß eine zwingende, autarke Kraft. Vermutlich damit sich meine Handfläche nicht schwul an die seine schmiegte, packte er bereits bei meinen Mittelhandknochen zu und stauchte sie mühelos zu einem Hasenfuß zusammen.

»Morten mein Name«, sagte ich, ungerührt zukkend grinsend; »ich gratuliere!«

Er gab dem Zäpfchen in seiner Kehle zweieinhalb hydraulische Stüber – »Jorrmndange, nörg?« – und wartete, der Deibel weiß worauf, und als ich nur zukkend grinste und, nach wie vor, zuckend grinste, wandte er sich viertelweise ab und gurgelte was wie »Na Bärbeli . . . neu'n Freungd, nörg?« und drehte sich wieder zum Tisch, wobei er seufzte sowie, als Abschlußsignal, eine schwache Triole aus Halbtönen blies, ein dünnes Capriccio aus derart zu Tode deprimierend peinlichen Verlegenheitspfiffen, daß ich den Schweinehund aus Mitleid und Ekel am liebsten erschossen hätte.

»Und das ist Omi«, sagte Bärbel. Neben dem Knödelkopp saß Magda Dreyer, 61 damals, geborene Scholz, Haus- sowie Ehefrau bzw. Mutter von insgesamt acht mehr oder weniger kaputten Erwachsenen. Auf jeden ihrer noch unentdeckten Tumore kam einer. »Dreyer«, sagte sie. »Morten«, sagte ich. Eiskalte Hand.

Schweigen im Saal.

»Mnö, mnörg, nörg?« delirierte der Gastgeber, »hins-s-s, woll'nmn . . . euch hinsetzen, nörg?«

Hinsetzen nörg, hinsetzen nörg. *Wo*hin denn, Idiot. An seinem Tisch war nur noch *ein* Platz frei – auf der Nordseite außen, neben Hirschhorn – und am nächsten zwar zwei, aber einzelne; einer zwischen Goofy und Gundolf und einer Gundolf gegenüber, zwischen einer Frau, die ich von hinten nicht zu erkennen vermochte, und einem Herrn, dessen kubische Briskfrisur, jede Wette, Winfried gehörte, dem mittvierziger Hagestolz mit den bestens gestretchten Brustmuskeln.

Also dirigierte ich Bärbel – von rund zwanzig Augenpaaren schweigend verfolgt – zu Tisch 3 (Südseite), von wo aus lediglich der Günsel und seine Frau, traulich wie daheim im Sofa, parallel unserer entgegenharrten.

»'n Abend, Herr Günsel«, raunte ich bei der Ankunft und nickte auch seiner grauen Frau zu.

»Hallihallo, Herr Morten, danke, danke, danke. Und selbst?«

»Aber immer. Alles klar?«

»Alles klar, vielen Dank, Herr Morten«, raunte mir der Günsel an seiner Frau vorbei zu, deutete auf ihren grauen Schoß und raunte: »Meine frühere Verlobte, meine jetzige Frau.«

»Angenehm, Morten«, raunte ich. »Darf ich Ihnen Bärbel Bef-«

»Schscht«, machte Frau Günsel.

Wir hätten uns ihnen *gegenüber* niederlassen sollen – die übrige Gesellschaft im Rücken, freier Blick auf die Günseln, den leeren Tisch dahinter und *da*hinter die fensterlose Ostwand mit den aufgemalten Fenstern, hinter denen ein Jahrhundertwende-Idyll mit Kutschen und Chapeau-Claques lockte. Wir hätten Pfickanekdoten austauschen können oder wenigstens Butterbrotrezepte und ein prima Extraquartett abgegeben. Aber ich plazierte mich nun mal *neben* Frau Günsel und Bärbel neben mich, so daß wir einhellig über die leere Westreihe unseres Tischs hinausspähten wie eine zur Beurteilung der gesellschaftlichen Leistungen auf diesem Parkett berufene Laienjury.

Wir rückten die Stühle an den Tisch. Schweigen im Saal.

Ich kriegte gerade noch mit, wie sich Angehörige der beiden Ostreihen von Tisch 1 und 2 wieder umdrehten, um den Westblick zu genießen. Kuddel und Irene machten nicht gerade den besten Eindruck. Die

Korken- und Folienentfernung stockte aus irgendwelchen Gründen. Plötzlich verschwand Kuddel auch noch für mehrere Augenblicke unterm Bartresen. Irene drückte ihre Zigarette aus, zischte und schüttelte die Hand aus.

Gespannt verfolgten wir, zumindest die mit Westblick, was sich da tat, und einige derjenigen mit Ostblick, die mitkriegten, daß die mit Westblick irgendwas verfolgten, schlossen sich an, indem sie sich rücklings über die Stuhllehnen gereckt umwandten.

Kuddel tauchte bramsköpfig wieder auf, schraubte mit dem Korkenzieher mehrfach gegens Licht und verschwand winselnd wieder unterm Bartresen. Irene steckte sich eine neue *Pall Mall* an. Jemand begann zu husten, brach aber gleich wieder ab. Bärbel, die doch sonst plaudern und plappern konnte, bis ihr schwarz vor Augen wurde – oder mir –, saß stumm und trotzig und kaute auf den Nägeln.

Keine Musik. Diese Helligkeit im Saal ... – wo war der Unterschied zu Finsternis? Höhlenhafte Einsamkeit. Stalagmiten aus Sekunden wuchsen auf jedermanns leerem Gedeck. Die Sprachlosigkeit unterlag den Bedingungen eines lautlosen Orkans; überwältigenden Böen totaler Reg- und Atemlosigkeit folgten kollektives Verschnaufen, Scharren, Räuspern und Dehnen – bis der nächste große Wind des Schweigens mit unwiderstehlicher Gewalt über unsere geduckten Nacken ging.

Niemand machte Anstalten, etwas ein- oder auszuschenken, und – mir stieg das Blut zu Kopf, weil mir das erst jetzt auffiel – weder Blumen noch sonstwelche Geschenke waren zu sehen. Weit und breit kein Tisch für Präsente. Die Tatsache, daß außer mir sowohl Jupp als auch Bärbel mit leeren Händen gekommen waren, milderte mein Unbehagen wenig.

Ich wollte gerade mit ihr zu tuscheln beginnen, als jemand anders die Nerven verlor und halblaut zwei, drei schnelle Sätze nuschelte – etwas von ». . . denn los hiär«, »nich ganz dicht hiär«, und der letzte, wenn ich mich nicht täusche, lautete »meineh Fresseh«.

Daraus, daß sich in diesem Moment ein einziger aus der gesamten Feiergemeinde rekelnd rührte, schloß ich, daß er derjenige war, der das gesagt hatte, und plötzlich war ich ferner sicher, daß er es auch gewesen war, der bei unserer Ankunft »Na endlich« geknurrt und mich einen »Studierten« geschimpft hatte: ein kräftiger, langhaariger Mann Ende zwanzig, in Lederjacke und mit martialischen Emblemen bestickter Jeanskutte darüber, bis an die Zähne bewaffnet mit Gepränge – Orden, Ringen, Nadeln, Ketten, Karabinerhaken und Ösen. Unglaublich, daß ich diesen Hecht bisher übersehen hatte.

Verstohlen musterte ich Geburtstagskind Siegmund »Opili« Dreyer, in der Mitte des Fünferclubs West von Tisch 1. Er hielt die Hände unter der Tischdecke, den Blick gesenkt, und pfiff, den gespitzten Lippen nach zu urteilen, schon wieder – oder immer noch – tonlos vor sich hin. Magda Dreyer nicht, stellte ansonsten aber eine exakte Haltungskopie her. Rechts neben ihr saß ein weiterer mir unbekannter Mensch, der aussah wie ein Adolf Eichmann mit halbseitiger Gesichtslähmung. Die andere Hälfte grinste ingrimmig.

Auf der Nordseite, zur Rechten des Brotmonarchen, machte ich einen finsteren Pfeifenraucher mit pflaumenbraunen Jahresringen unter den Augen aus, zweifellos einer der Dreyersöhne. Auch er spitzte die Lippen, allerdings um am Biß seiner Pfeife zu saugen, die er am Kopf festhielt. Die andere Hand steckte unterm Tisch, auf den er seinen Blick senkte. Sein Haar war so dunkel und dicht, wie das seines Vaters dicht und weiß war. Er trug keine Brille. Ihm zur Linken beigesetzt dämmerte, offenbar kurz vor der Niederkunft, vermutlich seine Gattin hin, die Spangen im verschwitzten Haar trug.

Ich versuchte, Marion Befelds Reaktion zu ergründen, und da passierte das Unglück: Als ich ihren Blick nachvollzog – den sie mit angestrengt gelassener Miene die steile Diagonale von der Nordostseite von Tisch 2 zur Südwestseite, wo der Kuttenträger saß, hinabschickte –, prallte mein Blick frontal auf seinen. Er reckte die linke Gehörseite in meine Richtung und schielte mich über den interessiert geöffneten, unrasierten Mund, ein Schneidezahn fehlte, an. »Is wäs, Tint'npissä?«

Verblüfft blickte ich mich um, aber da war nur die Ostwand mit der Kutschenidylle.

»Neenee, *du* bis' gemeint, Tint'npissä«, tönte der Kuttenträger mit bulligem Gusto, »so viel Tint'npissär gibt's hiä jä wohl nich, odä wäs!«

Plötzlich bestand mein gesamter Thorax aus panisch pumpendem Herzen. Meine Augen traten im Takt aus den Höhlen, und in den Ohren schien ein Wasserfall zu rauschen. Ich begann zu zittern.

»Sachma, has du 'ne Panne oder was, Piddi Dreyer?« rief Bärbel voller Wut. »Halt *du* bloß die Fresse, sons tleb *ich* dir eine!«

»Wäs wills *du* denn, du alte Schlunzeh«, lehnte sich der Kuttenträger gemächlich zurück, und seine Lederjacke knarrte, »geh *du* mor liebär zu Mämi und –«

»NA, na, *na,* nörg?« schallte es vom Paterfamilias herüber, »nörg, woll'n doch, nörg?, Piddi, nörg?, heut ahmd büschen –«

»Halt *du* bloß die Schnauze, Piddi Dreyer«, rief Bärbel abermals, »echt! *Du* muß ganz, *du* brauchs deine Tlappe ja nu überhaup' nich aufzureißen! Echdorr . . . Ahschloch . . .«

»*NA*, na, *na* Bärbeli, nörg?, woll'n doch –«

»Aber *du*, wa«, knurrte der Kuttenträger, »du alte –«

»Jan Peter!« Eine eiskalte, diamantscharfe Frauenstimme. Marion Befelds. Um einen Sekundenbruchteil versetzt Tante Irenes Willyorgan: »Jan Peder! Is' gut jetz'!« Ich unterdrückte den Impuls zu blinzeln, damit meine Wangen nicht feucht wurden, und schwor mir, diese heiligen drei Königinnen bis ans Ende meiner Tage zu lieben und zu ehren.

Der Kuttenträger – nach rechts abgewandt, nach links abwinkend – gab einen schnarchähnlichen Ton von sich und schaute mit unendlicher Langeweile über dreißig Meter Parkettboden hinweg zur Tür.

Und wenn es je eines Beweises bedurft hätte, daß Paul Dreyer, Onkel Pauli – Straßen- und Kleinkunstonanist St. Pauli –, übersinnliche Fähigkeiten hatte, dann lieferte er jetzt einen.

Wie aufs Stichwort – obwohl ich ihm bis dato noch nie begegnet war, wußte ich sofort, daß er es sein mußte – trat seine hagere Gestalt mit den extremen Gliedmaßen durch jene Tür in den Saal ein, mit bis hierher, bis zu unseren Tischen strahlenden braunen Augen und geöffnetem *und* gefletschtem Gebiß. Sein rötlichbraunes Haar wirkte, als habe er soeben einen Blitzschlag überlebt. Erregt tappte er, auf den Fußballen federnd, zu uns herüber.

»*Äch* du Scheißeh«, winkte der Kuttenträger hysterisch erheitert ab, »Pauli, alte Näpfsülzeh, *du* komms grorde richtich . . .«

»Du bist ein schlechter Mensch«, kanzelte ihn Pauli en passant ab, während er sich federnd, ja hüpfend vor sirrender Starkstromenergie näherte, »aber heilig sind die Friedfertigen, denn sie werden das . . . Erdreich besitzen; selig sind die, die Barmherzigkeit ausüben, denn sie werden Barmherzigkeit erlangen . . .« Er steuerte stracks auf unseren Tisch 3 zu. »*Sanft*mut. Ge*duld*. *Freund*lichkeit. *Lie*be. *Hoff*nung. *Zärt*lichkeit. – – *Aus*dauer. – *Fleiß*. *Mü*he. – – – Ich weiß noch mehr Begriffe.« Er drängte sich hinterrücks durch unsere Stuhlreihen und ließ sich neben Bärbel nieder, weiterhin in westlicher Richtung predigend. »Wie groß ist denn *euer* Wortschatz. Es geht nach Wortschatz in der Welt. Kariba! Kariba ist persisch und heißt Alles Liebe! Kariba und Shalom adonai! Friede, Herr. Also, Kariba, alles Liebe, Shalom adonai. In Deutsch kann man sich in Deutschland ja nicht verständigen, da gibt's nur Mord und Dotschlach. Ein deutsches Wort – ist Mord. Das hat sogar der Böll gesagt. Heinz – wie heißt der – Heinrich Böll, nä?, der hat das gesagt. Und da hat er sogar 'ne Auszeichnung für bekommen. Das Wort – macht Mord. Wenn du Brot sachs, denn wirs ermordet, beim deutschen Wort wirs immer ermordet, am besten nur sagen: Shalom adonai! Das ist das beste.« Paulis schmales Breitkordknie wippte in schnellem Schlag auf und nieder, schneller als das eines Schlagzeugers. Er blinzelte scheinbar nie, und die Starrheit seines verzückten Blicks kontrastierte herzzerreißend mit der Unruhe im Rest seines Körpers. Zwischen den Sätzen schluckte er trocken, mit offenem Mund. »Also ich hab, ich hab mir, ich hab 'n Lied komponiert, das sing ich euch ma vor –«

»Pauli nörg?, schön'n Dank, nörg, daß du –«

»Hier kommt frohe Booot-schaft«, sang St. Pauli mit klarem Knabentenor aus langem Halse, »Botschaft für die Mennn-schen, hört nun was ich saaa-ge, Liebe ist das Ziel. Gott liebt alle Mennn-schen, Völker Rassen Stämmm-me, Gott ist ja die Liiie-be, Jesus ist das Licht. Mensch'n gehör'n Jeee-sus, Jesus ist dein Bruuu-der, Brüder soll'n sich liiie-ben, Liebe ist ihr Ziel. Gott ist deine Hilll-fe, Mensch erkenn die Waaahr-heit, Wahrheit ist die Biii-bel, helfen soll sie dir – *besonders Salomo*!«, fügte er in Sprechgesang hinzu; »Eines Tages leuch-tet's, hoch am Himmelszelll-te, Jesus kommt bald wiiie-der, Freude bringt er dann. Vorbei sind alle Nööö-te, Haß und Krankheit steeer-ben, Liebe wird dann siiie-gen, Mensch du bist bei Goooott . . .«

Ich wußte nicht recht, ob er Applaus erwartete, jedenfalls bekam er keinen; indes war ich sicher, daß unsere kleine Gemeinde wohl nicht viel Wert auf weitere Beiträge Paulis legte, wenngleich niemand die Kraft entwickelte, ihn zu bremsen – oder auch nur eine Idee, wie. Also herrschte Stille, bis auf das rhythmische Quietschen von Paulis Gummisohle.

»Ich hab *noch* 'n Lied gedichtet«, sagte Pauli, und zumindest ich war dann doch fast dankbar dafür. Alles war besser als dieses Gebeineschweigen. »O Frühling komm bald, o Frühling komm bald! Ja der Winter ist – so – kalt. Vööögel die singen, Kinder die springen, bringen uns eine schöne Zeit. O Frühling komm bald, oh Frühling komm bald. Ja der Winter ist – so – kalt. Glück, blaue Ferne, Blick, in die Sterne, lieber Frühling komm herbeiii . . .«

Frühling? Winter? Wir hatten September! Vielleicht deswegen wartete Pauli etwaige Publikumsreaktionen gar nicht erst ab, sondern hatte schon bei »Glück, blaue Ferne« in seiner Windjacke gekramt und zerrte nun einen Stoß zerknitterter Papierbögen hervor, glättete sie auf dem Tisch, sagte: »Gesammelte Wörter«, und las vom ersten Blatt, das in seinen langen Fingern erheblich flatterte: »Wir sind zusammen, und doch ist jeder für sich allein, einer erhebt das Wort: wie schön, denn es war rein und fein. Des Lebens Weisheit ist es wohl immer wieder, Freude zu geben und Freude zu empfangen. Wie freut sich doch ein Kind, wenn ihm neue Dinge gelangen. Ein Kind braucht die Obhut der

Eltern und Brüder und Schwestern zum Spielen und zum Arbeiten, dann wird es in der Welt auch Freude bereiten. Eine Mutter, die immer ja sagt zu ihrem Kind, wie der Vater ein lehrendes Wort sprechen muß, wie der Herr Salomo aus der heiligen Bibel, dieser Vater freut sich über die Mutter, die ihrem Kind beibringt die Fibel. Von daher: Gnade heißt auch *gracias* oder *grace*, und ein gutes Gesicht *a beautiful face*. Gnade heißt, glücklich mit seiner selbst gewählten Arbeit leben zu dürfen und Freundschaft erfahren, das Gnadengeschenk auf Erden. Ich wünsch euch alles Gute.«

Er legte das Blatt auf dem Tisch ab und nahm sich das nächste vor. »Das hab ich vorhin geschrieben. Das Paradies ist ein großer Lustgarten.«

»Meineh Fresseh«, dröhnte Pitti Dreyer, stand auf, wobei die Stuhlbeine hirnbetäubend übers Parkett schrillten, und hackte seine beschlagenen Stiefel hinein, während er breitbeinig, klimpernd und klirrend, den Saal verließ.

Vielleicht bemerkte Pauli den Abgang seines jüngsten Bruders nicht einmal. »Dort leben nur die Sensiblen und die Zarten! Eingang hat hier jeder Mensch, denn er kommt ins Staunen und Raunen, wenn er die wertvollen Kostbarkeiten entdeckt. Es ist dort nichts, wovor er sich erschreckt! Nein, über Liebe, klare Luft, Seeanemonen, Ginster, Wacholder, Haselstrauch, Vergißmeinnicht, süße Holunderbeere, die vielen Eichhörnchen, das Ried- und Schilfgras und die großen Bäume! All das kann er hier entdecken, er kann sich laben an der Quelle des Wasserstromes, er kann seine Füße waten in all den reichen Bächen. Welch wundervoller Mondenschein zeigt sich am Kristallhimmel, wir Menschen haben das Glück auf Erden und in unseren Herzen, wenn die Schmerzen vergangen sind. Dann gibt's Fried ohn' Unterlaß! Dann haben wir Shalom! – Und dazu gehört noch, was ich gestern geschrieben hab«; Pauli nahm ein drittes Blatt aus dem Haufen. »Das Kind regiert in alle Ewigkeit. Nichts kann mir töten mein Kind in mir. Ich Du Wir – alle brauchen das Kind und das Tier. Das Geld ist nur ein Hilfsmittel, doch kein Wert. Wert ist die Seele und damit das unvergängliche Sein. Geld hat Fluch, wenn ich arbeite und kann bezahlen kein Buch. Na ja.«

Geschäftig legte er auch diesen Zettel auf dem Tisch ab, sagte: »Und hier noch eine Kurzgeschichte, zum Geburtstag, Pabba!«, nahm den letzten Wisch und las: »Die Kinder als Gerechtigkeitskämpfer. Schon als Kind ging es uns darum, wir wollen kämpfen und heilen, und zwar spielte sich das alles bei uns zu Hause bei 'ner Kirschsuppe ab. Jeder mußte die gleiche Anzahl von Kirschen auf den Teller bekommen, ansonsten gab es Geschrei. Und das wollte Mudder nich. Die Mudder ist nachsichtig mit ihren Kindern. Jeder bekommt seinen Teil, schließlich wünscht sich eine Mudder ein friedliches Zuhause, und Pabba schaut zu.«

Pauli schob die Papiere zusammen, faltete sie und steckte sie wieder ein. Dann streckte er die Arme unter den Tisch, starrte mit offenem Mund trocken schlukkend auf die Tischdecke und ließ das Knie wippen.

Die geraume Weile, da St. Pauli seine Fibeln und Fabeln verlas, hatten die Insassen unserer kleinen Barkasse geschwiegen. Nun wurden Stimmen laut, und schließlich erhoben sich umständlich drei, vier Leute, beinah gleichzeitig, als sei das Amen gesprochen. Winfried und der Lodenfex verbrachten ein Stück gemeinsamen Wegs zum Klo plaudernd, und Marion Befeld und Bärbel halfen Irene und Kuddel, die Schlachtplatten und Weinflaschen auf den Tischen zu verteilen. Als Bärbel sich an Paulis Stuhl vorbeigedrängt, hatte sie ihm eine Hand auf die knochige Schulter gelegt und gefragt: »Hast du überhaupt schon was gegessen, Onkel Pauli?«

Seit Pitti der Rocker den Saal verlassen, hatte Marions Gegenüber, ein Mensch mit feistem Bulbusschädel und leerem Euter unterm Kinn, mit angegrauten, perückenhaften Haaren und dunklem Robbenbart – etwa zehn Jahre älter als ich –, Augenkontakt mit mir aufgenommen. Unentwegt rauchend hatte er, die andere Hand unterm Tisch, den umherirrenden Blick meist knapp unterhalb der Waagerechten gehalten – allerdings immer nur dort, wo nicht Pauli war –, außer wenn er meinen aufzufangen suchte. Dann war eine schwer zu bestimmende Gefühlsäußerung herausgeschmolzen – etwas wie ein augenmimischer Entwurf dessen, was jemand zu empfinden hofft, sobald er einen Schritt getan haben wird, vor dem er eine Heidenangst hat.

Mir gefiel dieser Blick nicht, und während Onkel Pauli rechts neben mir mit dem knochigen Breitkordknie wippte, begann der Günsel von links auf mich einzuraunen, nach wie vor zu *raunen.* »So was sacht man ja nich, nä?« raunte er. Ich war immer noch in

Aufruhr, wenngleich mein Herzmuskel schon gleichmäßiger pochte. Mir war sofort klar, daß der Günsel *Pitti* Dreyer meinte – wie alle andern –; er übersprang die Pauliszene einfach.

Die in den Zehenspitzen rumorende Reue, je hierhergekommen zu sein anstatt in der *Glucke* juxend mein Omablatt runterzuspielen, speiste Wut und Angst, Wut über meine Angst, wenn ich jetzt abhaute, würde mir ein Kuttenträger auflauern und gegens Stirnbein boxen. »So was sacht man ja nu wirklich nich, nä?« raunte der Günsel. »Herr Morten. Nä? Und man zieht sich ja wenigstens orndlich an.«

»Was machen *Sie* denn dann überhaupt hier?!« fuhr ich ihn an, am Ende mit den Nerven, und ließ eine Art Meckern hören.

»Ich bin *ein*geladen«, raunte er, *noch* raunender, aber etwas pointierter vor Empörung – ob über meine Frage oder die Einladung, war mir unklar. Er kämmte seine Ohrhärchen mit den krummen Fingernägeln. Am liebsten hätte ich ihn um einen Doppelzentner Kopierpapier geschickt oder was weiß ich. »Pscht«, machte seine Frau.

Rechts neben mir quietschte, obszön rhythmisch, Onkel Paulis Gummisohle, interpunktiert von trocknem Schlucken, das ich mehr spürte als hörte. Für eine halbe Sekunde schien ich die Besinnung verloren zu haben, denn als ich wieder zu mir kam, *stand* ich plötzlich, obwohl ich nicht die geringste Vorstellung hatte, wohin ich meine Schritte lenken sollte. Normalerweise floh ich aufs Klo, aber erstens wollte ich mir die Option noch aufsparen, und zweitens konnte ich derzeit nichts weniger ertragen als Pissoirgetratsche zwischen Typen wie Winfried und dem mit dem Hirschhorn, während sie ihre Hoden wogen oder vorm Spiegel die Brustmuskeln stretchten. Schließlich fand ich mich neben Tante Irene am Bartresen wieder und fragte sie, ob ich ihr helfen könne. »Hallo Bodo«, sagte sie. Vielleicht war ihr anhand von Pittis rauhem Kurzporträt wieder eingefallen, wer ich war. »Neenee, Bodo, setz dich man hin.«

»Ich brauch dringend 'n Schnaps«, platzte ich heraus.

»In der *Kneipe!«* krähte Irene entgegenkommend, als wollte sie sagen, wieso sagst das nicht gleich. »Im Kühlschrank! Unterm Tresen! Nimm, nimm, mach! Kein Thema!«

»Echt? Danke dir!«

»Klar! Los! Mach! Logisch!« zürnte Irene herzlich und stapfte in diesem Lampenschirm von Kleid zu den Tischen, um sie mit Plastikbesteck einzudecken.

Nun, ich blickte mich, für etwaige Beobachter, zwar noch einmal um – als überprüfte ich, ob ein Versorgungsbefehl Irenes eventuell noch vervollständigt werden könnte –; aber dreimal sagen ließ ich mir das nicht. Fleißig schritt ich aus, dreißig Meter bis zur Rettung, bis zur Aussicht auf einen anderen Aggregatzustand, und nach mir die Sintflut. Ich stieß die verdammte Tür auf und drückte sie hinter mir wieder zu – komme was da wolle, Kuttenträger, Einbeinige, ein ganzes Schock Sekretärinnen in Miniröcken – und verfügte mich tastend hinter den düsteren Tresen, fand ganze Schlaraffen an Doppelkorn, Bommerlunder, Gammeldansk im Eisschrank vor und Steinhäger – zur Not hätt's auch 'n Holzhäger getan. Ich schenkte mir einen doppelten Malteser ein, kippte ihn, den Kopf in den knackenden Nacken werfend, schenkte gleich einen hinterher und wartete keuchend auf die Wirkung, bevor ich mir einen dritten Doppelten einflößte. Ich erklomm den Barhocker und starrte grunzend in den von den Straßenlaternen schwach erleuchteten Gastraum des *Runden Ecks*, nur die Luftballons, die Wimpelketten, das sanfte Geschlürf der Warmhaltekannen – und ansonsten himmlische Einsamkeit. Ich atmete tief durch und schenkte mir einen nach. Während ich auch den, nach einer Weile, kippte, überlegte ich ein letztes Mal, im Schutze der Dunkelheit zu verschwinden. Dann fächerte die Saaltür zusammen mit entferntem, geradezu aufgeräumtem Geplauder einen Lichtschein auf.

Mit durch Ortskenntnis gemilderter Unsicherheit zog sich mein Besuch am Tresengeländer entlang, ergriff den Barhocker mir gegenüber, auf der anderen Seite der Theke, und setzte sich, wortlos und mit zitterndem Doppelkinn, aber, wie ich entdeckte, nachdem ich mich an seinen Anblick im Zwielicht gewöhnt hatte, *schmunzelnd.* »Gibs mir auch ein, Chef?« – »Aber immer!« Ich sprang vom Hocker. Er klopfte eine Roth Händle aus der Packung, bot sie mir – besinnungslos griff ich zu –, zückte selbst eine und gab uns Feuer. Seine gesamte Gesichtsfläche, fahl im flackernden Schein des Feuerzeugs, zuckte mitsamt dem Robbenbart – *schnapp!*, das Feuerzeug war zu, es war wieder düster, und mit einem blinden Fleck im Gesicht tastete ich nach einem weiteren Schnapsgläschen in der Vitrine hinter mir, schenkte ein, schenkte auch mir ein, und noch bevor ich trinken konnte, stand sein Gläschen schon wieder leer vor mir, und ich schenkte ihm noch einen ein. Wir vollführten diese Scharnierbewegung mit dem Kopf und grunzten. Ich rauchte! Die erste Zigarette seit über einem Jahr.

»Was has denn studiert«, sagte er, »Zeidungsjournalis . . . mus, oder -listik, wie heiß dat«, inhalierte, schenkte sich selbst noch einen ein und kippte ihn, während ich abwinkte. »Nee . . . ach, nur Schwachsinn.« Mit Selbstverachtung schenkte ich mir noch einen ein, und ihm auch. Diesen rührte er vorerst nicht an. »Und du?« sagte ich und inhalierte bis in die Gallenblase.

»Ich?« Er schnaubte. »Wills mich verarschen? Ich hab ja nich ma Mittelschu-«

»Ich mein, was du machs.«

Er schmunzelte aufgedunsen und nickte. »Ich? Ich mach ga nix. Ich mach ga nix mach ich.« Er inhalierte heftig und griff nach der Buddel. In einer Aufwallung rammte er sich die Öffnung ins Stoma – es gluckste – und trichterte vier, fünf brodelnde Züge hinein. Süßlich klimpernd schwappte der Schnaps gegen die Flaschenwand. »Ohne mich«, sagte er, knallte die Flasche aufs Resopal und rülpste mürb. Eine Bö Kümmel- und Gärungsgeruchs wehte mir entgegen. Er schmatzte einmal, schnaufte mannigfach, und der zuckende Schnauz kündigte regnerische Redseligkeit an.

In ungefähr zehn Minuten – na, wahrscheinlich waren's zwanzig – widmete er mir ein paar Puzzleteilchen seines Familienporträts. Ich erfuhr, daß Kai-Uwe Dreyer, der Pfeifenraucher mit den leidenschaftlichen Tränensäcken, der zur Linken Opili Siegmunds gesessen, obwohl bloß drittältester Sohn, Erbe des Teigimperiums werden würde (nachdem er, Hans-Hermann, der älteste Sohn, zwei Jahre zuvor – offiziell wegen einer Allergie – ausgeschieden und Pauli, der zweitälteste, schon 1974, noch während der Lehre, verrückt geworden war). Dürfte nicht einfach sein, in einem Betrieb zu arbeiten, wo der Vater der Brötchengeber ist, und, gerade mal 30 – jünger als ich –, mit einer hinfälligen jungen Frau mit Spangen im verschwitzten Haar verheiratet zu sein, die nicht zum ersten Mal schwanger war, sondern bereits zum vierten, ein – wie ich mich bei Hans-Hermanns Erzählung erinnerte – »geborenes Muttertier«, so hatte sich Eugen einmal ausgedrückt, das »paßgenau in die Fußstapfen ihrer Schwiegermutter« trete, indem sie alle zwei Jahre werfe, »einen Patrick – sieben –, nej?, einen Mark – fünf –, nej?, und einen Kevin – drei –, ja?«

Spangen – so erzählte Hans-Hermann, als er eine Astrid erwähnte und ich nachfragte: »Ist das die

Schwangere mit den Spangen im Haar?« –; Spangen trüge Astrid Dreyer nur, wenn sie schwanger war. Daß ein Typ wie Hans-Hermann eine solche Beobachtung zu machen in der Lage war, rührte mich an.

Kurz bevor die Saaltür einen neuen Lichtfächer in unseren Dämmerschoppen warf und der Mann mit der Vanillepfeife und den Tränensäcken uns hereinrief – »Hans-Hermann?« – »Kai-Uwe!« – »Rüberkomm?« – »Wieso!« – »Ahmbrot?« – »Gleich!« –, war Hans-Hermann bereits mehrfach über schwierige Konsonantenkombinationen gestrauchelt, hatte krasse Krasen und Phrasen von sich gegeben und die *Dive bouteille* so gut wie leergetrunken.

Kaum war Kai-Uwe wieder aus der Tür verschwunden, schenkte uns Hans-Hermann in aller Ruhe noch einen ein, schmunzelte und sagte: »Wassisser Unnerschied tschwüsch'n ei'm Bäcker und'm Tebbich?«

»Der Bäcker muß nachts um drei aufstehn, und der Teppich kann liegenbleiben«, schmunzelte ich.

»Ge*nau!* Aber *ganz* genau!« Hans-Hermann wieherte so derartig befreit, daß auch ich ganz glücklich wurde, ja daß mir das Daseinsfieber in die Nervenfasern und Blutbahnen schoß wie Heroin ...

Und dann kehrten wir wieder zurück in den Saal, mit gelockerten Muskeln und gelösten Zungen, aßen Partyschnittchen und tranken einen Wein, zu welchem fairerweise hätte Bullrichsalz gereicht werden sollen.

Anstelle Bärbels saß nun mein Freund Hans-Hermann neben mir, und seine grob vibrierende Aufgepumptheit beim Kauen wirkte, als würde eine Silikonmaske von bald sanften, bald kräftigeren Elektroschocks animiert. Er redete kaum noch, und aufgrund unseres geteilten Geheimnisses, des Geheimnisses des Ordens vom Doppelten Malteserkreuz, ergab sich eine Atmosphäre wortloser Verständigung zwischen uns. Des Günsels graue Frau maßregelte den Günsel immer seltener, und die Geschwätzigkeit der Feiergemeinde nahm ungenierte Formen an. Vetter Leopold »Poldi« Kürschner aus Linz, der Mensch mit der halbgelähmten Eichmann-Visage, laberte auf die todgeweihte Magda Dreyer ein, daß die Krümel nur so sprühten, Kai-Uwe Dreyer wurde von seinem Schwiegervater, dem weißhaarigen Alpinisten, mit Beschlag belegt, Bärbel quasselte ohne Punkt und Komma mit Tante Irene, die sich inzwischen unter die Gäste gemischt hatte, und als wäre nie was gewesen, wurde allenthalben geplaudert auf Teufel komm raus.

Bloß das Geburtstagskind fraß sein Brot stumm und spiegelblind hinter der schweren Brille, die brutale Rechte unterm Tisch.

Brot ist Tat, heißt es in Jaegers »Die Brotfabrik«, und: *Das Brot muß geprügelt werden . . .*

»Was has *du* denn dem Jubilar geschenkt«, fragte ich Hans-Hermann plötzlich. Er kaute und schmatzte zuckend, einen Arm tief unterm Tisch, und dann sagte er: »Ich?«, und mampfte und zuckte und dippte seinen Kinnsack ins Meerrettichhäufchen auf dem Roastbeef: »Ich hab ga'nix geschenkt. Wir schenken uns *nix* mehr schenken wir uns. Schon lange nich mehr.«

Das Abendbrot war fast beendet – Senf fehlte (wo waren die reizenden Steingutfäßchen?)! –, und deswegen kam ich gar nicht drauf, daß Siegmund Dreyer noch eine Rede zu halten beabsichtigte, sondern meinte im ersten lüsternen Schrecken, ich würde Zeuge eines akuten Herzinfarkts, als er sich vornübergebeugt und mit aufgerissenen Augen stammelnd aus dem Stuhl stemmte. Gegen den Plauderlärm vermochte er jedoch nicht anzunörgeln, so daß jemand beflissen an ein Glas klopfte, ja letztlich Ortrud »Ventil« Günsel einzugreifen sich abermals aufgerufen fühlte, nun mit aber geradezu militärischer Wonne – *«Pschschscht, pschschschscht, pschscht!«*

»... nörg wie gesacht, nörg?« knödelte unser charmanter Generalsekretär in den nun rausch- und rumpelärmeren Raum, stützte sich gebückt auf die Fäuste und rümpfte neuerdings (ohne das kriegte er wohl den Schädel nicht hoch) mehrfach die Nase wie ein Karnickel (wodurch die Werner-Höfer-Brille hinkte) –; »wie gesacht recht fröhlich und lustich sein, nörg? und recht vielmnörg, guten Appetit allerseits, nörg?« Mit entsetzlichem Likörvibrato. Und damit plumpste der Mensch wieder auf seinen Stuhl zurück.

Es hätte nicht weniger würdevoll gewirkt, hätte er *coram publico* in die Hosen gestrunzt. Ich blickte verstohlen von Gast zu Gast, um einen ähnlich wie ich erschütterten Bundesgenossen zum Zufeixen auszumachen, fand aber niemanden. Niemand reagierte in auch nur *irgend*einer Form auf diese gespenstische Blamage. Alles begann sofort weiterzuplappern – aus lauter Angst vermutlich, der nächste Taifun des Schweigens braue sich bereits zusammen.

Und plötzlich, ohne eigenes Zutun, wie nach einem göttlichen Fingerschnippen, glitt ich in die Fünfte Dimension. Von jetzt auf nu steckte ich im Kokon. Es war, als würde die gesamte Wahrnehmung auf links gestülpt. Mein Blick wurde starr und trug, blind für Details am Rand des Gesichtsfelds, einen schattig strukturierten hellen Schleier. Ich roch das Schmalz aus der Leberwurst so eindringlich heraus, daß ich eine chemische Reaktion mit dem gebrannten Kümmel und der zwickenden Traubensüße in meinem Magen befürchtete; das rhythmische *Pfobb, Pfobb, Pfobb,* wenn sich Hans-Hermanns Unterlippe aus dem Saugvakuum der Oberlippe löste, ja unterm Gemampf das schlickhafte Schnalzen vernahm ich, es ließ die Schlegelchen in meinem Innenohr klirren, so daß ich, um dem aufkommenden Bauchschwindel auszuweichen, in meinem wie eingeölten Kokon noch eine Ebene tiefer in die Versenkung rutschte; dort hörte ich, wie der Taft von Frau Günsels Kleid sich am Nylon ihres Unterrocks rieb und wie das Nylon an der Plasikschließe ihres Büstenhalters kratzte. Als hätte ich das Ohr ans warme Fettgewebe ihres Rückens gepreßt, hörte ich ihren Atem rauschen und das Nachpfeifen der Ausatmung, ich hörte einen ihrer Schuhe knarren und ein langgezogenes Plätschern aus den Tiefen ihrer inneren Organe aufwärts in die Speiseröhre – ja ich *schmeckte* es; ich roch ihre Gummistrümpfe, und der Dunst ihres Baumwollschlüpfers drang unter dem Kleid hervor wie Nebel (das *sah* ich plötzlich); ich spürte in den Papillarlinien meiner Handflächen, wie sich die gestockte Sülze ihres Oberarms anfühlte, obwohl ich die Fäuste unters Kinn geschoben hatte.

Ich konnte mich noch nicht rühren, ich mochte auch nicht, es war noch nicht die Zeit – – und dann nahm ich Hans-Hermanns verdunstendes Rasierwasser auf, schemenhaft mitgeführt auf einem Schweißrinnsal am Hals, das nach gesalzenem Alkohol roch – oder *schmeckte* –; meine Hautwiderstandsspannung verzeichnete das Sirren eines Fadens, den das 37 Grad heiße Deodorant in seiner Achselhöhle zog; von seinem Hosenlatz stieg ein schwefliges Urinfähnchen auf – – – und dann gab's einen weiteren, heftigen Rutsch, ein weiteres, engeres Trichterloch tiefer, begleitet von leiser Klaustrophobie, *hier* heraus würd's *nicht* mehr so einfach gehen, und ich schien das unentwirrbare Schallgeknäuel im *ganzen* Saal plötzlich sortieren zu können oder vielmehr die Teile aus der Summe gleichzeitig wahrnehmen – eine undingliche, aber zugleich bildliche Empfindung, etwa als sei ich in der Lage, eine Explosion sämtlicher Primzahlen in einer einzigen Skizze darzustellen; durch den nun enger und heller strukturierten Schleier konnte ich die Gesprächsschnipsel auf dem Weiß der Tischdecke *sehen*, in einer mir bisher unbekannten Schrift, die ich zugleich aber mühelos zu dechiffrieren fähig war, in dünnen schwarzen Hieroglyphen aufleuchten sehen konnte ich sie – *»?döhßießmabluhndßn-faschdähßd; !a gä – !niemßd nochabießl faschierd'döß ?göll«, »!högßdnß nochn oranjensafdt«, »!unnennhaddadadie, unnennhaddadadie, —haddadadie, -!nah,!die,wßwolldichnsahng— !!achsoh:!unnennhaddadie, paa pieblß da, ma aufgemischddorr«* – – –; und dann wollte ich dringend wieder raus, weil es nicht aufhörte, aber es war nicht möglich, drei Trichter tief steckte ich fest; ich spürte zwar, wie mein linker Unterschenkel zuckte, doch ansonsten gehorchte mir nichts; ich geriet in Panik, und als ich prüfte, ob meine Atmung noch funktionierte, stellte ich mit Grausen fest, daß sie plötzlich *umgekehrt* vonstatten ging, das heißt statt einzuatmen atmete ich aus und statt auszuatmen ein, und dann öffnete sich unwillkürlich eine Organismusschleuse irgendwo unterm dicksten Nackenwirbel, und Schwall auf Schwall eines schauderhaften Kribbelns, einer Art inwendiger Gänsehäute, flutete rasch von den Schulterblättern die Arme hinunter bis in die Hände und Fingerspitzen. Gleichzeitig begann ein unerträgliches Jucken im Hinterkopf. Es hörte nicht auf, es wurde noch schlimmer – während ich die Schriften auf der Tischdecke in Lichtgeschwindigkeit aufnahm, nahm ich nun auch noch die Gerüche der Sprecher und Hörer auf, schließlich auch noch deren Geschmack in den Rachen und Mägen und das Gefühl auf ihren Fingerkuppen und, letztlich, ihre innerlichsten Empfindungen. Ich atmete wie sie. *Ich fühlte wie sie.* Sie atmeten alle durcheinander. Mein Herz begann loszuflattern, als wolle es durch meinen Hals hinaus. Die Geräusche schwollen zu einem solchen Krach an, daß Blitze in meinem Blickfeld zu flimmern begannen. Unter unmenschlichem Kraftaufwand, beinah wäre ich in Ohnmacht gefallen, gelang es mir, meine Schultern, meinen Brustkorb durch zwei, drei Tüllen aufwärtszuzwängen -- ich atmete durcheinander, kratzte mich wie verrückt am Kopf -- und als nächstes merkte ich, wie ich zur Toilette taumelte und dem Lärm und dem unirdischen Strudel langsam entkam. Quietschende Tür, nur noch gedämpftes Stimmgewirr. Ich legte mich auf die kalten Fliesen in der Kabine, die Schuh gegen die Preßspantür gestemmt, die Wange am scharfkantigen Schlitz im Kopf der Schraube, die den kalten Omegafuß des WC-Beckens am Boden befestigte. Das Schwimmerventil war defekt, und ein beständiges Plätschern war zu hören, lauter als der gedämpfte Gesprächslärm vom Saal. Ich atmete wieder richtig herum, aber das Prickeln in den Fingerspitzen hielt an. Ich dachte an Nita. Ich sah ihr Lächeln. Ich löste Satsches Krawatte und öffnete den obersten Hemdknopf. Mich packte ein so gewaltiges Verlangen, hemmungslos zu weinen, daß ich – weil nichts kam – einem neuen Anfall nur durch einen Kopfstoß gegens Kloknie ausweichen konnte. Die Flurtür quietschte. Hallender Gesprächslärm. Die Tür quietschte rückwärts. Gesprächslärm gedämpft. Absätze auf den Fliesen. »Böckchen?« Die Kabinentür wurde geöffnet. Ich sah ihre knöchelhohen Schnürstiefel, ihre starken nackten Schienbeine, die blanken Knäufe ihrer Knie, ihre kräftigen Schenkel unter dem fließenden geblümten Stoff ihres Kleids. Sie ließ sich auf ein Knie nieder, und mein Blick fiel auf den schneeweißen Punkt in ihrer Körpermitte. Und dann sah ich ihr ins Gesicht. Ich sah ihre asymmetrischen Gesichtszüge, ihre versetzten Lächelgrübchen, ihre unregelmäßig geschwungenen Lippen, die schiefe Stupsnase, ihre leicht verschobenen Porzellanzähne, ihren dunklen Haarschopf. Ihre staunenden braunen Augen. »Ist dir schlecht?« Meine Finger schoben den Kleidstoff überm Oberschenkel des gebeugten Beins hinauf und ließen sich, instinktsicher wie eine Laus, in der warmen Leistenbeuge nieder, während sie ein kleines Knurren von sich gab und ihre Hand sofort auf meine Hosenwölbung preßte; ich rieb das feuchtwerdende Gewebe mit dem Handballen, während ich die Kuppe meines Mittelfingers am Saum vorbei in die andere Öffnung drückte; sie schiente mit links meinen Oberschenkel, riß mir fahrig die Hose auf und packte mich bei der Radix und rieb meinen schockgefrorenen Faun; ich kitzelte ihren textilumflorten Knirps, und mit dem anderen Daumen wienerte ich eins ihrer Brustdragées; sie erstickte beinah an ihrem unterdrückten Geröchel; das Plätschern im Klobecken hörte und hörte nicht auf, und der Duft von Urin und Urinalseifensteinen stieg mir in die Nase, und ich zerrte, und der Stoff erfuhr einen fein knarrenden Riß; sie schlürfte Luft, und ich tauchte zwei Finger ein – sie lief über und ließ einen verzweifelten Schluchzer hören –, und als die Tür quietschte und der Gesprächslärm von Moll in hallendes Dur überging – zwei, drei Schritte und ein Rotzen –, begann ihr Becken zu vibrieren, ihr Kopf kippte hintenüber, und ein wie schmerzhaftes, aspirationsloses Gähnen entließ ein stilles Stöhnen, gefolgt von vor Wonne lispelnder Trance – »Nich Mama sagen . . .« – zwei, drei Schritte, und die Tür quietschte rückwärts. Gedämpfter Gesprächslärm. Bärbel beugte sich über mich, und ich gab ihr kleine Klapse in den Nacken. Das Plätschern im Klobecken hörte nicht auf, und die kalten Fliesen taten mir gut. Ich hatte eine Vision, daß ich, mit diesem Weib an meiner Seite, in Fredis blauem Benz quer durch Europa kariolte; das bißchen Zeche, das man brauchte, zusammenprellen, Tankstellenpächter düpieren und in blühenden Straßengräben und stinkenden Toiletten vögeln; trinken und fahren und trinken und den Duft von Walderdbeeren einsaugen oder was weiß ich – und alles andere wäre mir so egal. Und dieser Freiheitsdrang wurde so mächtig, so größenwahnsinnig, daß ich Bärbel am liebsten über die Fliesen bis hinaus auf den Saal gefickt und geschrien hätte: »Guckt euch das an, ihr armen Idioten! Guckt euch das genau an, ihr verfluchten, gottverdammten armen Idioten!«

Als wir aber in den Saal zurückkehrten, wich ich – den Eklat halb wahnsinnig, halb fatalistisch kaltblütig erwartend – jedem Blick aus. Bärbel keineswegs. Die Hälfte der Gesellschaft war gottseidank bereits im Umzug in die Gaststube begriffen, wo es auch noch Kaffee und Kuchen geben sollte, und die andere Hälfte hatte offenbar ebenso wenig bemerkt. Nun, selbst wenn beispielsweise der aalige Stutzer derjenige gewesen wäre, welcher uns ertappt hatte, würde er wohl kaum lauthals bekannt geben: »He, Leute, ich war eben aufm Klo, und es hörte sich so an, als ob die Enkelin des Jubilars grad dem stellvertretenden Chefredakteur vom ELBE ECHO den Schwanz lutscht!«

In der Gaststube stand ich grinsend hier und saß grinsend da, ließ mich vom Scheitel bis zur Sohle mit Platitüden besudeln und machte innert kürzester Frist mehreren Halben den Garaus. Ich gab mich dionysischem Taumel hin, Bärbel meine Bacchantin, und redete schließlich selber Kram. Mit verschiedenen Leuten redete ich, und was für'n Kram. Ich weiß es nicht, weiß es nicht mehr, nicht mehr genau. Ich saß mit Hans-Hermann auf jenen beiden Hockern, auf denen Bärbel und ich an jenem Sonntag in jener Woche der Ausschweifung vor zwei Jahren gesessen hatten, und redete von der bevorstehenden 700-Jahr-Feier Harburgs – einen Kram, von dem ich auch nicht mehr wußte als jeder andere durchschnittliche ELBE-EXTRA-Leser. »Was trinkt ihr«, fragte Irene. »Gib ma zwei Bier«, sagte ich, und Hans-Hermann weitete sein Schmunzeln zu jenem großen Dreyerlächeln aus und sagte: »Mir auch!« Was haben wir gelacht. Ich bot ihm eine Marlboro an, und er stöhnte pointiert, brach den Filter ab und ließ sich Feuer geben, daß die Funken stoben. Ich saß mit Bärbel am Tisch und redete mit Marion über die Uni, der Deibel weiß, was. Sie war eine Herbstschönheit mit Krähenfüßchen in den Augenwinkeln; eine Art vornehmer Sublimation von Mädchenträumen steckte hinter *ihrem* großen Lächeln, und mit meiner aufkeimenden Schwärmerei für sie ging eine ritterliche Wut gegen Eugen einher, von dem ich mir plötzlich plastisch vorstellen konnte, auf welche Weise er sie rumgekriegt hatte. Auch Marion hatte studiert, acht Semester, Soziologie und Pädagogik, auf dem Zweiten Bildungsweg; sie war tatsächlich Mitglied im KB oder KBW gewesen und später in der DKP. »Ich war mal kurz im ADAC«, sagte ich, und eine einvernehmliche Polemik über die A 26 schloß sich an, und weil das einzige, woran ich mich diesbezüglich momentan erinnern konnte, die Aussage Birgit Breuels war, Niedersachsen sei zwecks »Bekenntnis zur Autobahn« zum Bau eines Teilstücks zwischen Dollern und Horneburg bereit, um den Hamburger Stadtstaat politisch zum Anschluß zu zwingen oder was weiß ich, krakeelte ich mit hochgradig wahrhaftigen politischen Gefühlen unentwegt »Bekenntnis zur Autobahn! Das muß man sich mal . . . zehn Kilometer Bekenntnis zur Autobahn!« Ich weiß nicht, über Dummheits- und Korruptionstheoreme gelangten wir zu Gen-Technologie und Rüstungswahn, zu Atomenergie und Neuer Armut, und Bärbel hatte sich längst gelangweilt abgewandt und plauschte mit Frau Günsel über Rhabarber- und Wickenzüchtung. Ich stand, die Bierflasche wie ein

Zepter in der Hand, mit Kuddel Knaack am Tresen, der seine höchsten Töne bemühte, um die überfällige Belobigung meines Gastrorätsels vom *Runden Eck* nachzuliefern. Ich fütterte gemeinsam mit Bärbel und Gundolf die Jukebox, drückte George Michaels »Father Figure«, Whitesnakes »Is This Love«, INXS' »Mystify« und was weiß ich und redete von den *alten* Helden, und, war denn das zu fassen, ich hatte einen Led-Zeppelin-Fan vor mir. Einen Led-Zeppelin-Fan in beigefarbener Bundfaltenhose, rosafarbenem Hemd, blauem Pullunder und grünstichiger Krawatte. Ich stand neben dem Hirschhornheini und verhandelte mit ihm über die Lautstärke der »Negermusik«. In der Tat lief grad Terence Trent d'Arbys »Sign Your Name Across My Heart I Want You To Be My Baby«. Ich bot ihm im Gegenzug »Alte Kameraden«, den »Radetzkymarsch« und »Die kleine Kneipe in unserer Straße« an. Und »Jenseits von Eden«. Mußte ich eigentlich ständig rauchen? Mußte ich wohl. Ich saß neben Bärbel und Frau Günsel, die immer noch von ihren Wicken schwafelte. Die Frau hatte nur Wicken im Kopf. Fressen, Wicken, Fernseh. Immer wieder sah ich ein Schemen von einem Fräulein, das ich von hinten nicht zu erkennen vermochte, und dachte, es läge daran, daß ich die Rückseite nicht mit einer bekannten Vorderseite in Einklang bringen konnte. Pauli war längst verschwunden. Ich saß plötzlich neben einem jungen Schnösel, dessen Blondschnitt schon lächerlich exakt Pimpffacon zitierte und der neben Anne »Akne« Knaack hockte, der 16jährigen Tochter von Onkel Kuddel und Tante Irene. Wie und wann die hier aufgetaucht waren – und wieso –, ich weiß es nicht. Ich redete und redete mit dem Schnösel namens Daniel Meier, der am Montagmorgen seinen Kaufmannsgehilfenbrief vor der Handelskammer Hamburg in Empfang nehmen würde. Er hatte schon einen Vertrag als Sachbearbeiter in der Tasche, bei Firma Horn & Co., neben, wie ich wußte, Hansen, Johnson & Co., Dranstedt & Co. und Jessen & Co. einer der vier größten Exporteure der Hansestadt, und deswegen redete ich und redete von meinen Jobs und erfuhr gar, daß ein enger Berufsschulfreund Daniel Meiers, der bei Jessen lernte, vom Tod seines Abteilungsleiters berichtet habe. Er hieß Sottorf. Gestorben war er, nachdem er ein Leben lang seine Schädelnerven geschont, an einem Herz-, Hitz- oder Hirnschlag in Bahrain. Sofort wurde ich sentimental – warum bloß? – und redete und quatschte einen Quark zusammen, daß mir schlecht wurde. Ich saß neben Kai-Uwe Dreyer, dessen Teint sich von der Färbung seiner Tränensäcke inzwischen nur noch um ein oder zwei Nuancen unterschied, wogegenan er tapfer Vanille paffte, und redete, ich weiß weißgott nicht mehr worüber, und neben mir kehrte mir ein ätherisches Wesen in gesmokter Bluse den Rücken zu, so daß ich es partout nicht erkennen konnte, und ich stand mit Winfried, dem mittvierziger Hagestolz, am Tresen und trank mit ihm aus 'ner »Buddel Verschnitt«; er dehnte seine Brustmuskeln und rauchte Ernte 23, und ich fragte ihn, ob er überhaupt wisse, was Ernte 23 bedeute. Es bedeutete laut mir nämlich »Eine Richtige Nutte Tut Es 23mal«. Zum Davonlaufen! Wie war's möglich, daß man mit derartigem Scheißdreck, den die blödesten der Rauchanfänger unter den blödesten der blöden zehn- oder elfjährigen Bengels 1967/68 daherplapperten, als erwachsener Mensch und Journalist aufzuwarten sich nicht schlicht entschlug! Winfried schnaubte und konterte mit dem Bonmot, wer Marlboro rauche, fresse auch kleine Kinder, und dann mußte ich schätzen, wie alt er sei, nachdem er mich auf eine dünne Stelle in meinem Haupthaar aufmerksam gemacht und mehrfach die runden Ecken seiner Briskfrisur befestigt hatte, und ich schätzte ihn auf 29, den mittvierziger Hagestolz.

Kleiner Scherz von mir, und stolz stellte er richtig, er sei »neulichst« 35 geworden.

Ah, ich hatte sie alle im Griff, zum Kuckuck, alle, die Schwafler, die Steher, die Sitzer. Und schließlich machte ich mich auf in die Höhle des Löwen, saß schließlich bei Vetter Poldi aus Linz, der mich mit »noch a bissl Faschiertös« sekkierte, saß beim Folkloremann, bei Kai-Uwe und Opili, die nickend Jupps Thesen zum Semitismus, zur Kriminalstatistik und zur Asylpolitik der Bundesregierung bestätigten. Marion und Irene schenkten Kaffee ein – ich mußte mehrfach ablehnen –, boten Streuselkuchen an und verteilten Zigarren. Es war sehr laut, aus der Jukebox lärmte Blasmusik, man mußte schreien, um sich verständlich zu machen, und Jupps Schmiß brannte feuerrot. Man fuchtelte mit Armen und Krücken, und im Rausch des Bauschs und Bogens im stummen Kosmos von Luftschlangen, Wimpelfähnchen und Ballons schallten Stimmen und Widerstimmen, die Herzen pumpten Blut um Blut durch den ewigen Kreislauf, Promille um Promille durch die Hirnventrikel, Auge um Auge wurde zugedrückt und Zahn um Zahn gezeigt, und man grölte und blökte gegens Gelärm des lärmenden Lärms an und wieder an, schwarzbraun war die Haselnuß und so blau blühte der Enzian, zum Kuckuck – ich lehnte noch einen letzten Kaffee ab –, und ah!, dann zog man aber sämtliche Register vom Leder, mein lieber Herr Gesangsverein! Jetzt wurde aber mal, mit Verlaub, Tacheles gebrüllt, verflucht noch eins! Oder?

Ich weiß es nicht. Weiß es nicht mehr.

Als mein Sermon einfach aufhörte, als ich zu mir kam, herrschte Ruhe. Vielleicht schon ein paar Augenblicke. Die Jukebox jedenfalls war still. Ich hörte das Knistern meiner Zigarre, das weiß ich noch. Was war denn los? Man hörte ein *Peck-pock* vom Zapfhahn. Irene. Auf dem Tresen lag Hans-Hermanns Kopf, ein

Schnapsglas an seine Wamme geschmiegt. Ein Seitenblick von mir, ein mysteriöser Reflex, landete auf dem schmalen Rücken einer Frau, die ich nicht erkannte. Was war denn los? Was hatte ich gesagt? Ich hörte noch meine Stimme im Qualm verwehen (». . . meinetwegen, dann aber auch diese äh, äh, *Dreck*schweine, die sich an Kindern und ihren eigenen *Kin*dern vergreifen . . . und ihren *eigenen Kindern* . . . ja?, diese Dreckschweine . . .«). Einer knöpfte seine Lodenjacke zu. »Neeneeneenee«, nölte, als einziger, Jupp vor sich hin und rieb den Stumpen seiner Daumenwurzel. Mein Blick fiel auf Marion, die sich am Henkel einer Kaffeekanne festhielt, die andere Hand unterm Tisch. Ihr Gesicht war kaum wiederzuerkennen. Kai-Uwe nagte, eine Hand unterm Tisch, mit niedergeschlagenem Blick an seinem Hartgummibiß. Vetter Poldi putzte seine Brille. Wo waren denn die andern? Goofy? Astrid mit den Spangen? Gundolf, Rita und die Günseln? Und Bärbel? Ich saß allein am Tisch, dem Mann mit der Hirnprothese und einem weggetretenen Raucher gegenüber, der Vanille in der Pfeife hatte, neben einer Frau, die ich nicht erkannte, und ihrer Mutter mit steinernen Schrunden im Gesicht, die bald, nächstes Jahr im Winter schon, sterben würde, und mir schräg zur Seite saß Siegmund Dreyer. Opili. Seine Jackettschultern scheinbar leer, von seinen Augen sah ich nur Brillenhorn und spiegelndes Glas, und den Rest seines Schlachtergesichts nahm ein trockener, faltiger Mund ein, leicht gespitzt, und ich hörte nichts, aber ich sah, wie die Eselsohren der Serviette auf dem Tisch – unter dem Tisch beide Hände, mit denen er einen Brotlaib zerreißen könnte – von den Luftstößen seines tonlos, kinderliedchenhaft gepfiffenen Pfeifens flatterten. Und ich warf einen Seitenblick und sah in das große, euphorische Lächeln von Waltraud Dreyer, der jüngsten, der Frau mit der gesmokten Bluse. Vor verschämter Verzückung nervös nahm sie Marion die Kanne aus der Hand und schenkte meine Tasse voll. Und noch währenddessen kam Bärbel durch die Saaltür geschwankt, johlte »Hallooo! Issas hier ’ne Beerdigung oder was?« und kriegte ’nen Lachkrampf. Und Siegmund Dreyer sagte – in diesem unbewußt schuldbewußten Jammerton: »Na Bärbeli, nörg?, bißchen dun, nörg?« und dann stand er vom Tisch auf und streckte mir plötzlich die Rechte entgegen. Und, ich weiß nicht warum – ich weiß es wirklich nicht, ich verstehe es nicht und kann es nicht erklären –: Ich grinste und streckte ihm meine Rechte hin. Er griff sie, ohne mich anzusehen. Es knackte. »Schön Dank, nörg?«, sagte er, »nörg? sehn uns ... mnö denn ja wohl öfter, nörg? – Ach ja«, er ächzte; und dann warf er Bärbel einen taxierenden Blick zu, einen Blick, der prüfte, ob sie das, was er zu sagen beabsichtigte, in ihrem Zustand mitbekommen würde – und genau das wünschte das alte Wildschwein –, und drängte mir in jener unverschämten, nach Greisenunterhose stinkenden Vertraulichkeit Stil- und Gesinnungsgleichheit auf, indem er dreckig lachend und, zum Kotzen, *blinzelnd* scherzte: »Noch ma auf *Klo,* nörg? Nörg? Hähähä, nörg?, na nix Mama sagen ... – und dann nach Hause Magda, nörg?«

Dann Filmriß, und das nächste Engramm zeigt, wie man Leberwurstbrot, Mettwurstbrot, Brot und Brot und nach Kümmel schmeckende Kaffeebrühe, den ersten und einzigen Kaffee, den man je getrunken hat, an den Reifen des Kadetten kotzt, während ’s Bülbül einem Tiraden in den schwitzenden Nacken jault – wer weiß warum –, deren Kernaussagen von A bis Z der Wahrheit entsprachen, bis auf eine: »Du kotzt mich an!«*

---

* *Mit dieser Eintragung vom 2. Februar 1995 endet das Winterjournal (ohne Stempel; das Original-Notizbuch enthält noch etwa zur Hälfte unbeschriebene Blätter). Auf der folgenden Seite ist lediglich ein halbes Dutzend Telefonnummern von Glasereien vermerkt. – B.M.*

Frühjahrsjournal 1995

In cauda venenum

Montag (Ostern). *Scribo, ergo, summa summarum, sum,* was, liebes Tagebuch? O joviales Journal! Dialektisches Diarium, du!

Und außerdem:

Alles hängt an Ostern.

Ganz richtig. Endlich spricht's mal einer aus.

Daß geschehen ist: Nicht aus ist er und vorbei, sondern intensiver hier ist er.

Was, Volli? Als ob da Fieten Fitschen stammelt!

Ihm kann ich es einfach nicht abschlagen, an Gott zu glauben.

Ach Gottchen . . .

Und den Müttern nicht, die für ihre Brut sich abmühen, und den vielen namenlosen Liebenden nicht, die sich bücken für andere und ihr letztes Hemd geben . . .

Au, dieser Traulsen, der hat's faustdick hinterm Eingriff! Hat man schon immer geahnt.

Perplex ist alles, staune, lache, Ostern ist.

Tja, man lache und staune: Tatsächlich auch zum dritten Auftakt wiederum traditionelle Kopfnuß. Diesmal selbst beigebracht. Während des Streits mit Nita am späten Abend des Gründonnerstag. Und zwar infolge Aufbäumens. Man hatte gerade mit kochenden Adern unterm Schreibtisch gekniet – im Bademantel! –, um nach'm davongekegelten Trichter zu suchen, mittels welchen man die Brandywiege in den Flachmann umzufüllen plante (als Feuerwehr für die Nacht), da – kaum daß Heidrun und diese häßliche alte Textileule gegangen waren – stauchte Nita einen zusammen: Sie habe sich in Grund und Boden geschämt etc. Unsereins: Weshalb? Nita (Zitat unsereins): »Keine Bange, mein Pimmel *ist* schon beschnitten . . .« Unsereins: Verdammt noch eins, man habe gedacht, es handele sich um 'ne Zeugin Jehovas oder sonstwas.* Woher unsereins denn wissen solle, daß neuerdings auch schon in den Privatgemächern Geschäfte getätigt würden etc. Sie: Daher, daß sie es einem gesagt habe etc. Unsereins: Wann etc. Sie: Auf der Fahrt ins Kaff, als man Tobi nach Haus gebracht habe etc. Unsereins: Nee etc. Sie: Doch etc. Etc., etc. Ergo Raptus, Tischkante, Kopfnuß.

Schwamm drüber. –

Puh, was knarrt's Gehirngehörn vom Wutsuff gestern nacht. Ah, was soll's. Ist's nicht *das*, was den Menschen vom Tier unterscheidet: daß er sich mit

* Na schön, was einen in *nüchternem* Zustand stutzig gemacht hätte, war der Umstand, daß Nita, als man unter die verfluchte Dusche ging, jenen bunten Läufer aus Loutsa über B.s Blutfleck vor der Türschwelle gebreitet hatte, schon *bevor* 's BINGO machte.

der geballten Wucht seines Willis zu besaufen vermag?*

Grund weißgott genug schließlich hat man gehabt. B. ist als geheilt entlassen worden, und während Nita Omi Volksdorf die Osterglocken gebracht, hat unsereins in B.'s Bumbsbude gehockt, ihr den erbetenen Scheck über zweifünf zur Begleichung ihrer Mietschulden überreicht und sich zum Dank dafür anhörn dürfen, sie gebe einem bis zum 31. Mai Bedenkzeit, sich von seiner Ehefrau scheiden zu lassen. Andernfalls werde sie »reinen Tisch« machen und Nita alles sagen. Frau Dr. Leckmich habe ihr dazu geraten, und sie, B. (d.h. in ihren Worten: »ich, Bärbel«), sehe das genauso. Bis dahin wolle sie, die liebe Prinzessin, unsereins, das böse Scheusal, weder sehen noch sonstwas (pficken?). Das ultimative Ultimatum also.

Aha. Bzw. ha! Gut zehn Wochen zuvor hat's sich noch *ganz* anders angehört!

Brr, man hätte nie den Fehler begehen dürfen, *beide* Anrufbeantworter auszustöpseln, in jener Nacht, als man bis zum frühen Morgen schrieb und das Kabufftelefon läuten und läuten ließ und schrieb und schrieb, beseelt vom Drang, die Dreyerfeier aus'm Engrammepizentrum zu schwemmen, den Blutkreislauf zu entschlämmen vom Keim der gräßlichen Blaugrauen Epoche, jenes pochende Hirngift in Tinte zu alchimieren. Nie! Niemals hätte man das tun dürfen. Dann wär einem erspart geblieben, daß sich nachts darauf, gegen drei Uhr, als man gerade vergeblich onanierte, die Vorhänge vorm Panoramafenster mit blauem Zucken verfärbten, Wagenschläge ins Walkie-Talkie-Geplärr knallten und BINGOooo: »Hier ist die Feuerwehr. Sind Sie Herr Morten?« W.w.i. »Wir haben einen Not-

* Lachen kann schließlich die dümmste Hyäne, und selbst was Günther Anders dazu meint – daß man sich bei der Paarung anguckt und Hände hat zum Liebkosen und w.w.i. –, lassen wir mal einfach dahingestellt.

ruf erhalten. Geht ’s Ihnen gut?« Schwer zu sagen. »Hier soll sich jemand umgebracht haben.« Uh, warum eigentlich nicht.

Mehrfach rief man in B.’s Bumbsbude an. Niemand da. Man blieb die ganze Nacht wach. Gegen Morgen schlief man denn doch auf der Wohnzimmerkautsch ein, wo man vormittags gegen elf von Splittergeräuschen geweckt wurde. Die geriffelte Scheibe in der Wohnungstür war eingeschlagen, eine nur allzu bekannte Hand langte hindurch und fingerte am bluttriefenden Schlüsselbund herum. Man ließ sie ein, zog ihr ’ne Plastiktüte drüber, band den Oberarm mit’m Gürtel ab und rief den Notarzt.

Sie habe gedacht, man sei tot. Sie habe am Vortag mit Verdacht auf Kreislaufkollaps im Altonaer Krankenhaus gelegen und ständig versucht, unsereins telefonisch zu erreichen. Und, weil vergebens, messerscharf gefolgert, man sei tot.

Der Notarzt und die beiden Helfer leisteten Erste Hilfe und wollten sie in die Uniklinik mitnehmen. Sie wehrte sich. Ihr wurde nahegelegt zu verbluten, wenn die Wunde nicht genäht würde. B.: Sie komme mit, wenn unsereins mitkomme. Man zog sich den Kapuzenmantel über und los (aus dem I. Stock beobachtet von der alten Frau Siems). In der Klinik wurde sie versorgt. Sie wollten sie dabehalten. Sie spaltete dem Pfleger das Nasenbein und versuchte abzuhaun. Am Ausgang haben sie sie überwältigt, denn als unsereins dort eintraf, hatten sie ihr bereits ’ne gewaltige Dröhnung injiziert und schleppten sie in die Psychiatrische. Sie wimmerte, die meisten Knöpfe ihrer Sudelbluse waren abgerissen, und eine Brust baumelte heraus, als sie auf ’ne Trage gebettet wurde.

Und dann mußte unsereins auch noch all seine Überzeugungskraft aufbieten, damit einen der CvD oder w.w.i. ziehen ließ.

Wer blutet, lebt noch ...

Zu Haus, an der Türschwelle, sah es aus, als sei jemand gemeuchelt worden. Es zog durchs Loch in der Tür. Fix und fertig war man, zwei Nächte kaum geschlafen, nur gesoffen, und man hatte nur noch 'n paar Stunden, bis Nita zurückkehren würde. Man telefonierte mit Glasern und Teppichexperten und quatschte sich die Kehle wund. Und gegen Abend, kurz nachdem der Notglaser fertig war, kippte man 'n halbes Dutzend mehrstöckige Brandys und säbelte sich mit dem Brotmesser in den Handballen, damit's später mal 'ne glaubwürdige Narbe gäbe (sieht auch wirklich ganz gut aus inzwischen).

Eine »Feier« – ha! – zum 38. Geburtstag sagte man natürlich ab bzw. gar nicht erst an. Begründung: Kein Bock. Wurde weitgehend lautlos akzeptiert. Fast kränkend lautlos. Na ja ... – –

Arr, seit Tagen hat man »Pfnüssel« (Vischer), seit heut morgen forciert. Und was juckt einem wieder das Fell am Hinterkopf, verflucht, und seit Wochen juckt's auch noch feucht zwischen den Zehen und an den Innenseiten der Oberschenkel, ganz oben, da wo überflüssig die beiden Sackkletten klemmen. Und dann dieser vierteljährliche palatale Pickel! Maligner Tumor? Kratzschmerz im Hals, Bier- bzw. Schluckbeschwerden. Bald Kehlkopf-OP und Mikrophonimplantat, so daß man künftig mit Darth-Vader-Stimme »eine Stange Reval, bitte!« tröten muß? Satan, was für eine Strafe! Man hat niemanden umgebracht oder was, man hat nur *geraucht*, Herrgottnochmal! – – –

Fernabfrage Kabuffband: heute mal kein Hans-Hermann, keine Marion und tatsächlich nach wie vor auch nichts B-förmiges. Dafür Pauli mit Gesang: »Du bist mein Rettungsboot in meiner großen Gefahr, du bist mein Farbenklecks, wenn graue Wolken ziehn, du bist mein Täublein, der mir Frieden schenkt alle Jahr, du bist mein Merci an jedem Tag, jawoll, merci, daß es dich giiiibt!« Und weiter, im Sprechgesang: »Immer ein Stern, der über dein Leben wacht, Lieder, die wie Brücken sind, braucht wohl jeder, ohne Stab und Steine, nur ein kleiner Ton, jeder braucht Brücken irgendwann, in dem Sinne, Bodo, wünsche ich dir einen schönen guten Tag und alles Gute.« Sehr schön und gut. Worin, hat man sich unwillkürlich gefragt, besteht eigentlich der Unterschied in der Sinnproduktion von Gotthilf Traulsens Hirnkasten und St. Paulis?

Tab.: 47 Zig. (R1, Marlboro)
Alk.: 2 l Bier / 10 cl Schnaps
●○○○○

Dienstag. Gegen neun bei Vogelgezwitscher wachgeworden. Puh, früher hatte man zuverlässig 'ne Latte, wenn man wachwurde. Heutzutage ist man schon dankbar, wenn die Vögel zwitschern. –

Keinerlei Appetit den ganzen Tag. Pfnüssel. Zäher Seim in Stirn- und Nasennebenhöhlen, Rotz und Schnotter stehn einem bis zum Doppelscheitel ... Der Gesamtschädel ein einziger Kürbis voll Schleim! Geschmack im Rachen, als hätte man Gerbsäure geschlürft. Flankierendes Trommelfell- *sowie* Schädelsausen, und die verrußte Lunge rasselt mit den Säbelchen, daß einem angst und bange wird – uh, wenn der Hypochonder krank wird ...

Sofa. Brain Blues. Herr Amselmann und seine schrullig braune Frau kasperten im Gesträuch umher. Im Hinterhof treibt die Kastanie schon Rispen! – –

Kurz vor sechs noch kurzfristig bei Dr. Sieck eingeschoben worden. Blutentnahme, Blümchenmedizin. Nebenbei HWS- und LWS-Massagen rausgehandelt. Ferner Überweisung zum empfohlenen Hautarzt (gleich Termin gemacht: Freitag). Migräne erst gar nicht nochmals erwähnt. – – –

Vollbad. – – – –

Fernabfrage Kabuffband: Hans-Hermann, hacke wie 'n Schützenkönig . . .

Gottjesus und Satan der Gerechte, niemals hätte man diese verfluchte 89er Dreyerfeier besuchen dürfen. Denn wie sagt der Jägerlateiner? *In cauda venenum!* Au au; aber auch *jedes* Mal, das er aufs Kabuffband sabbert, wird man an den Montag nach der verfluchten 89er Feier erinnert, als ein Privattelefonat nach dem andern auf dem Redaktionsapparat auflief. Zunächst er, Hans-Hermann, der einen zu 'ner Buddel Aquavit einlud; dann natürlich B., die einen ins Kino einlud, obwohl man sie ja zwei Nächte zuvor angeblich noch angekotzt hatte (und deswegen informierte, man gehe demnächst sowieso nach El Salvador); und direkt danach – o Matripathie! – ihre Mutter, die einen auf 'n Bier einlud.

Mann Christi, man glaubt's gar nicht. Man würd's ja überhaupt nicht glauben, wenn man's nicht selbst erlebt hätte. Uh, diese strunzend grassierende Grunzdummheit des apriorischen Mannes und Menschen an sich . .

Und nachmittags dann auch noch – im Tenor eines Kinderreporters vom Schulfunk – folgendes: »Hallo Bodo, du heißt doch Bodo, sagt Bärbel jedenfalls, naja, hier ist Pauli, und ich freue mich auch, daß ich Brüder hab und Schwestern, und daß ich noch einen Vater habe und eine Mutter, darüber freu ich mich, und ich hab auch ein Gedicht geschrieben, das les ich mal vor. Das Glück. Es kommt und geht Stück um Stück, das Glück. Das Trachten des Menschen allein: Bleibe, du großes, kleines Glück; ohne dich fehlt im Herz ein Stück. Auch möchte ich gerne lachen, du verrücktes Glück, ohne dich bin ich wirklich ein trauriges Stück. Das Schönste: Weinen vor Glück . . . das beste Stück; alles in allem . . . das war der Mythos vom Glück! Und wenn du mich besuchen kommen willst, Haus 10b, komm mal vorbei, ich hab hier auch eine Schwester gewonnen, die hat Gebete geschrieben, und bekommt jetzt eine Therapie, viele haben's geschafft, viele haben's nicht geschafft; und das hab ich noch der Polizei erzählt; damals hat Hans Lehbohm, ein Freund von mir, dem hab ich zum Schluß vergeben – WAS IS' DENN! ICH *DARF* TELEFONIEREN, HAT DOKTER HOMANN GES-« Und aber auch *jedes* Mal, das er einen anrief, starrte man den Telefonhörer an, und zwar allen Ernstes die Sprechmuschel.

Wie auch bei den ab jenem Montag wöchentlich auflaufenden Anrufen Waltrauds, des Schemchens, das sich aber auch *jedes* Mal auf Eugens Anorexie-Artikel bezog und, sobald man nachfragte, was genau sie eigentlich wissen wolle, auflegte. Im Hintergrund zwitscherte der Nymphensittich. Immer noch klingt einem ihre Sprechweise, in der kein »r« vorkam, in den Ohren. Wog nur noch 'n Pfund Lumpen, als sie starb, mitten in der grauenhaften Blaugrauen Epoche. Fast drei Jahre ist das schon wieder her . . .

Ah, ganz richtig. Vergessen wir's für heute. Brandy, over and out.

Tab.: 47 Zig. (R1, Marlboro)
Alk.: 3 l Bier / 12 cl Schnaps
●○○○○

Mittwoch. Vollpfnüssel. Pillenfrühstück. –

APO gelesen. Mit schon rührender Kontinuität wirbt 'ne Kleinanzeige für

EROTIK-STRIPTEASE. Jungesellen/in-Feier, Geburtstag – Bundesweit.

Vielleicht sollten sie's mal mit THANATOTIK-STRIPTEASE versuchen. Bei uns im Hinterhof jedenfalls hört man kaum noch Lustschreie des Nachts, geschweige tagsüber. Ist denn unsereins der einzige in dieser Lehrer-, Werber-, Angestellten- und Juristengegend, der noch einen ausstößt? Zum Beispiel nach 'ner wilden Knutscherei mit 'nem Krug Bier? – –

Zwei Videos hintereinander: »Kap der Angst«, »Runaway Train«. – – –

Geduscht. Daß das heiße Wasser nie konstant einzustellen geht, wird einen einst noch ins Exil treiben. Und dieses mysteriöse Knacken im Gebälk, im Holzfußboden unterm Teppich – Holzbock? – – – –

Fernabfrage Kabuffband: Marion. Schüchtern flehend wie 'ne Operettengrisette, die in den Orchestergraben gefallen ist. Ob man mal zurückrufen möge ...

Nie, niemals hätte man sich mit ihr treffen dürfen, seinerzeit, nach der 89er Dreyerfeier. Hatte man nicht eh keine Ahnung, was sie von einem wollte, geschweige was unsereins von ihr wollen sollte? Und doch war man neugierig wie 'n Dachs, was hinter diesem verschwiegenen Charme wohl stecken mochte, den man schon immer bei solchen reiferen Frauen empfunden hat, die sich von all den gutsherrischen Haudraufs und Schlagetots, all den gunstbuhlerischen Kreidefressern und grapschenden Mamasuchern in ihrem Leben nie jemals hatten den Mädchenkern knakken lassen ...

Ah, das entsprechende Engramm, es zeigt's einem wie heute ... Anfangs war die Plauderei so schwerfällig, daß es mal wieder den armen Bruder unsereines zu treffen drohte; ein dröges Florilegium aus den Politsoziotopen der vergangenen Jahrzehnte, das einen im tiefsten Grunde ein Kotztütchen interessierte und einem allenfalls an jenen skatophagen Tagen auf der Zunge lag, da man ohnehin von Haß auf den Homo sapiens sapiens geplagt wurde.

Deshalb fragte man schon früh (obwohl man derlei

tunlichst erst später am Abend fragt, wenn der Aufbruch in der Luft liegt und der Verlängerungswunsch des Gegenübers aus den Augen tränt), ob tatsächlich niemand von der Familie zum 65. Geburtstag des Patriarchen auch nur 'n Kasten Zigarren locker gemacht habe. Nein, sagte sie, wickelte den Faden des Teebeutelchens um den Löffel und preßte den restlichen Saft ins Glas und wiederholte: »Nein.« Und erzählte, daß jenes Jubiläum ohne die Gutmütigkeit Kuddel Knaacks wohl ohnehin sang- und klanglos verstrichen wäre. Mit dem Instinkt einer Zecke hatte sich Siegmund Dreyer auf den wärmsten und schwächsten Körper jener Herde von Kaltblütern fallen lassen. Mich schauderte, als ich mir vorstellte, wie der alte Despot den armen Kuddel unter Gewimmer und Verlegenheitspfiffen kirre gemacht haben mußte, »nörg, Kuddel, nörg?, bald, mnörg, fünfundsechzigsten ... bißchen fröhlich und lustich sein, nörg?« Hätte Onkel Kuddel nicht in letzter Minute all seine Integrität aufgeboten, die Barmherzigkeit seiner Schwäger und Schwägerinnen etc. feurig piepsend beschworen, ja gar als Komparsen auch noch die freibiergeile Stammkundschaft gedungen, dann hätte der alte Teignazi seinen Geburtstag vorm Fernseher verschlafen müssen wie jeden anderen Abend auch.

Und Magda Dreyer es ausbaden. Und letzteres Argument zog letztlich. Auch bei Marion.

Sie rief jeden Tag an. Sie rief einen jeden Tag an, mischte geschickt geschäftliche Anlässe (sie hatte inzwischen eine der beiden Planstellen im HausFrauen-Haus inne) mit unverhohlen privaten, und schon beim zweiten Treffen gestand sie mir ihre Sympathie. Geschmeichelt betrank ich mich. Beim dritten Treffen begann ich, über Bärbel zu reden.

»Sobald ich länger mit ihr zusammen bin«, greinte ich beim vierten Treffen – am 11.11.89, gegen 14 Uhr

11 –, »gibt sie mir das Gefühl, mein Leben zu schwänzen.«

»Vielleicht schlägt sie ihrem Vater nach«, sagte Marion ohne weiteres und schnaubte. Ich hab dieses Schnauben nie entschlüsseln können – ob es nur ein Tic ist (ihre Nase ist sehr schmal), das Rudiment eines resümierenden Lachens oder eine Art kryptischer Tusch, eine kodierte Bitte um Nachfrage. Vielleicht alles zusammen.

Ich spürte ihre Wimper an meiner Impfnarbe flattern wie den Flügel eines sterbenden Kolibris, und dann renkte sie ihren Kopf anderthalbmal hin und her, so daß der blaue Kissenzipfel nickte. Das warme Wasserbett rülpste leise.

»Ihr Vater war«, sagte sie und drehte den kleinen Aschenbecher, der im Dämmerlicht wie ein verfärbtes Extrusionsstück ihrer Bauchnabelhöhlung wirkte, ein paar Strich Nordnordost, »denk ich mal, einfach nur 'n Arschloch, und dumm und dösig dazu. Ich weiß es nicht. Ich hab ihn nur 'n paar Stunden in meinem Leben gesehn. Er hat 'nem Bullen auf die Nuß gehaun, der mich an den Haaren hinter sich hergezogen hatte, und dann sind wir durch die Straßen geflüchtet, in die Kommune, wo er übernachtet hatte, und haben Bärbel gezeugt. Franz hieß er. Soll sich später durch halb Europa gevögelt haben. Über die alten Genossen hab ich mal 'n weinerlichen Brief aus Italien gekriegt, und Bärbel Jahre später einen aus Frankreich ...« Sie schob akribisch die Zungenspitze vor, ließ sie, mit gleichzeitigem Preßluftschnipsen, wieder zurückschnellen, und der Tabakfussel verschwand vom Überhang ihrer Oberlippe. »Vielleicht schlägt sie dem nach; sie war 'n unheimlich störrisches Kind, von Geburt an. Wenn ich sie auf'm Arm hatte, machte sie sich steif wie 'n Brett. So'n Kind hab ich nie wieder auf'm Arm gehabt.«

Damals war sie ungefähr so alt wie Bärbel heute und

wohnte immer noch zu Hause, und der Alte versuchte immer noch, ihr Vorschriften zu machen. »Der hat mir noch eine geklebt, da war ich schon im dritten Monat. Und da hab ich gedacht, jetzt oder nie, und bin nach Hamburg gezogen, in diese Kommune. Fünf Jahre hab ich mit dem Alten nicht geredet. Nur mit Mama und Irene, heimlich. Wenn der wüßte, daß seine Lieblingsenkelin wegen Rudi Dutschkes Kopfschüssen gezeugt wurde«, sie drückte den zerfaserten, braun angelaufenen Zigarettenstummel in den Ascher auf ihrem Bauch, »dann würd er mir wahrscheinlich heute noch eine ballern . . .« Sie schnaubte.

Sie putzte bei ihrem Soziologieprofessor, bis er es ihr aus ideologischen Gründen verbot, kellnerte stattdessen im *Cosinus* und brachte Bärbel zur Welt; sie begründete einen Kinderladen und kellnerte und studierte – und im Sommer 1970 heiratete sie den Irrwisch Jobst Befeld, einen Studenten der Politologie, der halbtags qua Spaßguerilla die Berliner Expropriateure expropriierte. Nach ein paar Monaten wurden ihm die Hamburger Wochenenden mit einer überarbeiteten Kindsmutter zu anstrengend. Eines Tages, als ihm die Feldjäger auf der Clogspur waren, verschwand er.

Daß er zum Opalschürfen nach Australien gereist sei, wie Eugen einst erzählte, konnte sie nicht bestätigen. »Das letzte, was ich von dem gehört hab, ist, daß er mit 'n paar Leuten in 'nem Haus im Schwarzwald gewebt und getöpfert hat, wie man das später so machte. Auch schon wieder Jahre her. Keine Ahnung, wo der heute steckt. Obwohl ich immer noch mit ihm verheiratet bin, glaub ich.«

Als Pauli krank wurde, kehrte sie nach Harburg zurück.

Wenn sie von Bärbel spricht, dann in jenem Tongeschlecht, das von Trotz, Gekränktheit, Furcht, Respektlosigkeit, Eifersucht, Neid unterfüttert scheint. Doch in Wahrheit, das ging einem damals in ihrem Wasserbett auf, sind es schmerzhafte Liebe und solidarischer Stolz. Jenes karge Hauskonzert in Moll, es wird aus Anlaß von Stolz und Liebe gegeben. Niedere Gefühlsregungen bleiben in Dreyerscher Mundart stumm – oder man redet drum herum, so wie man schon von Kindesbeinen auf lernt, um ein Muttermal künftig herumzukratzen. Auf Fragen nach Siegmund Dreyers Affenliebe zu Bärbel und *vice versa* gab sie lediglich preis, sie sei sein erstes Enkelkind gewesen (Irene hatte vier Fehlgeburten in sieben Jahren gehabt, bevor ihre Akne-Anne geboren wurde), und auch auf die Bitte nach Marions Meinung zu Bärbels Erbschaft bekam man nur noch diesen Nasentusch zur Antwort.

Es dämmerte bereits hinterm Bastrollo, als Marion sagte: »So. Jetzt reicht's«, und zu weinen begann.

Von den Bettgenossinnen aus der präanitäischen Zeit hat sich nie eine unsereine heilige mitmenschliche Inquisition verbeten – im Bett liegt die Wahrheit, da kann sie sich noch so vermummen –, und bis man Bärbel kennenlernte, ist man ja treu wie ein Albatros gewesen.

»Was ist denn«, fragte man sie, während sich Rinnsale aus verdünntem Wimpernschwarz in ihren Mundwinkeln fingen, bis sie überliefen und übers Kinn den Hals hinunter, um sich im Busen zu sammeln. Doch sie schwieg. Sie weinte schweigend und kraulte einem mit den straffen, trockenen Fingerkuppen den Handrücken. Man bereitete ihr einen Hagebuttentee. Ihre eisblauen Augen schmolzen unentwegt, und schließlich sagte sie, ohne zu seufzen, sachlich und fest: »Du bist so – nett.«

Irgendwann am Abend warf man einen sehr diskreten Blick auf den Wecker. Sie bemerkte ihn dennoch. Sie fragte gar nicht erst, ob man noch einen Termin hätte, sondern gleich: »Wann fliegst du?« Vor unserem dritten Treffen hatte man erwähnt, man gehe demnächst für unbestimmte Zeit nach El Salvador.

Es hatte nichts genützt. Sie preßte einen mit so inniger Kraft an ihre Brust, daß man sich wie der allerletzte Strolch vorkam.

Tab.: 38 Zig. (Marlboro)
Alk.: 2,5 l Bier / 6 cl Schnaps
○○○○○

Donnerstag. Pfnüssel schnottert vor sich hin. –

Der Holzbock o.w.w.i. tötet einem den letzten Nerv; aber was soll man ständig im Arbeitszimmer sitzen? Knack – knack – knack, und die Amsel singt dazu.

Fernseh, zum Gegenanlärmen . . . – – –

23.05 Uhr. Nita pennt schon. Völlig geschafft. Auftrag: Rentokil anrufen wegen Holzbock. – – – –

Fernabfrage Kabuffband: Marion. Man möge doch bitte zurückrufen.

Ach, Marion; Marion, Marion . . .

Einmal hat sie erzählt, sie, Marion, sei dem Alten vor Jahren einmal gegen fünf Uhr abends im November – es war schon dunkel, windig und regnerisch – in der Veddel, wo sie und Irene aufgewachsen waren (Hans-Hermann war drei gewesen, als sie nach Harburg zogen), auf einem Bürgersteig begegnet und einander in die Augen schauend aneinander vorbeigelaufen, ohne ein Wort zu wechseln. Sowohl Tochter als auch Vater hätten im selben Augenblick eine Nanosekunde gestockt; stehengeblieben aber sei keins der beiden . . .

Und einmal hat sie erzählt, sie sei einmal vor Jahren in ein Restaurant auf der anderen Seite der Elbe essen gegangen und habe, durch Grünpflanzen und Trennarabesken hindurch, am Katzentisch neben dem Kassentresen einen aufgeschwemmten, betrunkenen

Mann sitzen sehen, der Roth Händle rauchte und, während jener zwei Stunden ihres Aufenthalts, ein halbes Dutzend Herrengedecke nachbestellte. Sie habe sich kaum noch auf das Gespräch mit ihrem Freund konzentrieren können, weil sie dauernd versuchte, durch die schnörkeligen Spundlöcher des Raumteilers, durch die grünen Lücken der Topfpflanzen hindurch Gewißheit zu erlangen. Als sie und ihr Freund sich zum Gehen rüsteten, trafen sich ihre Blicke. Es *war* Hans-Hermann. Sie hätten sich, erzählte Marion, volle zehn oder zwölf Sekunden angestarrt, ohne auch nur eine Geste, ohne auch nur ein Wimpernzucken . . . und dann seien sie und ihr Freund gegangen . . .

Tab.: 40 Zig. (Marlboro)
Alk.: 3 l Bier / 8 cl Schnaps
●○○○○

Freitag. Heut morgen Haut-Dr. Hornung (!). Pilz an den Beutelflanken *kein* Pilz, sondern Infektion (4 Wochen lang Salbe). Fußpilz allerdings tatsächlich Fußpilz (vorm Schlafengehn mit rotem Farbstoff einpinseln – »Vorsicht! Färbt gefährlich ab!« –, Textilstreifen zwischen die Zehen legen, Socken anziehn. 10 Tage lang). Felljucken am Hinterkopf und die Flecken im Gesicht: »Schlechtwetterekzem« (wegen fehlender Sonne)! So was schon gehört? (Krem, 3x am Tag.) Den Hautzapfen am Adamsapfel hat er einem nach Spraynarkose mit 'ner Art Rasiermesser abgeschabt, bißchen Aua, Pflaster, fertig. Wahrscheinlich 'ne Art Warze. Wird noch untersucht.

Illegal geparkt, Verwarnanzeige. –

Pfnüssel klingt ab. – –

Dies Knacken im Boden . . . – – –

Blümchenpille gefressen, Füßchen eingepinselt, Hautinfektion gesalbt, Ekzem gekremt. – – – –

Brandy. – – – – –

Kabuffband: Wieder mal Hans-Hermann. Voll wie 'n Amtmann. Ob man mal zurückrufen möge.

Niemals hätte man ihn seinerzeit besuchen dürfen, nach seinem Anruf am Montag nach der 89er Dreyerfeier. Und doch, als man Anfang Oktober einen Termin bei Bärbels Konkurrenz wahrzunehmen hatte, bei »Grün + Blüh« in Rönneburg, wo auch die häßliche Backsteinvilla Dreyer stand, rief man ihn an – weshalb nur? aus Gewissensduseligkeit? –, um vorzufühlen, ob seine Einladung unter Umständen noch galt.

»Mir geht's gut«, brummte er. »Ich hab den Malteser-Hilwsdiens' gerufm hab ich.« Man plauschte über Handwerk und Einzelhandel im allgemeinen und im besonderen über Blumengeschäfte, und auf die Erwähnung Fredi Borns, Bärbels Lehrherrn, dessen, »der sich letztes Jahr erschossen hat«, knurrte Hans-Hermann: »U'er hasich erscho'sn? Ich kenn kein Fredi kennichnich. Ich erschiesmich augleich erschiesichmich.« Der Refrain eine Oktave höher: »Komm'ch ma vobei, kömmw'ns gehngseich e'schiesn.« Er schnappte nach einem Quentchen Luft, um ein noch allzu körniges Kümmelpfützchen in den Labmagen zurückzuzwingen.

Gott, sicher, warum sollte ein Fredi Born ausgerechnet Hans-Hermann Dreyer bekannt gewesen sein. Nur weil seine nichtige Nichte von eben jenem drei Jahre lang zur Floristin erzogen worden war?

Der Abend mündete in einem regelrechten Alkoholbad – in kümmelschwerer Sodbrandung quasi. Zwar war bei unsereinem Eintreffen nur noch Neige in der Flasche, doch Hans-Hermann telefonierte im Flur, und als kurz darauf ein Knecht vom Pizzaservice klingelte, nahm Hans-Hermann die beiden erbetenen Flaschen, vom Boten an einer Tankstelle besorgt, in Empfang und stopfte die billige Funghi mitsamt dem flachen Karton vor den Augen des erschütterten Mannes in den Mülleimer. Eingehüllt in Spiralnebeln von Roth Händlequalm, hielt er einem in seiner kunststoffvertäfelten, mit lumpigen Sesseln und Preßspantischen, -stühlen und -anrichten und Plunder vollgerümpelten Einliegerwohnung unzählige Kurzreferate – über seinen Opel Kapitän, über den Opel Diplomat, ja selbst über unsereinen Wunsch, einmal einen Ford 20m TS zu fahren wie Dutschke Duttheneys Vadder 1969. Dann schob er eine Video-Kassette ein, das *Megacrashs-Worldwide*-Video, eine Enzyklopädie der schönsten schlimmen Unfälle bei Formel-I-, -II-, Truck-, Motorrad- und weiß der Deibel für -Rennen der Welt; Hans-Hermanns Lieblingsviditüre, wenn er zu voll war, um sich mit seinem gewaschenen und gewachsten 69er Opel Kapitän höchstpersönlich auf die A7 oder A1 zu wagen ... Später gar 'nen kalifornischen Porno, von dem unsereins freilich nur noch die angeberisch geraunten Weisungen, die devot geächzten Bejahungen und Kotelettklopfgeräusche mitkriegte, weil man schon halbwegs schlief. Man schlief in dieser nach halbseidener Onanie und Socken mit Rautenmuster riechenden, überheizten Einzelgängerkemenate auf dem Kordsofa, und morgens erwachte man mit juckendem Behörnchenmuster auf dem Rükken und sah, sich wohlig graulend, Hans-Hermann beim Biertrinken zu. Unter Protest frühstückte man eins mit.

Nach jenem Besäufnis rief er zweimal die Woche im Büro an und unterbreitete Offerten über einen je anderen Taunus 20m TS, das eine Mal mit Doppelvergaser oder w.w.i., das nächste Mal mit feuerverzinkter Karosserie und AT-Motor, was immer das nun wieder war, und so weiter und so fort. Anfangs stellte man noch höfliche Nachfragen (d.h. die einzige, die einem einfiel: ob denn die Verteilerkappe auch problemlos abnehmbar sei), später machte man ihm eigentlich unmißverständlich klar, daß es nicht im geringsten eile; zwei Tage später aber hatte er es wieder vergessen und schimpfte, man wisse wohl nicht, was man wolle.

Tab.: 43 Zig. (R1, Marlboro)
Alk.: 2 l Bier / 12 cl Schnaps
●○○○○

Samstag. Achgott, man muß sich ja bald 'ne Checkliste anlegen, damit man die ganzen Pillen und Krems und Salben nicht vergißt ... –

A propos vergessen: Rentokil! Nita schon geschimpft. – –

Mit Brandy geimpft. (Irgendwie *fehlt* einem die Warze am Adamsapfel. Man hockt da und fummelt am Hals herum, doch da ist nichts mehr ... – *nichts!!!*)

Fernabfrage Kabuffband: zero. – – –

Satsche auf Stippvisite. Anfangs maulfaul, ist dann aber doch damit rausgerückt, daß er sich schon wieder 'n neues Hemd gekauft hat. »Von Versatsche?«

»Nee, Dschien Pascal. Neunz'n'neun'n'neunzich.«

»Warum sagst denn nicht ›20 Mark‹, dann sparst du drei Silben.«

»Wer den Pfennig nicht ehrt, lebt verkehrt.«

Hat sich außerdem 'nen nagelneuen Audi bestellt, »in Mystic anthrazit, mit Perleffekt!«, heizbarer Heckscheibe und weiß der Otto was noch.

Ah, die entschlossene Lustkraft, mit der er sich die geilen Sachen aus dem Dingeparadies aneignet ... Rückschläge hinsichtlich Satsches persönlichen Utopien sind selten. Na gut; mal hält ein Equalizer nicht, was seine hochtechnische, fremdsprachliche Bezeichnung verspricht, und mal – ah köstlich, die Elefantengeschichte! Sowas stellt allerdings eine schlimme Kränkung fürs ausgefuchste Verbrauchergemüt dar! Nun, 1979 war Satsche allerdings auch noch kein solch routinierter Konsument wie heute ...

Uh, man sitzt in der *Pumpe* in der Rentzelstraße, Heiner, Satsche und unsereins, und trinkt Köpi. Hereinkommt ein Afrikaner, setzt sich und baut um Satsches Glas herum 'ne Herde grobgeschnitzter Holzelefanten auf, vier Stück, in verschiedenen Größen (bei Hertie, mit besserer Lackierung und Geschenkkarton, DM 12,95 oder w.w.i.). »Sehr gut Elefant«, behauptet er und deutet drauf. »Hundred Deutschmark!« Satsche wird nervös. Er will den Kerl am liebsten ganz schnell wieder loswerden, damit er seine Ruhe hat, und beschließt, ihn zum sofortigen Rückzug zu bewegen, und zwar durch spontane Brüskierung seiner Händlerehre: *»Hundert Mark?* Nä, nä, nä«, tönt Satsche, *»höchstens* die Hälfte.« Und der Händler schlägt, *ad hoc*, ein.

Ah, was sind schon DM 37,05 Lehrgeld auf ein ganzes Leben genußvollen Konsums!

Jawohl, man ist neidisch auf Satsches kleinfestlichen Alltäglichkeitsrahmen. Erreichbare Ziele! 'n neues Auto, 'ne neue Kautsch, 'n *Mister Tom* zum Feierabendbier. Er würde nie derart aus dem Ruder laufen wie unsereins, derartige Dialoge mit strengen Stimmen eines düsteren Welttribunals führen . . .

Kauz: Herr Morten, trifft es zu, daß Ihre seinerzeitige Aussage Marion Befeld gegenüber, Sie gingen »demnächst nach El Salvador«, nicht *ausschließlich* als Sicherheitsmaßnahme gegen dreyermäßige Einvernahme konzipiert war?
Morten: Ph, na und?
Kauz: Sie geben also zu, daß Sie sich mitunter bereits haben in einem Flugzeug hocken gesehn, zehn Kilometer überm Meeresspiegel? Obwohl Sie bis dahin erst viermal in Ihrem Leben – in Fötushaltung – geflogen sind? Nach unseren Informationen sind Sie 1977 mit Johannes Bartels und André Bolling nach London gejettet. Da sich der Abflug um drei Stunden verzögert hatte, waren Sie schon beim Einchecken so schändlich betrunken gewesen, daß Sie Ihren beiden Mitreisenden eine noch heute gültige Anekdote bescherten, indem Sie, nach einem kurzen Nickerchen erwachend, lallten: »Was denn jetzt?

Wieso steigen denn alle wieder aus?« Weil Sie bereits in Heathrow waren! Beim dritten Mal, August 1983, glaubten Sie, Ihre Flugangst endlich bewältigen zu können – durch die magische Kraft der Liebe. Zwei Valium 10 intus, überwachten Sie an der Seite Ihrer späteren Ehefrau durchs ovale Bullauge den Luftraum über Deutschland, Österreich, Jugoslawien und dem Mittelmeer, mehr als drei Stunden lang, und zählten panisch den bedrückend nahen Gegenverkehr. Als Sie endlich am Hippiestrand von Lentas lagen, erzählte Ihre Frau kichernd, *sie* habe auf einem so kurzen Flug noch nie zuvor so viele andere Maschinen gesichtet. Die vollen zwei Wochen lang hatten Sie Albträume wegen des Rückflugs, den Sie wiederum nur durch einen minutiös geplanten Vollrausch überlebten. Seither fuhren Sie, wenn überhaupt, mit dem Wagen in Urlaub. Ist das richtig?
Morten: Ihr könnt mich mal.
Kauz: Nett gemeint, aber wir sind auf Diät. Trifft es ferner zu, daß Sie sich dennoch in manchen schlaflosen Nächten jenes 89er Herbsts in einer Art moribunder Euphorie mit zitternden Fingern auf der Immigration Card ankreuzen sahen, daß Sie weder beabsichtigten, in den USA mit Drogen zu handeln, noch ansteckend krank oder »derzeit mit Völkermord beschäftigt« seien? Trifft es darüber hinaus zu, daß Sie bei Fragen wie »Gestehen Sie, daß Sie nicht die geringste Ahnung haben, was Sie, der Sie weder Spanisch sprechen noch tropen-, bibel- oder kommunistischesmanifestfest sind, ja nicht mal überseeflugtauglich, ja gar selbst um Orte wie Brokdorf, Wackersdorf, Gorleben, Startbahn West, Hafenstraße et al. seit jeher die raffiniertesten Bögen zu schlagen pflegten – durchaus nicht ganz zu Unrecht, bei einem politisch derart naiven Armleuchter und Wirrkopf, der Sie sind –; was Sie, der Sie sich, ehrlich gesagt, im übrigen bereits bei den Invektiven eines mittelmäßigen Rockers in die Jeans pupen, ja, Sie da, dessen – Karate hin, Karate her – Heidenbammel vor Gewalt jedem Karnickel mit halbwegs intakter Selbstachtung die Tränen in die Augen triebe, der Sie Begriffe wie Zivilcourage, Widerstandspflicht und Moral mitunter am liebsten als Latrinenparolen einer humanistischen Demagogie auslegen würden – gestehen *Sie,* daß Sie aber auch nicht den geringsten Schimmer einer Ahnung erkennen können, was ausgerechnet Sie eigentlich in einem Land zu suchen haben, in dem schlimmster Bürgerkrieg herrscht?« sowie letztlich »Ja, sind Sie denn völlig verrückt geworden?« –– daß Sie, wären derlei Fragen gestellt worden, Ihre Kreuzchen allerdings durchaus ins »Ja«-Kästchen hätten zeichnen müssen?
Morten: Lupenreiner Dünnschiß.
Kauz: Wollen Sie behaupten, es sei Ihnen in jenen schlaflosen Näch-

ten *nicht* durch den Kopf gegangen, daß Sie, wenn Sie fähig waren, ein Studium – das Ihnen nach drei Jahren Büromaloche einst endlich eine irgendwie, -wo und -wann geistige Zukunft hatte bescheren sollen –, wenn Sie also biographisch fähig waren, dieses Studium nach neunzehn Semestern kurz vor Examensbeginn zu schmeißen, weil Sie sich »versehentlich« zum stellvertretenden Chefredakteur eines Blättchens hochgeschlafen hatten, das die Finkenwerder zum Einwickeln von Bücklingen verwenden; wenn Sie in der Lage waren, die hochartifizialisierte Buße – in Form eines Romandebüts mit dem Titel FABIANs ENKEL –, wenn Sie also soziologisch in der Lage waren, eine solche hehre Sühne für einen schnöde durchvögelten Sommer nonchalant wieder zu entweihen, nur um an schon beinah okkulten Feiern wildfremder Familien teilzunehmen – mit einer Krawatte um den Hals! –, woraufhin Sie sich von jenem Milieu, dem Sie ja anschließend wieder zu entkommen versucht hatten, gleich wieder absorbieren ließen –; wollen Sie allen Ernstes behaupten, daß Ihnen *nicht* durch den Kopf gegangen sei in jenen schlaflosen Nächten, wenn Sie zu all dem fähig waren, ja sogar Mißwahlen gesellschaftspolitisch zu unterstützen vermochten, warum denn dann nicht auch noch die Befreiungsbewegung eines mittelamerikanischen Landes?

Morten: Ganz richtig. Man trank ja nicht mal Kaffee.

Kauz: Sie waren in jenen wirren Herbstwochen *nicht* mit der ganzen Welt in stumme Händel verstrickt gewesen? Hatten im Rausch Ihres vermeintlichen Siegs übers Dreyerregime und seine Chargen (sowie vor allem dessen dekadente Enkelin) *keine* moralexpansionistischen Gelüste entwickelt, nachdem Sie gar den Diktator selbst wegen Kindesmißbrauchs zum Tode verurteilt hatten, ohne es gleich zu merken? Und ferner zum Beispiel unter schweigendem Protest die ETV-Turnhalle verlassen, nachdem Ihr Meister wieder einmal »die Jungs von der Hafenstraße« als imaginären Aggressor bemühte, um den Mae-geri zu erklären? Oder gar rücksichtslos das seit Monaten andauernde Formtief Ihres Chefredakteurs ausgenutzt, indem Sie ihm eine Standpauke hielten, als er nach Genschers berühmten Worten in Prag Visionen von »Invasionen bananenfressender Konsummarodeure« beschwor, eine Gardinenpredigt, die Eugen von Groblock schließlich nur noch mit einem müden »Sag später nicht, ich hätte dich nicht gewarnt« parieren mochte? Und nebenbei Lucas Lloyd niedergemacht, weil er den Unterschied zwischen ›scheinbar‹ und ›anscheinend‹ nicht begriff, Ayoga Ashun Forstreuther wegen seiner Karmaideologie nach dem vulgärbuddhistisch ausgelegten Motto »Jeder kriegt, was er verdient« und Johannes Bartels hinsichtlich des Tragens weißer Socken? In andern Worten: Sie kamen sich *nicht* als *der* überelbische Meinungspapst, *der* kulturästhetische Anchorman, *die* sozialethische Instanz schlechthin vor?

Morten: Schmierfinken. Die Karatekarriere habe ich aufgeben müssen, weil ich wieder angefangen hatte, dreißig unschuldigen Revals pro Tag und Nacht die Eingeweide auszulutschen.

Kauz: Es waren Ihnen die »Zähme-mich!«-Rufe *nicht* zu viel, zu laut und zu feucht geworden? Sie konnten Reimen wie FICKEN ÄRSCHE BLASEN MÖSEN noch irgend etwas abgewinnen, Überschriften wie BLUMEN BEFELDS FLOWER POWER? Sahen sich nicht schon den nächsten Halbjahres-PR texten: WER ASTERN SAGT, MUSS AUCH BEFELD sagen? Vermochten immer noch jene lockere Schraube im Acrylschild mit der Aufschrift ELBE ECHO Verlagsgesellschaft Schröder mbH ohne dynamische Depressionen zur Kenntnis zu nehmen? Pflegten nicht die irgendwie romantische Vorstellung, Genossin Zimmermanns Frage »Du wolltest doch damals nach El Salvador . . .?« bei einer zufälligen Begegnung, sagen wir Anno 2002, mit erfahrungsumwitterter Miene bejahen zu können? Und falls sie aus lauter Neid nicht tiefer in Sie gedrungen wäre, als Anreiz vielleicht ein bißchen das Bein nachzuziehen? Bescheuert genug, von einem Krisengebiet ins nächste zu flüchten, waren Sie doch allemal. Aber doch nicht in eins, das man nur mit dem Schiff erreichen konnte und wo *scharf* geschossen wurde, was? Dürfen wir aus einem Brief Ihres Freundes André Bolling zitieren?

Morten: Nein.

Kauz: »Ich war morgens schon in Chalatenango-Stadt gewesen, um mit Siedlern Lebensmittelbestellungen im Büro der Diözese aufzugeben. Mittags wollte ich den Traktoranhänger in eine Werkstatt in Chalate bringen. Da der Traktor keine Zulassung hat und nur im befreiten Gebiet verwendet werden kann, hatte ich den Anhänger behelfsmäßig an den Jeep gehängt. In Guargila schwärmten gerade Soldaten aus Richtung Las Flores ein, etwa 250 Mann. Wir parkten den Wagen und warteten ab. Als die Hälfte der Soldaten aus Guargila raus war, peitschten die ersten Schüsse. Die Soldaten suchten sofort aus der Deckung der Häuser heraus die anliegenden Hügel zu beschießen. Wir Zivilen rannten sofort in die nächstgelegenen Häuser und legten uns auf den Boden. Da wird einem schon heiß, wenn die Hausecke von den Soldaten als Deckung benutzt wird und man selbst drinnen auf dem Boden liegt. Blechdächer, Blechfenster und Türen bieten keinerlei Schutz. Die Wände sind zwar aus Steinen und Lehm, aber dort wo eben nur Lehm ist, schlagen die Kugeln durch. Über eine Stunde, von 14.10 bis 15.20 Uhr, verbrachten wir so auf dem Boden. Gleich anfangs hatte die Frau vom Haus eine Kerze vor dem Bild des heiligen Antonius angezündet, und bei jeder MG-Salve fing sie von neuem an, laut zu beten. Nach 20 Minuten tat ein gewisser Gewöhnungseffekt seine Wirkung. Trotz des anhaltenden Beschusses von unten nach oben und von oben nach unten, Mörser, MGs und vieles mehr, fingen wir an, hinten und vorne neugierig durch Ritzen zu schauen ...« Usw.

Nein. So neugierig waren Sie nicht. Genossin Zimmermann schon. Mitte Oktober '89 hatte sie Sie nämlich überraschend im Büro angerufen und mit schmerzlich zischenden, klingelnden und pfeifenden sch's, s's, ßs und zs geklagt, sie habe ihr Examen geschmissen und mit zwei, drei Kombattanten von der Ini Flugtickets nach El Salvador gebucht, um endlich etwas Sinnvolles zu tun. In diesem Land halte sie es nicht mehr aus. ›Jaja‹, haben Sie gedacht, ›und ich halt's im Kopf nicht aus.‹ »Mmmm«, machten Sie verständnisvoll und gaben ihr, um sie schnellstmöglich loszuwerden, André Bollings Adresse, was er Ihnen ziemlich übel ...

Ah, Schluß damit. Haltet die Schnauze. Laßt einen in Frieden. Geht zum Teufel.

Tab.: 39 Zig. (R1, Marlboro)
Alk.: 3 l Bier / 4 cl Schnaps
●○○○○

Sonntag. Pfnüssel fast fort, ebenso der Pickel am Gaumen (ein Tumor, der kommt und geht, kann nicht eigentlich gefährlich sein, oder?), dafür nun Probleme beim Abharnen, heftigere als die gewohnten (Nierenstein?) – ja, nimmt denn das nie ein Ende? –

Ah, man konnt's nicht lassen: Seit langem mal wieder Traulsen gelesen. Nekrophiler Korinthenkackerbrief (Hauptstilmittel plumpes Geduze, jedoch immerhin drei, vier funkelnde bibl. Dative!) mit der Überschrift »Kranke wissen mehr«:

Die Krankheitswurzel und du – ihr seid schon arg zusammengewachsen. Aber du bist nicht deine Krankheit. Ja, ein Stück Tod, ein Stück Tötendes ist in uns allen. Dir ist mit deiner Krankheit dies

Dunkle greifbarer, benennbarer. So ist es an der Zeit, daß du dich als Abschiednehmender sehen lernst und zu ahnen anfängst, daß, wenn es soweit ist, du den Tod begrüßen wirst. Er bringt uns ja zum Herzen aller Dinge.

Ach. Worauf wartet Herr Traulsen denn dann? Wozu sich mit dem Mastdarm aller Dinge aufhalten? Aber es gibt ja ein Aber. Deine Rede sei zwar ja ja, nein nein; Traulsen aber sagt aber.

Aber laß dir Zeit, hör auf deinen Lebenswillen. Du bist noch hier. Also setz auf Hierbleiben, zunächst. Setz auf Lachen, Lieben, Staunen, mach es dir gut . . .

Ja geht das schon wieder los?

Nie hingst du inniger am Leben. Kostbar wirst du dir, doch, bitte. Und mute dich zu. Die noch Gesunden brauchen die Erkrankten. Sie wissen mehr von unser aller Zukunft. Denn jeder muß doch durch die Mangel der Erkenntnis, daß wir alle befristet sind, Vorübergehende. Und uns allen wird es eng, bevor unsere Seele auffährt nach Anderland mit Flügeln wie Adler.

Die Mangel der Erkenntnis. Ah, ein Prunkstück an Wäschemetaphorik! Dennoch wird man das Gefühl nicht los, daß es schon jetzt verdammt eng wird in Traulsens Anderhirn, bevor 's vergammelt mit Löchern wie Käse. – –

Nita bereitet Modenschau vor. Kaum noch zu Haus. – – –

Brandy. Hautzäpfchen am Hals schmerzlich vermißt. – – – –

Kabuffband: zero. Weder Marion noch Hans-Hermann; und die Tatsache, daß B. ihr Ultimatum samt Kontaktsperre diesmal tatsächlich selbst einhält – läßt sie auf weitere konsequente Konsequenzen schließen? Brrr . . .

Tab.: 42 Zig. (Marlboro)
Alk.: 3,5 l Bier / 8 cl Schnaps
○○○○○

Montag. Eben von der turnusmäßigen Meldung beim Arbeitsamt zurückgekehrt.

Kurz vor Öffnung hat man sich – noch schlaftrunken und alkoholneblig – der Schlange hintangeschlossen. Der Vordermann 'n leicht verwahrloster ca. 60jähriger, Typ Günselfaktotum, fleckige graue Hose, kleinkariertes Jackett, in der linken Hand 'ne dampfende Juno und in der rechten 'ne gewaltige Axt. Hm, denkt man schlaftrunken, warum muß denn der Hausmeister mit in der Schlange warten? Einschließlich des Typen mit der riesigen Axt beginnt man, die Treppen zu erklimmen (weil man zu Fuß schneller 'ne Wartenummer ergattert), und unversehens wird man wach: Gott, man hält besser 'n bißchen Abstand.

Der Typ ist unrasiert, scheint aber nicht sonderlich aufgeregt. Im II. Stock biegt er mit seiner Axt in die Wartezone ein – ein paar Leute gehen vor, ein paar hinterdrein –, und man steigt die Treppen weiter hinauf in den IV. Stock. Man zieht eine Wartenummer, setzt sich in die Wartezone und denkt: Hm. Man müßte in eins der Zimmer gehen und sagen: Sagen Sie mal, wissen Sie eigentlich, daß unten im II. Stock so'n Typ mit 'ner veritablen Axt sitzt? Eine Minute vergeht, man schaut sich um, die andern sitzen alle friedlich da, man horcht. Vielleicht hat er inzwischen auch schon den III. Stock sozialethnisch gesäubert und wird sich nun uns Geisteswissenschaftler vornehmen. Noch eine Minute vergeht, man steht zwar auf, geht aber ins Treppenhaus zum Rauchen und schaut aus dem Fenster, und just stürmen zwei Udls das Gebäude und kommen eine Zigarette später mit dem Typ, Hände in Handschellen auf'm Rücken, wieder heraus.

Tja, so geht das. Man steht so da, schlaftrunken, alkoholneblig, vierzig, fünfzig Personen – eine davon mit 'ner gewaltigen Axt –, und denkt sich: Hm, was das denn.

Warum gibt er nicht das Rauchen auf und begrüßt Autos? »Ich kann es nicht verstehen.« –

Nachmittags auch noch erster Massagetermin. Leutseliger Leutnant der Reserve, ehemaliger Fallschirmspringer. Kraft in den groben Pfoten wie 'ne Schrottpresse. Ferner offensichtlich so richtig Bock zum Intellektuelleticken. Und Humor: bezeichnet Brille als »Nasenfahrrad«, Extremitäten als »Gräten« etc. Walzt einem den Nacken windelweich und quasselt eine Brause zusammen, daß die Scheiben beschlagen. – –

Danach Sofa. Amsel hat sich nicht blicken lassen. Dafür Taxi gesichtet und momentelang überzeugt, daß es B. war. Fast verrückt geworden, aber liegengeblieben. Fernseh. – – –

Schmerzen beim Urinieren kulminieren. Alle halbe Stunde Urindrang, und dann preßt man drei bis vier Tropfen hervor, als wären's erhitzte Bocciakugeln! Und dieses Mülleimerpedal macht einen noch mal wahnsinnig. – – – –

Brandy. (Wär doch bloß die Adamsklitoris noch da . . .)

Tab.: 39 Zig. (R1, Marlboro)
Alk.: 2 l Bier / 12 cl Schnaps
○○○○○

Dienstag. Dr. Siecks Diagnose: leicht erhöhte Leukozytenwerte (Antibiotikum), stark erhöhte Leberwerte: 44 statt max. 25. »Das ist schlimm, Herr Morten. Ich muß es Ihnen so deutlich sagen. Wäre doch ein Jammer, wenn Sie an einer Zirrhose stürben. Kein schöner Tod, übrigens.« Vielen Dank, Herr Dokter. Da dachte man immer, man hätte 'ne Leber aus Leder, und nun Überweisung Internist. Ferner Überweisung Urologe. –

Gleich betrinken. Denn ab morgen, wegen Proalkoholika und Antibiotika (Artischocken beschaffen!), droht obstinate Abstinenz.

Tab.: 61 Zig. (Marlboro, R1)
Alk.: 3 l Bier / ca. 0,5 l Schnaps
○○○○○

Mittwoch. Kalbsschwerer Kater. Gräßliche Nacht. Ab vier Uhr hat auch noch die alte Frau Siems mit 'nem harten Gegenstand an den Heizungsrohren herumgedengelt, sachte, manchmal in langen Intervallen, dann wieder heftiger und rhythmisch ... Sonderbar. –

Grottenmüd um 10.00 Uhr beim Uro-Dr. Kortner. Die Rezeptionsdame, Frau Weichmann*, streng, aber gerecht: »Hier machen Sie mir bitte Urin hinein!« Können vor Lachen!/Nichts zu machen ...

Diagnose: Zystitis. D.i. Blasenentzündung. Befällt zu 90% Schulmädchen – uff, man wird vom eigenen Organismus verhöhnt! Anderes Antibiotikum als Dr. Sieck verschrieben. Nächster Termin Dienstag, »mit voller Blase«, nuschelte der Doc, »möcht ich mir mal ansehn«. Klingt nicht gerade sexy. Nita meint: vielleicht Spiegelung.

Gott. Einmal, Ende '91, gleich zu Anfang der gräßlichen Blaugrauen Epoche, als B. einem irgendwelche Kokken angehängt, hatte Dr. Sieck einem zwecks Abstrich so 'n langes, dünnes Spatelchen in die Harnröhre gejagt, daß einem vor Schreck beinah *stante pene* die Schambehaarung ausgefallen wäre. Und *das* war ruckzuck gegangen! – –

---

* Mußte vermutlich ihren Arbeitsplatz einklagen, bei *dem* sprechenden Namen!

Der Besen im Flurschrank – eines Tages muß er dran glauben. Dito Mülleimer. Und diese Duschbatterie . . . Man steht da, nackt, frierend, gebückt, und fummelt rum wie 'n Tresorknacker; und kaum glaubt man, man hat's geschafft, wird's wieder zu *heiß;* neuerliches millimetergenaues Justieren, und kaum glaubt man, man hat's geschafft, wird's wieder zu *kalt* . . . – – –

Von Nita letzte Mahnung (schriftlich!) wegen Rentokil. – – – –

Fernabfrage Kabuff: zero. Zero, zero. Hähä. – –

0.00 Uhr. Nervenaffekte. Durst.

Tab.: 35 Zig. (Marlboro)
Alk.: –
○○○○○

Donnerstag. Kaum 'n Auge zugetan, heut nacht. Pektanginöse adrenokortikale Aktivitäten, ja gustative Halluzinationen, und selbst die Sphinktermuskeln zuckten.

Ferner Heizungsrohraktivitäten von Frau Siems. Diesmal feiner – wie anhand einer Stricknadel –, 'ne Art trunkener Walzertakt – dengdengdengdeng*deng* – deng-deng, deng-deng; dengde'dengdengdeng*deng* – deng-deng, deng-deng . . . Vielleicht sitzt sie am Fenster und starrt durchs Dunkle in die Hellig- oder Mißhelligkeiten ihrer Jugend, Berlin 1928 oder w.w.i. . . . –

10.00 Uhr Internist. Im Wartezimmer narkoleptischer Anfall. Dann Sonographie. – Befund:

Die Leber ist glatt konturiert, homogen, gering verdichtet und nicht vergrößert. Die Gallenwege sind nicht aufgeweitet. Die Gallenblase ist echofrei, die Wand nicht verdickt. Das Pankreas ist normal. Der Magen stellt sich mit auffallend verdichtetem Inhalt dar.
Diagnose: geringe Fettleber, auffallende Versaftung des Magens.

Echofrei! Hehe! – –

Nachmittags Zweikampf Masseur. Scheint Leute zu

hassen, die Fallschirmspringergeschichten zu hassen scheinen. Pfickt einen emsig mit der ungeschlachten Zunge ins Ohr, daß es nur so tropft, und sobald man nicht mal mehr das Zustimmungsgebrumm hinkriegt vor lauter Marasmus, zwingt er einen brachial-manuell dazu. Zum Schluß fragt er auch noch, weshalb man denn eigentlich die Socken anlasse. Als man's ihm erläutert,* *grinst er*, der Blödmann! Was will er einem damit sagen? *Gib doch zu, daß du dir die Fußnägel lakkierst, Zivilistentucke?* Blödmann. – – –

Direkt nach der Rückkunft Kammerjäger Rentokil. Vorführeffekt: nicht das geringste Knacken. Ausführlich Symptome geschildert. Diagnose: vermutlich steckt eine sog. »Totenuhr« im Holze. Ein fünf Kubikmillimeter großer »bunter Nagekäfer«. Er klopft mit dem Köpfchen auf den Boden, um ein Weibchen zur Paarung zu überreden! Dem Aberglauben in alten Überlieferungen zufolge kündigte dieses in damaligen Wanduhren knackende Geräusch die Ankunft des Sensenmanns an . . . – – – –

Schmerzen beim Urinieren lassen nach. Gepriesen sei unsere chemische Industrie! Leider aber unter frenetischem, ja phrenetischem Durst zu leiden . . . – –

Und schon wieder gibt Frau Siems ihre haarfeinen Signale, als spiele sie mit einer leichten Säge auf den groben Saiten des Heizkörpers. Was das nur soll? – –

Fernabfrage Kabuff: zero.

Tab.: 40 Zig. (R1, Marlboro)
Alk.: –
●○○○○

* Wegen des stark färbenden roten Farbstoffs zur Fußpilzbehandlung, Blödmann!

Freitag. Morgenurin, welch sinnliches Vergnügen! Bzw. zwar schmerzfrei, nur nach wie vor noch mühsam. –

Beim Duschen jedoch: Raptus.*

Ferner Polizeipost wegen illegalen Parkens neulich bei Dr. Hornung: 50 Mark! Sofort Einspruch erhoben. »Konnte nicht fahren, weil kaputt, Warndreieck deutlich sichtbar ins Heckfenster« etc. pp. – –

Dr. Sieck: »Auffallende ›Versaftung‹? Was ist *das?*« W.w.*i.* Hat beim Internisten angerufen; niemand erreichbar. Leber jedenfalls nur geringfügig geschädigt. »Na, trinken Sie Ihr Bierchen. Aber keinen Schnaps!« – – –

Bierchen, Bierchen, Bierchen ... Darf man eh erst ab Dienstag wieder, wegen Antibiotikum. – – – –

Eben hat 's Schwesterchen angerufen. Tobi schwärmt immer noch vom Hamburgbesuch in den Osterferien. *Borr,* war das anstrengend. Dafür, daß er einst Onkels Vermögen erben wird, ziemlich maulfaul, der Herr Neffe ... Räuberhöhle im sog. Arbeitszimmer eingerichtet, Cassettenrecorder, Käpt'n Blaubär und all der andere geheimnis- und geborgenheitsgeladene Knabenkram. Am nächsten Morgen Hafenrundfahrt. Nieselregen, Dieselduft. Pötte, Paniere und pelagische Phantasien; Gehieve am Steven, Mövenpiraterie. Die ganzen ingeniösen Ingenieursvisionen aus'm Metallbaukasten in echt. Streben, Träger, Stahl und Farbe; Röhren, Rohre, Reling; Spanten, Wanten, Kanten, Kais; Fender, Tender, fremde Länder ...

---

* Klempner anrufen!

Bleigraue Querwellen, Barkassengeschlinger, Gejuchz vom Kegelverein »Weiberholz«, und Käpt'n Blaumann mit der Prinz-Heinrich-Mütze lücht op Missingsch: »Meine Dam', Sie müss'n s'tillsitz'n, denn schaukelt das auch nich so . . .! Und sehn Sie ma, das Wasser, das da backbord raus s'pritzt aus den den S'tückgutfrachter da, das is der Schweiß der Hafenarbeiter . . . Und in den S'peicher, da drüben, da is Ware drinne, die is teurer als Gold! Und was *is* das, meine Dam'? Was macht den Kuch'n gel? Sühs woll! Safran is das! Safran kost' zwan-zich-daus'nd Mark das Kilo! Gold bloß siebzehn.« Usw.*

Später Schachunterricht. Stellte sich ganz plietsch an, der Bengel, allerdings zu ungeduldig. Metzelte ohne Rücksicht auf Verluste alles nieder, was ihm in die Diagonale kam, und machte 'n langes Gesicht, wenn er matt gesetzt wurde.

Am letzten Tag noch auf den Dom. Saukalter Wind. Gleich bei der ersten bunten Bude kaufte ihm der alte Onkel 'ne schwarz-gelbe Fahne samt Mütze und Schal. Und 'nem Aufkleber. An der Schießbude verballerte er seine ganze »Kohle«, ohne das Röhrchen auch nur anzukratzen. Am Ende des Rummelparcours schließlich standen wir vor der zweistöckigen Fassade eines Horrorkabinetts mit Türmchen, Erkern und Außentreppen, offensichtlich Norman Bates' Heim nachempfunden: *Psycho* lautete der horrende Schriftzug an der Veranda, von der herab molluskenhafte Koboldköpfe mit Bulbennasen und bullösen Matschaugen süffisante Schilderungen von Greuelszenarien auf uns virtuellen Helden niederüzten, unter Blitz und Donner, dräuenden Akkorden und mordlüsternem, hallverstärktem Gelächter. (Selbst unsereins kriegte 'n bißchen Schiß; schließlich waren die dipsomanischen

* Köhlbrandbrücke bloß von weitem. Dennoch unliebsame Reminiszenzen.

Nerven nicht die stabilsten.) »Na?« fragte man forsch an. »Cool«, kam's zaghaft zurück.

Die beiden Kartenabreißer paßten in den Laden wie die Faust aufs Auge.

Onkelchen voran. Gleich hinter der ersten dunklen Ecke, auf der dritten oder vierten eisernen Treppenstufe, schoß einem 'n Luftgeysir ins Hosenbein, daß man beinah lotrecht abhob. Tobi scheute und war trotz guten Zuredens nicht zum Nachfolgen zu bewegen, so daß man ihn über die Lichtschranke heben mußte (immerhin acht Mark Eintritt gezahlt). An der nächsten Kehre brabbelten überraschenderweise Masken von Goethe und Schiller morbiden Unfug. Dann ging's wieder treppab, ins sinistre Finstre – nur die Stufen waren mit Knopflichtern markiert (gesenkten Hauptes staksten wir hinab) –, und plötzlich, knapp über unsren Köpfen, sprang mit'm gewaltigen Knalleffekt 'n wild blinkender Schrein auf, und 'n Grüppchen Schädel und Gerippe in Kettenkluft zappelte, klapperte und kreischte auf Teufel komm raus.

»Borr«, preßte Tobi hervor, »ich hau ab äy!« Er stemmte sich am Handlauf rückwärts und grinste panisch.

Diese spontane Freimut, trotz *Superman*-T-Shirt unterm Anorak! Diese unangekränkelte Selbsttoleranz, mit welcher der kleine Kerl seinem Onkel die absolute Unlust auf weitere Schrecken des Grauens, da unten im Zelt, eingestand! Folglich, ganz richtig: »Ich hau ab äy.« Draußen die Kartenabreißer schmunzelten.

Unsereins haut auch bald ab äy . . .

Eben fällt einem der nächtliche Albtraum ein: Tobis Ermordung. Mehr weiß man nicht mehr. Nur daß er tot war.

Als man wieder zu sich gekommen, die bleischwere Erleichterung, mit dünner Patina posttraumatischen Grauens . . .

Vielleicht hat einem noch jene Empfindung in den Knochen gesteckt, die einen heimsuchte, als man mit Tobi an der Seite vom Dom zum Auto zurückstolperte ... Der Kater saß einem im Genick, und es war so scheißkalt; der Wind – Naßrasur ohne Schaum – trieb uns 'n schlaffen gelben Luftballon übers Trottoir entgegen (sah aus wie 'n Kondom von King Kong), und ihm nach folgte irgend 'n ausgefranster Verbrecher, aus dessen fiebrigen Augen die reinste Mordgier strahlte ... Hätte man 'ne Knarre am Mann gehabt, man hätte ihn präventiv liquidiert.

Ja. Wahrscheinlich steckte einem noch diese Szene in den Knochen. Jedenfalls fiel einem nämlich plötzlich mal wieder schmerzhaft auf, wie die Zeit vergeht ... D.h. Tobi ist schon acht Jahre alt! Gott, es scheint einem noch gar nicht so lang her, daß man selbst acht Jahre alt war, oder? Was soll denn seitdem groß passiert sein? Jedenfalls erscheint der Zeitraum rückwärts betrachtet sehr viel übersichtlicher, als man als Achtjähriger dreißig Jahre vorwärts auch nur hätte phantasieren können.

Drei Jahre noch, dann wird Tobi vielleicht auch schon sein erstes Tagebuch schreiben ... –

Fontanellenjucken. Brandy. (Wird noch mal Depressionen auslösen, die Klitorisamputation am Adamsapfel ...)

23.20 Uhr. O Gott!

Geradezu taub, die Fingerkuppen, vor Erkenntnis ...

Jesus ...

Bis eben im 68/69er Tagebuch geschmökert, in diesem eselsohrigen Notizbüchlein ohne Umschlag noch Vorsatzblatt, die erste Seite – eingerissen und schmutzig, zerfaltet und fettfleckig – notdürftig mit einem Tesastreifen am Leimrücken befestigt, der durch jahrelange Lagerung plan zur Vorderseite gepreßt worden ist. Die drei Seiten des Schnitts mit inzwischen verblaßtem Filzstift eingebläut. Die Paginierung in Rot, fälschlicherweise rechts mit geraden Zahlen begonnen, von 8 bis 141. Die Handschrift noch sehr gerade, noch nicht sehr flüssig, noch nicht aller kindlichen Schnörkel ledig.

Und was muß man da lesen? O Gott ...

Dienstag, den 12.11.68. Die Schule war ganz prima und hat Spaß gemacht. Nachdem ich von 14.15 Uhr bis 15.00 Uhr gelesen hatte, habe ich mir aus der Kasse 30 Pf genommen, habe mir dafür bei Heitmann Lakritzen gekauft und bin zu Johannes gefahren. Wir sind zusammen mit André zum Kompfermantenunterricht gefahren. Als der zu Ende war, sind wir nach Hause gefahren. Ich bin zu Tante Machta gefahren, weil Mama dort zu Dutschkes Geburtstag war, nachdem ich meinen Tornister in den Schuppen gestellt hatte. (Dann) Als ich angekommen war, sollte ich (be) für Tante Machta Milch holen. Bei Friedrichs angekommen, bat ich um 2 Liter Milch und gab eine Mark hin. Da fragte mich Frau Friedrichs, ob ich Latein oder Französisch hätte. Ich antwortete: »Latein!« – »Ja«, sagte (Sie) sie, »Heike hat auch Latein und hat nur Einsen geschrieben!« Mir gingen die Ohren über! »Oiiiiiiiiii!« sagte ich. »Ich habe ›nur‹ zwei Zweien geschrieben!« Das war natürlich geschwindelt, ich hatte nämlich eine Drei und eine Vier. Das wollte ich aber nicht zugeben.

Natürlich geschwindelt! Und diese Anführung! *Ich habe ›nur‹ zwei Zweien geschrieben!* ›Nur‹ zwei Zweien. Obwohl's 'ne 3 und 'ne 4 waren. Noch nicht mal zwölf Jahre alt, und schon wird gelogen, na schön: nach allen Regeln der Kunst, aber gelogen ... Wär's nicht vergleichsweise ehrlich gewesen, Frau Friedrichs' Mutterstolz einfach mit »Ich auch!« zu parieren?

O heranwichsender Knabe! Noch nicht mal zwölf – und schon hantiert man mit Gänsefüßchen, als ob's gar nichts wär! Und sowas von subtil! Nicht etwa nach dem grob verräterischen Muster

»Brigitte«, 39, Mutter und Hure, sucht Ehemann.

Oder

»Frikandelle«,

wie auf der Schiefertafel des Schmutzfinks, oder, wie man mal auf einem Pappschild an der Tür einer Provinzsparkasse entdeckt hat,

Stecken Sie »Ihre« EC-Karte in den Schlitz!

Na schön. Man heuchelt, lügt und betrügt also bereits mit zwölf. Das aber ist längst noch nicht alles.

Mittwoch, den 13.11.68: (...) Biologie war vielleicht langweilig! Dann aber kam Latein, meine Lieblingsstunde! Das war dann wieder ganz erfreulich. Als dann die Schule zu Ende war, rannte ich wie ein Verrückter, um den Schienenbus noch zu schaffen. Den schaffte ich dann auch und ich traf dort Wilhelm, Johannes und Dutschke an. Als ich dann zu Hause war und meine Schularbeiten gemacht hatte, kam Dutschke zu mir. Nachdem ich mir eine Zigarette und Streichhölzer eingesteckt hatte, ging ich mit zu Dutschke. Dort angekommen, spielten wir Maumau. Meine Zigarette wurde vom Sitzen ganz zerdrückt. Deshalb kam ich nicht zum Rauchen. Ich werde es in Zukunft auch sowieso sein lassen.
0 Zigaretten

Offenbar hat man bereits im elfenhaften Alter von elfeinhalb das Rauchen sich abzugewöhnen vergeblich versucht. Doch auch das stellt noch nicht die frappierendste Entdeckung dar ...*

Suchbild: In folgenden Auszügen ist eine frappierende Aussage versteckt. Wo?

---

* Schon gar nicht die, was man bei Dutschke Duttheney z.B. am Sonntag, den 17. November 1968, so alles im Fernseh sah: *Das Abenteuer lockt, Otto fliegt zum Mond, Alles dreht sich um Michael, Bill Bo, Die Abenteuer des Mister Rox, Der Forellenhof, Die weiße Hölle* sowie natürlich zum Abschluß *Bonanza*.

Montag, den 18. November 1968: (...) Alle Stunden waren sehr langweilig, außer Latein. Das war ganz prima und hat ganz doll Spaß gemacht. Am Nachmittag ging ich zu Johannes. Wir gingen in Kolks Wald. Dort haben wir geraucht. Danach ging ich mit fürchterlichen Zahnschmerzen ins Bett.
3 Zigaretten (Steuvesant).

Sonnabend, den 23. November 1968: In Latein erfuhren wir, daß wir Montag eine Arbeit schreiben sollten und in Mathe, Dienstag. Ich schlang mein Mittagessen hinunter und rannte dann zu Dutschke. Dort war auch Johannes und wir gingen mit Zigaretten in der Tasche in Kolks Wald, um zu rauchen. Danach wurde mir kotzübel. Das kam bestimmt davon, daß ich jetzt Lunge rauchte. (...)
4 Zigaretten (Ernte 23, Steuvesand).

Montag, den 25. November 1968 *(noch 30 Tage bis Weihnachten):* Die Schule hat heute Spaß gemacht, nicht zu beschreiben. Wir hatten erste Stunde frei, zweite Stunde Mathe (war toll), dritte Stunde Latein (fetzenleichte Arbeit), vierte Stunde Erde (ein Knüller) und fünfte Stunde Englisch (nicht ganz so gut). (...)
1 Zigarette (Ernte 23)

Dienstag, den 26. November 1968 *(noch 29 Tage bis Weihnachten):* (...) Erde und Geschi haben am meisten Spaß gemacht. Latein, wie sonst immer, nicht. Ich habe eine 4! So ein Pech! 9 Fehler. Hätte ich einen weniger, wär's noch 'ne Drei geworden (...)
5 Zigaretten (Ernte 23).

Doch auch damit noch nicht genug. Denn nur einen Tag später:

(...) Zeichnen war ganz gut, Bio auch, Deutsch ging, und Latein, mein Lieblingsfach, war dann wieder am besten (...).

Latein, Latein, Latein – Elogen aufs Latein. Meine Lieblingsstunde, ganz erfreulich, fetzenleichte Arbeit etc. pp., und was schreibt man? 'ne 4. Und was bleibt's Lieblingsfach? Latein.

Lateinerlatein. Im Alter von elfeinhalb. Und im übrigen kein einziges Sterbenswörtchen über Karin

Kolks Glockenminirock, geschweige über die verschwiegenen kleinen Onanieorgien unter der Bettdecke, seit jenem sommerlichen Ereignis im Kastanienbaum!

Jenes sanfte blaue Relief, das da aus den blassen Karokoordinaten erstand; als man dieses sanfte blaue Relief aus der Höhle der Kindheit tastete -- da plötzlich *hat* man Augen auf den Fingern gehabt. Und sich ins Gesicht gesehen . . .

Es ist ganz klar. Die universale Generalmisere in allen Bereichen wird nur durch vernünftiges, erkenntnismäßiges Handeln aufzulösen sein. Und um Erkenntnisse zu gewinnen, muß man die gesammelten Erfahrungen analysieren, auswerten und in einem theoretischen Raster verorten. Schließlich ist man ein Mann der Wissenschaft. Kümmern wir uns endlich um uns selbst!* –

Tab.: 37 Zig. (Marlboro)
Alk.: 6 cl Schnaps
●○○○○

Samstag. Geheimpost: insgesamt DM 91 455,80! Wird wieder mehr statt weniger! In Safran anlegen? Ergäbe

---

* *Kurz vor Beendigung dieser Tageseintragung hörte ich per Fernabfrage eine Nachricht Marion Befelds vom Anrufaufzeichner in meiner geheimen Schreibklause ab. Zwar sei ein Unternehmen damit beauftragt, doch es gelte noch eine ganze Menge Dinge zu verpacken, kurzum, sie bitte mich, beim Umzug Siegmund Dreyers ins Altenstift am Sonntag behilflich zu sein. Paul Dreyer sei unauffindbar, Hans-Hermann Dreyer nach einem Zusammenbruch ins Krankenhaus eingeliefert worden (kurz darauf wurde er zum inzwischen vierten Entzug ins Sauerland – sic! – geschickt; B.M.), Kai-Uwe Dreyer sei geschäftsbedingt unabkömmlich wie auch Irene Knaack, während Karl Knaack nach wie vor an einem Bandscheibenvorfall laboriere und Astrid Dreyer bekanntlich an ihrer (inzwischen siebten; B.M.) Schwangerschaft, und Daniel Meier und Anne Knaack weilten noch im Urlaub. (Jan-Peter Dreyer saß nach wie vor in der Strafanstalt Fuhlsbüttel ein. Und Bärbel Befeld war immer noch nicht zu einer Versöhnung mit ihrem Großvater bereit, der ihr nach ihrem Konkurs 1993 jegliche finanzielle Unterstützung verweigert hatte.) – B.M.*

viereinhalb Kilo, hähä! Kann man 'ne Menge Kuchen mit gehl machen. Ach wie gut, daß niemand weiß...

Leo angerufen. –

Frau Siems – die ganze Nacht sägte sie an den Heizkörperrippen, ergo an den Nerven. Und dann, kaum ist man doch noch irgendwann eingeschlafen und wieder aufgewacht: Totenuhr und Duschbatterie. Und dieses Pedal vom Mülleimer... Warum geht man nicht los und kauft sich 'nen neuen! Und wenn man den Haken, an dem der Besen hängt, ein Stückchen nach rechts versetzen würde, bräuchte man dem Besen nicht diesen enervierenden kleinen Schubs zu geben, damit man die Schranktür zuhauen kann (Klemmgefahr!), bevor der Besen wieder zurückgeschwungen ist und das korrekte Schließen der Schranktür verhindert. –

Anschließend im 68er Tagebuch geblättert. Über folgende Eintragung heftig lachen müssen:

Sonntag, den 15.12.1968 (9 Tage bis Weihnachten, 4 Tage bis zu den Ferien): Heute war bei Heitmann die Preisverleihung vom Vogelschießen. Ich hab den 6. Preis gekriegt. 'ne Tafel Schokolade! Pah!

Ironie des Schicksals? Hohn der Historie! An jenem Tag, da ein gewisses Bülbülvögelchen in Hamburg das Licht der studentenbewegten Welt erblickt, schießt unsereins beim Vogelschießen in einem der niedersächsischsten Käffer der Welt den 6. Preis ab. – –

Trotz Müdigkeit Lektüre. Interessant:

Vielleicht waren solche Urmigränen (...) in erster Linie eine Reaktion auf eine Vielzahl körperlicher Gefahren: Erschöpfung, Krankheit, Verletzung, Schmerz etc., und auch auf bestimmte elementare und überwältigende emotionale Erfahrungen, insbesondere auf Furcht. (...)
Ich stelle mir vor, daß mit zunehmender Komplexität und Repressivität des zivilisierten Lebens die psychosomatischen Reaktionen

und neurotischen Abwehrmaßnahmen nicht nur notwendiger, sondern auch wandlungsfähiger und gleichsam raffinierter wurden.

Wichtig für unsere Theoriebildung: Wie verhält sich Migräne zu Fontanellen? Staatsbibliothek: Unter Stichwort nachschauen.

(...).*

Tab.: 57 Zig. (R1, Marlboro)
Alk.: –
●●○○○

Sonntag.** Diese Duschbatterie. Diese *Duuuschbatterie!* Ah ... Unsagbar, undenkbar, undefinierbar, was für eine gleißende Wut uns da in den Schädel fährt ...

Und immer, immer, *immer* wieder. *Jeden* Morgen. Nackt und schutzlos steigen wir frierend, ja unterwürfig zitternd vor den gleichgültig agierenden Objektteufeln, die jede menschlich, ja übermenschlich arglose Hoffnung zunichte machen werden, in die Wanne und drehen das Warmwasserventil auf – feinfühlig, sensitiv wie ein Pianist –, mit links halten wir die Brause. Natürlich dauert es ein Weilchen, bis die Rechte meldet: Temperatur optimal! Wir netzen die Füße, wagen schon mal ein Schienbein – sie hält an! Gelobt seist du, Neptun! Die Temperatur hält an! Wie haben wir das gemacht? Wir *duschen* uns, wir *baden* in Paradieswässern, *suhlen* und *aalen* nachgerade in köstlich temperiertem Naß uns! ...

* *Sechs Seiten gekürzt (Exzerpierungen, Notizen zur Theoriebildung). – B.M.*

** *Tatsächlich fuhr ich gegen Mittag nach Harburg, um Marion Befeld beim Umzug ihres Vaters zu unterstützen (ein Alibi war nicht notwendig, weil meine Exfrau zu Heidrun Ketz nach Stade gefahren war, um steuerliche Dinge zu besprechen). Als Marion Befeld sich beim Hantieren mit Alufolie einen tiefen Schnitt in den Finger zuzog, gab Siegmund Dreyer einen Kommentar ab, und ich wußte, bei wem Bärbel Befeld den Spruch »Wer blutet, lebt noch« aufgeschnappt hatte. Ich verzichtete darauf, mir ausmalen, bei welcher Gelegenheit. – B.M.*

Doch es dauert nicht an. Nein, es dauert nicht an. Nein, nein. Leider. Leider – *aber:* nein. Anfangs unmerklich, dann immer merklicher, schließlich unleugbar überproportional rasch wird's unangenehm kühl, das widerspenstige Element.

Nun. Wir sind Dulder. Hundertmal sind wir enttäuscht worden im Leben, schon tausendmal übers Ohr gehauen, übern Löffel balbiert, übertölpelt und abgekocht worden. Eine Milliarde Mal bereits sind wir (. . .)*

So ist es. CHAMP steht auf unserm Teebecher. *Er* ist der Champion. Er und die Dusche, der Besen, das Mülleimerpedal. Fordern wir sie heraus!

Tab.: 47 Zig. (R1, Marlboro)
Alk.: 12 cl Schnaps
●●●○○

Montag: *(Tag der Arbeit)* Morgens kurzfristig in die Idee verstiegen, auch das Rauchen noch aufzugeben! Halbe Stunde durchgehalten. Irgendwann werden wir ohnehin alles aufgeben müssen, einschließlich atmen. –

Rechnung vom Glaser ist gekommen. Nach drei Monaten! Ignorieren? – –

Gleich wieder Lektüre. Durch Querverweis hochinteressante Bemerkung gefunden. Zuvor wird folgender Fall geschildert:

. . . Mr. Thompson, der gerade erst aus dem Krankenhaus entlassen war – sein Korsakow-Syndrom war erst vor drei Wochen ausgebrochen: er bekam hohes Fieber, phantasierte und erkannte kein Mitglied seiner Familie mehr –, befand sich noch immer in einem akuten Stadium, in einem an Wahnsinn grenzenden konfabulatorischen Delir . . . Mit seinen Worten erschuf er unablässig sich selbst und die Welt um sich herum, um zu ersetzen, was er ständig vergaß und verlor.

Und jetzt kommt's:

---

* *Zwei Seiten gekürzt. – B.M.*

Ein solcher Wahnsinn kann eine atemberaubende Erfindungsgabe freisetzen, ein regelrechtes erzählerisches Genie, denn ein solcher Patient *muß in jedem Augenblick sich selbst (und seine Welt) buchstäblich erfinden.* (Hervorh. v. Verf.) Jeder von uns hat eine Lebensgeschichte, eine Art innerer Erzählung, deren Gehalt und Kontinuität unser Leben *ist.* Man könnte sagen, daß jeder von uns eine ›Geschichte‹ konstruiert und lebt. Diese Geschichte sind wir selbst, sie ist unsere Identität.

Bingo! (...)*

Vorhin mit Nita im *Harry's.* Nicht lang geblieben (sechs Mineralwasser in anderthalb Stunden). Nita fragte uns, was denn die »Amselschelte eben« zu bedeuten gehabt habe. »Ich dachte, die war früher mal dein heraldischer Herold!«

Früher, früher. Früher sind wir ja auch aufgewacht und haben gelacht. – –

Tab.: 44 Zig. (R1, Marlboro)
Alk.: –
●○○○○

Dienstag: Ob sich diese -kokken oder -spirillen verdünnisiert haben, wird die Laboruntersuchung ergeben (Termin eingetragen). Leider den Fehler gemacht, Dr. Kortner an die fortgesetzten Probleme beim Abharnen zu erinnern. »Ganz richtig. Ich wollt mir ja sowieso noch Ihre Blase ansehn.« Glücklicherweise *nicht*, wie befürchtet, durch 'ne Spiegelung, sondern per Ultraschall. Bißchen Schmiere auf 'n Unterbauch, mit so'm maschingekoppelten Abtaststab drüber weg – gar kein Vorgang. Anschließend hat er uns, nachdem er auch's verflixte Rektum eingewichst, allerdings noch den Darm damit penetriert. »War's sehr unangenehm?« Ach wo. Vielleicht sollten wir den Doktor das nächste Mal bitten, so 'ne

---

* *Dreieinhalb Seiten gekürzt. – B.M.*

Ledermütze mit Alunieten aufzusetzen, anstandshalber.*

Spaß beiseite – es ist die Prostata: nicht nur um 25% vergrößert, wenngleich »nicht ungewöhnlich in Ihrem Alter« *(in Ihrem Alter!)*, sondern auch noch entzündet. »Da geb ich Ihnen 'n spezielles Antibiotikum« – schon wieder! –, »das nehmen Sie vierzehn Tage, und danach brauch ich dann noch 'n bißchen Ejakulat von Ihnen. Krebs ist übrigens keiner drin, das ist ja auch gut zu wissen.«

Mit andern Worten, es *hätte* einer drin sein können.

Natürlich hätte einer drin sein *können*. Die Einschläge kommen näher . . .**

Nächster Termin in vierzehn Tagen. Vierzehn weitere Tage ohne Alkohol. –

Um wirklich signifikante Ergebnisse in der Theorie erreichen zu können, dürfen wir wohl auch die Empirie nicht vernachlässigen. (. . .)***

Bis zum Massagetermin Lektüre****, u.a.:

Es gibt keine privatere Manifestation der Wirklichkeit als den Schmerz.

Das sollten wir diesem Masseur mal stecken, diesem Gibbon.

Tab.: 47 Zig. (R1, Marlboro)
Alk.: –
●●○○○

---

* Vielleicht gar Option zur Lösung des B.-Problems, sobald das Ultimatum abgelaufen ist? »Sorry Windbeutelchen. Wir haben 'nen ganz süßen Urologen oder Masseur oder sonstwas kennengelernt. Der gehört jetzt zu uns/wie unser Name an der Tür.« (War nicht schließlich auf ebensolch elegante Weise der dünne Dings der dicken Conny seinerzeit, 1988, entkommen? Dringend mal drüber grübeln, haha!)

** A propos: Ob Eugen von Groblock, der alte Schauspieler, wohl noch lebt? Seit drei Jahren nichts mehr von ihm gehört . . .

*** *Acht Seiten gekürzt. – B.M.*

**** Exzerpierungen nachholen!

Mittwoch: *(noch 28 Tage)* Frühmorgens Termin Dr. Hornung zwecks Inaugenscheinnahme des Fußfungus. Außerdem nochmals auf Fontanellenjucken angesprochen. »Wie ich schon sagte, das ist dieses Schlechtwetterekzem . . .« (Na, wir entwickeln da grad so unsere eigene Theorie.) Ferner Fehler gemacht, den Pimmelpickel zu erwähnen. War ja eigentlich schon so gut wie vergessen, weil er ja eigentlich nur in prekärem Zustand seines Wirts auftaucht, hehe. »Das ist eine Art gutartiger Tumor. Könnte ich gleich operieren, da heute zufällig Mittwoch ist. Mittwochs operiere ich immer.«

Gesagt, getan. Messer, Gabel, Schere, Licht; Spritze, Schnippschnapp, Stopfen, fertig. (Eigentlich fast schade um die erstklassige Ausrede . . .)

Ganzen Tag Lektüre. Höchst interessant der Begriff der »Konfabulation«, entlehnt der neuroendokrinologischen Forschung: »Darstellung vermeintlich erlebter Vorgänge, bedingt durch Erinnerungstäuschung.« – Frage: Läßt sich dieses hirnphysiologische Phänomen auch auf außermedizinische Phänomene anwenden? Mit psychologischer Nomenklatur korrelieren?

Z.B. das phänotypische Lateinerlatein. Konzedierten wir, daß wir Elfjährigen noch keine allzu arglistigen Schelmereien unterstellen sollten: Könnte dann nicht gelten, daß es eine psychologische Spielart der Konfabulation sei? Wendete man beispielsweise etwas an, das wir vorerst »mikrograduelle Evaluation« nennen wollen (. . .).* –

Morgen neuen Stempel bestellen!

Tab.: 56 Zig. (R1, Marlboro)
Alk.: –
○○○○○

* *Sechseinhalb Seiten herausgekürzt. – B.M.*

Donnerstag: *(noch 27 Tage)* Neuen Stempel bestellt. –

Post von André. Kommt am 10. Juni. Gleich Karte geschrieben, daß man ihn abholen wird. Treffen mit Satsche und Volli vorgeschlagen (letzte Nacht von ihm geträumt). – –

Ganzen Tag Lektüre (u.a. »Drei Hirne im Kopf. Warum wir nicht können, wie wir wollen«). (. . .)* – –

Tab.: 47 Zig. (R1, Marlboro)
Alk.: –
○○○○○

Freitag: *(noch 26 Tage)* Heute war Europatag! Heissassa und Hopsassa! Auha. Na, Spaß muß sein. –

Je, dieser Masseur. Dieser massenhafte Masseur! Es ist kaum zu fassen. Es ist einfach kaum noch zu – fassen oder auch nur zu – glauben. Was hat der denn! Was muß denn der da ständig und stetig und unentwegt einen derart kapitalen Stuß vor sich hin jazzen! Wer zwingt den denn!

Gleich darauf neuen Stempel abgeholt. – –

Nachmittags Lektüre (Tourettesches Syndrom).**

Fernseh: Konzert Phil Collins. Warum? – – – –

Eben noch Streit mit Nita.

Puls:	*64*	
Körpertemp.:	*36,4*	
Flukt. Zentralzust. (ca.):	*1020*	*bar*
Plasmainfl. Font. (ca.):	*11*	*Titer*
Homöosmotisches Stigma (mikrograd. eval. ca.):	*+ 0,4*	

Samstag: *(noch 25 Tage)* Eben Anruf Satsche (Band): Erbat Rückruf. Gewährt. Fragte, ob wir ihm 1 Pfd. Zwiebeln besorgen könnten! Er habe keine Zeit dazu

* *Acht Seiten gekürzt. – B.M.*
** Exzerpt nachholen!

und brauche dringend welche für einen Wurstsalat, den er Birgit zugesichert habe! Als flegelten *wir* den ganzen Tag auf'm Sofa rum! Na. Zugesagt. –

Ferner Schnürbandproblem. Liegt in der Kindheit begründet. Vor über 30 Jahren haben wir das Schleifenbinden falsch gelernt, und so müssen wir uns seit über 30 Jahren damit herumplagen, daß die Schleife nicht einfach an einem Senkel aufgezogen werden kann, ohne daß ein Gordischer Knoten entsteht. Geschlagene fünf Minuten dran rumgefummelt! Rechnen wir nur mal drei pro Tag, dann sind das in 30 Jahren über 500 Stunden! Mehr als drei Wochen unseres Lebens bisher damit vertändelt, die Schnürbänder zu entwirren!

Und dabei soll man nicht depressiv werden. (...)*

Eben, nach den abendlichen Messungen, noch Streit mit Nita.

Puls:	*80*	
Körpertemp.:	*36,8*	
Flukt. Zentralzust. (ca.):	*1030*	*bar*
Plasmainfl. Font. (ca.):	*12*	*Titer*
Homöosmotisches Stigma (mikrograd. eval. ca.):	*+ 0,6*	

(...)**

Freitag: *(noch 19 Tage)* Lektüre. Die alles entscheidende Frage hinsichtlich der gewissermaßen kosmogonischen Gültigkeit des Fontanellentheorems dürfte in der folgenden Nagelprobe bestehen: Hält die Behauptung einer Beeinflussung des fluktuierenden Zentralzustands durch universelle Plasmainfluxion – immer unterm Vorzeichen des Metaphorischen Paradoxons – auch dann noch stand, wenn die Relevanz politischer Implikationen postuliert wird? (...)***

---

* *Achteinhalb Seiten gekürzt (Theoriebildung). – B.M.*

** *Insgesamt ca. 45 Seiten (fünf Tage) gekürzt. – B.M.*

*** *18 Seiten herausgekürzt. – B.M.*

Nita zum Flughafen gebracht. Bleibt übern Muttertag bei Muttern in London.

Puls:	*64*	
Körpertemp.:	*36,5*	
Flukt. Zentralzust. (ca.):	*980*	*bar*
Plasmainfl. Font. (ca.):	*1*	*Titer*
Homöosmotisches Stigma (mikrograd. eval. ca.):	*- 0,3*	

(. . .)*

Dienstag: *(noch 15 Tage)* Uh, Ejakulatmachen bis zur letzten Minute buchstäblich aufgeschoben, obwohl wir ja nun 14 Tage Zeit gehabt hatten. Bloß trauten wir uns nicht, telefonisch bei Frau Weichmann nachzufragen, in welchem Aggregatzustand das Pröbchen gewünscht würde. Andererseits galt's 'ne etwaige Rüge zu vermeiden (»Was soll ich denn mit *dem* kalten Bauern?« o.ä.). Folglich für handwarme Anlieferung entschieden, in frühmorgendlicher Apathie Minuten und Aberminuten einen abzuschröpfen versucht, und der Termin ist immer nähergerückt. Haben uns schon mit hängendem Kopf und leeren Händen vor einer geringschätzig schnalzenden Frau Weichmann stehn sehn – »Ts, ts, ts. Hopfen und Malz verloren, was?« Klappte dann aber doch noch. Besannen uns auf alte Werte (Karin Kolk, Wencke Myrhe). Dann im Schweinsgalopp (wo genau liegt eigentlich der Gerinnungszeitpunkt von Sperma? Noch nie drauf geachtet!) zu Dr. Kortner/Frau Weichmann. Neuer Termin nicht notwendig; Laborergebnis telefonisch erfragbar. Bierchen immer noch verboten. Erst Ergebnis abwarten. –

Rest des Tages Lektüre. (. . .)**

* *51 Seiten (drei Tage) gekürzt. – B.M.*
** *Vier Seiten herausgekürzt. – B.M.*

Puls:	*64*	
Körpertemp.:	*36,5*	
Flukt. Zentralzust. (ca.):	*980*	*bar*
Plasmainfl. Font. (ca.):	*1*	*Titer*
Homöosmotisches Stigma (mikrograd. eval. ca.):	*- 0,3*	

Mittwoch: *(noch 14 Tage)* Bei Dr. Hornung gewesen. Fäden gezogen worden. Untersuchungsergebnis: Hautzäpfchen am Adamsapfel war »vulgäre Warze« und Pimmelpickel »Grützbeutel«. Ah, so sieht's aus, wenn man alt wird. Voll mit vulgären Warzen und Grützbeuteln hinken wir durch die Weltgeschichte ... Eine Schande. –

Tagsüber Lektüre.*

Puls:	*82*	
Körpertemp.:	*37,1*	
Flukt. Zentralzust. (ca.):	*1040*	*bar*
Plasmainfl. Font. (ca.):	*32*	*Titer*
Homöosmotisches Stigma (mikrograd. eval. ca.):	*+ 43*	

Donnerstag: *(noch 13 Tage)* Gestern nacht schwerer Anfall von Aura. Vorher Akathisie, dann Akinesie – verbunden mit Apraxie und Borborygmus, Flimmerskotomen und Holokranie – und dann, nach etwa zwanzig Minuten, eine Art euphorisches Delir, manchmal mit Liliput- oder Brobdingnag-Illusionen. –

Heute keine Lektüre möglich.**

* *Ca. zehneinhalb Seiten herausgekürzt. Obzwar nicht erwähnt, befand sich an diesem Tag ein Anruf Marion Befelds auf dem Anrufaufzeichner der Schreibklause. – B.M.*

** *Auch an diesem Tag, wenngleich nicht erwähnt, hörte ich per Fernabfrage einen dringlichen Wunsch Marion Befelds nach Rückruf vom Band des Anrufaufzeichners in der Schreibklause ab. – B.M.*

Puls:	*84*	
Körpertemp.:	*37,3*	
Flukt. Zentralzust. (ca.):	*1050*	*bar*
Plasmainfl. Font. (ca.):	*36*	*Titer*
Homöosmotisches Stigma (mikrograd. eval. ca.):	*+ 51*	

Freitag: *(noch 12 Tage)**

Wenn wir auf'm Klo hocken, starren wir direkt auf diese Nudel. Nicht *die*, ha, ha, sondern diese kleine Teigrosette, die werweiß wie lang schon daliegt, im Winkel zwischen Teppichleistenkante und Türrahmen. Ein winziges Zackenkränzchen mit Öhr in der Mitte. Sonderbar. Die liegt w.w.i. wie lang schon da, und heute erst dringt sie uns ins Bewußtsein. –

Anruf bei Dr. Kortner: Urin neutral, Ejakulat »neutral«. Und was bedeutet das? Daß wir »gesund« seien? Ha! – –

Anruf Satsche (Band). Hat nochmal an den *Frozen-Fromms*-Auftritt in Niendorf erinnert. Mal sehn, ob wir dazu fähig sind. Saufen dürften wir ja wieder. Was aber, wenn Skins toben oder 'ne Stampede losbricht? Davon abgesehen fragen wir uns, weshalb Satsche die Zwiebeln nicht zahlt. Es geht ja nicht ums Geld, aber der älteste Kumpel, den wir haben, sollte sich doch ein bißchen pekuniärer zeigen, ein solcher Numismatiker par excellence mit dem innigsten, sinnigsten und sinnlichsten Verhältnis zum Monetarismus, für den der Weltspartag mehr bedeutet als Ostern und Pfingsten zusammen, mikrograduelle Evaluation hin, Plasmainfluxion her. – – –

Ab 14.00 Uhr Lektüre. Um die Verkörperung, ge-

* *An diesem Tage befand sich, obgleich nicht erwähnt, im Briefkasten eine Postkarte mit dem Text »13 Tage noch!« Es lag – obzwar nicht gezeichnet – sehr nahe, daß sie von Bärbel Befeld stammte, gleichwohl ich ihre Handschrift bis dato nie gesehen hatte. – B.M.*

nauer: konkrete Körperlichkeit in der Metaphorik/Symbolik des mikrograduell deskribierten Touretteschen Syndroms zu untermauern, werden wir wohl eine empirische Studie über Gesten beginnen müssen.*

Puls:	*82*	
Körpertemp.:	*37,4*	
Flukt. Zentralzust. (ca.):	*1050*	*bar*
Plasmainfl. Font. (ca.):	*34*	*Titer*
Homöosmotisches Stigma (mikrograd. eval. ca.):	*+ 49*	

Samstag: *(noch 11 Tage)* Sieht aus wie'n gestrandetes Sternchen, diese Nudel. Liegt da wie schon immer. Was will sie? Droht sie? *Ich bleib hier liegen, und wehe, ihr rührt mich an!* Dieses Öhr da, in der Mitte . . . –

Kautsch. Amseljungen zwitschern im Efeunest über der Fensterklappe. Leute laufen rum, laufen rum, laufen rum und rum . . . Was treibt sie eigentlich um? Haben plötzlich lachen müssen; gleich darauf verlegen gewesen . . . – –

Leichte Migräne, bis jetzt. Werden dennoch zum Straßenfest in Niendorf gehen. Nita will nicht mit (kaputt). Duschen und dann ab dafür.

Puls:	
Körpertemp.:	
Flukt. Zentralzust. (ca.):	*bar*
Plasmainfl. Font. (ca.):	*Titer*
Homöosmotisches Stigma (mikrograd. eval. ca.):	

Sonntag: *(noch 10 Tage)* Schwerer Kater. Gräßliche Nacht. Neurasthenische Affekte, Kardiophobie etc. Die gute alte Frau Siems in Höchstform. Mächtiges Gedengel, mindestens drei, vier Minuten lang ohne Unterbrechung, in Schraubenzieherstärke, mit einem mutlosen Kratzer am Schluß . . . –

* *19 Seiten herausgekürzt. – B.M.*

Gestern abend schwerer Anfall von Melancholie: So schöner lauer Abend (pünktlich zu Beginn brach der Sommer aus!), so schöne Musik (»My Village«). Satsche und die andern Jungs in Hochform . . .

Wir mußten weinen. Sehnen uns »zurück«. Wo*hin?*

Nachts noch Led Zeppelin, bis Nita aufwachte und sich beschwerte, sie höre es trotz Kopfhörers. Was soll bloß werden. – –

Und dann auch noch, wie jeden Morgen, die Sternchennudel. Sobald wir sie dem Fontanellenprinzip subsumiert haben werden, wird's uns besser gehn. Kurzfristig überlegt, ob wir sie einfach entfernen sollten, doch erging es uns recht schlecht bei der Vorstellung (bloß keine weitere Amputation!). – – –

Lektüre ganzen Tag unmöglich.

Puls:	*90*	
Körpertemp.:	*37,3*	
Flukt. Zentralzust. (ca.):	*1050*	*bar*
Plasmainfl. Font. (ca.):	*98*	*Titer*
Homöosmotisches Stigma (mikrograd. eval. ca.):	*+ 112*	

Montag: *(noch 9 Tage)* Letzte Nacht ist Frau Siems gestorben. Hat Nita erzählt, bevor sie abgereist ist (zwei Tage Geschäfte, dann – ab Christi Himmelfahrt – in Bonn). Ihre Tochter hat sie gefunden, vorm Heizkörper liegend, mit 'nem Schraubenzieher in der Hand.

Vielleicht zur selben Zeit hatten wir im Bett die Traulsen-Kolumne gelesen. Der Herr des Dativs hat's bibl. Wemfälle *hageln* lassen! »Gegen den Tod hilft nur Liebe«, sagt er.

Sterben muß alles Organische und wird in neue, andere Muster verwandelt. Aber der im Fleisch steckte, die Person, die Seele, das Ich, wo ist das hin?

Wir wissen es nicht/wir stecken nicht drin.

Wem ist der wer? Einmalig ist nur der Liebe wer. Weil uns jemand liebt, sind wir ihm unsterblich. Und sterben wir doch,

was – bei aller Liebe – nicht ausbleiben wird,

so muß der Zurückbleibende uns dem zentralen Ich, dem Benenner von allem, muß uns Gott anvertrauen können, um nicht verrückt zu werden.

Ah, Traulsen! Meisterdeduktion! Haben wir 's nicht selbst schon immer geahnt? Mit Ausnahme der Schäfchen alles Verrückte auf der Welt. Gefällt uns, die Vorstellung. Verrückte und Schäfchen. Bzw. Jecken und Deppen. Eine ganze kugelrunde, verschrobene, ersprießliche Welt von Deppen und Jecken. Wem ist wer wer? *Homo homini lupus?* Aber was denn! *Jeck jeck depp!* Oder *depp depp jeck*!

»Gegen den Tod hilft nur Spalierobst.« Oder 'ne Tüte Wunderkerzen oder w.w.i. Trostduseliger Köhlerglaube, das. –

Vormittags vergeblich Lektüre versucht.*

Puls:	*88*	
Körpertemp.:	*37,1*	
Flukt. Zentralzust. (ca.):	*1040*	*bar*
Plasmainfl. Font. (ca.):	*180*	*Titer*
Homöosmotisches Stigma (mikrograd. eval. ca.):	*+ 244*	

Dienstag: *(noch 8 Tage)* Lektüre bisher unmöglich. Was soll's. Im Prinzip steht das Gedankengebäude. –

* *Spät am Abend hörte ich mit an, wie Bärbel Befeld auf meinen Anrufaufzeichner sprach. Sie halte sich gegenwärtig bei ihrer Mutter auf, die soeben über die verschiedensten Kanäle erfahren habe, daß Paul Dreyer sich in Münster (Westfalen) aufhalte, wohin er angeblich vom Bundesnachrichtendienst entführt worden sei. Gewährsmann sei ein Münsteraner Bürger, der Paul Dreyer unvorsichtigerweise die Tür geöffnet habe. Ob nicht ich ihn abholen könne, da eine Rückführung von behördlicher Seite erfahrungsgemäß teuer werde. Ich möge doch umgehend bei Marion Befeld zurückrufen. – B.M.*

Mittags erschütternde Selbsterfahrung gemacht*...

Wir standen vorm Zebrastreifen. Als ein Wagen hielt, um uns den Vortritt zu lassen, winkten wir ihn weiter, damit wir die Straße in Ruhe kreuzen könnten, ohne Rücksicht auf die Geduld des Fahrers nehmen zu müssen. Der, so'n junger Bengel, bestand darauf stehenzubleiben, so daß wir beim Luftschaufeln sogar in die Knie gingen, um ihm Beine zu machen. Bis wir entdeckten, daß der gar nicht weiterfahren konnte, weil er Gegenverkehr hatte und auf seiner Straßenseite ein Falschparker stand. --

Bei solchem Wetter zieht's uns immer ins Kaff. Aber warum diese graugrüne Melancholie?**

Kabuff, 18.50 Uhr. Lange über den merkwürdigen Impuls von heut vormittag nachgedacht, den abgewetzten

* *Und zwar nachdem ich aus meiner geheimen Schreibklause zurückgekehrt war, die ich seit längerer Zeit wieder einmal aufgesucht hatte, um meinen Koffer mit den alten Manuskripten, Tage- und Notizbüchern dorthin zu überführen. Als ich den Raum betrat, wurde ich von zwei Personen begrüßt: von Paul Dreyer, der eine Mütze mit beständig rotierendem Propeller trug (sowie unterm Arm eine Konzertgitarre ohne Saiten), und seiner etwa 70jährigen Begleiterin (in erheblich verschmutzter Tenniskleidung), die er im Nachtzug aus Münster kennengelernt hatte. Eine dritte, Bärbel Befeld, ganz offensichtlich betrunken, schlief auf der Kautsch. Der Raum wurde gerade zum Winterhuder Zweigbüro der UNO ausgerufen (es gab Sekt). Ich hörte mir die Einweihungsansprache an, und dann verabschiedeten sich Paul Dreyer und seine Begleiterin, um – wie sie mir nicht ohne Stolz mitteilten – ihr Hauptbüro im Hamburger Rathaus aufzusuchen, das sie dem Senat abgetrotzt hatten, um von dort aus gegen Krieg, Kindesmißbrauch und Tierquälerei zu kämpfen. Ich ließ Bärbel Befeld schlafen und verschwand ebenfalls. – B.M.*

** *An dieser Stelle unterbrach ich die Notizen – es war später Nachmittag –, um durch einen Anruf in meiner Schreibklause herauszufinden, ob sich Bärbel Befeld noch dort aufhielt. Jedenfalls hob niemand ab. Anschließend hörte ich per Fernabfrage einen inzwischen aufgelaufenen Anruf Marion Befelds ab, die mich um Unterstützung bei ihren Bemühungen bat, einen richterlichen Einweisungsbeschluß hinsichtlich Paul Dreyers zu erwirken, der sie fortgesetzt an ihrem Arbeitsplatz kompromittiere und sich selbst gefährde, indem er Schlaf und Nahrung verweigere und ständig unterwegs sei. – B.M.*

alten Koffer mit all dem vergilbten alten Papierkram nach hierher zu verbringen. Zuvor hatten wir noch einmal den Verlauf der Theoriebildung Revue passieren lassen und versucht, uns an den gedanklichen Anstoß zu erinnern. Und was uns dabei nicht aus dem Kopf ging, war Tobis Brief, das erste schriftliche Zeugnis unseres ältesten Neffen, und dessen Illustration: das Häuschen. Kinder zeichnen oft Häuschen, und dieses hat sogar realiter ausgeschnittene Fenster. Woran erinnern uns diese beiden quadratischen Löcher im Papier bloß . . .

Puls:	*86*	
Körpertemp.:	*36,4*	
Flukt. Zentralzust. (ca.):	*990*	*bar*
Plasmainfl. Font. (ca.):	*170*	*Titer*
Homöosmotisches Stigma (mikrograd. eval. ca.):	*+ 212*	

Mittwoch: *(noch 7 Tage)* Ans Astloch in Opas Hühnerstall. In der meditativen Versenkung kam's uns ans Licht des Bewußtseins. Formkopie des Wohnhauses, diagonal gegenüber, stand er am Rand des Grundstücksplateaus, wo ich mit sanfter Hand über die Hühner herrschte, vom Futter naschte, den deftigen Geruch von bekleckertem Heu und warmem Gefieder in der Nase, die winzigen Zylinderchen handvollweise bis zur Pampe kaute und vor mich hin summte oder das ängstliche Getucke nachahmte, während ich, auf meinen kleinen Eiern hockend, durchs Astloch in der Bretterwand lugend Phantasien ausbrütete, wie es dort wohl sein mochte, wohin der rote Schienenbus gleich fahren wird . . . –

Gestern nacht auf Gestenpatrouille folgendes: Die Uhrenstele Osterstraße Ecke Eppendorfer Weg zeigte 15° Celsius an und 2 Uhr 45. Und als wir um die Hausecke bogen, kam uns einer in Unterhemd und Sandalen entgegengeradelt. Sein nackter Recke zeigte exakt die Richtung an, in die er fuhr; eine Schmachtlocke leuchtete im Laternenlicht messingblond auf, und sein bebrilltes Kindergesicht war so stolz, so glückselig – wie das eines Siebenjährigen, der vorm Essen noch drei Tüten Puffreis verdrückt. Während wir ihn passieren ließen, schnippte er zum Dank den Zeigefinger aus der linken Faust, mit der er den Lenkergriff hielt. Auf dem Gepäckträger klemmte ein Textilballen – wahrscheinlich Hemd und Hosen –, und seine blanke Flanke glänzte, und schon war er weg.

Diese Hallo-Partner-danke-schön-Gebärde!*

Puls:	*90*	
Körpertemp.:	*36,8*	
Flukt. Zentralzust. (ca.):	*1040*	*bar*
Plasmainfl. Font. (ca.):	*210*	*Titer*
Homöosmotisches Stigma (mikrograd. eval. ca.):	*+264*	

Donnerstag: *(Christi Himmelfahrt) (noch 6 Tage).*** B 73. Auf der Hälfte der Strecke fiel unser Blick auf ein

---

* *Kaum daß ich den letzten Satz niedergeschrieben hatte – es war später Nachmittag –, hörte ich den Beginn eines Anrufs Bärbel Befelds auf dem Aufzeichnungsgerät mit an. Unter Ausübung hohen moralischen und gewissermaßen politischen Drucks zwang sie mich, den Hörer abzuheben. Während des Gesprächs zitierte sie mich in ihre Harburger Wohnung. Als ich auf die Kontaktsperre-Klausel ihres eigenen Ultimatums hinwies, drohte sie damit, unsere Wohnung in Brand zu stecken, falls ich nicht umgehend käme. Bei meiner Ankunft waren ein Repräsentant der Vermietungsgesellschaft sowie ein Gerichtsvollzieher gerade damit befaßt, kraft einer Räumungsverfügung Einlaß zu erwirken. Bärbel Befelds Versuch, ausschließlich mir Zugang zu gewähren, mißlang, worauf jedoch die beiden nicht unstämmigen Herren mit gezielten Karateschlägen und -tritten lang genug außer Gefecht gesetzt wurden, daß wir in meinem PKW nach Hamburg flüchten konnten. Wir verbrachten die Nacht, überwiegend mit Zechen und Zanken, in meiner Schreibklause. – B.M.*

** *Nachdem ich sexuelle Ansinnen Bärbel Befelds mehrfach mit dem Hinweis auf die Penisoperation hinsichtlich des Adnex-Tumors abgewehrt hatte, überredete ich sie, sich bei der Polizei zu stellen, was sie in meiner Begleitung tat. Anschließend brachte ich sie zu ihrer Mutter nach Harburg, wo sie Unterschlupf fand. Ich versuchte ein letztes Mal, sie von ihrem Ultimatum abzubringen, doch sie hielt daran fest. Ich fuhr zurück in die Schreibklause. – B.M.*

vielleicht zwölfjähriges Mädchen und sein Brüderchen, welches einen kleinen Hund, fast noch ein Baby, auf dem breiten Gehsteig an der Leine führte. Während wir uns näherten, fiel dem Jungen plötzlich die Leine aus der Hand, und sofort sprang der kleine schwarz-braune Hund auf die rasende vierspurige Straße. Er tollte arglos herum und wich den vor uns abbremsenden Fahrzeugen spielerisch aus, hopste auf die Gegenfahrbahn, die Leine hinter sich herschleifend. Wir nahmen Gas weg und sahen aus den Augenwinkeln, wie das Mädchen vorgebeugt am Straßenrand stand und die Hände vor den Mund schlug. Das Hündchen sprang tapsig die elegant einlenkenden Wagen entlang und machte sich auf, die andere Straßenseite zu erreichen, wo ein Tausendtonner herangeprescht kam. Die Ohren des kleinen Hundes flogen auf und ab, während er im Teddygalopp seitlich auf den Zug zu hüpfte, um ihn zu einem kleinen motorischen Jux zu animieren, und als der Anhänger schon zu vier Fünfteln vorbei war, geriet der kleine schwarzbraune Hund mit dem Kopf in den Sog des letzten Zwillingsreifens – Blut sahen wir nicht mehr. Nur den aufgerichteten schwarzen Schwanz über dem kleinen braunen Fellhintern auf knienden Läufen vor der halben Umdrehung eines riesigen Zwillingsreifens. Dann waren wir vorbei. Es gab keine Möglichkeit zu halten. Im Rückspiegel sahen wir, wie sich das Mädchen mit der Hand ins Haar fuhr. Der Junge stand einfach nur da. Der LKW war schon verschwunden. Der Verkehr ging weiter.

Puls:	*90*	
Körpertemp.:	*37*	
Flukt. Zentralzust. (ca.):	*1140*	*bar*
Plasmainfl. Font. (ca.):	*250*	*Titer*
Homöosmotisches Stigma (mikrograd. eval. ca.):	*+ 298*	

Freitag: *(noch 5 Tage)* Köstlich, die Geste des Aldisüffels heut morgen! In der Schlange an der Kasse hatte er vor uns gestanden, einer jener nach lindernden Morgenbierchen lechzenden Zecher – gewiß aber kein *Bacardi*-Barbar oder *Dimple*-Gimpel, kein tatteriger, selbstmitleidiger Labilo, schon gar kein aggressiver Saufaus vom Stamme der stammelnden Stammtischrammler. Eine grundehrliche, -gütige und -anständige alte Bierpumpe mit, wenn auch abgelaufenem, Kavalierspatent. Der Dunst des Vatertags dampfte noch aus'm rotbräunlichen Pepitamuster seines Jacketts, und er konnte schwer stillstehen, der Mann. Er schlenzte mit den Schultern, zuckte bald nach links, bald nach rechts, scharrte mit den Füßen und dehnte den Hals, auf daß die Nackenhaare nicht im Kragen einklemmten, richtete energisch seinen Hosenbund unterm Spitzbäuchlein und räusperte sich in regelmäßigen Abständen leutselig. Dabei schmunzelte er in sich hinein.

Als zwei dicke Heimchen in Jogginghosen, die vor uns dran waren, im Kanon mit der Kassiererin über den Vatertags-»Unfug« zu schwadronieren begannen, kam noch mehr Bewegung in den Rekonvaleszenten. Er zog schon mal seine Geldbörse aus der Gesäßtasche, trat, während er darin herumstöberte, von einem Bein aufs andere, feixte und räusperte sich, brummte und schmunzelte und überprüfte das Büchsenbier und die Phiole mit grünem Likör, die er zwischen zwei Trennbalken eingefriedet hatte, noch ein letztes Mal durch kurzes Anheben, und dann hielt er – gerichtet an ein imaginäres Publikum, mit einer Blickamplitude von etwa 70° und anhand allerlei einebnender und lavierender Gebärdenfiguren – schmunzelnd eine verständige kleine Rede: Schließlich gebe es ja auch einen Muttertag, und einmal im Jahr dürften doch bitte auch mal die Herren der Schöpfung, die immer reell und vernünftig ihre Arbeit täten, fünfe grade sein lassen, womit er nichts gegen die tagtägliche Schinderei von Hausfrauen und Müttern gesagt haben wolle (an dieser Stelle verneigte er sich leicht) . . . – und dann, noch während der gemurmelten Schlußformeln, schnappte er, ganz und gar im organischen Fluß der Fuchtelei, nach einer der griffbereit placierten Boonekamp-Schachteln und stellte sie neben die Bierdosen.

Er schien selbst verblüfft, trat einen Schritt zurück, abwechselnd im Portemonnaie stöbernd und dem Karton gleichsam wegwerfend zuwinkend, während er schmunzelnd Gutmütiges, Begütigendes, Zwinkerndes brummelte – und diese humanistische Geste des Verzeihens jenen unternehmungslustigen, maskottchenhaften Boonekamp-Schlingeln gegenüber, denen man einfach nicht böse sein konnte; diese Pappenheimer-Geste war einfach köstlich – zumal wir selbst einen Kater hatten.

Puls:	*92*	
Körpertemp.:	*37,2*	
Flukt. Zentralzust. (ca.):	*1360*	*bar*
Plasmaifl. Font. (ca.):	*340*	*Titer*
Homöosmotisches Stigma (mikrograd. eval. ca.):	*+ 454*	

Samstag: *(noch 4 Tage)* Eben, auf der Bushaltestelle zwischen den Fahrbahnen der Hoheluftchaussee, dieser abgerissene Typ, der, abseits von den anderen, links abwendend, rechts abwinkend, dem stockenden Verkehr Reden hielt ...

Mit Schrecken innegeworden, daß wir selber Lust dazu kriegten. –

Die Amsel pfeift sich eins, da im Gestrüpp. Ihre Jungen zwitschern im Efeunest. Die Nachbarskinder üben auf einem Einrad. Und wir liegen hier herum, während draußen das kaiserlichste Wetter grölt ... – –

Und was hat im Briefkasten gelegen? Wieder 'n prima Prospekt? Genau.

Scharfe Omas ganz privat – Auf 80 absolut privaten, ganzseitigen Farb-Fotos haben sie ihre Sex-Hüllen fallen gelassen und machen Ihnen unmißverständlich klar, daß sie jetzt erst recht zu ALLEM bereit sind. Taschen-Magazin. **nur DM 10,–**

... von hinten – Girls präsentieren Ihnen ihre Hinterteile in den gewagtesten POsitionen. 48 ganzseitige Farb-Fotos im Format 15x21 cm. **nur DM 12,–**

Und was finden wir in der literarischen Abteilung? Zwischen Henry Millers *Opus Pistorum*, Anaïs Nins *Delta der Venus*, Pauline Réages *Geschichte der O.*, des Comte de Mirabeaus *Blick hinter den Vorhang*, Emanuelle Arsans *Emanuelle*, Joy Laureys *Joy*, zwischen der *Tigerin* und *Lulu* und *Salz auf unserer Haut* etc.?

Lex Sexus – das Gesetz des Geschlechts. Der »heimliche« Bestseller von **Caro Kowska**. 4 Jahreszeiten, 4 scharfe Novellen. Weibliche

Outdoor-Erotik vom Feinsten! 138 Seiten. Format 315x205 mm. Mit 4 ganzseitigen Illustrationen. Gebunden, edle Ausstattung! früher DM 39,80 – bei uns jetzt **nur** noch **DM 12,–**

Man faßt es nicht . . .

Kabuff, 3.40 Uhr. Ah, ekelhaft. Soeben aus der *Showbar Hammonia* zurückgekehrt. Alles ist uns wieder eingefallen, was jenem Zusammenbruch im Dezember vorausgegangen war. Ah, ekelhaft. Widerwärtig. 'ne Pöseldorfer Pornonovelle, 'ne Art urbaner Alltagsmythos. Diese Begegnung mit Rudi dem Arsch streichen wir am besten aus dem Gedächtnis. Diese kupplerische, korrupte Geschichte werden wir nie jemandem erzählen, diese Geschichte von Rudi dem Arsch. Warum nicht, wir wissen es nicht genau. Sie ist uns peinlich. Obwohl wir sie ja nur gehört haben. Manchmal schämen wir uns für Dinge, mit denen wir gar nichts zu tun haben. Oder nur am Rande. Vielleicht rührt daher die Wut auf manche *Leute*, während wir eigentlich deren Geschichten meinen. Scham ist schließlich kein schönes Gefühl. Wir kennen es von eigenen Geschichten, Geschichten, in denen wir tief gekränkt wurden; von Albträumen, in denen wir jemand erschlugen, den wir lieben; in denen wir die Hosen voll hatten oder im Hemd dastanden und die Beine wie gelähmt waren . . . – damit werden wir fertig, aber wenn wir uns für fremde Dinge schämen, können wir nur wütend werden oder zynisch. Oder weise. Aber wer will schon weise werden.

Als wir da hockten, vorhin in der *Showbar Hammonia,* da fiel uns alles wieder ein. Wie in der fünften Dimension sahen wir uns wieder nachts die Reeperbahn hinunterstreunen, unter Kopf- und Weltschmerz leidend, zerstritten mit Nita, völlig allein inmitten des ganzen buntblinkenden Rummels da; die Huren mit

Frisuren in allen Landesfarben – Schwarz, Rot, Gold – wollten uns trösten, aber um sie abzuschütteln, genügte ein einfaches Nein, Nein, Nein. Enttäuschend. Wir wechselten auf den anderen Bordstein, und die Türsteher vor den Striplokalen koberten sich 'nen Wolf. *Äy, komma rein hiär, giebd orndlich waß wegzukuggn!* Weggucken können wir auch woanders. In der Großen Freiheit aber stand der Schlepper von der *Showbar Hammonia.* Geduckt, doch erfahren grinsend passierten wir ihn. Er saß im Trenchcoat auf einem hohen Hocker vor der Tür und schwieg melancholisch vor sich hin. Das irritierte uns, und wir drehten uns um. Nachdenklich sog er an seiner Zigarette, und wir gafften, und als er uns bemerkte, winkte er nonchalant ab. *Niggß louß heudeh.*

Das klang verlockend. Wir wechselten das Standbein.

Weddtn? sagte er, streckte uns eine Hand hin und zog mit der anderen eine Hälfte der roten Portiere beiseite. *Dreißich Mahgk, ingkluhsiewe Flasche Bier.*

Wir schlugen ein, und rein in die Lasterhöhle. Dunkles Interieur. Tabakdunst. Bumsmusik vom Band. Schlaglicht auf die Drehbühne, von der herab ein mageres Thaimädchen in Gebärden-Esperanto fünf Männer von ihren Körperkünsten zu überzeugen sucht. Fünf Männer, die sternförmig am Saturnringtresen hocken und mit rückwärts genicktem Kopf rauchen. Vom westlichen Ende, aus einer Art Grottengruft, wird die Darbietung von einem Zotenmoderator durchs Mikrophon kommentiert, mit reichlich *Hähä!* und *Horrhorr!* Sein Schnauzbart ist auf 20 vor 4 getrimmt. Stimmt ungefähr, wie der Schnauzbartvergleich mit den anderen fünf beweist. Am östlichen Ende eine Bar, wo weiteres weibliches Wesen wartet. Im Süden und Norden verhängte Separées.

Ich laß mich am Scheitelpunkt der Runde nieder.

Eine sommerlich gekleidete Russin oder Polin befragt mich nach meinen Wünschen – ich versteh anfangs nur Radebrech, Radebrech –; sie will aber wissen, ob ich ein Radeberger wolle. Und als ich zum Trinken ansetze, erkenn ich, durch die Grätsche der Tänzerin hindurch, genau gegenüber, einen Schlund, aus dem 'n Wirbel Zigarettenqualm quirlt wie 'ne – noch leere! – Sprechblase.

So raucht nur einer: 'n sprottenmagerer Althippie, Gelegenheitsgitarrist, Kurier- und Taxifahrer, Trinker, Trickster, Zocker, Gaukler und Lügenbaron mit fettigen Haaren und der Säuselstimme von Kiffern der ersten Stunde. Hundertsiebenundfünfzig Zentimeter Hansdampf in allen Gassen. Ein hundertsiebenpfündiger Tausendsassa, für seinen Lebenswandel unglaublich kregel, faul, geil und geschwätzig. Ein Spinner vor dem Herrn.

Stante pede laß ich Bier und Polin im Stich, aber kurz vorm Ausgang entdeckt er mich. Reißt einen seiner popeligen Zeigefinger hoch und flötet: *Öi! Mordtn, aldte Puff'odtta! Wußde gahnich, daß du auch Nuhdißd biß! Hh!*

Ich stelle mich, schmunzelnd wie 'n Massenmörder. *Hambuich iß grohß, aba die Weldt iß klein,* sage ich. *Peinlich, peinlich.*

Wehm!? Du?! Kwaddsch!! schmettert Rudi der Arsch, nötigt mich neben sich und bietet mir 'ne Zigarette an. *Peinlich iß waß gannß waß andreß,* schwadroniert er. Und dann tritt dieses nervöse Blinzeln auf, das unwiderstehlichen Mitteilungsdrang signalisiert. *Zum Beischbiel waß meim Schdief- bezie'ungßweise Halbgrohßfetta geßdan nachd passierd iß.* Er qualmt bedrohlich. *Sünde dorr! Daß muß ich dier erzehln. Sekunde biddte!* Er winkt nach 'ner braven Botswanerin oder Kenianerin in Reizwäsche und tuschelt mit ihr. Steht auf und zieht mich am Ärmel hinter 'nen Vorhang. In der Plüschnische schenken die Brave und die Sommerliche Schampus aus, der wohl ca. 'n halben Riesen gekostet haben dürfte. Ich seh uns schon durch Monokelhämatome auf Schuldscheine schielen und frag Rudi, ob er noch zu retten sei.

Indtressierdt mich nich, erwidert Rudi, zieht die Sekundantin an seine Putenbrust und furzt wie 'ne Tuba, und die Mädels verstehn Rudis des Arschs internationale Körpersprache bestens, lachen herzlich und setzen ihr Geplänkel fort.

Paß auf, Mordtn, aldta Schmierfiengk. Follgndeß, kommandiert Rudi und schüttet das erste Glas in den Hals. *Ich bin dehmnehchßd freia Midd'ahbeidta bei eim gewissn ßohschl Ikßperrimendt eh Fau, und da werd ich mid Geld nuhr so zugeschissn. Unßwah bei eußaßd angenehma Tehdtichkeidt.*

Ich rühr den Schampus nicht an. *Du wirßd 'n freia waß? Bei waß fürm Fa'ein?*

Einß nachm andan, grinst Rudi, raucht wie irre und tätschelt der Braven das Lendenkehlchen. *Ehrßma die Halbgrohßfetta'schdorrie! Hh! Sünde dorr!*

Die Tschechin oder Slowakin hält mich am Ohrläppchen fest.

Folgendes.

Rudis Halbgroßvetter ist, erzählt Rudi, hanseatischer Sanitär-Exporteur. Einer dieser citysmarten Schlipsabiturienten, deren Idole in jedem zweiten Werbespot vor 'nem Computerbildschirm den Faustshuffle vollführen, als hätten sie grad den III. Weltkrieg gewonnen. Glattrasiert und fern der Heimat verscheuert dieser Typ Westafrikanern westeuropäische Küchenspülen, verschachert polnische Fittinge in Mittelamerika und verschifft gußeiserne Hockklosetts aus Ungarn nach Libyen und Südjemen. Und wie heißt er? Daniel Meier heißt er. Ich bin fast umgefallen. Daniel Meier, sag ich. Etwa Daniel Meier aus Harburg? Genau der. Und Rudi der Arsch, den ich jahrelang nicht gesehn hab, außer einmal in der *Glucke*, ist mit *dem* Schnösel, als unehelichem Sohn von Rudis Tantes Tochter, um dreizehn Ecken verwandt. Ich faß es nicht.

Jedenfalls, sagt Rudi, hatte Daniel Meier tags zuvor das 50jährige Firmenjubiläum begangen, im Übersee-Club am Hafen, so hat Meier seinem Halbgroßvetter – Halbgroßvetter, das paßt ja nun auf Rudi wie Arsch auf Eimer – bei einem »Brunch« berichtet; *und, Mordtn, aldta Schduhbmhoggka, wenn sohn junga Schnöhsl auß Fischbek,* der den vereinigten arabischen Emiren goldene Armaturen andreht und tschechische Keramik in der Karibik verscherbelt; wenn so einer, der in billigen Bidets macht und Duschkabinen in Fernost *faklobbdt wie niggß Guhdteß; wenn so eina dauand ›enniwey‹ sachd, dann krichd man alß Liengkßliebarala echd n Föhn, glaubß daß? Schüüß dorr.*

Rudi und Linksliberaler! – Anyway.

Im Übersee-Club, erzählt Rudi, hat der Unternehmensgründer unseren Meier, der gerade mal 21 ist, zum Manager der Fidji-Inseln ernannt, und das ist enorm begossen worden. E*norm.* Aufgewacht ist Meier erst wieder, als er mit dem Kopf wo gegenstieß. Stockfinster war's. Als er aufstand, zog's zudem kühl um den Unterleib, und die Fußknöchel waren wie angehobbelt. Dann roch er den Duft von Urinalseife und raffte den Hosenbund vom Fliesenboden hoch. *Der kümmfdiege ßänniterri Deireggda wa aufn sannitehrn Anlahgn schdurdßbesoffm eingeknaggkd und eingeschlossn wordn,* wiehert Rudi wenig familiär. *Daß iß peinlich. Enniwey,* wenigstens Zigaretten steckten noch in Meiers Brusttasche. Meier starrte aus der Lounge, wo die ganze Gesellschaft Stunden zuvor noch gefeiert hatte, durch hohe Panoramafenster ins industrieorangefarben und mondblaß erleuchtete, kabbelige Hafenbecken, auf Docks und Landungsbrücken, Schuten, Schlepper und Dampfer. Er litt unter Durst, taumelte hinter die Bartheke und rüttelte vergeblich an den Vitrinentüren.

Und da, wie aus dem Nichts, quarkte plötzlich jemand in maulbreitem Barmbeksch: *Lortsch mier jorr nich aufeh Fühßeh hiär.*

Fohr Schregg fieln Meia faßd die Eia außa Hohse, freut sich Rudi.

Im grobkörnigen Düstern hinterm Tresen hat, hat Meier erzählt, erzählt Rudi, langausgestreckt jemand gelegen. Das blasse, fleckige Halbtrapez hinterm Filzkopf bildeten verschränkte Arme mit Bizeps und Tätowierungen. Schlafsack und Stiefel rochen nicht gerade nach Gänseblümchen. Aber Störtzer, so hieß er, hatte Bier. Und Meier Zigaretten. Meier war im Export, Störtzer im Hafen beschäftigt. Gewesen. *Beie Horrlorr, alß Fau-Zeh-Forär. Biß se mich geschäßt horm.*

Bei der HHLA, der Hamburger Hafen- und Lagerhaus? Als Van-Carrier-Fahrer? Meier jubelte vor Leutseligkeit.

Horb ich doch grorde gesorchdt. Schbrech ich Korrsiuu ... diengß hiär ... Kiesuorrheli odä wäddt. Meier trank von Störtzers Astra-Pilsener, Störtzer rauchte Meiers Dunhill. Meier wagte nicht, sich zu ihm herabzulassen, obwohl die Steherei sehr anstrengte. Wieso ihm denn gekündigt wurde, fragte er, um soziale Partnerschaft bemüht. Grobkörniges Schweigen mit knisternd aufleuchtender Zigarettenglut. *Mußde in'n Knäßd. Porr Monorde Sanna Fu. Wehgn Einbruch un Dieb'schdorrl. Worr orrbär unschulldich.*

Oha, sagte Meier und warf einen verzweifelten Blick auf die Armbanduhr, sah jedoch die Hand vor Augen kaum.

Kaineh Pornigg, krächzte Störtzer. *Um siebm kommdt Aischeh puddßn. Die läßd unß rauß befohr där Koch kommdt.*

Meier verkniff sich die Frage, wie Störtzer denn hier *herein*gekommen ist, gab jedoch dem Bedürfnis nach, seine Krawatte zu ordnen. *Peinliche Lage,* sagte er.

Painliche Lorrgeh? Störtzer schlürfte Rotz in seine Stirnhöhle und seufzte wie 'n Kokser. Vor zwei Jahren, da ist *er* in eine peinliche Lage geraten – übrigens ebenfalls bei einem Jubiläum. ***Dier*** *wär ich ärzehln wäß ne painliche Lorrgeh iß.* ***Däß*** *wär ich dier morr ärzehln.* Störtzer stürzte sein Bier hinunter. *Däß gieng dormidd louß däß ich mid mein Gede'i soun Ferrorrie diengß hiär ... Teßdorrossorr ängediddtschdt horb. Fohr soun Freßtembpl in Pöhsldorf. Im Suff.* Der Fahrer – zwar mit *Orrmorrnie-Änßuch, orrbä ne Fresseh wie n Intelli ... hiär ... gentuellär* – der Fahrer also ist ausgestiegen, hat ihn, Störtzer, eingehend gemustert und überraschenderweise ins Lokal gebeten, wo man die Angelegenheit »unbürokratisch« regeln kann. *Klorr, ich worr besoffm. Waß bessreß konnde mier gorr nich pässiärn. Horb ich gedächd. Jorr scheißeh. Wehr ich nich mid reingegäng, wehr ich immär noch beie Horrlorr und orrmß bei Mausi aufe Käoudsch, hedde jeydn ehrßdn meine drei Riesn inne Tühde und müßde hiär jeddß keineh Scheißeh lorrbärn.*

Im Restaurant – hat Störtzer Meier erzählt, erzählt Rudi – hat der Testarossa-Fahrer Störtzer mit zwei weiteren Herren bekannt gemacht, die offenbar bereits gewartet hatten. Einer hat ausgesehen wie *n Morrglär odär souwädd,* war aber *ängehblich Sehnorrdär,* und der andere *ängehblich n Rehklorrmefriddß, sorr orrbär äouß wie där Ferrorie-Forär, blouß däß där nu wiedär ängehblich n Morrglär worr.*

Störtzer schneuzte sich in die Faust und schnalzte den Schnappen unter die Theke. Gesiezt haben die sich, *orrbär midt Fohrnorrmeh. Ehdepedehde wie Grorf Koukß.*

Und dann hat Hansjürgen, so hieß der Ferrari-Fahrer, Störtzer einen seltsamen Vorschlag unterbreitet. Und zwar auf der Toilette, *sozusorrgn unnä fiä Eiärn.* – *Däß Scheißhäouß heddß morr sehn solln*, unterbrach er sich. Alles *Mähmoär,* und die *Uhrinie'orrleh*, sagte Störtzer, ähnelten den Trinkwasserspendern auf den Korridoren seiner ehemaligen Schule. Versonnen popelte Störtzer vor sich hin.

Und waß . . . waß wah daß jeddß fürn seldtsahma Fohrschlach? fragte Meier und versuchte, flach zu atmen.

Jorr höär zu, rekelte sich Störtzer. Er, Störtzer, sollte auf Hansjürgens Wunsch zu Gast bleiben und auf je einen Wink hin zwei bestimmte Sätze sagen, quasi als gliedernde Anmoderation für Hansjürgens Rede anläßlich einer kleinen Jubiläumsfeier. Als Gegenleistung wollte Hansjürgen den Ferrarischaden selbst und darüber hinaus ein Honorar von – *un nu päß äouf* – von 1825 Mark zahlen.

Tausendachthunnerdfümmundzwanzich, sagte Meier verdutzt.

Jorr. Genäou tausendächdhunnärdfümmunzwanzich. Ich sorch: Gehd klorr, sorch ich und dächde, der hädd doch ain annär Wäffl. Und är sorchd: Suhbär, sorchd är. Liebär geleudärde Kommpliedßn alß kompliziedre Leudeh.

Unter drei Kristallüstern hindurch ging's an den Tisch zurück. Werbemann und Senator warteten bereits. Hansjürgen faltete die Hände zwischen Consommételler und Schampusschale, bis es ihm Zeit für einen Toast schien. Man trank. *Ich sorch,* sagte Störtzer, *obwoul är näß iß iß är schöihn troggkn, wä?, sorch ich.*

Man zeigte sich amüsiert, insbesondere der Werbungsmann. Meier, hat Meier erzählt, erzählt Rudi, nicht minder.

Geistesgegenwärtig, hat Störtzer erzählt, erzählte Meier, erzählt Rudi, hat Hansjürgen Zeichen gegeben. Störtzer konzentrierte sich und sagte den ersten Satz auf: *Die äh . . . na! Die diengß . . . die Gründungßgeschichdeh fomm . . . hiär . . . ßouschl Eggßperriméndt eh Fau.*

Und Hansjürgen begann, mit blutarmer Stimme zu erzählen.

Daß iß nemmlich n abgebrochner Sohdßjohlohge, frohlockt Rudi und dekuvriert fingerhakelnd das Dekolleté der Sudanesin. Oder Kamerunerin. *Ich wah heud nachmiddach in seim Pöhsldorfa Penndthauß. Dßum Kahßdieng.*

Ich schnaube. Klar. Pöseldorf. Wo selbst die Schaufensterpuppen arroganter aus der Wäsche gucken als anderswo. Sündteurer Wäsche. *Waß denn nu schohn wieda fürn Kahßdieng,* frage ich, aber Rudi mißachtet mich.

Dings, hier . . .

Hansjürgen, der Ferrari-Fahrer, erzählt Rudi nach Meier beziehungsweise Störtzer, begann die Geschichte seines Erfolgs zu erzählen. *Ich haddte so'dß'sahng schon imma so auch daß Bedürfniß mein Lehbm auch irngwie auch so'dß'sahng sorgnlohsa zu geschdalldtn wußdte aba irngwo nich so genau wie oda so. Biß ich durch eine peinliche Konntiengendß'erfahrung . . . also leddßdlich der Ruhderin in Handschelln so'dß'sahng begehchnedt bin . . .*

Ruderin in Handschellen? Ich denk, ich hör nicht richtig. Ab dem Zeitpunkt hab ich gar nichts mehr gesagt, und Rudi hat erzählt und erzählt.

Eines schönen Frühsommers, Anfang der neunziger Jahre, hat Hansjürgen, erzählt Rudi, hätte Hansjürgen Störtzer und dieser wiederum Meier erzählt, seine Existenz, damals noch als bettelarmer Student der Soziologie, vorzüglich in einer winzigen Alsterbucht ausgeübt, deren grasiger Uferstreifen von einem grottenförmig aufgeschütteten Wall eingefaßt war, dicht bewachsen mit Rhododendren. Derart gegen den Parkweg abgeschirmt, befand sich dort eine Sitzbank, von der aus Hansjürgen einen berückenden Blick über den Alsterarm genießen konnte – unter anderem auf eine weiße Villa der gründerzeitlichen Neo-Renaissance mit englischem Rasen bis ans Ufer hinunter. Vorm schmiedeeisernen Zaun dümpelte ein grünes Ruderboot namens *Ananke*.

Am diesseitigen Ufer dümpelte halsüber ein grüner Flachmann. Weiße Schwäne mit schmutzigen Hälsen fuhren auf und ab, und weiter hinten begegneten sich Ruderer, Kanuten und kleine weiße Dampfer.

Hansjürgen war meist barfuß, besaß keine Waschmaschine und trank gewöhnlich einen Schluck Eistee, den er mangels Thermoskanne in eine alte Fuselflasche abgefüllt hatte, streckte die Beine aus und begann, je einen Gedanken an Wissenschaft und Forschung zu verschwenden, um dann klammheimlich über eine Möglichkeit zu meditieren, wie man eigentlich einfach bloß schnell viel Geld verdienen könnte. Die Sonne strahlte, blau war der Himmel. Es war montagvormittags. Vor Erschöpfung nickte Hansjürgen ein.

Deshalb bemerkte er die Ruderin erst, als sie bereits über den Rand des grünen Bootes an Land stieg. Schwarzes, kniekurzes Kleid, schwarze Nylons, schwarze Handtasche. Mattschwarzes, lockiges Haar. Gesichtszüge von klassischer Schönheit. Derlei aufdringlicher Sexappeal war Hansjürgen in seiner Eigenschaft als Feminist lästig, und so registrierte er mit interesselosem Mißfallen, wie beim Ausstieg hellbraune Schenkelhaut zwischen Kleidsaum und Strumpfrand aufleuchtete. Allerdings war man in jeder noch so lästigen Lebenslage Wissenschaftler, und so formulierte Hansjürgen im noch nickerchenvernebelten Geiste, wenn auch widerwillig: »von signifikantem Valenzcharakter für das virile Phantasiepotential«.

Weil mann bei Schdrabbßschdrümmfm im Falle eineß Falleß – im Gehgnsaddß zu Schdrummfhohsn – auf kürdßeßbm Wehge in die wirglich wehsndtlichn Gehgndn der Weldt gelangt, erläutert Rudi und setzt eine neckische Finte am Zwickel meiner rumänischen oder bulgarischen Betreuerin an.

Hansjürgen – wie Hansjürgen Störtzer und Meier Rudi erzählt hat –; Hansjürgen hat sich noch die Augen gerieben, da saß die Ruderin schon neben ihm. Sie legte ihre bloßen Arme über die Lehne und nuschelte dänisch oder holländisch: *Hallou . . . Wie gehjdß?*

Hallo, erwiderte Hansjürgen und rutschte beiseite.

Die Herrin über Zwanzig-Millimeter-Wimpern lächelte unverbindlich zur Ansicht. Ihr Mund war ein großer, roter Hof, der Hals mit schwerem Goldschmuck gerahmt, wie Gott ihn schuf. Sie atmete erhitzt, vermutlich vom Rudern. In der konvexen Mitte des übergeschlagenen Oberschenkels ruhte der Satinsaum. Die Stiefelettenspitze wippte vorwitzig auf und ab. Zwischen Hansjürgen und ihr kauerte die Handtasche.

Kein Stäubchen Schweiß unterm Pony, doch die Atmung der Femme fatale blieb aufgeregt. Fein und teuer duftete sie gegen den Modergeruch der Alster an. Das grüne Ruderboot klopfte gegens Ufer, an einem Ast vertäut.

Hej-e'hejm, räusperte sich die Ruderin.

Irngwie tohtahl fa'schbanndt, erinnerte sich Hansjürgen im Kreise seiner Gäste.

Der Senator zwinkerte hanseatisch. Tolerant lächelte der Werbemann.

Hansjürgen hat eine Kunstpause gemacht, so hat Störtzer, erzählte Meier, erzählt, erzählt Rudi und macht 'ne Kunstpause. Wegen mir. Meinetwegen muß er das nicht.

Jedenfalls begann die Ruderin plötzlich mit den Wimpern zu bimmeln. *Wou,* fragte sie nach wie vor rätselhaft schweratmig, sein, Hansjürgens, *Quartier* aufgeschlagen sei. Hansjürgen verstand nicht recht. Die Ruderin setzte die Stiefelchen auseinander, spreizte sich *ein Schdüggk weidt,* wie Hansjürgen erzählt hat, und rutschte gleichzeitig nach vorn, so daß ihr Kleidschoß Lamellen warf. Indigniert griff der orthodoxe Feminist nach seiner Fuselflasche und nuckelte Eistee.

Was die denn ausgerechnet von *dem* »Lutschi« gewollt hat, hat Meier Störtzer gefragt, sagt Rudi und erklärt, am Mieder der Afrikanerin nestelnd, wiederum mir, *die wolldte, daß Hannßjürng sich endlich alß Penna audtet,* mit samt seinem schmutzigen Hemd, der schmuddligen Jeans, den Barfüßen und vor allem der vermeintlichen Fuselflasche.

Hansjürgen seufzte durch die Nase. Was die Ruderin mißverstand: *Ja,* lächelte sie, das Parfüm heiße »Amouage«, zu deutsch »Wellen der Liebe«, deren Grundsubstanz aus dem Harz einzigartiger Weihrauchsträucher gewonnen werde, die nur im Sultanat Oman wüchsen, nach streng geheimer Rezeptur zum teuersten Duftwasser der Welt verarbeitet und in Goldflakons à 1 600 Mark verkauft würden, die nicht einmal Harrod's, London, führt.

Hansjürgen suchte angestrengt nach einem geeigneten theoretischen Raster zur Einordnung dieses morgendlichen Phänomens.

Schduhdendtn dorr, schimpfte Störtzer. *Zu döisich zum Eiär'äbschreggkn.* Meier blickte versonnen durch die Panoramafenster ins Tor zur Welt, wo's zusehends heller wurde.

Und plötzlich habe die Ruderin ein metallisch klimperndes Geschirr aus ihrer Handtasche gefummelt, die schmalen Hände hinterm Holm der Sitzbank gekreuzt, die Handschellen einschnappen lassen und aufgewühlt mit den Sitzmuskeln gemahlt. *Oj,* rekelte sie sich. Im übrigen dürfe sie sich vorstellen; ihr Name sei – sie erschauerte erregt – Nellie Vandenhoek.

ßdahgkeß ßdüggk! schnalzte der Senator.
Dschieseß! rief der Reklamemann.
Iß nich worr! grinste Störtzer.
Meier feixte.
Was? greine ich wehrlos.

Hansjürgen, so hat Hansjürgen erzählt, hatte Störtzer erzählt, erzählte Meier, erzählt Rudi, stand unschlüssig von der Bank auf und blickte sich um. Rhododendron. Das Reifenheulen eines Linienbusses war von weit weg zu hören, von nahem die Hupe eines Porsche und ganz nah das federnde Stapfen eines Dauerläufers. Hansjürgen warf einen konsternierten Blick auf Frau Vandenhoek. Ihre Wimpern schwebten wie in Trance über der blauen Iris auf und nieder, als wären's fein austarierte Federgewichte an ihren liederlichen Lidern. Sie fing an, Obszönitäten zu beten.
Mja, hehe, sagte Hansjürgen und stopfte die Fuselflasche mit dem Eistee in den Rucksack.

Nej, flehte die Ruderin, er dürfe noch nicht gehen, er müsse ihr helfen, sie sei gefesselt, und bat im gleichen heftigen Atemzug, er möge doch einmal raten, wie teuer ihre Unterwäsche wohl gewesen sei; es handele sich um chinesische Seide von vom Aussterben bedrohter Raupen, von balinesischen Jungfrauen handgeklöppelte Spitze, ein Einzelstück, entworfen von Rinaldo Rinaldini.

Hansjürgen schwieg verstockt.

Sie, Nellie Vandenhoek, vermute, er, Hansjürgen Vandenhauptbahnhof, müsse für 1825 Mark ziemlich lange den Hut hinhalten, und er solle sie doch jetzt in Gottes Namen ohne weiteren Verzug *fonn dehm Teil,* so Rudi, befreien.

Jetzt verstand Hansjürgen und versuchte empört, sich davonzustehlen – und zwar mit dem Hinweis auf ein *irngwo auch unwahscheinlich wichdiegeß Sehminah.* Daraufhin versetzte Frau Vandenhoek, sie scheiße auf sein Seminar, und zwar direkt von oben drauf, und würde ihn anzeigen, falls er ihr die Bitte abschlüge, und die Miene genießerischer Angst wich für einen Augenblick dem Ausdruck angeheirateter Autorität.

Störtzer bot Meier das letzte Bier und dröhnte: *Hännßjürng krichde schdiegkumm dehn Mohrorrlischn.*

Und machde n Fluchdfasuhch, geifert Rudi.

Woraufhin die derangierte Ruderin in Handschellen probehalber um Hilfe rief. Woraufhin hinwiederum Hansjürgen sich umgehend besann, ihrem Wunsch mit spitzen Fingern entsprach und sich Störtzers Erachtens nach dabei *fäßdt innß Hemmbp mächde, der Orrsch der.*

Ya, ya, ou Goddegoddt, seufzte die Gefesselte fromm; sie schwenkte das geweihte Becken unterm katholisch schwarzen Kleid, und ihre Wimpern vergitterten die Jochbeinchen. Hansjürgen deponierte die Luxusunterhose neben der Handtasche, verharrte wie ein Ölgötze und warf gehetzte Blicke um sich, während die Vandenhoek von ihm verlangte, er möge *an mijne Putten suckelen* und sich selbst *mjölken, dat dijne Staaf sall spuiten.* Mit den Schenkeln rudernd muhte sie: *Mijne Mou . . . mijne Mou . . .* –

– *. . . meineh Muddär schiggkdt mich heär,* ergänzte Störtzer.

Und wie giengß weidta? hat Meier gefragt. Erfreut gewärtigte der frischgebackene Manager, daß das Blatt seiner Uhr nunmehr zu entziffern war. Er meinte sogar, die ersten Rufe der »He-lücht«-Kapitäne von den Hafenrundfahrtsunternehmen zu vernehmen. Störtzer strampelte sich aus dem stinkenden Sack frei, sammelte seine Siebensachen zusammen und sagte: *Die Ollde hadde ihrn Schborrß, und Hännßjürgn färdünnisiärdte sich.*

Direkt hinterm Rhododendron, so Störtzer weiter, hatten freilich die *Gorillorrß fon der gnehdiegn Frau* gewartet, die Hansjürgen erstens 'n Veilchen verpaßten und zweitens aber 'ne Zigarre mit Tausendmarkschein als Bauchbinde, wobei sie ihm das feste Versprechen abnahmen, über den gesamten Vorgang Stillschweigen zu bewahren – glauben werde ihm ohnehin niemand.

Dann entriegelten sie die Fesseln der entspannten Prominenten, warfen ihr einen leichten Mantel über und ruderten sie zum Anlegesteg der weißen Villa zurück, von wo aus jemand mit seinem Feldstecher herüberlinste, dessen Hansjürgen erst in diesem Augenblick offenbar wurde.

Senator, Werbemann, Ferrarifahrer und Störtzer prosteten sich zu. *Auf daß so'dß'sahng einjehrige*

Be'schdehn deß ßouschl Igkßpérrimendt eh Fau, intonierte Hansjürgen. Sie tranken. Und das war das Zeichen für Störtzers zweiten Satz.

Dehn er leida fagessn haddte, hauchte Rudi ins Ohr der Kosmopolitin. *Fa'hengnißfolleß Mißgeschiggk. Unprohfeßjohnahlietehdt kann Hannßjürng nemmlich nich ab.*

Gekränkt und enttäuscht hatte Hansjürgen also den zweiten Teil selbst anmoderieren müssen. *Nach so'dß'sahng der Gründungßgeschichde nuhn die Endwiggklungßgeschichde so'dß'sahng deß ßouschl Igkßpérrimendt eh Fau.*

Eß ***Illorch*** *miär äoufär Zungeh,* lallte Störtzer.

Als Hansjürgen die bizarre Begegnung noch einmal hatte Revue passieren lassen, in seinem Studentenheim, abwechselnd das blaue Auge und den braunen Geldschein betastend, war ihm durch analytische Empathie eine irgendwo auch geniale Idee gekommen. Hansjürgen überlegte sich, daß Frau Vandenhoek vermutlich nicht die einzige Angehörige jener Schicht bzw. Klasse sei, die derlei *irngwie adtawißdtische, aba irngwo zühcholohgisch auch lehgitieme so'dß'sahng Bedürfnißschdruggktuhrn* aufwies.

Der Tühb haddte tohtal die geile Mahgdlüggke aufm Dienßleißdungßseggtohr end'deggkdt, schwärmte Meier seinem Halbgroßvetter Rudi beim »Brunch« vor, wie Rudi erzählt. *Sollwendte tahgedt gruhbp, mieniemahlßda inpuddt, alleß. Klasse.*

Hansjürgen hatte nämlich sodann eine Annonce entworfen, die er unter Aufbietung sämtlich erreichbarer Finanzmittel zunächst in Manager-Magazinen schaltete. Der Text lautete ALLES ERREICHT. ABER AUCH ALLES ERLEBT? Dann **S**ocial **EX**periment e.V. nebst Postfachadresse. Darunter, kleingedruckt: »1000%ig discret.« Discret mit chicem c, und der Clou war natürlich, daß das S von Social und das EX von Experiment groß und fett gedruckt waren.

Den ersten Auftrag plazierte ein Rechtsanwalt. Manuelle Entspannung während eines Arbeitsessens durch eine als Enkelin ausgegebene Fixerin. Für einen Riesen schwarz auf die Hand. Anschlußgeschäfte folgten rasch, so eine Reihe von filigranen Fellationes in Blankeneser Parkanlagen durch Putzfrauen aus der Peripherie u.Ä. à drei Riesen. Zufriedene Klientel einerseits und andererseits motivierte MitarbeiterInnen erlaubten rasche Expansion.

Rehkurrendteß Ehlemendt wah so'dß'sahng die ßganndahlfiggdßjohn alß Lußdkaddtalühsahtohr, dozierte Hansjürgen. *Liebiedoh in fiengierdta Öffndtlichkeidt unsubbliemierdt außlehbm – daß Geheimniß deß Erfolgkß. Bei faßd unbegrennßdta Wahriadßjohnßbreidte. Dehmimongd'affienietehdtn, Wojörißmuß, Eggßhiebiedßjohnißmuß, Laggk, Lehda, Gummie, Fehrde, alleß.*

Meine Kopf- bzw. Weltschmerzen nehmen zu. Jenseits des Nischenvorhangs mokiert sich der Zotenmoderator über den spärlichen Applaus der Besucher, ob wir schwul seien oder wie. Ob Balkan und Afrika uns *noch* mehr respektieren, wenn wir *noch* eine Flasche bestellen?

Rudi, künftiger Agent des Sozialen Experiments auf einem der peinlichsten Fettflecken auf dem Globus, läßt sich nicht lumpen. Offenbar gibt's in Hamburg *dehmnehchßd* sechstausendund*einen* Millionär.

Zum Dank mache ich ihm einen Vorschlag, den er zu seinem Karrierevorteil an den Fahrer des Ferrari

Testosterona – *Teßdarossa!* verbessert mich Rudi päpstlich – weitergeben könne: Wie es denn mit ein paar Pseudo-Vergewaltigungen von vernachlässigten VIPs durch authentische Strafgefangene mit garantiert restringiertem Code am Rande von Golfplätzen sei; oder mit einer Serie von A-tergo-Kopulationen – vorn Boat People, hinten Industriekapitäne – auf der Köhlbrandbrücke mit Blick auf den Containerhafen bei Nacht?

Rudi nennt mich einen *Zühniggka* – freilich in schmeichlerischem Ton – und faselt vom *bißhehr heigklßdn und koßdtn'indtensiefßdn Projeggkdt*, das einen Top-Manager betraf, der zum 50. Geburtstag auf der Festtafel eines Edelrestaurants von einer Handvoll zerlumpter Osteuropäerinnen überfallartig in Windeln gelegt zu werden gewünscht habe, so Hansjürgen, so Rudi. Auftragsvolumen dreißig Riesen. Demnächst werde ein steinreicher Waffenhändler, nur mit einem Dirndl bekleidet, von Fremdenlegionären durch einen Sightseeing-Bus gejagt und –

Ich unterbreche Rudi. Und das klappe immer alles? Nie würde jemand erwischt?

Daß Risiko, feixt Rudi, *trahgn natührlich die Midt'ahbeidta.* Störtzer zum Beispiel sei gleich bei seinem ersten Auftrag gescheitert. *Jorr,* hat Meier erzählt, seufzte Störtzer, während sich ein Schlüssel in der Eingangstür des nunmehr fast taghellen Übersee-Clubs drehte. *Där Göddergäddeh fonn mein Zielobjeggd korrm sie überräschend äbhouln äouß ihrn Dessuh'lorrdn, grorde ällß ich fohrschriffdß ... hiär diengß ... äouftrorrchßgemehß ihre Tühr geknäggdt haddeh. Anzeigeh, Endeh. Tschä.*

Ayse, die Putzfrau, kam eimerschwenkend herein.

Morrge ßdorrdße, wünschte sie.

Moin Aischeh.

Kollehga auch Penne? fragte Ayse verblüfft und

deutete auf Meier, der seinen Krawattenknoten festzurrte.

So'dß'sahng dehmnehchßd, sagte Meier und grinste gewitzt.

Rudi der Arsch entließ aus seinem Schlund einen Qualmwirbel wie eine Gedankenblase, und in den Rauchschlieren meinte ich ineinander verhakte Dollarzeichen zu erkennen. Ich wünschte ihm toi, toi, toi. Freilich klang's wie's dreifache Echo von *Teufel*. Ich beglückwünschte ihn zu seiner blühenden Phantasie und fragte ihn, ob die Kernfabel nicht einem Buch mit dem Titel »Lex Sexus« entstammte, oder ob ich mich da täuschte. Er stutzte, grinste und sagte, klar, schließlich hätte er dies Buch selbst geschrieben. *Rudi*, sagte ich, *Karo Kofßgka hat's geschriebm. Ja? Die korrubpdte geile Sau.*

Aids im Elbflorenz. Stille Post aus Babel. Der Koberer vor der Portiere, ganz geläuterter Komplize, machte eine Hab'-ich's-nicht-gesagt-Geste. *Haß gewonn*, sagte ich und drückte ihm die dreißig Mark in die Hand, so viel weiß ich noch. Und dann kam ich erst wieder zu mir, als mein Hinterkopf blutete.

Puls:	*100*	
Körpertemp.:	*37,4*	
Flukt. Zentralzust. (ca.):	*1682*	*bar*
Plasmainfl. Font. (ca.):	*560*	*Titer*
Homöosmotisches Stigma (mikrograd. eval. ca.):	*+ 244*	

Sonntag: *(noch 3 Tage) Kabuff*, 19.10 Uhr. Ich! Ganz richtig, Herr Doktor. I.C.H., dieser traurige, spießige Verein für Inkubationen, Cherubim und Habitat...

Eben Testament gemacht.* –

* *Kaum daß ich diese Zeile niedergeschrieben hatte, hörte ich einen Anruf Bärbel Befelds per Aufzeichnungsgerät mit an. Sie habe Frikadellen gemacht und scharfen Senf gekauft. Ich überlegte kurz, ob dies ein Angebot*

Polizeipost: Einspruch abgelehnt. Gebühr nunmehr 75 Mark. – –

Gestern abend Eugen wiederbegegnet. Heute ganzen Tag geschämt. – – –

Gleich Nita abholen. – – – –

Zu Haus, in der Wohnung, auf der Blumenbank unterm Panoramafenster Amseljunges gefunden. Tot. Wahrscheinlich durch die Fensterklappe gefallen. – –

Uh, I've got to ramble. I can hear it callin' me the way it used to do. I can hear it callin' me back home.

Bodo Morten Bodo Morten Bodo Morten Bodo Morten Bodo Morten Bodo Morten Bodo Morten

*Morten Morten Morten**

Puls:	*110*	
Körpertemp.:	*37,6*	
Flukt. Zentralzust. (ca.):	*2000*	*bar*
Plasmainfl. Font. (ca.):	*3000*	*Titer*
Homöosmotisches Stigma (mikrograd. eval. ca.):	*+ 4000*	

zum Aussetzen des Ultimatums bedeuten konnte, handelte aber in keiner Weise. Beim Verlassen meiner Schreibklause vergaß ich, die Aufzeichnung zu löschen. – B.M.

* *Mit dieser Eintragung vom Sonntag, den 28. Mai 1995, endet das Frühjahrsjournal. Im Original folgen noch einige leere Seiten. – B.M.*

Dritter Teil
IM WALD

And a new day will dawn
for those who stand long
and the forests will echo with laughter . . .

Led Zeppelin, Stairway to heaven

Und nach wie vor drangen vom jenseitigen Rain des filigran schraffierten Weizenfelds das Schafsblöken und das Gekräh der Krähen herauf; nach wie vor führte das Mückenvolk seine rituellen Tänze in jener Korona von Gegenlicht auf, das der fadenscheinigen Pappelkrone dahinten entströmte, und nach wie vor girrten die beiden Grillen ihre eintönigen Hexameter vom Rand des Hohlwegs her. Der Specht schwieg, aber der Kuckuck rief noch, während ich auf dem Waldboden kniete und nach etwas tastete, vermutlich nach meiner Brille, die mir während meines Rumpelstilzchentanzes mitsamt dem Motorradhelm davongeflogen war.

Ganz großes Arschloch, dachte Satschesatsche. Meinetwegen hatte er anderthalb Stunden zuvor, im Elbtunnel, diese schlimme Angstattacke erlitten, und alles, was er nach tagelangen Albträumen von mir zu hören bekam, war: »Ganz großer Bahnhof, wa?«

Knurrend vor Ohnmacht schwenkte Satsche den Blick. Nicht viel anders als zufällige Zeugen eines alltäglichen Unglücksfalls standen er und die andern da, nur allmählich vom eigenen Atem aus ihrer Erstarrungshaltung erweckt, die noch vom Angriff des schwarzen Hundes auf das Stahlgatter herrührte. Das Grüppchen von André, Kai, Leo und Heidrun, in dessen Nähe Satsche stand, verfolgte, wie alle andern mit mehr oder minder fassungslosen Mienen, was ich da tat, auf dem Waldboden, in jenem Gehege. Heiner und Iggy verharrten immer noch in der Nähe jenes Pfostens an der Pforte, wo sie die Räuberleiter probiert hatten, und am anderen Rand des Kastanienschattens begann Rudi der Arsch, dem Satschesatsche sieben

Jahre zuvor zuletzt begegnet war, von einem Leopardenbein aufs andere zu treten, während er unterm Hirnmützenschirm auf sein Funktelefon starrte, als erwarte er eine erlösende Nachricht. Einen Schritt vor ihm jene Bärbel Befeld, der Iggy einmal vor sechseinhalb Jahren in der Diskothek *Orbit* begegnet war. Nun war es plötzlich von einem fremdgewordenen Ort der Vergangenheit nach hierher, vor einen Wald auf der niederelbischen Geest, transponiert worden, das üppige Vorstadtmädchen; der Saum des schwarzen Kleides über der nach wie vor kampfbereit vorgeschobenen Hüfte gestrafft, die offenen Fäuste aber gesunken. Ihr immer noch halb zugewandt Conny, deren Blick über die mollige Schulter auf ihre beste Freundin geheftet war, die blaß dastand, als halte sie ein Messer in der Hand. Eine Armlänge von Anita entfernt der Storchdarsteller in dem blau-rosa und rosa-blau gepünktelten Pyjamaensemble, befremdlich vertraulich an der Seite Vollis.

»Ganz großes Arschloch«, *murmelte* Satsche schließlich. Nach wie vor schwieg der Specht und girrten die Grillen, der kleine guaschblaue Schmetterling gaukelte leichtbeflügelt über den Zaun in den Wald – der schwarze Hund leckte mich hinterm Ohr, unwirsch mit der Schulter kurbelnd wehrte ich ihn ab –, und als der Kuckuck plötzlich aus seinem ruhigen Takt geriet, als habe er Herzflimmern – »*Kuck*uck, *Kuck*uck*kuck*uck*kuck*uck, *Kuck*uck, *Kuck*uck . . .« –, da brach Volli einmal mehr an diesem Abend in tümmlerhaftes Gelächter aus.

Da er sich von allen anderen angestarrt sah, knebelte er es mit Hilfe verschämter Faxen umgehend wieder nieder – ein Zitat aus dem Mimikfundus der Kintoppklamotte. Gleich darauf erstarrte seine Miene plötzlich – die Brauen in biblischem Schmerz gerunzelt, die sonst hellblau opalisierenden Augen dichtgekniffen –, und nach einem entsetzlichen Nackenspasmus entfuhr ihm, für seinen kapitalen Rausch überraschend vital, der gutturale Satz: »DAS JA WOHL DER GANZ GROSSE BAHNHOF HIER, WA?« Und er *bog* sich vor Lachen rückwärts, stürzte direkt vor der Waldpforte ins Gras und gab nur noch halberstickte *Giggig*-Geräusche von sich, die im Bauch zu schmerzen schienen.

Und als erster mitzulachen begann der Storch. Zu seinen Füßen Vollis zuckender Bauch, lachte der Storch, daß ihm das Wasser in die Kastanienaugen schoß. Er stelzte von einem Bein aufs andere, schlenkerte mit den langen weißen Armen und lachte, der Kopf ganz Gebiß, Augen und gesträubte rotbraune Perücke. »Ganz großer Bahnhof«, ahmte er in den Gelächterpausen Vollis Fitschensche Parodie meiner wutentbrannten Begrüßung dilettantisch nach; und dann folgte wieder Gelächter, unmelodisch kollernde Stakkatos kehliger Vokale aus langem Halse, bis sein Kinn feucht glänzte.

Und als letzter fing auch ich noch, ich im Walde, hemmungs- und wehrlos zu lachen an, eine orgiastische Kakophonie aus Keuchen, Keckern und Krächzen; ich lachte – nach wie vor auf Knien, in Badehose und Gummistiefeln, der Anhänger an meinem dünnen Lederhalsband baumelte vor und zurück –, lachte, daß mein Haar nadelte, und als Janus an meinem Anus schnüffelte, war es aus mit mir. Ich wälzte mich auf den Rücken, geschüttelt von hysterischen Muskeln.

»Ganz richtig«, murrte Iggy, die Äderung an den Schläfen weit verzweigt, »ganz . . . was weiß ich . . .«

»Die sind alle bekloppt hier«, knurrte Satsche mit durchgestreckten Armen, die Fäuste tief in die Taschen seiner Shorts gestopft.

Und in dem Augenblick setzte sich – oder fiel vielmehr, die Beine hatten einfach nachgegeben – Anita so heftig ins Gras, daß der Steißaufprall einen trötenartigen Laut aus dem Magen hervorpreßte. Ihr Oberkörper kippte rückwärts. Sie lag lang, und ihre Unterarme ragten senkrecht in die Luft wie die eines Brandopfers, und sie gab einen fremden, tierischen, gedehnten Klagelaut von sich, der nicht aufhörte, bis die Lungen restlos leer waren – und noch darüber hinaus –, und dann von vorn begann, zum Schluß wiederum ausgepreßt wie ein Mähen oder Meckern, das von einem leiernden Tonband abgespielt wird, und wiederum von vorn begann, mit gleichbleibender Kraft von vorn begann.

Der Kuckuck hörte auf zu rufen.

Conny machte einen Schritt auf Anita zu, bog dann aber zu dem Findling ab, wo ihr Arztkoffer stand, öffnete ihn und durchstach mit einer Kanüle die Plombe einer Ampulle. Anita rief ihren langgedehnten Laut mit gleichbleibender Kraft zur Unterseite des grünen Baldachins der Kastanie hinauf und hörte auch nicht auf damit, als Kai und Heidrun sie zu beruhigen suchten. Erst als es Conny mit Hilfe Andrés und Satsches gelang, ihr das Serum zu injizieren, verstummten ihre markerweichenden Schreie, und sie schluchzte in ihre Ellenbeuge und schlotterte ausgiebig mit den Beinen.

»Sie muß hier weg«, sagte Conny leise. »Sie muß ins Krankenhaus.« Sie schlug nach einem Insekt.

»Was ... was *hat* sie denn«, raunte Satsche. Er grinste vor Entsetzen.

»*Ner*venzusammenbruch.« Connys Betonung verriet professionell gebändigte Enerviertheit von der immergleichen Forderung, Selbstverständlichkeiten zu erläutern.

»WAS *HAT* SIE DENN!« brüllte plötzlich jemand – ich –, die Brille wieder auf der Nase, das unrasierte Maul bebend aufgerissen, durch den Maschendraht in die Gitterstäbe verkrallt, weiß die Knöchel der verschmutzten Hände. »ICH BRING SIE INS KRANKENHAUS!«

»*Du* bleibst erstmal«, versetzte Conny mit Bedacht. »*Du* gehst mit uns.« Sie wandte sich zu den andern um. »Heidrun? O.K. Und – du?« Sie drehte den Blick in Andrés Richtung.

»Wir müssen sie wohl tragen«, sagte André und wandte sich an Heiner, der bloß nickte.

Mit bodenwärts gekrümmtem Zeigefinger und prüfendem Blick holte Conny die Bestätigung der unausgesprochenen Übereinkunft ein, daß sie und Satsche *hier* gebraucht würden. Leo, Kai und Iggy nickten bereits, bevor ihr Blick sie erreichte.

»Und ihr«, sagte Conny, schräg an die Frau mit dem kurzen Kleid und ihren mageren Begleiter mit der Hirnmütze adressiert, »haut endlich ab«, ignorierte deren teilnahmslose Reaktion freilich wiederum ihrerseits. Der Storch hockte seit Anitas Zusammenbruch auf dem Wurzelwerk der Zwillingskastanie, die Ohren zwischen die Pulse der Handgelenke geklemmt, und wippte, unablässig Formeln murmelnd, mit dem Torso zwischen den Krampen seiner borstigen weißen Beine vor und zurück.

Conny beugte sich zu Anita herab. »Kannst du laufen, Süße?« Nitas Lippen unterhalb des Ellbogens bewegten sich, vermochten aber keine verständliche Antwort hervorzubringen. »Wir tragen sie«, sagte André. Conny fand den Schlüssel des 20m in der Tasche von Nitas Shorts, reichte ihn André und nutzte die Gelegenheit, die sich durch diese Bewegung ergab, mit einer kleinen, aber aggressiven zusätzlichen Drehung wiederum loszuraunzen. »Haut *ab!*«

Diesmal mit Erfolg, zumindest bei dem grauen kleinen Mann mit dem AUL-HALTE-T-Shirt. Auf seinem Weg, den er eben heraufgekommen war, wieder hinunter gab er zwei Geräusche von sich, einen Seufzer, der klang wie »Sünde dorr . . .«, und einen dünnen Furz, einen melancholischen kleinen Pfiff wie von einer Panflöte.

»Bleib hier, du Ahschloch!« Bärbel Befeld.

Rudi hob bloß die Arme und ging weiter. Auf seinem Rücken war RSCH LECKE zu lesen.

»Laß wenigst'ns das Handy hier!« Gleich darauf: »Na gut, los Pauli, hau du auch ab. Warte beim Auto.« Der Storch gehorchte sofort. Ängstliche Formeln murmelnd, stakste er Rudi dem Arsch hinterher, während André behutsam Anita aufhob. »Wir treffen uns«, sagte er zu Satsche, »in rund anderthalb Stunden bei Hinni.« Satsche nickte. Und bevor André losstapfte, mit meiner Frau auf den Armen, gefolgt von Heiner und Heidrun, wandte er sich noch kurz an mich, der ich nach wie vor zitternd am Gatter stand. »Alter«, sagte er ohne besondere Betonung, »du wolltest mich heute am Flughafen abholen.«

»So«, sagte Conny, klappte den Arztkoffer zu und stellte sich vor mich hin. Zwischen uns nur das Zaungatter. Ich löste die Hände von den Gitterstäben und trat einen Schritt zurück. »Kommst du raus?«

»Wo bringt er, er bringt sie ins Krankenhaus, nich?« Der schwarze Hund stromerte auf der Lichtung umher.

»Ja«, sagte Conny. »Komm raus.«

Satschesatsche stellte sich neben sie. »Komm raus, Alter«, sagte er. Volli hatte seinen Rücken an den Findling gelehnt und baute sich den mittlerweile dritten Joint dieses Abends. Leo, Kai und Iggy näherten sich. Bärbel Befeld blieb am Rand des Kastanienschattens.

»Ich weiß nicht«, sagte ich und kratzte mich wie besessen am Hinterkopf, »lieber nicht«, sagte ich.

Satsche atmete heftig ein, doch Conny hob die Hand: »Dann laß mich rein. Ich will dich untersuchen.

Nur kurz Blutdruck, Puls und so. Ja? Komm, mach die Pforte auf.«

»Mir geht's ganz ... Ich hab bloß ... Ich bleib noch 'n bißchen hier. Ich brauch bloß 'n bißchen Ruhe ...«

Satsches Kehle entfuhr neuerliches Grollen, aber er sagte nichts, als ihm auffiel, daß meine Knie manchmal unkontrolliert ausschlugen. Als er intensiver – etwa wie auf einen Ameisenhaufen – zu mir hinsah, entdeckte er, daß immer wieder einzelne Partien meines Körpers erschauerten.

»Du wirst doch wohl«, sagte Kai, »'n bißchen mit deinen alten Kumpels reden. Komm raus oder laß uns rein.«

Steif und ungelenk begann ich, auf und ab zu laufen. Ununterbrochen kratzte ich mich am Hinterkopf. »Aber du gibst mir keine Spritze«, sagte ich.

»Neinnein«, sagte Conny. »Ich will nur –«

»Ihr tut nichts«, sagte ich, »was ich nicht selber will. Janus! Hierher!« Der Hund kam herbeigetrabt und legte sich mit bekümmertem Gesichtsausdruck an einem Platz nieder, den ich ihm mit der freien Hand wies.

»Jaja«, sagte Satsche. »Mach jetzt auf.«

Ich fummelte an dem Schlüssel herum, der an dem dünnen Lederband hing, das ich um den Hals trug. »Tut mir leid«, sagte ich, »wenn ich euch den Feierabend versaut haben sollte, aber –«

»Orr *Al*ter«, brauste Satsche auf, ließ die schon verplante Atemluft jedoch sofort wieder stöhnend entweichen, als Conny ihm den Ellbogen in die Rippen stieß. »Heute ist Samstag, Mufti«, sagte sie. »So, jetzt mach auf. Ich will dir nur eben –«

»Nee, ich ...« Ich lief auf und ab wie auf Hufen oder Kufen und zitterte schubweise so stark, daß die Backenzähne aufeinanderschlugen. »Ich brauch was zu zu ... Herrgottnochmal ...« Ich bückte mich nach dem Helm und dem Spaten, klemmte letzteren unter den Arm und versuchte gleichzeitig, den Helm aufzusetzen, stellte den Spaten hin und stützte ihn mit der Hüfte und setzte den Helm auf, wobei der Spaten hinfiel, nahm den Helm wieder ab, nahm die Brille ab und setzte den Helm auf und setzte die Brille durchs Visier wieder auf, hob den Spaten auf und kam wieder ans Gatter. »Nur kurz Puls und ...«, sagte Conny, während ich den Spaten ans Gatter stellte und versuchte, das Lederhalsband über den Helm zu ziehen – vergeblich, so daß ich erst wieder den Helm abnehmen mußte. Endlich entriegelte ich das Gatter, wobei ich die Hand mit der anderen führen mußte, und setzte den Helm wieder auf. »Aber *raus* komm ich nicht«, sagte ich. »Und ihr tut mir, ihr macht nichts, mir geht's ganz ... Kommt rein, ich zeig euch ...«

Den Koffer in der Hand, betrat Conny die Lichtung. Kai, Iggy und Leo folgten. Auch Volli rappelte sich auf, und ihn ließ Satsche, der die Pforte offenhielt, vorbei, doch als Bärbel Befeld sich mit hineindrängen wollte, deckte er den Eingang mit seinem Körper ab. »Hau ab«, raunzte er sie an, und im nächsten Augenblick hatte er einen Schlag auf den Wangenknochen zu gewärtigen. »Samma«, halbblind vor Überraschung griff er nach ihrem Arm und fing die nächste Maulschelle, und schon war Bärbel durch die Pforte gewitscht, tänzelte ein paar Schritte seitlich und blieb mit erhobenen Händen in Grundstellung stehen. »Ich tnall jedem eine«, sagte sie ruhig.

Satsche hielt sich die Hand vor den Mund. Seine Stirn glühte. »Du ...« Er betrachtete seine offene Hand und legte sie wieder an den Mund. »Äy das, orr ...«

Wir andern standen einen Moment sprachlos da. »Das gibt's doch alles gar nicht«, raunte Iggy dann. Leo lachte vor Ungläubigkeit, und Volli hatte nichts mitbekommen, weil er mit seinem Joint beschäftigt war. »Da könnt ihr mal sehn«, fast höhnisch tönte es unter meinem in alle axial möglichen Richtungen zukkenden Helm hervor. »Da könnt ihr ... Ach laß, laß sie doch, scheißegal, jetzt ist eh alles scheißegal«, auf unsicheren Beinen schritt ich einfach los.

»Wo willst du denn –«, Connys Koffer pendelte hin und her, am Gatter Satsche mit der dicken Lippe, ich auf dem Weg tiefer in den Wald, »warte mal!« Wir standen alle in meinem Wald, auf der Lichtung beim Osttor, Kai hielt Abstand von dem Hund, der von seinem Platz aus, den ich ihm anbefohlen, fiepend hinter mir herrobbte – für ihn offenbar der einzige Kompromiß zwischen Gehorsam und Bedürfnisbefriedigung –, Bärbel stand abwartend da, Satsche hielt sich fassungslos den Mund. Leo setzte mehrfach zum Reden an – wie Iggy –, machte die Luftdrucksperre im Hals aber jedesmal wieder seufzend frei, um freudlos zu lachen – wie Iggy, der vor sich hin murmelte: »Was weiß, das gibt's doch alles gar nicht ...«

Bevor ich weiterging, sagte ich: »Laß sie man, scheißegal; macht zu, ich brauch dringend was zu ... anzuziehn.« Ich stiefelte los, in der Rechten den Spaten, die Linke über die rechte Schulter gehakt. »Komm, Janus«, und der Hund raste los, uns voraus, über einen gefegten Pfad, der in einem Bogen um eine Schonung von dicht an dicht stehenden jüngeren Tannen, die man teilweise nur krauchend würde durchdringen können, dort herumführte, wo der Wald lichter war und einfacher gangbar. Satsche hielt sich die Hand vor den Mund, betrachtete sie hin und wieder, und Conny verarztete ihn mit Tupfer und blutstillendem Stift, während sie ihm zuraunte: »Der stinkt wie 'n Fuchs, dein Kumpel, ist dir das aufgefallen?«

Das Schiff des Waldes stand reglos. Sprachlos, aber dichtgedrängt, folgten sie dem Pfad tiefer in den Wald, und in sicherem Abstand folgte ihnen Bärbel. Satsche gingen tausend Gedanken durch den Kopf, aber fassen konnte er keinen einzigen. Der Pfad war hart im Vergleich zum Boden auf der Lichtung; er führte durch eine tiefgestaffelte Phalanx kerzgerader, rauher, bis kurz unterm Wipfel kahler Kiefernstämme. Rechts das Dickicht. Zur Linken, hinter den Bäumen, eine grüne Rainwand; hin und wieder war der Zaun dahinter zu erkennen, an dem entlang sie eine halbe Stunde zuvor die unbeweidete Koppel in umgekehrter Richtung hinaufgestapft waren. Der gewundene Pfad war von Lärchennadeln freigefegt, so daß er zwischen zwei niedrigen Mulchböschungen verlief. Satsche betupfte sich den Mundwinkel mit einem Tuch, und deshalb lief er auf Connys Rücken auf, als sie plötzlich stehenblieb. »Aua«, sagte er. »Guck mal«, sagte sie und wies nach rechts, wo ein hübscher, geschälter Pfahl in einer Nische im dichten Gestrüpp stand, gepflanzt in die Mitte eines morschen Baumstumpfs. Ans obere Ende war ein Holzschild – eine fingerdicke Scheibe von einem Fichtenstamm – verschraubt, in welches Buchstaben geschnitzt und mit schwarzer Farbe ausgemalt waren: DICKICHT DER SCHÖNEN SCHONUNG.

Leo, der – abgesehen von Bärbel – die Nachhut bildete, tat einen Wink. »Der Platz, wo wir gerade herkommen, heißt LICHTUNG DER GESTIRNSVISIONEN.«

Während sie dem Pfad folgten – ich war bereits nicht mehr zu sehen, doch der Hund schlug, zwischen ihnen und mir pendelnd, eine bewegliche Brücke –, entdeckten sie ein weiteres Schild – PFAD DER FRIEDLICHEN NADELBÖSCHUNG – sowie eine Hängematte zwischen zwei Bäumen, ferner kleine Exponate, die sie im verschatteten Abendlicht oft erst auf den zweiten Blick entdeckten, wie Borkenschiffchen und -dschunken mit Fasanenfeder als Segel, die in einem See von Sauerklee ankerten; im selben Maßstab Blockhäuschen aus fingerdicken, zurechtgeschnittenen Lärchenzweigen, zwischen senkrechten Stiften zu Wänden aufgeschichtet, mit bemoosten Flachdächern – ein ganzes Dörfchen davon war unter den Wedeln eines Farnwaldes angesiedelt, mit Brünnchen aus vergipsten Kieseln und mit Nähfaden befestigten Weidenzäunchen und einer Hängebrücke über einem künstlichen Schlüchtchen. Trapper- und Pferdefigürchen aus Plastik, erstarrt in ihrem pittoresken Schicksal. Ein auf Kniehöhe abgesägter Baumstamm, darauf ein kompakter Glasaschenbecher in einer gußeisernen Halterung mit Henkelbogen, an der an Kettchen ein Schildchen mit der Aufschrift »Stammtisch« baumelte. Auf einem weiteren, flacheren Baumstumpf, umschüttet von Lärchenzapfen, der graubesprühte Kahlkopf einer Schaufensterpuppe. Titel der Skulptur: »Die Stumpf-Hüterin«. Vom stämmigen Ast einer Lärche hing eine Boa Constrictor aus Gummi, vor der sich Conny gehörig verjagte, von einem anderen eine Bambusvolière, in welcher sich Barbie, die einen rosa-rot gestreiften Minirock trug, vor einem ausgestellten Rasierspiegel frisierte. BITTE NICHT FÜTTERN stand auf einem Schildchen. »Geil«, nuschelte Volli, der hin und wieder aus der Spur lief. Gartenzwerge mit Schaufeln, Rechen, Laternen, Schubkarren, ja onanierende Gattungsexemplare und Trolle mit Penisnasen, Stoffhexen und eine Zinnsoldateska lauerten hinter Baumwurzeln und -stümpfen, Steinen und Ameisenhaufen. Hinter einer Biegung mit Geländer, ins Gestrüpp gedrückt, harrte unter einem gewaltigen Tannenbaum ein stolzer Holzindianer, in Lebensgröße, mit Pfeilköcher und Flitzebogen und rauchte trocken sein Kalumet. Hinter ihm ein Bodenaushub, markiert von meinem nunmehr in den Boden gerammten Spaten: eine begonnene Ausschachtung. Schaufelte ich mein eigenes Grab? Ein paar Meter weiter summte der Akku für den Elektrozaun.

Schließlich mündete der Weg in eine kleine Lichtung, außer von Fichten und Kiefern auch von einigen Buchen gesäumt. PLATZ DER CHTHONISCHEN RUHE stand auf einem Schild. Der Boden senkte sich, kesselförmig, flach ab – ein von vierzig Jahren Wetter, Laub und Lärchennadeln natürlich zugeschütteter Bombentrichter. Er war dicht mit Heu ausgelegt, bis auf einen mit kohlkopfgroßen Feldsteinen umkränzten Kreis im Zentrum. Am Rand saß bereits ich, der ich mir gerade Jogginghose und Sweatshirt überzog – wobei ich wiederum den Helm abnehmen mußte, den ich mir anschließend gleich wieder aufstülpte –, während eine Zigarette qualmte, die in einer Astgabel klemmte, deren Stiel im mit Erde aufgefüllten Steinkreis steckte. Ein Tannenwedel als Feuerpatsche und ein grüner Plastikeimer mit Wasser standen griffbereit, außerdem zwei Sixpacks Bier, eine noch versiegelte Flasche feinsten Brandys, auf einem Tablett ein Meterbrot, ein Glas Senf, eins mit Gewürzgurken und eine Bombe von Dauerwurst. Janus lag in einer Hundehütte, die am jenseitigen Rand des Bodentellers, unterhalb der Buchen, aufgestellt war, hatte den Kopf auf die Pfoten gelegt und beobachtete die Ankunft von Conny, Satsche, Volli, Kai, Iggy und Leo und schließlich auch von Bärbel Befeld, die sich an der Mündung des Pfads auf einem Eckstein niederließ, während die andern noch ein wenig unschlüssig herumstanden – ich schluckte aus der Brandyflasche, als enthielte sie Wasser –, bis auch sie sich ins Heu setzten, schweigend beschäftigt mit Tannennadeln in Haaren und Kleiderfalten und Zweigmalen an den nackten Schultern.

»Gib's ein' aus?« Volli rückte dicht an den großen

steinernen Aschenbecher heran, während ich eine Flasche Bier aus der Pappe riß und rüberwarf. Dann brannte er seinen Joint an, sog ein gewaltiges Quantum ein und entpfropfte anschließend die Flasche mit dem Feuerzeug.

Ich bebte immer noch, konnte niemandem in die Augen sehen und nahm tiefe Züge aus der Brandyflasche. Conny, die zu meiner Rechten zu sitzen gekommen war – zwischen uns der Koffer mit dem roten Kreuz drauf –, sagte nichts. Niemand sagte etwas, außer Volli, der Grimassen schnitt vor Behaglichkeit und immer wieder kleine Hüüs und Nags vor sich hin und in sich hineinbrummte und -fauchte, bis ich ruhiger wurde, wohl auch vom Brandy, der recht kurzfristig bis zur Hälfte geleert war, und Vollis Blick suchte. Ich rauchte, trank Bier und Brandy, was wegen des Helms nicht eben wenig umständlich war, und suchte vergeblich Vollis Blick aufzufangen, nahm schließlich akustisch mit ihm Verbindung auf, indem ich unseren Hüü anstimmte. Und dann sah er mich an, und dieses inwendig gekehrte Grinsen zutiefsten Vergnügens leuchtete hell, und wir gackerten vor uns hin.

»Jebf«, knurrte Satsche, »geb daf schon wie'a lohf. Aua. Scheife.« Er betupfte seine Lippe.

»Sag mal, Mufti«, sagte Conny, sichtlich entnervt von dem Kindergarten, »bist du dir eigentlich im klaren darüber, daß Anita zehn Tage lang nicht gewußt hat, ob du noch lebst? Wir alle nicht?«

Meine Miene verdarb. »Zehn Tage!« äffte ich sie nach.

»Genau«, rotzte Satsche. »Tfehn Tage, du Ahfloch!«

»Tagetagetage«, platzte ich. »Modimi und Dofsaso, Dimidof und Sasomo! Ich leb eh nicht mehr lang! Ich bin schwerkrank!« Zu heftig schüttete ich mir Bier ins Visier, so daß es mir hintern Kragen lief.

»Ich würd ja mal den Helm abnehmen«, sagte Iggy, »oder was weiß ich.«

»Was soll das überhaupt«, sagte Leo, »hast du Angst, daß dir der Wald auf 'n Kopf fällt oder was?«

»Ich wollt nur mal meine Ruhe haben«, wetterte ich los, »das wird ja wohl noch mal erlaubt sein! Hat Maria auch gesagt! Und außerdem bin ich ja nicht aus der Welt! Ich bin nicht nach Griechenland ausgewandert oder – nach El Salvador, *ich nicht!* Ich bin hier im Kaff, in unserem Kaff, da wo ich geboren bin, verdammt noch mal!« Ich nahm den Helm ab, wobei die Brille mitging, und setzte sie wieder auf, ließ den Helm aber liegen, damit die Ankoppelungsmanöver Mund-Flaschenschlund reibungsloser vonstatten gingen.

»Welche Maria«, sagte Kai. »Maria Cron?«

»Laß mich raten«, sagte Conny sanft, »was dir fehlt. Mumps – nein. Schizophrenie – aber nein. *Morbus fonticuli*, stimmt's?«

Jeder hatte erwartet, daß ich wieder auf die Bäume gehen würde; doch ich lächelte überrascht. »Woher weißt du das denn.«

»Aus deinem Frühjahrsjournal.«

»Ach«, sagte ich und versuchte, dieses geschmeichelte Grinsen zu verbergen. »Ich dachte, ich hätt's verbrannt.« Die nunmehr offenbare Tatsache, daß mein geheimes Kabuff entdeckt worden war, schien mir gar nicht aufzugehen – oder war mir gleichgültig.

»Du grinst«, sagte Leo, »als wärst du dein eigener Max Brod.«

»Waf woll'n daf wein«, mischte sich Satsche ein, »dief Morguf furunkuli.«

Conny faßte beiläufig mein Handgelenk, hielt es und schaute auf ihre Uhr. Einmal entzog ich es ihr, doch als sie nachfaßte, ließ ich's geschehn, und anscheinend beruhigte es mich sogar. »Das kann ich nicht so aus der Lameng erklären«, sagte ich.

»Neunzig«, sagte Conny.

»Nur zu«, sagte Leo. »Noch ist es ja hell. Bald müssen wir hier sowieso raus, es riecht nach Gewitter.«

»Ach«, sagte ich, »das ist nur so 'ne private Theorie von mir, die ...« Conny holte den Blutdruckmesser aus dem Koffer, und als sie mir die Manschette mit dem Klettverschluß über der Ellenbeuge anlegte und den Handblasebalg betätigte, wurde ich offenbar beflügelt. Ich nahm noch einen Schluck. »Es ist eine metaphorische Theorie«, sagte ich.

»Hundertsechzig zu hundertzehn«, sagte Conny.

»Ich weiß nicht«, sagte ich, »wie ich anfangen soll. Zum Beispiel Connys Kopfgeste.«

»Welche Kopf-«

»Die.« Ich ahmte sie nach. »Früher hast du damit die Haare aus der Stirn geschleudert. Früher, als du sie noch lang trugst.«

»Und?«

»Also heute eine objektiv sinnlose Geste. Stimmt's? Ich befaß mich ja seit geraumer Zeit mit Neuroendokrinologie, und eine der Erkenntnisse jener Fachrichtung besagt, daß es bei Lebewesen eine Art Verhaltensbedürfnis, einen inneren Zwang gibt, der auf die Ausführung bestimmter motorischer Sequenzen drängt, auch wenn nicht der geringste Anlaß besteht – ja selbst wenn contraindiziert! –, alles genetisch verankert, wohlgemerkt! Umgangssprachlich könnte man vielleicht sagen, der Impetus bestehe in einer Art Phantomjucken, analog zum Phantomschmerz, den ein Beinamputierter in seinem nicht mehr vorhandenen Körperglied verspürt.«

Kai wurde der seltsamen Koinzidenz inne, daß er keine zwei Stunden zuvor, im Elbtunnel, exakt den Ausdruck »Phantomjucken« gegenüber Satsche benutzt hatte, als der sich an dem kahlen Fleck am Hinterkopf gekratzt.

»So. Meines Erachtens wird diese Erkenntnis in der geisteswissenschaftlichen Welt, in der Philosophie, in der politischen Analyse viel zu wenig reflektiert.« Ich trank einen Schluck Bier, erhob mich erregt und wanderte drei Schritte hin und drei zurück. »Der Ort, wo . . . nee anders. Moment.« Ich preßte die Flasche an die Stirn. »Gut – Gesten. Connys Kopfgeste, die früher ihre langen gelben Zotteln aus dem Gesicht geschleudert hätte. Sie trägt ihr Haar längst nicht mehr so lang! Nehmen wir Nitas Angewohnheit, auf einer Haarsträhne zu lutschen, wenn sie grübelt. Oft genug ist die Strähne viel zu kurz! Stammt alles aus früheren Zeiten. Jupps Zupfen an beiden Hosenbeinen damals, obwohl nur noch eines gefüllt ist! Meine Sehnsucht nach dieser häßlichen vulgären Warze am Adamsapfel, nur um daran herumnesteln zu können! Was also sind die wilden Zuckungen der Touretteler anderes als Gesten? Und umgekehrt: Was sind denn die Gesten der sogenannten Gesunden anderes als die abgeschwächte Form des Tourettеschen Syndroms? Recht komplexer Korpus. Zu untersuchen wäre z.B. der Konnex zwischen individuellem Affirmations- und industriellem Absorptionsbedürnis hinsichtlich einer Gestenproduktion. Seit der aggressiven Multi-Media-Kommunikations-Akquisition der entsprechenden Wirtschaftsorgane grassieren etwa das gestische Symbol des Telefonierens resp. Telefonierthabens (d.s. aus der Faust hervorgespreizter Daumen und kleiner Finger, seitlich an den Kopf gehalten – ehem. nur die Faust), Lipton-Tea (= im rechten Winkel zueinander aus der Faust hervorgespreizter Daumen und Zeigefinger, vulgo L-Form; ähnlich, aber halbringförmig gekrümmt: Underberg, vgl. Packungsaufdruck), Twix (= a.d.F.h. Zeige- und Mittelfinger, zweimal aneinander geschnippt), na und so weiter, da könnte ich euch Geschichten erzählen . . .« Ich machte eine Geste, die besagte, lassen wir das vorerst beiseite. »Gesten stellen nur *eins* der Symptome dar. Ein anderes – wofür ich noch keinen wissenschaftlichen Terminus gefunden habe – hab ich vorläufig unter dem Begriff ›Lateinerlatein‹ zusammengefaßt.« Ich erläuterte, was ich anhand meines 68er Tagebuchs herausgefunden hatte. »Und es gibt natürlich weitere, etwa –«

»Symptome wofür«, fragte Leo nach, wobei die Betonung des Umlauts freundschaftlich wider den Stachel löckte.

»Symptome für äh . . . für äh . . . für ’ne universelle Krankheit. *Morbus fonticuli* eben.«

»Universell, ahaa«, sagte Kai.

»Ja, klar. Muß so sein. Schließlich ist das Hirn das kleinste gemeinschaftliche Vielfache und der größte gemeinsame Nenner der Menschheit zugleich, die *conditio humana* schlechthin. Deshalb leidet *jedes* Individuum unter dieser Krankheit. Nur in unterschiedlichen Abstufungen. Hängt ganz von den üblichen Parametern ab. Soziologischen, physiologischen, politischen, anthropologischen, ökologischen und so weiter.«

»So was wie Gesundheit gibt’s also gar nicht?« fragte Conny.

»Ganz richtig«, gab ich zu, offenbar leicht verärgert, vielleicht darüber, daß ich die Pointe meines morbistischen Weltbilds so früh preiszugeben gezwungen wurde. »Biographien sind Anamnesen. Kosmogonie gleich Ätiologie. Krankheit ist das ganze Leben, und das Leben ist eine Krankheit. Die Inkubationszeit läuft ab dem Moment, da die Zelle das Ei befruchtet. Die Rekonvaleszenz beginnt mit dem Tod.«

»Und wie sieht das Krankheitsbild aus?« Conny schaute mich an.

»Im Grunde ist es eine individuell in unterschiedlichem Maße abgeschwächte Variation eines schon bekannten Syndroms, das nach seinem Entdecker und Erforscher, einem gewissen Georges Gilles de la Tourette, benannt wurde«, sagte ich. »*Maladie des tics, tic impulsif.* Das heißt plötzliche ticartige Zuckungen, vor allem im Gesichtsbereich, zum Beispiel Augenzwinkern, Mundverzerrungen, Zungenschnalzen, aber auch im Bereich des Halses in Form von ruckartigen Kopfbewegungen und der Schultern. Geht nicht selten einher mit Echopraxie, also Nachahmung von Körperbewegungen oder Sprache von Personen im Umkreis des Erkrankten; mit Klazomanie, also zwanghaftem Ausstoßen von Schreien, oft auch in Form von zwanghafter Wiederholung vulgärer und obszöner Ausdrücke aus der Fäkalsprache. Koprolalie nennt man das. Eine Art neuronales Gehirngewitter liegt dem Ganzen zugrunde. Es ist eine Art Schluckauf des Gehirns, neurale Überflutung – vergleiche auch den Andersschen Begriff Überschwelligkeit –, ein Drang nach Erfüllung des Bewegungsimpulses, was dennoch wie ein Fremdkörper von der anderen Seite des Ichs empfunden wird. Es ist wahnsinnig anstrengend. Solche Leute erfüllen tagtäglich das Pensum eines Marathonläufers.«

Ich schaute zu Volli hinüber. Er hatte Grünspan an der Jacke von der Kastanie. Wir kicherten esoterisch in uns hinein. »Aus vorbei Votze lecken«, murmelte Volli. »Sei du mal ganz ruhig mit deinem kleinen Titt«, antwortete ich und gab ein paar Zuckungen zum besten, riß mich parodistisch zusammen und fuhr fort. »Der Weg vom Nörg oder Nej oder was auch immer zum Nagnag besteht aus einer geschichteten Struktur von niedrigen Stufen, sehr vielen Stufen vielleicht, aber eben sehr niedrigen, die schnell genommen, ja gar übersprungen werden können, wenn entsprechende Impulse vorliegen. Mikrograduelle Dynamik. Versteht ihr?«

»Und was hat das alles mit den Fontanellen zu tun?« Conny machte wieder diese Geste. Und faßte sich an den Kopf.

»Fontanellen«, sagte ich, »lateinisch *fonticuli.* Ich benutze das Signifikat metaphorisch, was wiederum wesentlicher Bestandteil meiner Theorie ist. Aber zunächst mal: *Per definitionem* handelt es sich um die anatomische Bezeichnung für Knochenlücken des Schädels von Neugeborenen. Die Knochen der Hirnkapsel haben zunächst noch abgerundete Ecken und lassen größere Lücken frei, die, und jetzt kommt's!« – ich hob den Finger und trank noch einen Schluck Bier – »die durch Bindegewebsmembranen verschlossen sind, welche die Pulsationen des Gehirns wiedergeben!« Triumphierend schaute ich von einem zur andern. Bärbel ließ ich aus.

»Nun schließen sich diese Lücken – also, es gibt verschiedene Fontanellen, *Fonticulus frontalis, fonticulus maior, fonticulus occipitalis* und so fort –; diese Lücken schließen sich in unterschiedlichen zeitlichen Abständen nach der Geburt. Klar. Unsere Spezies hätte nicht überlebt, wenn sie bis ins hohe Erwachsenenalter physisch offen geblieben wären. Ich bin aber überzeugt, daß sämtliche Fontanellen – insbesondere die kleine am Hinterkopf – *metaphorisch* betrachtet in der Tat offen bleiben!«

»Was soll das heißen, metaphorisch betrachtet«, sagte Leo. »Offen ist offen, zu ist zu.«

»Das ist ein Paradoxon«, sagte ich. »Da geb ich dir recht. Und deswegen könnte man meine Theorie des *Morbus fonticuli* auch umschreiben als Theorie des Metaphorischen Paradoxons. Denn natürlich ist zu zu, aber die *Wirkung* ist wie die von offen! Denkt an Gott: eine Metapher. Jedes Wort, sagt Nietzsche, ist eine Metapher. Denkt an die buddhistische Chakrenlehre. Ist das keine Metaphorik? Man könnte die Fontanelle als Analogon zum Kronenchakra betrachten – zu der spirituellen Verbindung, dem Draht nach oben gewissermaßen. Denkt an Fritjof Capras Schwingungstheorem. In der Physik ist längst unumstritten, daß du das Neutron oder was weiß ich jeweils nur an *dem* Pol beobachten kannst, an dem es sich grad befindet, obwohl es sich *auch* am genauen Gegenpol befindet – zur gleichen Zeit! Gegensätze, sagt Capra, werden durch Schwingungen vereint. Und dieses Diktum wiederum korreliert mit einem Ergebnis der neuesten Hirnforschung, die nämlich nicht nur rausgefunden hat, daß die heutige Menschheit viel weniger Geruchsnuancen wahrnimmt als noch vor zwanzig Jahren. Zum Beispiel ist heutzutage niemand mehr in der Lage herauszuriechen, daß Kastanien Geruchsverwandte von frischem Sperma sind. Entsprechend braucht der Mensch heutzutage viel gröbere Reize, um überhaupt noch sinnliche Sensationen wahrzunehmen und so weiter pepe. Vor allem aber haben sie herausgefunden, daß das menschliche Gehirn, um weiter funktionabel zu bleiben, heutzutage vor allem befähigt sein muß, Widersprüche auszuhalten! Gegensätze zu integrieren! So weit, so gut. Insofern dürfte es einem nicht schwerfallen, mein methodologisches Postulat vom Metaphorischen Paradoxon zu operationalisieren, so daß wir mit dessen Hilfe folgende These aufstellen können: Die Fontanelle – eine Art semipermeable Scheidewand – ist noch durchlässig, obwohl sie physiologisch dicht ist. Am besten stellt man sich das als einen Prozeß umgekehrter Osmose vor.«

Ich kippte mir einen gewaltigen Schluck Brandy hinter die Binde.

»Durchlässig für was?« fragte ich mein Auditorium rhetorisch. »Für eine Art universelles Plasma«, sagte ich, »›Plasma‹ als Sammelbegriff für die Totalität der Beanspruchung aller fünf Sinne, ein diffuses, indifferentes Aggregat oder Konglomerat aus Giften, fremdem Geschwätz, fremden Gefühlen et cetera, kurz: aus allem was die Welt ist, und die Welt ist bekanntlich alles, was der Fall ist. Manchmal ist das ein Gefühl, als ob man in den Kopf gefickt wird. Es gibt aber auch endogene Plasmainfluxion, etwa durch sogenannte eidetische Engrammgewitter, Gesichte, spontane extrakraniale Parästhesie-Phantom-Phantasma-Syndrome –«

»Waff iff daff denn«, fragte Satsche.

»Sagt doch schon der Name«, bügelte ich ihn ungeduldig ab, »jedenfalls sind derlei Influxionen, ob extern oder endogen, geeignet, die Fontanelle stark zu affizieren – wofern man nicht Schutzmaßnahmen ergreift. Wie ihr schon ahnt«, ich deutete mit charmanter Selbstironie auf den Helm, »bin ich derzeit ziemlich hoch affiziert. Fing schon im Herbst an. Mit Witzelsucht. Dauernd mußte ich reimen. Ganz klar 'n Symptom von Stirnhirnpatienten und so. Und die letzten Messungen meines fluktuierenden Zentralzustands – mein lieber Schwan! Und entsprechend natürlich das homöosmotische Stigma, aber das erkläre ich später. Da bin ich auch noch nicht so ganz sicher, ob ich das richtige methodische Instrumentarium gefunden hab. Viel wichtiger sind Fragen des Überbaus wie die nach dem Loch/Materie-Antagonismus, denn nicht zufällig weisen Fontanellen Lochform auf, oder Fragen nach der theoretischen und praktischen Relevanz hinsichtlich politischer Implikationen, was sich letztlich als der Prüfstein erweisen könnte, wenn sich meine Theorie, was ich behaupte, als interdisziplinär, als universell gültig versteht!«

Inzwischen hatte ich meinen drei Schritte langen Weg vom Heu befreit.

»Zunächst zum Loch/Materie-Antagonismus. Da müßte ich ein bißchen weiter ausholen. Früher hab ich mal an einer Philosophie des Lochs herumgepfuscht –

das war so irre, plötzlich paßte alles zusammen, nachdem ich das Lateinerlatein ... – aber ich will nicht zu weit abschweifen. Das Phänomen des Lochs hat mich schon immer fasziniert. Was ist, phänomenologisch gefragt, überhaupt ein Loch? Sicherlich muß man, wenn man diese Frage befriedigend beantworten will, auch kategorial arbeiten, Loch mit Boden, Loch ohne Boden, ätherische Löcher, Quasilöcher et cetera. Wenn man sich das ungeheure Spektrum von Löchern mal vor Augen führt – aber das würde hier zu weit führen. In meinem Frühjahrsjournal hab ich schon 'n recht ausführliches Register aufgestellt. Für unsere Zwecke reicht's, wenn wir uns zunächst bloß mal zwei davon anschauen – und deren psychische Relevanz. Denn darum geht's ja. Also. Zwei der frühesten Löcher der Menschheit, die psychisch hochrelevant waren, sind zweifellos die Urhöhle, in der die Troglodyten lebten, sowie die Vagina. Ohne diese Lochformen wäre die Phylogenese wohl kaum möglich gewesen. Nun ist das Wesen eines Lochs jedoch ambivalent. Einerseits bietet es Schutz und Trost. Andererseits aber auch – denken wir nur mal an die Redewendung ›Höhle des Löwen‹ und ähnliches – *Angst.* Beklemmung. Klaustrophobie. Siehe Fahrstühle, Tunnels et cetera. Denn –«, ich schüttete einen mächtigen Schluck aus einem Loch ins andere, schluckte geräuschvoll und sagte: »Entsteht nicht einerseits alle Welt, alles Leben, eben *alles* aus Nischen, Klüften, Lücken, Höhlen, Mösen, aber vergeht andererseits nicht auch alles in Löchern oder zumindest in troglystischer Form? Taucht man nicht auf aus einem *Loch* ins Leben, und wird nicht am Ende man in einem verschwinden? Und daß man in der kurzen Zeit dazwischen, während jenes Seufzers zwischen jenen beiden Rätseln – das ist ein russisches Sprichwort: ›Das Leben ist ein Seufzer zwischen zwei Rätseln‹ –; daß man also in der kurzen Zeit zwischen Gebärmutter und Grab jahrzehntelang nach schlüpfrigen Schlupflöchern *jagt,* wie um sie zu stopfen – in spielerisch wiederholten, rituellen Als-ob-Rhythmen die ewige Sogkraft der Lochmacht quasi verhöhnend, und zwar seufzend und stöhnend, als sei der Schmerz der Gewißheit, daß man die enge warme Höhle gegen 'ne kalte Grube einst wird tauschen müssen, als sei dieser Schmerz *schön* –: Ist das nicht die famoseste Allegorie für allfällige Agonie, für die tragische Auflehnung gegens Schwarze Loch der Zeit ...?« Bescheiden schaute ich zu Boden, um die sicherlich beeindruckten Gesichter nicht zu frappieren.

»Ganz richtig«, sagte Iggy. »Ja äh, ganz richtig, Herr Dokter.«

Leo schüttelte den Kopf. Da war nichts zu machen. Offenbar hatte ich die Weltformel gefunden.

»Ach du Fande«, stöhnte Satsche. »Hab ich daff richtig verftanden – Ficken iff Aberglaube?« Doch eigentlich bewegte ihn ganz etwas anderes. Hatte ich tatsächlich die ganze Zeit hier im Wald übernachtet? Für Satsche undenkbar, aber er traute sich kaum noch, Fragen zu stellen. Wenn er von dieser Irren schon eins in die Fresse kriegte, vielleicht zog auch ich ihm noch die Schaufel über den Schädel.

»Na schön«, sagte Conny. »Vielleicht kannst du uns ja mal ein paar Fragen beantworten ohne diese ... ganze ... Hirnschmelze, ohne äh, also konkret. Warum bist du abgehaun, ohne ein Wort zu sagen. Was ist das mit dieser ... Dame da. Was soll das mit dem Geheimkabuff. Und woher hast du«, sie machte diese Geste mit dem Kopf, »eigentlich die ganze Kohle.«

»Sei doch nicht so unerträglich profan«, platzte ich. »Bemüh dich mal um mikrograduelle Evaluation, wenn ich bitten darf. Abgehaun, betrügen! Nie hab ich Anita betrogen! Mich selbst hab ich betrogen! Schau dir die Struktur an, verdammt noch mal! Schon mal von Konfabulation gehört? Darstellung vermeintlich erlebter Vorgänge, bedingt durch Erinnerungstäuschung, und wenn man –«

»Wo haf du«, fragte Satsche, »bie Kohle her. Waf für 'ne Feife haff bu gebaub.«

»LASS MICH DOCH MAL AUSREDEN, VERDAMMT NOCH MAL!« Mein Gesicht leuchtete wie die untergehende Sonne, deren Licht plasmatisch durch die fraktalen Siebmuster des Waldrands zum Platz der chthonischen Ruhe durchdrang. »Die Frage ist doch, ob sich dieses hirnphysiologische Phänomen auch außermedizinisch anwenden läßt, zum Beispiel in eine psychologische Nomenklatur aufnehmen. Das Lateinerlatein beispielsweise – phänotypisch! Wenn du konzedierst, daß man Elfjährigen noch keine allzu arglistigen Schelmereien unterstellen sollte, könnte man dann nicht sagen, daß dieses Lateinerlatein eine psychologische Spielart der Konfabulation sei? Klar kann man das, verdammt noch mal! Handelt sich sogar um 'ne anthropologische Konstante! *Aber* – erscheinen unschöne menschliche Verhaltensweisen nicht in sehr viel gerechterem Licht, wenn man Lug, Trug und Selbstbetrug als Darstellungen vermeintlich erlebter Vorgänge betrachtet, wobei Erinnerungstäuschung und vorgetäuschte Erinnerung bloß zwei Seiten derselben Medaille bilden? Alles eine Frage der Bewertung, der Evaluation! Und da alles der mikrograduellen Dynamikstruktur unterliegt, kann man auch nur mikrograduell evaluieren! Oder vielleicht nicht?« Alles schwieg, was ich als Triumph auslegte. »Ihr müßtet euch mal mit den Fingern sehn«, höhnte ich.

»Sicher«, sagte Kai.

Inzwischen war die Dämmerung hereingebrochen, etwa eine Stunde vor der Zeit. Nicht mehr lang, und es würde stockdunkel sein. Der Wald bestand nur noch aus Schatten unterschiedlicher Dichte, und die Gestalten um den Steinkreis waren dunkle Schemen. Die Schwüle drückte auf die Gemüter. Das Bier, von dem sich – neben Volli, der inzwischen eingeschlafen war – nach und nach auch die andern bedient hatten, war bis auf eine Dose verbraucht, der Brandy auf seinem Stand von vorhin. Die halbe Dauerwurst vertilgt, ebenso die Hälfte der Gurken, und die letzten Brosamen des Meterbrots im Heu verschwunden. Iggys durch eine Zigarette zugespitztes Profil erschien farbig wabernd im Schein eines Flämmchens, verschwand wieder, und hinter der Glut, weiter in der Tiefe der Finsternis, leuchtete hell Bärbel Befelds Höschenzwickel.

»Wo, mir reift's«, sagte Satsche und erhob sich. »Ich hau ab.«

»Das kannst du doch nicht machen«, flüsterte Conny.

»Wiewo«, nuschelte er durch seine dicke Lippe, »wenn er bfehn Tage hier war, kommbf auf einen mehr oder weniger doch wohl auch nich an. Daf gibt gleich 'n Gewipper, daf grummelp fon bie ganfe Tfeit, und –«

»Ach wo«, sagte Conny, »das ist Volli, der schnarcht.«

»Quatf, wo fwül wie daf if; meemee, ich hab keim Bock, hier in diew'm äpf'nden Wald, und baf bauert wowiewo noch, bif wir beim Aupo wind . . . Meemee, ich hau ab. Kommbf mib, Morpen?«

Keine Reaktion von meiner im Heu liegenden Gestalt.

»Herr Kerft'n?«

»Ja«, sagte Kai entschieden.

»Iggy?«

Unschlüssiges Brummen. Und in dem Moment wurde der Platz der chthonischen Ruhe in ein ätherisch fahles, blaustichiges Licht gesetzt, für eine Sekunde war's hell wie im Morgengrauen, und die blanchierten Gesichter und Arme unterm Gerüst des Waldes leuchteten auf.

»*Hab* ich mich verjagt«, sagte Satsche.

Plötzlich brachen die Megalithen im Himmelsgebirge zusammen und stürzten die Dolmen ein, und im Echo des Gepolters ging eine Lawine von Erzgestein los; Brocken und Geröll prasselten aufs Trommelfell der Stratosphäre. Dann war es wieder still. Stocksteif und unbewegt wie zuvor stand der Wald. Wie die Luft.

Satsche vernahm ein leises Aufstöhnen von der Mündung des Pfads her, wo der große Zwickelfunke leuchtete.

»Oha«, sagte Iggy.

»Das schaffen wir gar nicht mehr bis zum Wagen«, sagte Kai.

»Feife«, sagte Satsche.

»Hast du kein Zelt oder sowas?« fragte Leo. »Hast du hier die ganze Zeit ohne Dach überm Kopf gepennt?«

Ächzend setzte ich mich auf. An einem schattenhaften Rückwärtsbeugen erkannte man, daß ich die Brandyflasche ansetzte.

»Was machen wir denn jetzt«, sagte Conny unruhig.

»Ich hau ab«, sagte Satsche und erhob sich aus der Hocke.

»Vergiß es«, sagte Kai, »hier sind wir vermutlich besser geschützt als auf der freien Wiese.«

»Setz dich«, sagte Conny. »Kai hat recht.«

»Umb wemm ber Blipf einflägt?«

»Der geht in die Kastanie«, sagte Kai. Ein neuerlicher Blitz, und deutlich sichtbar Bärbel Befelds Hand zwischen ihren Schenkeln, während sie mit ihren Hüften schaukelte. Und nun ging ein mächtiges Rauschen durch den Wald, zunächst nur hoch oben in den Kronen, während wir hier unten lediglich eine leise Brise abbekamen, und ein weiterer Blitz und – fast gleichzeitig – ein Knall wie ein Kanonenschuß, dann grollende Ausläufer. Eine Bö mit der Kraft eines Meeresstrudels heulte durch den Wald und brachte Frösteln und Unruhe mit sich. Und dann begannen tausend heiße Teufel heulend durch den Wald zu fegen, daß sich die Bäume bogen; sie wirbelten die dicke Luft mit kühlen, mefitischen Fürzen auf, und ein Blitz nach dem andern entzündete neuerliches Höllengedonner direkt über uns, dunkel wie im Grab war's; drei verschiedene Sturmwinde schienen sich zu jagen, und die Bäume um uns herum knarrten und quietschten unter ihrem Gefecht. Einige schwere Tropfen fielen ins Heu, und dann – unweit der sturmgedroschenen Baumkronen – barst der Wolkenmoloch, schwanger von Millionen Tonnen von Wassern; von Blitzen zerrissen, zerschlissen vom Steinschlag des Donners öffnete sich der wild verformte Riesenbalg des Himmels, und durch das Loch in der Wipfeldecke stürzte ein Ozean in meinen Wald. Gebückt und Flüche in den eingeknickten Kehlen zerquetschend sprangen sie auf, um sich an die Stämme der Bäume am Rand des flachen Kessels zu flüchten. Den Arm um ihre Schulter geschlungen und ihren Rücken halbwegs unter seiner Brust bergend, hastete Satsche mit Conny die paar Schritte zur nächstgelegenen Buche hinauf. Binnen Sekunden war alles klatschnaß, Kleidung und Haar, Haut und Heu. Iggy und Kai preßten sich an den benachbarten Stamm und beobachteten mühsam, wie eine Gestalt – Leos – eine andere, torkelnde – Vollis –, am Schlafittchen durch die johlende Finsternis hinter sich her zerrte, bis sie sich losriß und zu Janus in die Hundehütte kroch. Unweit brach schwer knirschend ein Baum. »Hüüüü . . .!« schrie jemand – Volli –, »hüüü, hüüüüüüü . . .!« Der Hund kläffte wie besessen. »Ist Mufti bei euch?« schrie Leo gegen das höllische Grölen der in den Bäumen wütenden Böen an. »Meim!« schrie Satsche zurück, und indes er sich einen Wasserfilm von der Stirn wischte, erblickte er auf der anderen Seite des flachen Kessels im zuckenden, wässrigen Zwielicht einer Salve von Blitzen Bärbel Befeld, wie sie – nach wie vor rücklings gegen den Eckstein gelehnt, die Brüste im Trichter ihrer Arme eingeklemmt – ihre feuchtglänzenden Schenkel abwechselnd anbeugte. Dann war's wieder finster, und Satsche, zitternd vor Erschütterung und Kälte, starrte Conny an, die ihre vor Jahren schon amputierten Haare mit einer knappen Kopfbewegung aus der Stirn schleuderte und ihren Koffer an die Brust drückte.

Und dann drang meine Stimme, aus dem düsteren Kessel, auf dessen Boden sie eben noch gehockt hatten, zu ihnen herauf. »Kommt heeer! Hierheeer . . .!« Ebenso gut hätten sie versuchen können, einen nächtlichen Wasserfall mit Blicken zu durchdringen. »Kommt hier wieder runter, looos!« Und dann zuckte ein tropfenflirrender Lichtstrahl, von einer Quelle am Boden aus, von einer Buche zur andern, und schließlich schoß der Strahl rückwärts kopfheister, und mein nasser Schädel erstrahlte knapp überm Boden wie in einem Horrorfilm. Und in dem Moment verstanden sie endlich, stolperten in die aufgeweichte Bodenwanne zurück und folgten mir die steile Holztreppe in meine Höhle unter dem Steinkreis hinunter, einer nach dem andern, und ließen sich auf den Lammfellen in der hinteren linken Ecke nieder und frottierten sich, im gelben Licht der Petroleumlaternen, mit meinen Badetüchern ab, während sie meinen bebenden Rücken beobachteten und lauschten, wie ich in das Getöse hinausschrie – »Vögelchen! Komm rein! Du holst dir den Tod!« Und nach einer Pause – »Bülbül! *Bitte!!*« Ich stand auf der Bodenstufe, und während sie sich abtrockneten, Halbsätze murmelten, Schnauben und

Schnaufen von sich gaben und ihre schrägen Gesichtszüge in den Mienen der anderen gespiegelt sahen, beobachteten sie die zitternden Schäfte meiner Gummistiefel; und dann stieg ich zwei Stufen hinauf, stieg aber gleich wieder ab und schnappte mir, schwerfällig vom Alkohol und triefend vor Nässe, eine Decke vom Stapel neben der Treppe und kletterte hinaus, ließ die schwere Holzluke herab, und Satsche stieg mir nach und hob den Deckel an und beobachtete durch einen Spalt, was ich da tat, während sich die andern – in Dekken und Handtücher gehüllt, hin und wieder Satsches Rücken beobachtend – in meinem Bunker umsahen.

Leo stand leicht gebückt; Iggy, Kai und Conny konnten fast aufrecht stehen, ohne an die Bretterdecke zu stoßen, wenn da nicht gerade einer der mittleren drei Pfetten verlief, von denen jeweils zwei Laternen herabbaumelten. Den Fußboden bedeckten Eichendielen. Eine lange und die dem Eingang gegenüberliegende kurze der gemauerten Ziegelwände waren bis zur Hälfte mit hellem Holz verschalt. Oberhalb der Ränder hingen, an Stahlnägeln, die in die Fugen getrieben worden waren, einige Wechselrahmen. Die drei an der kurzen Wand wiesen eine größere Dickte als die anderen auf, so daß sie eher wie flache Vitrinen wirkten. In jeder klebte eine weißgesprenkelte braune, platte amorphe Masse, an den Rändern rotverschmiert. Die aufgeteilte, fortlaufende Legende in kalligraphischer Schrift lautete

Endlich ist die Schule aus, wir sind . . .

. . . brav gewesen, fleißig haben wir gelernt . . .

. . . rechnen, schreiben, lesen

– und jedes Element des Triptychons trug einen Namen in Versalien: KONRAD, POLLY, MARTIN.

»Guck dir das mal an«, sagte Leo und tippte Iggy auf die Schulter. »Was ist das denn. Das ist doch nicht wahr ...« Conny schaute herüber. »Plattgefahrene Igel«, sagte Kai.

Die Rahmen an der langen Wand enthielten Büttenbögen mit Zitaten in schöner schwarzer Tintenschrift.

Es gibt kein Verstehen, sondern Stufen des Humors. **Deleuze**

Der Unterschied zwischen dem ›Ja‹ und ›Nein‹, das er seinen Zeitgenossen sagt, und jenem, das er eigentlich zu sagen hätte, dürfte dem vom Tod und Leben entsprechen, ist auch nur ebenso ahnungsweise für ihn faßbar. **Kafka,** Er

Hüte dich vor dem Licht, das den Raum hohler macht; sieh dich nicht um, ob nicht vielleicht ein Schatten hinter deinem Aufsitzen aufsteht wie dein Herr. **Rilke,** Malte Laurids Brigge

Etwas ist mir passiert, daran ist kein Zweifel möglich. Es ist wie eine Krankheit über mich gekommen ... **Sartre,** Der Ekel

... 'cause we have just one world/but we live in different ones.
Diar Straits, Brothers in Arms

Es beliebte zu geschehen. **Mark Aurel**

Der Sinn ist zwecklos. **Ernst Meister**

In einer Ecke lag eine Luftmatratze mit Schlafsack und Kopfkissen. An der anderen langen Wand, neben einem Vorhang aus holzigem Lametta, durch den man – wie Kai herausfand – in eine Vorratskammer voll Wein, Bier, Wurst, Senf- und Gurkengläsern, Campinggeschirr und sonstigem Gerät gelangte, gab's eine kleine Hausbar mit feinwandigen Bierseideln, Brandyschwenkern, Weingläsern und einer Batterie Schnapsflaschen unterschiedlicher Sorten und Pegelstände. Mitten unter ihnen ein gläsernes Kästchen, bis auf ein winziges Präsentierpölsterchen aus rotem Brokat –

vermutlich Puppenstubenzubehör – leer. Auf seinen hölzernen Fuß war ein schmales Messingschildchen mit der Aufschrift *Satsches Zehennagel 1978* geschraubt, der jedoch fehlte – wahrscheinlich lag er noch in meiner Hamburger Asservatenkammer.

Neben der kissenüberwucherten Lammfellecke ein niedriger, grober Tisch. Darunter lagen eklektische Stapel Bücher – Thoreaus »Walden oder Leben in den Wäldern«, germanische, keltische, griechische Mythen, ein Bildlexikon über Bäume, ein Essayband über tribale Kulte und jede Menge endokrinologische Fachliteratur –; obenauf zwei Kerzenständer, Papierblocks, Tintenfaß, eine Handvoll Kalligraphien, ein von Kippen überquellender Aschenbecher, ein Quantum Zigarettenpäckchen und ein schwarzes Notizbuch vom Format DIN A4, mit rotem Rücken und roten Ecken und einem Etikett, auf dem SOMMERJOURNAL 1995 stand.

Leo schlug es auf und blätterte darin herum – Seiten um Seiten sauber, leserlich beschrieben, ohne Angaben von Wochentagen oder Stempel. Er las den ersten Satz.

Eines Nachts, im Frühsommer des Jahres 1995, bin ich plötzlich spurlos verschwunden – von einem Tag auf den andern.

Und dann stieg Satsche die Treppenleiter zwei Stufen herab. »Pfft!« Das sollte wohl Psst! bedeuten. Er hielt die Falltür ein Stück geöffnet, legte den Kopf schräg und deutete hinaus: meine Stimme, von Sturmwind und Wassergeprassel untermalt, voll Wut und Hysterie einen hämischen Kinder-Singsang anstimmend.

»Was? Was grölt er da?« Conny starrte Satsche an.

Satsche verzog seine dicke Lippe. »Ber pampft ba braufm wie wo'n Berwiff . . .«

Plötzlich, nachdem er ein Weilchen gehorcht hatte, begann Leo zu lachen. Und dann äffte er meinen mysteriösen Gesang nach. »Ach wie gut, daß niemand weiß, daß ich Caro Kowska heiß . . .«

Während er den anderen erläuterte, was das zu bedeuten hatte, stieg Satsche wieder zwei Stufen hinauf und starrte hinaus. Nach einer Weile schloß er die Luke. Sein Gesicht war schamrot. »Ich blaub, bie bumfm ba, mippm im Wolkenbruch, umper ber Becke. Bie wind irre.«

Mondgeheul eines Schafs im Wolfsfell

(aus dem Sommerjournal 1995)

Eines Nachts, im Frühsommer des Jahres 1995, bin ich plötzlich spurlos verschwunden – von einem Tag auf den andern.

Obwohl ich immer wieder in Bewußtseinslöcher geglitten war, hatte ich den ganzen Tag nichts getrunken. Eine Stunde vor Ultimo saß ich auf dem Zweisitzer in meinem Wohnzimmer. Anita lag auf dem Sofa und döste. Im Fernsehen liefen Bild und Ton, die ich kaum wahrnahm. Ich hoffte darauf, daß das Telefon ginge, aber es ging nicht, und je näher der Zeitpunkt rückte, da es an der Tür läuten konnte, desto willfähriger ließ ich meine Gedanken kommen und gehen und desto weniger Widerstand brachte ich auf, wenn mein fluktuierender Zentralzustand die homöosmotischen Stigma-Werte in den roten Bereich trieben, und desto heftiger bröckelte meine Entschlußkraft, mich dem zu stellen, was mir bevorstand, wenn es läuten sollte an der Tür. Schließlich, als meine Zigaretten zur Neige gingen, wurde meine Gesamtbefindlichkeit derart heikel, daß ich in einen Bewußtseinstrichter zu rutschen drohte, der subjektiv den Tod bedeuten konnte, und diesmal brachte ich nicht mehr den Mut zur Hingabe an jenes spontane extrakraniale Parästhesie-Phantom-Phantasma-Syndrom auf. Ich floh zur Toilette, nahm einen tiefen Schluck aus dem Flachmann, setzte mich auf den Klodeckel und trank den Flacon leer, und während ich zitternd und keuchend auf die feiende Wirkung wartete, mußte ich mit ansehen, wie sich das Öhr der winzigen Teigrosette im Winkel zwischen Türrahmennut und messingner Teppichleistenkante auszudehnen begann. Rasch wandte ich den Blick ab, rieb mir die Augen und versuchte mich zu beruhigen, bevor ich erneut hinschaute, und tatsächlich wies die kleine runde Nudel wieder ihr gewohntes Format auf. Doch nur für einen Moment, und dann wiederholte sich der Vorgang der Ausdehnung, und in der entstehenden Höhlung kamen nicht etwa, wie es physikalisch logisch wäre, die Schläufchen des Teppichbodens zum Vorschein, sondern nur schwarze Tiefe. Schließlich nahm das Tempo der primären Ausdehnungssequenz im selben Maße zu, wie sich der Zyklus von Hin- und Wegschauen verlangsamte – bis das Öhr den Durchmesser einer Pupille, eines Augapfels, eines Apfels, eines Bullauges erreichte. In einer verzweifelten Aufwallung von Tapferkeit beugte ich mich vor, griff zu, riß den Klodeckel hoch und warf das Ding in die WC-Schüssel. Ich drückte den Spülknopf, und nachdem der Strudel sich beruhigt hatte, vergewisserte ich mich, daß es nicht wieder aufgetaucht war, und überprüfte auch den Winkel zwischen Teppichleiste und Türrahmen – ja, das Ding war endgültig weg.

Ich mußte lachen. Vor Anstrengung, die Geräusche Anitas wegen zu unterdrücken, schossen mir die Tränen in die Augen. Mein Schädel klopfte vom Überdruck der Lungen. Ich versuchte mich zu beherrschen, damit ich endlich das Klosett verlassen konnte. Meine Wangen glühten, als ich ins Arbeitszimmer ging, den Flachmann nachfüllte, die Geldbörse einsteckte, meine Jeansjacke und die Kappe von der Garderobe nahm und die Wohnung mit den Worten verließ, ich ginge noch schnell Zigaretten holen. Meine Frau gab einen halbbewußten Bestätigungslaut von sich, und ich trat auf die Straße hinaus.

Keifend schoß eine Amsel schnurdiagonal über die mattglänzenden Staffeln der geparkten Wagen hinweg und schwang sich in einer steilen Parabel zur Spitze einer Lindenkrone auf, von der herab unsichtbar der Saft der Blüten auf meinen zerbeulten Ford troff. Im unsichtbaren Licht von der anderen Seite der Erde erstrahlte, unter einer nachlässig drapierten rauchfarbenen Gazeschärpe, weiß und durchscheinend die rechte Hüftwölbung der Sommergöttin, die im dunklen Satin des Nachthimmels ruhte, weit über den Dächern der Häuser. Aus einer der oberen Etagen Frauengelächter. Fenster und Balkontüren, weit geöffnet zu Suiten unbekannten Glücks, duftende Vorgärten, und auf sirrenden Reifen jagten tief gebückte Radfahrer Zielen nach. Aus einem gegenläufig vorbeiknurrenden Kabriolett knallten die schnellen, harten Pauken einer Trancepolka, und ich trank einen tiefen Schluck, und mit dem ewig ruhelosen Raunen von Hamburgs Zeltkuppel brauste endlich wieder das Daseinsfieber durch meine Eingeweide. Willig ließ ich mich mitziehn vom aleatorischen Sog der nächtlichen Bewegung, ließ mich gutmütig treiben in der Strömung foppender Verheißungen. Seltsam gekleidete, barhäuptige Menschen liefen von hier nach dort, eilten in kühnen Sprüngen über die Straßen und Trottoirs und freuten sich diebisch an ihren Talenten und den Gaben anderer; sie verharrten vor hellerleuchteten Glaskäfigen und zeigten auf kuschende Stofftiere und bunte Hussen über Kissenhökkern, auf giftgrellen Schnökerkram, auf Julklappkrempel und Bierpokale und schwarzsaure Dauerwürste, auf Dioramen mit grobem Drillich und schillerndem Brokat und Effektzwirnen und Plünnen und die Kanelüren eines Lingam; sie zeigten auf die johlenden Majuskeln an einem Litfaßtotem und verschwendeten keinen Gedanken an den Almanach ihrer Unterlassungssünden, der auf ihrem Nachttisch auf sie wartete; sie lauschten den gewisperten Weissagungen der sanften Zentrifugalkraft, die sie sich unterhaken und am schrägen Griff einer Kneipentür ziehen ließ.

Ich ließ mich mittreideln in den Stimmenblizzard, trank und rauchte und schaute den mimischen Bemühungen meiner Brüderschaftsgenossen voll glühenden Mitgefühls zu, lauschte ihren Beipflichtungen und Beteuerungen beim Verweilen, beim Warten, aber der Mann, dem ich eine Kopfnuß zu verzeihen hatte, kam nicht, und ich ging wieder.

Bei der BP ließ ich mir zwei Plastiktüten mit Bier, Magenbitter und Zigaretten füllen, und als ich mich umdrehte, um zu gehen, rempelte ich versehentlich eine wunderschöne dunkelhaarige Frau an. Ich verliebte mich in sie, als sie diese hübsche kleine, seitlich genickte griechische Höflichkeitsgeste machte. An der Diesel-Zapfsäule stand ein Taxi. Sie fuhr es. Es war frei. Ich stieg ein. Ich fragte sie, ob ich sie fragen dürfe, wie sie heiße. Wieder machte sie diese Geste. Nichts weiter. Ich fragte sie, wie sie heiße, und sie sagte, ich möge raten. Eleni? Elefteria? Sula? Dina? Christina? Marianna? Konstantina? Anastasia?

Sie hieß Maria. Ich erzählte ihr, daß ich diese seitlich genickte Geste liebte.

Wir tauchten durchs Portal der Weströhre in den Elbtunnel ein, und an der tiefsten Stelle jenes gekrümmten, gekachelten Schachts unter der Elbe geriet ich nach einem schnellen Stich ins Gemüt kurzfristig in Todesangst – als steckte ich in den Klauen eines Riesen, der mich aus dem Schlaf gerissen hatte und in einen Fuchsbau stopfte. Mein Herz hinkte panisch, in den Ohren lärmte das abfließende Blut – doch bevor Schlimmeres passierte, löste sich die Atemsperre wieder. Ich rang nach Luft. Einen Augenblick lang sah ich alles doppelt, und dann schlug mein Herz – nach langem freiem Fall – eineinviertelmal auf wie ein Medizinball, und das Blut schwärmte wieder ins Hirn zurück; was blieb, war banger Drang zur Selbstbeobachtung. Ein paar Meter über dem Himmel des Taxis floß der megatonnenschwere Elbstrom. Ich kippte vier Magenbitter nacheinander.

Wieder unter freiem Autohimmel, betrachtete ich die düsteren kubischen Containerstapel zur Linken und weit dahinter die wenigen Zwillingslichter im spärlichen käferhaften Verkehr auf dem auf- und abwärts geschwungenen Traversenbogen der Köhlbrand-Brücke, die, verankert an mächtigen Stahltrossen und Verstrebungen, durch titanenhafte konvexe Pfeilerrauten hindurch hoch übers Hafengelände hinwegführt. Die bleich orangefarbenen Lichtergirlanden schnitten in kühnem Bogen die der Autobahn vor uns. Ich fragte Maria, ob sie zufällig eine Kollegin namens Bärbel Befeld kenne. Sie verneinte, und während ich mir eine neue Dose Bier aufriß, erzählte ich von ihr. Während wir an der Abfahrt Waltershof vorbeirauschten, erzählte ich ihr von jenen acht Tagen der Ausschweifung vor bald acht Jahren, erzählte ihr von ihrem rosafarbenen Höschen und von ihrem roten Kleid, vom *Runden Eck* und vom 54-Meter-Höhepunkt. Und während wir auch noch an der Moorburger Abfahrt vorbeirauschten, ohne die Leitlinie des Seitenstreifens zu beachten, die mit elegantem Weichenschwung eine neue Entscheidungsebene eröffnet hatte, erzählte ich ihr, wie Bärbel mich der *Hexenkate* verwiesen hatte und wie sie den 3. Preis bei der Wahl zur Miß Süderelbe errungen, und während wir an der Heimfelder Ausfahrt vorbeirauschten und schließlich auch noch am Abzweig zur Bremer Autobahn, erzählte ich ihr von meinen irrwitzigen Eifersuchtsexkursen nach Hannover und von Fredi, von Bärbels Erbschaft und von der Blaugrauen Epoche.

Und während ich erzählte, *sah* ich mich in den Rollen, die ich in meinen Erzählungen spielte. Ich *sah* mich im Redaktionsbüro sitzen, Ende November 1989, wie jeden Tag Anrufe Marions, Hans-Hermanns, Waltrauds, Paulis oder gar Bärbels fürchtend, ja ich *schmeckte* meinen Kater an jenem Donnerstagmorgen. Ich *hörte* das Gerede Irmgard Schröders und ihres langen Gatten, ich *fühlte* Stövers Busen im Nacken, ich *roch* den Kaffeeduft, und ich hörte, wie Lucas Lloyd, dem ich sofort nach seinem Eintritt in unsere Mannschaft Iggys ehemalige hoheitliche Aufgabe formlos übertragen hatte, den APO-Leserwitz verlas.

»›Was fällt dir ein, unsere Nachbarin zu küssen?‹ – ›Aber Liebling, du hast doch selbst gesagt, ich solle ihr mal ordentlich über den Mund fahren!‹«

»Höhö«, hörte ich mich lachen. »›Selbst gesagt‹, höhö! Sehr gut! Und gut gelesen, Lucas, alles was recht ist!«

Lucas bedankte sich artig, greinte schon wie ein Alter – »Die Menschheit, die Menschheit ...« – und schmatzte angeekelt.

»Nej? Und wer war's diesmal?« erkundigte sich Eugen seit langem mal wieder, nachdem er in den vergangenen Wochen überhaupt gar nicht mehr hingehört hatte, weil er »Angstzustände« kriegte, wenn ihn der Leserwitz ereilte. Lucas schaute nach dem Einsender. »Luise –«

»Luise Steverling, ja?« stimmte Eugen ein und riß sich von seiner Froschperspektive durchs Kellerloch los, »Nußriede 11 oder 12, jedenfalls Braunschweig, ja? Nej?«

Lucas' Perle am Nasenflügel hüpfte vor Verblüffung.

Eugen seufzte mit aller Kraft, die ihm nach all den Jahren an der Front noch geblieben war, und zückte sein Portemonnaie. »Hier, ja?« Er nestelte einen 100-Mark-Schein heraus. »Nej? Schick ihr das. Ja? Und schreib ihr 'n netten Brief dazu. Sehr geehrte Frau Steverling Rhabarber Rhabarber, ja?, und bitten wir Sie höflichst, von den nächsten vier geplanten Witzeinsendungen Abstand zu nehmen. Ohne weitere Begründung, aber mit freundlichem Gruß Rhabarber. Ich kann nicht mehr.«

Und dann klopfte Irmgard Schröder auf den Tisch. Seit jener Weihnachtsfeier färbte sie ihr Haar ständig und trug sogar manchen Alltag Minirock. Es ging das Gerücht, sie habe eine Psychotherapie begonnen.

Sie bat um Ruhe. Und dann nannte sie Eugens und meinen Namen. Wir schauten sie fragend an. Was war jetzt schon wieder? Hatte sie herausgefunden, daß Ayoga Ashun Forstreuther in Harburg die Frage der Woche stellte (»Wie heißen *Sie* unsere Brüder und Schwestern im Westen willkommen?«)? Ohne unsere Chefin davon in Kenntnis zu setzen, hatten wir ihn dazu abgerichtet, nachdem er um anspruchsvollere Aufgaben gebettelt.

Sie aber präsentierte das neueste ELBE ECHO, schaute uns mit einem äußerst befremdlichen Augenausdruck an und sagte: »Klasse. Klasseausgabe. Ganz im Ernst. Mehr habe ich in eigener Sache heute nicht zu sagen.« Und legte das Blatt wieder hin.

»Wat denn *nu*«, flüsterte Lucas, der seine Lektion schon lange gelernt hatte.

Und dann präsentierte Irmgard Schröder nacheinander eine ganze Reihe fremder Druckerzeugnisse, die Eugen wie mir recht bekannt vorkamen.

Eugen steckte sich eine Zigarette an und schaute wieder aus dem Kellerloch. »Ich bin so müde«, murmelte er.

Eine Minute später standen wir vorm Fahrstuhl. Bei uns Hasy, die mich am Arm festhielt.

»Die Attribuierung als neidische, geizige Kreatur, ja?« sagte Eugen schlapp, »war völlig in Ordnung. Aber die Aufforderung zum Anilingus hättest du dir verkneifen sollen.«

»WENN DIE MICH PLÖTZLICH WIEDER SIEZT, ALS WÄR ICH IRGEND 'NE VERHURTE KLEINE TIPPSE?« Immer weiter fluchend wie ein Kesselflicker riß ich mich von Hasy los und rannte vor den geschlossenen Falttüren des Fahrstuhls auf und ab, als steckte ich in einer Knastzelle. »ANALPHABETIN! SCHEISSFAHRSTUHL!« Ich trat gegen die Türen, daß es im gesamten Treppenhaus hallte. Der Stier meiner Wut war stärker als mein Kater, und wenn ich nicht so ein Feigling wäre, hätte ich mir den Schädel an der Wand eingerannt wie dieser amerikanische Basketballspieler, der danach jahrelang im Koma lag. Aber ich zitterte wie ein Chihuahua vor Angst, ein Opfer der sog. spontanen menschlichen Selbstentzündung zu werden, die oft genug Choleriker heimsuchen soll, den vagabundierenden Trivialmythen vor allem englischer Hobbyokkultisten zufolge; nur ein halbverkohltes Bein bleibt dann übrig.

Hasy suchte mich zu beruhigen. »Nimm's zurück«, sagte sie.

»WAS!«

»Deine Kündigung«, sagte Hasy.

»NÄ! NIE!« grölte ich und ließ Nänien über Zeiten folgen, in denen Kreativität und Talent angeblich noch gefördert worden waren.

Eugen hatte schon vor geraumer Zeit begonnen, hin und wieder eine Glosse für die HAMBURGER ABENDPOST zu schreiben oder auch mal eine Reportage; einmal war er sogar mit einem Haufen HSV-Hools nach München gefahren. Und an mich war Irmi bereits einmal Anfang des Jahres herangetreten und hatte mir durchaus freundlich diejenige taz-Nummer hingelegt, die einen lustigen kleinen Artikel von mir über die Jobsuche als Student gebracht hatte. Ruhig setzte sie mir auseinander, sie möchte bitte nicht, daß ihre Mitarbeiter anderweitig publizierten. Sie habe ein nicht nur moralisches Recht auf deren uneingeschränkte Arbeitskraft, schließlich seien wir keine Freiberufler. Nein, sogar vertragsjuristisch gesehen sei alles, was wir schrieben, ihr Eigentum. Ich legte meinen Arm um ihre Hüfte, dem sie sich gefühlvoll entzog, und gelobte irgendwas.

Zu dumm, sie bei der Gelegenheit nicht gleich auf weitere Seitensprünge aufmerksam gemacht zu haben. Zur gleichen Zeit nämlich, da ich für die taz geschrieben, hatte ich einen Stapel Yellow Press gefleddert und eine Kartei mit Konzeptdetails von Kurzkrimis und abgeschlossenen Liebesromanen angelegt, telefonisch akquiriert und ein paar von den albernen Geschichten zusammengeschmiert. Im Mai, Juni und August – sogar relativ schnell für die üblichen langen Vorläufe – waren meine Produkte gegen je 1000 Mark Honorar erschienen und mein ständig strapazierter Nispa-Dispo fast wieder ausgeglichen.

Leider hatte ich verabsäumt, den Käseblättern 'n fesches Pseudonym vorzuschreiben – ich tat einen Schwur, daß mir so etwas nie wieder passieren würde –, und offenbar hatte irgendein verdammter Denunziant Schröder die *corpora delicti* vorgelegt – oder sie war selbst drauf gestoßen. Meinen Einwand auf der soeben vergangenen Redaktionskonferenz, es müsse sich um einen anderen Bodo Morten handeln (hähä!), ließ die neidische, geizige Kreatur nicht gelten, und nachdem sie mich mit »Herr Morten« angesprochen wie im tiefsten Mittelalter, hatte ich ihr empfohlen, mich oral zu befriedigen, und zwar anal, und auf die erwartbar deutliche Ablehnung hin formlos gekündigt.

Endlich öffneten sich die Türen des Fahrstuhls, und wir stiegen ein. Hasy warf all ihre professionelle Überredungskunst in die Waagschale, als der Lift loszukkelte, aber ich vernahm sie überhaupt nicht. Ich starrte auf die neueste Schrift an der Wand, die mir etwa zehn Minuten zuvor, als Eugen und ich unsere Sachen nach oben gebracht hatten, noch nicht aufgefallen war: AUS VORBEI VOTZE LECKEN. Dann entsann ich mich dunkel. Am Vorabend war ich nach einem längeren Telefonat mit Hans-Hermann, der mal wieder seinen »Moralischen« hatte, erst spät aus dem Büro gekommen – und zwar nicht gerade nüchtern.

Das Licht wurde rot in der Kabine, aber vielleicht lag's auch nur daran, daß ich im Begriff war zu kollabieren.

»Halt«, sagte ich.

»Was?« sagte Eugen.

Hasy sah mich an. »Gott«, sagte sie.

Ich rutschte in einem Winkel zu Boden, kaum schneller als der Fahrstuhl sich von unten nach oben schob. Ich atmete in Wechselstößen mit langen, langen Pausen. Auch der Boden schien rot gerastert zu sein. Mein Herz war aus der Verankerung gerissen und blähte sich mit beängstigend seltenem Kawumm knapp überm Hosenbund. In den Ohren herrschte rauschendes Baßschweigen und in Händen und Füßen ein Kribbeln, als wären sie mit Kohlensäure vollgepumpt. Meine Hände erhoben sich zu Pfötchen.

»Scheiße«, wisperte ich.

Wie im schwerelosen Weltraum dockte der Fahrstuhl ganz allmäääählich an der fünften Etage an. Die Türen wurden aufgestoßen. Jemand machte raschelnde Bewegungen. Ich wälzte mich auf die Seite und robbte aus der schwankenden Kabine auf den Boden. Aber auch der pulsierte amorph. Ich drehte mich auf den Rücken. Das Prickeln machte mich schier hysterisch. Lucas' Stimme von der letzten Treppe, schnaufend. »Was ... los ...« Hasy kniete hinter mir und hielt meinen Kopf in ihren Händen. Ich spürte eine steife Beule an der Fontanelle. Ihr BH. Ich roch ihren schönen, fraulichen Duft. »Mann, Mann«, sagte ich. Lucas entriegelte fluchend die Stahltür. »Nej?« sagte Eugen. Ich beobachtete ein Spinngewebe oder eine Staubfluse, die im Zug des Treppenhauses in einem Eck an der Decke schwankte. Ein heftiges Begehren nach einer anderen Zeit, nach einem anderen Ort befiel mich. Ich spürte einen Schwur in mir aufsteigen und dann ein deutliches Bedürfnis nach hochprozentigem Alkohol. »Den Vodka«, flüsterte ich Eugen zu. Er federte aus der Hocke hoch, schloß die Tür auf und rief in die Tiefe der grauen Zellen: »Lucas! Ist gut! Wir brauchen den Vodka und 'ne Plastiktüte!« Die Stahltür klappte zu. »Geht's besser?« sagte Hanna Sybille und strich mir mit dem Handrücken den Schweiß von der Stirn. »O.K.«, sagte ich. »Holt er den Vodka?« – »Ja«, sagte Hasy, »gleich.« Das entsetzliche Kribbeln zog sich allmählich in die Fingerspitzen zurück. Eugen brachte die Vodkaflasche, drückte mir aber eine Plastiktüte in die Hand. »Erst da reinatmen«, befahl er. Ich zog mir die Tüte über den Mund und atmete aus und ein und bekam einen Krümel in die Luftröhre. Ich hustete wie verrückt, setzte mich auf und lehnte mich gekrümmt an die Wand und hustete. Schließlich kam ich wieder zu Atem. Es stichelte nur hin und wieder noch in den Fingerkuppen. Lucas kam aus der Stahltür. »Geht's wieder?« Eugen drehte den Deckel von der Flasche. Ausgiebig zitternd setzte ich an und verschaffte mir das brennende Aroma flüssiger Kartoffeln, das sich jetzt beinah ebenso schnell im Thorax ausbreitete wie vorhin die Todesangst. »Was war das denn«, keuchte ich.

»Hyperventilation, ja?« Eugen strahlte. »Du hast dich überatmet. Das Schlimmste, was passieren kann, ist, daß du ohnmächtig wirst, und dann regelt sich die Atmung von allein wieder.«

»Und dieser Tütenscheiß . . .?«

»Du inhalierst eine Weile dein eigenes Kohlenmonoxyd oder was. Nej? Anschließend ist wieder alles in Butter. Nej? Ja?«

Hasy saß immer noch neben mir, eine Hand auf meiner Schulter. »Gott, hab ich mich erschreckt.«

Ich schleppte mich zum Sofa im Besucherzimmer, hielt mich an der Vodkaflasche fest und starrte auf die Rhomben des Dartboards. »Ich«, ächzte Eugen von Groblock, »bleib auch nicht mehr lang, ja? Ich hab doch keinen Bock, bis zur Rente einen Blindtext nach dem andern zu verfassen. Nej?«

Und während Bärbel ihre 160-Quadratmeter-Penthouse-Wohnung verwohnte, ließ ich mein WG-Zimmer schimmeln und lag in irgendeiner Ecke von Nitas Wohnung herum. Während Bärbel ihren Hintern in den Diskotheken der Süderelbe herumschwenkte, träumte ich jede Nacht von schwankenden Hochhäusern und engen Fahrstühlen. Während Bärbel sich immer runder schlemmte, aß ich so gut wie nichts, trank drei bis vier Liter Bier pro Tag und träufelte mir Magenbitter ins Depressionszentrum. Ich fühlte mich von meinem eigenen Schatten verfolgt. Ich litt unter Platzangst im eigenen Torso. Ich litt unter Löchern aller Art; Luftlöchern im Liegen, Bodenlöchern im Stehn, Trottoirlöchern im Gehn. Ich litt unter versiegelten Atemlöchern, meine Luftröhre schien plötzlich verstopft, und ich rang nach Atem – manchmal hyperventilierte ich, und nachdem es einmal im Bus passiert war, konnte ich für lange Zeit keine öffentlichen Verkehrsmittel mehr benutzen. Ich konnte nicht mehr schlucken; vorm und vor allem beim Essen hatte ich eine Heidenangst; ich kaute und drehte den Brei im Schlund herum, den Schluckreflex am Gaumen probend, bis der unvermeidliche Zeitpunkt nicht mehr aufzuschieben war, da der Nahrungsballen hinuntergewürgt werden mußte, und manchmal blieb er hinterm Brustbein stecken. Ich rauchte Kette, litt unter lohem Sodbrennen, hatte Angst vor Menschen, fremden Räumen und vorm Autofahren; ich nahm keine Farben mehr wahr. Amselgezwitscher, eine unwillkürliche Strahlung der Wintersonne, Kindergelächter brachten mich fast zum Weinen, aber immer nur fast – manchmal fühlte sich mein Schädel wie ein Wasserkopf an. Rief Satsche an oder Heiner, Kai oder Heidrun oder Kolki, verstellte ich mich. Von zehn Verabredungen gelangen zwei, und auch die nur auf vertrautem Terrain – mit Hilfe zahlreicher Vaterunser und Magenbitter. Der tröstlichste Gedanke an meine Freunde bestand in der nächtlichen Vision, wie sie weinend an meinem Grab standen. An einem Vorweihnachtsabend stützte ich mich mit laut klopfendem Kopf am Verkaufstresen des Geflügelkillers ab, und als ich an der Reihe war, kippte das Universum auf links, die Stimmen hörten sich mulmig an und verkehrt, als sprächen sie rückwärts oder in Anagrammen –«*Saw sfrad neis?*« –, das Licht war in blasses Grau getaucht, und ich taumelte zur Tür hinaus, sank auf eine eiskalte Treppenstufe und konnte erst weitergehn, nachdem ich meine gesamte Notration auf einmal eingenommen hatte. Weihnachten sah ich meine Krankheit unerträglich präzis in Nitas und meiner Familie Gesichter gespiegelt, und Silvester ging ich um halb zwölf ins Nebenzimmer und zitterte. In epileptischen Rhythmen schlug mein Kopf aus oder eine Schulter oder ein Knie. Die jeweils nächsten zehn Sekunden Zukunft waren die blanke Hölle. Das ganze Zimmer war mit Angst verseucht. Ich hatte keine Maske. Ich mußte alles einatmen. Ich stellte mir vor zu schreien, aber es kam nur ein halberstickter Diphtong. Meine Hände flatterten und kriegten nichts zu fassen, draußen explodierten Luftlöcher, Windraketen heulten, Knallsalven und Kanonenschläge, und ich rief nach Nita, doch es kam kein Ton zustande. Hörte ich nichts mehr – oder konnte ich nicht mehr sprechen? Oder hatte ich es gar nicht versucht? Für eine Weile glitt ich in eine tönerne Zeitlosigkeit, geradezu angenehm, vielleicht wie Tod nach endlosem Schmerz, glitt aber wieder hinaus und kam zitternd zu mir. Ich zitterte und richtete mich im Zittern und Ausschlagen ein, bis ein neuerlicher Schwall Angstgift ins Zimmer strömte; ich wich ihm aus, indem ich mich zur Wand wälzte, und dann fand Nita mich, und unter dem Segen ihrer wohldurchbluteten Hände löste sich das Zimmergift zunächst in heißen Wasserdampf auf, bis auch der nach und nach verschwand. Ich wog nur noch 'n Pfund Lumpen, und ich war's zufrieden damit. Besser das als dieser Spuk von widerstreitenden, undurchschaubar hörigen Organenergien. Am 1. Januar 1990 wachte ich auf, und immer noch drang durch alle Ritzen und Spalten und Öhre schwaches Gift ins Zimmer – oder eine Art farbloses Plasma, eine Art farbloses, unberechenbares Plasma. An diesem Morgen aber wurde mir klar, daß es immer da war, schon immer dagewesen war, nur daß ich es jetzt erst wahrzunehmen in der Lage war.

Während Bärbel in ihrem grünen Cabrio durch die süderelbischen Niederungen zigeunerte, las ich einen neuen Rundbrief Andrés. Zwei Tage nach dem Fall der Mauer in Berlin hatte die FMLN eine Großoffensive auf die Hauptstadt El Salvadors gestartet, am 11.11. um 20 Uhr 11.

Liebe Familie, Freunde und Bekannte, ich hoffe, Ihr macht Euch nicht allzu viel Sorgen um uns. Obwohl's durchaus rundgeht hier. Schon vor der Offensive hatte ich kaum Möglichkeiten, von alldem zu berichten, was ich so sah. Längst war mir klar, daß dieser Großangriff bevorstand. Der Hauptstoß galt und gilt zwar San Salvador, aber auch die Bezirkshauptstadt Chalatenango wird ständig angegriffen. Wir sind mitten drin. Ständig müssen wir aufpassen, daß uns nicht eine Kugel trifft. Letzte Woche bekam ein Mädchen von Los Ranchos einen Steckschuß ins Bein. Von Zeit zu Zeit kommt auch die Luftwaffe hierher. Der Ort selbst wurde zum Glück noch nicht bombardiert. Aber auch eine 500-Pfund-Bombe, die in 300 Metern Entfernung explodiert, schüttelt einen noch recht kräftig durch. – Wir leben hier inzwischen von Tortillas und Frijol und Maiskaffee – sonst nichts ...

Dem Rundschreiben beigelegt war eine kurze private Notiz an mich.

Mein lieber Freund, mußtest Du mir unbedingt diese Rothaarige schicken? Ich hab nichts als Ärger mit ihr. Die FMLN will sie natürlich nicht haben, weil sie nichts kann, und so mußte ich sie mit Aufräumarbeiten einer zerbombten Kirche beschäftigen, worüber sie als Sozialistin natürlich die Nase rümpfte. Und dann hab ich sie auch noch am Hals, als wir von einem Trupp Kämpfer in Schutzhaft genommen wurden, während des Angriffs auf San Salvador (wir waren gerade auf Besuch bei einem Angestellten der deutschen Botschaft). Na ja, inzwischen hab ich sie nach Guatemala evakuieren lassen. Bitte, Alter, verschon mich bloß mit weiteren Idealisten! Gruß, Dein André.

Während Bärbel Befeld ihren Excelsiormarsch auf das Feld c7 fortsetzte und Rosenkönig Fredis Lebenswerk verpraßte, unternahm ich verschiedene Versuche, eine Psychotherapie zu beginnen, die an langfristigen Wartezeiten, persönlichen Animositäten und Kosten scheiterten. An meinem 33. Geburtstag schenkte mir Nita einen Heiratsantrag. Sie gab ihren Job, durch die Republik zu reisen, um Musikinstrumente zu verkaufen, auf. Wir planten einen dreimonatigen Aufenthalt in Griechenland. Wir besorgten uns standesamtliche Papiere, Anita übersetzte sie ins Griechische, wir ließen sie beglaubigen, und Pfingsten fuhren wir los – mit Satsche und Biggi, Kolki und Manu, Heidrun und Klaus. Kai würden wir vom Flughafen in Patras abholen.

Die Autobahnen ein Horror – ich blieb Beifahrer und trank vorsichtig dosiert, um die Atemwege gegen die fremdartigen Plasmastoffe zu imprägnieren –, die Fährenüberfahrt gelang nur leidlich, doch als wir endlich auf der Peloponnes waren, genas ich von Tag zu Tag. Während Bärbel gottweißwas trieb, eroberte ich mein morgendliches Lachen zurück. Wir frühstückten knuspriges weißes Brot und Tomaten und Dauerwurst bei 26° im Schatten auf der Terrasse unseres kleinen Bungalows und blödelten herum, während die Zapfen der Pinien mit vernehmlichem Ratschen in der Hitze aufplatzten. Wir erfanden ein suchtbildendes Wasserballspiel, neckten und reckten und rekelten uns unter der steilen Sonne. Ich trat im Dunkeln auf eine Schlange, und nachts hörten wir das schöne Seufzen aus den benachbarten Bungalows, und morgens lachte ich über Satsche, der von einer Infektion des Nasenschambeins und der Schleimscheidewand sprach. Gott, wie wir frühstückten! Und später panierten wir uns mit gelbem Strandsand, wir schmeckten das strenge Salz der trägen Dünung, wir blinzelten uns zu, und dann fuhren wir weiter durch die antike Landschaft mit ihren dunkelgrünen Zypressenkerzen. Wir vertrugen uns gut, und falls mal nicht, vertrugen wir uns rasch wieder. In einem pittoresken kleinen Ort in einer Bucht zwischen zwei Fingern der Peloponnes-Küste hockten wir abends im Gartenrestaurant, frisch geduscht und die Haut so sonnig durchpulst, speisten Meeresfrüchte und gegrilltes Fleisch, genossen gutgekühlten Weißen oder Ouzo pur zum kaltschwitzenden Heineken und verfolgten die Fußballweltmeisterschaft, während Mengen von Sternschnuppen rasch vergehende Federstriche in die weiche, tiefblaue Haut des Himmels überm nächtlichen Meer ritzten. Ende Juni verabschiedeten wir die andern, und Nita und ich setzten nach Kreta über. Am 15. Juli heirateten wir in Rethimnon, wo alte Bekannte Nitas und ihrer Eltern unsere Trauung bezeugen konnten. Wir strichen Kretas Küsten entlang und querten das Idagebirge, wo Zeus geboren wurde, bis wir Lentas wiedersahen, und Ende Juli setzten wir nach Piräus über und reisten weiter zum Pilion, und schließlich verbrachten wir den August noch in einem kleinen Fischerort an der Mündung des Acheron, wo ich das Rauchen aufgab, wo Nita allen möglichen Leuten wiederbegegnete, die sie seit Jahren nicht gesehen hatte – manche nicht mehr, seit sie mit Daddy und Mama – im Sommer 1976, als Fünfzehnjährige – hiergewesen war. Die Herzlichkeit der einfachen Menschen, ihre schon skurril schlichte Individualität, die stolze Gelassenheit der Landschaft – ich hätte es bis tief in den »kleinen Sommer« hinein, wie die Griechen den Oktober nennen, noch aushalten können.

Allerdings warteten eine ABM-Stelle bei der Hamburger Gesundheitsbehörde auf mich und auf Nita eine Ausbildung zur Buchhändlerin. Anfang September zog ich zu Nita in die Wohnung. Wir bauten ein bißchen um, und am 1. Oktober 1990 traten wir unsere neuen Jobs an.

Im Gegensatz zu all den anderen hartgesottenen Trauerklößen, die in der Gesundheitsbehörde bis an die Zähne beamtet waren, stellte sich mein Chef als Mensch heraus. Er drückte mir einen Aktenordner mit einem rund 300seitigen Typoskript in die Hand – einen von Soziologinnen und Politologen auf ABM-Basis erstellten Bericht über das Gesundheitswesen Hamburgs – und sagte: »Der muß stilistisch einheitlich überarbeitet werden. Dafür haben Sie ein Jahr Zeit.«

Sechs Stunden am Tag, eigenes Büro in einer Außenstelle im Krankenhaus Barmbek, wo kein Mensch war außer mir, Bezahlung nach Beamtentarif. Niemand achtete auf mich; montags kam mein Chef auf einen Tee vorbei, fragte, wie ich vorankäme, und nahm die schweren braunen Schallplatten mit, auf die ich meinen umgearbeiteten Bericht diktierte. Ich war fertig damit, als der Golfkrieg begann. Nita rief mich von Amrum aus an, wohin sie für einige Tage mit Conny gereist war, um sich vom dämlichsten, geizigsten und häßlichsten Buchhändler Hamburgs – ihrem Chef – zu erholen, und erzählte gräßliche Geschichten von Freunden ihrer Mutter in Haifa. Kurz darauf brach sie die Lehre ab und schrieb sich zum Studium des Bibliothekswesens ein.

Ich fuhr tagtäglich ins Büro, besserte ein Stündchen am Typoskript herum und las für den Rest des Arbeitstages. Ich las Peter Gays Freud-Biographie, ich las endlich den »Ulysses«, ich las Patricia Highsmiths Gesamtwerk, ich las Proust, ich las alles, was mir unter die Augen kam. Ein Vierteljahr vor Ablauf der Arbeitsbeschaffungsmaßnahme studierte ich außerdem die einschlägigen Stelleninserate und formulierte um die hundert Bewerbungsschreiben an Reklamefirmen, Redaktionen, Lektorate und Presseabteilungen und legte meine »Mappe« bei, die einst die Tore zu den Redaktionen von *konkret, Stern,* ja *SPIEGEL* oder *ZEIT* hatte öffnen sollen – zumindest als freelancer, denn Illusionen, den Stoffwechsel in einem der großen Publikationsorgane einst als fest angestellter Redakteur anregen zu dürfen, hatte ich beigott nicht erst seit gestern verloren. Seit 1982, schon als Student, hatte ich Belegexemplare von meinen Rezensionen, Kurzreportagen, kleinen Feuilletons etc. zwar gesammelt. Dennoch war nicht nur mir, sondern jedem halbwegs realistischen Kommilitonen klar, daß unsereinen statistisch eher der Blitz beim Vögeln treffen würde. »Alles für die Mappe, ja?« pflegte Eugen lustlos zu verlautbaren, wenn er ausnahmsweise mal wieder einen mundgeblasenen Artikel hergestellt hatte (freilich klang's wie »alles für die Katz«).

Zwei Antworten bekam ich. Allerdings begann es mich schon bei der Lektüre des Angebots, das Clubheft der Deutschen Psoriasis-Gesellschaft mit aufzubauen, überall zu jucken.

Mitte Juli 1991 erhielt Iggy durch Eugen ein Angebot Irmgard Schröders, das er ablehnte und an mich weitergab. Auch ich lachte höhnisch. Eines Tages Ende September, kurz vor meinem letzten Stündlein bei der Gesundheitsbehörde, rief mich ein jüngerer Exkommilitone an, auf dessen Schreibtisch in einer agilen kleinen Werbeagentur meine Bewerbung gelandet war, und gab mir auf mein allgemeines Lamento diskret zu verstehen, daß weitere Bemühungen um einen Posten als Junior-Texter einen Widerspruch in sich darstellen würden. »Ich bin hier der Älteste«, flüsterte er. »Wird man«, heulte ich, »nicht grundsätzlich irgendwann mal älter? Was wird denn mit den Älteren!« »Die werden«, wisperte er, »mit Betonsocken an den Schweißfüßen in einem Fleet versenkt, und jeder dumme Kanute darf drüberfahren . . .«

Am 9. Oktober 1991, Roy Blacks Todestag, unterschrieb ich einen Vertrag beim ELBE ECHO. Am 1. November saß ich in unserem Redaktionsstübchen, als wäre ich nie fortgewesen. Wenngleich mir Irmi ein Gehalt in Höhe des letzten zugebilligt hatte, fing ich wieder als einfacher Redakteur und Lokalreporter an. Stellvertreter des stellvertretenden Chefredakteurs Lucas Lloyd wäre ja auch zu albern gewesen. »Ah, nej?« begrüßte mich Eugen von Groblock erschüttert, »ja? *Ich* jedenfalls bleib *nicht* mehr lang, ja?«

Und als eines Mittwochabends Mitte November Doc Brokstedt, Lucas Lloyd und ich an der umgestürzten Wiege der *Hexenkate* hockten und, während wir mit unseren tauenden Schnapsgläschen rätselhafte Kornkreise aufs Holz stempelten, Pläne ausheckten, um viel Geld zu verdienen, hatte ich also seit gerade mal ein paar Tagen meinen Dienst beim ELBE ECHO wiederaufgenommen. Und schon flötete es wieder »Hallo Böckchen! Na? Wie geht's. Lange nicht gesehn.« Und erneut walzte Bärbel Befeld in mein Leben, geschätzte 90 Kilogramm schwer inklusive all dem exklusiven Gold, dem ordinären Pelz und den *Pretty-Woman*-Stiefeln.

Ich war abgeklärt, ich war verheiratet, und ich war ein stabiler Charakter. Ich hatte ein bißchen Fett angesetzt. »Manwirdruhiger«, haspelte Doc Brokstedt bei unserem nächsten *Jour fixe* in der *Hexenkate*. Wem sagte er das. Was also sollte passieren? Nita war kaum noch zu Hause – sie hatte auch das Bibliothekswesen nach einem Semester aufgegeben und war nun rund um die Uhr damit beschäftigt, Heidruns *Chique-Tique*-Filiale auf Vordermann zu bringen –, und ich langweilte mich. Bärbel trug ein blaugraues Kostüm unter ihrem Pelz und blaugraue Strumpfhosen, die ich später am Abend in den geschmacklosen Kamin ihres riesigen Wohnzimmers warf. Er rauchte, und ich, wie selbstverständlich, fing's auch wieder an.

Eine unspektakuläre, ja ruhige, eine grauenhafte Bärbelphase war's, verglichen mit den vorhergehenden. Ich stand um halb acht auf, frühstückte mit Nita, fuhr unter der Elbe hindurch und suchte unsere kleinen grauen Zellen auf. Ich telefonierte, hörte Eugens Klagegesängen zu und schrieb ketterauchend Sätze wie McDONALD'S JETZT AUCH IN WILHELMSBURG. Lucas Lloyd war der einzige von uns, der sein Geld wert war, aber was sollte ich mich mit ihm streiten, wenn er mich bei der Heftplanung allzu rücksichtsvoll berücksichtigte. Er und ich gewöhnten uns an, nach dem Lunch *chez* Schmutzfink – auf Därme gezogenes Kadavermehl mit sogenanntem

Kohlrabi, die der *Maître de cuisine* offenbar in einer Gipsschwitze gesotten hatte, oder die obligaten Frikandellen oder sonstwas – mit Doc Brokstedt zwei bis drei Chivas zu schwenken und unsere Reichtumspläne zu besprechen. Mit Streichhölzern zippelten wir – in seinem Büro, in dem sich neuerdings gerne Hasy aufhielt – um die Vermeidung der Schmach, die Drinks herzurichten. Leicht, aber entscheidend angesäuselt fuhr ich dann irgendwann wieder nach oben ins Redaktionsstübchen, gab Ayoga Ashun Forstreuther Aufträge, prüfte meine Termine und schrieb irgendeine schillernde Oratio auf irgendwelche scheppernden Honoratioren zusammen.

Manchmal traf ich mich schon nachmittags mit Bärbel und blieb bis zum Feierabend. Sie hielt mich aus, massierte mir die ausgeleierten Bandscheiben und stellte sich hin und wieder für einen lahmarschigen »Nooner« zur Verfügung, der gerade *en vogue* war, den modernen Frauenzeitschriften gemäß jedenfalls, die sie gebindeweise abonniert hatte. Während Grete Kühn sich die Haare raufte, schmökerte sie ganze Vormittage darin herum und nahm deren vulgärdistinguierte Einheitsbotschaft so ernst, wie es ihr nur irgend möglich war angesichts ihrer gewichtsbedingten Trägheit: ALLES IST EROTIK – EROTIK IST ALLES. Manchmal aber lag sie auch nur da, stoisch wie ein Stamm, an dem sich ein Schwein wetzt.

Ihr 23. Geburtstag war als Tag der Versöhnung mit ihrer Freundin Bärbel zwo, mit der sie sich wegen irgendeiner völlig bescheuerten Wette verkracht hatte (jetzt wetteten auch schon die Weiber!), angesetzt worden, doch Blondie erschien nicht. Blondie, so kam uns später zu Ohren, war pleite gegangen mit ihrem Fitneßstudio, und Bärbel zog in endlosen Dahatseda-Tiraden über sie her. Den ganzen Winter über hockte ich in jeder langweiligen Minute in Bärbels Luxuswohnung, trank nachmittags Brandy zum Tee und abends Bier zum Brandy und ließ mich aushalten und blätterte in ihren modernen Frauenzeitschriften. Alles war Erotik, aber das war auch alles. Alles wurde immer bunter, immer geiler und peinlicher, und Bärbel wurde immer dicker – wie ich. Ich trank je häufiger desto vorsichtiger und lag in Bärbels Ledersofa herum, blätterte in den modernen Frauenzeitschriften und dachte über meine verpfuschte Karriere nach. Ich lag in jeder freien Minute des Winters in Bärbels Ledersofa und las in den modernen Frauenzeitschriften.

Unterdessen behielt Bärbel ihren spätvenezianischen Lebensstil bei, sogar noch, als Grete Kühn schon kündigte, weil sie »diese Katastrophe nicht miterleben« wollte, wie sie mir später einmal erzählte, als ich sie zufällig in Harburg auf der Straße traf. Bärbel hatte schlicht am Geschmack der Neuwiedenthaler Kundschaft vorbeiinvestiert. Niemand hier wollte handgetöpferte Edelkeramik und Anzurien und teure Orchideen, das hätte sich jeder Depp denken können. Kleinere und mittlere handwerkliche und geschäftliche Mißgriffe beschleunigten den Verfall des Unternehmens. Der Gärtner versaute eine ganze Kultur Margeritenstecklinge, weil er die Temperatur im Treibhaus zu hoch fuhr, zuviel Dünger verwendete und die Folien zu spät abnahm, so daß der Pilzbefall zu stark wurde; die Heizölkosten stiegen ins Astronomische; die teuren Versicherungen gegen Hagelschlag und Sturm; die hohen Personalkosten – Bärbel selbst konnte angeblich nicht mitarbeiten, wegen ihrer Allergien . . . –; kurzum, sie brachte das Kunststück fertig, ein jahrzehntelang florierendes Geschäft binnen ein paar Dutzend Monaten in Grund und Boden zu wirtschaften.

Mir gegenüber hat sie nie ein Sterbenswort darüber geäußert, wie es um *Blumen Befeld* stand. Dabei hatte sich die Katastrophe schon Anfang 1992 deutlich abgezeichnet, als die Bank den Darlehensvertrag mit sofortiger Wirkung gekündigt, und von da an ging's stetig bergab.

An Abenden, da Nita mit Lieferanten, Funktionären des Einzelhandelsverbands, mit Heidrun und Dekorateuren von der Hochschule für Bildende Künste, mit Redaktionen von Fachmagazinen oder Akquisitionsabteilungen von Boulevardblättern verhandelte, debattierte oder Arbeitsessen einnahm, an verlängerten Wochenenden, die sie auf Messen und Hausmessen verbrachte, besuchte ich manchmal Heiner oder Kai zum Schach, ging mit Iggy ins Kino oder mit Satsche einen trinken – Kolki hatte das Saufen aufgegeben und war zurück ins Kaff gezogen, mit Manu –; meist aber begleitete ich Bärbel zu Feiern oder entsetzlichen Maltesergemetzeln bei Hans-Hermann, zu Marion oder ins *Runde Eck*.

Kurz nach meinem 35. Geburtstag kündigte Lucas Lloyd, um ein Germanistikstudium zu beginnen. Ich warnte ihn, aber er hörte nicht. Und zwei Tage später kündigte auch Eugen von Groblock. Tatsächlich. Es war unglaublich, aber er tat es. »Nej?« jaulte es aus ihm heraus, »ja? Ich hab doch keinen Bock, die größten Holzköpfe der Region noch bis ins nächste Jahrtausend bunt anzumalen, ja? Sieh mich an, ja? Ich bin ein alter Mann! Entweder schaff ich's jetzt noch, oder – nej? Nej? Ja?« Was er vorhatte, verriet er nicht.

Mehr als drei Jahre hat es gedauert, bis ich ihm kürzlich wiederbegegnete, am Samstag, den 27. Mai 1995, ein paar Tage, bevor ich Maria alles erzählte, während der Taxameter tickte auf dem Weg nach Hannover. Hätte Eugen mich gefragt, wäre ich auch nur zu Wort gekommen, ich hätte ihm gern erzählt, wie es mir ergangen war, seit er seine *Laissez-faire*-Regierung in unserer kleinen süderelbischen Redaktion an mich abgetreten hatte. Ich hätte ihm gern erzählt, daß ich zur Feier meines Aufstiegs zum Redaktionsleiter des frechen Freizeitmagazins am 1. April 1992 mit Hasy Braune geschlafen hatte, die völlig aus dem Ruder gelaufen, seit ihrem Freund ihr Verhältnis mit Doc Brokstedt zu Ohren gekommen war. Daß Ayoga Ashun Forstreuther zum Reporter ernannt sowie eine 45jährige Volontärin mit Hut und Schirm rekrutiert worden war, die bereits Erfahrungen in Horoskopdichtung und Essays über Haushaltsführung vorzuweisen hatte, sowie ein pensionierter Freelancer, der sich für 'n Hunni von jedem hergelaufenen Schützenkönig herumkommandieren ließ, um anschließend einlagiges Papier in seine *Gabriele* von 1973 zu spannen und blumige Legasthenikerphantasien draufzustempeln, die ich auf 51 Prozent zusammenstrich, bevor sie in Satz gingen. Jeden Donnerstag um elf, nach der Redaktionssitzung, rief er mich an und lobte mein »klares Auge« und tadelte seinen »epischen Stil«, den er sich seit seiner großen Zeit als Kunstkritiker nie mehr habe abgewöhnen können. Welche Kunst denn wohl wo dieser Halbalphabet je kritisiert habe, fragte ich mich schroff – und höflich eines Tages ihn, bekam aber eine derart abstruse Antwort, daß ich förmlich erlauschen konnte, wie sich seine Nase noch über die Länge des Telefonknochens hinaus knarrend ausdehnte.

So wollte ich nicht enden. Nicht ich. Bitte nicht.

Wäre ich auch nur zu Wort gekommen, ich hätte Eugen gern erzählt, daß Lucas, der Doc und ich unseren wöchentlichen *Jour fixe* zur Planung umgehenden Reichtums in der *Hexenkate* auch noch fortsetzten, nachdem Lucas auf die andere Seite der Elbe gezogen war, um den Weg zur Uni zu verkürzen. Wäre ich auch nur zu Wort gekommen, ich hätte Eugen durchaus gern erzählt, daß Lucas, Computerfreak und überhaupt recht fixer Dutt, neben seiner Studientätigkeit, die ihm viel freie Zeit ließ, einen Buchverlag gegründet hatte. Mit Doc Brokstedt als Vertriebschef. Und daß ich, während wir unsere rätselhaften Kornkreise aufs Holz der Theke stempelten, bereits mit einer Marketingidee aufwartete, an der ich den ganzen Winter herumgetüftelt hatte.

Und während Lucas seine Edition Erotikon aufbaute – der Doc pumpte seine Ersparnisse hinein, um sie »vorderinflationimanstehendenscheidungskrieg« in Sicherheit zu bringen –, begann ich zu schreiben. Während Lucas seine Studentenbude in ein Verlagsbüro verwandelte und der Doc sein Vertriebsnetz spann und ich mein klandestines Parallelleben mit Bärbel und ihrem Klan weiterführte, während ich noch hin und wieder mit Marion schlief, ohne Wissen Bärbels, und mit Hasy, ohne Wissen Marions und Doc Brokstedts, und mit Bärbel, ohne Wissen Anitas (und ein einziges Mal noch, in einer schwachen, ja schwachsinnigen Stunde mit Irmi – ohne Wissen überhaupt irgend jemandes, einschließlich unserer selbst wahrscheinlich); während ich Hans-Hermanns Drängen nachgab und ihm einen 69er 20m TS abkaufte, mit dem ich ihn zweimal in die Notaufnahme des Harburger Krankenhauses fuhr, indessen er mich fragte: »Sach ma, stimmt das, daß du in Hamburg *verheiratet* bist?«, während ich Waltraud Dreyer zu einer Psychotherapie zu beschwatzen versuchte und an einer Kindstaufe der Familie Kai-Uwe Dreyer teilnahm, während ich mit Bärbel und Marion Befeld, mit Hans-Hermann und Siegmund Dreyer, diesem Wildschwein von Bäcker, Pauli Dreyer mehrfach aus Polizeiwachen abholte und in den psychiatrischen Abteilungen des Großraums Hamburg besuchte und Behördenbriefe über Behördenbriefe schrieb und ärztliche Expertisen dolmetschte und während ich weiterschrieb, kehrte ich um so häufiger ins *Runde Eck* ein, je seltener ich in der *Hexenkate* verkehrte – außer an unserem *Jour fixe*, währenddessen uns Lucas eines Tages Anfang Mai »den begnadeten Illustrator Leo Verlehn« vorstellte, den er als Gasthörer eines Seminars über einen berühmten Frankfurter Dichter und Zeichner kennengelernt hatte. Unsere Projektplanung war perfekt, und Doc Brokstedt rieb sich die Hände: »Heudekrichterabereindasschwörcheuch.« Er hielt Wort.

Und wäre ich zu Wort gekommen, ich hätte Eugen nur allzu gern erzählt, daß unser Produkt »wie 'n Zäpfchen« (Doc Brokstedt) ab- und unser Kalkül aufging »wie die Morgensonne« (Lucas Lloyd). Daß unser geheimnisvoller Titel zu Weihnachten '92 in einem Publikationsspektrum vom seriösesten Nachrichtenmagazin bis zum miefigsten Käseblatt besprochen wurde – sogar im ELBE ECHO, und zwar unter dem Titel »Die Rache der Vestalinnen«.

»Lex Sexus« heißt das Buch über den schönsten Kampf der Geschlechter, Caro Kowska die Trojanische Stute. Außer daß sie in New York, Rom und Hamburg lebt, erfahren wir aus dem Klappentext lediglich, sie sei einst »Vorkämpferin der Frauenbewegung« gewesen und verstehe sich nun als »Protagonistin einer neuen emanzipatorischen Erotik«. Eine recht bewegte Biographie also. Die neue Grenoult et al.? Dafür dürfte sie, dem Verlagsphoto nach – ungeachtet des neckischen Zensurbalkens über der Augenpartie – mit Verlaub zu urteilen, zu jung sein.
Wie dem auch sei. »Lex Sexus« (lat. das Gesetz des Geschlechts, das U wird gedehnt gesprochen) erscheint als perfekt kalkuliertes Produkt. Mysteriös die Autorin, geheimnisvoll nachtschwarz der bildbandgroße Einband, rotlichtrot die Titelei und in der Mitte des Covers ein Peep-Loch, das ein aufschlußreiches Detail des Frontispiz offenbart. Der Satzspiegel großzügig, die Type selbst für Blinde lesbar. Und was lesen sie? Vier, zugegeben: heißblutbildende, Geschichten – »Die Alligatorin«, »Die Ruderin«, »Die Pilotin«, »Die Stumpf-Hüterin« – mit vier üppigen Damen als zentralen Charakterfiguren, die im Frühling, Sommer, Herbst und Winter je eine fast

skurrile kleine erotische Novelle erleben. Und zwar aushäusig. Es geht also, wie eines der phantasieanregend gesichtslosen männlichen Figuren sich neudeutsch ausdrückt, um »Outdoor-Sex«.

Dann folgte eine süffisant arrogante Nacherzählung mit ausgiebigen Zitaten. Erweckung von Leserneugier und Integrität des Kritikasters blieben gleichermaßen gewahrt, und bevor er den ideologisch motivierten Generalverriß des Machwerks einleitete – zum Schluß natürlich, damit man ihn nicht zu lesen brauchte –, wurden noch die »vier phantastischen Illustrationen« erwähnt,

die in Anmutung und Farbgebung auf eine Weise an die berühmten Kobertafeln der Reeperbahn-Fassaden erinnern – und doch völlig anders sind. Anstelle statischer, folkloristischer Pin-up-Motive mit aufreizendem Werbungscharakter enthalten sie eine spröde pornographische Poesie. Jedes der Szenarien erzählt mit filigraner Technik die dazugehörige Geschichte in plakativ realistischem, entfernt comicverwandtem Stil. Auf den ersten Blick bleiben dem Betrachter der Bilder, dem Zuschauer dieser Spiele akute Verheißungen versagt; beklommene Sensationen mögen sich später einstellen.
Doch rechtfertigen diese kleinen Meisterwerke die süßliche Pornographie der Erzählungen à la denen in den modernen, postmodernen, postfeministischen Frauenzeitschriften der Neunziger? Sie edeln und adeln es, und doch beschleicht die aufgeklärte Leserin, den literarischen Leser das Unbehagen in der Kultur ...

Und dann: Knüppel aus dem Sack.

Wäre ich zu Wort gekommen, ich hätte Eugen nur allzu gern von der darauffolgenden Redaktionssitzung erzählt, wo sich Irmi über diese meine Rezension ausließ. »Das versteht doch kein Mensch – geschweige unsere Leser!« greinte sie. »Jahrzehntelang kreisel- äh kreißte die feminini äh -nistische Sozialforschung, gebar sie einen B-B- ... Bias? Was –«

»Das wird Beias ausge-«

»– der nach der Devise ad lib, was ist das denn, statt Women's lib, und hier, äh, ›funktionieren erotische Akte qua Akte der Affff-fir-ma-tion als pseudo-emanziiii ähpative Akte ... also, bei aller Liebe, Pornoindustrie als Speerspitze der Säääkelarisierung des Primats der –«

»Jeunesse dorée.«

»– zugunsten des Plebs ... also, Bodo, bei aller ... Und dann so Sätze wie Kehren die Frauen an den Herd zurück – in Strapsen?, und die Rache der was? Wetz-«

»Vestalinnen. Das sind die altrömischen Göttinnen des Herdfeu-«

»Also, sowas will ich in meiner Zeitung einfach nicht lesen! Klar?«

Klar war mir das klar. Deswegen hatte ich's ja auch unter konspirativen Umständen hineingeschmuggelt. Als Hasy auf der übernächsten Redaktionskonferenz, eine Woche vor Weihnachten, allerdings mit so einigen Spaltenmillimetern aufwarten konnte, die fast alle süderelbischen Buchhändler ausdrücklich wegen meiner »furiosen Negativwerbung« geschaltet hatten, war unsereins wieder der Held.

»Neunte Auflage im vergangenen November«, erzählte ich Maria, »man faßt es nicht. Allein die Taschenbuchlizenz hat fuffzig Riesen gebracht.«

Wäre ich zu Wort gekommen, ich hätte schon Eugen das alles erzählt, als ich ihn wiedersah, nach mehr als drei Jahren, im *Hansecafé.* Ich hatte meinen Lieblingsplatz ergattert und 'n gewaltiges Veltins geordert und 'n dreistöckigen Obstbrand und 'ne Magnumzigarre und qualmend auf die Außenalster gestarrt. Diese alberne Wasserfontäne auf der Binnenalster war zu sehen, hinter Kennedy- und Lombardbrücke, wo die Autos und ein Güterzug gleichzeitig drüberfuhren, Segelboote und Alsterdampfer davor, und der Wind rauschte und ließ die Lindenblätter flimmern, das Wasser kabbelte leise, daß sich meine Hoden sacht bewegten ... Big Blue City! Mein Atem ging ein bißchen schwer, aber regelmäßig, ein Rhythmus, der das Leben in Gang hält und die Zeit und die Atmosphäre gliedert. Der Wind schwoll und hauchte mich an, und das Fieber in Bauch und Drüsen ahmte diese aufsteigende, anschwellende Sirenenbewegung nach. Es war alles klar. Alles gut. Alles ganz richtig, wie es war. Der Alsterdampfer, der wie ein weißer Wurm vorbeiglitt, ich mußte beinah lachen. Über die Leute, die wie freundliche Affen von ihrem Platz am Heck aus herübergafften; über den Gassigeher am Ufer, der geistesabwesend an seiner Hundeleine zog, wobei der Köter machte, was er wollte; über die Spätgebärende am linken Nebentisch und die alte Dame am rechten Nebentisch, die 'ne ›Portion Schwarztee‹ bestellte ... Schön ... Lange nicht gehört, den Ausdruck, ›Portion‹ Tee ...

Und exakt in jenem magischen Moment sprach mir jemand ins linke Ohr: »Herr Morten, ja? Nej? Hehehehehe! *Kch.* Nej? Darf ich mal vorstell'n: Exkollege Bodo Morten, nej?, Exkollege, nej? Und dies ist Britta Legrand. Nej?«

»Herr Baron!« Ich jauchzte beinah vor Freude, den alten Schauspieler wiederzusehn; ich wollte sogar aufstehn, und Eugen – doch, er war's tatsächlich, obwohl ich zweimal hingucken mußte – gluckste entzückt: »Aber, aber, nej? Bitte doch von allzu hochge ... rhabarber Förmlichkeiten ... nej? Ja? Hehehehehe ...! Isses gestattet? *Kch.*«

Eugen von Groblock, hier! Auf der nördlichen Seite der Elbe! Im Herzen der Pressestadt! Nach über drei Jahren! Kein Schwein wußte, wohin er gezogen war und was er getrieben hatte, nicht einmal der Doc hatte das gewußt. Er war mehr oder weniger regelrecht verschollen gewesen.

Und dann setzten sie sich zu mir, und wenn ich zwanzig Jahre jünger gewesen wäre, zwei Schnaps mehr intus und Paul Dreyers Zivilcourage gehabt, ich hätte mir sofort einen von der Palme geschüttelt, an Ort und Stelle, und nach mir die Sintflut. Sowas wie Britta Legrand auch nur zu bitten, auch nur eine Locke ihres Haars berühren zu dürfen, wäre Gotteslästerung gewesen. Beziehungsweise Teufelsanbetung. Gäbe es Barmherzigkeit in der Welt, würde sowas wie Britta Legrand weggesperrt, Menschenrechte hin, Menschenrechte her. Wegen so was wie Britta Legrand werden Attentate begangen, Lobotomien durchgeführt und Neutronenbomben geworfen. Hätte diese Britta Legrand einen entsprechenden Wunsch auch nur angedeutet: Ein Wort von ihr hätte genügt, und ich hätte Phil Collins die Zunge in den Arsch gebohrt bis an die Vorsteherdrüse. Aber sie sagte bloß dieses *Hal*lo, und schon war der Anfall wieder vorbei. Gottseidank. Bzw. wo zum Teufel bleibt denn die vielzitierte Altersgeilheit . . .

Eugen trug einen leichten Sommerzwirn, der ein Heidengeld gekostet haben mußte, vielleicht aber noch nicht einmal so viel wie die maßgeschneiderten Schuhe. Sein Haar war dünner geworden und aschfarben. Im linken Lid über den trübviolett schillernden Augen steckte ein Gerstenkorn. Glänzende Wangen, unrasiert, und sein Hals schrundig und abgemagert, und dann bestellte er zwei Whiskey und für mich ein neuerliches Gedeck, und so ist's noch drei Stunden weitergegangen, bis das Café schloß.

Wäre ich zu Wort gekommen, ich hätte ihm gern einiges erzählt. Aber ich kam nicht zu Wort. Die beiden waren derartig hermetisch dichtgekokst, daß sie ununterbrochen redeten, manchmal gleichzeitig – einen Eugen von Groblock bei der Geißelung der Welt zu unterbrechen, unmöglich. Und es ging die ganzen drei Stunden, fast ausschließlich, um die Anschaffe und den Sack. Der Sack war Knut Harmsen, und ihre Anschaffe vollzogen sie bei *Cult*. Eugen von Groblock bei *dem* Shootingstar unter den Lifestyle-Magazinen. »Ja?, der allerletzte Dreck, nej? hochkultivierter ... Rhabarberdreck, ja? *Kch.*«

Britta Legrand schaffte als, wie Eugen sich ausdrückte, ›Motivnutte‹ an und Eugen, wie Britta Legrand sich ausdrückte, als ›Neurosenstricher‹. »Nej?«, sagte Eugen, »binnen kürzester Frist ist das Duo Groblock/Legrand zum Inbegriff kongenialer Gesellschaftsberichterstattung avanciert, ja? Nej? Ich hab mit Bert Sloovey unterm Stammtisch gelegen und ›La Paloma‹ gesungen, nej? Ich hab Jimmi N'komo gefoult. Ich hab dem alten C.P. Trapp die Schlupfschuhe hingestellt und 'n Grog gekocht. Ja? *Kch.* Ich hab ... ich hab *Föh*ring, den *Weih*bischof, ja? vorm St.-Joseph-Tabernakel hab ich den fotografieren lassen oder wie das Scheißding heißt, nej? Man glaubt ja gar nicht, was heutzutage alles Kult ist. Der zynische Hund, der. Nej? Der hätte sich, *kch*, der hätte sich von mir auch noch ans Kreuz nageln lassen, der Schweinehund, ja?, bloß um in unsere Edelpuffpostille – ach, hör auf, ja? Oder Erich Kord, ja?, mit Erich Kord hab ich bis morgens um fünf in seinem geleasten Transenserail gesoffen, bis ich fast selber schwul wurde, ja? Der steht da an die Elfenbeinbar gelehnt bis zum Schluß, diese Juchtenschwuchtel, ja?, und lallt nur noch und zeigt auf seinen gepiercten Dödel und sagt: ›Er‹, und zeigt mit dem Stinkefinger auf seine Smaragdbrosche und sagt: ›und ich‹, sagt er und breitet die Ärmchen aus, ›gleich Erich!‹ Und *lacht*, ja? Lacht wie 'n Irrer! Immer wieder, ›er‹, ›und ich‹, ›gleich Erich‹. Du glaubst es nicht. Ja? Nej? Ich hab 'ne Erstausgabe der *Laienfibel* zugespielt gekriegt, mit Exlibris von Konrad Herbert Hahn! Die Info hab ich erst mal ans PRISMA verscherbelt, nej? Ich hab die Handfeuerwaffensammlung gelobt von diesem grünen Tugendbold da, wie heißt der noch, ›aber darüber schreiben Sie nicht‹, nej?, und ich hab – ach was weiß ich! Was ich noch *nicht* gemacht hab, ist mit Henk Hartmann das Horst-Wessel-Lied gesungen. Aber dafür hab ich die Tanznegerin von Commissioner Z, wie hieß die noch? Nej? *Kch. Kch.* Zoomey ... Sooley ... ach, was weiß ich. *Die* hab ich gefickt, und morgen fick ich die Vandenhoek auf der Pyjamaparty bei diesem Knallkopp vom *Dilatator*, und übermorgen werd ich mich quer durch Pia Herzogin zu Dingenskirchens Londoner Gentry fikken, ja?, *kch.*«

Und dann weiß ich nicht mehr genau; jedenfalls geriet Eugen mit der spätgebärenden Schwangeren vom Nebentisch aneinander, er war ihr wohl zu laut, und er bot ihr zur Versöhnung ein Stück Kuchen an, und dann machte sie einen Fehler und sagte – wahrscheinlich hat *sie*'s schon witzig gemeint –: »Kuchen macht dick.« Und Eugen: »Nej? Ficken macht auch dick, ja?«

»Sag doch nicht dauernd ficken, Mensch«, sagte Britta Legrand, und da mir die Göttinnen des Obstbrands inzwischen ziemlich häufig in den Schlund gepinkelt hatten, erwog ich doch noch kurz, Britta aus ihrem Elend herauszuholen, mit ihr nach St. Jottwede durchzubrennen, wohnhaft Dorfstraße 1 oder Am Arsch 7, sie jährlich zu schwängern und jeden Schwanzträger niederzuknallen, der sich unserem kleinen Bollwerk gegen die Schlechtigkeiten der Welt auf mehr als drei Meter näherte.

»Fickenfickenficken«, sagte Eugen, »nej? *Kch.* Ja? Komm mir nicht so, ja? Diesen – Mist. Nej? Es gibt die, die ficken sagen, und es gibt die, die nicht ficken sagen *kch*, weil sie's für frauenfeindlich halten oder was weiß ich *kch*. Nej? Und dann gibt's die, die heutzutage wieder ficken *sagen*, weil ihnen *die*, die *nicht* ficken sagen, auf die Nerven gehn, und dann wieder die, denen *die* auf die Nerven gehn, die nur *deshalb* wieder ficken sagen, weil ihnen die auf die Nerven gehn, die nicht ficken sagen, und *deshalb* nicht mehr ficken sagen, ja? Und *mir* geht diese Fickensagen-und-Nichtfickensagen-Kacke auf die Nerven, verstehst du? Nej?«

»Mann, bist du scheiße drauf«, sagte Britta Legrand.

»Ich *kch?*« tobte Eugen. »Nee. Ja? Ich bin klasse drauf. Ich bin absolut klasse dr-«

»Man muß doch nicht *ständig* mit Obszöni-«

»Obszöni, Obszöni. Ficken *an sich* ist obszöni. Oder sollte es zumindest sein, ja? Wenn's nicht wenigstens noch 'n bißchen obszöni wäre, würde der Föhring, dieser bockschwule Schwanzlutscher, dieser ... Päderast, ja?, mit Ficken im Kirchenschiff werben, ja? Ah, vielleicht ist's ja auch schon alles zu spät. Vielleicht muß Muddi ihren Vaddi ja deswegen auch schon bespucken und mit dem Schneebesen eine fegen, weil er sonst keinen mehr steilkriegt, nej? Ich krieg ja selber keinen mehr steil, außer auf Schnee, nej? Hehehehehe! Nej?«

»Das liegt nicht am Coke, wenn's klappt, sondern am Saufen, wenn *nicht*.«

»Woher, nej?, willst du das wissen. Wir waren doch *immer* vollgedröhnt. Ja?«

Stundenlang ging das so weiter, bis das Café schloß.

Ich hätte ihm gern erzählt, wie's mir ergangen war, seit er mich da sitzengelassen hatte im Konzern; wenn ich auch nur zu Wort gekommen wäre, hätte ich ihm erzählt, daß ich auch nach seinem Fortgang noch mit Bärbel Befeld zusammenblieb, die im frühen Frühjahr 1993 schließlich von erbosten Gläubigern gezwungen wurde, ihr Vermögensverzeichnis vorm Amtsgericht offenzulegen; daß ihre Strapsbänder über ihrem entstellten Hintern ausleierten und's Dessous nur noch von Tchibo gab; ich hätte ihm gern erzählt, daß ich mir im Juli '93 eine kleine Schreibklause anmietete, um LEX SEXUS II zu schreiben, wie mich Lucas drängte; daß ich mir einen Stapel schwarz-roter Notizbücher kaufte und Stempel herstellen ließ, um auf die Kopfnuß eines Unbekannten zu warten; daß mir damals da im August '93 der Lappen abgenommen wurde und ich noch geschlagene drei Monate mit der S-Bahn durch die Bronx der Süderelbe zur Arbeit fahren mußte, bis Schröder mich endgültig geschaßt hat, angeblich weil 'n Redaktionsleiter ohne Führerschein untragbar sei, in Wahrheit aber wegen der Globusaffäre.

Meine Kolumne zu Weihnachten '93. Die war ihr natürlich 'n Dorn im Auge gewesen. Eine hundertzeilige Generalabrechnung mit ihrer und Eugens Generation – einschließlich meiner –, eine hübsche kleine nietzscheanische Polemik, mit Anklängen célinesker Menschheitsbeschimpfung, auf der Basis beckettunterfütterten Jaegerpandämoniums.

Aber ich kam nicht zu Wort. Stattdessen erzählte *er mir*, wie es mir ergangen war, seit er nicht mehr den »Heizer in der provinziellen Nebenstelle der Hölle« machte. *Er* erzählte *mir*, wie es mir damals erging. »Nej?« quäkte er los, »mir ist deine letzte Kolumne damals zufällig in die Hände gefallen, sicher, ja?, wir *haben* uns eingerichtet zum Altweibersommer des Lebens, ja?, so luftig wie nötig, aber so gemütlich als –«

»So *häuslich* als irgend möglich«, versuchte ich ihn zu korrektem Zitat zu zwingen.

»– Rhabarber, ja?, rechtzeitig zur Jahrtausendwende, und zwar, ganz richtig, hierzulande, auf einem der öligsten –«

»Peinlichsten!«

»– peinlichsten Fettflecken auf dem Globus undsoweiterundsofort, sicher, nej?« Und dann hielt er beide Hände hoch, damit ich ihn nicht unterbrach, und sagte: »Ja? Weißt du, was das war, das du da von dir gegeben hast? Weißt du das? *Kch?«* Und machte, neben dem linken Ohr, so eine schnurrige Handbewegung, eine Art Schwur mit gekreuzten Fingern, und sagte: »Ja? Täuschend echtes Mondgeheul eines Schafs im Wolfsfell! *Das* war das. Nej? *Kch.*«

»Deswegen«, sagte ich, »ist 's mir immer und überall zu warm . . .«

Und dann vollführte er wieder diese Geste, als sträubten sich irgendwelche Korpuskeln, seinen eigenen Kopf wie den der Puppe eines Bauchredners zu bedienen. »Und«, sagte er, »ja?, *das* ist *eine* Geschichte – 'ne *noch* ganz andre ist, 'ne süffisante Tugend draus zu machen, wider alle Räson. Zumal ja auf deinem und meinem höchstpersönlichen Globus, demjenigen, ja?, welcher auf unserem ständig geschwollenen Hals rotiert, ja?, auch nicht immer bloß Sommersprößchen prangten, oder Sonnenflecken, ja?, beziehungsweise Altersflecken, hehehe!«

Wäre ich zu Wort gekommen, ich hätte ihm gern erzählt, was ich von seiner Lieblingsfeindin Zitrone Zimmermann wußte – das mit El Salvador. Es hätte ihm gefallen. Ich hätte ihm ferner gern erzählt von der Blaugrauen Epoche, in der sich der Himmel noch oft blaugrau verfärbte, doch gewittern wollte es nicht mehr; von den Todesängsten, die ich ausstand, wenn ich an Bärbels manchmal wochenlang fatalistisch leuchtendem Teint erkannte, daß sie mal wieder ihre Ausnahme von der Regel hatte; von Bärbels zunehmenden Spinnereien, sie habe einen Hirntumor, Krebs, Multiple Sklerose, sei schwanger/HIV-positiv/vergewaltigt worden, hätte ich ihm erzählt; hätte ihm erzählt von meinem letzten keuschen Walzer von

Walchsee zu Ende der Blaugrauen Epoche; von der Kopfnuß eines Unbekannten auf offener Straße im letzten Herbst, von meinem ersten scriptomanischen Anfall, bis Bärbel vor der Tür meiner ehelichen Wohnung stand – in schwarzes Gummi gehüllt. Von ihrer Kopfnuß zum Auftakt der Schwarzen Phase. Vom zweiten scriptomanischen Anfall. Von meiner eigenen Kopfnuß und vom dritten scriptomanischen Anfall.

Weil Eugen aber nun mal ein Egozentriker war und auch gar nichts anderes sein wollte, erzählte ich ihm nichts davon. Statt dessen erzählte Eugen mir, daß Stöver, kurz nachdem sie, ein paar Wochen zuvor, ihre Rente eingereicht hatte, an Lungenkrebs gestorben war. Daß Petra Huch-! vom Schicksal 'ne Wundertüte mit Mann und Kind und Kegeln und Pudel sowie ein kleines Erbe geschenkt gekriegt hatte. »Die ist glücklich wie 'ne Kuh, ja?« Daß der lange Phlegmat im Winter einen Herzinfarkt erlitten hatte, »aber was heißt ›erlitten‹, das war die größte Energieleistung seines Lebens, nej?, ausgenommen der Leuchttischfick«, aber überlebte, im Gegensatz zu Bart Bartelsen, kaum daß er nach Kehdingen gezogen war, und daß Bertram Heinsohn seine frisch geoutete Homosexualität in Berlin auslebte. Und von Rüdiger »Ayoga Ashun« Forstreuther, der nun winters im Westen Kerzen verkaufte und von dem Geld den Rest des Jahres in Poona lebte wie Gott in Frankreich. »Man muß eben nur loslassen, hehehe!« Sogar vom Günsel wußte er zu berichten. »Hat sich von seiner früheren Verlobten scheiden lassen! Nach vierzig Jahren! Hehehehehe! Wegen 'ner zwanzig Jahre Jüngeren. *Die* möcht ich mal sehn, ja? Hehehehehehe!«

Der Nagnag
(aus dem Sommerjournal 1995)

Und zurück aus Hannover, auf der etwa tausend Meter langen Geraden, die ins Kaff führt, erzählte ich Maria von meinem Heimatdorf, vom Nachtschatten der Senke, den die knorrigen Eichen dahinten im Dunkel dem Mittellauf des Beecks spenden, wo er über Steine plätschert, unter Böschungen gurgelt, wo damals, in unserem Knabenparadies, die Kühe soffen. Ich erzählte ihr von der zunehmenden Besiedelung des Kaffs – früher ein Handwerker-, Arbeiter-, Bauern- und Hausfrauendorf. Am Bahnübergang erzählte ich ihr von meiner Geburt; daß der Kohlenhändler seinerzeit, vor über achtunddreißig Jahren, dort gerade abgeladen, als die Hebamme eingetroffen war, und eine ganze Flasche von Opas Grogrum auf mein Wohl getrunken hatte, und vom Hühnerstall erzählte ich ihr, der damals am Rand des Grundstücksplateaus stand, eine Formkopie des Wohnhauses diagonal gegenüber, wo ich mit sanfter Hand über die Hühner herrschte, vom Futter naschte, den deftigen Geruch von beklekkertem Heu und warmem Gefieder in der Nase, die winzigen Zylinderchen handvollweise bis zur Pampe kaute und vor mich hin summte oder das ängstliche Getucke nachahmte, während ich, auf meinen kleinen Eiern hockend, durchs Astloch in der Bretterwand lugend Phantasien ausbrütete, wie es dort wohl sein mochte, wohin der rote Schienenbus gleich fahren wird ...

Er hält an dem Bahnsteig auf der anderen Straßenseite, wo das Wartehäuschen steht. Durchs Astloch sehe ich nur den busch- und grasbewachsenen Damm diesseits des Bahnübergangs und einen Mast mit einem waagerechten Emailleschild, auf dem fünf große schwarze Buchstaben stehen. Aber hören kann ich ihn, wie er da hält, der rote Schienenbus. Indes ich die Hühnerpampe herunterwürge, ahme ich nun lieber die bullige, knurrige Atmung des Motors nach. Durchs Astloch aufs Gras des Bahndamms zu schauen ist so aufregend, während ich eine mächtige Zischwolke aufsteigen höre und dann einen Ruf: »Ab – fah – ren!« Ein Pfiff wie ein unsichtbarer Blitz, der Schienenbus strengt sich an und beginnt, energisch zu grollen – die Geräuschwolke bewegt sich – noch aber ist, auch wenn ich den Kopf ein wenig drehe, nur der grasbewachsene Bahndamm und der Mast mit dem Emailleschild zu sehen, auf dem eine Amsel landet; der Schienenbus knattert, die Luft knallt – ein Seufzen vorm nächsten Gang – jetzt muß er doch kommen . . .; doch bloß der grasbewachsene Bahndamm und der Mast mit dem Schild; die Amsel entfaltet die Flügel, macht einen Knicks und schwingt sich auf und fliegt aus dem Bild; jetzt setzt das Brummen tiefer an, schwillt jedoch wieder bis auf die alte Höhe – fast scheint's, als ob die Geräuschwolke schon auf der anderen Seite des Astlochs schwebt – der Kitzel der Spannung zerschmilzt in einen gedehnten Reizschmelz – offener Mund unterm offenen Astloch – jetzt, jetzt . . .! – das Brummen mit Händen zu greifen, laut und lauter – der gras- und gräserbewachsene Bahndamm – – – und da ziehen sie vorbei, drei rote Triebwagen, vorbei, auf dem Weg dorthin, wo ich noch nie gewesen bin, wie's da wohl aussieht . . . Na, soll er ruhig; ich sitze hier gut, im Nest . . .

»Wat mokst du denn all wedder dor?« Oma, tief gebückt, mit den Fäusten auf die gebeugten Knie gestützt, auf die beiden halbkugelrunden Pole unter dem gestrafften Stoff der Kittelschürze.

»Nix ...«

»Häs du all wedder Heunerfutter freten?«

»Nee ...«

»Klor häs du! Du kaus jo noch! Hotzfidori nochmol! Dat gifft glieks Zupp! Und wie dien Büx wedder utsüt! Hau nee ok doch ...«

Und dann sitze ich vorm Fernseher, die Beine in den grünen Strickhosen ausgestreckt, die Fersen genau am Sesselrand. Oma schaut seufzend vom Abendbrottisch herüber. Papa und Opa reiben sich unten in der Waschküche unter lautstarkem Platt die ölverschmierten und mörtelverkrusteten Hände mit Persilpulver rosig, und nicht weit hinterm Stubenfenster trompetet der rote Schienenbus, der Mama aus dem kleinstädtischen Kaufhaus nach Hause bringt. Ein Mann im Trenchcoat (ist es Cox selbst?) – auf der Flucht – kriecht eine Uferböschung hinauf, bleibt rücklings auf der Schräge liegen, setzt schnaufend eine Zigarette in Brand und blickt über den ausgeblasenen Rauch hinaus, der langsam in das Panorama einer Industrielandschaft jenseits des Kanals dampft und die steilen Schlotqualmfahnen kreuzt; und schließlich kriecht er in eine verborgene Höhle ...

Und da entsteht dies süffige Ziehen in den Eingeweiden, das die Lenden putscht, ein Eu-Stromstoß ins Sonnengeflecht, der den Körpersaft die Wirbelsäule hinaufpeitscht wie Quecksilber; die biochemische Formel der Weltlust, ein aufregender Schmerz, der künftig ebenso unwillkürlich auftreten wird wie jenes schwarz-weiße Fernsehbild, eine Art Lampenfieber vorm Dasein.

Und abends wird das Bett zur Höhle, verwunschen und mulmig, idyllisch und schwül ... Ich erbaue ein Häuschen unter der Bettdecke, das ich nach dem Abendgebet, wenn Mama das Kinderzimmer verlassen hat, weitermauere, indem ich mich mit dem Kopf voran ans Fußende durchwühle und dort, im warmen, weichen Stockfinstern meinen Phantasiezement anrühre, um mein eigenes Häuschen, Wolkenkuckucksheim, Luftschloß zu bauen – hier würden die Bücher stehen und die ›Geldkassette‹ (Zigarrenkiste mit selbst eingepappten Fächern), dort das Go-Kart parken, da die Märklin-Eisenbahn fahren, der rote Schienenbus . . . Und seit dieses energische Ziehen in den Eingeweiden, diese herzzerreißende Sehnsucht nach Weite meiner Binnenchemie eingeschrieben, ist es vorbei mit dem gelassenen Brüten darüber, was jenseits des Astlochs wohl zu finden sei, und dieses Lampenfieber vorm nächsten Tag, diese wundersame, an künftigen Abenteuern schon mal naschende Empfindung muß erst verklingen, bevor ich aus meinem Höhlenhaus am Fußende wieder zum Kopfkissen zurückkrabbeln kann, um selig einzuschlafen, voller Pläne für die Zukunft – den nächsten Tag.

Und der nächste Tag kommt, er winkt und lacht. Er ist unendlich breit und hoch und weit, er ist unendlich lang und verspricht Nischen und Höhlen und Häuschen, Riesenmuscheln und kleine Grotten. Ich passiere den Bahnübergang, laufe übers Kopfsteinpflaster, die flache S-Kurve zwischen Feuerwehrhaus und grüner Scheune hindurch und durch den unbewegten Schatten, den die riesige Dolde des doppelstämmigen Kastanienbaums wirft, hinein ins gellende Licht der Wegkreuzung, und rechter Hand, auf dem Milchbock, wartet bereits Dutschke Duttheney mit dem Handwagen, und wir ziehen los, in den flimmernden Horizont der Feldmark . . .

Und dann langen wir an, bei der Zwillingskastanie vor Kolks Wald, ein Zwilling der Zwillingskastanie im Ortskern. Vom jenseitigen Rain des Weizenfeldes, das der letzte Wind kursiv in die Senke gebürstet hatte, drangen Schafsblöken und Krähengekräh herauf. Unentwegt entströmte einer fadenscheinigen Pappelkrone dahinten jene Korona von Gegenlicht, in der das Mückenvolk seine rituellen Tänze aufführte, und am Rande des Hohlwegs, der den Weizen von dem alten Forst trennte, girrten Grillen ihre einsilbigen Refrains. Vliesartige Flugsamen schwebten umher, und mit unberechenbaren Quantensprüngen schwirrten Libellen herum, und aus der Tiefe des Waldes startete ein Kuckuck eine Serie seiner kindischen Rufe, als wollte er die Ewigkeit ansagen.

»Hör ma!« Dutschke Duttheney spie neben seinen Gummistiefel, ließ die Deichsel des Handwagens in den Graskamm des Hohlwegs fallen und hob einen seiner dreckigen Finger. Die Zungenspitze stak in der Zahnlücke. »Wie meine Oma seine Uhr! Has'n Fennich inne Tasche? Denn wirs ma reich.«

Ich ließ mich auf dem narbigen Findling unter der riesigen Zwillingskastanie nieder. »*Ihre* Uhr«, sagte ich.

»Wa? Wem seine?« Dutschke hockte sich neben mich und spuckte aus. Ächzend fuhr er mit seinen Händen in die Stiefel und zog seine Kniestrümpfe hoch.

Ich fischte zwei der vier zerknitterten Stuyvesant aus der Hemdtasche. »Das heißt: Wie meine Oma ihre . . . äh, wie meine Omas Uhr.« Eine reichte ich ihm.

»Jorr jorr«, johlte Dutschke zulangend und rotzte ins Gras. »Eben has noch –«

»Scheiße, ganz feucht, dorr!« Ich wischte mir den Schweiß von der Stirn, brachte die Zigarette nach außerhalb des Schattens und legte sie zum Trocknen auf das Blatt eines Breitwegerichs. Dutschke glättete seine zwischen den dreckigen Fingern. »Macht nix«, sagte er. »Geb ma Feuer.«

»Orr Dutschke«, stöhnte ich. »*Du* hast die Streichhölzer.«

»Ich *heiß* nich Dutschkeee«, leierte Dutschke im Tonfall Erna Duttheneys, wenn sie alles immer tausendmal sagen mußte. »Wenn du noch maaa Dutschke sachs, schaller ich dich eine.«

Wir hockten auf dem Findling und schauten einem kleinen guaschblauen Schmetterling nach, der übers Weizenfeld gen Norden hinuntergaukelte. Kilometerweit dahinter die rot-weiße Zebrazeichnung eines Elbleuchtturms. Vom Dorf, im Osten, war nichts zu sehen.

»Krichs du auch immer so 'n komisches Bauchweh, wenn du was Schönes machs?« fragte ich Dutschke. »Wenn du was machs, was Laune macht? Aso, das tut nich richdich weh, aber . . .«

Mit schrägem Hals riß Dutschke ein Streichholz an und hielt schielend das Flämmchen an die im Mundwinkel zitternde Zigarette. »Uauch'ueh?« nuschelte er. Dann sog er daran, zog sie, zwischen zwei dreckige Fingerknöchel geklemmt, heraus und inhalierte, wobei er seine zimperliche Bedachtsamkeit durch eine Zickzackbewegung des Unterkiefers kaschierte. Dann spuckte er einen dicken Qualster durchs Rauchwölkchen ins Gras. »Nee. Wieso dat denn.«

Ich schwenkte meine Beine zur Kastanie hin, klappte mein Taschenmesser auf und begann, einen vertikalen Schlitz in die schuppige Saurierhaut ihres Stamms zu ritzen. Ein Borkenkäfer machte sich mit verdoppelter Geschwindigkeit davon.

»Wieso dat denn«, wiederholte Dutschke und riß einen Faden aus der Naht seiner bayrischen Lederhose. »Wa? Wieso denn Bauchweh! Sach ma!«

Ich kerbte den grauen Schnitz aus dem Stamm und schnitzte noch eine Pfeilspitze gegen den fertigen Strich. Dutschke wandte sich zu mir um und schaute zu, bis das Zeichen fertig war. »Wer is dat denn, K.«

»Sach ich nich«, sagte ich.

»Ph«, machte Dutschke. »Mich wieso egal.« Er spie aus. »Wie spät?«

»Weiß nich.« Wir hockten auf dem Findling und starrten auf unsere Füße.

»Los komm. Wir machen das ferdich, bevor der Heuwagen kommt.«

Wir stapften nebeneinander durch den lichten Fichten- und Lärchen-, Tannen- und Kiefernwald, bis das Dikkicht begann, und während ich Dutschke mit Rücken und Armen einen Weg durchs zähe, kratzende Geäst und Gestrüpp bahnte, zog Dutschke den über Baumwurzeln und Kaninchenbauten hinwegrumpelnden Handwagen hinter sich her. Am Rand eines in mehr als zwanzig Jahren abgeflachten Bombentrichters inmitten des Waldes hielten wir ein. Während ich zum Grund des Kessels hinunterstolperte, versuchte Dutschke, die vorbereitete Falltür vom Handwagen herunterzuzerren, doch sprang sie aus ihrem Rahmen, so daß die aus alten Treckerreifen zugeschnittenen Gummischarniere von den Nägeln zu reißen drohten. »Helf ma mit, Mensch!«

»Zieh doch ers den Handwagen hier runter, Mensch!« Ich vergewisserte mich der Unversehrtheit der rechteckigen Höhle, die wir in den letzten Tagen ausgehoben hatten, mit Ausnahme des düsteren Eingangs überdacht von einem eng verzahnten Gerüst aus kräftigen jungen, entzweigten Fichtenstämmen und Kiefernästen, worauf ein dichtes Mattengeflecht aus heuverkleideten Fichtenzweigen und Tannenwedeln ruhte, welches wiederum von einer Schicht Mulch und Lärchennadeln bedeckt war. Der Lüftungsstutzen – das verrostete Knie eines Ofenrohrs –

war so geschickt getarnt, daß ich seine Position erst auf den dritten und vierten Blick wiederentdeckte.

Wir hievten die selbstgefertigte Holzluke vom Handwagen und legten sie auf die quadratische Öffnung im Waldboden. Die Ausdehnung des Rahmens aus breiten Brettern war großzügig genug bemessen, daß der Erdrand nicht bröckelte. »Klasse wa«, sagte Dutschke. Wir stiegen die kurze Leiter aus vernagelten Eichenästen hinunter in den muffig nach kühler Muttererde duftenden Bunker, und während ich die Handvoll Kerzen anzündete, die wir am anderen Ende eingepflanzt hatten, machte Dutschke die Schotten dicht. Dann hockten wir uns einander versetzt gegenüber und stemmten unsere Füße neben die Hüfte des jeweils anderen gegen die ziemlich glatt abgestochene Wand, aus der hier und da gekappte Wurzelstrünke hervorragten. »Klasse wa«, sagte Dutschke. »Geb mich ma die annere Kippe.«

Wir hockten in unserer unterirdischen Höhle, im weichen, manchmal still schwankenden Licht der Kerzen; wir schnippten Spinnen von den Schultern, schrien auf, wenn uns von der Decke Geziefer ins Haar fiel, und ließen als Mutprobe Tausendfüßler über unsere nackten Knie laufen; wir rauchten unsere Stuyvesand und schnupperten den Duft der großen weiten Welt und den Mischgeruch von Stearin und Erde, und schließlich fragte mich Dutschke: »Has schon Haare am Sack?«

»Klar.« Ich zeigte ihm mein Achselhaar. »Wer Haare untern Armen hat, hat auch Haare am Sack. Has schon ma ne nackte Frau gesehn?«

»Klar«, sagte Dutschke und spie in eine Ecke. »Inne Bravo. Aso nich ganz nackt. In 'n Bikini.«

»Bravo? Du liest doch noch Micky Maus! Außerdem, in echt, mein ich.«

Dutschke überlegte fieberhaft. »Meine Kusine aus Ruschwedel. Ostern. Voll nackt gesehn, dorr.«

»Wie alt is'n die.«

»Weiß nich. So alt wie ich.«

»Ph«, machte ich. »Das doch keine *Frau!*«

»Jorr, und?« Und dann mit ungläubiger Spannung. »Du denn schon ma?«

»Jupp«, sagte ich. »Karin Kolk.«

»Orr ellich?«

Und gerade, als ich die Geschichte vom Kastanienbaum im Dorf und von dem Glockenrock und der Wäscheleine ein bißchen erweitern wollte, hörten wir jenes Geräusch, das unsere Pulse beschleunigte, das meine Eingeweide aufwühlte, meine Lenden putschte, einen Stromstoß ins Sonnengeflecht jagte, daß die Wirbelsäule schmerzte. Wir drückten die Kippen in den Boden, warfen ein paar Erdbrocken darüber und klopften sie fest, hasteten die kurze Leiter hinauf ans schattige Tageslicht des Waldes und schlichen gebückt durchs Unterholz auf den hellen Rain zu, robbten die letzten paar Meter auf dem Boden, bis wir unterm Baldachin eines Holunderstrauchs zu liegen kamen. Durch die herben, scharfen Gräser hindurch beobachteten wir, wie Kolkis Vadder auf seinem Trecker behutsam zwischen Weizenfeld und Wald den Hohlweg von der Wiese heraufgeknattert kam; wir erkannten seinen klobigen Oberkörper im Feinrippunterhemd, der die Schaukelbewegungen ausglich, die sonnverbrannten Schultern und das große rote Gesicht. Neben ihm auf dem mächtigen Schutzblech, den Hintern gegen eine niedrige Reling gepreßt, an die sie sich klammerte, saß mit nackten Beinen Karin, und hinter ihnen plusterte sich ein gewaltiges Fuder Heu, das die Schaukelbewegungen des Treckers bald träger, bald heftiger nachzuahmen schien, haushoch auf. Vor dem Kühler schritt Kolki einher, unterm Arm eine Art Enterhaken an langem, schwerem Stiel, den er oben an der Ecke des Waldes benutzen würde, um den dicht belaubten, weitverzweigten überhängenden Ast der Kastanie beiseite zu halten, damit er kein Heu vom letzten Wagen riß.

Atemlos vor Aufregung, glucksend vor Glück beobachteten wir, wie der Zug im Schrittempo an uns vorüberzog, ohne uns zu bemerken, obwohl Karin ihren Blick über die bloße rechte Schulter auf den Boden gerichtet hatte; ich hörte, wie ihr Vadder sagte: »Wenn Mudder dat secht, denn bliffst du hüt obend to Hus«, und wie sie nörgelnd »Pabbaaa . . .« sagte, hörte ich so deutlich, als hätte sie's mir ins Ohr gesagt, und als der letzte der drei Anhänger vorüberschaukelte, sprangen wir aus unserem Versteck und verkrallten uns ins betäubend, betörend duftende, staubige Heu und rafften an uns, so viel wir nur konnten; wir zerrten es armvollweise aus dem kompakten und doch nachgiebigen Fuder heraus und ließen es auf den Boden fallen, bis wir genug hatten; und während die Wagen die leichte Anhöhe hinaufschaukelten, klaubten wir die dicken Fetzen und losen Kissen vom Boden auf und trugen alles in den Wald . . .

Und während ich Maria das alles erzählte, folgte sie der flachen S-Kurve zwischen Feuerwehrhaus und grüner Scheune und bremste, im schwachen Schatten, den die riesige Dolde des doppelstämmigen Kastanienbaums im Licht der Straßenlaterne warf, vor jener Kreuzung ab, in deren nordwestlichem Karree seit eh und je Hinni Heitmann und Sohn ihre Gaststätte betrieben. Ich erzählte ihr, daß im südöstlichen früher, bevor die neuen Besitzer dort vor über zwanzig Jahren einen Obstgarten angelegt hatten, Kolks große Heu- und Strohscheune gestanden hatte, und im nordöstlichen, direkt Hinnis Kneipe gegenüber, bis 1972 ein Milchbock, auf dem ich schon als Kind gehockt – direkt an der Buchenhecke, die das ehemalige Gehöft Fieten Fitschens umgrenzte. Berstend vor Langeweile und glucksend vor Lust pflegten wir seinerzeit auf diesem Milchbock zu hocken, wenige Jahre später dann geplagt von vor Endorphinen strotzenden Körpersäften ... Tod und Teufel kannten wir bis dahin nur vom Hörensagen, wir hatten andere Sorgen. Über Nacht waren uns auf der weltabgewandten Seite der Schenkel Haare gewachsen. Schon zum Frühstück hatten wir Lampenfieber, und bis in den Schlaf quälten uns manche Mädchenmelodien, nachdem wir unsere Taschentücher mit Monogramm mißbraucht, Konfirmationsgeschenke wohlwollender Tanten. Wir warfen schräge Blicke auf unsere Oberarme. Wir gewahrten den weichen Aufprall unserer Haare im Nacken, wenn wir eine Strähne aus der Stirn schleuderten. Wir hatten Ferien und keine Zigaretten. Wir redeten in Zungen. Wir lungerten auf dem Milchbock herum und sahen der Sonne zu ...

Und eines Tages kam Fitschens Schäferhund aus dem unbewegten Schatten, den die riesige Dolde des doppelstämmigen Kastanienbaums warf, ins gellende Licht der Wegkreuzung gehinkt, blieb kurz vor ihrem Mittelpunkt stehen und begann zu hecheln. Ein Lumpen Staub stieg faul von seiner Fährte auf. Fitschens Hund machte einen Buckel und kratzte mit der Hinterpfote an der räudigen Flanke, während er nickend den Weg in die Feldmark hinunterstarrte, wo der grau-grüne Horizont in Dauerschmelze begriffen schien. Der Köter verlangsamte die Pleuelbewegung, kurbelte noch zweimal ins Leere und setzte die Tatze wieder ab, ohne zu reagieren, als ein brauner Tagfalter einmal rings um seine Gurgel herumgaukelte, überm Fellkamm einen Spiralknoten wie für einen Galgenstrick beschrieb und zu einem weiten Bogen ausholte, der ihn über den Winkel des Jägerzauns vorm Schulhof trieb, durch die mächtige Zwille der Kastanie, über den Weg zum

Friedhof am Mühlenteich hinweg und dicht an der Bretterwand der hohen Scheune auf dem Kolkschen Hof vorbei; er schlug einen Haken und flatterte unter der leeren Wäscheleine hindurch, setzte schließlich mit einem taumelnden Sprung über den Weg zum Bahnhof und verschwand hinter der übermannshohen Buchenhecke.

Fitschens Hund humpelte quer durch die sandpudergefüllten Schlaglöcher hinüber zur anderen Seite, auf den Vorplatz aus Verbundsteinen, der sich entlang der rotgeklinkerten Fassade eines Hauses erstreckte, unter dessen Walmgiebel ein Schild mit der Aufschrift *Gaststätte Heitmann* hing. Er schnüffelte am Abflußrohr der Dachrinne, hob das Bein und strullte dagegen. Irgendwo jenseits der Kneipe winselte eine Kreissäge, bis sie wieder einen hartholzigen Körper durchfräste. Von viel weiter weg, aus den Wiesen unten, noch hinter den Kornfeldern und noch hinter Kolks Wald, von dorther übertrug die stillstehende Luft das an- und abschwellende Knattern eines Treckers, sobald die Säge wieder im Leerlauf wimmerte.

Der Hund kam schief herübergestreunt, auf den versparkten Milchbock zu, von dem herab unsere baren Füße zwischen den Grannen hoher Gräser und Ähren zufällig ausgesäter Roggenhalme baumelten, warf uns einen schwermütigen Blick zu und verschwand durch die offene Buchenhecke in Fitschens Hof.

Volli verfolgte den Trott des Köters in einer bestimmten parodistischen Pose, indem er das flaumige Kinn weit über die Schulter drehte und einen Oberlippenflügel hochzog. Er machte den verächtlichen Rockerblick. Wir kannten uns bis in die entferntesten Fasern und Follikeln, und ich sah Volli an, daß er wieder in Zungen reden würde. Eigentlich hätte die Rockergeste ein abfälliges »Nich' ganz dicht hier?« erfordert. Aber es kam anders.

»LANGHAARDACKEL!« schmetterte er dem Hund in Fitschens kehliger Stentorstimme hinterher. »KANNS' NICH' ›GUTEN TACH‹ SAGEN HIER?!« Anschließend kriegte er, nun folgerichtig, einen Fitschen-Anfall. Volli erstarrte – die Brauen in biblischem Schmerz gerunzelt, hinter der Nickelbrille zusammengekniffen die sonst hellblau opalisierenden Augen –; das Kinn haute in die schmale Brust, und in klagendem Singsang entblökten seiner Kehle drei Silben: »NAG, NAG, NAG!« Gleich darauf wurde sein Schädel von einem noch grausameren Spasmus erfaßt, der ihn in unterschiedlich dauernden Winkelzügen auf dem Hals tanzen ließ. Erneut schlug der Nag zu, diesmal – so weit das Maul auch sperrte – hinter mühsam zusammengezurrten Lippen gefaucht –, und endlich platzte ein unumstößliches »AUS!« laut aus ihm heraus. Und als wäre nichts gewesen, dröhnte er: »WAT ICK NOCH SEGGEN WULL ...« Mein aufgestautes Kichern entlud sich, und rosig vor Vergnügen nahm's Volli entgegen.

Wir hockten auf dem Milchbock und warteten auf Kolki. Und darauf, daß Hinni seine Kneipe öffnete.

Ich schaute zwischen meinen Ellbogenkehlen auf die Hüften hinunter und versuchte eine Haltung, in der sie schmaler wirkten. Ich dachte an Kolkis Schwester. Ich dachte an Karin Kolks geblümten Glocken-Minirock. Wie sie sich tief über den Wäschekorb bückt, während ich da oben in der Kastanie hocke ... Der weiße Schlüpfer unterhalb des braunen Saums wetzt sich an den prallen Laiben. Mein Herz paukt mir gegen die Trommelfelle.

Da bin ich noch ein Kind gewesen, elf Jahre alt, und in meinem 68er Tagebuch findet sich kein einziges

Wort über das unerhörte Bild, das sich in meine Netzhäute gebrannt hat für alle Zeiten ...

Ein Kitzel platzte in meiner Eichel wie eine Knospe. Ich blickte die Kante der Buchenhecke entlang, durch den Schatten überm Bahnhofsweg hindurch in Mutter Kolks wäscheleineüberspannten Garten vor der Scheune. Da vorn war das gewesen! Vor einem Menschenalter – oder gestern erst. Mein Blick blieb an der Blatternwand der Kolkschen Scheune haften. Einer unserer Kindheitshorte. Ich dachte an die Mutproben. Ich kauere im Dachgebälk und gaffe nach unten wie ein Affe. Vier Meter tiefer klopft sich Kolki den Heustaub von der Trevirahose. Wir haben uns auf dem Bahndamm kennengelernt, beim Wettbewerb, wer nach einem Lungendurchschuß am schönsten sterben kann. Kolki hat den Sprung hinter sich. Ich sehe seinen Nasenrücken und das ovale blonde Gefieder und die Schulterblattflügel. Er geht ein paar Schritte rückwärts, um den Blickwinkel stumpfer zu machen. Karin, das Luder, liegt mit ihren Pfirsichpfunden da unten in einem duftenden Fuder, wackelt mit dem bloßen Schenkel und spielt mit einem Feuerzeug. Sie langweilt sich, seit fünfzehn Jahren. Sie ist stolz auf ihren Bruder. Kolki blickt zu mir herauf. Ich sehe den Sproß seines Adamsapfels, das Gaumenzäpfchen, die Nasenlöcher. Seine Miene zeigt plötzlich nicht länger Befriedigung, sondern spiegelt meine Angst wider. Er ist einen Kopf größer als ich, aber von hier aus scheint er zusammengeschnurrt. Aus dieser Perspektive könnte ich ihn zwischen Daumen und Zeigefinger klemmen. Karin lächelt, läßt das Rädchen am Feuerstein auf dem kleinen Benzinflacon ratschen und den Schenkel hin- und herpendeln. Ich kauere im Dachgebälk und sehe meine Angst noch in Kolkis Gesicht, als ich sie schon nicht mehr habe.

»Muß Kolki heute eigentlich wieder mähen?« fragte ich.

»Einer muß die Arbeit ja machen. Arme Sau...« Wir schwitzten vor uns hin.

»Ob Kolkis Vadder das eigentlich egal ist, daß Karin abgehauen ist?«

»Dem ist doch alles egal.«

»Und seiner Mudder?«

»Weiß nicht.« Plötzlich verkrallte Vollis linke Hand, etwa in Ohrhöhe; die rechte hielt, überm Skrotum, ein unsichtbares Plektron, und die Akkorde machte Volli vermittels eines Schmollmunds und indem die Zunge den melodisch gebrummten Luftstrom an den Zähnen entsprechend rhythmisch unterbrach – dasselbe zischende Gurren, mit dem wir scheinbar gestern noch Bombersturzflüge und, auf unseren Fahrrädern mit den Wimpelstangen, die Beschleunigung von Sechszylindern simuliert hatten. Heute aber imitierte es einen barbarischen Riff von Led Zeppelin, und unsere Fahrräder waren mit Peace-Zeichen bemalt. Ich stimmte ein. »Wanna whole lotta love«, gurgelte ich und hämmerte mit unsichtbaren Schlagstöcken Bonzo Bonhams Donnerschläge auf die unsichtbaren Trommeln.

Volli sprang vom Milchbock, griff sich in den Schritt und wog seine Hoden. »Na, Sack?« grüßte er ihn mit schief gelegtem Kopf, im Tonfall des Dorfblödians. Eine schmissige Fortsetzung fiel ihm nicht ein, deshalb schlüpfte er in seine Clogs und spielte mit seinem Zwanzigmarkschein, und im Rückwärtsgehen sagte er: »Nehmen wir 'n paar mehr Fluppen mit? Für die Weiber?«

»Logo!« Ich versuchte ein anzügliches Grinsen.

Volli schlenderte mit wiegenden Rockerschritten – ich kicherte – über die Straße, spähte durch die geriffelte Türscheibe der Kneipe und rüttelte schließlich kurz an der Klinke.

Eine Wespe begann, fintenreich mit meiner Nase zu fechten. Auf einmal kam Bewegung in die Moleküle der Schwüle; die Kastanie fächelte mir, quer über die Kreuzung, tuschelnd den Spermaduft der geilen Stachelkapseln zu; nervös wischte ich ein halbes Schock Gewitterfliegen von meinem Unterarm. Die Kreissäge verlor nach einer Zäsur ihren Schwung und heulte wie ein Echo der Alarmsirene auf Heitmanns Dach, wenn sie samstagmittags um eine Minute nach zwölf ausläuft. Die Buchenhecke wisperte, und plötzlich kehrte Volli hastig zurück, die Daumen in die Taschen gehängt, während er scheel in die Richtung der Heckenecke in meinem Rücken schielte. Er schwang sich neben mich auf den Milchbock und raunte: »Bullenbeißer schon wieder. Wenn man vom Teufel spricht.« Er verdrehte die Augen.

›Bullenbeißer‹ war der Spitzname von Kolkis Vadder. Mein Venenblut verdickte sich. Ich schwenkte den Blick über die linke Schulter. Überm Rand der Hecke bewegte sich ein mistfarbener Mützenfleck vorwärts, Rauchwölkchen hinter sich lassend. In der unzersägten Ruhe wirkte das Treckergeräusch aus den Wiesen laut, obwohl es leiser war als das Surren der Wespe. Wir zögerten zu lang. Wir hockten auf dem Milchbock und vermieden, Blicke zu tauschen.

Gut zwei Meter unter der Mütze machten schlurfende Schritte voran. Ihre Abfolge wurde von Fehltritten gestört, die in quietschendes Stiefelstapfen mündeten, wobei Luft entwich. Wir vernahmen das Vibrato einer schwerblütigen Melodie, von Schnaufen und Schnauben systolisch zerhackt. Dann kam Bullenbeißer hinter der Buchenhecke hervorgestolpert – mit reichlich Effet –, fing sich mit einem Walzerschritt und balancierte anhand der Zigarette aus dem Schatten der Kastanie ins gleißende Licht der Kreuzung. Auf seiner Spur waberte ein feines Staubgespinst.

Er stemmte die bloßen Fäuste, die zu Ende der 50er Jahre einmal einen durchgedrehten Jungbullen in die Knie gezwungen haben sollen, gegen die Abnäher der Joppe. Zweimal mußte er die Fliehkraft seiner drei Zentner durch Stützschritte abfangen. Der abgewetzte Boden der Kordhose war so groß wie ein Autoreifen und das gebeugte Kreuz einen halben Klafter breit, und durch einen Riß in der Jacke erkannten wir eine Spanne bleicher Haut mit einem schütteren roten Haarbüschel. Kolkis Vadders Atemhub trieb seine Schultern auf und ab, während er den Nackenschweiß wegwischte und ins Flimmern des Horizonts hinunterstarrte.

»Komm, wir hau'n ab«, flüsterte Volli. »Der nervt mich.« Ich rührte mich nicht. Einmal hatte er uns an der Flucht gehindert und mit Tiraden gefoltert.

Kolkis Vadder wankte auf den Vorplatz zu. Wir sahen eine stoppelbärtige Doggenwange, die Nasenrübe, eine fette Ohrschnecke und die halb geöffnete Schnauze, deren Lippenwülste beim Schnauben aufbeulten, ohne daß die Zigarette davonflog. Durch die Wucht der Bauchwanne vorwärtsgezogen, erreichte er die Kneipentür. Er drückte die Klinke nieder und klopfte dann fast zaghaft gegen den Rahmen. Mit gesenktem Kopf horchte er und pochte schließlich etwas stärker.

Die Gewitterfliegen juckten mich. Volli vertrieb schulterzuckend einen Marienkäfer. Das Rattern des Treckers, unten in den Wiesen, schien den Zyklus geändert zu haben.

Kolkis Vadder strauchelte rückwärts, spie die Kippe beiseite und brüllte: »HINNIII!« Eine Amsel stob keifend aus der Kastanie. Kolkis Vadder verschnaufte einen Augenblick; dann rundete sich sein Rücken, die Arme verschwanden vor dem Rumpf und nach einer Viertel-Kniebeuge tappte er breitbeinig zum Abflußrohr hinüber und pinkelte, wie eben noch Fitschens Hund, gegen die Tülle, ein Klang, der dem Wirbel auf einer Snaretrommel ähnelte.

Kolkis Vadder drehte sich, am Hosenlatz knöpfend, um und stierte zu uns herüber. Mit dem gleichen Lidschlag stellten wir unser unterdrücktes Gekicher ein. Ich nickte Kolkis Vadder zu. »Tach!« hauchte es von meinem Gaumen. Er grinste. Wir atmeten durch. Er schlurfte zu uns herüber, und etliche Nasenlängen vor ihm erreichte uns die verdrängte Luft, ein Schwall Hopfen-, Schweiß- und Dunggeruchs. Er blieb einen Meter vorm Milchbock stehen und zog seine Hose ein Stück höher unter den Balg – ein Striemenmuster, vielleicht von niedergepreßten Strohhalmen, prangte darauf, vermutlich hatte er seinen Rausch mal wieder im Stroh ausgeschlafen –; als er die Pranken in die Seiten stemmte, sackte der Bund jedoch stracks aufs Schambein zurück. Bullenbeißer schwenkte den Blick den Stadtweg hinauf, wobei er ins Schleudern geriet und nur durch eine Stepeinlage wieder zum Stehen kam, summte ein paar melancholische Noten und ächzte: »Ou ou ou; nee, nee . . .« Dann drehte er den Kopp wieder zurück und fixierte uns mit feuchten Augen unter Reptillidern, deren langgeschwungene weiße Wimpern schuppenverkrustet waren. Schnaubend griff er in die Brusttasche seiner Joppe, fingerte ein zerknittertes Päckchen Overstolz heraus und hielt es uns zitternd hin. »Hier, schmökt mol ne Aktive.« Den Meter Abstand überbrückte er mühelos, so daß wir das Angebot mit tantenhaft abgewinkeltem Handgelenk wahrnehmen mußten. Wir murmelten einen Dank. Er steckte sich selbst eine an, japste beim Inhalieren, wobei die gekerbte Zunge gegen die Unterlippe stieß, und guckte nun zur Abwechslung am Kastanienbaum vorbei den Friedhofsweg hinunter, während ihm der Rauch aus den Nüstern quoll und die Lungenhärchen pfiffen.

Wir hockten auf dem Milchbock und mußten doch den Blick heben. Wir sahen seine rothaarigen, weit gespreizten Brüste, die auf dem Bauchansatz aufsaßen, und den sonnverbrannten Halsausschnitt, beobachteten, wie in der Kehle hinterm mammutknöchernen Schlüsselbein, neben der Halssehnenwurzel, der Puls wippte, doppelt so schnell wie der unsere, rochen seinen Dunst und rauchten verstohlen die sperrige Zigarette.

»Nee, nee, nee ...« röchelte er, sah uns erneut schnaubend an und hob seine Zigarette, die wie ein Zahnstocher wirkte, an den Mund. »Und? Markt jaue Mudder ok nix?« fragte er plötzlich. »Wegen de Daschendöger?« Seine hellen Brauen glätteten sich, und er griente hinterm Qualmstrauß, beinah jungenhaft.

Wir grinsten betreten und rauchten. Er starrte uns unverwandt an mit seinen bläulichen Augen und schnaufte, daß die Schaumflöckchen in den Mundwinkeln goren. »Hebbt ji öberhaupt all mol richdich nökt?« Seine Augen schimmerten. Unter dem speckigen Mützenschirm hatten sich drei Falten aufgeworfen, so daß die Porennetze schillerten. »Dat beste wat't gift«, sagte er und wandte seinen Blick wiederum zum Kastanienbaum, zur Scheune. Er stierte den Friedhofsweg hinunter; das Aschewürmchen auf seiner Zigarette krümmte sich. Die Schlagaderkapsel in der Schlüsselbeinbeuge pulste, deutlich wie ein Blinklicht. »Bums bis' väiertich«, ächzte er und starrte nach seiner Scheune hinüber. »Hier hebbt wi ok jümmer seten, op'n Melkbuck ... Und bums! – bis' väiertich ...« Kaum merklich nickte sein Schädel im Aortatakt. Der Falter umkreiste ihn flatterhaft und verschwand wieder hinter der Hecke. Bullenbeißer sah ihm versonnen nach.

»Wann mokt Hinni denn op?« sagte er.

»Um vier, glaub ich«, sagte ich und schaute auf meine Uhr.

Er wandte den Blick nun wieder dem Stadtweg zu, rauchte mit knisternden Bronchien und stöhnte: »Bums bis' väiertich . . .« Er stierte die Flucht des Stadtwegs hinunter, und wir hockten auf dem Milchbock, als sich dahinten, am Horizont der Feldmark, langsam ein Trecker aus dem Flimmerschmelz herausschälte und knatternd ins Dorf einfuhr.

Bullenbeißer drehte sich beinah erschrocken nach dem Geräusch um, starrte ein paar Sekunden lang, und dann sah er uns an, und ich meinte einen Anflug von Scham um seine Lippen wahrzunehmen, den ich bei einem Alten noch nie gesehen hatte. Ich ahnte sofort, daß es Kolki war, der von der Heuernte kam. Ohne ein weiteres Wort schlurfte Kolkis Vadder los, wieder diese Melodie nuschelnd, und jetzt erkannte ich sie: »Ween man nich, seggt he, ween man nich, seggt he, ween man nich, seggt Burlala-ha-ha . . .« Als Kind war ich immer unerklärlich traurig geworden, wenn Oma das Lied von Burlala sang.

Bullenbeißer spuckte den Zigarettenstummel beiseite und torkelte um die Ecke der Buchenhecke. Die Mütze hüpfte schneller als vorhin.

Aufgewühlt vor Ungeduld rauchten wir die Overstolz zu Ende. Als Bullenbeißer außer Hörweite war, äffte Volli seinen Stoßseufzer nach – »Bums bis' väiertich, bums bis' väiertich . . .« –, und ich kicherte und sagte: »Der hat seinen Rausch bestimmt wieder im Schweinestall ausgepennt. Oder in der Scheune . . .«

Ein paar Minuten später kam Kolki auf dem großen Fendt ins nun glasigere Licht der Kreuzung getuckert, allein, drei wuchernde Fuder Heu angedeichselt. Er brüllte uns zu, er käme gleich nach. Wir winkten. Er war so alt wie wir. Seine ausgebleichte Mähne, viel länger als unsere, wehte träg. Ihm wuchs bereits ein dünner rötlicher Schnauzbart unter der rübenhaften Nase, und darunter klebte – auch in der Öffentlichkeit – meist eine Zigarette, außer wenn er Heu fuhr. Er durfte sogar Korn trinken, selbst wenn Mutter Kolk dabei war.

Wir wechselten auf den Vorplatz vor Hinnis Kneipe hinüber. Ich tat so, als wollte ich wie Fitschens Hund und Kolkis Vadder gegens Abflußrohr pissen, spekulierte aber vergeblich auf beeindruckten Einspruch von Volli. Wir lasen den Text im Fensterchen des Feuermelders, trommelten auf dem Kaugummiautomaten und ahmten Kolkis grinsende Wortkargheit nach, sein verlegenes Schnauben und seine Rauchgesten. Ich ahmte nach, wie sich Vollis Interpretation von Fitschens Nagnag in Kolkis Gesichtszügen zu spiegeln pflegte.

Endlich drehte sich ein Schlüssel im Türschloß, und Hinni streckte sein gewitztes Gesicht durch den Spalt, das einen Stich Grämlichkeit erlitt, als er uns entdeckte. »Wat wullt ji denn all wedder . . .«

Bier, kriegten aber nur Cola, zogen Fluppen für uns und die Weiber und daddelten am Spielautomaten.

Kolki kam nicht. Auch Kolkis Vadder nicht.

Um sechs fuhren wir per Anhalter in die Stadt, zu Karin und ihrer Freundin. Um elf kehrten wir entjungfert zurück.

Ein warmer Wolkenbruch hatte uns auf dem stockdunklen Stadtweg bis auf die Haut durchnäßt, die noch brannte von den Berührungen der Frauen. Wir schnupperten an unseren Fingern. Unsere Augen waren fiebrig. Wir wuchsen im Regen. Wir gingen aufrecht. Wir sangen die Lieder von Led Zeppelin in die mit erdigem Duft, Wasser und Chlorophyll geschwängerte Nacht. Bei Hinni war noch Licht. Wir konnten jetzt nicht nach

Haus. Wir würden eine Ausrede finden. Wir waren gegen alles gefeit, für immer und überall.

Wir betraten die Gaststube, wünschten laut »Nahmt!« und setzten uns an den Resopaltisch neben der Musikbox. Wir glühten. Unsere Kleider dampften.

Hinni kauerte auf einem hohen Hocker hinterm Tresen. »Wo kummt ji denn her«, fistelte er. »WO KUMMT JI DENN HER«, dröhnte es wie ein Grottenecho, so daß der stählerne Lampenschirm überm Stammtisch, wo Fitschen hockte, in Tonschwingung versetzt wurde.

Fitschen! Zwischen knolligen Schultern steckte wie eh und je ein Walfischschädel, ein Viertel schwarz, drei Viertel blank. Die Glatze stürzte über eine schroffe Kuppe die Stirn hinab und wurde auf der Hälfte des Gesichts von einem brauenarmen Knochengesims aufgehalten; im Höhlenschatten lauerten Augen. Auf seinem Kinn hätte Fitschen Schemel mit Zirkusrobben jonglieren können – wenn der geheimnisvolle Nerventort nicht gewesen wäre. Der Nag. Was *Fitschen* zu Kriegsende gemacht hatte, wußten wir nicht. Der Bumskopp schlug mit einem Knacken auf die Schulter, während Fitschens Miene vollständig aus dem Gefüge geriet. Unter anderem schnellte der rechte Mundwinkel in Richtung Ohr und klemmte ein Auge ein. Dann hupte mit reichlich Atü ein »AUS!« heraus; aber es *war* noch nicht aus. Wie am Lasso wurde sein Schädel in den Nacken gerissen, so daß nur Hals, die vierschrötige Kehrseite des Kinns und zwei behaarte Rüssellöcher zu sehen waren; schließlich kippte Fitschen wieder vornüber, fauchte einen stimmlosen Nagnag in die halboffene Faust, schüttelte sich wie nach einem Niesanfall und muhte im Tubaton: »WAT ICK NOCH SEGG'N WULL ... WO KUMMT JI DENN HER!« Er schloß die Augen – ein Sinnbild geläuterten Zorns –, bis ihm wegen unserer bräsigen

Lustlosigkeit zu antworten wieder der Deubel mit dem Huf ins Genick trat und beim dritten »NAG!« ein glühendes Brikett in den Schlund schob. Heldenhaft kaute Fitschen, bei eisern verriegelten Lippen keuchend, und dann fuhr es unter enormem Druck und doch befreit aus ihm heraus: »AUSVORBEI-VOTZELECKEN!«

Und wir waren Zeugen! Selbst Hinni mußte bei dieser spektakulären Repertoireerweiterung grienen. Was für ein Tag! Erst Kolkis Vadder. Dann die Frauen. Und schließlich der Nagnag.

Wir waren blutjunge Zeugen. Fitschen bestellte unerwartet Bier und Korn für uns, und Hinni gehorchte sogar. Wir rauchten und tranken und ließen unsere Väter gute Männer sein. Wir trugen das Aroma der Frauen auf unserer Haut, und wir schmeckten Hopfen, gebranntes Korn, Tabakferment auf unseren Gaumen. Wir strichen uns über die gestreichelte Brust und leckten uns die geküßten Lippen, als unversehens Kolki die Gaststube betrat.

Sein Haar warf Stulpen auf die Schultern und hing ihm wie eine verletzte Schwinge in die Stirn. Ein zahnfleischbleckendes Grinsen entstellte sein fahles Gesicht. Die Schnauzschraffur Kammrost auf Papier. Er trug ein Unterhemd, an dem ein paar Heuhalme klebten, Jeans und an den Füßen Hausschuhe. In der Rechten hielt er eine Handsäge.

»Sü, Beatle-Bur«, fistelte Hinni. »Wo kümmst du denn her.«

»WO KÜMMST DU DENN NU NOCH HER, BEATLE-BUR«, kläffte es aus Fitschens Ecke. »DAT IS DOCH KEEN KINNERGORDEN HIER!«

»Votzelecken«, murmelte Volli, und wir gackerten unterdrückt. Kolki schlich an unseren Tisch, ohne sich nach den Erwachsenen umzusehen, legte den Fuchsschwanz darauf ab und sank auf die Kante des Stuhls. Er war bleich und fletschte die Zähne, aber ich war angetrunken und ein Mann. »Häs du öberhaupt all mol richdich nökt?!« herrschte ich ihn an. Volli kicherte. Kolki legte die zitternden Hände aufs Sägeblatt. Und dann, langsam, hob er den braunen Blick an die Decke, sehr langsam, und doch schneller und steiler, als sein Nacken es zulassen wollte. Das Grinsen wurde schlimmer.

»Was ist denn«, fragte ich leiser. Ich schaute auch an die Decke, konnte aber nichts entdecken.

Er riß den Blick von der Decke zurück und sah mir direkt in die Augen. Da befiel mich eine Heidenangst und ließ mich nie wieder richtig los. Kolki schob den Blick langsam an die Decke zurück und fletschte das weißmelierte Fleisch zwischen Bärtchen und Zähnen; wir sahen die hochgerissenen Lider, darunter die marmorierten Murmeln mit den braunen Augen darauf und darin die dicken schwarzen Punkte; sie rollten in winzigen, zuckenden Intervallen langsam von ganz links nach ganz rechts, von dort wieder langsam zurück, und wieder hin, als hinge ein mächtiges Uhrpendel an der Deke. Ich sah den Adamsapfel, sein Gaumenzäpfchen, die Nasenlöcher, wie damals, aus dem Dachgebälk der Scheune. Ein Reflex ließ Kolkis Hand bocken, aber die Finger sanken wieder aufs Sägeblatt, in dessen Zacken sich ein paar helle Hanffasern verfangen hatten. »Was willst du denn mit der Säge, Kolki«, sagte Volli, und mir entfuhr ein dämliches »Hähä«.

»KANNS' NICH' MOL ›NOHMT‹ SEGGEN HIER? WA?« wütete Fitschen mit krampfbedingter Verspätung. Dann trieb es seinen Kürbis wieder um, es zerrte ihn in alle Himmelsrichtungen, er kämpfte mit Gott, der ihm einen alten Fisch um die Ohren haute. »NEIN! AUS! AUS UND VORBEI!« betete er laut.

Kolki stand auf; der Stuhl fiel um und schepperte hölzern. Kolki stakste mit der Säge raus und ließ die Tür offenstehen. Ich stand auf und guckte Volli an. Vollis blaue Augen waren groß hinter den Brillengläsern.

»Wat het he denn«, fistelte Hinni.

»WAT HET DE DENN!« bölkte Fitschen. »DÖR TAU! BÜS' WOLL OP'N BOHNHOFF BORN, WA?!«

Ich ging zur Tür. Auch Volli erhob sich.

Dann hörten wir einen Hieb, das Klirren von Scherben, und dann fing die Alarmsirene an zu johlen.

»Wat is dat denn! Dunnerwetter noch mol!« Hinni gab der Thekenschwingtür einen Stoß. Volli und ich gingen raus. Hinni drängte sich an uns vorbei. Kolki stand im fahlen Licht des Kneipenschilds, neben dem Abflußrohr. Es roch, trotz des Regens, immer noch dünn nach dem Urin von Fitschens Hund und Kolkis Vadder. Kolki hielt den Fuchsschwanz am Sägeblatt. Auf dem Boden lagen scharfgezackte Glasschollen vom Fensterchen des Feuermelders.

»Wat is denn los!« brüllte Hinni gegen den höllischen Heulton an. »WAT IS DENN LOS HIER!« johlte Fitschen und drängte sich an Volli und mir vorbei. Im Schulhaus ging das Licht an.

Kolki wies mit der Säge nach der Scheune, deren blinde Seitenwände von einer Funzel schwach erhellt wurden. Da er sich zur Seite wandte, verstand ich nur »Tampen dörchsoogt«. Kolki stand da mit aufgerissenen Augen und gefletschten Zähnen und hielt die Säge auf die Scheune gerichtet.

Hinni blieb eine Sekunde vor Kolki stehen, drehte sich um und hastete mit violetten Lippen wieder ins Haus. Fitschen faßte Kolki am Arm und redete kehlig auf ihn ein. Die Sirene heulte durchs nächtliche Dorf.

»Sien Gurgel is meis' afreeten«, hörte ich Kolki rufen, »he is to schwoor . . .«

Fitschen, ganz ruhig, plapperte beruhigend auf Kolki ein. Volli und ich standen da. Ortsbrandmeister Duttheney und Dutschke, sein Sohn, eilten aus dem Dunkel des Stadtwegs herbei, zerrten im Laufschritt an ihren Koppeln und setzten sich die Helme auf, bei Duttheney und bei Friedrichs und bei Beecken gingen die Lichter an, und angesichts des Schreckens, der alles tränkte, was hier geschah, wurde ich plötzlich von diesem entsetzlichen Grinsen befallen. Ein so fürchterliches Grinsen faßte mich an, daß ich mich abwenden mußte. Mein Hirn wurde schlagartig walnußhart, und wer immer, vielleicht der Nagnag, tätowierte mir sein entseeltes Grinsen ins Gesicht. Ich verbarg es im Handkörbchen und blickte hintenrum zu Volli, der die Oberlippe weit über die untere stülpte, denn auch bei ihm flimmerte der Spuk unterm Jochbein.

Kolki stand da, die Zähne gebleckt, den Blick nach oben gehoben, und wir sahen die marmorierten Murmeln mit den Augen darauf und darin die dicken schwarzen Pupillen; sie rollten in winzigen Intervallen hin und her und ahmten das Pendeln seines Vaters unterm Dachgebälk der Scheune nach, und dann ließ Kolki die gekerbte Zunge heraushängen, als ob er sich an das Gesicht seines Vaters erinnerte, fiel auf die Knie und seitlich um.

Am nächsten Tag fragte ich meine Mutter, weshalb sich Bullenbeißer wohl aufgehängt habe.

»Er war schwermütig«, sagte sie. »Und ein Säufer.« Sie blickte mich an, erwähnte aber weder meine nächtliche Fahne noch meine Abwesenheit beim Abendbrot.

Ich holte Volli ab, und wir gingen ins Bahnhofshäuschen. Wir hockten im Bahnhofshäuschen und ritzten unsere Initialen und die der Frauen ins weiche Holz, neben den Satz aus rotem Wachs: FITSCHEN

IST EIN SPAßTICKER. Ich fragte Volli, ob er gewußt habe, daß Kolkis Vadder schwermütig gewesen war. Volli zuckte die Schultern.

Wir hockten im Bahnhofshäuschen.

»Am besten, wir fahrn in die Stadt«, sagte ich.

»Dat beste, wat't gift«, sagte Volli. Wir warteten auf den roten Schienenbus.

Und als Maria am Ende jenes Wurmfortsatzes hielt, der dem Kaff aus seinem westlichen Rand in die Feldmark hineingewachsen war, wollte sie nicht weiterfahren. Die flankierende bucklige Straße aus Verbundsteinen mündete in einen weitgespreizten Dreizack von Feldwegen.

Ich war heiser vom Reden und auf nüchterne Weise betrunken. Ich schwatzte ihr eine Wolldecke und eine Taschenlampe ab, gab ihr einschließlich Taxitarif fünfhundert Mark, nahm Tüten und Decke an mich und ging. Ich sah ihr nach, wie sie wendete und im Schimmer der aufgehenden Sonne ins Kaff zurückfuhr, und dann stapfte ich weiter, zwischen den blühenden Weizen- und Gerstefeldern und die Allee von Eichen und Birken hindurch, und schließlich schlug ich mich seitlich in die Bresche im Baumstreifen und machte mich, begleitet vom ausklingenden Frühkonzert der Amseln, Bachstelzen, Buchfinken und Kuckucke, auf den Weg durch die Schwingewiesen zu Kolks Wald, vorbei an einer Weide mit neugierigen Ochsen und einem Hain mächtiger alter Birken.

Im fahlen Nordwesten war das Morgenlicht noch zwischen den ätherischen Nebellaken verborgen, die überm Bett der Schwinge schwebten. Die beinlosen Schattenrisse einer Ricke mit zwei Kitzen schoben sich in die Richtung, aus der ich gekommen war. Ich stapfte schnaufend durch den milden Reif auf der Weide, bis der bugartige Keil des Gehölzdoms still und steil vor mir aufragte. Sein kühler, würziger Atem schlug mir entgegen. Ein Nachzügler aus dem Orchester der frühen Vögel fiepte noch, ansonsten gab es nur mein Schnaufen. Ein wenig mühsam erklomm ich die niedrige Böschung, stellte die Plastiktüten mit Bier und Zigaretten zwischen den Wurzelzehen einer Lärche ab und breitete die Wolldecke aus. Meinen schweißfeuchten Rücken an die rauhe Borke gelehnt, zog ich die schmerzenden Füße ans Gesäß, öffnete eine Dose Bier, steckte mir eine Zigarette an, hustete, heiser vom Reden, inhalierte tief, trank einen tiefen Schluck Bier und rief der Ricke und ihren Kitzen hinterher: »Gestatten, mein Name ist Cox!«

Und da ergriff mich das Daseinsfieber mit derartiger Gewalt, daß sich meine Wirbelsäule anfühlte wie der Stamm eines Bäumchens, der mit gezuckerten Rasierklingen geschält wird. Mein Bauchraum füllte sich bis zum Bersten mit süßem Brausen, und der Glast des Schmerzes war von solch blendender Schönheit, daß sich meine Augen in warmes Wasser auflösten vor lautlosem Lachen. »Ich hab's geschafft, Fredi!« rief ich den Kitzen hinterher, und dann fing ich an zu singen: »Ween man nich, seggt he, ween man nich, seggt he, ween man nich, seggt Burlala-ha-ha . . .«

Endlich da. Endlich – hier.*

---

* *Damit endet das Sommerjournal 1995. Die folgenden Seiten beinhalten lediglich akribische Aufstellungen über Kosten für einen Motorradhelm, für Hundefutter, für diverses Garten- und Waldarbeitergerät, für Holz, Draht und sonstige Materialien sowie für die Entlohnung einer Stader Handwerkerkolonne und eines Herrn Rudolf Duttheney, früher »Dutschke« genannt.* – B.M.

Epilog

Anderthalb Jahre sind vergangen seit meiner Zeit im Wald. Kommt mir vor wie anderthalb Leben. Macht ein halbes Rest. Geht ungefähr auf. Hoffentlich.

Inzwischen vermag ich an jene zehn Tage zurückzudenken, ohne von Migräne- oder Anfällen tiefbohrender körperlicher Unruhe erfaßt zu werden (den Schock, meinen wiederkehrenden Albtraum – Anita und Bärbel auf ein und denselben drei Quadratmetern – verwirklicht zu sehen, hatte ich nicht mehr verkraften können: Die Grenze zwischen den beiden Hälften meines Doppellebens verlief nicht mehr zwischen Nita und Bärbel wie die ewige Elbe, sondern zwischen ihnen und mir wie der Zaun). Die ersten Gespräche mit meinen Freunden jedoch – nach der sechsmonatigen Kontaktsperre, innerhalb derer ich, im Klinikum für Psychosomatik und Psychiatrie zu Bad Suden, nicht nur vom Alkohol und Nikotin, von meinen entrückten Zuständen und dem solipsistischen Stoff meines Hirnschamanismus entwöhnt wurde – es tut unglaublich weh, sich von liebgewonnenen Illusionen zu verabschieden –, sondern vorübergehend auch von Sexualität (hätte ich in dieser Zeit ein Journal geführt, wären die fünf eiförmigen Symbole jungfräulich weiß geblieben wie unbeflecktes Papier . . .) –; jene ersten Gespräche danach mit Satsche und Anita, mit Kai, Heiner und Iggy, mit Heidrun und, ja, auch Conny, mit Leo und Kolki (sogar Volli kam einmal; André wird mich hier, in Griechenland, im Sommer besuchen – zusammen mit Conny, die nun auch in El Salvador lebt!) waren, trotz aller psychotherapeutischen Vorbereitung, sehr schwer. Es war sehr schwer, sich anhören zu müssen, daß man nach jenem regressiven Intermezzo, bis auf die Haut durchnäßt, im Taschenlampenlicht aus dem Wald heraus durch die vom Gewitter völlig versumpften Wiesen zu der Schneise im Baumstreifen geführt worden war wie ein verwirrter Greis, wo nur noch Satsches Audi und Leos Volvo standen (Bärbel, die mich so hartnäckig verfolgt hatte, weil sie Geld von mir wollte, war bereits aus dem Wald verschwunden, bevor das Gewitter endgültig vorbei war, und mein Ford parkte vor Hinnis Kneipe, wo Heiner und Heidrun warteten sowie André, dem der zufällig anwesende Dutschke Duttheney bereits einiges erzählt hatte, als schließlich auch die andern vom Krankenhaus zurückkehrten, wo sie mich eingeliefert hatten). Schwer, sich anhören zu müssen, daß zu meiner Einlieferung teilweise gar Gewalt angewendet werden mußte. Ich hatte übrigens im Zimmer neben Nita gelegen – so groß ist die Abteilung für solche Fälle im Stader Krankenhaus nicht . . .

Inzwischen jedoch vermag ich mit Ruhe daran zurückzudenken. Ebenso an jene zehn Tage im Wald. Ich erinnere mich nicht mehr an einzelne Tagesabläufe, nicht mehr an einzelne Unternehmungen (die Flottille der Borkenschiffchen soll ich, laut Dutschke, selbst geschnitzt haben) oder Anordnungen Dutschke gegenüber (laut Satsche behauptete er, ich hätte von ihm verlangt, eigens drei Igel zu überfahren, sollte sein Sohn keine bereits platten Exemplare auf der Straße finden). Woran ich mich erinnere, sind ein zeitloser Strom von angenehmer Verwahrlosung und Verantwortungslosigkeit einerseits (ich hatte nicht ein einziges Mal Migräne, und mehrfach am Tag brauste dieses wunderbare Daseinsfieber in meinem Bauch) und andererseits Momente, besondere oder wiederkehrende. Wie ich am späten Vormittag des 1. Juni am Waldrand erwachte, eingerollt in Marias Decke. Wie ich ins Dorf ging und Margitta Duttheney, geborene Beecken, besuchte, Kolkis und Manus Nachbarin, die während deren Urlaub Joe und Janus versorgte. Wie ich Dutschke, der seit Jahren arbeitslos war, zu einem großkotzigen Stundenlohn anheuerte, als er aus Hinnis Kneipe heimkehrte.

Ich behauptete, Kolks Wald gekauft zu haben (was ich erst kürzlich nachgeholt habe – Kolki hatte nichts dagegen), und weihte ihn in mein Vorhaben ein, mir ein kleines Xanadu zu schaffen. Er war sofort Feuer und Flamme. Er vermittelte mir eine Handwerkerkolonne, die den Zaun um den Wald zog, die Höhle ausbaute (ausgeschachtet hatte ich sie selbst) und die Hundehütte aufstellte; er besorgte mir Helm, Spaten, Hammer, Säge, Bier und Wurst und Spirituosen und Steigeisen, Gummistiefel, Schlafsack, Badehosen, Schubkarre und Taschenmesser und Taschenlampe und was weiß ich; er gab die gelben Schilder in Auftrag und verschaffte mir Bücher und Schreibzeug und alles an Material, das ich für meine bildnerische Arbeit benötigte. Mit Willem Beeckens altem Deutz und Gummiwagen schaffte er es heran. Von Stade-Süd aus, über die Feldwege am Truppenübungsplatz und an der historischen Schwedenschanze vorbei schaffte er alles über die nordwestliche Zufahrt heran. Das Wetter hielt an.

Ich erinnere mich, wie uns der Schweiß in juckenden Schlieren in die Hosen und Gummistiefel lief. Wie wir, mit je einer Dose Bier aus dem kühlen Vorratsloch, abends am Waldrand saßen, rauchten und nebeneinander her in die Wiesen schauten, denen Nebel entstieg, während Janus hechelte. Wenn Dutschke mich doch einmal etwas anderes fragte als nach praktischen Dingen, blieb ich einsilbig, und irgendwann fragte er nicht mehr. Wir schwiegen und schauten in die Wiesen, oder wir erinnerten uns an früher. Allerdings konnte er sich nicht entsinnen, seine Kusine je »voll nackt gesehn« zu haben.

Ich tat nur, wozu ich Lust hatte. Wenn ich Lust hatte, den Findling unter der Zwillingskastanie zu säubern und auch das kleinste bißchen Dreck noch aus den Poren herauszuwaschen, dann tat ich das. Wenn ich müde war, legte ich mich ins Gras und schlief beim »Füit, füit« des Zaunkönigs ein. Wenn ich Lust zu sägen hatte, zersägte ich etwas und überlegte erst dann, was ich damit anfangen könnte. Hatte ich Lust zu schreiben, schrieb ich. Wenn nicht, ließ ich's. Morgens, mittags und abends durchquerte ich mein Reich, lief über den Weg der friedlichen Nadelböschung bis zur Lichtung der Gestirnsvisionen, entriegelte das Ostportal und goß Bier über die Wurzel der Zwillingskastanie, wie es unsere Ururahnen zu Ehren der Bäume zu tun pflegten, und sang einen Song von Stevie Wonder: »Tree – you are the longest living one we know, the largest of all plants and still you grow. Tree – within your branches there's such history, so much of what we're searchin' for to know . . .« Sogar das »K« war noch zu erkennen.

Ich sog die Ruhe der Bäume tief in mich hinein, und wenn mich – selten genug – das ungute Gefühl einer unsichtbaren, parallelen Eskalation befiel, eine Empfindung, die das Glück der Versenkung störte, dieses ehrfürchtige Staunen darüber störte, daß Stunden um Stunden einfach verflogen sind im Glück der Entrükkung von der Zeit, einer Entrückung, wie sie nach Liebesnächten frisch Verliebter eintritt, manchmal auch während meiner Schreibschübe eingetreten war – wie damals, als Kind, beim Spiel –; wenn eine bedrohliche Ahnung von einer schwärenden Einflußsphäre außerhalb meiner Kontrolle diese Empfindungen zu stören begann, untermischt von der allzu bekannten Unschlüssigkeit und Unsicherheit, ob ich nach Ewigkeit strebte oder doch nach Erfüllung der Sehnsucht, endlich einmal etwas zu Ende zu bringen, schnappte ich mir eine Flasche Brandy, stapfte aus dem Wald in die Wiesen, hinunter ins Urstromtal bis ans Ufer der Schwinge, setzte mich unter der offenen roten Abendsonne in einer verschilften Kehre hinterm Röhricht nieder und beobachtete den halbstündigen Weg eines knorrigen Asts über die gesamte Kurve des Flüßchens, tat nichts anderes, als zu beobachten, wie er immer näher ins Blickfeld rückte, immer näher herantrieb, in perfekter Anpassung an die Elemente, nicht schneller, nicht langsamer, sondern hingegeben an das, was ihn beförderte, wie er herantrieb, vorbeitrieb und aus dem Blickfeld wieder verschwand – eine halbe Stunde lang. Und auf dem Rückweg in den Wald stapfte ich zwischen den frischen Maulwurfshügeln hindurch über die Wiesen, lauschte den gurgelnden Geräuschen unter meinen Gummistiefeln, fand hier die Knochenspeiche irgendeines Tieres und dort einen kleinen Friedhof kalkfarbener Schneckenhäuschen, entdeckte dort die Feder einer Türkentaube und dort hinten die hüpfenden weißen Spiegel hochflüchtigen Rehwilds. Einmal, als sich eine der herumfliegenden Samendaunen an meine verschwitzte Stirn schmiegte wie von ungefähr, stellte ich mir vor, sie habe mich befruchtet, und am nächsten Morgen treibe ein kleiner Zweig aus meinem Kopf, eine klebrige Knospe zunächst, eine Schote frischen Grüns umhüllend.

Höhle und Zaun erforderten knapp anderthalb Tage Arbeit. Am Tag nach Pfingsten muß es gewesen sein, als die Kolonne angerückt war, ich weiß nicht, zwanzig Mann hoch vielleicht. Einen davon jedenfalls feuerte ich achtkantig, als ich mitbekam, wie er mir hinterrücks einen Vogel zeigte. Endlich feuerte ich auch mal jemand.

Ich schnitzte und sägte, ich grub und schaufelte, ich

hämmerte und harkte, und ich verließ den Wald nur noch ein weiteres Mal, um von hinten nach Stade hineinzuwandern und 10000 Mark in bar von der Nispa zu holen, damit ich Dutschke und seine Männer bezahlen konnte. Hatte ich bisher im Schlafsack auf der Isomatte übernachtet – im Wald, unter der Kastanie oder am Rand zwischen Wald und Wiese (einmal sogar direkt an der Schwinge, unter freiem Himmel) –, so schlief ich nun in der Höhle. So gut wie dort unten in der Erde hatte ich monatelang nicht mehr geschlafen – wenn nicht jahrelang.

Ich hatte meine Lieblingsplätze und -bäume, und ich hatte mich längst an die Selbstgespräche des Waldes gewöhnt, an nächtliches Rascheln, Knistern und Fiepen, ein Wispern hier, ein Flüstern dort, und an plötzliche Punktberührungen (Käfer oder ähnliches) oder schleichendes Kitzeln im Nacken (Raupen oder ähnliches) – und umgekehrt die Fauna sich offenbar an mich, jedenfalls nachdem der dauernde Arbeitslärm abgeklungen war. Ich hockte einfach da und beobachtete, wie ein Fuchs durch den Wald schlich – verhoffte – mich anstarrte – und weiterschlich. Ich lauschte dem ö-ü-haltigen Krähen eines Fasans und dem Gekicher eines Fohlens, den einsilbigen Hexametern der Grillen und dem holzigen Geschrei der Krähen. Bis ich dann eines Tages den alten Hüü vernahm, jene kreative Variation des norddeutschen Abschiedsgrußes aus unserer Jugendzeit.

Im Klinikum für Psychosomatik und Psychiatrie zu Bad Suden habe ich mich von meiner Jugend endgültig verabschiedet, aber auch von dem Wahn, übergangslos in die Vergreisung tappen zu müssen. Ich bin erst vierzig. Nichtsdestoweniger allerdings nun staatlich anerkannter Frührentner, und die Bearbeitung dieses Schmökers hier habe ich ab Anfang Oktober 1996 in einem leerstehenden Haus Dimitris vorgenommen, eines alten Freundes meines alten Freundes Kolki. Ich bleibe so lange hier, bis auch der Rest meines Geldes verpulvert ist. Ich vermisse Hamburg nicht – ebenso wenig wie den Wald –, nur Satsche und alle sehr.

Bei ihrem ersten Besuch in Bad Suden eröffnete Anita mir, sie habe die Scheidung eingereicht. Sie war die einzige gewesen, zu der ich einmal im Monat Kontakt aufnehmen durfte, und wir hatten dann jeweils lange telefoniert wie umeinander besorgte Freunde. Und als sie mir bei unserer ersten Begegnung seit einem halben Jahr ihre Scheidungsentscheidung mitteilte, war ich darauf vorbereitet, obwohl wir in den sechs Telefonaten zuvor nie ein direktes Wort darüber verloren hatten. Es war nicht leicht, und doch war es eine Erleichterung. Während der weiteren Besuche sprachen wir über alles mögliche, wie Freunde, wenngleich es ebenso wenig leicht war zu hören, daß Anita – seinerzeit in den USA – tatsächlich eine Reiseaffäre mit einem verdammten Amerikaner gehabt hatte, von Los Angeles bis St. Louis. Es hätte nicht sehr viel mehr geschmerzt, wenn sie mir ein Messer in den Magen gerammt hätte.

Nun, Conny war ihrem Freund treu geblieben – und was hatte sie davon gehabt? Da Nita sie seinerzeit zu der Reise überredet hatte, konnte Conny die späte Rache des Schicksals genießen, als ich verschwand, und Anita letztlich ihr unreines Gewissen sühnen – wie ich. Im rechten Licht betrachtet (Licht vielleicht, das von einem längst erloschenen Stern stammt), kann man eigentlich wenig falsch machen.

Mein Arbeitszimmer in ihrer Wohnung wie auch mein Kabuff in Winterhude löste sie auf, mit Hilfe von Satsche und Kai, Heiner und Kolki. Die Sachen sind auf Gartenhäuschen und Schuppen, Böden und Keller meiner Schwestern verteilt. Die vier schönen erotischen Gemälde von Leo, die er mir seinerzeit zur Bekräftigung unserer Freundschaft schenkte, hab ich hierher mit nach Kouphala genommen. Auch Leo hat mir verziehen – verziehen, daß ich einst so viel Wind um sein Stillschweigen bezüglich der LEX-SEXUS-Erträge gemacht hatte. Jedesmal, wenn eine Abrechnung kam, hatte ich ihn angerufen und ihm das Versprechen erneut abgetrotzt. Jedesmal hatte er mich beschworen, Anita endlich einzuweihen, und jedesmal hatte ich es versprochen. Doch ich schämte mich, und Scham ist kein angenehmes Gefühl. Dabei fand Nita das Buch letztlich »gar nicht so schlimm«, so schlimm wie sie befürchtet, wenn sie davon gehört oder darüber gelesen hatte, bevor sie erfuhr, wer der Autor war – ein »bißchen peinlich« aber schon: »Ein bißchen. So wie . . . wie Intimschmuck aus hochkarätigen Juwelen. Huuu.«

Anita nannte mich nicht mehr bei meinem Spitznamen. Ich möchte ihn auch nicht länger tragen. 1983 muß es gewesen sein – nach einer meiner idiotischen Tiraden über irgendeine Idiotie –, daß sie ihn mir verpaßt hatte. Ein sehr treffender Spitzname, denn kurz zuvor hatte ich ihr von meinen drei Lieblingsdingen aus der Kindheit erzählt: dem »Großen Igelbuch« (mit Konrad, Polly und Martin: »Endlich ist die Schule aus,/wir sind brav gewesen,/fleißig haben wir gelernt/rechnen, schreiben, lesen«); dem roten Märklin-Schienenbus und meinem »Steiff«-Tier Mufti, einem Maultier oder Esel. Ich besaß auch ein Dromedar, und ich habe meine Mutter kürzlich gefragt, ob es sich nicht um eine Namensverwechslung gehandelt haben könne, doch sie weiß es nicht mehr – ebenso wenig wie ich.

Nicht nur meine Bärbelphasen hat mir Anita in jenen Gesprächen in Bad Suden vergeben, sondern auch die Tatsache, daß ich einst jenes Foto von ihr, das an der Pinnwand im Kabuff hing, zum Konterfei Caro Kowskas für den Klappentext von LEX SEXUS bestimmte (freilich mit Augenbalken). Ich hatte mir damals weitblickend überlegt, daß wir, für den Fall, daß die Steuerfahnder eines Tages doch noch vor der Tür stünden, somit beide bestens aus dem Schneider wären. Sie als selbständige Kauffrau konnte ja machen, was sie wollte, ich jedoch weder als Angestellter Irmgard Schröders noch als Arbeitsloser. Wenngleich Nita meine Erklärung wenig überzeugend fand, haben wir den Zaster letztlich doch exakt auf diese Art gewaschen . . . Nun ja.

Bei ihrem ersten Besuch in Bad Suden brachte mir Anita außerdem einen Brief Bärbels mit, datierend noch aus dem Juni 1995, in welchem sie 100000 Mark von mir verlangte. Sie habe sich erkundigt, und ihr stehe bezüglich der erotischen Erzählungen, die ich unter dem Pseudonym Caro Kowska veröffentlicht, ein »Informatikerhonorar« zu, weil sie einige »Ideen« dazu geliefert habe. Sie meinte damit, daß ich Szenerien, Motive und Handlungspartikel aus unserer gemeinsamen Sexualvergangenheit literarisch verarbeitet hatte (Handschellen/Alsterparkbank; Flugzeug/Vibratordemonstration/pubertierender Knabe; Cunnilingus einer Dame, die wie bei einem abgebrochenen Felgaufschwung am Ast eines Baumes hängt; der Freiluftkoitus im Park unter Beobachtung eines Radfahrers und einer alten Dame mit Hut und Stock etc.). Trotz ihres absurden Ansinnens – vielleicht bloß wegen meiner Verblüffung, daß eine Bärbel Befeld Kenntnis von einem richtigen Buch besaß – zog ich sicherheitshalber meinerseits Erkundigungen ein. Mein Rechtsberater lachte herzlich.

Kontoauszüge, Verlagsabrechnungen, -korrespondenz etc. hatte ich immer sofort nach Erhalt vernichtet, und zudem ist die Edition Erotikon längst liquidiert. Lucas war zwar sauer, als ich ihn eindringlich bat, die restlichen Hardcover-Exemplare sofort zu verramschen und jede weitere Taschenbuchauflage zu untersagen, aber das war er schon gewesen, als ich kein zweites Kowska-Buch mehr schreiben wollte. Doc Brokstedt ist schon lang in den Ruhrpott zurückgekehrt.

Ich habe Anita geliebt. Aber ich habe auch Bärbel geliebt. Ich denke oft an sie. Wie oft sehe ich sie in diesem roten Kleid vor mir, das sie über ihren melancholischen Hintern streift; wie oft höre ich sie schreien auf der Köhlbrand-Brücke, unterm klammen Mond, unter Sternen wie gleißenden Salzkörnern; wie oft rieche ich den Sojaduft ihrer Schnute unterm gesträubten Flor ihrer Scham – und wie oft lösche ich den Phantomfond auf den Papillen mit meinem eigenen Speichel ab, worauf das Aroma sich erst recht entfaltet –; und wie oft krümmen sich meine Finger bei der geringsten Regung ihres Greifgedächtnisses, reckt sich mein schmächtiger Freier dabei noch einmal zum straffen Bräutigam auf im Gedenken an die vielen Momente, da sie ihn körte ...

Hähä ... Und oft muß ich daran denken, wie ich ihr, nachdem ich sie von der Polizei nach Haus gebracht und bevor ich die Szene mit dem Hündchen auf der B 73 beobachtet hatte, meine Liebe gestand, meine Eifersucht. Sie sei mir immer treu gewesen, sagte sie. Ich lachte. Sie wurde wütend: Immer! Seit sie mich kenne! – Und in den Zwischenphasen? Als wir nicht zusammen gewesen waren? Sie wolle mir doch nicht erzählen ... – Sie beharrte darauf. »Und Alex?« höhnte ich. »Und Walter? Und Veit? Und Horni? Und John Borg? Und dieser tätowierte Kerl mit den Ohrringen?«

»Was denn für ’n tätowierter Kerl mit Ohrringen?« Sie starrte mich an.

Und dann begann sie, mir von Fredi zu erzählen; es war einer jener Momente, die einem im stumpfen Alltäglichkeitsempfinden oft so grotesk erscheinen, so dämonisch entrückt, daß man manchmal zweifelt, daß sie je stattgefunden haben. Es ging ihr nicht gut, und ich hatte ihr »Das singende, springende Löweneckerchen« vorgelesen, und plötzlich begann sie mit dem Satz, »damals, als Fredi sich umgebracht hat«, zu erzählen, sie habe in der Zeit danach bis zu zehnmal am Tag masturbiert. »Ich war so . . . alleine«, sagte sie.

Traurig, meinte sie. Sie kannte die Namen ihrer Gefühle nicht. War sie traurig, sagte sie »Ich bin so alleine«; war sie depressiv, sagte sie »Ich bin so genervt«; war sie ängstlich, sagte sie, »mir ist so schwummerig« – und war sie zufrieden mit irgendwas, sagte sie »Ich bin so dlücklich«, war sie aber glücklich, dann lachte sie.

Und dann stand sie plötzlich von ihrem Bett auf, nahm mir das Märchenbuch aus der Hand, wühlte in einem Schubfach und gab mir Fredis Abschiedsbrief, das einzige Schriftstück, das sie je im Leben aufgehoben hat.

Du bist das Leuchtendste,

begann der letzte Absatz, daran erinnere ich mich genau, und weiter ungefähr wie folgt:

was mir jemals in meinem beschißenen Leben paßiert ist. Aber ich bin zu alt und Du bist zu jung, und deshalb wünsche ich Dir alles Gute. Du bist das Einzige was ich jemals in meinem Leben geliebt habe und deshalb vermache ich Dir alles was ich besitze. Im Handschuhfach sind noch Trauben Nuß, daß Du immer so gerne mochtes. Auf wiedersehen Bärbel, mein Engel. Verzeihe mir ich kann nicht mehr. Gott schütze Dich. Dein Fredi.

Sie stand mit Marion, so hatte mir Marion im Wasserbett erzählt, an Fredis Grab und heulte sich die Seele aus dem Leibe. Sie heulte drei Tage lang, nachdem sie schon tagelang nach Fredis Tod geheult hatte. Sie konnte überhaupt nicht aufhören, regenfeuchte Erde auf den Eichensarg zu schippen, als wollte sie die Arbeit des Totengräbers übernehmen, so daß ihr Marion die Handschaufel wegnehmen und die Rose in die Hand drücken mußte, damit sie sie ihm nachwerfen konnte. Fredi hatte seine Blumen *geliebt.*

Seine Frau hatte sie verkauft. 1953 hatte ihr Fredi eine Rose geschenkt und um ihre Hand angehalten, und 1957, als ich geboren wurde, als Bärbel noch nicht einmal als feuchter Traum eines regelmäßig durchgeprügelten Backfischs existierte, saß Margarethe Born – an der unsichtbaren Leine ihrer Mutter, deren schmale Lippen noch am Grab ihrer Tochter *Führer, fick mich; fick mich, Führer* zu wispern schienen –; 1957 saß Margarethe Eva Born am schwarzen, unsichtbaren Band ihrer Mutter mit einer Totgeburt im hysterischen Bauch in Fredis Büro und kreischte: »Manfred, wir müssen zur Kirche!« Und Fredi ging mit seiner Frau in die Kirche und faltete seine überproportional großen Hände und betete, während die Frau an seiner Seite auf seine schwarzen Fingernägel und lilienweißen Halbmonde starrte, auf die dornzerstochene, zerkratzte Haut in der Farbe von dänischen Würstchen, und das *Fickmichführer* ihrer Mutter, tief in die Gebärmutter geprägt, pulsierte. »Glühet tief in deiner Brust/irdischer Hoffnung süße Lust«, betete Fredi, »achte fein, wo Jesus geht/werde stille im Gebet!« Und während Fredi ackerte und rechte und schnitt und jätete – und säte, was er liebte und was Margarethe später verkaufte –, war er »traurig und allein/drückt ihn bittre Seelenpein«, doch sein »Erbarmer ihn versteht«, und so sucht er »Tröstung im Gebet«, nachdem er samstagsabends seinen giftigen Samen in den Unterleib der *Fickmichführer*muttertochter gepflanzt, welcher reglos auf einer lakenbezogenen Gummimatte lag. »Was dein Herze auch bewegt,/ob sich Schmerz, ob Wonne regt:/flieh zu Jesu früh und spät,/mach aus allem ein Gebet!« Und pflanzte und zog und erntete, jahrzehntelang, während sein Konto bei der Süderelbischen Sparkasse wuchs und wucherte, und betete und jätete, während Margarethe Born geb. *Fickmichführer* auf seine schmutzigen Fingernägel starrte und vor Scham für ihren Mann betete, Scham für ihren angetrauten Mann, der am 1. Februar 1984 von einem einzigen Anblick getötet und durch einen zweiten wiedergeboren wurde: beim Anblick eines fünfzehnjährigen Wildfangs mit dem Leib eines reifen Weibs, morgens um acht an der Seite Marion Befelds, die in ihrer Handtasche das Abschlußzeugnis ihrer Tochter trug.

Montag-, mittwoch- und freitagvormittags, wenn Fredi mit Bärbel vom Hamburger Großmarkt zurückkehrte und Schnittblumen, blühende Topfpflanzen, Trauerkranz- und Sargschmuckunterlagen, Draht, Schleifen und Bänder mitbrachte, leckte Margarethe Born den Arsch ihrer *Fickmichführer*mutter, während sie argwöhnte, daß es ihr Mann bei dem des frechen Lehrlings in den Flittchenfähnchen buchstäblich tat. »Droht des Feindes Macht und List:/flieh zu dem, der Sieger ist;/und von seiner Majestät/ziehe Kraft an im Gebet!« Fredi betete. Inständig. Daß die *Führerfickmich*mutter noch lange lebte – wenigstens so lang Bärbels Lehre währte –, und er war freundlich und zeigte ihr alles, was eine Floristin brauchte. Auch Bärbel liebte Blumen – nur gediehen sie ihr nicht. Fredi war's egal. Nachdem sie eines Montagvormittags nach dem Stullenfrühstück stillgehalten, als er sie zärtlich und ein bißchen zitternd mit seinen großen Händen gestreichelt hatte, ihre Schulter, ihren Rücken, und dann – ihren Hintern, ihren weichen, festen Hintern unter dem Blümchenstoff –; nachdem sie stillgehalten hatte – auch noch, als er sie *unter* dem Blümchenstoff streichelte, nun stärker bebend, und auch noch, nachdem er, mit bloßem grauen Hintern auf dem straffen gelben Plastik eines 50-Liter-Gebindes Erde hockend, das ihn voll bitterer Lust an Margarethes Gummimatte erinnerte, Bärbels Austernpilz befingert und sich auf den sauber gefegten Betonboden unter der Hausapotheke ergossen hatte –, da machte er ihr einen Heiratsantrag. Sie lehnte ab. Er wollte mit ihr schlafen. Sie lehnte ab. Er flehte sie an, ihn niemals zu verraten. Sie versprach's. Er gab ihr fünfzig Mark, »nur so«, und sie nahm an. Sie mochte ihn. Sie mochte es, wenn er sie und sich selbst mit seinen großen Händen streichelte. Er war zärtlicher als Thorsten, der Neugrabener Gangleader, der sie in einer Spielplatzhütte entjungfert hatte und noch hin und wieder besuchte, sicherer als Marco, der ihr nach der Schule in die Rübker Wiesen gefolgt war und jedes Mal »Scheiße« geflucht, wenn er wieder versagt hatte, und großzügiger als all die älteren Diskoidioten, die den dicken Max markierten, aber zu geizig waren, die Currywurst zu bezahlen. Sie mochte Fredi, und sie nahm seine Geldgeschenke, weil sie gern Geschenke nahm von Leuten, die sie mochte. Sie mochte seine rauhe Haut auf ihrer zarten; sie mochte es, wenn sie ihn erregte. Sie freute sich auf Montag, Mittwoch und Freitag und überließ Fredi die Annäherung, und sie freute sich auch noch drauf, nachdem sie ihren ersten festen Freund verführt hatte. Sie liebte Fredi, sie liebte es, mit ihm zusammen sechzig, siebzig Stunden die Woche zu arbeiten in der Adventszeit, vor Totensonntag, vorm Muttertag; sie trug die schweren Bodenvasen gern; sie fror bei 5 bis 8 Grad im Winter, sie hatte ständig kalte Hände vom

Wasser und putzte die Toiletten und die Quadratmeter um Quadratmeter der Gewächshauswände ...; sie liebte es, mit Fredi zu arbeiten, sie fand ihn stark und geduldig, und die trauten Momente, wenn sie nach einem 15-Stunden-Tag mit ihm zusammen einen Sekt trank vor der Hausapotheke, waren ihr die zunehmende Entwicklung von Allergien gegen Astern, Chrysanthemen, Nelken, Nadelgehölze wert. Und nachdem sie die Lehre abgeschlossen hatte, nach der Freisprechung in der Hamburger Börse Ende Januar 1987; als sie schon in der *Hexenkate* jobbte, weil Margarethe Born ihrem Mann mit den dreckigen Fingern bei Strafe des Selbstmords verboten hatte, Bärbel weiterzubeschäftigen -- auch dann noch kam sie Fredi regelmäßig besuchen, ließ ihn »so'n bißchen ran«, nahm ihr Geschenk und borgte sich den Benz, den Fredi – seiner Frau gegenüber schweigend und duldend, mit unnachgiebigem Starrsinn – immer wieder entlieh. Bärbel war sein Leben. Bärbel war sein Tod. Und Bärbel war sein Leben nach dem Tod.

Er setzte sie als Alleinerbin ein. Nur die *Fickmichführer*mutter würde ihren gesetzlichen Anteil am Born-Imperium, das Fredi mit seiner hornigen Hände Arbeit aufgebaut hatte, erhalten – andere Verwandte existierten nicht. Margarethe war Einzelkind, ihr Vater in Stalingrad »geblieben«; Fredis Bruder war auf dem Schwarzmarkt erschlagen, sein Vater von serbischen Partisanen erschossen worden und seine Mutter an Diphterie verreckt. Die *Führerfickmich*mutter focht sein Testament per Verdacht auf Unzurechnungsfähigkeit an; zwei Monate später traf sie der Schlag, und Bärbel holte ihren Erbschein vom Amtsgericht ...

Seit jener letzten Nacht im Wald habe ich sie nicht mehr gesehn. Meiner Zeugenschaft bei ihrer Anklage, die auf Hausfriedensbruch, Nötigung, »Pfandkehr« – was immer das ist – und Widerstand gegen Vollstrekkungsbeamte in Tateinheit mit Körperverletzung lautete, konnte ich mich durch ein Attest entziehen. Vielleicht bekam sie mildernde Umstände zugebilligt – immerhin soll sie solide 2,04 Promille im Blut gehabt haben. Vielleicht ist sie mit einem Jahr Freiheitsentzug auf Bewährung nebst erheblicher Geldstrafe davongekommen.

Ich weiß nicht, was sie treibt. Ich will's auch gar nicht wissen. Wir haben uns bei Gewitter kennengelernt, wir haben uns bei Gewitter voneinander verabschiedet. Runde Sache. *Unio Mystica.*

Aber noch sind ja auch nicht einmal zwei Jahre vergangen seit jener letzten Nacht im Wald. Das hat nichts zu bedeuten. Vielleicht taucht sie ja demnächst in dieser Gegend auf, hier in den Bergen um Kouphala, in Loutsa am Strand oder in Spyros' Taverne am Acheron (nach »schwarz« kommt nur noch das Nichts, oder?). Wundern würde es mich nicht.

Nur einen anderen Detektiv müßte sie sich suchen. Rudi der Arsch ist tot. Vor etwa zweieinhalb Monaten, im vergangenen November des Jahres 1996, morgens um halb neun, ist er volltrunken im Treppeneingang seiner Altonaer Kellerwohnung ausgerutscht und hat sich den Schädel gebrochen. Keiner der Passanten hatte sich um ihn gekümmert, bis er halb erfror und halb verblutete. (Diesmal bin ich mir meines Alibis aber sicher!)

Natürlich kann ich nicht beweisen, daß Rudi das ominöse Private Eye war, das seinerzeit meine Adresse für Bärbel herausfand. Doch die Indizien sprechen für sich: Hatte er nicht, einige Tage nach meiner Begegnung mit ihm in der *Showbar Hammonia*, Kolki telefonisch nach meiner Adresse gefragt, mit der Begründung, ich hätte meine Brieftasche in seinem Taxi vergessen? Hatte er nicht dort, in der *Showbar Hammonia,* Daniel Meier, den Zukünftigen Anne »Akne« Knaacks, als seinen »Halbgroßvetter« bezeichnet? War er nicht somit quasi um labyrinthische Ecken herum gar mit Bärbel verwandt? Hatte nicht sie sodann in Hamburg Taxi zu fahren begonnen? Und zwar auf dem Kiez, wie Rudi? Und war es somit nicht zwingend denkbar, daß Rudi, Faun, der er seit jeher war, hinter Bärbels obskurem Hintern herjagte, womit Dauerkontakt hergestellt war? Und daß er, falls sie ihm, wie ich annehme, im Juni einen weiteren Auftrag verschafft haben sollte (Finde Bodo Morten!), nicht nur plötzlich hinter mir her war wie Quilty hinter Humbert Humbert, sondern sich im Zuge dessen jener fürchterlichen Nacht in der *Showbar Hammonia* entsonnen hatte, um deren Verlauf brühwarm seiner Auftraggeberin weiterzupetzen? So daß diese sich tatsächlich LEX SEXUS beschaffte und zum ersten Mal in ihrem Leben ein Buch zu Ende las? Und war nicht der klare Beweis für das alles Rudis Auftauchen im Verbund mit Bärbel und Pauli vor meinem Wald (ihn, Rudi, hatte ich allerdings überhaupt nicht wahrgenommen)? Muß er nicht Anitas Wohnung regelrecht observiert haben, um die Verfolgung ins Kaff aufnehmen zu können? Waren aber Bärbel und Pauli die ganze Zeit dabei? Oder hat Rudi sie per Funktelefon angerufen, nachdem er die Strecke ab Waltershof extrapolierte, fixer Dutt, der er war, um in Cranz oder wo in ihren blauen Benz zu steigen?

Ich hätte noch die Möglichkeit gehabt, ihn danach zu fragen, Anfang September letzten Jahres, etwa ein Vierteljahr vor seiner Beerdigung, in einer Hamburger Kneipe. Nach meiner 14monatigen Therapie in Bad Suden hatte ich zwei Monate zu überbrücken gehabt, bevor ich hierher, in Dimitris Haus, übersiedeln konnte. Ich wohnte bei Satsche, und an jenem Abend hatte ich ein Stück aus meinen Journalen unter dem Arbeitstitel »Die Fontanelle« vorgelesen, in einer Kneipe auf St. Pauli, und als ich danach mit ein paar Leuten noch in eine Eimsbüttler Kneipe einkehrte, sah ich ihn da sitzen, Rudi den Arsch. Später kam er sogar an unseren Tisch und begann umgehend, mich mit irgend einer grotesken alten Kamelle vollzuschwätzen ...

Ich hätte die Möglichkeit gehabt, ihn nach seiner Rolle bei meiner Entdeckung im Wald zu fragen, aber ich tat es nicht. Jetzt ist er tot, und wenn ich Bärbel Befeld nicht frage, werde ich nie mit letzter Sicherheit wissen, wie das war. Und ich *werde* Bärbel Befeld nie fragen – das schwöre ich.

Denn – und das kann man in jedem beschissenen Krimi nachlesen – wer zu *viel* weiß, muß sterben.

Aber wer blutet, lebt noch. Lieber blutiger Laie als was weiß ich. Wie sagte noch Groblock der Große? Wir sind alle Laien und Lakaien und Leierkastenmänner und Rhabarber. Und wie heißt es doch so schön und vortrefflich in jenem »Kleinen Lehrbuch für Freunde des Handpuppenspiels« von 1948, in dem ich gerade schmökere?

Immer soll sich der Laie vor Augen halten, daß ein gutes Spiel auf einer schlichten Bühne stärker wirkt als ein kümmerliches Spiel auf einer prächtigen Bühne.

Ganz richtig.

Lexikon für Laien

Da nicht allen Leserinnen und Lesern zuzumuten ist, den Begriffswahn des Icherzählers zu teilen, im folgenden ein Verzeichnis der von ihm verwendeten Fremd- und Fachwörter.
Aus Platzgründen nicht berücksichtigt wurden diejenigen, deren Kenntnis a) bei durchschnittlich gebildeten Mitteleuropäer/inne/n vorausgesetzt und/oder b) bei Bedarf aus einem gängigen Fremdwörterlexikon gewonnen werden kann und/oder c) aus dem Zusammenhang erschließbar und/oder d) für ein tieferes Verständnis des Romans nicht unbedingt erforderlich ist.

Quellennachweis: »Fremdwörter-Duden«, »Pschyrembel«, »Lexikon sprachwissenschaftlicher Termini« sowie »Veni vidi vici. Geflügelte Worte aus dem Griechischen und Lateinischen«, ausgewählt und erläutert von Klaus Bartels, München 1992; die Werke von Oliver Sacks, Jean-Didier Vincent (siehe Danksagung) etc.

ad lib(itum)
nach Belieben
Adnextumor
Bezeichnung für eine entzündliche oder echte Geschwulst
adrenokortikal
(siehe unter → pektanginös…)
adulescentia
(siehe unter → infantia…)
affiziert
befallen (von einer Krankheit)
Agenzien (siehe unter Mordagenzien)
Agoraphobie
krankhafte Angst vor großen Plätzen
Akathisie
Unvermögen, ruhig zu sitzen, klin. mit unruhigem Herumlaufen (Trippelmotorik)
Akinesie
Bewegungsarmut bis hin zur vollständigen Bewegungslosigkeit
Akkumulation
hier sprachwissenschaftlich verwendet: Anreihung von Wörtern, Phrasen oder kurzen Sätzen, die thematisch zusammengehören
Algolagnist
jemand, der sexuelle Lust beim Erleiden (Masochist) oder Zufügen (Sadist) von Schmerzen empfindet
aleatorisch
vom Zufall abhängig; gewagt
alveolar-prädorsale Frikative
mit dem vorderen Zungenrücken an den Alveolen (= knöchernen Zahnfächern

am sog. Alveolarfortsatz des Unter- und Oberkiefers) gebildete Reibelaute

Anagramm
Umstellung der Buchstaben eines Wortes zu anderen Wörtern mit neuem Sinn

Anamnese
Vorgeschichte einer Krankheit nach Angaben des Kranken

Android
(siehe unter → torpider . . .)

androphob, androphil
hier: Männern gegenüber ängstlich bzw. aufgeschlossen

Angor animi
Angst um die psychische Integrität, Gefühl drohender Auflösung, überwältigendes Grauen und Todesgewißheit. Eine seltsame und schreckliche Form der Angst, die anscheinend nur im Zusammenhang mit organischen Störungen (Migräne, Angina etc.) auftritt.

Anilingus
Stimulation des Anus durch die Zunge

Anorexie
Appetitlosigkeit; Verlust des Triebes, Nahrung aufzunehmen

Aplomb
hier: Abfangen einer Bewegung in den unbewegten Stand (Ballettanz)

Apologet
Verteidiger eines Werkes

Aposiopese
Satzabbruch

Appetenz
hier: Trieb

Apraxie
Unfähigkeit, sinnvolle, zweckentsprechende Bewegungen auszuführen, obwohl die Funktionstüchtigkeit des Bewegungsapparates erhalten ist. Keine Lähmung oder hysterische Störung, sondern spezifische Störung höherer Gehirnfunktionen.

apriorisch
aus Vernunftgründen (erschlossen), allein durch Denken gewonnen

Arbitrarität
auch Willkürlichkeit oder Beliebigkeit. Grundeigenschaft des sprachlichen Zeichens, derzufolge zwischen Bezeichnendem und Bezeichnetem kein natürlich notwendiger innerer Zusammenhang besteht.

Ariadne
griechische Sagengestalt, die Theseus ein Garnknäuel (Ariadnefaden) gab, mit dem er nach Erlegen des Minotauros aus dem Labyrinth fand

Arousal
Weckreaktion, Entstehung hellen Wachbewußtseins

Assonanz
Gleichklang zwischen zwei oder mehreren Wörtern, der sich auf die Vokale beschränkt

a tergo
von hinten

Ätiologie
Lehre von den Krankheitsur-

sachen; Gesamtheit der Faktoren, die zu einer Krankheit geführt haben

aufoktroyieren
aufdrängen, aufzwingen (Modewort aus den 70er/80er Jahren)

Bärbel
Koseform von Barbara, ursprüngl. aus dem Griechischen: die Fremde

Basalganglien
Stamm- → Ganglien

Beffchen
Doppelstreifen über der Brust (bei Amtstrachten, bes. von ev. Geistlichen)

Bias
durch falsche Untersuchungsmethoden verzerrte Repräsentativerhebung (Meinungsforschung)

bilingualer Duktus
hier: zweisprachige Art der journalistischen Formgebung, in diesem Fall fast: Doppelzüngigkeit

Bondage
Fesselung, hier: Fesselspiele

Borborygmus
→ onomatopöetische Bezeichnung für die Geräusche und Spasmen im erweiterten, geblähten Darm

Brobdingnag-Halluzination
(siehe unter → Liliput-Halluzination)

bukkal
zur Backe, Wange gehörend

Bulbärsprüche
Bulbärsprache = langsame, verwaschene Sprache

Bulbennase
Bulben = Mehrzahl von Bulbus = hier: zwiebelförmiges, rundliches Organ

Bülbül
persische Nachtigall; in der persisch-türkischen Dichtung Sinnbild der gottsuchenden Seele

Bulbusschädel
(siehe unter → Bulbennase)

bullös
blasig

Cerebrum
Gehirn, (Groß-)Hirn

Charon
in der griechischen Mythologie der Fährmann der Unterwelt, brachte die Verstorbenen über den Acheron. Hier sinnbildlich als Name für die »Barkasse« verwendet.

chassé-croisé
das seitliche Hin und Her, zu dem es manchmal kommt, wenn sich zwei Personen in einer engen Tür begegnen (zitiert nach einer Anmerkung von Dieter E. Zimmer zu Nabokovs »Lolita«, im Rowohlt Verlag)

Chef de claque
hier: Anführer einer Gruppe von bezahlten Beifallklatschern

Cherubim
(siehe unter → Inkubationen ...)

Chillum
Werkzeug für Haschischraucher

chthonisch
der Erde angehörend, unterirdisch
comme il faut
wie sich's gehört, mustergültig, schicklich
conclusio
hier: Folgerung
coram publico
»im Angesicht des Publikums«
coup de foudre
(siehe unter → kleistogamen ...)
coup de main
Handstreich, rascher, gelungener Angriff

Daktyloskop
Experte für Fingerabdrücke
defraudantisch
betrügerisch
dekuvrieren
zu erkennen geben, entlarven, bloßstellen (bzw. hier: bloßlegen)
Deleatur
»Es werde getilgt!« – Korrekturzeichen beim Schriftsatz
demi-vierge
»Halbjungfrau« = Mädchen, das zwar sexuelle Kontakte, aber keinen Geschlechtsverkehr hat (Wortschöpfung des Romanciers Marcel Prévost)
Denotat
(siehe unter → periphrastische ...)
Depp ex machina
Verballhornung von »deus ex machina« (»Gott aus der Maschine«) = unerwarteter Helfer aus einer Notlage
détaché
kurz, kräftig, zwischen Auf- und Abstrich abgesetzt (vom Bogenstrich eines Streichinstruments)
diametral
entgegengesetzt (typische studentische Reflex- bzw. Angebervokabel)
Diarium
Tagebuch
Dilatator
Instrument zur Erweiterung von Höhlen und Kanälen des Körpers
Diminutiv
Verkleinerungsform eines Hauptworts
Diorama
plastisch wirkendes Schaubild, bei dem Gegenstände vor einem gemalten oder fotografierten Rundhorizont aufgestellt sind und teilweise in diesen übergehen
Diphthong
Doppellaut (z.B. ei, au)
dipsomanisch
Adjektiv zu Dipsomane = Quartalssäufer
distinktiv
hier etwa: skeptisch, ablehnend, abwehrend
Dive bouteille
»Göttliche Flasche«. In Rabelais' »Gargantua« gleichnamiges Orakel
Domäne
»Herrschaftsgebiet«
Durchschuß
Begriff aus dem Schriftsatz, der den Zwischenraum zwischen zwei Zeilen bezeichnet

Effekten
eigentlich: Wertpapiere, die an der Börse gehandelt werden

Efflation
das Aufstoßen (med.)

eidetisch
hier: fähig, sich Objekte oder Situationen so anschaulich vorzustellen, als ob sie realen Wahrnehmungscharakter hätten

ejaculatio praecox
vorzeitiger Samenerguß

eklektisch
hier: in unschöpferischer Weise nur Ideen anderer in einer Theorie verwendend

elektoral
Adjektiv zu Elektion: Wahl

Empirie, empirisch
Erfahrungswissen im Unterschied zur Theorie, erfahrungsgemäß

endogen
hier: im Körperinneren entstehend

Endorphine
endogene Morphine, körpereigene Stoffe, die an der Steuerung vegetativer Funktionen beteiligt sind

Engramm
die im Zentralnervensystem hinterlassene Spur eines Reiz- oder Erlebniseindrucks, die dessen Reproduktion zu einem späteren Zeitpunkt möglich macht

ennuyant
langweilig, verdrießlich, lästig

eo ipso
eben, gerade dadurch

ephemer
hier: unbedeutend

Eponym
(siehe unter → kleistogamen . . .)

Erratum
Druckfehler

et al. (= et aliter)
und andere

et nanunc!
et = lat. und; nunc = lat. nun. »Nanunc« ist eine Verballhornung und meint »nanu«.

euphorisches Delir
hier: Wahnzustand, aber in Hochstimmung

Evaluation
(siehe unter → mikrograduell)

evozieren
hier: Vorstellungen oder Erlebnisse erwecken, heraufbeschwören

ex cathedra
von maßgebender Seite, so daß etwas nicht angezweifelt werden kann

Excelsiormarsch
im Schach Vorrücken eines Bauern vom Ausgangs- zum Umwandlungsfeld

Exlibris
Name oder Monogramm des Eigentümers eines Buches

explizit
ausdrücklich (typische studentische Reflex- bzw. Angebervokabel)

Exposé
hier: Entwurf, Plan

Expropriateure, expropriieren
Enteigner, enteignen. »Expropriiert die Expropriateure!« war ein marxistischer

Slogan aus den 60er/70er Jahren.

extrakranial
(siehe unter → spontanes ...)

extrapolieren
hier etwa: hochrechnen

Exzerpt, Exzerpierung
hier: Zusammenfassung

Faktotum, Faktota, »Faktotera«
»Mädchen für alles«, lateinische Mehrzahl Faktota ist korrekt, »Faktotera« nicht

Falsifikation
Widerlegung einer wissenschaftlichen Aussage durch ein Gegenbeispiel

Faschiertes
österreichisch für Hackfleisch

febril
fiebrig

fin de siècle, fin de millénaire
»Jahrhundertende« bzw. »Jahrtausendende«, Epochenbegriff als Ausdruck eines dekadenten bürgerlichen Lebensgefühls in Gesellschaft, Kunst und Literatur zu Ende ursprünglich nur des 19. Jh.

Fiorituren
Gesangsverzierungen in Opernarien

Fittinge
Verbindungsstücke bei Rohrleitungen

Flimmerskotom
umfassende Störungen des Sehvermögens und im Gesichtsfeld in Form eines seltsamen und oft flimmernden Strahlens, häufiges Migränemerkmal

Florilegium
hier gemeint: Sammlung von Floskeln und/oder Gemeinplätzen

fluktuierender Zentralzustand
fluktuieren = schnell wechseln, schwanken. Kernbegriff des Neurophysiologen Jean-Didier Vincent, der auf dessen Konzept von einem Parallelismus von Psyche und Physis« beruht, welches er in seinem Buch »Biologie des Begehrens« (siehe Danksagung) ausführlich beschreibt.

Fraktalität
hier in etwa: Zerbrechlichkeit

Fraternisierung
Verbrüderung

frenetisch, ja phrenetisch
frenetisch: stürmisch, rasend, tobend; phrenetisch: wahnsinnig (med.)

Frontispiz
Verzierung eines Buchtitelblatts, links von der Titelseite

funerale
traurig, ernst

Furor
Wut, Raserei

füsilieren
standrechtlich erschießen

Ganglien
Nervenknoten, Anhäufung von Nervenzellen

Gargarisma(ta)
Gurgelmittel

Gästegemorph
Phantasiebegriff, hier etwa gemeint: Gästegewimmel

Gaudeamus igitur
»Freuen wir uns denn!« Anfang eines mittelalterlichen Studentenliedes
Gavotte
Tanz
Gazpacho
kalte Gemüsesuppe in Spanien
Gentry
niederer engl. Adel und die ihm sozial Nahestehenden
Glabella
die unbehaarte Stelle zwischen den Augenbrauen
Gleisner, gleisnerisch
Heuchler, heuchlerisch
Glottis
die Stimmritze zwischen den beiden Stimmbändern im Kehlkopf
Gorgo(nen)
Ungeheuer aus der griechischen Mythologie
Grisette
leichtfertiges junges Mädchen
Guilloche
verschlungene Linienzeichnung, auf Wertpapieren oder zur Verzierung auf Metall, Elfenbein, Holz
gustativ
(siehe unter → pektanginöse ...)

Habitat
(siehe unter → Inkubationen ...)
Haiku
aus drei Zeilen mit zusammen 17 Silben bestehende japanische Gedichtform
Harpyien
in der griechischen Mythologie weibliche Dämonen in Vogelgestalt
Hebetudo
Abstumpfung von Empfindung, Emotion und anderen Gefühlen, oft in den späten, den Erschöpfungsphasen von Migränen
Hedonismus
in der Antike begründete philosophische Lehre, nach der das höchste ethische Prinzip das Streben nach Sinneslust und Genuß ist
Heian-shodan
Karatebegriff
Hendiadyoin
die Ausdruckskraft verstärkende Verbindung zweier synonymer Verben oder Substantive
heraldischer Herold
hier etwa: Wappen-Bote
Hermeneutik
hier: wissenschaftliches Verfahren der Auslegung und Erklärung von Texten
Hiatus
hier: zeitliche Lücke
Hipster
(siehe unter → torpider ...)
Holly Golightly
weibliche Hauptfigur in »Frühstück bei Tiffany« von Truman Capote
Holokranie
beidseitiger Kopfschmerz
homöosmotisches Stigma
Phantasiebegriff, gemeint etwa: auffälliges Krankheitszeichen, hervorgerufen da-

durch, daß der gewöhnlich gleichbleibende innere osmotische Druck eines Organs bei schwankendem osmotischen Druck der Umgebung gefährdet wird (vgl. → Osmose).

Homophonie
(siehe unter → transitiver . . .)

hyperboreisch
im hohen Norden gelegen, wohnend

hyperonymisch
Adjektiv zu Hyperonym: semantischer Oberbegriff (z.B. Fahrzeug), der mehrere semantische Unterbegriffe (Hyponyme) in sich einschließt (z.B. Fahrrad, Motorrad, Auto, Omnibus, Kutsche)

Hypertrophie
(siehe unter → kleistogamen . . .)

idiosynkratisch
hier: überempfindlich

Iktus
(siehe unter → transitiver . . .)

in toto
in der Gesamtheit

infantia, pueritia, adulescentia, iuventus, vir
altrömische Auffassung von den Lebensaltern: Kindheit, Knabenalter, Heranwachsendenalter, Jugend, Mannesalter

inferior
untergeordnet, unterlegen, minderwertig

Infinitesimalinfantin
hier etwa: zum Grenzwert hin unendlich klein werdende Prinzessin

Influxion
etwa: Einströmung

ingeniös
hier: erfinderisch, einfallsreich

inhärent
an etwas haftend, ihm innewohnend (typische studentische Reflex- bzw. Angebervokabel)

inkommensurabel
nicht meßbar, nicht vergleichbar

Inkontinenz
Unvermögen, Harn oder Stuhl willkürlich zurückzuhalten

inkorporieren
einverleiben

Inkubationen, Cherubim und Habitat
Inkubation: 1. Bebrütung von Vogeleiern (vgl. → Bülbül), 2. das Sichfestsetzen von Krankheitserregern im Körper, 3. Tempelschlaf in der Antike (um Heilung oder Belehrung durch den Gott zu erfahren); Cherub(im): Engel, himmlische(r) Wächter des Paradieses; Habitat: 1. Standort, an dem eine Tier- oder Pflanzenart regelmäßig vorkommt; 2. Wohnplatz von Ur- und Frühmenschen, 3. Wohnstätte, Wohnraum, Wohnplatz; enthalten: Habit, hier: Gewohnheit, Erlerntes, Erworbenes, Anerzogenes

Invektive
Schmährede, Beleidigung

irisieren
(siehe unter → transitiver . . .)

iuventus
(siehe unter → infantia ...)

Jeremiade
Klagelied, Jammerrede
Jeunesse dorée
(veraltete) Bezeichnung für leichtlebige, elegante Jugend der reichen Familien
Junktim
wegen innerer Zusammengehörigkeit notwendige Verbindung zwischen zwei Verträgen oder Gesetzesvorlagen
juvenil
jugendlich

Kadenz
(siehe unter → transitiver ...)
Kannelüre
senkrechte Rille am Säulenschaft
kanzerogen
krebserregend
Kardiophobie
krankhafte »Herzangst«
Kata
hier: Karatebegriff
Katatonie
eine Form der Schizophrenie mit Krampfzuständen der Muskulatur und Wahnideen (Spannungsirresein), hier hauptsächlich im Sinne von krankhafter Erstarrung
katexochen
(siehe unter → transitiver ...)
kathartisches Desiderat psychophysischer Konversionssymptomatik
Phantasiebegriff, gemeint etwa: etwas zwecks Läuterung der Seele Gewünschtes als Folge körperlich-seelischer Umwandlungen
Kiai!
Kampfschrei beim Karate
klandestin
hier: heimlich
kleistogamen Hypertrophie jener pneumatischen Erlösungsantizipation, notabene sui generis ... coup de foudre ... Noxen der involvierten Nymphomanin ... perpetuierend fluktuierenden, semiintellektuell-urbanen Zentralzustand als substitutionell attraktive, aber auch dämonische Domäne ... voluntativen ... voluptuösen déjà-vu ... Eponym ... topogenes Symbol pueriler Fluchtimpulse ...
Die ganze Passage lautet übersetzt etwa: Der sich selbstbestäubenden übermäßigen Vergrößerung jener geistgewirkten Erlösungsvorwegnahme, wohlgemerkt eine Klasse für sich bildend, war er mental gar nicht gewachsen, so daß sich – nach jenem verhängnisvollen Zusammentreffen im Jahre 1987 – die dicken, schädigende Wirkungen auf seinen Organismus ausübenden »Dinge« der beteiligten mannstollen Dame für Mortens freilich fortdauernd wechselhaften, halbintellektuell-weltgewandten Zentralzustand als ersatzweise anziehendes, aber auch teuflisches Herrschafts-

gebiet erwiesen – im Sinne eines willentlich herbeigeführten, freilich jedoch nicht minder wollüstigen, vermeintlich schon einmal erlebten Erlebnisses. Die Tiefenpsychologie (hier Adler) spricht in dem Fall vom ›Krankheitsgewinn‹ einer befallenen Person.
Die (Be-)Gattungsbezeichnung ›Bärbeln‹, die auf den Namen der betreffenden Dame zurückgeht, einerseits wie auch das Bahnhofshäuschen im Herkunftsort des Autors andererseits, welches durchaus als an jenen bestimmten Ort gebundenes Symbol kindlicher Fluchtregungen –

Kobold-Maki
in dunklen Wäldern lebender Halbaffe mit unverhältnismäßig großen Augen

Koinzidenz
Zusammentreffen zweier Ereignisse, Zufall

Konfabulation
durch Erinnerungstäuschung bedingte Darstellung vermeintlich erlebter Vorgänge

Konnex
Zusammenhang, Verbindung, Verflechtung

Konnotation
die Grundbedeutung eines Wortes begleitende zusätzliche Vorstellung (z.B. bei Mond: Nacht, romantisch, Liebe)

Kontingenz
Zufälligkeit, Möglichsein

konzedieren
zugestehen, erlauben, einräumen

koprophil
eine Vorliebe für Kot habend

kopulieren
Geschlechtsverkehr ausüben

kortikal
in der Hirnrinde sitzend, von der Hirnrinde ausgehend

Korpuskeln
»Körperchen«, Elementarteilchen

korrelieren
einander bedingen, miteinander in Wechselbeziehung stehen

Korsakow-Syndrom
Dreiheit aus Merkfähigkeitsstörung, Desorientiertheit und Neigung zu → Konfabulation

Kosmogonie
(mythische Lehre von der) Entstehung der Welt; wissenschaftliche Theoriebildung über die Entstehung des Weltalls

Krasen (Einzahl: Krasis)
Zusammenziehung des Schlußvokals des einen und des Anfangsvokals des folgenden Wortes

kryptisch
hier: verborgen

Lamina
Knochenplatte

Laryngospasmus
Stimmritzenkrampf

libertin
zügellos, leichtfertig, ausschweifend

Liliput- oder Brobdingnag-Halluzination
Liliput-Halluzination (Mikropsie) = scheinbare Verkleinerung; Brobdingnag- oder Gulliver-Halluzination (Makropsie) = scheinbare Vergrößerung betrachteter Objekte. Wahrnehmungsstörungen u.a. von Migränikern.

Lingam
Phallus als Sinnbild Schiwas, des indischen Gottes der Zeugungskraft

Lingerie
Wäschegeschäft

Linguist
(siehe unter → rabulistisch)

livriert
(siehe unter → torpider ...)

Lobotomie
operativer Eingriff in die weiße Gehirnsubstanz bei bestimmten Geisteskrankheiten

lukianischer Konzertredner
Lukian (ca. 120 bis 180 n.Chr.), Freigeist, Spötter, Feind aller Konventionen, Sophist. War Wanderredner, wurde auch als »Konzertredner« bezeichnet.

Luzidität
Helle, Durchsichtigkeit, Klarheit, Verständlichkeit

Magister Artium
»Meister der Künste« = akad. Grad

Maître de plaisir
veraltet: jemand, der bei gesellschaftlichen Veranstaltungen das Unterhaltungsprogramm arrangiert und leitet

Majuskel
Großbuchstabe

Mantinell
Einfassung (Bande) des Billardtisches

Manzine
Magazin für Männer (Analogbildung zu »Fanzine« = Magazin für Fans)

Marasmus
allgemeiner geistig-körperlicher Kräfteverfall

Matripathie
Phantasiebegriff aus lat. mater (= Mutter) und Empathie (= Bereitschaft und Fähigkeit, sich in die Einstellungen anderer Menschen einzufühlen)

Mavashi-geri
Karatebegriff

medioker
mittelmäßig

mefitisch
auf Schwefelquellen bezüglich; verpestend, stinkend

Megäre
wütende, böse Frau

Menage-à-trois
erotisches Arrangement zu dritt

Menagerie
Tierschau, Gehege

Mesalliance
unglückliche, unebenbürtige Verbindung

metaphorisches Paradoxon
Phantasiebegriff, hier in etwa gemeint: eine scheinbar zugleich wahre und falsche Aussage in verbildlichter

(und *dadurch* eindeutig wahrer) Form

mikrograduelle Evaluation
Phantasiebegriff, hier in etwa gemeint: (moralische) Bewertung, Beurteilung unter Berücksichtigung aller, auch der winzigsten Abstufungen

Miktion
Harnlassen

mimetische Paraphrase
hier: nachäffende Ausschmückung

misogyn
(siehe unter → torpider . . .)

Missingsch
der Schriftsprache angenäherte niederdeutsche Sprachweise

Mogigraphie
Schreibkrampf

molluskenhaft
Mollusken: Weichtiere (Muscheln, Schnecken, Tintenfische)

Monetarismus
eine Theorie der Wirtschaftswissenschaft (monetär: geldlich)

Morbus fonticuli
Phantasiebegriff, hier: Fontanellenkrankheit

Mordagenzien
zum Mord treibende Kräfte

mot juste
»treffendes Wort«, berühmt durch Flaubert

Muzak
Bezeichnung für Fahrstuhl- und Supermarktmusik

Nänie
hier: Trauergesang

narkoleptisch
(siehe unter → pektanginöse . . .)

narrativ
erzählend

nekrophil
Nekrophilie: abartiges, auf Leichen gerichtetes sexuelles Triebverlangen, sexuelle Leichenschändung

Neocortex
stammesgeschichtlich jüngster Teil der Großhirnrinde

Neurasthenie
Zustand nervöser Erschöpfung, Nervenschwäche

Neuroendokrinologie
Lehre von der Sekretion von Neurohormonen

Nexus
(siehe unter → transitiver . . .)

nom(s) de guerre
»Kriegsname« = Deck-, Künstlername

Nomenklatur
Zusammenstellung von Fach- oder Sachbezeichnungen eines Wissensgebietes

Noxe
(siehe unter → kleistogamen . . .)

numinos
göttlich

Numismatiker
Münzsammler

Nympholepsie
von Nabokov in »Lolita« geprägter Begriff, hier konkret gemeint: »Bärbelkrampf«

Oniomanie
krankhafter Kauftrieb

onomantisch
Adjektiv zu Onomantie = früher übliche Wahrsagerei aus Namen
Onomastik
Wissenschaft von den Eigennamen, Namenkunde
onomatopöetisch
Adjektiv zu Onomatopöie: Laut-, Schallnachahmung, Lautmalerei
opak
undurchsichtig, lichtundurchlässig
Osmose
Übergang des Lösungsmittels (z.B. von Wasser) einer Lösung in eine stärker konzentrierte Lösung durch eine feinporige (→ semipermeable) Scheidewand, die zwar für das Lösungsmittel selbst, nicht aber für den gelösten Stoff durchlässig ist
Ovulation
Eisprung

palatal
zum Gaumen gehörig
Paläozän
(siehe unter → Perm)
Palliativum, palliativ
Palliativum: die Krankheitsbeschwerden linderndes, aber nicht die Krankheit selbst beseitigendes Arzneimittel; palliativ: lindernd
Pandämonium
Gesamtheit aller Dämonen
Panier
Banner, Fahne
Paradoxon
(siehe unter → metaphorisch)
Parästhesie
(siehe unter → spontanes . . .)
Parcours de force
Phantasiebegriff aus Parcours (=abgesteckte Hindernisbahn für Jagdrennen oder -springen) und Parforce (=Hetzjagd mit Pferden und Hunden)
Pavor
(Anfall von) Angst, Schreck
pektanginöse adrenokortikale Aktivitäten . . . gustative Halluzinationen . . . Sphinktermuskeln . . . narkoleptisch
mit Herzschmerzen einhergehende Aktivitäten der Nebennierenrinde . . . Halluzinationen des Geschmackssinns . . . Schließmuskeln . . . narkoleptisch: Adjektiv zu Narkolepsie = zwanghafter Schlafanfall von einigen Minuten Länge
pekuniär
finanziell, geldlich
pelagisch
im freien Meer lebend
Pereant!
»Sie mögen zugrunde gehen!«, Nieder mit ihnen! (hist. Studentensprache)
perennieren
ausdauernd, hartnäckig
(vor) periphrastischer Rekurrenz geradezu detonierende Denotate . . .
hier etwa: begriffliche Inhalte der sprachlichen Zeichen (abzüglich der emotionalen Nebenbedeutungen), die vor umschreibender Wiederholung geradezu explodieren . . .

peristaltisch
Adjektiv zu Peristaltik: von den Wänden der muskulösen Hohlorgane (z.B. des Magens, Darms, Harnleiters) ausgeführte Bewegung, bei der sich die einzelnen Organabschnitte nacheinander zusammenziehen und so den Inhalt des Hohlorgans transportieren

Perm oder Paläozän
erdgeschichtliche geologische Formationen

perpetuieren
(siehe unter → kleistogamen...)

Pfnüssel
in Fr. Th. Vischers »Auch Einer« Ausdruck für Schnupfen

Phäake
sorgloser Genießer

phänotypisch
das Erscheinungsbild eines Organismus betreffend

Phantasma
(siehe unter → spontanes ...)

Phantasmagorie
Truggebilde, Wahngebilde

Phonophobie
(siehe unter → postprandiale ...)

Phrenesie
Besessensein von Wahnvorstellungen, Wahnsinn

phrenetisch
(siehe unter → frenetisch)

Phylogenese
Stammesgeschichte der Lebewesen

pistoral
nach (Henry) Miller = Müller = lat. pistor gebildetes Phantasieadjektiv (vgl. Millers »Opus pistorum« = das Werk des Müllers)

Plasmainfl(uxion)
Phantasiebegriff, hier: Einströmung eines »Plasmas« (Plasma = »Gebildetes, Geformtes«). Protoplasma bedeutet Lebenssubstanz aller pflanzlichen, tierischen und menschlichen Zellen.

plebejisch
Adjektiv zu → Plebs: ungehobelt, ungebildet

Plebs
das niedere, ungebildete Volk, Pöbel

Plexus
(siehe unter → transitiver ...)

pneumatisch
hier: geistgewirkt

pokulieren
zechen, stark trinken

Pollution
unwillkürlicher Samenerguß im Schlaf

positivistische Attitüde
Haltung nach Art des Positivismus. Positivismus: Philosophie, die ihre Forschung auf das Positive, Tatsächliche, Wirkliche und Zweifellose beschränkt, sich allein auf Erfahrung beruft und jegliche Metaphysik als theoretisch unmöglich und praktisch nutzlos ablehnt

post festum
»nach dem Fest« = im nachhinein

postprandiale Phonophobie
extreme Schallempfindlichkeit nach den Mahlzeiten
Potator
Trinker
präanitäische Zeit
Phantasiebegriff: die Zeit vor Anita
prätentiös
anspruchsvoll, anmaßend, selbstgefällig
prävomierend
vor dem Erbrechen
Priapismus
krankhaft anhaltende, schmerzhafte Erektion
Primat
hier: Vorrang
pueril
(siehe unter → kleistogamen. . .)
pueritia
(siehe unter → infantia . . .)
Pykniker
Mensch von kräftigem, gedrungenem und zu Fettansatz neigendem Körperbau

quinkelieren
zwitschern, trällern, mit schwacher, dünner Stimme singen; Winkelzüge, Ausflüchte machen

rabulistischer Linguist
haarspalterischer Sprachwissenschaftler
raison d'être
Existenzgrund
Raptus
hier: plötzlich einsetzender Wutanfall
Rekurrenz
(siehe unter → periphrastische . . .)
Resorptionsphase
hier: Phase des Alkoholabbaus
retirieren
sich zurückziehen
retrograde Amnesie
zeitlich rückläufiger Gedächtnisschwund, hier also eine gewisse Zeit bis zum Unfall betreffend
rhetorische Volte
hier: rednerischer Kunstgriff
rotürenhaft
hier gemeint: (groß)bürgerlich

Säkularisierung
Verweltlichung, hier im Sinne von: volkstümlicher Verbreitung
Salme, Sermone, Suaden oder Tiraden
Synonyme für Geschwätz
Sanguiniker
Temperamentstyp des lebhaften Menschen
Satyriasis
Weibstollheit, krankhaft gesteigerter männlicher Geschlechtstrieb
Schädellamina
(siehe unter → Lamina . . .)
Schmock
gesinnungsloser Journalist
Scholien
erklärende Randbemerkungen
Scoopdealer
Scoop = Exklusivmeldung,

Knüller, dealer = (abwertend) Händler
Scribent
Schreiber
scriptomanisch-depressiv
lat. scribere = schreiben; manische Depression ist eine psychiatrische Diagnose
Sedativum, Sedativa
Beruhigungsmittel, schmerzlindernde(s) Mittel
sekkieren
österreichisch für belästigen, quälen
Sela!
hebräisch: Schluß!
self-fulfilling prophecy
selbsterfüllende Prophezeiung
Semantizität
(siehe unter → transitiver . . .)
Semem
Bedeutungsgehalt der kleinsten bedeutungstragenden Gestalteinheit in der Sprache
semi . . .
halb . . .
Semiotik
hier: Wissenschaft vom Ausdruck, Bedeutungslehre
semipermeabel
halbdurchlässig (z.B. bei Membranen)
Sermone
(siehe unter → Salme . . .)
Shoto-uke
Karatebegriff
siderisch
auf die Sterne bezogen
signifikant
wichtig, bedeutsam; typisch
Signifikantenketten
Signifikant: Bezeichnendes = Grundkomponente des sprachlichen Zeichens
skatophage Tage
hier gemeint: die Tage, an denen man quasi sowieso Scheiße fressen muß
Smegma
Absonderung der Eichel- und Vorhautdrüsen
solenn
feierlich, festlich
solipsistisch
hier: ichbesessen
Sonographie
Ultraschalldiagnostik
sotto voce
halblaut, gedämpft
spenglersubsidiär
Oswald Spengler unterstützend
Sphinktermuskeln
(siehe unter → pektanginös)
spinös
tadelsüchtig, spitzfindig
spontanes extrakraniales Parästhesie-Phantom-Phantasma-Syndrom
Phantasiebegriff, gemeint etwa: plötzlich außerhalb des knöchernen Schädels auftretendes Krankheitsbild, das sich aus einer anormalen Körperempfindung aufgrund einer Störung im Nervensystem ergibt. Sind die Störungen sehr komplex und nehmen die Form von Bildern an, spricht O. Sacks im Zusammenhang mit Migräne von Phantomen. Phantasma: Sinnestäuschung, Trugbild.

stante pene
Phantasiebegriff (analog zu stante pede = stehenden Fußes), hier gemeint: »stehenden Penisses«
Stoma
Mund-, Spaltöffnung
stream of consciousness
Bewußtseinsstrom. Der innere Monolog der Molly Bloom im »Ulysses« von James Joyce wurde so bezeichnet; zuerst 1887 in »Die Lorbeerbäume sind geschnitten«, deutsch von Irene Riet-lin und einem Nachwort von Fritz Senn im Haffmans Verlag 1984
Suaden
(Einzahl: Suada; siehe unter Salme ...)
subsidiär
(siehe unter → spenglersubsidiär)
substitutionell
(siehe unter → kleistogamen ...)
Süderelbensie
Analogbildung zu Hamburgensie = Bilder mit hamburgischen Motiven
Suffix
Nachsilbe
sui generis
(siehe unter → kleistogamen ...)
sybaritisch
verweichlicht, genußsüchtig
Sykophant
Denunziant
Sylphide
weiblicher Luftgeist, anmutiges Mädchen
Synopsis
vergleichende Übersicht
systolisch
Adjektiv zu Systole = Zusammenziehung eines muskulären Hohlorgans

Tachykardie
Herzrasen
Taylorismus
→ Eponym für möglichst wirtschaftliche Betriebsführung
temporär
zeitweilig
Thanatotik
Phantasiebegriff (Thanatos = Todestrieb)
Threnodie
Klagelied, Trauergesang im antiken Griechenland
Tiraden
(siehe unter → Salme ...)
Titer
hier: Gehalt einer Lösung an aufgelöster Substanz (in Gramm je Liter)
Tobi-geri
Karatebegriff
topogen
(siehe unter → kleistogamen ...)
torpider Android, livrierter Hipster, misogyner Kloakenschmock
regungsloser, träger, stumpfsinniger, schlaffer Kunstmensch; Modespinner in uniformartiger Dienerkleidung; frauenfeindlicher gesinnungsloser Journalist aus der und für die Senkgruben

Transenserail, Serail
Transe = umgangsprachliche Kurzform für Transsexuelle(n), Serail = orientalisches Fürstenschloß

transitiver Trochäus katexochen ... dieser eröffnende Iktus in indikativischer Heischeform bei notabene weiblicher Kadenz ... jene irisierende Homophonie der Endungen ... hochidiosynkratischer diametraler Semantizitätsnexus, -sexus und -plexus ...
transitiver Trochäus katexochen: hier in etwa: antiker Versfuß, aus einer langen und einer kurzen Silbe bestehend und außerdem ein Akkusativobjekt regierend, schlechthin ... dieser eröffnende Iktus in indikativischer Heischeform bei notabene weiblicher Kadenz: hier in etwa: diese Wörter in der auffordernden Verbgrundform mit betonter, druckstarker erster Silbe bei, wohlgemerkt, einem (Vers-)Ende mit Senkung (statt Hebung = männlicher Kadenz) ... jene irisierende Homophonie der Endungen: hier etwa: jener schillernde Gleichklang der Endungen ... hochidiosynkratischer diametraler Semantizitätsnexus, -sexus und -plexus: hier etwa: überempfindlicher gegenpoliger Zusammenhang, überempfindliches gegenpoliges Geschlecht und überempfindliches gegenpoliges Geflecht auf der Ebene der Bedeutung der sprachlichen Zeichen. »Sexus«, »Nexus« und »Plexus« sind die Titel der autobiographischen Romantrilogie von Henry Miller.

tribal
hier etwa: stammesentwicklungsmäßig

Trochäus
(siehe unter → transitiver ...)

Troglodyten
Höhlenmensch

Trompe-l'œil-Spaliere
Trompe-l'œil = »Augentäuschung«: Darstellungsweise in der Malerei, bei der durch naturalistische Genauigkeit mit Hilfe perspektivischer Mittel ein Gegenstand so wiedergegeben wird, daß der Betrachter nicht zwischen Wirklichkeit und Gemaltem unterscheiden kann

ubiquitär
überall verbreitet

Undinist
ein Mann, den es sexuell erregt, einer Frau beim Urinieren zuzusehen. Der Begriff stammt von Havelock Ellis (zitiert nach einer Anmerkung von Dieter E. Zimmer zu Nabokovs »Lolita« im Rowohlt Verlag)

unio mystica
»mystische Einheit«: die geheimnisvolle Vereinigung der Seele mit Gott als Ziel der Gotteserkenntnis in der Mystik

Universalpavor
(siehe unter → Pavor)

unprätentiös
(siehe unter → prätentiös)
urban
(groß)städtisch, weltgewandt, weltmännisch, in der Stadt üblich
urtribal
(siehe unter → tribal)
usurpieren
widerrechtlich die Gewalt an sich reißen

Vademekum
»geh mit mir!«: Taschenbuch, Leitfaden, Ratgeber (den man mit sich tragen kann)
Valenz
hier: Aufforderungscharakter, den Objekte der Wahrnehmung besitzen
Vertex
Scheitel
Vertebrat
Wirbeltier
Vestalin
Priesterin der Göttin des Herdfeuers
vice versa
umgekehrt
Viditorium
Phantasiebegriff = »Zuseherschaft«, Analogbildung zu Auditorium = Zuhörerschaft
vif
lebendig, lebhaft, munter, frisch, feurig, aufgeweckt, tüchtig, gescheit, schlau
violent
hier: heftig
vir
(siehe unter → infantia . . .)
Virgel
Schrägstrich zwischen zwei Wörtern
viril
hier: charakteristische männliche Züge oder Eigenschaften aufweisend
virtuell
hier: anlagemäßig (Psychol.)
virulent
krankheitserregend, ansteckend, giftig; drängend, heftig
Volte
(siehe unter → rhetorische . . .)
voluntaristisch
Adjektiv zu Voluntarismus: philosophische Lehre, nach der der Wille die Grundfunktion des seelischen Lebens ist
voluntativ
(siehe unter → kleistogamen . . .)
voluptuös
(siehe unter → kleistogamen . . .)

Wamme
vom Hals herabhängende Hautfalte (des Rindes)
Women's lib
Kurzform von »Women's liberation« = Frauenbefreiung

Zelebration
Feier (des Meßopfers)
zerebral
das → Cerebrum (Gehirn) betreffend

Geflügelte Worte aus dem Lateinischen und Griechischen
(zitiert nach Klaus Bartels, siehe oben)

ad acta sub omni canone
zu den Akten »unter aller Kanone«, eigentlich: »unter allem Maßstab«

amor fati
»Liebe zum Schicksal.« Aus Nietzsche, »Warum ich so klug bin«, »Ecce homo«: »Meine Formel für die Größe am Menschen ist *amor fati:* daß man nichts anders haben will, vorwärts nicht, rückwärts nicht, in alle Ewigkeit nicht. Das Notwendige nicht bloß ertragen, noch weniger verhehlen – aller Idealismus ist Verlogenheit vor dem Notwendigen –, sondern es lieben.«

Animula vagula blandula
»Seelchen, du schweifendes, schmeichelndes...« Hadrian, »Fragment«. Der erste von fünf Versen eines kleinen Gedichtes, das der Kaiser in Erwartung des Todes an seine scheidende Seele gerichtet hat.

Carpe diem
»Ergreife den Tag!« Horaz, »Oden«. Aus dem letzten Vers der kurzen Ode; das vielzitierte geflügelte Wort ruft dazu auf, den gegenwärtigen Tag zu »ergreifen« und zu genießen und das gegebene Heute nicht an die Sorge um eine weit entfernte Zukunft und die Hoffnung auf ein ungewisses Morgen zu verlieren.

cui bono?
»Wem zum Vorteil?« (in dem Sinne: »Wer konnte aus dem Geschehenen einen Vorteil ziehen?«) Cicero, in verschiedenen Reden.

Cum grano salis
»Mit einem Korn Salz« = mit Einschränkungen.

Hic Rhodus, hic salta!
»Hier ist Rhodos, hier spring!« Die lateinische Version der entlarvenden Schlußpointe aus der Äsopischen Fabel vom Prahler. Ein in seiner Heimatstadt wenig angesehener Fünfkämpfer prahlt nach seiner Rückkehr von einer Tournee mit seinen Erfolgen in anderen Städten; auf der Insel Rhodos sei er einmal sogar so weit gesprungen, daß nicht einmal die Olympiasieger es ihm hätten nachtun können. Da unterbricht einer seiner Landsleute den

Prahler und fordert ihn mit dem zitierten Zwischenruf auf, seinen Rekordsprung auf der Stelle vorzuführen.

In cauda venenum

»Im Schwanz (steckt) das Gift« (im Sinne der Wendung: »Das dicke Ende kommt nach«). Das Bild des lateinischen Wortes deutet auf den Skorpion, der seinen Giftstachel am Schwanzende trägt.

Mens sana in corpore sano

Juvenal, »Satiren«. Juvenal rät, wir unwissenden Menschen sollten es den allwissenden Göttern überlassen zu erwägen, was für uns jeweils passend und nützlich sei, und sie im Gebet, wenn überhaupt um irgend etwas Besonderes, allenfalls um »einen gesunden Sinn in einem gesunden Leib« bitten.

Nulla poena sine lege

»Keine Strafe ohne Gesetz.« Nach Paul Johann Anselm von Feuerbach, »Lehrbuch des gemeinen in Deutschland gültigen peinlichen Rechts« (1801).

O tempora, o modi!

Abwandlung des geflügelten Worts »O tempora, o mores!« = »Was für Zeiten, was für Sitten!« Modi = Mehrzahl von *modus*, Art und Weise (des Geschehens oder Seins).

Panta rhei

»Alles fließt« (in dem Sinne: »Alles ist im Fluß«). In dieser prägnanten Kurzformel für den Heraklitischen Gedanken eines beständigen Wandels und »Fließens« als verläßlich bezeugtes Fragment nicht überliefert, nichtsdestoweniger geläufig.

Per aspera ad astra

Die Prägung bedeutet wörtlich: »durch Rauhes zu den Sternen« (in dem Sinne: »auf steinigem Weg, durch schwere Mühsal zur Vollkommenheit, zur Vergöttlichung«).

Potius amicum quam dictum perdere

»Lieber einen Freund als ein Wort verlieren« (in dem Sinne: »Lieber es mit einem Freund verderben als ein Witzwort unterdrükken«). Nach Quintilian, »Lehrbuch der Rhetorik«: »Verletzen sollten wir niemals wollen, und fern sei uns jener (berüchtigte) Vorsatz, lieber einen Freund als ein Wort verlieren.«

Scribo, ergo, summa summarum, sum

Abwandlung des kartesianischen Worts »Cogito, ergo sum« (»Ich denke, also bin ich.«): »Ich schreibe, also, in der Gesamtsumme, bin ich.«

Ubi bene, ibi patria

»Wo es einem gut geht, da ist das Vaterland.« Nach einem bei Cicero, »Tuskulanische Gespräche«, ohne Nennung eines Autors eingeführten Tragikervers.

Bums bis' väiertich...
Plötzlich bist du vierzig...

Dat beste, wat gifft.
Das beste, was es gibt.

Dör tau, bis wohl op'n Bohnhoff born, wa?
Tür zu, bist wohl auf einem Bahnhof geboren, was?

Hebbt ji öberhaupt all mol richtich nökt?
Habt ihr überhaupt schon mal richtig gebumst?

Herr Paster! Ick weet nich mehr wieter! Nachts wach ik op und hebb dree brennende Zigaretten und twee Zigarrn in't Mul! Und in'n Mors noch 'n Piep! De Stoff ruiniert mi! Ick heb mien Auto verköfft un mien Telefon un nu mut ick ok noch op'n Strich gohn!
Herr Pastor! Ich weiß nicht mehr weiter! Nachts wache ich auf und habe drei brennende Zigaretten und zwei Zigarren im Mund! Und im Hintern noch eine Pfeife! Der Stoff ruiniert mich! Ich habe mein Auto verkauft und mein Telefon, und nun muß ich auch noch auch auf den Strich gehn!

Hier hebbt wi ok jümmer seten, op'n Melkbuck, und bums bis' väiertich ...
Hier haben wir auch immer gesessen, auf dem Milchbock, und plötzlich bist du vierzig ...

Kanns nich mol Nohmt seggen hier, wa?
Kannst du nicht mal guten Abend sagen hier, oder was?

Markt jaue Mudder ok nix? Wegen de Daschendöger?
Merkt eure Mutter auch nichts? Wegen der Taschentücher?

Mien Jung, pett di man nich op'n Schlips!
Mein Junge, tritt dir mal nicht auf den Schlips! (= hier: Sei mal nicht so förmlich!)

Rut ut de Kotüffel, rin inne Kotüffel!
Raus aus den Kartoffeln, rein in die Kartoffeln!

Schäit di dot, seggt he ...
Ich schieß dich tot, sagt er ...

Tampen dörchsoogt ... Sien Gurgel is meis afreeten. He is to schwor.
Seil durchgesägt ... Sein Hals ist fast abgerissen. Er ist zu schwer.

Wann mokt Hinni denn op?
Wann macht Hinni denn auf?

Wat het he denn?
Was hat er denn?

Wat ick noch seggen wull ...
Was ich noch sagen wollte ...

Wat mokst du denn all wedder dor? Häs du all wedder Heunerfutter freten? Klor häs du. Du kaust jo noch. Hotzfidori noch mol. Dat gifft glieks Zupp. Und wie dien Büx wedder utsütt. Hau nee ok doch ...
Was machst du denn schon wieder da? Hast du schon wieder Hühnerfutter gefressen? Klar hast du. Du kaust ja noch. Donnerwetter noch mal. Es gibt gleich Suppe. Und wie deine Hose wieder aussieht. O nein, o nein ...

Wat wullt ji denn all wedder?
Was wollt ihr denn schon wieder?

Ween man nich, seggt he, ween man nich ... seggt Burlala ...
Weine nicht, sagt er, weine nicht ... sagt Burlala ...

Wenn Mudder dat secht, denn bliffs du hüt obend to Hus.
Wenn Mutter das sagt, dann bleibst du heut abend zu Haus.

Wo kümmst du denn nu noch her, Beatle-Bur ... Dat is doch keen Kinnergorden hier ...
Wo kommst du denn nun noch her, Beatle-Bauer ... Das ist doch kein Kindergarten hier ...

Wo kümmt ji denn her?
Wo kommt ihr denn her?

Das Lied von »Burlala«

As Burlala eens boren weer, do weer he noch so lütt.
Sien Moder neem em woll op den Arm und pack em in de Weeg so warm.
Deck mi to, seggt he, deck mi to, seggt he, deck mi to, seggt Burlala . . .

As Burlala no School hinkeem, do weer he noch so dumm.
He wüß nix von worüm woans, verleet sick heel op Hans un Franz.
Segg mi to, seggt he . . .

As Burlala ranwussen weer, een staatschen Kerl he weer.
Sien Hoor, de weern dicht an'n Kopp afschorn,
de Krogen, de reck em bit öwer de Ohrn.
Steiht mi god, seggt he . . .

As Burlala op Posten stünn mit sien gelad'n Gewehr,
do keem dor so'n Kerl ut Frankriek her,
de wull gern weeten, wo Dütschland weer.
Scheet di dot, seggt he . . .

As Burlala nu storwen weer, ganz musestill leeg he.
Sien Öllern, de stünnen woll an sien Graff
un wischen sick de Tränen af.
Ween man nich, seggt he . . .

As Burlala no'n Himmel keem, bi Petrus klopp he an.
Och Petrus, leewe Petrus mien,
ick müch so geern in dien Himmel sien.
Mok mi op, seggt he . . .

As Burlala in'n Himmel weer, uns Herrgott seggt to em:
Na Burlala, wo gefallt't di hier boben in den Himmel bi mi.
Och dat geiht, seggt he . . .

Als Burlala einst geboren wurde, da war er noch so klein.
Seine Mutter nahm ihn auf den Arm
und legte ihn in die Wiege so warm.
Deck mich zu, sagt er, deck mich zu, sagt er,
deck mich zu, sagt Burlala . . .

Als Burlala zur Schule kam, da war er noch so dumm.
Er wußte von nichts und verließ sich auf Hans und Franz.
Sag mir vor, sagt er, sag mir vor ...

Als Burlala herangewachsen war, war er ein stattlicher Kerl.
Sein Haar war dicht am Kopf geschoren,
der Kragen stand ihm bis über die Ohren.
Steht mit gut, sagt er ...

Als Burlala auf Posten stand mit seinem geladenen Gewehr,
da kam so'n Kerl aus Frankreich
und wollte wissen, wo Deutschland wär.
Ich schieß dich tot, sagt er ...

Als Burlala nun gestorben war, da lag er mäuschenstill.
Seine Eltern, die standen an seinem Grab
und wischten sich die Tränen ab.
Weint man nicht, sagt er ...

Als Burlala in den Himmel kam, klopfte er bei Petrus an.
Ach, Petrus, mein lieber Petrus,
ich möchte so gern im Himmel sein.
Mach mir auf, sagte er ...

Als Burlala im Himmel war, sagte unser Herrgott zu ihm:
Na, Burlala, wie gefällt's dir hier oben im Himmel bei mir.
Och, das geht, sagt er ...

Frank Schulz, geboren 1957 in Hagen bei Stade, war in Hamburg kaufmännischer Angestellter; studierte ebendort diverses Geisteswissenschaftliches; dennoch Abschluß.

Sein erster Roman »Kolks blonde Bräute« erschien 1991 im Haffmans Verlag Zürich, sein zweiter »Morbus fonticuli oder Die Sehnsucht des Laien« folgte 2001 wiederum zuerst in Zürich. Frank Schulz wurde ausgezeichnet mit dem Hamburger Literaturförderpreis 1989, dem Förderpreis des Kasseler Literaturpreises 1999 und dem Förderpreis des Literaturpreises des Landes Niedersachsen 2001 und dem Hubert-Fichte-Preis 2005. Er lebt und schreibt in Hamburg.

Danksagung

Hinsichtlich des Einflusses auf bestimmte Passagen des Romans gebietet die Redlichkeit, mindestens folgende Autoren/Werke zu erwähnen: Ulrich Beck, *Risikogesellschaft. Auf dem Weg in eine andere Moderne*, Frankfurt/M. 1986; Peter Glaser, *Vorliebe. Journal einer erotischen Arbeit*, Reinbek b. Hamburg 1986; Oliver Sacks, *Der Mann, der seine Frau mit einem Hut verwechselte,* Reinbek b. Hamburg 1990; ders., *Migräne,* Reinbek b. Hamburg 1994; ders., *Eine Anthropologin auf dem Mars. Sieben paradoxe Geschichten,* Reinbek b. Hamburg 1995; Jean-Didier Vincent, *Biologie des Begehrens. Wie Gefühle entstehen,* Reinbek b. Hamburg 1990; Piet Vroon, *Drei Hirne im Kopf. Warum wir nicht können, wie wir wollen,* Zürich 1993. Ferner gilt mein Dank jenen Autoren bzw. Wortkünstlern, die hinter weiteren offenen oder kryptischen Zitaten oder Bezügen stehen; passim vor allem, ganz richtig, Heino Jaeger (1.1.38–7.7.97; in memoriam).

Herzlichen Dank außerdem an Robert, Hans und Hansjörg (betr. PC-Technik u.ä.), Hajo (betr. div. Steilvorlagen), Martin sowie Harry (betr. persönlichen Einsatz und den Förderpreis zum Kasseler Literaturpreis für grotesken Humor), Axel und Fiete (betr. Feuerprobe), Dr. Jenny Splieth (betr. Medizin), die freundliche Dame von Rentokil (betr. Totenuhr), den freundlichen Herrn von der Pressestelle der Hamburger Polizei (betr. Vermißte), Susanne (betr. Floristik), Christian (betr. Rechtskunde), Biggi (betr. Musiktitel), Andreas und Christoph (betr. El Salvador), Günther und Gerd (stellv. für viele andere betr. Durchhalten, darunter Goosie, Jochen M. und Jochen S. sowie einmal mehr Klaus für noch mehr!). Außerdem an Hagen (Journalist), Hagen (Dorf) und Herrn Hagen (Sparkasse). Und Christiane (betr. Tips). Und Bachstelz sowie Dr. Kartoffel (betr. Anteilnahme). Und Jürgen (betr. »Lexikon für Laien«). Vor allem aber an Norbert (betr. Spontankredit, betr. Durchhalten, betr. richtungweisendes Lektorat) sowie sowieso an Renate.

Der Autor dankt ferner dem Niedersächsischen Ministerium für Wissenschaft und Kultur, das die Arbeit an diesem Roman durch einen Literaturförderpreis unterstützte.

»Mit diesem Werk schreibt sich Frank Schulz vom ›Geheimtip‹ in die erste Reihe der deutschsprachigen Literatur.« *Klaus Modick*

»›Kolks blonde Bräute‹ hieß der hinreißende Debütroman. Zehn Jahre später macht er ein ganz großes Fass auf: Frank Schulz ist ein Meister der Komik. Ein Realist, den die umwerfende Banalität in den Humor treibt. Um die Misere ins Komische zu wenden, zieht er alle Register: Scherz, Satire, Ironie, Kalauer, Parodie, Nonsens et alia. Er hat ein fledermausfeines Ohr für die Tonfälle der Alltagssprache. Eine furiose Mischung aus Schelmen-, Heimat-, Sitten- und Sozialroman, ein humoristisch-realistisches Monumentalwerk.«
Michael Kohtes, Die Zeit

»Ein wahrhaftes Buchstabengebirge, ein echtes Opus magnum, das Laurence Sterne, Arno Schmidt, Eckhard Henscheid, also einige der sprachmächtigsten Exponenten der komischen Literatur, beerbt und auf originäre Weise fortschreibt. Dieses Buch ist ein Ereignis, denn seit den Frühwerken von Henscheid und Schmidt hat man Sprache nicht mehr in dieser barocken, beziehungsweise expressionistischen Prachtentfaltung gelesen. Eine Sprache, die mit der gleichen detailprallen Genauigkeit ein Gewitter, einen Striptease, Kindheitsreminiszenzen, viele wunderschöne Beischlafszenen abzukonterfeien in der Lage ist. Die ans Ende gestellten Seiten, in denen er sich seiner Kindheit vergewissert, sind vielleicht die schönsten dieses großen Buches.« *Frank Schäfer, NZZ*

»Komischer geht eigentlich nicht. Mit überwältigender Großzügigkeit verteilt Frank Schulz seine Wortschätze, schmiedet originelle Bilder, entwirft amüsante Kneipenszenen, bestückt unermüdliche die Jokebox, choreographiert Tresenballets. Seit Eckhard Henscheid hat man nicht mehr so schöne Zechzeremonien gelesen.
Ein Meisterwerk der literarischen Hochkomik.«
Stephan Maus, Süddeutsche Zeitung

»Aberwitzig lustig wie sonst nichts in der deutschen Literatur der letzten Jahre.« *Metropol*

»Ein grandioses und furioses Werk präsentiert Frank Schulz als literarische Größe.« *Regula Freuler, Sonntagszeitung*

»Ein ganz großer Wurf.« *Andreas Platthaus, FAZ*

»Wer ihn gelesen hat, wird ihn zu kurz finden.« *Jungle World*